鲁迅文学奖新疆作家文丛

张者自选集

老风口

张者 著

新疆人民出版社
（新疆少数民族出版基地）

图书在版编目(CIP)数据

张者自选集：老风口 / 张者著. -- 乌鲁木齐：新疆人民出版社(新疆少数民族出版基地)，2025. 6.(鲁迅文学奖新疆作家文丛). -- ISBN 978-7-228-21668-0

I. I247.5

中国国家版本馆CIP数据核字第2025C7K506号

张者自选集·老风口

ZHANG ZHE ZIXUANJI · LAOFENGKOU

出 版 人	李翠玲	**策　　划**	罗卫华
出版统筹	陈　漠	**责任编辑**	卢　艳
装帧设计	姚亚龙	**责任校对**	王语陶
责任技术编辑	王　娟		

出版发行　新疆人民出版社(新疆少数民族出版基地)
地　　址　乌鲁木齐市解放南路348号
邮　　编　830001
电　　话　0991-2825887(总编室)　0991-2837939(营销发行部)
制　　作　乌鲁木齐市向好文化传媒有限公司
印　　刷　河南瑞之光印刷股份有限公司

开　　本　787mm × 1092mm　1/16
印　　张　31
字　　数　420千字
版　　次　2025年6月第1版
印　　次　2025年6月第1次印刷
定　　价　98.00元

前　言

鲁迅文学奖是中国具有最高荣誉的文学奖之一，其设立旨在奖励优秀中篇小说、短篇小说、报告文学、诗歌、散文杂文、文学理论评论等的创作，推动中国文学事业繁荣发展。

1997年，首届鲁迅文学奖评奖，有两位新疆作家的作品获奖：周涛的《中华散文珍藏本·周涛卷》和沈苇的《在瞬间逗留》。新疆广袤的大地赋予作家丰富的创作灵感，如雨后春笋般，陆续有新疆作家（或在新疆工作、生活过的作家）获鲁迅文学奖：韩子勇（第二届）、刘亮程（第六届）、丰收（第七届）、李娟（第七届）、张者（第八届）、董夏青青（第八届）。他们犹如一颗颗璀璨明星，印证着这片土地蕴藏的无限创作潜能。

为了让广大读者感受新疆文学作品的蓬勃活力和多元魅力，我们推出"鲁迅文学奖新疆作家文丛"，精选荣获鲁迅文学奖的新疆作家的代表作品。首批出版七部作品：《周涛自选集》《沈苇自选集·沙之书（1989～2024）》《韩子勇自选集》《刘亮程选本》《丰收自选集》《张者自选集·老风口》《董夏青青自选集》。

推出这套文丛是对优秀文学成果的致敬，更是对文化的传承与创新，我们坚信：经典的文学作品具有穿越时空的力量，能为读者提供深层的精神慰藉与思想启迪。

出版不是终点，而是新的起点——它是对未来的期许。愿这套文丛成为一颗种子，在读者心中播下对新疆的热爱；愿它成为一条纽带，将各民族的情感与心灵联结得更为紧密；愿它成为一支火炬，为更多人照亮文学前行之路。新疆是文学的风土，新疆题材的文学天地向所有热爱这片土地、怀揣创作热忱的人敞开怀抱。我们期待更多作家与文学爱好者，以多元视角、多样笔触讲述新疆故事，创作出更多思想精深、艺术精湛的优秀文学作品，在广阔的文学天地中绽放出璀璨光芒。

目　录

第一章　枯死的胡杨林

上　部

你还记得那遥远的胡杨林吗？就是那枯死的胡杨林呀！那沙漠边缘的林带不知死去了多久，树叶早已落了，树枝也被大风刮去，只剩下干枯的树身。树死了，也不倒。远远地看，那片胡杨林奇形怪状的，就像妖魔鬼怪，吓人。不过，我们不怕，我们当年发现它时有一种说不出的激动，因为这毕竟是我们在新疆见过的最大的一片树林，虽然是一片死树林，可是我们却看到了生机。

我们是随着一支部队去新疆的。那是一支很著名的部队，抗战时在南泥湾开荒种地出了名，叫“三五九旅”。我和你爹就是随着这支部队走路到新疆的。开始，我们也坐汽车。高兴呀，这辈子还是第一次坐呢！整个车队有100多辆汽车，每个车顶上都架着机枪，插着红旗。车队出发时那真是红旗招展，军歌嘹亮，浩浩荡荡的。我们连在车队中间，往前看望不到头，往后瞧看不到尾，上百辆汽车开进时是相当壮观的。当然，也喊口号：“打到新疆去，解放全中国！”

可是，走了几天，大家情绪一落千丈，再也高兴不起来了。那时的西北全是土路，或者说根本没有什么路。西北又干旱少雨，路被上百辆汽车一轧，虚土足有一尺，汽车驰过，尘土飞扬，遮天蔽日，就像一条灰蒙蒙的巨龙。好家伙，那巨龙绵延十几里，飞沙走石，势不可当的，像刮起的沙尘暴。大白天汽车要开着灯才能看清路，我们坐在车上被灰尘完全裹住了，睁不开眼，喘不过气，只能隐约看到后面的车灯像萤火虫似的亮着。那灰尘呛得人呀不敢张嘴说话，不能张嘴呼吸，闻到的全是土腥味，一抠鼻子就是一坨泥。我们好多人第一次坐汽车还晕车，再加上弥天的灰尘，有的人吐得一塌糊涂。还有，就是不能随便停车撒尿，只能站在车上往外尿，你会看到尿出的都是浑浊的泥水。

就这样坐了几天汽车，大家基本要疯了，喊着下车走路，这车不是人坐的。问到新疆还有多远，这“灰龙”还要折磨我们多久？回答说，坐汽车要走一个多月，走路那就说不清，好几千公里呢！有人说几千公里有什么了不起，长征二万五千里也走过去了，“南征北返”我们也走了一万五千里，大小战斗不下百次，单纯的行军那还不像散步一样。这汽车不坐了，我们走路，我们走路。

当时，我和你爹在一个连，我是指导员，你爹是连长。我们商量了一下，认为走路比坐汽车舒服，走累了可以随时休息，身上还暖和，一路上还可以看看风景，干干净净，自由自在，关键是，还可以随地大小便，这很重要。坐汽车太难受，不但吃灰，还冷，两只脚长期不活动，早就冻僵了。我们向上级反映，找了一个冠冕堂皇的理由，说进军新疆运输困难，我们愿意把汽车省下来用在革命最需要的地方，我们可以步行进军新疆。

当时，我们坐的汽车大都是“道奇”牌。这些汽车是抗战时美国援华的汽车，是我们从国民党军队手里缴获的，车都老掉牙了，经常抛锚，一抛锚我们还要下车推，一天要推好几次，加上路太差，一天下来也就走100多里，这和我们走路差不多。我们向上级反映，走路保证不耽搁行军时间，按时到达目的地。

没想到，我们的要求立刻就得到了上级批准。

上级还通报嘉奖了我们连，说：“一营一连在指导员马长路和连长胡一桂同志率领下，发扬了我军不怕疲劳、不怕牺牲的优良传统，主动提出步行进军新疆。经上级研究决定，同意一营一连徒步开进，并给予一营一连通报表扬一次。”

我们这样一带头，其他连队也坐不住了，纷纷要求下车步行。后来全团都下车步行了，再后来大部分的部队都下车步行了。这样，进军新疆的10万大军中，有一半都是步行开进新疆的。特别是我们这支部队，走的路最远，我们走了一年的时间，从1949年一直走到1950年，从甘肃的酒泉一直走到了新疆的南疆重镇阿克苏。当然，我们还不算走得最远的，还有一支部队走得更远，他们穿越了塔克拉玛干大沙漠，到达了和田。

开始步行后，我们再也没有坐过车。跳下汽车后，士气十分高涨，部队喊着口号、打着红旗、唱着战歌向西北开进。我们还以为终于自由了，不用吃灰了，还能观赏西部风光，没想到越走越荒凉，全是戈壁滩。戈壁滩路难行，特别费鞋，鞋不知道磨破了几双，脚也不知道打了多少水泡。后来，部队走不动了，首长就鼓励我们说：“走呀，新疆是瓜果之乡，牛奶当水喝，葡萄当饭吃。”

“早穿皮袄午穿纱，围着火炉吃西瓜。”

部队首长还说：“走吧，维吾尔族姑娘正捧着葡萄等着我们呢，哈萨克族少女正端着奶茶盼着我们呢！”

我们到达新疆时，新疆已经和平解放。我们进军新疆的有10万大军，我们都是老兵，没有不想女人的。我们要扎根边疆，屯垦戍边。屯垦戍边没有土地不行，扎根边疆没有女人不行。女人就是男人的土地呀，我们要在那土地上播种，要生产后代，我们要老婆。

“在那遥远的地方有位好姑娘”，这和你们现在唱的流行歌一个意思。你们把“遥远”变成了浪漫的歌唱，我们却把那“遥远”一步一步度量，只是那遥远的行程太遥远，一点也不浪漫。在我的记忆中遥远不仅仅是距离远，遥远是有重量的。那重量就是两条腿像灌了铅，重得让你迈不开步。当年，我和你爹去新疆就是这种感觉，我们硬是一步一步走的，走不动也得走，你要想活命就必须走，四处是一望无际的戈壁滩，只有一条路，只有一个方向，向西、再向西……

下　部

我当然记得那遥远的胡杨林，因为我就出生在那胡杨林边上的军垦连队里。那个兵团的连队叫二十六连。

那片胡杨林现在还存在着，已经死去多年了。树死了，却不甘心，还站着。站着死其实就是另外一种生呀，那些树便幻化成另一种生灵活着：有的像秃鹰，有的像苍狼，有的像独臂大侠，有的像长发美女；有的在歌唱，有的在哭泣，有的在沉思，有的在眺望……

它们集体耸立在那里，一边阻挡着塔克拉玛干的风沙，一边向远处已经改道的河流呐喊。那是一种寂静的呐喊，却又惊天动地。

听人说，“胡杨树一千年不死，死了一千年不倒，倒了一千年不朽”。难道它们真的在那里站立了千年？当人们发现它们时，它们已经站成了雕像。

那些雕像让人害怕，牛见了会摇头，马见了会惊慌。

那些胡杨林在兵团二十六连的西南方，谁也说不清楚它有多大面积，那胡杨林是二十六连的西南屏障，它挡住了塔克拉玛干的沙尘。胡杨林顺着一条塔里木河的旧河道生长，就像列队的士兵方阵。它们本来和河流共同防御沙漠的进攻，可是在紧要关头，河流独自撤退，改道了，本来茂盛的胡杨林被抛弃在大漠边缘。河，流走了，胡杨树却走不了，它们独自抗击着干热、寒冷、风沙、盐碱、干旱，它们独自阻挡着大漠的进攻，用死捍卫了自己的诺言。

那片胡杨林就像一群逃难的人群，它们形状怪异，有的像在呐喊，有的像在眺望，有的好像正在奔跑。倒下的似乎有些绝望，站着的却还不甘心。高大的树枝昂起头来向上天祈祷号啕；矮小的树枝伸出手来向大地匍匐叩问。胡杨树保持着各异的姿态，就像被上天点了穴位突然静止了。它们也许昨天才到达，也许已经到达了千年。夕阳下，那胡杨林镀成了金身，显现出一种佛光，有一种夺人魂魄的力量。

胡杨，在维吾尔语中叫“托克拉克”，意为“最美丽的树”。胡杨树有圆阔的叶，遒劲的枝，粗壮而深沉的根。根扎在沙丘里，哪怕是10米以下的地方有水，它都能活。胡杨也分雌雄，母的长籽生絮就像雾凇。胡杨的种子像蒲公英的种子，花絮能随风飘散，只要有水它就能生根发芽，哪怕水是苦涩的。

塔里木河改道后，在离那片胡杨林60多公里的地方出现了。这当然是后来的兵团人发现的，这对人来说的确不算远，但对一群树来说，那60公里是一个永恒的距离。兵团人后来修了一条60公里长的大渠，将那河水引来了，在那里开荒种地。

也许年代太久远了，马指导员的讲述会有不少漏洞，这都是没有办法的事情，因为马指导员给我讲述这些故事时已经60多岁了，他已经离休。当然，其中有记忆的问题，也有夸张的成分，再加上故事本身又有太多的传奇色彩，出现一些差错是难免的。记忆出了问题，我可以给他指出来，一些有意的夸张，一些带有传奇色彩的故事，我们只能权且听之，马指导员是不允许给他指正的。

马指导员当了一辈子的指导员，是个小官。离休的小官一般都比当政的大官自信，况且我什么官都不是，只是一个兵团史志办的工作人员。为了征集兵团史料，我在几年内采访了一大批老兵团人，有师长、团长，也有营长，马指导员是我采访中官级最低的。把马指导员当成采访对象，属于近水楼台，不用专门的约定，可以随时进行，因为我们是一家人。马指导员离休后没什么事，有的是时间，让他讲述当年屯垦戍边的故事他非常高兴，他总算找到了一个听众。

解放军进军新疆是在1949年10月。

解放军1949年8月解放兰州，1949年9月解放酒泉到了新疆的大门口。在1949年9月25日、26日，新疆发生了一件震惊中外的大事，国民党新疆警备总司令陶峙岳和新疆省政府主席包尔汉先后发出通电，接受共产党的八项和平条件，宣布新疆和平解放，史称“九·二五”起义。

新疆和平解放了。当时驻新疆的国民党军队有10万人，这10万人像沙子一样撒在新疆的天山南北。陶峙岳宣布起义了，各地的国民党部队是否听从指挥，那就看自己的了。新疆太大，陶峙岳鞭长莫及，根本无法控制各地的部队，这下新疆境内乱套了，处于“无政府状态”。散兵游勇开始在新疆境内大肆抢劫，有的居然是以营、连为建制的部队。

从陶峙岳宣布和平起义的9月25日到10月28日，整整一个月内新疆境内的抢劫乱象没有停息，整个新疆成了“人间地狱”。从哈密开始，然后蔓延到鄯善、吐鲁番、焉耆、轮台、库车等地。据史料记载，当时仅哈密银行被抢的黄金就有12箱。在一次抢劫中，仅轮台一地就死亡30多人、伤100多人。

新疆和平解放了，新疆境内更乱了。解放军必须立刻进入新疆，恢复新疆的社会安定。进军新疆要迅速到达指定位置，交通是个大问题。第一野战军第一兵团司令员王震命令成立中国人民解放军第一兵团酒泉运输司令部，集中545辆汽车，据说能用的只有480辆。为了解决交通问题，还征用了598峰骆驼。王震命令第二军和第六军及装甲部队进军新疆。解放军的先头部队空运到哈密、迪化(今乌鲁木齐)、伊犁,大部分用汽车运,其余少部分徒步开进。1949年10月20日,解放军先头部队进入迪化。

马指导员说有一半人是徒步进疆的有误,当年进军新疆的有10万解放军,其中7万多人是车运的,还有空运的,只有3万人是徒步开进的,马指导员他们就属于徒步开进之列。其实,马指导员他们也不是完全徒步开进的,中途还经过了汽车转运。这一切也都是有组织有计划地进行的,并不是像马指导员所说的是他们自愿要求徒步开进的。是坐车还是徒步开进,这要看运输计划,让你坐车你就坐车,让你走路你就走路,根本没有商量的余地。

马指导员所在的第二军某部队从10月12日开始进军,12月13日到达指定位置南疆重镇阿克苏,历时两个多月,行程4300多公里。当我给马指导员指出,他们徒步开进新疆只用了两个多月,而不是如他说的一年时,马指导员把我骂了一顿,说从1949年走到了1950年,部队才全部完成了行军,到达指定位置,这不是一年是多长时间?

部队最后一个到达指定位置的是十五团,十五团一部从1949年的12月底从阿克苏出发,于1950年的元月到达和田,穿越了塔克拉玛干大沙漠,用18天的时间走完了1700里。马指导员并不是十五团的人,就是按照他的算法也没有一年,所以,他号称自己进军新疆走了一年,这也和历史不符。

当我指出了马指导员的多处谬误后,他急了,把我教训了一顿,马指导员说,你可以找师长和兵团司令,他们告诉你的在报纸上、在书本上、在档案中都能找到,我告诉你的都是亲身经历,你爱信不信。

马指导员说,我给你摆的龙门阵是在任何地方都查不到的。我给你摆这些是看得起你,要是别人我还懒得和他费口舌呢!你大学毕业回到了新疆,算你有良心，你上大学，让我女儿红柳等了你五年，你要不回来，我女儿就白等你了，到那时我就找你去，不管你藏到哪个狗窝里，我都会把你揪出来，老兵团人说话算话，绝不食言。你回来了，娶了我女儿红柳，还在史志办工作，你的选择是对的。你应该好好整理新疆兵团的历史，要不我们这辈子就白干了。

我们这第一代兵团人，都已经退休了，离死不远了。如果我们都死绝了，有谁还会记得我们。我反正也没事干，你让我讲过去屯垦戍边的事，我是愿意的，我会毫不隐瞒地都告诉你，没啥子不敢说的。我告诉你的一切都是真实的，其中还关系到你爹、你娘、你的出生。你要是不回新疆，我才不会告诉你这些呢，别看你人模狗样的到处采访，你到头来可能连自己是从哪个石头缝里蹦出来的都不知道。一个人连自己的历史都不清楚，还研究什么兵团史呀！

我当然不能和马指导员过分较劲，否则整个采访就进行不下去，这也会影响他的叙述激情。于是，他的讲述我也就不敢当面指出谬误了。

当面不说，咱背后说。我大学是学历史的，就是有考证历史的毛病，没办法，这是我的专业。

第二章　在那遥远的地方

上　部

在那遥远的地方还真有位好姑娘，我们都见到了。

见到那遥远的姑娘时我们都不敢相信自己的眼睛。那是一天下午，天蓝得像染过一样，太阳像老牛车的轮子正缓慢地向西滚动。我们已经走得太久了，越走越荒凉，走到后来腿都麻木了，人也麻木了，部队的行进速度极为缓慢。

一阵小风过后，我们闻到空气里有一种又涩又甜的味道。那种味道既熟悉又陌生，那味道像蒿草的味道又像苦楝树的味道。在戈壁滩上走了几个月，我们闻到的都是鹅卵石在太阳暴晒下发出的铁腥味，呼吸的都是干燥闷人的漠风。蒿草的味道只有我老家重庆才有，那是充满生机的味道。

大家都吸着鼻子四处张望，我们看到远处还是一望无际的荒漠和沙包，那沙包如连绵起伏的海潮，波涛汹涌。不过，在那沙包的更远处已经有了色彩，是淡红色的，像一层红雾。走近了，我们发现那是植物，一片一片的，绿色的叶子，红色的碎花，那植物一束一束的，随风摇曳，显得十分飘逸，给荒原增添了亮色。有人说那是红高粱，还说："新疆的高粱长得怪，一窝一窝地长在沙包上。"

说这话的是葛国胜，就是葛大皮鞋。葛大皮鞋你知道吧，他是国民党部队投降过来的，是个老兵痞，他是你爹的俘虏。你爹在战壕里让他缴枪，他把枪一扔却举起了一双皮鞋，喊："别开枪，别开枪，我过去打日本鬼子有功，以鞋为证，这鞋就是打鬼子缴获的。"后来，他参加了解放军，经常拿那双皮鞋给战士们说事，有战士就给他起了个外号叫葛大皮鞋。葛大皮鞋把那长在沙包上开着粉红色花的植物当成了红高粱，这被秦安疆嘲笑了好一阵。

秦安疆说："那不是红高粱，那是红柳。"秦安疆一说话大家都不敢吭声了。秦安疆是个大学生，知识分子，这在那个时候不得了。不过，他也是俘虏，他是我的俘虏。

大家都去看那红柳花。突然，在那红柳丛中开放出了一朵更大的花，那花朵红极一时，在茫茫荒原上显得极为夸张。从远处看，那花朵又像正在蓝天和大漠间燃烧的火炬。那当然不是什么花，也不是火炬，那是一位牧羊姑娘，那红色是一位维吾尔族姑娘头上的红纱巾。

在那遥远的地方有一位好姑娘，出现了。

当时，那红色便成了我们这支队伍的目标。在我们队伍的最前头正飘扬着一面红旗，两种红色在大漠中相遇，就像遇到了知己。这样，两种红色都停了下来，开始互相观望。只不过我们是用望远镜，而对方是用肉眼，对方也不知道我们能通过望远镜一下把她拉到眼前，所以，她并没有像遇到陌生人那样用红纱巾去遮挡自己的脸颊，而是放肆地仰起美丽的脸蛋向飘扬的红旗张望。她的这个动作使整个队伍出现了短暂的寂静。因为当时端起望远镜的不止一个人，在队伍中凡是连级以上的人都端着望远镜在望，没有望远镜的士兵也手搭凉棚，眯缝着眼向着那荒原中突然出现的红色张望。

部队已行走得太久了，一路上人烟稀少，鸟无踪迹，没有敌人，没有战斗，只有荒原做伴。队伍行进在一个前无古人后无来者的荒原上，实在是太沉闷了。当发现那远处的红色之时，大家激动的心情是无以言表的。

我当时和你爹一起行军，我们又是先头部队。我们放下望远镜互相望望，觉得挺邪门的，一位美貌绝伦的少女头裹红色的纱巾，在一望无际的荒原上放牧，真有点神秘莫测。你爹说，会不会是传说中的海市蜃楼？我说这不是楼，这是人。你爹说，海市蜃楼里也住人呀！

“海市蜃楼？打一枪试试。”

出这个馊主意的是你爹，而执行这个馊主意的是我。我对着那远方的红色“叭”的就是一枪，枪声在荒原上格外响亮。枪声过后，那红色突然就不见了。你爹说，这肯定不是海市蜃楼，海市蜃楼不怕枪声，这肯定是一个头戴红纱巾的姑娘。我说，坏了，会不会打中了？你爹笑笑说，你以为你是神枪手呀？就是神枪手，这么远的距离也不可能打中，别说驳壳枪，三八大盖子也不中。我和你爹正说着话，团长的通信员骑着马过来了，通信员问：“什么情况，谁在打枪？”我说前面发现了一位头戴红色纱巾的姑娘。通信员说：“你们说什么胡话，大白天做梦想姑娘，在这荒原上哪来的姑娘？除非是妖精。”

我们说不知道是人还是妖魔鬼怪，就打了一枪，那姑娘就不见了。通信员听我们这样说，掉转马头就跑了，不久我们就听到了停止前进的军号声。

部队停下来后，团长随着通信员骑着马就过来了。团长听了我们的汇报，拿着望远镜看了半天，让我和你爹带领一个排搜索前进。团长说，接到了上级的指示，新疆的土匪乌斯满和尧乐博斯被打散了，从北疆流窜到了南疆，南疆随时可能有土匪活动，我们必须提高警惕，准备剿匪。你们刚才说的一位头戴红纱巾的牧羊姑娘十分可疑，很可能是来侦察情况的女土匪。

我和你爹一听有土匪就激动了，特别是听说有女土匪就更加来劲了，从团里的情况通报上我们得知，无论是乌斯满还是尧乐博斯，他们身边都有一个国民党的女特务，是当年戴笠亲自派到他们身边当小老婆的。据传，这两个女特务都很漂亮，能飞檐走壁，使双枪，百步穿杨。我们不怕土匪，更不怕女土匪，我们怕走路，有仗打，我们立刻就兴奋了起来。你想呀，走了几个月，连个生人都没有，别说敌人了，更别说女人了，闷死了。你爹说只要有人就中，有人总比没人好，管他是不是敌人。

你爹喊，一排，跟我来。一排韩排长便喊，一排集合。这样，我和你爹带领一个排呈扇形向出现过女人的沙包奔去。

团长让部队原地待命，团长说，如果前方真有牧羊姑娘出现，说明此处适合生存，我们就可以就地安营扎寨了，不走了。

我们冲上沙包连个人影都没有看到，不过沙包上确实有脚印，这说明我们看到的牧羊姑娘确实是存在的。我们极目远望，在落日的尽头是一望无际的荒漠，荒原上无河流，无村庄，有的是被洪水冲击过的沟壑，有的是牧羊人留下的羊肠小道，那小道蜿蜒曲折，消失在荒原尽头。牧羊姑娘和她的羊群都消失在沙包之中了，所有的沙包上都长满了红柳，开粉红色的小花。红柳开花一片一片的，就像一层红雾。

在前方不远处有一座小山包，它高出所有的沙包，应该是这一带的制高点。我对你爹说，如果部队在这一带驻扎，应该占领这个制高点，土匪来了我们占据有利地形，也不怕了。你爹点了点头，派葛大皮鞋去向团长报告，我们开始向那个山包进发。

那天傍晚，我们就靠着那山包扎了营。我和你爹爬上山包观察四处地形，我们看到整个部队都在山包北边安营扎寨了，搭起的帐篷在戈壁滩上连成了一片。这些帐篷不太一样，有尖顶的、方顶的、三角顶的、圆顶的。这些帐篷在荒原上立起来显得十分渺小、可怜，一点也不雄壮，就像一个个小蘑菇，好像一口气就能吹跑。

当时，我们第一次发现了那枯死的胡杨林。在望远镜里我们还发现了三棵怪树，这三棵胡杨树离开了西南方的大队，孤零零生长在东南方，显得十分怪异。它们就像三个逃兵，又像大队的尖兵。

这三棵怪树，其中一棵枝繁叶茂，一棵半死不活，一棵已经枯死。那棵半死不活的胡杨树上半部分已经枯死，下半部分却还活着，像个光头和尚；那棵枯死的胡杨树，树梢直刺青天，树顶还有一只秃鹰独自沉睡。我们知道有活着的树，就意味着有生命，这让我们十分激动。在那三棵胡杨树的更远方不知道还有什么，虽然我们通过望远镜也望不到了，但是那里却带给了我们希望。

晚上，月亮升起来了，那月亮大得吓人，比磨盘还大，感觉重得在天上都挂不住了，让人情不自禁地想伸手推它一把。月光下，荒原亮如白昼。我们向队伍驻扎的方向张望，只见篝火连成一条长龙，蜿蜒十几里，十分壮观。这时，你爹指着那片胡杨林说，好像有人。我吓了一跳，不由得去摸枪，怕有土匪。不过，我仔细向那胡杨林观察了一下，根本没有人。那些枯死的胡杨树在月光下好像有了生命，树枝在月光的折射中有了一种激情，好像正进行着舞蹈，那舞蹈是无声的。

这时，突然远处一声嚎叫，像狼嚎，又像人哭，叫得让人汗毛倒竖。再看那些胡杨树，它们的舞蹈好像加快了节奏，舞得更快了，有点疯狂，就像喝醉了酒的人，有点群魔乱舞的感觉。

起风了。

你爹拉着我下了小山包，说要加双岗，这地方邪门，骇人。我笑他，说打了一辈子仗了还这么胆小。你爹说不怕人，怕鬼。你爹说这话时简直不像一个军人。

下　部

马指导员讲述他们屯垦戍边的故事，开始的第一句话就是“在那个红柳开花的季节……”可见，马指导员对红柳花印象太深了。我要说的是马指导员和我爹进疆时是在冬季，这个季节在新疆红柳不可能开花。

红柳在新疆很普遍，也叫柽柳，为落叶小灌木，叶绿花红，夏天开花，秋天落叶。红柳是荒原上最美丽也是最顽强的一种植物。为了汲取水分，它遍地生根，根须可以深到地下30多米。在荒原上只要红柳一长出，无论多么严酷的自然环境，都无法阻止它的生长。风沙会把红柳掩埋，被掩埋的红柳枝干就变成了根须，几天之后新的枝干会从沙层里冒出来。就这样风沙埋一次，红柳长高一次，风停了，沙却被红柳抓住了，天长日久在红柳四周就形成了一个沙包，沙包越大，红柳的根就越粗壮。在红柳火红色的枝条上，春天会发出鹅黄的嫩芽，春风一吹，一片片绿叶就打开了，到了夏天，粉红色的小花在大漠中四处开放，非常美丽，那是大漠披锦绣的季节。当马指导员谈到遥远的姑娘时，自然就和美丽的红柳花联系在一起了。后来，马指导员给自己的女儿也取名红柳。

马指导员太爱那红柳花了，好像没有红柳花的陪衬，所有的故事都会黯然失色。所以，他把部队进疆的季节也说成夏季了，说是在红柳开花的季节就可以理解了。

解放军进疆后，一个最主要的任务是改编原国民党和平起义部队。一个部队要接受改编，这当然是痛苦的，在改编的过程中会不时发生小规模的兵变。最后，就发生了在新疆影响深远的以乌斯满和尧乐博斯为代表的大叛乱。乌斯满在叛乱前是阿山地区专员，在哈萨克族人中极有威望。尧乐博斯是哈密区保安司令，人称“哈密之虎”。他们发动的叛乱席卷了阿尔泰到巴里坤大草原的大片土地。

乌斯满生年没有准确记载，一般认为生于1900年前后，全名叫乌斯满·斯拉木，出生于新疆阿尔泰专区的富蕴县，是哈萨克毛勒忽部落的头人，因骁勇善战被称为“巴图鲁”（意为英雄、勇士）。乌斯满成名是在1947年的“北塔山事件”。1947年，蒙古国军队在飞机的掩护下连续向我境内北塔山发动进攻，乌斯满果断参战，率部在北塔山北麓山腰地带与蒙古国骑兵部队激战。当时的新疆警备司令是宋希濂。据《宋希濂回忆录》记载：战斗中，乌斯满“率部百余骑与蒙古国军队激战几小时以后，他本人突然单枪匹马，风驰电掣般地奔向重机枪阵地，挥刀砍死机枪射手两人，夺得重机枪一挺，又迅速地跑回来了”。乌斯满骁勇善战可见一斑。

后来，国民党增援部队赶到，蒙古国军队始退。“北塔山事件”后，国内舆论哗然，中国外交部分别向苏联和蒙古国提出严正抗议。国内外新闻记者也云集迪化报道此事。“北塔山事件”最大的受益者当数乌斯满，一方面被媒体当作“守土抗战”的英雄，另一方面又得到了新疆省国民政府的公开支持。于是，乌斯满成了国民政府在新疆能利用的重要力量。

新疆和平解放后，进军新疆的人民解放军十分重视争取这位在新疆哈萨克族牧民中颇有影响的人物。王震曾派人携带亲笔信和礼物前往乌斯满的驻地，向他宣传中国共产党的民族宗教政策，明确表示，只要乌斯满接受人民政府领导，仍可担任阿山地区专员或参加省政府工作。

乌斯满给王震写了回信，还派了代表。王震接见了乌斯满的代表，并赠送乌斯满许多子弹。半个月后，乌斯满又派遣其弟到迪化商谈，也受到王震和解放军第一兵团领导的招待。当时，与解放军合作还是与解放军对抗，乌斯满犹豫不决。

在这期间，不但解放军和乌斯满有联系，还有一个外国人也在和乌斯满接触，这个人就是美国驻迪化副总领事马克南。

在陶峙岳宣布和平起义后，马克南携带电台，悄悄离开迪化与乌斯满会面。马克南与乌斯满会谈了三天，表示美国支持乌斯满反共反苏，希望乌斯满暴动，如果暴动失利，可率部南去印度避难，马克南保证美国将给乌斯满援助。

送走马克南后，乌斯满召集自己手下主要干将开会，决定趁解放军立足未稳，联合当时还担任新疆哈密专员的尧乐博斯和骑七师，迅速发动叛乱。乌斯满的意图是以巴里坤为基地，东向哈密切断解放军与其他省市联系，西向迪化夺取新疆省会。

尧乐博斯1889年出生在巴楚县的乡村，父亲是当地的“水官”。他是父亲在路上捡来的弃婴，并为他起了个名字“尧尔达巴斯”，意思是“路上捡来的孩子”，他长大成人后，被顺口叫成“尧乐博斯”（意为老虎）。其人有智谋，深工心计、精通汉语。最早做过哈密王的骑兵军长，后为国民党哈密专员，手里握有万余人的武装力量。新疆和平解放后，尧乐博斯对新疆和平起义通电阳奉阴违，新疆省临时政府仍留用其继续担任哈密专员、公署专员，但他却和乌斯满一直在策划叛乱活动，终于在1950年3月和乌斯满一起叛乱。

1950年3月，乌斯满公开反对新疆省人民政府和人民解放军，在台湾的蒋介石委任乌斯满为“新疆反共总司令”。为了稳定新疆的社会秩序，保卫边疆各族人民生命财产的安全，根据人民解放军总部的指示，新疆军区迅速组织了剿匪指挥部，由王震亲自担任总指挥。由此，乌斯满和尧乐博斯被剿灭的命运已经注定了。

乌斯满和尧乐博斯在新疆曾经是家喻户晓的人物。现在的老一辈人都认为他们是站错队了，坏就坏在他们身边的女人身上。如果没有身边的女人，他们根本不会和解放军对抗，可见民间的红颜祸水之说影响深远。没想到马指导员给我讲到乌斯满和尧乐博斯土匪时，也提到了他们身边的女人。这不得不引起我的注意。于是，我对乌斯满和尧乐博斯身边的女人进行了解。

马指导员说，乌斯满和尧乐博斯身边都有一个女特务。通过有关资料，我发现确实如此。尧乐博斯反共倒是老资格，他曾经在哈密和红军西路军对抗时不敌红军，遂撤出哈密，留部分亲信看家，自己去了重庆。尧乐博斯抗战期间一直在重庆，成为国民政府的一颗重要棋子。特别是戴笠的军统系统，为了掌握新疆的情报，对尧乐博斯比较重视，戴笠认为尧乐博斯迟早要成事，于是，介绍军统女特务廖咏秋给尧乐博斯认识。尧乐博斯相貌英俊，一口流利汉语，廖咏秋年轻漂亮，是学报务的，两人相遇后一见钟情，遂在重庆结婚。抗战胜利后尧乐博斯带廖咏秋回到哈密。

乌斯满投靠国民党比较晚，但"北塔山事件"让他一举成名。为了加强对他的控制，国民党方面派保密局女特务徐媚到了乌斯满身边，徐媚毕业于军统青浦训练班，能文能武，善于骑马征战，骑术枪法不在乌斯满之下，大有巾帼不让须眉之气概，所以代号"须眉"。徐媚貌美性烈为乌斯满喜爱，她还是乌斯满的电台总报务员。在"北塔山事件"中，徐媚经常和乌斯满同时出阵，凶猛异常，有一次曾将落马的乌斯满提上马背，二人骑一马突出重围，让军队的骑兵大惊失色。

马指导员所说的乌斯满和尧乐博斯身边的女特务能文能武，只说对了一半，乌斯满身边的女特务徐媚确实能文能武，因为她是军统青浦训练班的，而廖咏秋却只是个一般的报务员，根本不会骑马打枪。廖咏秋不会骑马居然随尧乐博斯出逃到了台湾，一路上是尧乐博斯用一匹白布将廖咏秋绑在马上才突围成功的。在乌斯满叛乱中，却没有徐媚的线索。据传，乌斯满的大老婆是个醋坛子，她嫉妒徐媚与乌斯满关系太好，指使自己的儿子打了徐媚的黑枪。

乌斯满和尧乐博斯在新疆影响确实很大，马指导员肯定后来听到了不少传言，这些传言马指导员说成是他们在行军的路上得到的消息，这和时间不符合。解放军在1949年底到达了指定位置，乌斯满叛乱是在1950年3月。看来马指导员把后来听到的传言，都嫁接到了行军的路上了。

马指导员他们发现那牧羊姑娘好像也在进军的路上，这显得十分有传奇性。事实上，部队到达指定位置后，接下来主要是勘察，马指导员他们是前卫连，勘察的任务自然就落在了他们身上。马指导员他们最有可能是在部队勘察时发现牧羊女的，而不是行军的过程中。还有那个小山包，那个小山包后来被兵团人发现完全是用羊粪堆积起来的，当地人叫“麻牙勒克”，也就是“羊粪坡”。

据传，在很久以前羊粪坡方圆几十平方公里都是美丽的草原。在离羊粪坡往南不远的沙漠里还有一座被废弃的古城。那时的羊粪坡水草丰肥，蒙古部落首领居住在古城里，羊群如天上的白云，日久天长堆积起来的羊粪就形成了小山包。

马指导员进驻羊粪坡后，那地方成了兵团二十六连驻地，羊粪坡四周被开垦成了良田。而我就出生在羊粪坡所在的兵团二十六连。

站在那羊粪坡上向北望，远处是洁白的雪山高高耸立着，就像挂在天边的一幅画，在雪山四周有群山环绕，从东向西山连着山，把整个北方的天空完全填满了。那就是天山。不过，正北方的山势却突然被斩断，连绵的群山被分割成了两大部分。顺着那斩断的山口，扑面而来的是被洪水漫过的坡地，形成了广阔的戈壁滩。戈壁滩呈扇形顺着山坡铺展开来，像一幅大自然的洪荒奔流图。在羊粪坡的南面,就是那片枯死的胡杨林。在枯死的胡杨林外没有任何植被,也没有任何遮拦,赤裸裸的是连绵起伏的沙漠,那就是著名的塔克拉玛干大沙漠。

第三章　哭与诉

上　部

你知道那个小山包就是羊粪坡。在羊粪坡上,发生了我们进疆后唯一的一次战斗。那天晚上,我和你爹就在羊粪坡边宿营,睡到半夜刮起了风。开始的时候,风沙只是在羊粪坡上轻轻地弥漫。不一会儿便打着呼哨将一切罩在无边的灰沙阵里,扯天扯地的风将还没来得及落下的月亮裹住了。月亮顿时失去了光辉,一转眼就被风刮得不见了。我们惊慌失措地想躲在背风处。说来也怪,那风一会儿是北风,一会儿是南风。北风应该是从北边山口刮过来的,南风是从沙漠中刮过来的,两股风好像在羊粪坡迎头碰到了一块,这就形成了一个旋风。我们围着羊粪坡转着圈避风,却无处躲避,风从四面八方而来。我们只有挤在一起,任由那风沙肆无忌惮地蹂躏我们,就好像到了世界末日。

呜——呜——呜——

在呜呜的风声中,大家似乎还听到了另一种声音包裹在其中。那声音时大时小,时高时低,若隐若现,和风声同时奏起,仿佛是一台大型音乐会的伴唱,更像一个女人的哭声。那哭声夹杂在风沙中,顿时让人把心悬了起来。

这时,伏在羊粪坡顶上的哨兵突然滚了下来。哨兵向我们报告,说在我们正南方发现情况。我们连忙向羊粪坡上爬。大家上了羊粪坡向南张望，什么也看不清，却听到了牲口的蹄声。那声音有点像马蹄声，轰轰隆隆向这边逼近。你爹大喊一声："快！机枪，准备战斗。"机枪手丁关把机枪架好后，那隆隆之声已很近了。一会儿，还听到喘息的声音。这时，依稀可见一队白影弯着腰摸了上来。

"口令！"你爹大喊一声。

对方没有任何回答，只是慢慢逼近。

"打！"你爹果断地下达了战斗命令。顿时，机枪手丁关的机枪就响了，韩排长的冲锋枪也开了火，跟着步枪乒乒乓乓地打起来。在风中大家只能看见枪口喷出的火舌，枪声却很沉闷的，不响。子弹如流星射向敌人，正向前摸的敌人在火力压制下停止了前进。可是敌人虽停止了前进却不后退，也不还击。大家心里直犯嘀咕，这打的算是什么仗，莫非是精神战？我们见对方不还击，也停止了射击，向敌人喊话。可是，嘴一张便灌满了沙子，连一点声音都发不出来。一会儿，那白影又向我们阵地摸来。你爹大惊，连忙又开火。我们一打，敌人又停止了前进，不后退，也不还击，隐约听见他们正在叽叽咕咕商量着什么。

大家都是老兵了，大小战斗参加过多次，啥阵势没见过，遇到这种情况还是第一次。打了一个时辰，敌人不但没退，反而更逼近了。对方一枪不发，一声不吭，打的是哑巴仗。你爹判断，这可能就是乌斯满土匪，他们选在天气恶劣的深夜行动，是为了隐蔽自己。为了联络也为了防沙，他们都戴着白布巾。他们不还击，却凶悍异常，善于短兵相接，使用"比夹克"（匕首）。他们想等我们子弹耗尽，再冲上来和我们拼刀子。这太可怕了，我们才一个排，敌人至少也有好几百。你爹迅速做出了判断，这样打下去要吃亏，必须派人回去请团长增援。这样，你爹就让我带一个战士回去求援，他带领韩排长的一排在那里阻击敌人。

我回到驻地，发现部队正在进行另外一场战斗，人和风的战斗。大风已经完全占领了部队的营地，营地一片狼藉，那些帐篷成了大风攻击的对象。帐篷成了戈壁滩上的异物，所有的帐篷对大漠来说都是怪异的，好像能立在那里就是对大风的挑战，这让风无法忍受。大风用无形的手发狂地撕扯帐篷，就像有千年的仇恨。在狂风中，帐篷就像飞奔的车轮在地上翻滚，战士们紧紧地抓住帐篷的一角，在狂风中奔走相告："帮帮忙，帮帮忙。"

喊也没用，这时候谁也帮不了谁。有些帐篷像降落伞在天上飘荡，在帐篷的下面吊着一个不愿意松手的战士，两条腿时而着地，时而腾空大声呼喊。更多的帐篷已经无影无踪了，它们在风中狂奔，消失在大漠之中。在一个大帐篷四周，警卫排的十几个战士正不要命地拉着绳子在风中使劲，护着那顶大帐篷舍不得放弃。

我问一个正在加固的战士，团长呢，团长呢？他也说不出话，指指帐篷。我一头撞进在风中飘摇的帐篷。帐篷里一派忙乱，团长和政委每人怀里抱着一捆文件，正惊恐万状地观察着帐篷的表现。

我向团长作了报告，说敌情严重，必须马上增援，否则我们一排将全军覆没。团长气急败坏地将文件往地上一摔，骂道："打了这么多年的仗还没有这么狼狈过，打，打他个狗日的。"团长说着和我来到帐篷外，他命令那些战士放弃手中的帐篷，拿起武器，准备战斗。团长命令我给一营带路先行，他带大队人马随后。就这样我们浩浩荡荡地杀奔羊粪坡而去。

由于风沙大，部队又走得急，走了一半就迷路了，在戈壁滩上绕了个大圈子也没找到战场。等找到羊粪坡，天都大亮了。

我去求援后，你爹和韩排长他们一直坚守在羊粪坡上阻击敌人，没有后退一步。天亮后，“白军”终于在晨曦下原形毕露了。

那是一群羊。

韩排长后来对我说，胡连长望着羊傻眼了，连忙命令我们停止射击，直起身子望望发白的东方，“呸”地吐了口沙子，还骂人。

“日恁娘，打了一夜是群羊。”

胡连长骂过了，望望正发愣的大家，喊：“愣啥愣，还不快去抢救呀！”

胡连长说着带领大家连滚带爬地冲下了阵地，扑向羊群。当时，胡连长抱着血泊中的羔羊，神情极为复杂，说：“这是谁的羊，咋这么傻呢，打都打不走。这下完了，打死这么多，赔都赔不起。”

就在你爹一手提枪，一手抱羊，血染战袍，立在羊群之中做勇士状之时，大部队终于赶到了。大部队源源开来，人们望着战场，望着血染的勇士，啼笑皆非，只能按兵不动，原地待命。大家望着你爹一时反应不过来，连团长都在那里发愣。

这时，我们看到从太阳升起的地方远远地飘来了一个红点。那红点越来越大越来越近，像一朵开放的花。近了，我们才发现那是一匹正奔驰的枣红马，扬鞭策马的是一位披着红纱巾的维吾尔族姑娘。那马跑得真快，像一团火，姑娘脖子上的红纱巾像火苗，红纱巾一半缠在脖子上，一半在身后飘荡，像一道火光。

大家有些迷茫地望着那骑骏马披红纱巾的维吾尔族姑娘，又怀疑是传说中的海市蜃楼。那姑娘飞马冲到羊群边，一提缰绳，枣红马前蹄腾空而起，昂首嘶鸣。姑娘望着倒在血泊中的羊群，大惊失色。她滚下马来，扑进羊群，抱着一只受伤的羊羔，失声痛哭。我们望着痛哭的姑娘，面面相觑。

那姑娘哭够了，起身走到你爹面前，怒目而视。她冲你爹大声质问，你爹不懂维吾尔语，傻乎乎地站在那里干瞪着眼，无辜得不得了。姑娘见你爹不理她，扬起鞭子就给了你爹一下。你爹挨了鞭子也毫无反应，望着眼前的姑娘，木木地立着，鞭子仿佛是打在别人的身上。那姑娘急了，一把将你爹的军帽抓了下来。这时，你爹才如梦初醒，伸手要军帽，那姑娘又一鞭子抽在你爹手上。我看你爹打了一颤，把手缩了回去，皱起了眉头。

那姑娘抢走了你爹的帽子，转身跨上枣红马，扬鞭而去，转过一个沙包，眨眼就消失在了太阳升起的地方。真是来无影去无踪，简直像一个梦。

团长这才走到你爹面前，问怎么回事，你爹回答："日恁娘，打了一夜是群羊。"

团长一下就火了："你日谁娘？来人呀，给我绑了。"

团长话音未落，葛大皮鞋上去用绑腿把你爹结结实实地来了个五花大绑。看得出葛大皮鞋绑人还真有一套。我连忙上前向团长解释，说胡连长不是这个意思，这是河南人的口头禅。团长冲我就来了，说："马长路你闭嘴，你是指导员，打死这么多羊你就没有责任了？你们满嘴粗话还像个革命军人吗？"团长指着你爹说："看看他，看看他，血染沙场呀，英雄呀，你一下打死了老乡的这么多羊，你闯大祸了。我们刚进疆，少数民族根本不了解我们，这下怎么办？这关系到民族政策，这影响到军民团结。处分，非给你处分不可。"

团长正训着你爹，那维吾尔族姑娘又来了。这次不是一个人，带来了一帮子人，好几十个，都骑着马，手里挥舞着农具当武器，吆喝着。

"郎死给、郎死给……"

我们虽然听不懂他们吆喝什么，从他们表情上可以看出，他们非常生气，是在骂人，要打架。在新疆生活几年后，我们大概懂了点维吾尔语，知道"郎死给”是骂人的话，相当于汉语“他妈的”之类。他们下马后看着血泊中的羊群显得极为悲伤，男男女女的都抱着血泊中的羊哭了起来。

“歪江(哎哟)——歪江——”

他们哭声很大，就像是在合唱，仰着脖子，暴着青筋，其间还伴随着颤音。哭的声音很高、很高，就在那哭声高得快要崩断的时候，一滑就低了下来，变成了呻吟。每一个人都竭力地哭，就像比赛谁哭得声音更大，其间还夹杂着诉说。我们听不懂维吾尔语，不知道他们哭羊的内容是什么，不过他们哭着的倾诉内容本身就是含混不清的，好像内容已不重要，哭本身才是重要的。

女人哭我们能理解，大男人也在“歪江、歪江”地哭，我们就觉得奇怪。后来，见得多了也就不奇怪了，无论是维吾尔族男人还是女人遇到伤心事就哭，遇到高兴的事就唱、就跳，属于那种想哭就哭、想唱就唱的民族。

这样的哭我有生以来第一次见到，也是第一次听到。我们都傻在那里，许多战士都流下了眼泪，特别是你爹不知道什么时候也跪下了，泪流满面的，就像一个接受审判的人。这时候要是审判你爹那肯定是死刑。当地老乡太会哭了，能哭死你爹，把你爹哭成了天下第一罪人。

在哭声中那戴红纱巾的姑娘指着你爹说了一阵什么，一群汉子拔出“比夹克”就向你爹围了过来，团长见状命令警卫排把你爹和他们隔开，保护了起来。

这时，秦安疆上去劝，喊着：“恰塔克，吆克，恰塔克，吆克。”

他们就说：“恰塔克，吐噜吐噜，恰塔克，吐噜吐噜。”

我问秦安疆和他们说的什么，秦安疆说，我告诉他们麻烦没有，没问题，他们说麻烦多得很，问题大了。我对秦安疆说：“既然你会他们的话，就给他们解释一下，这是个误会，我们也不是有意打死他们的羊。”秦安疆说：“我就会几句，还是在书上学的。”我瞪了秦安疆一眼，让他将来好好学习维吾尔语。

就在这时，团里的买买提翻译及时赶到了。他是我们从迪化(今乌鲁木齐)带来的，他老家就在这一带，是师里分配给我们团的维吾尔语翻译。

通过翻译得知，这些老乡都是绿洲中英阿瓦提的，原来他们的羊圈被风刮开了，羊便随风而走，羊到了羊粪坡正和我们遭遇，打了一场遭遇战，闹了个误会。我们表示打死多少羊，照价赔偿。可是，他们不要“普鲁”(钱)，要大米，要枪，一公斤羊要赔一公斤大米。

部队进军新疆时，后勤上是带了些大米，但是这点大米我们都没舍得吃，只有伤病员才喝过米粥，大米是我们的命根子，大米不能给他们。不给大米就给枪，枪和子弹我们有的是，不过，团长对给他们枪有疑虑，团长就问他们为什么要枪，他们说这一带有狼，经常来叼他们的羊。团长说部队要在这一带驻扎，将来会帮他们打狼，他们很高兴。

团长最后决定给他们十支步枪一百发子弹，两袋大米，让他们成立个民兵排。他们也不懂民兵排是干什么的，听说给他们枪十分高兴。在他们离开时，那姑娘来到你爹面前，深深地鞠躬，表示歉意，并且要求给你爹松绑。你爹松了绑，盯着那姑娘出神。那姑娘被你爹看得不好意思了，眨了眨眼低下了头，睫毛很长，眼睛是蓝灰色的，实在是很好看。

那姑娘问翻译，你爹的军帽能不能送给她，开始抢这帽子是为了回去报信，现在她要戴着这帽子去放羊。她要告诉荒原上所有人，戴这种帽子的汉族人是好人。你爹望了望团长，团长点头。那姑娘将帽子戴在头上，咯咯笑着跑了。

天亮后，当我们返回所谓的驻地后，被眼前的一切惊呆了。整个驻地一片狼藉，就像是一个刚刚发生过激烈战斗的战场，这个战场之大就像刚刚进行了一场大兵团作战。战场从驻地到羊粪坡再一直延伸到那枯死的胡杨林。在这广阔的荒原上，我们被打得丢盔弃甲。在那些枯死的胡杨林的树梢上挂满了帐篷、衣物和被撕开的破棉被，白色的棉絮在风中飘荡着，就像战败的白旗；许多锅、碗、瓢、勺、水壶之类的东西都跑到沙包的背风处躲藏了起来；那些绳子、布条什么的将红柳紧紧绑住，好像红柳是战败的俘虏。

我们虽然是战败者，但我们却要打扫战场。战士们漫山遍野地寻找自己的东西，能认领的就认领，不能认领的集中起来再分配。这些破败的家伙什儿都是我们的宝贝，是我们在荒原上生存的唯一物质财产。大部分帐篷被风刮跑了，我们有些战士晚上不知道住在哪儿，有些年轻的战士抱着背包在那儿哭。

这时，买买提翻译带着一帮子老乡来了。买买提给我们介绍，带头的叫赛买提·阿吾东，还有他的儿子海尼沙·阿吾东。买买提还给我们介绍了其他人的名字，只是我们没办法记住，老乡的名字太长了。能记住铁匠阿吾东的名字是因为那个姑娘。阿吾东是那位姑娘的爸爸。阿吾东带领当地老乡人扛、马驮、牛车拉，为我们送来了大批的木头，说是为我们盖房子。我们都觉得可笑，在荒原上连一块砖都没有，我们用什么盖房子呀！

老乡们卸下木头后开始在一块地势高的戈壁滩上挖坑，大家不知道他们要干什么，也不帮忙，看着他们挖。他们挖了一个一人多深的大坑，长约五米，宽有三米多，四壁笔直陡峭，靠南挖开了一个豁口，留有一个斜坡。然后用拉来的木头当梁，用红柳枝当椽，用骆驼刺和碱草当瓦，上面盖上沙土，这样一间大约十五平方米的房子就完成了。翻译告诉我们，这房子叫“地窝子”。

我们走进地窝子觉得太神奇了，这是真正的房子，四周的墙壁就像用砖垒的一样笔直。挖了一人多深也不见水的踪迹，屋里一点也不潮湿。屋顶上有天窗，屋里也亮堂。由于处在地平面以下，当然也就不怕刮风了。这地窝子也许怕下雨，当我们把自己的担心说出来后，老乡们笑了，说在戈壁滩上一年也下不了一场雨。有个老乡挥着手说："雨在抛兮抛兮抛兮的地方。"他一连用了三个"抛兮"，表示雨已经跑到很远很远很远的地方了，远得很，根本到不了我们这里。

战士们看到地窝子后都欢呼起来，大家开始以连为单位，以排为组，以班为点，大挖特挖地窝子，我们打仗时不知道挖过多少战壕，挖地窝子对我们来说一点也不难。我们把地窝子连成了片，中间用交通壕连接，成千上万的人就藏在了地下，这很有点战争的气氛，这气氛让我们熟悉也让我们兴奋。

地窝子后来成了我们最主要的住房。我们把红旗插在地窝子边上，远远近近的一片红旗的海洋，十分壮观。

下　部

我爹在羊粪坡和羊打了一仗，这是他进军新疆后唯一的一次规模较大的战斗。我爹在战斗中陷入了羊的重围，血染沙场，最后成了羊的俘虏。我爹败给了风却成了羊的俘虏，真是让人啼笑皆非。当大部队赶到时，风却停了，这让我爹有口难辩。早晨的太阳一跃便出了地平线，可谓是风停沙住，万道霞光。肆虐了一夜的大风突然消失得无影无踪，戈壁滩彻底地平静下来了。

这下，我爹惨了，他除了挨了姑娘的鞭子，还要挨葛大皮鞋的捆，最后连军帽也被抢走了，在当地老乡的恸哭中我爹成了千古罪人。

由于新疆当时的社会状况复杂多变，国民党特务四处活动，地主巴依为了保住自己的特权也在四处串联，准备和解放军一较高下。解放军到达指定位置后，虽然没有了大规模的战争，但乌斯满在北疆、尧乐博斯在东疆和解放军大打出手，南疆也不太平，这样部队的弦绷得很紧。于是，在羊粪坡上就发生了我爹的“人羊之战”。

马指导员当年是无法理解那些老乡为什么如此惊心动魄地恸哭的。那样的哭好像是为了羊，好像又不是为了羊。为了羊不应该这么伤心呀，可是，不为了羊又为了什么？

马指导员和我爹都不了解那些老乡，或者说根本不了解在他们东南方的大漠中，在太阳升起的地方还有一块规模很大的绿洲，还有成片的生长茂盛的胡杨林，在绿洲中居住着一群一群的人，他们还有一个名字，叫刀郎人。

刀郎人就住在羊粪坡东南方的绿洲里。在羊粪坡你做梦也想不到，在不远的东南方就有这么好的地方，那个地方叫英阿瓦提，汉语是“繁荣”的意思。站在英阿瓦提绿洲的白杨树旁向西方眺望，无法看到那片枯死的胡杨林，也看不到羊粪坡，却可以看到那三棵离开大部队的胡杨树。听当地老乡说，那三棵胡杨树是一家的，死的那棵是波瓦（爷爷），半死不活的是大郎（爸爸），枝繁叶茂的是巴郎（儿子）。

其实，两边的距离没有多远，只是中间被连绵的沙包挡住了。羊粪坡和英阿瓦提成了两个世界，英阿瓦提的渠水正欢快地流淌，有鸟儿也有花香，有羊群和奔马，成串的毛驴车在绿洲里行走，人们欢歌笑语；可是在羊粪坡，连最耐旱的胡杨林都被活活渴死了。

刀郎人是维吾尔族人的一支，产生于13世纪。马指导员和我爹进军新疆所在的地区，当年应该是成吉思汗次子察合台的封地，叫察合台汗国。察合台死后，蒙古宗王为了争夺继承权，引起了长期的战争，两百年间察合台的封地四分五裂，相互征战。为了躲避战乱，人们纷纷外逃，成了难民。蒙古贵族就此大量掠夺难民为奴，充实自己的军队，为自己的部落劳动，刀郎人就产生于这些难民和奴隶中。

奴隶们不堪忍受欺侮和苦难，为了反抗压迫和剥削，躲避战争的灾难，纷纷逃跑，逃到了塔里木河上游的叶尔羌河流域。塔里木河在夏季洪水泛滥，形成了大片的湿地，这成了原始胡杨林的家园。清代诗人萧雄的《听园西疆杂述诗》是这样写的："胡桐杂树，漫野成林，自生自灭，枯倒相积，小山重复其间，多藏猛兽。水草柴薪，实称至足。"后人把此地称之为"树窝子"，在树窝子里生长各类野生动物：野猪、狼、黄羊、马鹿、野骆驼、猪熊、狐狸、野兔、野鸡、野鸭。这样的地方，自然成了刀郎人狩猎游牧的理想之地。

在荒无人烟的大漠胡杨林里，逃难的人聚在一起过着自由自在的迁徙流浪生活，于是就有了"刀郎"的称谓。"刀郎"一词是"集中"或"聚集"的意思。刀郎人有了一段短暂的自由生活。

到了17世纪，准噶尔噶尔丹继承汗位，大军开始向四邻扩张。他首先攻占了天山东部的吐鲁番和哈密，接着又占领南疆，然后和大清王朝开战。他们在占领塔里木河上游的叶尔羌河畔刀郎人的栖息地时，刀郎人用鼓声通知同胞，在首领艾合坦木的率领下，拿起农具和木棒奋起抵抗。刀郎人以土丘沙包做掩护，阻击敌人，不让敌人过河。准噶尔大军很意外，他们很少遇到这样顽强的抵抗，准噶尔人无法前进，在刀郎人阵地前的沙丘下安营扎寨。刀郎人战斗了七天七夜，曾暂时阻敌于叶尔羌河以北。噶尔丹的骑兵曾经让大清王朝的兵吃尽了苦头，对付刀郎人根本不在话下，刀郎人只是聚集在一起的流浪者，根本不是武装到牙齿的正规骑兵的对手。刀郎人终因寡不敌众，最后失败。

刀郎人的家园被占领之后，从此过着水深火热的生活。准噶尔人随时纵兵抢劫，刀郎人没有了领地，生命没有任何保障。为了反抗准噶尔人的压迫和掠夺，刀郎人发起了一次又一次的暴动。每一次暴动都以失败而告终，每一次暴动都以悲惨的结局而结束。在漫长的岁月中，刀郎人为了躲避追杀，远离人世，在荒漠旷野、原始胡杨林中狩猎游牧，从事落后的农耕，过着艰难的生活。

在闭塞的环境里，刀郎人形成了独特的语言、生活习俗以及文化心理。在椿园《回疆风土记》中有这样的记载："此等回人，以迁徙为常，性与各城有异，已成为回子中别一种了。"

即便到了近代，在盛世才统治时期，新疆的战乱也十分频繁，民族之间经常爆发冲突。无论是什么军队，只要路过刀郎人的栖息地，必然纵兵抢劫，刀郎人在这期间又经历了多次灾难。

这样一群人，他们早就有满肚子的委屈了，祖祖辈辈已经憋得太久了。所以那一次，当我爹将他们的羊群消灭在荒野上之后，他们以为灾难又来了。他们知道无力反抗，不是这些有枪人的对手，他们剩下的只有用一种方式来表达自己的痛苦和绝望，那就是对天恸哭。

当我们了解了刀郎人的历史，也就理解了他们的恸哭。他们的哭声肯定是发自肺腑的，绝对没有嬉戏的成分。要哭就放声大哭，高亢能入云端，低吟能沁人肺腑，哭变成了一种悲怆的呐喊。哭羊只是原因却不是目的，哭才是目的。哭就像是一种仪式，是哭本身，为哭而哭，哭就是最好的内容。

他们当时不了解解放军，正如解放军也不了解他们一样。刀郎人都是穷苦人，他们要是知道解放军是穷人的队伍，他们可能就不会用哭来表达自己的绝望和痛苦了。正如后来发生的那样，当他们知道解放军是穷人的队伍后，他们开始唱，开始舞蹈，他们有刀郎木卡姆。

后来，马指导员和我爹不止一次参加过刀郎人的麦西来甫。当他们亲耳听到刀郎木卡姆的吟唱后，发现刀郎人的哭和唱有异曲同工之妙。

我出生在沙漠边缘的绿洲，那些绿洲只有代号没有名字，比方二十六连，那就是我的故乡。只有我才知道二十六连的含义，那里有我们的果园，我们的菜地，我们的庄稼，那里有我们死后的归宿——胡杨麻扎。

那片死去的胡杨林后来成了兵团人的“麻扎”，当地人称之为“胡杨麻扎”。所谓的麻扎是维吾尔语，就是“墓地”的意思。在那些死去的胡杨树旁埋葬着死去的兵团人，人树合一，墓碑和树干一起竖立着，墓碑记录着死人的姓名，胡杨树却幻化出死人生前的模样。比方在某一棵胡杨树旁埋葬的是一个女人，那死去的胡杨树天长日久就越来越像一个女人；如果埋葬着一个老人，那胡杨树的腰会越来越弯，就像一个驼背的老人了。站在胡杨麻扎旁，望着那一棵棵枯死的胡杨树，不看墓碑你就能判断出树旁埋葬着的是男是女，是老是少。

关于我爹的“人羊之战”，我在当地史志办油印的小册子中居然也查到了。那上面是当成民族团结的典型案例来写的。说，某连连长在一次执行任务中遇到大风，由于能见度差，在风中误将维吾尔族老乡的羊群当土匪打了，维吾尔族老乡非常生气，也十分伤心，当时抢了那位连长的军帽，并且用羊鞭（一说是马鞭）打了那位连长。那位连长打不还手，骂不还口，没有发生冲突，维护了民族团结。后来，那个村的维吾尔族老乡和我兵团连队建立了军民鱼水的关系。

事实上，我爹并没有成为学习的榜样，正相反，为此受了处分，罪名是破坏民族团结。我爹被关了五天的禁闭，全团通报批评，差点被降职处理。好在团长认为“人羊之战”，不能怪胡连长，部队刚进疆不了解情况，情有可原。

马指导员后来说，乌斯满匪帮当时太猖獗了，你想呀，我们的司令王震都成了剿匪总指挥了，要不是情况危急，怎么让一个司令当剿匪的总指挥，要是一般的土匪，派一个团就解决问题了。当时，战士们的弦绷得太紧了。

马指导员给我讲他们进军新疆的故事，他人虽然就在新疆，可他总是站在“口里”的角度讲那些故事。新疆人对其他省市称呼为“口里”，是以嘉峪关为界的，这就像东北人把其他省市叫“关内”一样，他们是以山海关为界。

马指导员说在那遥远的地方有一个好姑娘，其实他就在那遥远的地方，讲的是脚下发生的故事，他用一种反观的口气说话，人在新疆，心却在别处。马指导员将自己置身于远方的远方，遥远的遥远。让人觉得远在远方的人比远方更遥远。

第四章　闯　田

上　部

你会觉得发生在羊粪坡的“人羊之战”十分可笑，你爹把羊粪坡当成了坚守的阵地和温顺的绵羊打了一仗，应该说这一仗打败了。没想到，我们后来在羊粪坡坚守了一辈子，我们从此再也没有离开过羊粪坡，那里成了二十六连的驻地。

刚进疆那会儿真是苦呀，没吃没喝的。要吃饭只有一条路，那就是开荒种地，向荒原要粮。好在三五九旅有开荒种地的传统，让三五九旅进军新疆一个重要的战略目的，就是屯垦戍边，就没打算再把部队从新疆撤回去。进疆部队要发扬南泥湾精神，要生产自给，不能成为国家的负担。

经过勘察，我们发现羊粪坡方圆几十公里的地方土质肥沃，全是洪水淤积的轻沙土壤，并且还有一层层腐殖质，内含羊粪，这样的土地是很适合开垦的。

我们当年把开荒称为“闯田”。你们无论如何也想象不出我们当年是怎么开荒的。我们向荒原平行推进，在茫茫的荒原上摆开了战场，一字排开上万人，至少有好几个团。红旗就插在地头，红旗上都写着字，有团旗有营旗还有连旗，都是有称号的。比方有的连叫“南下北返战斗连”，一看这连旗就知道这是打过硬仗的；有的连叫“南泥湾英雄连”，这说明此连开荒有一套，因为开荒是当前的主要任务，能开荒就是最牛的，这个连队肯定会让人多看几眼。

一杆红旗往地头上一插，就知道了这个连的历史，那都是光荣的革命历史呀。我们连一直是先头部队，打了不少仗，都是遭遇战，往往一接上火就往回撤，要向大部队报告情况。我们连没有打过什么硬仗，没有立过集体功，也没有什么称号。平常大家碰不到面也没有什么，现在每个连都摆出来了，没有称号、红旗上没有字这是丢人的事。于是，我和你爹把秦安疆叫来，商量在红旗上写字，秦安疆是大学生，肯定能想出好词来。秦安疆给我们连起名叫“大漠英雄连”。这名字听着确实来劲，不过我们怕人家不服呀。秦安疆说，我们连是走进这大漠的先头连，我们战胜了大漠，战胜了大漠当然是大漠英雄了，谁不服让他们去当开路先锋。

我们就把这连旗插到了地头，果然引来了不少人张望，议论也有了，说“大漠英雄连”太牛逼了，只有一个大漠，你把英雄连的称号占去了，我们是啥连，难道是狗熊连？这事引起了团里的注意，团长在我们连地头上站了半天，望望我们的连旗什么都没说就走了，晚上集合时，团长就说了，你们都看到“大漠英雄连”的大旗了，有些连不服，不服那就比比，谁开荒的地多谁就是大漠英雄连，这旗先插在一连的地头，有本事的就夺旗。

团长这一手确实厉害，弄得全团的连队都想夺旗了。也就是说，我们一个连要经受住全团所有兄弟连的进攻。这样，我们就一点也不敢松懈了，只有拼命地干活。

开荒累呀，不仅累还热，灰也大。你想呀，上万人的队伍挥舞着坎土曼挖地，扬起的灰尘有多大？那坎土曼是新疆人的农具，有点像锄头，比锄头的个头大，整个头儿是个满月形，把子比锄头短，可以像锄头那样刨，也可以像铁锹那样挖，一坎土曼下去，兜住的土比铁锹还多。坎土曼集铁锹和锄头的长处，挖的时候抡圆了，特别有力，挖起来一侧身借助惯性向后一甩，土就飞到了身后。坎土曼确实好用，在开荒时发挥了极大的作用。

开始，我们也没有用坎土曼，用挖战壕的小锹和小十字镐，后来让铁匠张峪科把打铁炉子就支在地窝子边上，把小铁锹和小十字镐回炉打成大铁锹。给我们挖过地窝子的维吾尔族人、铁匠阿吾东来看张峪科打铁，他认为张峪科打的铁锹开荒时不好用，让打坎土曼。张峪科还不服气，认为自己在口里也是种地的，铁锹挖地是最有效率的，结果阿吾东就和张峪科打赌，阿吾东用坎土曼，张峪科用铁锹，两个人在一小时内看谁开荒多。阿吾东个子不高，而且有五十岁了，张峪科五大三粗的不到三十，两人比赛开荒引得大家都来看。一开始，张峪科凭着一身力气挺快，半小时之后就不行了。再看阿吾东挥舞着坎土曼不紧不慢的，刨下去，拉起来，扭转身，抛出去。整个动作浑然一体，潇洒无比，这哪里是劳动呀，像舞蹈。如果放下坎土曼，空着手比划就像打太极拳。干到得意处，阿吾东甚至可以一只手把坎土曼抡起来，一刨一拉另一只手接住，随着惯性往身后一甩，动作优美无比。一小时后，张峪科服了，拜阿吾东为师，为战士们打坎土曼。后来，全团的铁匠都学习打造维吾尔族人的坎土曼了，铁锹在开荒时被淘汰了。

坎土曼开荒快是因为新疆的土地干燥，挖下去甩出去都不黏土，你要是在口里试试，挖下去你甩不出去，坎土曼就不行了。坎土曼一天下来可以开七八分地，快的可以开一亩。当时，有一个“坎土曼大王”一天干十多个小时，开了四亩地，全团都轰动了。

由于土地里不含水分，坎土曼甩出去扬起一串灰，上万人挥舞坎土曼开荒那扬起的灰尘你可以想象，真是遮天蔽日呀！当时已经是5月的天气了，单衣还没有发下来，战士们穿的都是棉衣。早晨和中午的温差很大。早晨冷，穿着棉衣还可以,到了中午就热得受不了。太阳非常毒,荒原上没有一棵树,晒得头皮发麻。

开始,热也不好意思脱衣服,因为除了棉衣和棉裤,根本没有穿内衣。别说内衣了,连裤衩都没有穿。如果脱了棉衣那就是赤身裸体。开始,大家还讲讲军容,后来只能甩掉棉衣赤膊上阵,再后来不知道谁带的头,把棉裤也脱了,光着尻子(屁股)在那里开荒。团长见了在晚上收工时还表扬了他,说我们现在就是一穷二白,我们就是要光着身子开发新疆,建设新疆。

这下好了,第二天大家都脱光了衣服。

当然,也不是所有的人都脱光了衣服。我们连就有一个不脱光的,我一说你就知道了,秦安疆就没有脱光。秦安疆是大学生,觉得自己很文明,坚持不脱。不脱有几个严重后果,一是大家对你更好奇,都盯着你。全连人都脱就你不脱,你长得难道和大家不一样?难道你是女扮男装,大家都希望奇迹出现,巴不得队伍里出现个花木兰。二是大家都看你,你就不能休息,要积极上进争表现呀!秦安疆又是个不会干农活的,他喜欢偷懒,在开荒时压力特别大。

由于大家总是盯着秦安疆看,秦安疆就拼命干活,累得受不了了,就有了怪话,说开荒有啥用,这都是盐碱地,土地干得像面粉,能长出庄稼吗?有人说,等天下雨呀。秦安疆说,新疆这个地方不下雨,年均降雨量不足60毫米。大家都不懂年均降雨量不足60毫米是个啥概念。秦安疆说,在口里一天下的雨相当于这里一年的。秦安疆此话一出,大家不由一愣,就是呀,大家这样拼命开荒,到头来不下雨,怎么种庄稼?

秦安疆的言论严重影响了大家的士气,团长听到了很恼火,在下班时团长把铁匠阿吾东和买买提翻译都找来了,让阿吾东告诉大家,天不下雨是怎么种地的。阿吾东说,天不下雨也能种地,他指着远处蓝天白云下的雪峰说,那里就是我们的水，等雪山融化了，水就顺着洪水沟下来了，到时候就可以种苞谷了。当地人也把这种种地的方式叫“闯田”。

大家望着遥远的雪山，真发愁那雪水怎么能流得过来。不过，既然阿吾东都这样说了，大家还是相信雪水会流过来的。自从阿吾东和铁匠张峪科比赛开荒后，他在我们中间就很有威信。

阿吾东用脚踢踢一丛碱草说，你们听这声音，绵绵的，说明土里含白碱，可以种庄稼；要是碱草哗啦哗啦响，地面还呈黑色，说明土壤里含黑碱，不能种庄稼。阿吾东最后说，巴郎子们好好干，肯定能让你们吃上香喷喷的烤苞谷。

秦安疆说怪话被团长批评了，这事最高兴的是葛大皮鞋，葛大皮鞋和秦安疆好像天生是对头。葛大皮鞋和秦安疆住一个地窝子，晚上葛大皮鞋趁秦安疆睡着了，把秦安疆的棉裤偷着藏起来了，没棉裤了看你穿什么？早晨军号一响，大家爬起来列队报数，就少了秦安疆。葛大皮鞋说有好戏看。大家听说秦安疆的棉裤被藏了，就等着秦安疆出来。你爹喊了半天也不见秦安疆出来，派人去叫，全连人就列队等在那里，大家脸上都露出好奇的神情，看看秦安疆这个大学生的下面和大家到底有什么不同。

秦安疆却不在地窝子里，秦安疆不在地窝子里去了哪儿？大家都四处看，就见秦安疆从不远处的一丛红柳后边出来了。秦安疆一出来大家都笑了起来，秦安疆把红柳枝用绳子穿起来然后系在腰间，红柳枝被秦安疆做成了红柳裙，秦安疆穿了件红柳做的花裙子。正是红柳开花的季节，红柳叶是绿的，红柳花是淡紫色和粉红色的，把红柳枝穿起来系在腰间，上半截是绿色，下半截是红色，煞是好看。

你爹就问秦安疆为什么迟到，秦安疆说找不到裤子了，在红柳包那边做了件裙子。你爹就骂：“你看我们谁穿裤子了。”你爹说着还抬了下腿，露出光尻子给秦安疆看。当时，我们早晨集合基本不穿裤子了，一般都是把棉衣系在腰里，就像裙子。跑步奔向荒原后，干到太阳出来炊事员送来早饭，吃完饭棉衣就甩了，都光着身子。

秦安疆的裙子虽然好看，大家还是有些失望，他那红柳裙子把下面捂得严严实实的，什么也看不到。葛大皮鞋就说秦安疆耽误全连出工，如果将来“大漠英雄连”的旗帜被夺走了，要负全部的责任。你爹什么也没说，喊着口令让队伍跑步走。你爹和我边跑边说，这秦安疆就是和大家不一样，他做那红柳裙子确实不错，好看，可以向全连推广，总比光着屁股好看。

在干活时，大家不由都去看秦安疆的裙子，秦安疆的裙子好看，大腿也白，这让人想到了女人。葛大皮鞋把坎土曼一扔，喊：“干不动了，昨天‘砍椽子’累了。”

你爹胡连长就骂：“真不要脸，整天干那事，也不怕耽误闯田。”

葛大皮鞋说：“让我整天对着荒原闯田，我要对着女人闯田。女人是最好的田，女人才是我们现在真正要播种的土地。”

你爹说：“谁都想闯女人那块田，可是没有。”

葛大皮鞋就发了疯似的喊：“女人，女人，闯田，闯田。”

葛大皮鞋这样一喊，引得其他人也跟着喊，一个连这样喊引得几个连都喊，最后在荒原上大家齐声高喊一个口号：“女人，女人，闯田，闯田。”这喊声可谓是响彻云霄。

团长在晚上集中时说：“今天同志们喊的是什么口号，怎么把闯田和女人联系起来了？”团长话题一转，说：“告诉大家一个好消息，明天，我们的老首长要来看望我们，同志们要穿整齐了，不能光着屁股。有什么要求，明天可以向我们的老首长提。”

第二天，首长来了，大部分战士都穿上了红柳裙，方圆一两公里的红柳枝都被砍光了。没来得及做红柳裙的却不愿意穿棉裤，就把棉衣系在腰里，遮遮羞，算是对首长的尊重。这样，首长在检阅我们时发现自己的队伍变了颜色，也变了服装，大惊，幽默地笑问："你们是属于哪个部分的？"

大家就喊："我们是英雄的中国人民解放军！"

首长走近战士摸摸红柳裙，说："我的部队什么时候改穿花裙子了？这是要我好看呀。"首长望着大家显得很不是滋味，说："夏装现在还没有发下来，是我的责任，我对不起大家。不过，要不了多久夏装就发下来了。"不过，首长把话锋一转说："你们现在光着屁股开荒是值得的，你们现在光屁股是为了子孙万代不光屁股。"

最后，首长问大家还有什么意见和要求，有战士就举手说有点意见。首长说，有意见就提嘛！战士说，没有夏装我们可以穿红柳裙，没有老婆我们无法扎根边疆。既然我们现在吃苦是为了子孙万代，没有老婆哪有子孙万代……首长要给我们解决老婆问题！

此话一出便引来了大家的笑声，这笑声后面跟着就是掌声。

首长没有笑，首长风趣极了。首长说，这个问题提得好，上级早就想到了这个问题，很快就给大家解决老婆问题。我们从口里要给你们运来"四川龟儿子""湖南辣子""山东大葱""上海鸭子"。战士一听这全是吃的，不干了。有人就又举手了，说，我们的生活再苦也可以坚持，有地窝子住，有红柳裙穿，有盐水泡苞谷就能坚持到底。你说的那些好东西我们也需要，可是，我们更需要老婆，有了老婆这些东西吃着才香。

哈哈——全场都笑疯了。首长说的其实就是女人。"四川龟儿子"是指四川妹子，"湖南辣子"指的是湖南辣妹子，"山东大葱"指的是山东大辫子，"上海鸭子”就是上海姑娘……首长这是戏称，是风趣，只是有些战士没听懂。

下　部

我爹他们当年“闯田”的情景确实很雄壮。只是，那荒原里没有任何水分，已经干枯了千年。一坎土曼挖下去再甩到身后，扬起的是千年的尘土。

开荒已经不是开荒了，是闯田。闯田说法比开荒好，显得很雄壮，很男人。当然，闯田也有了引申的含义，有了人性的内涵，或者说有了革命的浪漫主义。无论是马指导员还是我爹，他们都对当时整个新疆的形势不了解，上级让开荒大家就开荒，还可以把开荒叫做闯田。

其实，当时进疆部队的情况十分严重。新疆刚和平解放时，几乎没有工业，农业也十分落后，新疆每年的粮食总产量只有8万多吨，这8万多吨粮，平均下来每个人不足200公斤。农民除去交地租、留口粮、存种子，粮食已所剩无几，难以糊口。当时的进疆部队有10万人，起义部队和民族军10万人，加上地方行政人员有4万人，这将近24万人是要吃饭的，一年下来需要10万吨粮食，而新疆的粮食总产才8万吨。怎么办？这需要中央解决。当时有一个驻迪化的外国领事就声称，共产党的军队进新疆容易，能活下来就难了，只能饿死。

刚和平解放时，新疆的物价上涨了百倍以上，从口里运粮，运价是粮食的10倍以上，从苏联进口粮食，所需的费用要数亿元。据说，当时的新疆军区后勤部部长每个月都要飞北京，从北京用飞机装满银圆空运到新疆，然后买粮食。这对当时刚解放的新中国来说是一个巨大的负担。国务院总理看到国库里的银圆不断流往新疆，便说：“人民解放军要驻守边疆，保卫边疆，长期靠别人吃饭，自己不生产是不行的。”

部队领导也向国家领导人汇报："新疆政治大势已开始稳定，但财政经济问题最为严重。"

于是，国家领导人发布了命令："把战斗的武器都保存起来，拿起生产建设的武器。"

王震也向新疆部队发布了命令："全体军人一律参加劳动生产，不得有任何军人站在生产劳动战线之外。"王震命令部队要投入11万人，"人人拿起锄头，个个扶起犁把"，1950年要开荒50万亩，生产粮食5万吨，棉花1800吨，要当年生产，当年自给自足。

王震去了北疆石河子，他叉着腰，面对四周沉睡的荒野说，就在这里，建一座新城，留给后世。然后，他又到了南疆的塔里木河流域，说这也是一块宝地。北疆有石河子，南疆有阿拉尔，中间有一条独库公路，将这两座新城连接起来。

就这样，10万大军一下扑向了荒野，风餐露宿，搭苇棚，挖地窝子。一时间，作战地图变成了生产地图，炮兵瞄准仪变成了水平仪，战马变成了耕牛，马镫铸成了犁头。开荒成了新疆部队当时最迫切的工作，他们提出了口号："发扬南泥湾生产的光荣传统，变战斗英雄为劳动英雄，由战场立功到生产立功。"

把开荒比做当年在南泥湾的大生产运动，可见，部队到达新疆后遇到的最大威胁不是土匪，是饥饿，是物质条件的匮乏。为此，上级号召全体官兵节约，命令从现在开始，从粮食、菜金、马饲料、杂支、办公费用等挤出钱来集中起来，用来建设工业；要建煤矿、水电站、水泥厂、棉纺厂、钢铁厂、汽车修配厂、机械厂、面粉厂、木工厂等；各师、团也要建设自己的发电、碾米、磨面、榨油、轧花、被服厂。

可见，当时部队进疆的主要任务不是剿匪，是想方设法地节约，为国家减轻负担。当然，乌斯满和尧乐博斯这些土匪的确很厉害，但无论如何也不是身经百战的解放军的对手。蒋介石的800万军队都被打败了，你乌斯满算得了什么？几次战斗下来，尧乐博斯盘踞的八大石的老巢已被攻克。尧乐博斯比乌斯满更会看风向，见苗头不对，再次抢劫了哈密的银行，开始了逃亡国外的漫漫长路。他先越过哈密东部的茫茫戈壁，于1950年8月进入新疆和青海交界的铁木里克。1950年11月在当地哈萨克族部落的帮助下，进入西藏，越过国境进入拉达克。他用金条买通拉达克人，逃到了印度，1951年从印度逃到台湾。后来，尧乐博斯在台湾国民党"蒙疆委员会"任职。

乌斯满似乎想步尧乐博斯的后尘，于1950年8月带领40多人来到青海阿克塞海子地区。乌斯满逃亡青海，也引发新一轮新疆哈萨克族牧民南迁浪潮。有多个部落几千人迁移到了海子地区，造成甘、青、新三省边界地区社会秩序混乱。为了最后消灭乌斯满，解放军分东、西两路。东路从敦煌出发，翻越祁连山；西路军穿过罗布泊，到达南疆的若羌。两军最后在铁木里克和海子地区会合。

尧乐博斯的逃亡路线也是先前美国人马克南的逃亡路线，只是马克南没有这么幸运，中途在西藏境内毙命。尧乐博斯用金条买通了当地部族长老，穿过羌塘无人区成功逃脱。乌斯满后来也想步尧乐博斯的后尘逃亡，但到了铁木里克后，已经弹尽粮绝，乌斯满既无钱也无羊，无钱就买不了给养，沿路也无法给买路钱，跑到国外去也无法支撑其在国外的生活。乌斯满在铁木里克没有走，后来被活捉，1951年4月被押解到迪化枪决。

我爹所在的部队是剿匪的西路军，部队接到命令越过罗布泊，直达若羌，对乌斯满进行最后的围剿。只是我爹他们没能直接参加，兄弟连队有直接参加的。当时，我爹他们也很想参加的，一个南征北战的部队说起打仗就来劲，谁愿意天天种地呀，可是这是没办法的事，上级命令你开荒，你必须执行命令，因为当时解决部队的给养问题更紧迫。

上级给每一个部队提出了非常具体的生产要求，比方：粮食要达到半年自给，蔬菜、油料、烟草、食盐、柴火都要达到全年自给。意思就是说，粮食每年只发半年的，蔬菜、油料、烟草、盐巴、柴火都不发了，自己解决。有些战士就有怪话了，说当兵吃粮，这是天经地义的事，什么都要自给，这兵没法当了。

蔬菜和油料一时肯定无法自己解决，那只有不吃。好在新疆的戈壁滩上不缺盐巴，遍地是盐碱地，随便抠一块老盐斑，放在碗里化开，泥土沉淀了，水就是咸的。柴火也不缺，可以挖红柳根。那红柳全身都是宝，红柳枝叶可供药用，治风湿病，当地少数民族又称其为“观音柳”和“菩萨树”。红柳的根是上好的柴火，它的火力比木炭的还要硬，用红柳根烤出的羊肉串有一种自然的香味。据马指导员说，在冬季他们会专门到大漠中打柴，他们会在大漠中寻找那些已经老死的红柳，那将是一个大沙包，挖开一个沙包，里面的红柳根盘根错节的，粗的犹如碗口，细的就像莲藕。一个沙包里的红柳根，一个连都背不完。

有柴火有盐巴，还有够半年吃的粮食，盐水煮苞谷就成了他们当年的主食。

由于新疆荒地太多，闯田对当地人来说也是经常的事，这是一个很平常的开荒方式，当地人种地的方式完全是粗放型的。所谓闯田，就是先将一块荒地翻挖、平整，然后等水的到来。只不过我爹他们的闯田和当地人的闯田是不太一样的。维吾尔族人闯田都是小打小闹，一家一户开几亩地，解放军闯田那可是大规模的。

盛夏，天山上的冰雪融化，雪水由涓涓细流汇聚成一股山水，那水顺着山坡向下而去，水流渐趋渐大，便形成了一股大水，最后变成了山洪，山洪暴发，洪水漫过戈壁滩，漫过已经开垦过的荒地。洪水过后，人们在洪水淹没过的土地上再播种。

闯田其实还是靠天吃饭，如果天气不好，太阳不毒，天山上的雪水融化得太少，洪水就无力穿过戈壁滩。洪水会在漫漫路途中被戈壁滩吸收干净，那么，开垦的土地就无法浇灌和播种，一年的收成就没有了。闯田靠的是洪水的力量，这个“闯”字是形容洪水的，形容洪水闯过戈壁滩，漫过荒原浇灌土地。马指导员所说的闯田是指人的，那是另外一种雄壮。

如果你在口里见过洪水，那洪水往往会伴随着狂风暴雨，在风雨交加中洪水呼啸而来，冲击着河床，能卷走河里的巨石。新疆的洪水却不一样，总是在天气最好的时候出现。在蓝天白云下，太阳明亮极了，远处的雪山在阳光下光彩夺目，雪峰晶莹滋润，雪水湿润了冰峰，向山下流淌。开始，雪水属于润物细无声的那种，渐渐地，雪水流到山下，在山沟里储藏，聚集力量。水涨到一定的时候，开始在沟壑里汹涌澎湃，开始激情荡漾，开始汪洋肆意。水越蓄越多，最后沟满壕平，当水冲破沟壑的束缚后，那水就形成了洪水向山下呼啸而去。那洪水没有狂风暴雨的造势，也没有电闪雷鸣的伴奏，洪水会很寂静地在蓝天白云下，向山下的荒原扑去。当洪水在路途上受到戈壁滩的阻击后才会发出吼声，它会冲过戈壁滩上的一个个沟壑，卷去戈壁滩上的红柳和骆驼刺等枯枝败叶，扫荡无数的鹅卵石，搬走一块块的巨石。巨石这时成了洪水的玩物，在洪水的怒吼中，巨石争先恐后地在戈壁滩上奔跑，那些巨石显得十分轻盈，奔跑的身影就像滚动的皮球。

站在山坡下看那洪水，你会看到洪水排山倒海地向你压来，巨石在洪水中会形成一座座山头，每一座山头都是惊慌失措的，它们不知道自己会到哪里去。洪水推动着巨石，巨石裹挟着洪水，那阵势简直就势不可当。当洪水闯过戈壁滩后，力量渐渐衰竭，排山倒海的气势被干枯的戈壁滩消耗得差不多了，巨石停止奔跑，鹅卵石会惊恐地躲在巨石的身后，各种戈壁滩上的渣滓会停止不前，水却继续向山下的荒原漫去。那水已经失去了骄傲的气势，平静得像一条白色的线，那根线扯动着一张硕大无比的灰黄的幕布，将幕布一下子就盖在了开垦过的土地上。

土地贪婪地吸吮着大水，干枯了千百年的土地在一瞬间湿润了，丰盈了。这样的土地将成为良田，将孕育生命，将不再拒绝播种。无论是风中带来的种子，还是人类撒下的种子，都会在这种充满了水分的土地里生根、发芽、开花、结果。只是，人类是不允许风的播种成功的，那些等待了无数年的杂草会被除去，剩下的是人类自己播下的种子。在阔大的荒原上不久会出现青纱帐，苞谷在塞外的阳光中会茁壮地成长。

只是，夏天的洪水要时常地光顾，漫漫的大水要在太阳把苞谷晒死之前一次又一次地到来，一直到苞谷可以收获，否则苞谷会半途晒死。可见，通过闯田获得丰收是一件多么偶然的事。在庄稼成熟的过程中，洪水的任何一次失约都会葬送一年的收成。还有，闯田只能夏种，不能春播，因为水只会在夏天才到来。

第五章　月亮花

上　部

你简直无法想象，在那遥远的西部荒原，在那沉睡了千年的塞外，出现了一片一望无际的青纱帐。你爹说，这些青纱帐只有在他河南老家才有。没想到在中原大地才有的青纱帐，在新疆也出现了，这都是我们闯田的成果。现在，你说新疆生产建设兵团农场到处都是青纱帐，到处都是一望无边的大田，可能没人会感到吃惊，也不稀奇了，因为从报纸上从电视中都看到了，可是，在1950年的秋季，在新疆的荒原出现了青纱帐，无论是我们还是当地老乡都显得十分吃惊。我们当时简直是太有成就感了，老乡都竖起了大拇指。帮我们打坎土曼的阿吾东逢人便说解放军好，说解放军是他从来没有见过的好兵，能干，不怕累，不怕脏，七八天一把新的坎土曼就啃缺口，他们不是在抡坎土曼，而是在“吃”坎土曼。将来我的巴郎要当就当这样的兵。

1950年，我们从年初就开始闯田。为了赶农时，赶洪水，一直干到夏季，等到天山上的雪水下来，将苞谷播种，看着它们出苗，闯田的活才基本告一个段落。你知道当我们看到苞谷出苗了有多高兴吗？我们看到了希望。我们种的苞谷长势喜人，那些庄稼沐浴在西部的阳光下，渐渐地长高长大，形成了规模空前的青纱帐。我开始说过，羊粪坡那块地方非常适合开垦，土壤里含有羊粪,根本不用施肥,只要有水,种什么长什么。

我们知道不能等洪水灌溉庄稼,要是天气不好,不来洪水,庄稼可不就干死了。于是,我们开始修拦洪大坝,将洪水引到一个低洼处蓄积起来,需要水的时候就扒开口子浇地,不需要水的时候就储存在那里。这样,我们的苞谷地总是在有水的状态下郁郁葱葱地生长着。那段时间我们只要在地头转转,进行一下田间管理就行了。

闯田种地,水来的时候不但浇灌了苞谷地,也湿润了苞谷地四周的荒野,这些荒地里长出了大片的野草,其中那些野苜蓿是羊最爱吃的。这样,一些老乡开始来放羊了。当然,我要说的是那位戴红纱巾的姑娘,她来得最多。在我们闯田时,整天光着身体,她当然就不好意思到我们这里放羊。闯田告一段落了,单衣也发下来了,秋风也凉了,我们都穿上了衣服,她就经常来我们驻地附近放羊了。

她来放羊不但戴了她的红纱巾,也戴了你爹的那顶军帽。她把红纱巾蒙到头上,然后再戴上军帽,这样红纱巾可以遮挡灰尘,军帽可以遮挡太阳。我们第一次见人把军帽这样戴,按现在的话说,很新潮。军帽上的红五星和红纱巾真是相映生辉呀。那军帽我们都认识,那是她的战利品,是你爹"人羊之战"的见证。这样,她每次来放羊时我们就有不少战士站在地头看,有些战士还说你爹的怪话,说:"快看呀,那维吾尔族姑娘手中的鞭子多漂亮呀。"这是讽刺你爹的,因为你爹挨过那鞭子。

秦安疆碰到你爹还说:"胡连长,那位姑娘又来了,还戴着你的军帽呢。"

秦安疆完全是哪壶不开提哪壶,你爹气得不理他,秦安疆还来劲了,说:"胡连长,那鞭子抽得疼不疼呀?"你爹气急败坏地冲秦安疆瞪眼睛:"去,去,要不我也抽你两鞭子试试。"

秦安疆说:“我才不让你抽呢,她抽和你抽含义不同。”

你爹说秦安疆犯贱,都是挨抽还分什么含义,知识分子就是会扯淡。秦安疆说:“这你就不懂了吧,你知道维吾尔族姑娘是怎么搞对象的吗? 他们叫‘姑娘追’,就是姑娘拿着鞭子追小伙子,她用鞭子抽谁,就是看上谁了,抽得越重越喜欢。”

秦安疆这样说,一下把你爹弄了个大红脸。你爹说:“秦安疆,你太会扯淡了。”秦安疆说:“我可不是扯淡,那姑娘用鞭子抽了你,说明她看上你了。”秦安疆望着不远处的姑娘说:“你看,她天天在我们驻地放羊,头上还戴着你的帽子,这就很说明问题。”

你爹望望远处的姑娘,真的不好意思了。说去你的,扛着坎土曼就走了。我对秦安疆说:“你这样拿胡连长开心,就不怕他修理你?”秦安疆嘿嘿笑笑说:“你没看到嘛,我这样说胡连长,他还美不滋滋的不好意思了,他才不会恨我呢。”我望着你爹的背影,呵呵笑了。

你爹没走多远就碰到了买买提翻译和团里的李干事,几个人站在那里说话。

我和秦安疆也走了过去,听到买买提翻译正问你爹组织工作队的事。

根据上级的指示,各连都要组织工作队去英阿瓦提的各个村子进行“减租反霸”工作。这本来都是地方干部的事,可是解放军刚进新疆,地方干部稀缺,像“减租反霸”这样的工作,就交给了我们,让我们每个连队派出一个工作组负责一个村子,去发动群众,进行“减租反霸”。我们负责的村子就是铁匠阿吾东所在的英买里克村。我们和当地少数民族根本就没有过接触,没有任何群众基础,语言也不通,怎么去做群众工作呀。这样买买提翻译就成了我们的宝贝,他每个连队轮流转。买买提翻译明天轮到我们连队了,所以他下午要来联系一下。

你爹见我和秦安疆都来了，就对买买提翻译说："刚好我们指导员和文书都来了，工作队的事我们已经商量好了，由韩排长负责。"

买买提说，不但要成立工作队，工作队还要从自己负责的村子里推荐少数民族积极分子参加培训。上级有指示，我们要培养自己的少数民族干部，否则群众工作就很难展开，光靠我一个翻译根本就忙不过来。

我说，人选是现成的，我们推荐阿吾东。买买提问，你们是推荐镰刀·阿吾东还是胡子·阿吾东呀？我说当然是小阿吾东了，老阿吾东年龄大了点。买买提说，一个村一个不够。你爹说让阿吾东再推荐两个，他了解情况。

这样，我们在地头上就把工作谈完了。谈完了工作，我就问买买提翻译，维吾尔族人搞对象是不是有个"姑娘追"，用鞭子抽？买买提笑了，说，那不是维吾尔族，那是哈萨克族。秦安疆听买买提这样说，有些不好意思，说我是道听途说的，就知道是新疆的少数民族，没搞清楚是哪个民族的。买买提说，你们刚进疆，哪能分得清楚。

我笑着说，秦安疆告诉胡连长，维吾尔族姑娘要是用鞭子抽了谁，就表示看上谁了，我们胡连长还不好意思呢！

买买提哈哈笑了，说胡连长还记仇呀，还记着被阿伊古丽抽的两鞭子呢！

我问阿伊古丽是谁，买买提抬起头，望望不远处放羊的姑娘说，阿伊古丽就是她呀，就是用鞭子抽胡连长的那位姑娘呀。我说这名字挺顺口的，是什么意思？买买提说，"阿伊"是月亮的意思，"古丽"是花。阿伊古丽译成汉语就是"月亮花"。

多好听的名字呀，秦安疆感叹了一番，望望不远处的阿伊古丽说："名字和人一样美。"后来我们才知道，维吾尔族姑娘叫阿伊古丽的很多很多。

我问买买提阿伊古丽今年多大了，买买提说，你看她有多少小辫子。我说太远看不清。买买提说阿伊古丽已经是“皮帽子打不倒”的年龄了。我们更不明白了，“皮帽子打不倒”的年龄是多大。买买提说，“皮帽子打不倒”就表示姑娘长大成人了，可以出嫁了。

哦，根据我们汉族的习惯，姑娘年方二八，正是妙龄，年方二八也就是16岁就可以嫁人了。买买提说，我们十三四岁就可以了。我有些吃惊，说你们维吾尔族姑娘也太早了吧！买买提说，我们维吾尔族姑娘成熟得早呀，到了20岁还不出嫁那就嫁不出去了。我们对买买提说，阿伊古丽看上去是一个大姑娘了，显成熟，至少有16岁了。买买提笑了，说没有、没有，阿伊古丽没有那么大。刀郎人都是穷人，穷人的孩子早当家。买买提这样说我们都笑了。

秦安疆问：“刀郎人是什么人?”

买买提告诉我们，刀郎人是维吾尔族的受苦人，过去他们都是流浪者。买买提这样说，我们不由得点头。刀郎人就是穷人，我们是共产党的队伍，不就是为穷人打天下的嘛！买买提说，过去刀郎人四处迁徙，没有固定住处，所以他们是没有根的人，他们连姓氏都没有，只有名字没有姓，从古至今，刀郎人不知道祖宗是谁、姓什么，祖宗姓氏没有流传下来的，他们的名字就随父亲。这样，刀郎人重名很多，为了区别他们便给人起绰号，经过祖祖辈辈的代代相传，绰号成了他们特殊的名字。

说到刀郎人，买买提滔滔不绝。买买提说，刀郎人有句俗话叫做“没有绰号的人是没有的”，没有绰号的人你就不知道他是什么人。而且绰号一旦被人知道，改都改不了。买买提给我们说了一个刀郎人的笑话。

说很久以前有一个叫“易卜拉欣”的人，他家门口有一棵榆树，由于村里叫易卜拉欣的人太多，就给他起了个绰号，叫“易卜拉欣·榆树”。易卜拉欣觉得这绰号不好听，就把门前的榆树砍掉了，砍掉榆树却留下了树墩，于是人们便叫他“易卜拉欣·树墩”。这绰号更不好听了，易卜拉欣干脆把树墩连根拔掉，这样门口便留下了一个很深的坑，见此情景人们便叫他“易卜拉欣·锅荡”，“锅荡”意为墓穴，这不但难听而且还晦气。易卜拉欣非常气愤，又将深坑填埋，这样人们又称他为“易卜拉欣·填土”。易卜拉欣感觉到在村里待不下去了，决定搬走。没想到，在人们为他送别时，又给他起了个绰号，叫“易卜拉欣·移民”。

我们听了哈哈大笑，觉得这刀郎人也真够绝的，既风趣又幽默。我们的笑声引起了不远处阿伊古丽的注意，我发现她离我们越来越近了，显然她正不断向我们移动。她虽然经常到我们这里放羊，可是我们基本上没有说过话。

我们打死了她的羊，她还抽了你爹胡连长两鞭子，这事虽然在我们心里早已经变成了一个故事，一个奇遇，大家心里早就没有了什么隔阂，可是我们的语言不通，没办法交流，碰到了只能点头微笑，表示友好。

买买提还在讲刀郎人的事，他介绍说，阿伊古丽的爸爸叫赛买提·阿吾东，赛买提是“镰刀”的意思，阿吾东的爸爸是铁匠，最擅长的是打镰刀，所以给阿吾东起了个外号叫镰刀·阿吾东。阿伊古丽的哥哥也叫阿吾东，为了区分爸爸和儿子，人们给阿伊古丽的哥哥取绰号海尼沙·阿吾东，海尼沙意为“胡子”，阿伊古丽的哥哥总是把胡子修理得很仔细。听了翻译买买提的介绍，我们又笑了一阵。

我们刚来到新疆，要依靠群众，刀郎人不就是我们要依靠的对象嘛，经买买提一介绍，我们的心和这些刀郎人贴得更近了。

这时，阿伊古丽离我们更近了，她犹豫着不太好意思过来。买买提见了高声喊：“阿伊古丽，艾格来，艾格来（过来）。”阿伊古丽笑了，终于鼓足勇气走了过来。阿伊古丽过来了，大家都望着她，都有一种好奇。你爹想走又不好意思走，站在那里显得有些不自然。

阿伊古丽过来依次和大家打招呼。我们当然听不懂阿伊古丽说的是什么，大家不由得都学着，向阿伊古丽弯腰致敬。

买买提说，来见见我们的胡连长。阿伊古丽不好意思地笑了。阿伊古丽望着你爹，对买买提说了句什么，买买提笑着为阿伊古丽翻译。买买提说阿伊古丽给胡连长起了一个绰号，叫“好脾气的胡连长”。

好脾气的胡连长？有战士就说，我们胡连长才不好脾气呢，他经常骂人。阿伊古丽说：“我抽了他两鞭子他都不肚子胀，当然是好脾气的胡连长了。”买买提又翻译给了大家，我们都笑了。

你爹不知道怎么表达自己的窘迫，突然也来了一句：“我是好脾气的胡连长，那你就是鞭子·阿伊古丽。”

哈哈——大家一哄而笑，没想到自己的胡连长关键时候还挺幽默。买买提给阿伊古丽翻译后，阿伊古丽也咯咯笑了。这样大家一下就轻松了。

阿伊古丽通过翻译和我们交谈，她告诉我们她放的这些羊都是伊不拉音·米拉甫老爷的，他们家种的地也都是伊不拉音·米拉甫老爷的。当时打死那么多羊，这笔账就算在他们家头上了，要是解放军不赔，他们家几辈子也赔不完，现在解放军赔了，老爷就不让他们家赔了。解放军是她见到的最好的人。

你爹说，你们那个叫什么米拉甫的老爷是地主，应当分他的羊，分他的地。阿伊古丽问，地主是什么？翻译买买提说，地主就是巴依，解放军就是要打倒他们，只有打倒了地主，穷人才能有好日子过。

阿伊古丽说，只要米拉甫老爷不欺负我们就感谢老天爷了，他大儿子司马义·米拉甫在外面参加了国民党军队，他二儿子卡斯木·米拉甫在县城当“水官”。全村的人都怕他们。

听阿伊古丽这样说，战士们都有点生气，说米拉甫完全是当地的恶霸地主，要是在口里，早就被“斗争”了，土地家财早分给穷人了。我告诉战士们不要急，中华人民共和国刚成立，我们刚到新疆，还来不及收拾这些恶霸地主，我们已经开始组织工作队了，先“减租反霸”，最后肯定是要搞土地改革的。

你爹对阿伊古丽说：“将来你就不用怕了，解放军来了，那个米拉甫老爷再欺负你，有解放军给你撑腰。”

阿伊古丽听你爹这样说，由衷地给你爹鞠了一躬，笑得很甜。

买买提翻译说，伊不拉音·米拉甫的大儿子叫司马义·米拉甫，司马义就是“蝙蝠”的意思，二儿子卡斯木·米拉甫，卡斯木是“狐狸”的意思。米拉甫的大儿子是国民党军骑七师的，骑七师已经起义改编成解放军了。米拉甫的二儿子过去是管水人，他已经表示拥护解放军，还在县水利上工作。

阿伊古丽显然不想说米拉甫老爷家的事，就提出让买买提教她汉语，买买提答应了，当场就开始教阿伊古丽，他教阿伊古丽的第一句汉语是：“对不起。”

阿伊古丽马上对你爹说对不起，大家望望你爹都笑了。

买买提说，我教了你，你平常还要多说，在这放羊的时候可以多和战士们聊聊。

后来，阿伊古丽和大家见面就很自然了，她的汉语学得很快，只要见到买买提翻译就学两句，学了就用心记住。一段时间后，她真的就能和战士们聊天了，战士们知道她是为了练习汉语，都愿意配合她。

阿伊古丽会把羊赶到苞谷地四周的野地里，然后和我们的战士坐在地头上聊天。我开始还担心羊会进苞谷地，后来发现那些羊仿佛对苞谷都不感兴趣，根本不进苞谷地祸害庄稼。阿伊古丽慢慢地学会了一些汉语，在和一些战士聊天时，阿伊古丽就说：“汉族人长得都一样，连穿的都一样，不好找。”有战士说,维吾尔族人长得也一样,连名字也一样,我们也分不清楚。

我见大家和阿伊古丽聊得高兴,也凑过去了。我说:“我们汉族人不好找,阿伊古丽你想找谁呀?”

战士们回头见是我来了,以为我要训他们,不好好在地里锄草,上工时间聊天。有战士起身要下地,被我拦住了。我说:“干吗都走了,休息、休息,谝谝(聊聊)嘛!”

阿伊古丽见是我,笑了,说:“好脾气的胡连长,找不到,你们汉族人是不是都是好脾气?”

我笑着问:“找我们胡连长干什么呀?”

阿伊古丽说:“不干什么,谝谝嘛,呵呵。”阿伊古丽马上把“谝谝”学会了,现学现用,显得十分可爱。

就这么一位可爱的少女,一天早晨突然哭着来找我们,说她不能活了。当时,我和你爹刚起床还在洗脸呢!我们听到有人敲门,开了地窝子门,发现是阿伊古丽。阿伊古丽这样直接上门很少见,你爹有些紧张,问她出什么事了,阿伊古丽马上声泪俱下。

我见阿伊古丽哭了,连忙安慰她,让她别哭,问她发生了什么事。你爹也说,别怕,有解放军给她撑腰。阿伊古丽用断断续续的汉语告诉我们,她要嫁人了,娶她的是米拉甫老爷。

什么?我当时不明白,难道米拉甫老爷的老婆死了,要续弦?我们听买买提翻译说过,在南疆,有些上了年纪的男人还娶十五六岁的小姑娘做老婆,当地人也普遍能够接受。没想到这事让阿伊古丽碰到了。

当你爹搞清楚了米拉甫娶阿伊古丽是当小老婆时,一下就炸了。你爹猛地将手里的毛巾砸在了水盆里,水溅了我一身。你爹冲出地窝子就喊:“通信员，通信员。”

你爹的举动把阿伊古丽吓一跳，阿伊古丽问我胡连长是不是肚子胀了，生她气了？我说胡连长是生米拉甫老爷的气。我们胡连长只有对你才是好脾气的，对米拉甫这样的已经有两个老婆的地主老财，那可没有好脾气。我在地窝子里听到你爹对通信员说，备马，去把韩排长叫来，一排紧急集合。

韩排长是我们选派的工作队队长，他负责英买里克村的“减租反霸”工作。韩排长去了几趟英买里克村，回来向我们汇报说，他不愿干这个工作队长，没法工作，给老乡磨了半天嘴皮子，他们根本不信会减租减息。最后信了，又不愿意减，说这辈子巴依老爷只有加租的没有减租的，我不知道怎么开展工作。老乡们认为是兵就会开拔，解放军迟早也是要走的，得罪了巴依老爷，将来恰达克(麻烦)。

我们当时怕违反党的民族政策，又不敢来硬的，正愁英买里克村的“减租反霸”工作无法开展呢，这个米拉甫算是撞到我们枪口上了。虽然我们的文化水平不高，政策水平低，把握党的民族政策有困难，但米拉甫在新社会还娶小老婆那肯定是政策不允许的。

我基本同意你爹的决定，就拿米拉甫老爷讨小老婆开刀，批斗米拉甫，从而揭开英买里克村“减租反霸”的盖子，让老乡们看看，解放军是不怕巴依老爷的。

就这样，我和你爹带领一个排去了英买里克村，把全村的人都召集起来，在米拉甫家门前的那棵大桑树下批斗米拉甫了。开始，米拉甫还嘴硬，没想到你爹让通信员拿出了报纸，当场宣读了《中华人民共和国婚姻法》，一下把米拉甫老爷打垮了。从此，英买里克村的“减租反霸”运动就开展起来了。

下 部

我爹依据《中华人民共和国婚姻法》，在英买里克村展开了“减租反霸”的斗争，这确实让人意想不到。这算是巧用《婚姻法》，虽然有点驴唇不对马嘴，但是效果却很好。据说，米拉甫开始还嘴硬，说他知道共产党的政策，共产党提倡宗教信仰自由，他娶几个妻子都是“胡大”的旨意，都符合教规，有经书为证。然后他叽里咕噜说了一阵，还让买买提翻译给大家听。

据马指导员说，他自然是不懂宗教的，一下就被《古兰经》镇住了，一时不知道怎么反驳米拉甫。这时，我爹说话了。我爹说，共产党是提倡宗教信仰自由的，宗教信仰自由也是受法律保护的，但是违法行为是要坚决取缔的。我爹就让通信员拿出了一份报纸，给老乡们宣读了最新颁布的《中华人民共和国婚姻法》。我爹一宣读，一下就把米拉甫镇住了。

当时，我爹在宣读之前，还让通信员喊了一嗓子：“全体都有，立定！”所有的战士都把腰挺直了。老乡们见状，一下子就鸦雀无声了。

我爹宣读时的声音肯定很有震慑力：中华人民共和国婚姻法，1950年3月3日政务院第二十二次政务会议通过，1950年4月13日中央人民政府委员会第七次会议通过。第一章原则，第一条废除包办强迫、男尊女卑、漠视子女利益的封建主义婚姻制度。实行男女婚姻自由、一夫一妻、男女权利平等、保护妇女和子女合法权益的新民主主义婚姻制度。第二条禁止重婚、纳妾。禁止童养媳。禁止干涉寡妇婚姻自由。禁止任何人借婚姻关系问题索取财物……

我爹宣读完《婚姻法》后，当场警告米拉甫，不但不允许娶阿伊古丽当小老婆，而且现在的两个老婆只能要一个，限期打发走一个，否则就犯重婚罪，要法办。

马指导员后来曾经对我说过，他也知道国家刚颁布了《婚姻法》，但没太放在心上。在新疆连女人都没有，找老婆结婚我连想都没有想过，关心什么《婚姻法》呀！没想到这《婚姻法》却在“减租反霸”时用上了。

马指导员说，他当时还有点嫉妒我爹。他是指导员，讲道理耍嘴皮子的事应该是指导员的，结果却被连长抢了。马指导员当时确实没有想到新颁布的《婚姻法》能用在“减租反霸”上。马指导员后来说，论文化他和我爹差不多，都是初小毕业，论脑瓜子还是我爹够用；不过，我们连真有文化的是人家大学生秦安疆。

马指导员肯定没有想到，我爹用新中国的《婚姻法》在英买里克村展开“减租反霸”斗争的这个点子是秦安疆出的，就我爹的那点文化水平，他说不出那番话，也想不到《婚姻法》上。

根据马指导员的说法，阿伊古丽来到了他们的地窝子里，他们立刻集合队伍就去了英买里克村。其实，米拉甫老爷要娶阿伊古丽为小老婆，这件事是阿伊古丽的哥哥阿吾东说的，他告诉了翻译买买提，翻译告诉了我爹，让我爹想办法救救阿伊古丽，新疆都和平解放了还当人家的小老婆，可惜了。我爹也觉得这事十分荒唐，要坚决阻止米拉甫老爷，可是又不能蛮干，翻译说这种事在维吾尔族人中很正常，是符合教规的。

我爹就去找他的文书秦安疆商量，秦安疆说，这是违背《婚姻法》的，无论什么信仰都不能违法。秦安疆的话让我爹醍醐灌顶，才有了根据《婚姻法》展开“减租反霸”斗争的想法。当然，这一切马指导员就不知情了。在后来的日子里，秦安疆简直就成了我爹的秘密军师。这使马指导员一直觉得自己的脑瓜子没有我爹够用。

批斗了米拉甫后，英买里克村的“减租反霸”工作一下就打开了局面。韩排长后来说，当地老乡开始主动找解放军了。更重要的是，我爹用《婚姻法》救了阿伊古丽。我爹不是承诺有解放军给阿伊古丽撑腰嘛，阿伊古丽要成为人家的小老婆了，第一个找的就是解放军的胡连长，如果阿伊古丽的求助得不到解放军的支持，那“减租反霸”在村里就更不可能了。

总之，我爹救阿伊古丽是一举多得的好事情，他既实现了自己的诺言，也展开了“减租反霸”的工作，还让阿伊古丽感觉到解放军是可以依靠的，是可以信任的。

可能不仅是阿伊古丽，当时的老乡都不太敢依靠解放军。开始，是怕解放军像其他人一样欺负他们；后来，见解放军和气待人，打死了羊还赔偿，不怕解放军了，又怕解放军开拔了。老乡们有一个固有的认知，那就是：“铁打的营盘，流水的兵。”所以，当年阿伊古丽和战士们聊天时问得最多的一句话就是：“你们到底还走不走？”这话阿伊古丽也问过我爹。

我爹坚定地回答：“不走了，我们永远在这里。”

其实，我爹当年这样回答阿伊古丽，他自己都说不清楚是走还是不走。当时新疆的政治情况很复杂，解放军的一个师要分别驻防南疆一千公里的几个城市，地域辽阔，线长面广。南疆的广大农村封建势力十分强大，不少地区还保留着封建庄园式的农奴制度。据说，在农村谁家女儿出嫁，都要先送给巴依老爷过初夜，一个巴依老爷娶谁家的女儿当小老婆，那算是对她的恩典。

还有，就是少数民族和汉族之间存在民族隔阂，少数民族对解放军不信任。新疆和平解放时，有一些特务秘密潜伏在了起义部队中。还有不少国民党军的军官脱离了部队，三五成群四处活动，有的在国境线上活动，进进出出地搞破坏。

进疆的解放军首先是边防军，要守着国境线；同时也是劳动军，要开荒闯田，解决自己给养；最后还要做群众工作，成为工作队。

为了卡住国民党的散兵游勇和特务在国境线上的活动，驻和田的部队分兵驻守通往印度的各个要点和山口，对各个山口进行探查、勘察、测绘，最后统一边防关卡。守边防和开荒闯田对解放军来说都不难，难的是做地方上的工作，做人的工作，这要掌握政策和策略，这对打了多年仗的解放军来说，那真是大炮打苍蝇，有力使不上。但是，缺少地方干部，群众工作只能让正规军做。

后来，有人在一次大会上就说："新疆如果没有人民解放军做群众工作，就将没有群众工作可言。"

但是，光靠解放军做群众工作是不行的，必须培养当地的少数民族干部。新疆民族众多，各民族间互相有隔阂，特别是各少数民族与汉族间的隔阂很深，语言文字不通。党和国家领导人当时就指出："没有少数民族自己的干部，就不要进行任何带群众性的改革工作。"要求新疆在三年内培养出一万名左右既懂得政策，懂得汉语，又能联系群众的民族干部。

当时，新疆采取多种办法培养当地民族干部。新疆分局、南疆区党委、各地委、各县委都开办了地方干部训练班。连民政厅、教育厅、财政厅、公安厅甚至邮电局都举办各个行业的干部训练班。

在新疆的"减租反霸"运动中，着重对民族干部进行培养，在实际工作中锻炼出了一大批民族干部。在新疆分局开办的培训班上，王震亲自参加了开学典礼，王震把培训班比喻为"制造人民干部的工厂"。

从1949年到1951年，新疆培养了1.6万多名少数民族干部，发展了近1000名少数民族党员，有1.2万名少数民族青年加入了共青团。这对当时新疆稳定和今后的发展都是至关重要的。这些少数民族干部到现在还能起到作用，老的干部已经退休了，他们的后代接了班。这些干部现在成了新疆反恐维稳的重要力量。这可能连当年的党和国家领导人都没有想到。

当然,我爹他们进疆后的首要任务还是闯田,还是开荒种地解决自己的给养问题。正如马指导员所说的那样,经过他们的开荒种地,荒原上出现了青纱帐,也就是说靠闯田种地,他们取得了好收成,基本解决了自己的粮食问题,为国家减轻了负担。据兵团某师的史料记载,1950年他们开荒8万亩,收获的粮食可供全师8个月给养,蔬菜已经能全年自给,还养羊、养猪、养牛,平均每人一只羊,7人一头猪。

我爹所在的部队由于第一年的闯田获得了丰收,第二年部队的干劲就更大了。只不过1951年的闯田就有规划了,不单单在羊粪坡,闯田已经扩展到了羊粪坡以外的大片荒原。在1951年的闯田中还多了一层意义,那就是抗美援朝。当时提出的口号是:“开抗美援朝荒,种抗美援朝地。”

部队闯田还是光着身子,这和头一年不太一样。头一年是单衣没有发下来,第二年单衣已经发下来了,但是部队战士们不舍得穿了。部队要节约,规定:“每年两套军衣要节约一套,两件衬衣要节约一件,一年发一套棉衣改两年发一套,帽子去掉檐,衬衣去掉翻领,军衣口袋由四个减为两个……”既然要节约,最好的节约是不穿。这样,部队战士们在夏季闯田时,就干脆不穿衣服了。

战士们认为不穿衣服也挺好,人从猴子变成人就不穿衣服,人从娘胎里出来就不穿,来到这个世界上本来就是赤条条的,干吗要穿衣服呀。人穿衣服一是御寒,二是遮羞。天气这么热,穿衣服那是在捂痱子,衣服也就失去了御寒的作用。穿衣服遮羞那就更没有必要了,都是大男人,大家长得都一样有什么羞可遮。

所以,在荒原上,在蓝天白云下,大家基本上是赤身裸体的。说是赤身裸体也不全面,有的战士穿的是红柳裙,大家头上都戴了一顶红柳枝编的柳枝帽。这种红柳帽都是自己编的,就是把红柳枝扭成圈戴在头上。这帽子在打仗时部队经常编,那是为了隐蔽。在荒原上编柳枝帽不是为了隐蔽,是为了挡太阳。荒原上的太阳实在是太毒了,有了遮阳的红柳帽就好多了。

穿着红柳裙,戴着红柳帽,部队显得花枝招展的,部队就是以这样的打扮迎来了荒原上的第一批女兵,或者说第一批女人。

第六章　湘　女

上　部

你知道我们在荒原上第一次见到女兵是什么心情吗？就像在大漠中找到了水呀！不知道谁说的，女人是水做的。女人就是水，女人就是男人最解渴的水。我们热泪盈眶，我们欢呼雀跃。我们感谢老首长，他说话算数，说给我们从口里运来女人，就真运来了。当然，一次运来的女人是远远不够的，这些女人对于大部分人来说只能看，只能是望梅止渴。我们当时也没有据为己有的意思，想都不敢想；但是，能望梅止渴总比没有好。想拥有一个女人那要慢慢来，要一步一步来。我们当时有一个口号："团长都结婚了，离我们还会远吗？"

我们都盼着首长们早点结婚。

一天下午，我们的干劲已经没有上午大了，大家干着活总是东张西望的，其实也没有好望的风景，北边的远处是雪山，那是我们闯田的希望，我们闯田就等着那雪山融化，雪水下来，我们好浇灌干渴的土地。南边是一望无边的沙漠，还有就是在阳光下被晒得垂头丧气的枯死的胡杨林。四处是连绵起伏的沙包，沙包上的红柳已经失去了昔日的风采，被砍伐得参差不齐，就像一个个没有剃好头的脑袋，惨不忍睹。红柳枝被我们用来编红柳裙和红柳帽了。

在我们北边的山脚下有一条简易的公路，那是我们来时所走的路，那路已经是我们和师部及上级联系的唯一通道，据说，那路可以通往喀什。路上没有什么车，半天可能会有一辆汽车路过，掀起的灰尘就像一阵孤独的旋风。有时候那路上也许会有一辆老乡的毛驴车缓慢地走过，如果车上有彩色的纱巾飘荡，那将是我们永远也看不够的最好的风景。

那条简易公路是大山和荒原的分界线，就像那枯死的胡杨林是荒原和沙漠的分界线一样。不过，那条路不仅是大山与荒原的分界线，那还是我们的希望之路。那路上偶尔出现的汽车可能是为了我们而来的。比方，我们的单衣就是从那条路上送到的，我们的老首长也是从那条路上坐着吉普车来的。每当我们没有什么干劲的时候，我们总是无意识地去看那条路，那条路总会给我们带来惊喜的。

那天下午，惊喜真的来了。开始，我们看到有一辆汽车卷着灰尘远远地过来了，接着还有一辆，接着又有一辆，汽车就像从天幕后钻出来的一样，一辆接一辆，足有二三十辆。有一辆或者几辆汽车开过来没什么特别，那条路上每天都会看到，但是有一个车队几十辆汽车开过来那就大不一样了。车队在简易的公路上排成了一队，显得很壮观。我们都停下了手中的活，望着那车队。那车队不是一般的车队，每辆车上都插着红旗，在头车和尾车上有专门押车的人，车顶上还架着机枪。那样的规模和气势与一般的车队是不一样的。由于是夏天，车四周的帆布都撤掉了，只有顶上的帆布留着遮阳。车队近了，我们依稀可以看到车上坐的都是人，或者说都是兵，那些兵看到了荒原中的我们，有不少人向我们挥手，很有激情的样子。大家望着那些兵发愣，根本没有力气和兴趣和他们打招呼，我们也是兵，再多的兵也见过，让他们下来闯一个月的田，他们就没有激情了，就老实了。车队更近了，大家发现那车队下了路斜刺里向我们开来，向我们团的驻地开来。当车队更近的时候，我们发现这些兵和我们不太一样,因为她们的头发太长了。接着我们听到了喊声:“你们好!你们好!”

那喊声尖细还很明亮,像女人的声音,那分明就是女人的声音!终于,有人反应了过来,喊道:“女兵、女兵,她们是女兵!”

这时,有人扔下坎土曼向汽车跑去,一边跑一边喊:“女兵、女兵!”顿时,大家都来了力气,挥舞着手臂向车队迎去,边跑边喊,女兵、女兵,喊着喊着,那喊声就变了,变成了女人、女人。我们欢呼着,像一群野人向车队奔去。大家都忘记了自己的穿戴,忘记了男女有别,大部分都光着脚穿着红柳裙,一部分只戴着红柳帽赤身裸体。当我们跑近汽车,我们发现女人们都转过身去,有的捂着脸。这时,我们的战士才意识到了什么,大家连忙捂着下身,无论是赤身裸体的还是穿红柳裙的,都发现下身极不安全了,其实,有些人的红柳裙根本不遮羞,只是一个象征。于是,有人开始扭头向地窝子里跑,本来向车队奔跑的人群突然改变了方向,第一个向地窝子跑的人就像奔跑的头羊,后面的人跟着头羊跑,大家只有一个目标,那就是地窝子。

没有多久,人群便从地面上消失了,钻到了地下,进了地窝子,这让女兵十分意外,在车上呆着回不过味儿来。当人们再一次从地窝子里出来时,每一个人都穿上了新军装,除了一张老脸还灰蒙蒙的外,全身衣服都是崭新的。也就是说大家回到地窝子穿上了衣服,连脸都没有顾上洗就跑出来了。

车队还停在那里,车上的女人望着车下的男人发愣,车下的男人望着车上的女人傻笑。男人们发现这些女人一身的灰,头发上都是灰乎乎的。她们虽然风尘仆仆,但她们的眼睛里却有特别多的水,水汪汪的,只是那水中包含着惊恐和失望。大家围着车队,有些战士伸出了手想拉女兵下车,而车上的女兵却向后缩,根本不愿意下来。大部分女兵下意识地在那里拍身上的灰。

车队的领导冲车上的女兵喊:“下车了,下车了!”

我们发现车队领导是个麻子,挺丑。你爹悄悄对我说,麻子好,麻子丑,让他运女兵,安全。我听了哈哈大笑。

女兵们都不下车,女兵们不愿意下车,这让我们很伤心,她们看不上我们。

车队领导又喊:“同志们尽快下车活动一下,我们还要出发。”

女兵们听说还要出发,这个地方并不是她们的目的地,这才陆续下车。她们一下车就忙着打扮自己。说打扮也没有什么好打扮的,她们互相拍打身上的灰,然后用衣袖擦脸。过了一会儿,女兵们原形毕露了,显示出了女同志固有的光彩。那都是好女人呀,年龄都不大,既年轻又漂亮。车队领导对我们说,都是从湖南来的,是湖南女兵。

车队的领导介绍说,他本来是一个四五十辆汽车的车队,一边走一边留,到了这里只有二十多辆了,他们的目标是喀什。你们这个地区有三个团,一个团分一车,一车两个班。上级已经分配好了,十九、二十、二十一号车留下,其他车辆在这里休息一下,吃点干粮继续前进。我们不住地点头,仿佛只有点头才能表达我们激动的心情。

整个车队在我们那里休息有半个小时,那半个小时简直成了我们的节日。我们啥时候一次见过这么多年轻漂亮的女兵。我们都煞有介事地在女兵的四周晃悠,把目光有意投向远方,做有理想的眺望状,其实,我们的每一根汗毛都已经伸了出来,去感受女兵们的声音笑貌,去感受女兵们的呼吸。当我们忍不住向她们飞一眼时,发现女兵们根本没有注意我们,更不要说关注的目光或者热情的微笑了,根本没人理会我们,没人理会我们这些战斗英雄。她们的高傲深深地刺伤了大家,这使战士们想发疯,想发狂,想惹事。

车队出发了,本来说要留下三车女兵,可是那三辆车的女兵吃完干粮也跟着上了车。虽然留下的三辆车没有跟着车队开走，但二团和三团却把留给他们的车也开走了，只剩下了一辆车孤零零地停在那里。一个车队的女兵只剩下一车了，这简直让我们绝望。留下的女兵见车队开走了，开始在车上哭，她们更不愿意下车了。

团长望望离去的车队，急了，说，这不是“猫咬猪尿脬——空欢喜”嘛，一个车队的女兵才留下一车，就这一车女兵还哭着不下车，怎么办？

团长命令我和你爹率领骑兵排去追车队，问问车队领导，女兵不愿下车怎么办？团长意味深长地说：“看你们的了，要是追上去能说服车队领导多留下一车，我首先解决你们连没有女兵的问题。”

团长的言外之意我们都听懂了，要是多留下一车，我首先解决你们两个的老婆问题。团长这是小看我们了，就是多留下了一车我们也没有奢望。能多留下一车只要属于我们团就行。

我和你爹快马加鞭去追那女兵车队。那时候的汽车根本没有马跑得快，路赖，车况也不好，没追多久我们就追近车队了。车上的女兵见我们扬鞭催马地疾驰，纷纷站起来看，这让我们十分受用。由于车队领导坐在车队的第一辆车内，我们必须超过每一辆女兵车，我们右手缰绳，左手扬鞭，绷直腰杆，含胸拔背，目视前方，一脸严肃的英勇状。战士们这样的表情多少有了些表演的成分。这表演的效果很好，赢来了女兵们的欢呼。女兵们越欢呼，我们越严肃，目不斜视地超过一辆辆的女兵车。由于前车被后车的欢呼声感染，越往前女兵车的欢呼声就越大，这让战马和战士们都兴奋得无以言表。正在我们得意的时候，车队突然停了，女兵们的欢呼声引起了车队领导的注意。

我们才追过了一半的汽车，车队就停下了，这让人扫兴，觉得很不过瘾，你说追一个停下的车队有什么意思。车队领导问我们干什么，你爹喘着粗气说，你们怎么不跑了，怎么停下了？车队领导说，不是等你们吗？你爹说，谁让你等了，我们能追上。车队领导问，你们追我们干什么？你爹说，团长让我们追问一下，女兵都不下车怎么办？

车队领导哈哈笑，突然十分严肃地说："下也得下，不下也要下，这要服从命令。"车队领导强调了纪律后，又把话一转，说："不过，你们也不能把人家硬拉下来，是吧？"

那怎么办？我们都有些发愁。车队领导神秘地笑笑，说她们都是湘女，从湖南来。湖南人爱吃大米饭，你们做一锅大米饭摆在车边，看她们下不下来？我们一听笑了，说这办法行吗？车队领导说，肯定行，一路上都是这样干的。

我们点了点头，站在车前还不走。车队领导见我们还不走，问我们还有什么事。

你爹望望十几辆汽车，发愁地说："我们团才留下一车女兵怎么能够呢？我们一个团有三千多勇士呢，你这一车才三十多个女兵。"

你爹说话有时候是相当有水平的，他把我们一团的人都称之为勇士，这连我也没有想到。车队领导笑笑说："你三千多勇士怎么了，有三十多个女兵就把你们解决了。你没有听人说嘛，男人征服世界，女人征服男人。"

你爹说："女兵征服男人那当然没问题，可是只能一个女兵征服一个男人吧，不可能让一个女兵去征服一群男人吧，我们都想被女兵征服。"

大家都哈哈笑了。

车队领导笑过了，说："留一车就不错了，有的团才留半车，你们是三五九旅的老八路，开荒有一套，现在的中心任务又是开荒，所以上级对你们特殊照顾，分一车。"

我们七嘴八舌地缠着车队领导，说要照顾就多照顾一下，就留两车吧。

车队领导说："都像你们这样，车队到不了你们这里就抢完了，那我们还怎么搞后勤？"

你爹说："你是世界上最好的后勤，后勤就是满足前线部队的需要，现在部队最缺什么？当然是女兵了，战士见了女兵就不要命了！"

车队领导有些不高兴了，言语中有了批评你爹的意思，说："你这个家伙官不大，嘴皮子蛮利落，你们到底想干什么？一会儿说自己是勇士，一会儿又说见了女兵就不要命了，你拿话打谁呢？"

你爹说："我哪敢打你呀，我只想留下一车女兵。"

车队领导说："你想留就留了，你算老几？"

你爹说："俺啥都不算，我留一车女兵也不是为了自己，是为了我们团。"

车队领导说："你想留就留了？没门儿。"

你爹说："那我一定要留呢？"

"你敢，还翻天了。你敢抢女兵车，就不怕犯纪律？是要受处分的。"车队领导声音突然大了起来，看来是发火了。这引得不少女兵下车来看热闹。女兵们围着我们看，这让你爹更勇敢了。

你爹说："顾不了这么多了，处分就处分。只要再留下一车，只要有女兵，命都可以不要，还怕受处分？"

"哇！"有女兵在起哄，互相之间还叽叽喳喳地议论，说，"我们女兵对他们这么重要呀，为了我们连命都可以不要。"

车队领导说："我还没有见过你这么野的兵，简直是土匪。你们太无组织无纪律了，太野，都说你们打仗勇敢，开荒也是能手，没想到野得都敢抢女兵了。"

车队领导这样说，引起女兵们一阵哄笑。有女兵就小声说，我们只听说抢媳妇的，没听说抢女兵的。哈哈……

车队领导又说："你想扣一车女兵，你能负责吗？敢不敢给我留下姓名，打个收条，到时候我向上级汇报？"

车队领导这么一说，你爹不敢吭声了，你爹也许会想到私扣女兵车的后果，你爹被弄得下不了台。车队领导见你爹不吭声，有些得意地说："我还以为有多野呢，原来还是怕了，尿了。"

这下你爹不干了，把脖子一梗，说打收条就打收条，有什么了不起。你爹真给车队写了张收条，收条上写的是："今收到女兵一车，特此证明。"你爹在下面还签了名，留下了部队的番号。车队领导看看收条，说你有种，把收条叠好往上衣口袋里一揣就上车了，说："开车。"

我们站在那里有些傻眼，问："哪一车留下呀？"

车队领导说："哪一车都不留下，你说留就留了？这要上级批准。"

"可俺给你打过收条的。"

"你一张破收条就能留一车女兵？你问女兵们干不干？"

湖南女兵就学着你爹的口音说："俺不干！哈哈……"女兵们说着就往车上爬。

你爹急了，说你收了我的收条却不给女兵，这不中。车队领导说，中也得中，不中也得中。总之，收条我收下了，女兵没有，有本事你去告我去，说着汽车就发动了。你爹一下就冲到了汽车前面，顺手去摸枪。车队领导见状把头一仰对车顶上的押送战士道："看到没有，有人胆敢持枪拦截女兵车队，机枪准备！"

车顶上的押送战士"咔嚓"一声就拉了机枪的枪栓。

我一见这事要闹大，动了武器可不是闹着玩的，连忙去拉你爹，我说你去摸什么枪呀，一摸枪性质就变了。我把你爹拉到一边，对车队领导说："对不起，对不起，我们没别的意思，这不是和你们商量嘛，你不给就算了。我们可没有持枪拦截。”

车队领导把手一挥，说：“你们知道这件事的后果吗？后果很严重！”然后，车队领导斩钉截铁地命令车队：“出发。”

车队出发了，我们站在那里看着。一辆辆女兵车从我们面前开过，我们干瞪眼。我看到车上的女兵从我们面前路过时，还向我们做鬼脸。你爹站在那里，低着头，也不敢看车上的女兵，面对一辆辆开过去的女兵车像一个有罪的人。你爹这次出了大洋相了，女兵没有留下，还给人家留下了收条，只要那收条往上级一交，那就是你爹拦截女兵车的证据。我们回去向团长汇报时，团长又把你爹骂了一顿，说你爹笨蛋，成事不足败事有余。有那收条在人家手里，迟早要倒霉，那是个雷。

结果，我和你爹后来都背了个全团“通报批评”的处分。团长找我们谈话，说，我也不想给你们处分，上面一直追问团里对你们拦截女兵车是怎么处理的，没办法，总要给上级一个交代。团长鼓励我们说，别怕，你们拦截女兵车是为了我们团，到时候，我会找机会给你们取消，你们好好干，争取立功，这样功过就抵消了，不影响你们的前途，下次再分给我们团女兵时，我争取给你们连分配两个。

团长能这样说，我们很感动。团长见我们望着他可怜巴巴的样子，又特别强调了一下，说，我说话算话，肯定会分给你们连两个女兵。你爹说，我们不是为了自己。团长说，我知道，我知道，一旦时机到了，我第一个解决你们的问题。

团里分来了女兵后，我们的穿戴就注意多了。不注意不行了，因为我们觉得到处都是女兵。虽然女兵只有两个班，但她们无处不在。她们喜欢散步，在驻地四周乱走，对什么都好奇，碰到了我们她们只会笑笑，也不敬礼。

我们知道，虽然女兵们还住在集体宿舍里，要不了多久她们会一个一个走出集体宿舍，嫁人生子。

女兵们有时候还会走错地窝子。我们正吃着饭，突然眼前一亮。一个女兵亭亭玉立地出现在我们地窝子里，就像仙女下凡。往往是我们还没有笑出声来，女兵发现走错了门，转身跑了，弄得我们很惆怅。按照你们文化人的话说，叫：怅然若失。

下　部

第一批女兵到达荒原上时，不仅仅让整个部队欢欣鼓舞，更重要的是让当地的老乡吃了定心丸，这使他们相信解放军真不走了。老乡们成群结队地来看稀奇，有的骑着马，有的赶着毛驴车，就像赶巴扎（集市）一样热闹。他们稀奇得很，吆喝着："羊缸子（已婚女性），汉族人的羊缸子，亚克西（漂亮）。"老乡们来看汉族的女兵不仅仅是好奇，老乡们认为，解放军的羊缸子都来了，他们要在荒原上安家了，他们真不走了。解放军不走了，这让老乡们放心了，不敢和解放军接触的老乡，也找解放军的工作队谈心了，支持解放军的就更坚决了。

老阿吾东和阿伊古丽赶着羊到了我爹的驻地，说是要慰问女兵。当时，小阿吾东在解放军办的培训班里学习，解放军又阻止了米拉甫娶阿伊古丽当小老婆，为阿伊古丽撑了腰，这样阿吾东一家就成了积极分子。他们不但赶着羊，还带了蔬菜，有皮牙子（洋葱），有辣子，有胡萝卜。这些都是当时解放军最稀缺的东西，没想到这些东西解决了我爹所在部队的大问题。

当时，女兵们不愿下车，任凭你喊破了嗓子都没用。政委进行政治动员，让共产党员和共青团员带头下车。这些十七八岁的姑娘没有几个共产党员，所以政治动员不起作用。不政治动员还好，一政治动员把好几个都吓哭了。根据车队领导出的主意要用大米饭引诱她们下车。这样，阿吾东送来的羊和蔬菜就派上了大用场。开饭的时候，炊事班的六个人都出动了，浩浩荡荡的。炊事班的人两个抬着一个大盆，第一个盆是大米饭，第二个盆是辣椒炒羊肉，第三个盆是洗得干干净净的碗筷。炊事班长范德银喊着："开饭了、开饭了，辣椒炒羊肉，大米饭管够啦……"

据说，几个大盆就放在汽车旁，辣椒炒羊肉嗞嗞冒着香气，站多远都能闻到香味，不要说女兵了，就是战士都被勾引得流口水了。据马指导员后来说，他们到新疆从来就没有吃过这么好的饭菜呢。

女兵们已经在路上走了半个多月了，行程几千公里，一路上看到的都是戈壁滩，风餐露宿的，到了新疆的荒原上居然有大米饭吃，看来这个地方不错，在辣椒炒羊肉和大米饭的诱惑下纷纷下了车。她们一下车，团长就指挥着战士把她们的行李卸了下来，搬进了早已为她们准备的"豪华"地窝子。所谓豪华地窝子就是在地上垫了木板，在墙上挂了毛主席像。相比战士们的地窝子来说，女兵们住的地窝子就算豪华的了。女兵们吃饱了喝足了进地窝子里休息，她们发现这地窝子是一个不错的地方，阴凉、干爽、通透，没有想象的那样糟糕，也就安心了。

荒原上来了女兵，她们成了宝贝。

当年进军新疆的部队有10万人。陶峙岳率部的"九·二五"起义国民党军队有10万人。起义部队接受改编后，共有解放军官兵20万人。在这20万人中，营以下的干部和战士基本上未婚，团级干部大多数未婚，师以上的还有一部分未婚。部队当时的平均年龄在38岁以上，95%的人都是光棍。女兵的到来让这些老兵的生活立刻就有了光彩。

平均年龄38岁，这个年龄段不要说在20世纪50年代，就是在现在也是大龄了，在当时那应该是老龄青年了。当时的中国农村，16岁左右就结婚了，十七八岁都当爹了。

20万人在新疆屯垦戍边，要扎根边疆，只有男人没有女人怎么扎根？新疆又地广人稀，当时的人口分布不均，符合结婚条件的单身年轻女性就更少了。只有一个办法，从口里大量招女人。

为了解决营级以上干部的婚姻问题，王震曾经向陈毅要了2000名女兵，这批女兵基本上都是后方医院的女护士。在1950年还从四川招过一批女兵。先解决干部再解决战士的婚姻问题，这不是论资排辈，因为干部的年龄比战士大，只有先从年龄大的开始解决。

对于20万大军来说，几千女兵是远远不够的。王震是湖南人，他认为湖南妹子能吃苦，人又漂亮，招一些有文化的湖南女学生到新疆，也可以解决部分干部的婚姻问题。他给当时的湖南省委书记黄克诚、政府主席王首道写信，希望大力协助。

这样，最先大规模招到新疆的就是湖南女兵，也就是首长所说的“湖南辣子”。据史料记载，湖南对新疆招聘团非常支持，不但拨出一栋楼办公，而且还在当时的报纸上发布消息，动员年轻女性参军去新疆。当时招兵的公开说法是到新疆当女拖拉机手，学习俄语等，没有提婚配的事。招收女兵的条件放得很宽，“不论家庭出身好坏，一律欢迎”。

这一条对那些出身不好的女学生来说太有吸引力了，那些资本家的女儿，那些国民党军官的子女突然看到了光明，看到了前途。在当时能参加解放军，那可是一件无上光荣的事。于是，报名参加者十分踊跃。此次在湖南招收的女兵有八千多人，后人称为“八千湘女上天山”。

这些女兵年龄都不大，十八九岁的，那些老兵却都是三十多岁了。

第二批是山东女兵，就是首长说的“山东大葱”。山东是老战场，好多男人在战场上被打死了，女人都剩下了，把这些寡妇招到新疆是为了解决连排干部的婚姻问题。山东招到新疆的女人有五千多人，部分是寡妇。此次招收的女兵，被后人称为“大辫子”，又称为“五千鲁女上天山”。

第三批进疆的是上海女兵，也就是首长说的“上海鸭子”。从上海招的女兵是为了解决起义部队的一些军官和部分年龄大的老兵的婚姻问题。在上海招收的女兵不多，大约有900人，这些所谓的女兵都是新中国成立前旧上海的妓女。新中国成立后，这些妓女当然也就失业了，都进了学习班，进行了教育改造，让她们重新做人。改造后的妓女主动提出离开上海，脱离过去的环境重新生活，这样有一部分就到了新疆。她们向往着雪山草地，在蓝天白云的召唤下，要去那遥远的地方寻求新的生活。

当第一批女兵车到达荒原后，我爹去拦截女兵车就不难理解了。

我爹当年拦截女兵车的事在荒原上一下就轰动了，很多人不认识我爹这个小连长，但是肯定知道这事。到现在你去问退休的老兵团人，你知道当年有一个连长抢女兵车的事吗？他脸上的皱纹一下就开花了，马上显得有了激情，回答说有这么回事，是一个连长。

当年，我爹拦截女兵车的事一传十十传百的，在荒原上迅速就传开了。这事儿本来没什么，被人们一传就放大了，变味了。说我爹带着骑兵排居然追上了女兵车，看来汽车这玩意是个瞎摆设。国民党的兵当时都坐汽车，结果被我们的飞毛腿追上了。我们进军新疆就不坐汽车，步行还不是到达了目的地？还有人说，骑着马追汽车不叫什么本事，有本事的就跑步追汽车。说得更玄乎的也有，说我爹将女兵车拦下，用枪顶着车队领导，逼着人家留下一车女兵做老婆。车队领导命令机枪准备，子弹都上膛了，要不是一群女兵隔在中间，战斗就要打响了。打了一辈子仗还没有见过解放军打解放军的，不知道哪支部队更厉害。

据马指导员说，这事儿当时传得邪乎，说的都是俏皮话，听了就觉得可笑。不过，他们心里还是有点慌，因为我爹给车队领导打了收条，他如果向上汇报，肯定会处分的。

第一批女兵到来后，那地窝子的缺点也出来了。女兵会经常找不到家，迷失在荒原里。特别是夜里，女兵起来解手，然后就找不到地窝子了。当年女兵找不到地窝子的事经常发生，有一个女兵在荒原上徘徊了一夜，一直哭到天亮。女兵说："钻进一个地窝子听到鼾声如雷，吓得跑了出来；钻进另一个还是鼾声如雷的，连续几个地窝子都是男人的，一下就慌了，再也不敢乱钻了，只有在那里哭，想妈妈。"

当年那些女兵确实可怜，她们年龄都不大，离开父母到这戈壁滩上没有不想家的。女兵起来解手找不到地窝子，这在当时是个严重的问题。别说女兵，就是男兵半夜起来撒尿也会找不到自己的地窝子。可想而知，那时候又没有电灯，天黑后，如果没有月亮，夜里就什么也看不到了，真是伸手不见五指。据马指导员说，他当年就摸错过地窝子，钻到人家的被窝里睡了一夜。男人互相钻地窝子没有什么，大家算是寻了开心，女兵就不行了，女兵要是钻错了被窝，那就出大事了。

第七章　阿伊泉

上　部

由于大量开荒闯田，我们需要大量的水。光靠洪水是不行的，因此，兴修水利这项重任就摆在了屯垦戍边人的面前。关键要有水，而且要有充足的水。部队也曾经打井找过水，井打了几十眼，根本找不到水。无论你用什么办法，井只能打下去一米多深，一米过后便是流沙，那沙子就像泉水一样，挖出多少还会聚集多少，挖到最后，四周塌陷，井就不是井了，是沙坑。

英阿瓦提的水是从塔里木河上游通过渠道引来的，流量十分有限，只有盛夏天山上的积雪融化，雪水顺山坡而下，水量才能浇灌。在枯水期和冬季渠里无水，人畜饮水靠夏天蓄水。当地人挖了很多蓄水池，以满足冬天的用水，当地称这些蓄水池为“涝坝”。要开垦荒地，从英阿瓦提引水肯定是不行的，那里水源不够，部队也不能和当地老乡抢水。

为此，要挖渠，要引塔里木河水来灌溉我们开垦的土地。这样师里就规划了一条能灌溉40万亩土地的大渠，并给这条渠取名八一胜利渠。

要挖渠引水，就要对整个灌溉面积进行一次勘察，团里组织了四个勘察队，以羊粪坡为中心，分别向四个方向进行勘察。我们连负责西南方向，顺着那片枯死的胡杨林走，主要任务是搞清楚那片枯死的胡杨林到底有多大面积，在胡杨林的尽头还有没有水源。

那天早晨勘察队顺着枯死的胡杨林出发了，大家带了六天的水和干粮。团里在给我们布置任务时说，你们带的干粮和水只够六天的，走出去三天，如果还没有走出那枯死的胡杨林的尽头，在也没有找到水源的前提下，就必须返回，否则你们就会渴死在大漠中。

虽然是勘察队，但我们是全副武装的。我们怕遇到国民党的散兵游勇，或者漏网的土匪。我们这一组有十多个人，由我和你爹带队，还有葛大皮鞋和秦安疆。据英阿瓦提的老乡介绍，往西的大漠中可能还有人。如果真有人，那就一定有水，为了避免误会，不至于重蹈“人羊之战”的覆辙，团里把买买提翻译也配给我们这一组了。

勘察队顺着那枯死的胡杨林走，路十分难行，干枯的河道都是鹅卵石，有些河段胡杨林已经失守，被沙子侵入。在干枯的河道里走了一上午，有战士惊奇地发现，在北边有一片活着的胡杨林。从枯死的胡杨林到活着的胡杨林的直线距离大约有两三公里，两片胡杨林可以遥遥相望，却不能相聚，一片枯死一片还活着，在它们之间有沙梁阻挡。

有胡杨林就有水，我们决定过去看看。我们花了半天的时间看了一下，原来那活着的胡杨林并不是靠河水生存的，靠的是夏季的洪水，我们闯田剩余的水最终就聚集到那里了。这样，我们又回到了枯死的胡杨林里，决定按照原计划顺着死胡杨林继续前进。勘察队在胡杨林里走了两天，也没有走到头，这样大片的胡杨林死在河流的故道上，确实让人震撼。晚上，大家把帐篷就扎在胡杨林里，十几个人挤在一个帐篷里怎么也睡不着，太寂静了，寂静得连风的声音都没有，这让人十分恐慌，就好像来到了另外一个星球上。

第三天，小分队又出发了，这是最后一天向前走，我和你爹决定走到哪算哪，到天黑为止，第二天就返回。我们基本打消了找到水源的念头，因为走了两天，连那枯死的胡杨林都没有走出去，更别说找到水了。如果有水，哪怕是地下十米深处有水，这些胡杨林也不会渴死。

在太阳偏西的时候，你爹认为走出了那片枯死的胡杨林。眼前，树林已经没有了，挡在面前的是一道被洪水冲过的沟壑。我用望远镜向前看，发现前方还有枯死的胡杨林，只是胡杨林已经不是向西了，而是就此向南，向大漠深处而去。我把望远镜递给你爹，你爹望了半天说，看来还没有走出胡杨林。也就是说，这一带每年夏季也会有洪水，这条已经枯死的胡杨林带被山洪拦腰冲断了，形成了沟壑。眼前的沟壑由北向南，我们判断应该有几公里宽，几十公里长。沟壑内驻守着沙包，沙包上生长着红柳，满沟的红柳就像一条红河，太好看了。我记得秦安疆当时还即兴作了一首诗。

我和你爹都不懂诗，听秦安疆一念，朗朗上口，还是不错的。不过，秦安疆的诗却引来了葛大皮鞋的咒骂。葛大皮鞋说，你秦安疆不该这个时候作诗。秦安疆问为什么，葛大皮鞋说“作诗”不就是“作死”嘛！秦安疆说葛大皮鞋是瞎扯淡，说葛大皮鞋愚昧无知，迷信，怕死。秦安疆这样说让葛大皮鞋下不了台。葛大皮鞋说我参加革命的时候你还不知道在哪儿呢！你说我怕死，连长和指导员都没说我怕死，我怕死还敢打日本鬼子，你打过仗吗？

葛大皮鞋这样说，我和你爹互相望望，笑了。葛大皮鞋参加解放军比秦安疆确实早点，葛大皮鞋是打宝鸡时的俘虏，秦安疆是解放兰州时的俘虏。我抓住秦安疆的时候，他举起双手投降，手里拿了一支笔，穿得干干净净的。我说，缴枪不杀！他把笔递给我说，这就是他的枪。我说这是笔不是枪，他说笔有时候比枪还有杀伤力。我问他是干啥的，他说他大学毕业参加国民党部队当了一个文书。我一听是大学生，有文化，立刻就感兴趣了。我们当时就缺这样的知识分子，问他愿意参加解放军吗，他问我们还往哪打，我说马匪(马步芳、马鸿逵)向新疆逃了，我们要向新疆追击，打到新疆去，解放全中国！他一听说去新疆，眼睛亮了，说我到大西北，就是想看看丝绸之路，你们去新疆我就跟你们走。我当时也不知道什么叫丝绸之路，就把他留在了连里，我们连也算有个大学生知识分子了。为了不被团里挖走，你爹在上报时还隐瞒了他大学生的身份。

你爹见葛大皮鞋和秦安疆在那儿瞎磨牙，上前骂了他们几句，说，既然一个还有兴趣作诗，另一个还有力气炫耀光荣，那咱今天就多走一段路，咱们在天黑前穿过眼前的洪水沟，在对面的胡杨林里宿营。

你爹的这个决定几乎要了我们的命，后来我们在洪水沟里一直打转转，就是走不出去。你爹站在沙包上四处张望，发脾气了，拔出枪骂娘，骂着向天“叭”“叭”开了几枪。说来奇怪，那枪声一点也不响，好像还来不及传开便被沙包吸收了，只留下沉闷的噗噗之声。

这时，秦安疆突然惊叫了一声，指着南边不远的沙包喊：“快看，那是什么?”这时，我们发现了一只金色的黄羊。在洪水沟里发现了黄羊这让我们喜出望外，打死了黄羊烤肉吃，我们就不愁食物不够了。我们连忙向那黄羊追去。也不知道追了多久，那黄羊一会儿出现，一会儿又消失，和我们玩捉迷藏。

我们追累了，在一个沙包边休息着喝水，秦安疆说，会不会是海市蜃楼，整个就是一幅画，我们在追画中的羊。你爹不甘心，又端着望远镜看，说，怎么可能是画，也不是海市蜃楼，那分明就是黄羊，我们都追这么久了。你爹说着把望远镜递给我说，怎么啥也看不到了？我抓起望远镜四处望望，不但看不到黄羊了，连那枯死的胡杨林也看不到了。我的心一下就沉了下来，我问大家，追黄羊追了有多久了？

秦安疆很有诗意地回答："从白天追到了天黑。"

我白了秦安疆一眼，认为他不好好说话。天黑了，我们却在大漠中失去了参照物，大家光顾着追黄羊了，把归路都忘了。我对你爹说，反正我们是顺着洪水沟往西南追的，明天就往东北走，只要找到胡杨林，那胡杨林就是我们的坐标。

秦安疆说："那枯死的胡杨林就是我们的生命之林。"

"妈的，净说废话。"葛大皮鞋骂秦安疆不好好说话，秦安疆说葛大皮鞋没文化，这么有诗意的语言都无法理解。我和你爹听秦安疆和葛大皮鞋拌嘴，哭笑不得，他们还没意识到眼前的困境。你爹望望秦安疆无语，决定就地宿营，第二天返回。

没想到，第二天太阳不出来了，天是黄的，下沙子，大家无法确定方向。我们觉得特别奇怪，也不刮风，可是沙子却无缘无故地落，天地一片混沌，能见度极差，几米之外什么都看不到了。买买提翻译说，虽然我们这里没刮风，但大沙漠深处刮了大风，沙子被刮到天上，然后从天上落到了我们头上。

我们不得不走，如果不走，我们只能是坐着等死，因为我们回到宿营地还有三天的路，水和干粮也只有这么多。为了不掉队，你爹用一根背包带子把大家穿了起来，你爹带头，我押后，我们摸着往前走，就像一串瞎子。

在混沌的大漠中，十几个人牵着走，像在雾中。我重庆老家会经常起大雾，在雾里走路你会觉得很浪漫，那感觉，犹如在仙境。我参军前就和我们坝子上的李幺妹牵着手在大雾中走过，是她主动牵我手的，因为不牵着手，她怕掉下山崖。在雾中牵着一个姑娘的手走很浪漫，在大漠中十几个男人牵在一起走路就一点也不浪漫了。在雾中空气是湿润的，雾是飘忽不定的，有一种飘飘欲仙的感觉；在大漠中天是黄的，空气干燥，呼吸困难，嘴巴里都飞进了沙子。嘴里有沙子你还不敢吐,吐沙子会把口水也吐出去,口水也是水呀,不能浪费。口水只能和沙子一起咽下去,牙齿一动,那沙子会被嚼得嘎嘎作响。

我们估摸着向东北方向走,走不了多久,大家的身上和头上都落了一层沙子,灰蒙蒙的,我在后边看大家就像一群泥塑。如果有人在大漠中突然碰到我们,肯定会把我们当成妖魔鬼怪。我当时就像电影里的道人,赶着一群僵尸,非常荒诞。

我们就这样走着,天黑了就地宿营,第二天又走。

三天以后,我们的水和干粮基本消耗殆尽,我们突然见到了太阳,扬沙天好转了一些。太阳西斜着显得没有生气,昏黄的,分明是在向西方落,我们所有的人却认为那太阳是向着东方落。难道太阳真被风刮得从西边出来从东方落了?可见,我们完全迷失了方向,我们端着望远镜根本找不到那胡杨林。即便是节约着用水,水也所剩无几了。

我们必须走,不走就是坐着等死,可是,如果再这样瞎走,我们也会死。走是死,不走也是死,我们还是决定不走了。秦安疆说,与其在大漠中疲于奔命地累死,还不如坐着平静地等死,坐着等死还可以回忆一下美好的往事。

葛大皮鞋说:“回忆个屁,我的过去就没有美好过,我至今连个女人都没有碰过。呸,亏死了。”

秦安疆骂葛大皮鞋庸俗。葛大皮鞋望望大家问,你们谁有过女人?我们大家都不吭声,因为在我们中间谁也没有结过婚。你爹说,都这样了还有心情谈女人。葛大皮鞋说,秦安疆不是要大家等死,回忆美好的过去嘛,我认为过去有过一个女人就算是最美好的了。

我鼓励大家:“还没有到最后的时刻,不能等死。”

商量之后,决定把所有的水集中在一起,分一半的水出来,派两个体力好的人轻装前进，以最快的速度回去求救，如果走两天能赶到驻地，团里派骑兵排来救，我们还有一线希望。也就是说，我们要在大漠中至少再坚持三天。我们向派出的人交代，往北走找到枯死的胡杨林，枯死的胡杨林是我们活着的希望。

可是，派出的人问你爹，哪个方向是北？你爹也说不清楚，太阳又不知道跑到哪里去了，根本找不到北。

你爹正在给派出的两个人交代任务，秦安疆从眼前的一个沙包上滚了下来。秦安疆说，发现情况！我们都吓了一跳，去摸枪，以为有土匪，秦安疆摇摇头上气不接下气地说，我又看到一只金色的黄羊。

"什么？"我们一下都来了力气。

你爹问："是哪只黄羊？"

秦安疆说："不知道此黄羊是不是彼黄羊。"

葛大皮鞋说："管他是哪只黄羊，有了它我们就有救了。"

我们知道黄羊再次出现是我们的救星。我们在秦安疆的带领下爬上沙包，发现那只黄羊正站在对面的一个沙包上，它很安静。由于是扬沙天气，能见度差，这次我们看到的黄羊再也没有了美感，我们也无心去欣赏那黄羊的美了，我们不由舔着干裂的嘴唇像饿狼一般向黄羊扑去。我们要喝它的血，要吃它的肉。这次我们对那黄羊相当重视，我们展开了战斗队形，分兵三路向那黄羊包围而去，只要我们俘获了这只黄羊，我们就有救了。

黄羊对我们给它造成的危险认识不够，它还是那样不紧不慢地向前走，走走停停，然后回头望望我们。我们当然是穷追不舍了，因为它已经是我们的命根子了。为了有力气追黄羊，我们喝完了最后的水。黄羊就在我们前方，它总是在我们的射程之外。

黄羊所在的沙包其实没多高，可是我们觉得那简直就是博格达峰。我们努力向上爬，一直爬到了我们步枪的射程之内。大家都举起了枪，你爹喊，不要开枪。你爹说不能乱开枪，把它打成筛子了，血就流光了。要一枪打在头上，尽量让它少流血，血可以喝的。你爹从葛大皮鞋手里要过步枪，刚举起来，黄羊从沙包上突然消失了。我们就觉得眼前一黑，绝望得要晕过去，这时，已经天黑了，我们已经没有了水，只能等死了。

我们垂死挣扎地爬上沙包，大家又是眼前一亮。我们几乎不敢相信自己的眼睛了，在沙包下的深沟里出现了一片绿洲，有绿洲就有水呀！

我们向绿洲扑去，连滚带爬的，在我们面前出现了一条小溪。大家冲到小溪边，把整个头都伸进了水中，像牛一样喝水。我们一阵猛灌，你爹一抹嘴巴说，这水真甜呀，俺一辈子也没有喝过这么甜的水。

这时，一轮明月升了起来，我们就像到了人间仙境，本来扬沙天气还没有完全结束，但在这个小绿洲内却没有了扬沙。

翻译买买提望着天上的一轮圆月，望望泉水，突然跪在了泉边。买买提双手捧着泉水，喊道："阿伊泉，阿伊泉……"买买提念叨着喝了一口，笑了，说我是好人，我是好人。买买提又让我们去喝水，细细地喝，品尝那溪水，并认真地观察我们的表情。问水是甜的还是苦的？我们又喝了一阵水，觉得那是世界上最甘甜的水。买买提拍着我们的肩膀，说，亚克西，亚克西，你们都是好人，咱们都是好人。

我们被买买提弄得莫名其妙。

喝足了水，我们顺着小溪向上游走去，走了不到一公里，就找到了源头。那是一个水潭，四周都是树，还隐隐约约地能看到野花。秦安疆在那儿自言自语地说："世外桃源，世外桃源，简直是世外桃源。"这时，我们在水潭边又意外地见到了那只黄羊,它也正在喝水。

第二天,一个不可思议的现象出现了,那泉水不见了,小溪干了,只剩下了鹅卵石。

大家当然不相信那黄羊是什么老天爷派来的精灵,但是心里还是有点惶恐,因为我们昨晚吃饱了喝足了,却没有把水壶灌满。没有水,我们还是走不了。于是,大家决定挖地找水,昨晚分明看到有泉水冒出,今天怎么就没有了,太邪了。我就在那泉水冒出的地方挖,可是挖地三尺也没有挖出水。

忙了一天也没有挖出水,勘察队却不敢轻易离开那里,虽然那里现在没有了水,但是毕竟曾经有过水,这就是我们的希望。你爹决定留下两个人继续挖井找水,其余的人分别向四面八方搜索。为了不至于失去那块绿洲,我们砍了两棵树,分别插在绿洲两边的沙包上。大家约定视线不离开那消息树,不要走得太远。

在天快黑的时候,大家都陆续回来了,四周除了沙漠什么也没有发现。

天黑后,四处却很明亮,一轮圆月升上了天空,几天的沙尘天气终于彻底结束了。在沙漠的绿洲里,坐在开满野花的草地上,望着那皓月当空,应该是很有诗意的事情,可是由于没有水,大家情绪不高。正在我们唉声叹气的时候,大家突然听到了咕噜咕噜的冒水声。我连忙向发出声音的地方看,我看到有个泉眼正咕嘟着向外冒水。一会儿,泉水就开始在小溪里流淌起来。这简直是奇迹呀,整个白天我们挖都挖不出水,到了晚上水却自己出来了。这是什么泉呀,只有在夜里才出泉水,这是夜泉。买买提又跪下祈祷了,嘴里念念有词:阿伊泉,阿伊泉。

这时大家惊讶地发现在泉水边,在小溪的下游出现了一群动物,有黄羊、野兔、野鸡、野猪,远处还有野驴、野骆驼和一匹狼……大的小的老的少的各种动物都有。动物们都渴急了，有两只黄羊就挤在人的身边喝水，赶都赶不走，感觉只要一伸手就能抓住一只黄羊的腿。这里的野生动物也许是第一次见到人，它们一点也不害怕，人喝水它们也喝水，和平相处的样子。这群野生动物只是对那只正喝水的狼有所警觉，和狼保持着一段距离，和人却很近。

晚上，大家被狼嚎声惊醒了，在四周的山包上到处是狼。我们起身发现在月光下的山包上，狼群的目光像一盏盏晃动的马灯，勘察队被狼包围了。好像大漠中所有的狼都赶来了，成千上万只狼在那里焦急地嚎叫。

看来，解放军要和狼群打一仗了。对于打仗战士们当然是有经验的，出于战斗的本能，首先要占领制高点，否则狼群从四面八方冲下来，人是无法抵挡的。

这样，人首先发起了冲锋。大家端着枪向沙包上冲，就像向敌人的阵地冲锋。狼群见人向沙包上冲，它们就成群地向沙包下冲。这些狼简直是不怕死，居然敢反冲锋。这样，我们的机枪和冲锋枪就响了，冲到我们面前的狼群在枪声中倒下，大部分从我们身边继续向下冲。等人冲上沙包，大家发现狼群却冲下了沙包。人占领了沙包制高点，狼群却占领了泉水，我们展开了一场人狼大战……

天亮后，泉水又消失了，不过，大家头天晚上把水壶都灌满了水。

太阳升起来了，这是一个晴空万里的好天气，这种天气能见度特别好。我们从望远镜里看到东方是沙漠，西方也是沙漠，而那枯死的胡杨林在望远镜中根本看不到，只能看到遥远的“南边”天边有雪峰出现。这就怪了，在我们的记忆里，那雪峰应该在“北边”呀。那雪峰我们都很熟悉，在闯田累的时候，我们会时常抬起头来打量它。如今，我们再次看到它时，它的方向却变了。

难道是我们集体迷路了？这有点不可能呀。你说一个人找不着北那是可以理解的，十几个人都找不着北，那就很少见了。

你爹认为，管他是北是南，我们就认定那雪山了。向着那雪山走，找到那片胡杨林，顺着胡杨林向东走三天就能找到驻地。我们准备了足够的水和烤肉，节约着用够七八天的。从阿伊泉向着雪山走，我们来时走了四天，那是追着黄羊或者在沙尘暴里瞎走，目标不明确，要是我们盯着雪山走，最多走四天就能见到那枯死的胡杨林。顺着胡杨林就能找到羊粪坡驻地。

这时，秦安疆的一句话立刻就改变了我们向着雪山走的方案，秦安疆说："在我们北边是天山，在我们南边是昆仑山，我们在塔克拉玛干大沙漠里，说不定我们看到的雪山就是南边的昆仑山呢。"

葛大皮鞋说："见山跑死马，况且我们还没有骑马，要是我们四天找不到那该死的胡杨林呢？"

你爹回答："那就死定了。"

秦安疆说："那就算了，我就不走了，与其死在大漠中，还不如就留在这阿伊泉，过一过世外桃源的生活。"

葛大皮鞋说："那我也不走了，走也是个死，不走说不定还可以多活几天，还可以过一过野人的生活。"

没想到葛大皮鞋和秦安疆这两个从来尿不到一个壶里的家伙，在这里达成了一致。一个要过野人的生活，一个要过世外桃源的生活，说法不一样，其实都是一样的。

如果秦安疆的说法成立，我们要是向着雪山走，那离驻地就越来越远了，我们就会穿越塔克拉玛干大沙漠。去年，我们的十五团就穿越了塔克拉玛干沙漠，他们用了18天的时间，走完了1700里到达了和田。

如果我们真能到达和田当然也获救了，关键是我们能不能坚持十几天，走上千里的路。大家都不吭声了，秦安疆和葛大皮鞋的观点占了上风，就在阿伊泉不走了，说不定来救援我们的人能找到这里，如果找不到，我们至少可以当野人坚持一段时间。

既然大家都不愿意走了，那就在阿伊泉待几天再说。既然要在阿伊泉住下，整个白天我们都在劳动，建设我们的临时家园。大家分工行动，丁关带几个人专门剥狼皮，狼肉不好吃，但狼皮是好东西，把狼皮用木销钉在地上绷住，一天就晒干了，那东西往地上一铺当褥子特好。狼下水就埋了，否则会发臭，污染我们的家园，还有可能把其他狼再引来。狼肉不好吃但总比没有强，埋在沙子里烘干，在打不到其他猎物时也可以充饥。由于帐篷里住太挤，也热，大家都住帐篷也不安全，万一半夜狼群再来了怎么办？所以我们搭建了好几个树上窝棚。为了防止泉水再一次干了，我们把水也保存了下来，用刺刀挖了一条小溪，把水引到一个低洼处，搞了一个备用的蓄水池。

一切准备好了，我们就在附近最高的沙包上插上消息树，在上面还拴了布条。在消息树旁派人拿着望远镜时刻瞭望，白天点狼粪，弄得狼烟滚滚的，天黑了就点篝火。我们相信团里会派骑兵救援我们的。后来，是阿伊古丽救了我们。你爹曾经救了阿伊古丽，使阿伊古丽没成为米拉甫老爷的小老婆；阿伊古丽找到勘察队也算是救了你爹。

阿伊古丽带领骑兵排找到了我们后，大家高兴得不得了，热烈地拥抱在了一起。阿伊古丽却谁都没理，谁也没有拥抱，她很冷静地走到你爹身边，围着你爹用马鞭子来来回回地抽，也不用力，就像抽打你爹身上的灰尘。有战士问买买提这是什么意思，买买提笑笑摇头，也说不明白。买买提说生活在沙漠深处的刀郎人，他们的风俗习惯和我们也不同。秦安疆说，那这应该算是“姑娘追”了吧。我说，什么“姑娘追”，应该叫“姑娘抽”。从那时开始，我觉得你爹和阿伊古丽之间有点意思了。

下　部

我无法想象从秦安疆的一首诗开始，接下来随着事态的发展，居然差点葬送了整个勘察队。秦安疆作诗，葛大皮鞋说是作死，两个人在那里瞎扯，我爹认为勘察队还有力气瞎扯，就决定多走一段路，在天黑前穿过红柳沟，到对面的胡杨林里宿营。从秦安疆的作诗到我爹决定穿过红柳沟，看来没有任何联系，可是，一件小事却改变了勘察队的轨迹。

后来，我找到了秦安疆写红柳的那首诗，这首诗在秦安疆的第一本诗集里。在我采访马指导员期间，我也采访过秦安疆，并且将他的几本诗集都借来看了。秦安疆一生中写了几百首诗，还有一部长诗是为一个女人写的，简直就成了一个女人的史诗。不过，秦安疆的几本诗集都是手抄本，没有一首发表的。秦安疆自己说，诗写得不好怎么好意思拿去发表，再说我写诗不是为了发表，完全是一种爱好，为了表达自己的感情。

那首红柳诗是这样写的：

红柳摇曳绣轻风，
叶落纷纷撒黄昏。
独领大漠风骨瘦，
满面红光迎路人。

秦安疆的这首诗应该算是古体诗，这在秦安疆的诗集中比较少见。由于古体诗比较押韵，所以马指导员他们听起来比较顺口。这首比较顺口的诗被葛大皮鞋顺口说成是“作死”，看来葛大皮鞋并没有评价诗的内容，而是说“作诗”本身不吉利，“作诗”和“作死”谐音。两个人就此发生了小口角，这在勘察队枯燥的行程中本来是一件好玩的事，却几乎让勘察队全军覆没，“作诗”真成了“作死”。

勘察队面对胡杨林却可望而不可即，他们的判断失误了，他们是用望远镜看到对面的胡杨林，没有多远，就在面前，却怎么也走不出那沟壑。马指导员他们判断那条被洪水冲击过的沟壑只有几公里宽，没想到当他们走进去后才发现，那沟壑远远不止几公里宽。在沟壑的外围是红柳，里面却是横七竖八的洪水沟，每一个洪水沟都有几里长、几丈深，根本无法穿越，要不断绕路，才能翻过那些洪水沟。眼见太阳要落山，勘察队却只能一步步顺着洪水沟向大漠深处走去。他们无法接近对面的胡杨林，好像那胡杨林会自动倒退似的。当勘察队又回头张望，发现身后的胡杨林用望远镜看着也不远，可他们已经走了两个多小时了。

可以说我爹带领勘察队陷入了一种进退两难的境地。往前走，不知道还要走多久才到达西边的胡杨林；返回，至少要走两个多小时。走回头路是我爹不情愿的。他们低估了眼前的洪水沟，当他们坐在一个沙包上休息时，似乎闻到了那戈壁上铁腥味的死亡气息。

这时，一个新的发现再一次改变了勘察队的行动轨迹。秦安疆发现了一只金色的黄羊。当时，太阳正要落山，火红的太阳又大又圆，黄羊站在沙包上，以火红的太阳为背景，那是一种什么景色啊，就像一张逆光的摄影作品。这种画面被后来的无数摄影作品表现过。开始，勘察队肯定被这种大漠风景迷住了，望着它如痴如醉。

据马指导员说，当时，秦安疆望着黄羊十分夸张地说：“这简直是一个精灵，太美了。”

葛大皮鞋说：“美个球，不就是个黄羊嘛。”

秦安疆说葛大皮鞋是一个没有情趣的人。葛大皮鞋说，情趣个屁，快追，打死了黄羊我们可以吃好几天呢，就不怕带的干粮不够了。当时，葛大皮鞋实用主义占了上风，他的话一下就提醒了大家，我爹和马指导员也意识到了黄羊的重要性，黄羊不仅仅可以欣赏，可以审美，还可以吃肉，于是，勘察队子弹上膛，向黄羊扑去。

接下来我爹带领勘察队追踪着黄羊一步一步向大漠深处走去。

黄羊抬头瞅瞅人然后一步步向大漠而去。黄羊轻盈地走着，不紧不慢地，勘察队跑跑停停总是离它有一段距离，这恰好在射程之外。金色的黄羊时不时扭头望望人，见人离远了，就在某一处沙包上停顿，它在沙包上亭亭玉立，让勘察队欲罢不能。就这样，勘察队一直向大漠里追，眼见太阳从圆的变成了半圆，那金色的黄羊就好像站在太阳的上面，将太阳变成了踏在脚下的风火轮。黄羊踏着太阳走，勘察队当然追不上了，只能望“羊”兴叹，无可奈何。太阳犹犹豫豫地停留在沙包之上，望着人们仿佛陷入了一种沉思。蓦地，太阳和黄羊忽地消失了。我爹带领大家简直是绝望透顶，急忙冲上那沙包，却意外地发现黄羊又在前方另一个沙包上站立。当时，那景色肯定是十分美的，只不过除了秦安疆就没人有心情去欣赏了。我可以想象太阳落山了，西天一片红，像着了火，黄羊站在火烧云里，就像在腾云驾雾。

这时，马指导员可能醒悟过来了，他望着那黄羊挥手让大家聚拢在一起，说不能追了，那也许根本不是什么黄羊，说不定又是沙漠中的一种奇观，既然沙漠中有海市蜃楼，那也有可能出现海市蜃“羊”。秦安疆说，那也不是海市蜃羊，那是一幅画，我们追着画走，永远也追不上。秦安疆这样说，大家都不吭声了。

大家再看那黄羊，那黄羊又在一个小沙包上站住了。黄羊在沙包上焦急地用前蹄刨着，弥漫的尘灰像雾霭，散布着黄昏的气息。

当大家用最后的力气冲向黄羊站立的沙包时，黄羊又不见了，他们眼前先是一黑再是一亮，传说中的阿伊泉出现了。

我小时候也听说过一个关于阿伊泉的传说：在很久很久以前，一个叫阿伊的姑娘和恋人去沙漠里打柴，两人迷了路，带的水已经没有了，就在阿伊快要渴死的时候，阿伊的恋人割开了手腕，让阿伊喝他的鲜血。阿伊在昏迷中贪婪地吸吮，将爱人的鲜血当成了甘泉。后来，他们被乡亲们找到了，阿伊获救了，阿伊的恋人却死去了。当阿伊得知是自己吸干了恋人的鲜血，她悲痛欲绝，在失去恋人的地方哭了三天三夜。阿伊一边哭泣一边诉说：

落到我头上的是爱的狂癫
在爱潮中我为什么这样贪婪
我为爱人痛心疾首
泪流成海将淹没沙洲

这时，月亮出来了，阿伊化为仙子升上天空，阿伊的泪水化为甘泉把那片沟壑滋润，将沟壑变成了一片绿洲。说来也奇怪，那阿伊泉白天没有泉水，黑夜也不会有泉水，只有在月夜才会有泉水。人们后来就将那泉水取名阿伊泉，那沟壑叫月亮沟。相传，做善事的好人喝那泉水是甜的，贪婪的坏人喝那泉水是苦的。维吾尔族民歌是这样唱的：

善良的人喝一口阿伊泉水，
泉水就如蜜一样甘甜；
贪婪的人喝一口阿伊泉水，
泉水会像毒药一样苦涩。

当马指导员他们喝着泉水，告诉买买提那是世界上最甘甜的泉水时，买买提拍着大家的肩膀，说，亚克西，亚克西，你们都是好人，咱们都是好人。我爹他们当时并不知道阿伊泉的传说，所以才被买买提弄得莫名其妙。

这时，大家突然听到了踢踢踏踏的动静，我爹抬起头来，发现在他不远处的泉水边一只黄羊正在静静地喝水。它离人是那么近，黄羊全身的皮毛都是汗津津的，一看就知道是勘察队刚才追击的那只黄羊。它一边喝水一边抬起头向我爹致意，温柔的目光里时不时现出俏皮的神情。

我爹当年基本上没有关心神灵的事，也没有关心天上的月亮，他们更没有将月亮和泉水联系在一起。他们根本来不及关心神灵，他们只关心猎物，人是要吃肉的，这是人的本性，人把消灭动物的活动叫做打猎。其实，在新疆靠打猎为生是不可能的，丁关说沙漠的野味比他东北老家还要多，那是瞎掰。野生动物在沙漠中能生存下来相当不容易，在那一瞬间突然来了这么多动物，那几乎是大漠里的全部。它们千辛万苦寻找泉水，没想到遇到了人。

我爹和马指导员带领的勘察队被困在大漠中，整个过程听起来比较传奇，他们最后在阿伊泉住下了，有点鲁滨孙漂流记的味道。接下来如果救援队还不来，他们简直要把那里当成家了，说不定还会在那里开荒种地。小的时候我听秦安疆也说过那阿伊泉，整个描述要比马指导员说得美多了。秦安疆当时关注的是美景，马指导员关注的是打猎，两个人的关注点不同，那阿伊泉在我的记忆中留下的印象也就不同。

在有月的夜晚，阿伊泉应该是一池碧清碧绿的清泉，在池水中央有泉眼欢欣跃动。泉水四周有一片灌木丛，泉水顺着一条清溪欢快地流淌，小溪没走出多远就被一道沙梁阻挡，扭头顺坡又折回来了，在沙漠深沟里流连忘返。在清溪路过的地方绿草如茵，一些不知名的野花在开放。顺着小溪生长着野山杏树、野核桃树、野梨树、野桃树等，桃花正在开放，梨花一片白，杏花开始凋谢，弄得满溪落英，还有粗壮的胡杨正郁郁葱葱，沙枣树婆娑多姿妩媚动人。天亮的时候，泉水没了，欢欣跃动的泉眼干枯了。昨天晚上还泉水叮咚的小溪，呈现给人的是鹅卵石。溪边的绿草还在，野花正开；野杏树还在，梨花也正开，可是偏偏泉水消失了。

我爹他们发现的那片绿洲长有几公里，宽不过几百米，大约有几平方公里。绿洲夹在两座沙包之间，藏了起来，你不爬上沙包根本发现不了它。泉水就是从沙包下的石缝里流出的，也许小溪还梦想着流淌成一条河，一条大河，然后奔向大海，没想到在几公里的地方绕来绕去就是绕不出去，最后被另一个巨大的沙包挡住了去路，泉水无力冲开沙包，忧愤地一头扎下去，在一棵胡杨树下消失了，来无踪去无影。

我爹带领勘察队在阿伊泉坚持了将近十天，最后是阿伊古丽带领骑兵排的人救了他们。阿伊古丽平常在大漠中放羊，对那一带还是比较熟的。她没有在胡杨林里走，而是顺着胡杨林的外缘从东北向西南搜索前进。塔里木河是一匹无缰之马，在大漠中自由地流淌，它在大漠中走的路是S形的。胡杨林随着河水生长，也成了一条S形的林带。勘察队顺着胡杨林走，走的自然也是一条S形的路，这使勘察队走了不少冤枉路。阿伊古丽带领骑兵排避免了走S形的路，走了一条直线，最后阿伊古丽发现了勘察队在沙包上点燃的狼烟。

接下来大家就像英雄一样凯旋了。人们无法相信勘察队还能回到羊粪坡驻地，要知道小分队只带了六天的水和干粮，却出去了十几天，他们不但没有死，而且身上还带有肉和水。团长亲自听了我爹的汇报，听说找到了水，更是大加赞赏。当秦安疆把一壶泉水递给团长时，大家都神秘地望着团长笑，说这泉水还有一个特殊的功效。

团长问是什么功效，大家都神秘地不说，只是笑。

团长就喝了一口，可那水没有咽下去，就从团长嘴里喷出，吐了我爹一脸。团长说，这是啥泉水，又苦又咸，还有一股羊膻味。

怎么会苦呢？除非，除非团长是坏人？这样一想大家都有些尴尬。团长没再喝那泉水，将水壶递给了我爹。我爹把水壶接过来也尝了尝，确实又苦又咸还有一股羊膻味。我爹把水壶递给大家，每一个人都尝了，那水没法喝了。不知道我爹他们是贪婪的人还是善良的人，反正那泉水变苦了。

后来，有人说那水被动物的血污染了才变苦的；有人说在阿伊泉边亵渎了神灵，水才变苦的。其实，再好的水，你放到水壶里久了都会变苦的，因为水也会变质。

第八章　鲁　女

上　部

你爹拦截女兵车的严重后果一年后才显现出来。这件事我们基本上都忘了,没想到却又爆发了。团长曾经为此给了我们一个处分,后来也没有给我们取消,但我们也没有感觉到处分的存在,这个处分基本上不影响我们的进步。我们知道有些事情是要秋后算账的,但没想到拦截女兵车的事要到第二年的秋后才算账。

还是那个车队领导,还是那些破道奇汽车,还是宝贝女兵,这回不是湖南女兵,是山东女兵,湖南妹子变成了山东姑娘。你爹拦截女兵车是在1951年,山东女兵来是1952年的秋后,都过一年多了。山东女兵是来到我们荒原的第二批,我们称之为“山东大辫子”。当时,我们正在挖一条叫胜利渠的大渠,准备从塔里木河上游引水灌溉我们要开垦的荒地。

山东女兵集体都留着大辫子。好家伙,那辫子长的……辫梢一直引到屁股尖上,丰乳肥臀的。这样的女人能生养,而且还能生儿子。这么好的女兵居然只给我们团留了一车。留一车本来我们也没意见,湖南女兵也只给我们团分了一车。这次不一样了,这次给二团、三团都留了两车山东女兵,单单只给我们团留了一车。这太不公平了,二团、三团无论从哪个方面都不能和我们团比，比战斗、比生产、比立功、比资格……特别是那二团，有一半都是“九·二五”起义过来的国民党，他们的干部大部分是从我们团抽调的，他们自己都说一团是他们的老家。

可是，山东女兵居然给小兄弟分了两车，只给老大哥分了一车，这当然让人想不通。想不通就往上反映，结果让我和你爹大吃一惊。上面说，当初湖南女兵你们团多留了一车，现在山东女兵就应该少一车。团长莫名其妙，说不可能呀，我们当初就分了一车，怎么会是两车呢？这又不是一车肉，吃了就没有了，这是一车大活人呀！一车女兵呢，怎么会丢了？谁想贪污也不能贪污一车女兵呀，累死他。

上面说，你们不能耍赖，你们上次确实多扣了一车女兵！你们不是还处分了连长和指导员吗，现在怎么又不承认了？你们不承认也赖不掉，有收条为据。如果你们没有多扣，你们为什么还打收条？你们一团再牛也不能每次都要特殊照顾吧！

团长听上面这样说，知道问题出在什么地方了，这是上面有意修理一团。团长气急败坏地将我和你爹叫到了团部，拍着桌子骂我们。说胡一桂你就是胡日鬼，谁让你去拦截女兵车的？谁给你权力打收条的，你也忒大胆了，这是越级。你爹还不服气，嘴里嘟囔着：“当初是你让我们带领骑兵排追女兵车的呀，还说要奖励我们。”你爹的声音虽然小，但团长还是听清了，团长说，我让你去做工作，我让你去武装拦截了？我授权你去打收条了？你还有理了，这辈子别想找老婆了。

没想到你爹的收条给我们团带来了如此严重的后果——少一车女兵给我们团带来的损失是不可估量的。问题很严重，团长很生气，这比给一个通报处分严重多了。

当时，我们团成立了胜利渠前线指挥部，团长亲自坐镇指挥。女兵车就停在胜利渠前线指挥部门前。团长正在骂我们，通信员来报告团长，说山东女兵和湖南女兵一样也不愿下车。团长说总不能硬拉下来，要想想办法呀，当时湖南女兵就是见了大米饭下车的，去通知炊事班焖一锅大米饭，杀一只羊。

团里买了一些老乡的羊，成立了畜牧队，但是谁也舍不得杀了吃，我们还等着这些羊产羔，发展成一个大羊群呢。

通信员听说要杀羊却兴致勃勃地走了。

我和你爹虽然有心去看看不下车的山东女兵，但团长没让走，我们只能坐在那儿生闷气。团长骂我们骂累了，终于把声音降了下来，团长说，我就知道这事不算完，你们知道那个押车的是谁吗，他当年给阎锡山的部队管过后勤，他带着一车物资参加了八路军，后来就成了我们这支部队的老后勤了。谁要得罪他算是倒霉了，他从来不做亏本的买卖。你看他满脸麻子的，点子特别多，最会修理人，又抠门，是有名的“麻老抠”，你给他打了收条，那还有个好？他迟早要给你算这笔账的。

团长说，给我们团少分一车女兵其实对我个人没有啥影响，我反正已经有目标了，影响的是你们。

你爹突然嬉皮笑脸地问：“团长，你有目标了，谁呀？”

团长被你爹这么一问，有些忍俊不禁，但还绷着，说：“你管谁？你管得了吗？你还是管管自己吧。这一批女兵主要是解决你们连级干部的，这少了一车，本来每个连可以分两个女兵，现在只能分一个了。全团那么多连队，那么多连长、指导员，你不解决他们的生活问题，他们就不能安心扎根边疆，这直接影响我们团下一步的工作。”

我和你爹当即表态，既然是我们惹的祸，我们连可以不要。团长说，不要才节约两个名额，那解决不了大问题，两个能和一车比吗？你们就等着挨全团的连长、指导员的骂吧。我们为什么要挖胜利渠，就是要大量开荒，在这里建设大型的机械化农场，我们要在这里长期屯垦戍边，我们要在这里生儿育女，要子孙万代扎根边疆。现在有个口号："我为边疆献青春，献完青春献子孙。"没有老婆哪来的子孙可献？

那天虽然我们被团长骂得狗血喷头，但还是在团部吃的饭，而且吃的是好的，吃的是大米饭，辣椒炒羊肉。本来我们是吃不上这么好的饭的，都是给山东女兵准备的，没想到把大米饭和辣椒炒羊肉放到汽车边，山东女兵视而不见，对这么好吃的东西都不感兴趣。我们跟团长到了汽车边，我们见到山东女兵在汽车上哭，车下有不少看热闹的，诱惑湖南女兵的大米饭和辣椒炒羊肉却诱惑不了山东女兵。

这时，你爹碰了一下团长说，我有一个办法。团长急切地问，什么办法快说。你爹说，山东人和湖南人口味不一样，湖南人喜欢吃大米饭，吃辣椒；山东人喜欢吃大葱，吃煎饼。你让炊事班摊煎饼，然后用煎饼卷大葱，只要把煎饼和大葱往汽车旁一放，保准山东女兵下来。当然，最好再炒点鸡蛋。团长半信半疑地布置了任务，让骑兵排迅速到巴扎上采购大葱和鸡蛋。当煎饼和大葱摆到汽车旁时，奇迹出现了，山东女兵真的下了车。

团长一高兴，就留我和你爹吃了饭，吃的当然是为山东女兵准备的大米饭和辣椒炒羊肉了。我和你爹从团部回来，我们摸着肚皮，打着饱嗝，真有些百感交集呀。你爹说："挨了一顿骂，吃了一顿好的，值了。不给我们连分女兵拉倒，不分配女兵我不信就打一辈子光棍了。"

我和你爹开玩笑说："有什么了不起的，不给我们连分大辫子，你有小辫子，而且满头都是小辫子。"

你爹问我："这戈壁滩上连个女人都没有，到哪找小辫子呀？"

"谁说没女人？"我神秘地望望你爹说，"天涯何处无芳草呀，有一朵花你难道没看到？"

你爹这时才知道我说的是阿伊古丽，她就是满头小辫子。你爹说别逗了，她怎么会看上我，只会用鞭子抽我，你总不会相信是秦安疆说的"姑娘追"吧？我说打是亲骂是爱呀，虽然不是"姑娘追"胜似"姑娘追"。

你爹叹了口气说："阿伊古丽是个好姑娘，可惜……"

"可惜什么？"

"可惜人家是维吾尔族，我们语言不通，怎么谈恋爱呀！"

"只会用语言谈恋爱的那是低层次的。"

"不用语言谈恋爱，怎么谈？"

"用眼睛谈，眼睛是心灵的窗户。"

你爹擂了我一拳说："我们指导员真有水平，说话都是一套一套的。"

"语言虽然不太通又不是一窍不通，阿伊古丽的汉语学得快着呢，我们的维吾尔语学得也不错呀。"我鼓励你爹说，"你就和阿伊古丽发展发展，那可是一件美事呀，这不但可以节省一个女兵的名额，为组织上减轻了负担，为大家做了贡献，而且还促进了民族团结，简直是一举两得。"

你爹望望我，神秘一笑，说："是不是怕我和你抢分来的女兵呀，让我找一个维吾尔族姑娘？"

我说你爹是以小人之心，度君子之腹。我告诉你爹，我不需要组织解决个人问题，我在重庆老家有一个对象，她叫幺妹，比这些什么湘女、鲁女都漂亮，一点都不娇气。等时间一成熟我就给家里写信，把幺妹接来。

"太好了！"你爹擂了我一下，"这样团里如果不分配给咱们女兵，我就不担心连累你了。”

山东女兵来的时候，我们正挖胜利渠。胜利渠已经开工一年多了却进展缓慢，后来挖这条渠整整用了我们四年的时间。你无法想象挖胜利渠有多累，这时，山东女兵来了，这大大鼓舞了我们的士气，工地上立刻就热火朝天起来。我们当年挖渠当然是人海战，三个团一字排开，分段包干，60多公里的渠道分给三个团，刚好一个团20多公里。这样一分就有比赛的意思了，所以工地上一直是热火朝天的。

团长让我们连做整个团的后勤连。铁匠张峪科整天挥汗如雨地打十字镐和钢钎。老阿吾东也来帮忙，主要帮助打坎土曼。你爹和秦安疆专管工具运输，当时又没有什么运输工具，靠马驮。那些工具都是铁打的，很重，一匹马驮不了几件。运输是一个大问题，你爹和秦安疆就在一起搞科研，居然捣鼓出一辆马车。

那马车的轮子比较高级，其实就是汽车轮子。当时为了解决我们钢材短缺的问题，上级从酒泉给我们拨来了三辆报废的“杰姆西”大卡车，那三辆车的钢铁都被我们回炉打成了十字镐、坎土曼和钢钎。剩下的汽车轮子被你爹和秦安疆用上了，他们挑选了两个可用的汽车轮子做了马车轮子，让木工做了崭新的车厢。那马车刚出现在我们工地上时，我们都惊呆了，一辆马车四匹马拉，中间一匹是驾辕的，前面三匹马是专门拉车的，拉左边的马，马车就往左拐弯；拉右边的马，马车就右转弯；中间的马只管用劲就行了。

这马车在没有路的戈壁滩上跑起来一点也不费力。由于是汽车轮子改装的马车轮子，马车装满了东西还可以坐人。你爹坐在上面十分神气，成了真正的马车夫，也成了专职的马车夫，因为除了你爹和秦安疆就没有人会赶那马车了。秦安疆和你爹在一起的时候也捞不到赶，他便成了专职的搬运工，他负责两边的装卸。你爹赶着马车跑起来轰轰隆隆的气势非凡，当时有人还骂，说你爹是败家子，把战马变成了拉车的脚力。不过苏联专家见了却伸出了大拇指，说这四驾马车比我们苏联的还多一匹马，我们只有三驾马车。苏联专家还唱了一首叫《三套车》的歌，很好听。

秦安疆聪明，听到了这歌，马上就记住了曲，他让翻译把歌词也译了出来，时常坐在马车上哼哼，用汉语唱。这样，秦安疆成了一个忧伤的马车夫，你爹成了一个神气的马车夫。

由于我们遇到了“坚戈壁”，眼见我们团的工期要落后。团长急得嘴上都起了泡，命令你爹每天都往工地上送新的钢钎和十字镐。可是，在这个时候你爹和秦安疆突然两天都没见影。团长派人去催，连催的人也没了音讯。当你爹后来赶着四驾马车风尘仆仆地出现在工地上时，团长黑着脸不理你爹，大家看团长的脸色也不敢吭声，都去卸车。大家发现这一车工具和过去的不同，所有的工具都磨得锃亮，就像不锈钢的，比我们过去的刺刀还亮。怪不得你爹耽搁了这么长时间，感情去磨工具去了。其实，这些工具根本不需要费力去磨呀，使用中自然会亮的。

团长批评你爹：“谁让你把工具磨得这么亮的，你这是磨工具吗？简直是磨洋工，你胡一桂简直就是胡日鬼。”

团长批评你爹，你爹也不争辩。这事引起其他连长的议论，说你爹为了分一个山东女兵，积极争取进步，想不出办法了，就把钢钎和十字镐都磨亮了，确实是胡日鬼。

你爹进疆后本来就是新闻人物，先是“人羊之战”，后来又“拦截女兵”，现在又出了个“磨十字镐”事件。磨十字镐不但没有得到团长的表扬，还被团长“刮了胡子”（批评）。一时间胡连长磨十字镐的事在工地上成了笑谈。

后来，我问你爹怎么干出了磨十字镐的傻事，你爹说这事有口难言，这些工具不是我们磨的。我问是谁磨的，你爹说不知道是谁磨的，反正避了一夜风，第二天车上的坎土曼和十字镐都变成这样子了。

原来，你爹在戈壁滩上遇到了大风，风刮得连人都站不住，就别说走了。你爹只好把马卸下来拴在一起，人钻到马车底下避风，风一刮就是一天，当你爹和秦安疆等到风停了套车往工地上赶时，发现所有的工具都是锃亮的，一夜的飞沙走石把工具都磨亮了。

新疆的风很奇怪，会凭空而来，突然而去，风的范围可大可小，刮大风时那整个世界都好像在呼啸，刮小风时也就在几十平方公里内，你可以站在风的边上看几公里外刮风。在新疆风大风小，指的不是风力，是指刮风的范围。我们在挖渠的工地上只看到远处的天空灰蒙蒙的，根本没想到你爹在路上会遇到这么大的风。团长知道了原因还不信，还说风凉话。说风也是胡日鬼，在我们十字镐上用劲，疯了。

团长叫你爹胡日鬼，“胡日鬼”就成了你爹的外号，后来你爹在全团成了“胡日鬼连长”，大家把胡一桂这名字都忘了。

人说男女搭配干活不累，我们胜利渠的工地上有了山东女兵后，进展确实快了很多，虽然那段坚戈壁还没有解决，我们也坚信终将会解决的。我们都喜欢山东女兵，因为山东女兵就在我们身边，和我们同吃、同住、同劳动。山东女兵来后，团长给哪个连也没有分配，而是成立了两个女兵班，让她们到工地挖渠，这不像湖南女兵，湖南女兵都分配到各个单位了，分散了，平常根本见不到。

看山东女兵干活是我们最大的享受。当时，在胜利渠工地上有一种小推车，独轮，恐怕只有山东、河南一带才有，解放战争期间在山东解放区，山东人民就是推着独轮车支前的。山东女兵大部分都来自老解放区，有的还支过前，会推独轮车。一车土一个女兵推着，顺着盘坡路，一扭一扭地推，看着她们扭着觉得小车要翻了，可是那独轮车就是不翻，扭着扭着就上去了。一个女兵推独轮车是独舞，两个班的女兵推独轮车那就像秧歌队。她们排着队向坡上推独轮车，山东女兵的屁股大，圆滚结实，扭起来显得十分有力，加上那大辫子一直拖到屁股尖上，辫梢随着腰肢的扭动在屁股上摇摆不定，让人看了心都像猫抓。特别有个叫李桂馨的，长得漂亮，身段挺拔，最引人注目。

你爹和秦安疆赶着马车到了工地后，卸车后也会干点活，他不干别的，也去推那独轮车，你爹是河南人，会推。那独轮车就是山东、河南一带的民间的交通工具。你爹会跟在女兵班的后边推独轮车，推得得意洋洋。秦安疆见你爹会推独轮车，要求你爹教他，可是秦安疆不争气，怎么也教不会，别说用独轮车推土了，就是推着空车也走不了两米，不翻车才怪了，翻车也就罢了，秦安疆连人带车一起翻，惹得大家哄然大笑，在一旁观摩的女兵们也哈哈大笑。

工地上的连长、指导员看到胡连长和女兵班一起推独轮车就眼馋，想推还不会，一个个的在休息的时候就围住了你爹，说："胡日鬼呀，你真会日鬼，还会推独轮车，也教教我们吧。"

本来教教大家也没什么，可是这些连长、指导员叫你爹胡日鬼，你爹就不干了。团长叫你爹胡日鬼，你爹不敢吭声，其他连的连长、指导员和你爹是平级的，叫你爹胡日鬼，你爹当然不会教他们了。你爹不教他们还有理由，说："这推独轮车的技术传女不传男。"

"为什么呀？"

你爹也不说为什么，就是不教他们。不教他们是为了气他们。这时，团长过来了，说："胡连长，你给我说说，为什么推独轮车传女不传男？"

你爹见团长脸色不对，开始狡辩，说推独轮车传女不传男是有科学依据的。

“什么依据？”团长的声音已经提高了八度。

你爹不慌不忙地回答，在推独轮车时，由于是盘坡路，道路是绕着走的，路况不断变化，独轮车的重心也在不断地变化，推独轮车时就要不断扭屁股，这是为了平衡，保持车的重心。所以推独轮车就有了一句口诀，叫：“推车要用巧，关键是屁股扭得好。”

你爹这样一说，团长一下就笑了，大家也笑了。团长在你爹肩上拍了一下，说你个胡日鬼，名堂真多。

下　部

我爹“胡日鬼”这外号是团长起的，是在挖胜利渠时叫开的。一个人的外号其实比名字流传得还深远，你现在去问老兵团人，知道胡一桂连长的不多，没有不知道胡日鬼连长的。“胡日鬼”这个外号跟随了我爹一辈子，这和刀郎人给人起外号有异曲同工之妙，想改都改不了。我爹外号叫胡日鬼，在后来漫长的岁月里他确实是越来越胡日鬼了，他的胡日鬼影响了人家一生，也影响了自己的一生。其实，我爹开始也没有太胡日鬼，后来叫胡日鬼了就越来越胡日鬼了，这名字不知是不是有一种心理暗示。

八一胜利渠从1951年3月开工，到1954年八一建军节放水，前后用了3年零5个月。马指导员说用了4年时间，可能又是按年头算的，这和他说徒步进军新疆走了一年是一样的。胜利渠最后完成1000多万立方米的土石方。有60多公里，但是和胜利渠配套的干渠、支渠却有100多公里。加起来长有250多公里，可灌溉农田40万亩。这还不算完，除了干渠和支渠外，还要有农渠和斗渠，只有这样，渠水才能引进荒原，灌溉良田。那些农渠和斗渠到底有多长，没有人丈量过，这完全都是兵团人用坎土曼、铁锹、十字镐人工挖的。

挖渠是当年军垦战士最累的活。那时候没有任何大型机械，全靠人工开挖。坎土曼、十字镐、铁锹是主要工具，所以挖渠是老军垦们最不愿回忆的痛苦往事，可以这么说，他们谈挖渠色变。不过，马指导员说起挖胜利渠却是眉飞色舞的，一个最大的原因是有山东女兵的存在。

我爹当年挖胜利渠没有出多少大力气，他日鬼出一辆马车来，还是四驾马车。他赶着四驾马车和秦安疆走在荒原上，那是秋天的荒原，晴空万里，秦安疆唱着那首美丽的俄罗斯民歌，一切都显得那么浪漫。俄罗斯民歌后来成了那个时代的最流行的歌曲，很抒情，很好听，一直到现在都还有人传唱：

冰雪遮盖着伏尔加河，
冰河上跑着三套车。
有人在唱着忧郁的歌，
唱歌的是那赶车的人。
小伙子你为什么忧愁，
为什么低着你的头，
是谁叫你这样伤心？
问他的是那乘车的人。
…………

歌的内容是唱一个忧伤的赶车人，我爹肯定不会忧伤。看他那个熊样，推着独轮车跟在山东女兵后面，要多得意有多得意。人家秦安疆就不同了，连个独轮车都学不会，我爹还说人家没有屁股，当时不知道秦安疆是不是忧伤。

据史料记载，胜利渠整个渠道长60多公里，口宽近30米，底宽近20米，深度近3米，流量每秒40立方米，流速每秒近1米。当时，修这么一条渠不是一件容易的事，没有任何关于土地、水情、气候、山洪的资料，也没有技术人员，更没有工具，可谓是真正的一穷二白。当时恐怕只有一个想法，那就是把塔里木河上游的水引出来，开荒种地。那些地已经沉睡了千年，不能让它们再沉睡，那些土地只要有水就能种出庄稼。父辈们要向荒原要粮食，只有这样才有饭吃，才能在荒原上站住脚，才可以实现屯垦戍边的战略目的。有条件要上，没有条件创造条件也要上。

后来，在新疆有很多名字叫“胜利”的渠，从胜利一渠、胜利二渠、胜利三渠一直排下来可能有十几条。在塔里木河上游当年不但修了很多渠，还修有水库，每一条胜利渠都会在塔里木河上游胜利地开一个口子，这些口子将塔里木河水引向荒原，灌溉荒地，将荒原变成绿洲。马指导员所说的胜利渠应该是比较早的一条，是新疆当时比较先进和正规的渠道工程。

修一条灌溉用的渠，光在戈壁滩上挖一条沟还不行，还要建设永久性的水闸、桥梁、涵洞等，一条60多公里的水渠，要修建100多个固定建筑物。这些建筑物的石料和木料都是从天山上采伐和开采的。据说，当年上天山开采石料的有7个连队，开辟了5个采石场。天山的石头是最好的石料，都是大青石，从几百米的山上滚下来，一点都摔不坏，这些世界上一等的石料可以在水中泡一千年。木头当然也是最好的，都是天山上的上等松木。除了这些自己能解决的材料，还有一些不能解决的材料，比方水泥、钢材。当时新疆没有任何工业，水泥和钢材都是从全国各地运来的。水泥就是北京琉璃河水泥厂支援的；钢材是太原支援的。可见，一条渠惊动了全国各地。

在挖渠工地上还有一群人是从全国各地来的,他们要单独劳动,那就是劳改犯人。当时,在挖渠工地上主要有三种颜色的衣服,一种是马指导员他们穿的衣服,那是新发的绿军装;另一种是黄军装,那是起义部队的军服,国民党的军服都是呢子的,质量好,没舍得换,只换了领章和帽徽;还有一种是黑衣服,那是劳改犯穿的衣服。劳改犯穿着黑衣服在胜利渠工地上黑压压的,特别引人注意。

一时间,在新疆就没有穿黑衣服的其他人了,说黑衣服是劳改犯人穿的。一直到现在谁要是穿一身黑,肯定会有人说,咦,这人不会穿衣服,穿得像劳改犯似的,黑色成了罪恶和羞耻的代名词。当时,从口里押送来了不少劳改犯人,据说光胜利渠工地就有1900多人,其他地方还有,到底有多少劳改犯被押到新疆那就说不清了。

在胜利渠工地上还有一些花衣服和皮帽子,那是维吾尔族老乡,他们知道部队要挖大渠引水,非常高兴,主动出工来配合。工地上的维吾尔族老乡不多,和解放军相比他们没有形成规模。

阿伊古丽也会到挖渠工地上,她的红纱巾和军帽倒是很特别,很引人注目。她当然不是来挖渠的,是来看挖渠的。她会把羊群赶到附近的荒原上,让羊群自由地吃草,一个人坐在渠边上看,她觉得挖渠很好看,工地上这么多人很热闹。我爹他们闯田时也热闹,可闯田时都是光着身子的,阿伊古丽想看热闹也不敢来,挖渠工地上当然不能光着身子了,阿伊古丽会经常来看热闹。她说是来看哥哥小阿吾东的。

英买里克村的维吾尔族老乡是由小阿吾东带领的,他通过培训已经是一个农会的积极分子了。当时,虽然已经立秋,中午一干活还是热,小伙子却戴着羊皮帽子,也不摘,好像不怕热。这让马指导员他们搞不明白,后来才知道那羊皮帽子的妙用，在新疆太阳特别毒，戴羊皮帽子冬天防寒，夏秋季节防晒。

老乡们在冬季都撤出了胜利渠工地，撤下去不是他们冬天怕冷，是因为还有更重要的事。在1952年的冬季，整个新疆的农村开始了史无前例的土地改革。

1952年5月中共中央就新疆的土地改革工作作指示，明确指出："在新疆农业区，今年实行土地改革，消灭地主阶级，这是一个坚决的革命进攻，不容动摇。"

西北局也发出通知：新疆工作进展很快，实行土地改革时机正好，指示新疆于1952年冬至1953年秋集中力量，办好农业地区土地改革这一件大事。

土地改革和"减租反霸"不同，"减租反霸"没有动摇巴依老爷的根基，"减租反霸"没有伤筋动骨。搞"减租反霸"不搞土地改革，不能从根本上解决农村问题。当时有农民曾这样比喻说：地主阶级和封建土地制度是一座山，恶霸和反革命分子是山上的狼，"减租反霸"把这些狼打倒了，可是这座山还挡着我们前进的路。可见，土地改革在新疆势在必行。

第九章　围　猎

上　部

当地老乡从胜利渠工地上撤回村搞土地改革了，每个村都需要解放军协助，我们连负责的是英买里克村，你爹就派韩排长带领两个战士去了。韩排长主要配合小阿吾东搞英买里克村的土地改革，韩排长比较熟悉情况，在英买里克村搞过“减租反霸”。通过上次的“减租反霸”工作，米拉甫老爷还是比较老实的，或者说装得还是比较老实的。但是，要土地改革了，要分米拉甫老爷的地了，整个情况就不一样了。

英买里克村的土地都掌握在米拉甫老爷手里，土地都租给佃户耕种，要搞土地改革首先就要分米拉甫老爷的地。韩排长这次去英买里克村，就感觉情况不妙了。整个村里的气氛很紧张，老乡见到韩排长他们就躲，谣言四起。

村里还有人议论，说米拉甫老爷说了，小阿吾东是卡甫尔（叛徒），解放军一走，就让他倒骑毛驴示众。

韩排长在向我和你爹汇报时说，所谓倒骑毛驴示众，是米拉甫老爷对付佃户的手段。哪个佃户交不出租子就会把人绑在毛驴背上，让他在村里示众，最后连人带毛驴一起赶进塔里木河里，不准上岸，还让小孩子用石头打。人和毛驴在塔里木河里向下漂流，是死是活就看你的造化了。米拉甫老爷家里喂了几十头毛驴，每到收租子的时候，米拉甫老爷的管家就赶着毛驴一家一家地收，收到了租子就用毛驴驮着，收不到租子就把人绑在毛驴背上。英买里克村的人都怕米拉甫老爷的毛驴。

你爹说当地老乡都怕米拉甫家的毛驴，那就从毛驴着手，先把米拉甫的毛驴分了，然后分地。我和韩排长都笑了，觉得你爹的办法可行。

第二天，韩排长就按照你爹的说法，把米拉甫老爷的毛驴从驴圈里都赶了出来，让全村的人都来，说要分毛驴。可是，全村的人都不敢要，只站在那里看热闹。韩排长回来告诉我们，那毛驴分不掉，老乡不敢要。韩排长回来还告诉我们，英买里克村来了陌生人，小阿吾东说，那些人他从来没有见过。

韩排长可能分不清哪个是村里的人哪个是外来人，小阿吾东应该能分清楚的。韩排长当时给我们报告这个情况时，我们其实没有重视，这让我们付出了沉重的代价。

那天，我们刚从胜利渠工地收工回来，小阿吾东骑着马慌里慌张地就来了，说不好了，韩排长要被人杀了。我和你爹吃了一惊，觉得小阿吾东太夸张了，谁敢杀解放军呀，简直是吃了豹子胆了。你爹说，小阿吾东你别慌，慢慢说，谁敢杀解放军，不可能。

小阿吾东说，你们赶快去吧，去晚了韩排长就没有救了。我也不太相信韩排长被杀的说法，韩排长可以说身经百战，作战勇敢，他去英买里克村不但带有武器，还有两个战士在身边，怎么会被人杀了呢，这简直不可想象。小阿吾东说，韩排长的武器被人抢了。你爹问，那韩排长怎么不开枪?

小阿吾东说，韩排长分不清哪是老乡哪是坏人，没法开枪。

当时，米拉甫老爷居然也召集村里人开会，在他家门口公开说，不要听解放军的，不要分他家的地，谁分了谁倒霉，他的儿子回来了。他儿子也站出来公然对乡亲们说，解放军长不了。韩排长赶来制止他们，没想到坏人和乡亲们混在一起，在韩排长给乡亲们做解释工作时，有人混在人群中从背后捅了刀子。

你爹一听急忙去集合队伍。我一边从墙上取下武器，一边问小阿吾东，你看清楚是谁捅的刀子了吗？小阿吾东说，是一个陌生人，和米拉甫儿子一起回来的。

我问："米拉甫的儿子从哪儿回来的？"

"可能是哈密那边，可能是若羌。他儿子一回来就在村里说，他是老虎派回来的。老虎已经去了台湾，他会带人打回来的。国民党有美国人支持，解放军在朝鲜已经被美国人打败了。解放军马上就要从新疆撤退了。"

"老虎是谁？"

"老虎就是尧乐博斯，他就出生在我们这一带的巴楚县，他是在路上捡来的巴郎，所以起名'尧尔达巴斯'，他长大成人，就顺口称自己为尧乐博斯（老虎）了。"

"米拉甫的大儿子怎么和老虎搞在一起了呢？"

"米拉甫的大儿子叫蝙蝠·米拉甫，是国民党骑七师的，驻哈密。"

我一下就明白了，蝙蝠在骑七师，那他肯定参加了尧乐博斯和乌斯满的叛乱。乌斯满去年被剿灭，尧乐博斯逃到了台湾，这个蝙蝠却逃到了南疆。根据小阿吾东的报告，村里还出现了陌生人，也就是说他还带人回来了，那就是小股漏网的土匪，蝙蝠是匪首。如果是这样，问题就严重了，韩排长危险了。

我和你爹带领全连的战士向英买里克村奔去。

到了英买里克村，十几个当地老乡在村口等我们，韩排长和两个战士都躺在了地上。小阿吾东的羊缸子、阿帕（妈妈），还有几个妇女在韩排长他们身边哭。我们连忙去查看韩排长和两个战士,发现都已经牺牲了,枪也被抢了。卫生员检查了一下说,太惨了,都是从背后捅的刀子。

你爹一下从腰里拔出枪,眼睛都红了,问:“谁干的?”

小阿吾东问自己老婆,他的老婆哭得更伤心了,说不出话,断断续续地说,大郎被抓走了。一个老人拉着小阿吾东又焦急地说了一阵子,小阿吾东听着就急了,哇的一声也哭了起来。

小阿吾东指指不远处米拉甫家说:“快,快救救我大郎,他和阿伊古丽被蝙蝠抓进了米拉甫老爷家的大院。”

我们望望米拉甫家,院门紧闭着,门口连个人影都没有。

你爹把枪一挥喊道:“快,包围米拉甫家,一个都不要放过。”

我们把米拉甫家大院包围后,去喊门,根本没人理,用脚踹门,那院门顶得紧紧的,纹丝不动。你爹骂:“日恁娘,炸他个龟孙。”

你爹从战士手中要过了两颗手榴弹,喊道:“手榴弹一响,全面出击,一个都不能放过。”

轰的一声,两颗手榴弹把米拉甫家的院门炸得粉碎。你爹带头冲了进去,高喊:“不许动,缴枪不杀!”

战士们有的也翻墙攻进了院子。院子里没有人,大家冲进屋内,发现米拉甫的大老婆、二老婆和家人十几口子都缩在一个大炕上,在那里瑟瑟发抖。

小阿吾东问:“你们老爷呢?”

有人指指外头的驴圈。你爹带着人就冲进了驴圈。驴圈里有几十头毛驴,正静静地望着来人,头梗着,很犟的样子。你爹从丁关手中要过机枪,对着一群毛驴就打,边打边喊:“打你个牲口毛驴子,巴依的驴帮凶,乡亲们怕你,老子可不怕你们。”

几十头毛驴一瞬间就被你爹突突了，驴倒了一地。驴倒了，米拉甫老爷和他的管家却显现了出来，原来米拉甫和管家躲在一群毛驴中。管家喊："别开枪，别开枪，不是我们干的，不是我们干的。"米拉甫老爷已经吓得缩成了一团。

你爹问："谁杀了解放军？"

管家说："是那几个哈密人，不关老爷的事。"

"他们人呢？"

"跑了，他们在解放军来之前都跑了。"

小阿吾东问："我大郎呢？"

"被他们带走了。"

小阿吾东又哭了，问："他们往哪儿跑了？"

"旧城堡那边。"

"把恶霸地主米拉甫押起来，二排负责抄家，一排和三排随我去追土匪。"你爹走了几步又回头一把抓住管家，"走，给我们带路。"

小阿吾东说，不需要他带路，我知道旧城堡在哪，那是我们小时候经常去玩的地方。你爹松开管家，让人先把他关了起来，我们随小阿吾东向旧城堡追去。

这恐怕是我们进疆后的一次真正的战斗，上次"人羊之战"不算是战斗，这次可是和土匪真刀真枪地干。韩排长是一排的排长，你爹率领一排和三排去追土匪，有点让一排为自己排长报仇的意思。战士们的情绪很激动，个个争先向前。

蝙蝠·米拉甫和五个土匪把老阿吾东和阿伊古丽劫持着当人质，逃进了旧城堡。那旧城堡传说是当年蒙古人的旧王宫，后来废弃了。蝙蝠是当地人，对那一带比较熟悉。蝙蝠逃到旧城堡后天就完全黑了，他怕迷路，也不敢在黑夜里往大漠中逃，打算在旧城堡里住一夜，天亮后再走。

我们首先把旧城堡包围了，这次绝不能让他们跑了。小阿吾东说，如果从旧城堡跑了就麻烦了，逃进了大漠很难找到。我们把旧城堡包围后没有惊动土匪，我们不太了解情况，甚至不知道土匪是不是真在旧城堡，加上土匪还有人质，我们不敢打草惊蛇。

我和你爹带着小阿吾东去摸了下情况，发现有火光，偷偷接近后发现土匪确实在旧城堡里。他们可能没想到解放军会这么快就赶到，比较松懈。有一个土匪提着枪放哨，其他的几个土匪围着一堆火，正在烤肉吃。他们居然还设了岗哨，说明他们是一伙真正的土匪，有战斗经验。他们还带了不少水和干粮，还有肉，看来是做好了逃入大漠的准备。

我们发现老阿吾东和阿伊古丽都被绑着手脚，背靠背地坐在土匪不远的地方，显得很沉着，正闭目养神。

小阿吾东见了自己大郎，就要往上冲，被你爹一把按住了。你爹拉着小阿吾东退了下来，大家围在一起商量作战方案。你爹认为在天黑时不好行动，万一土匪趁着天黑跑了，那可是后患无穷。老阿吾东和阿伊古丽还在他们手中，一打起来很难保证他们的安全。

你爹决定等天亮，天亮后土匪想逃就难了。城堡四周是一望无边的荒原，一出旧城堡根本没有任何掩护，大白天想从无遮无掩的开阔地逃脱，就是插翅也难飞过去。

这时，二排也赶来了，他们留了几个战士看守米拉甫，你爹让二排原地待命。

我问你爹要不要派人向上级报告，你爹说，团长一来了，哪还有我们说话的份儿，只有五六个土匪，我们一个连难道还对付不了？把事情解决了咱们押着土匪去报告。

三排邱排长也说:“先别报告上级了,让咱们过过打仗的瘾。你报告团长他说不定又带一个连来,到那时狼多肉少,几个土匪还有什么打头。”

我批评了邱排长,我说:“剿匪是件严肃的事情,又不是打猎,你还过起瘾了。”

我这样一说,大家都笑了,说这就是打猎,好久没打仗了,整天拿坎土曼,这样下去连枪都不会打了。你爹说,这不是打猎,这是围猎,围猎最好是抓活的,你噼噼啪啪一阵打,阿伊古丽怎么办?你过瘾了,这不但浪费子弹,也很难保证阿伊古丽的安全。我们要节省子弹,将来留着消灭美国鬼子。

接下来,你爹的兵力部署让我也摸不着头脑。

我是指导员你爹是连长,军事上我基本听他的,放手由他指挥,但是你爹当年在旧城堡的兵力布置我开始没能理解。你爹让邱排长带领三排撤出了对旧城堡的包围,他让邱排长连夜从旧城堡出发,向南走几公里,在大漠边缘的沙包处埋伏。你爹和我带领一排和二排继续包围旧城堡。邱排长当时就不干了,说:“我还想过过枪瘾呢,你让我到沙包里埋伏,这不是让我看热闹嘛。”

你爹说:“派你到那里埋伏就是让你过枪瘾的,你可要瞄准了打,不要滥杀无辜。手里没有枪的不能打,女人和孩子不能打。你要在那儿埋伏好,一个也不能放走。”

邱排长还是有点疑惑,邱排长参加的战斗多了,他也懂得什么“围点打援”之类的战术。也就是包围旧城堡,然后在敌人增援的路上打伏击。可是,现在土匪都被包围在了旧城堡,哪儿还有什么援军。土匪怎么会跑到大漠边缘呢,除非土匪冲破了包围圈,也不会呀,只有五六个土匪,包围他们的有两个排呢。邱排长认为你爹让他去大漠边埋伏完全是多此一举,是让他看热闹,根本没有仗打。邱排长就说："还是派其他人去吧，我跟着你。"

你爹说："邱排长你真啰唆，我干脆让你当预备队算了，让你打埋伏你就打埋伏，执行命令。"

邱排长只好执行命令带领三排走了。邱排长走后，你爹又对二排长说，你回村一趟，在天亮前把米拉甫的全家押来。二排长也搞不明白，说我们在这里剿匪，把一些不相干的人押来干什么？你爹把脸一拉说，执行命令吧。

在二排长走后，你爹对我说，不打仗了，现在部队不好带了，整天闯田、挖渠的，都油了，你分配个任务，他们都会给你讲七讲八的。我对你爹说，别说他们不明白，连我这个指导员都不知道你葫芦里卖的什么药。你爹笑笑说，到时候你就知道了。

东方才发白，土匪就开始动身了，他们没想到自己已经被包围了。他们打了几枪就退回到了旧城堡里。你爹通过小阿吾东开始向土匪喊话，让他们投降。土匪把阿伊古丽和老阿吾东拉了出来，挥舞着手中的比夹克说你们敢过来，我们就把阿伊古丽和老阿吾东杀了。这时，你爹向村子方向望望，发现二排长押着米拉甫全家都过来了，连英买里克村的老乡也都来了。你爹问我怎么这么多人，我说可能是村民来看热闹的。你爹说，来就来吧，让老乡看看我们是怎么消灭土匪的。我说不能太近了，误伤了怎么办？你爹说布置一个散兵线，把老乡隔开。

我就喊炊事班的范德银，带领炊事班把村民隔开。

你爹喊："杨排长，把米拉甫全家都押过来。"杨排长把米拉甫一家十几口子，老老少少的都押到了我们面前，然后又让小阿吾东喊话。小阿吾东喊："蝙蝠，你听着，你敢杀我大郎和森棱们(妹妹)，我就杀你的大郎和阿帕。"

蝙蝠见了他爸爸、妈妈和家人有些急了，向天上开了两枪喊："妈的，要打咱就打，把我的大郎和阿帕放了。”你爹就让小阿吾东喊：“你把我爸爸和妹妹放了，我就把你爸爸、妈妈放了。”

小阿吾东这样一喊，蝙蝠在旧城堡里好一阵没有动静。你爹见状自己又喊，让小阿吾东翻译。你爹喊：“蝙蝠，解放军用你大郎和阿帕交换阿吾东和阿伊古丽怎么样?”

蝙蝠又露了头，喊：“我才不上你的当呢，我们交换了人，你们就冲过来了怎么办?”

你爹喊：“放心吧，我们交换了人，解放军马上就撤退。”

蝙蝠喊：“你骗人。”

你爹喊：“只要你放了我们的人，我不但放了你的大郎和阿帕，我们还会把你全家都放了，我们用两个人换你全家，你很划算。”

这哪是打仗呀，这分明是在做买卖，蝙蝠显然对这桩买卖动心了。用两个人换全家，这买卖确实划算。蝙蝠喊：“谁信你，到时候你带解放军追上我们怎么办?”

你爹喊：“你放心吧，我胡连长以人格担保，交换了人质后我马上回村，保证不追击，让你和家人一起远走高飞。”

没想到，你爹的买卖最后做成了。我们用蝙蝠的家人把阿伊古丽和老阿吾东都换了回来。阿伊古丽和老阿吾东安全获救后，你爹真的命令部队解除了对旧城堡的包围，并且带领部队离开了。你爹头也不回地向前走，好多战士边走边回头张望，觉得就这样放走土匪实在是不对头。我和你爹走在前头，我的马给老阿吾东骑了，你爹的马给阿伊古丽骑了。他们被捆得太久，又没有吃东西，身体有点虚弱。你爹为阿伊古丽牵着马，无微不至的样子，这让战士们更犯嘀咕。

我们带领部队在离旧城堡大约有两公里的地方停了下来，这时，蝙蝠正带领着自己的家人出了旧城堡向大漠逃去。

你爹端着望远镜看了一阵，然后嘿嘿笑了。我问你爹笑什么，你爹说，蝙蝠太傻，他这样拖儿带女的怎么跑呀，累死他。我端着望远镜看看，这才觉出你爹用老阿吾东和阿伊古丽交换蝙蝠一家的妙意。

你爹说："该差不多了吧，消灭他们。"

我端着望远镜说："你不是以人格担保不追击吗？"

你爹说："我没有追击呀，是他们碰到了邱排长的枪口上，就不怪我了。"

你爹的这一套是我比较熟悉的，我只有笑着摇头。你爹的话音未落，枪就响了。我在望远镜中看到蝙蝠的家人大乱，四处逃窜。我说："邱排长不会让土匪漏网吧，这么乱。"

你爹说："不会的，一个排呢！"

枪响了没多久就停了。这一仗邱排长过了枪瘾，蝙蝠和五个拿枪的土匪一个都没有跑掉，当场击毙了。蝙蝠的家人除了管家被击中外，都毫发无伤。当邱排长押着蝙蝠的家人回来后，我们才知道有两个战士受伤了。邱排长他们埋伏在沙包上居高临下，居然还被土匪打伤了两个，可见蝙蝠的人还是有战斗力的。

下 部

我爹的剿匪行动听起来有点游戏的成分。马指导员所说的剿匪过程也有太多的革命浪漫主义色彩，他们把这次小规模的战斗当成了围猎。这些身经百战的老兵，到了新疆就没有打过仗，整天干农活，手上都磨出老茧了，碰到一次战斗那就像过节一样，还吃独食，不向上级报告。一场严肃的你死我活的剿匪行动就这样结束了，可谓是大获全胜，不但解救了人质，也消灭了土匪，关键是我爹还完成了英雄救美的壮举。

只是，我爹的这次胜利不但没有给他带来嘉奖，反而带来了处分。我爹带领一个连从驻地出发是头天下午胜利渠收工后，回到驻地是第二天的中午。也就是说在第二天早晨，在胜利渠的工地上一个连的人没有出现，集体消失了。

这是个什么情况？这在过去是从来没有过的。团长问营长，营长问连长，连长问排长，上上下下的人都不知道情况。派人到一连的驻地找，一连驻地没有一个人，连一个留守人员都没有。团长急了，找政委商量，说这一连集体蒸发了，他妈的，怎么回事？胡日鬼连长又日鬼出什么新名堂了？

政委也想不明白，无论出现了什么严重的情况，总应该向上级报告呀！就这样一个连突然消失得干干净净，这实在太荒唐了。团长命令侦察连派出多个小分队，以一连驻地为中心，向四面八方寻找。团长还说，这个胡日鬼就是把部队带进了老鼠洞也要把他找出来。团长也给政委发牢骚，说："他妈的，这整天开荒挖渠，都成农民了，纪律涣散，部队没法带了。"团长的牢骚和我爹的牢骚差不多，只不过我爹说的是他的排长，团长说的是他的连长。

当我爹带着部队浩浩荡荡地回到驻地时，团长、政委都叉着腰站在我爹住的地窝子上，都快把地窝子踩塌了。我爹见团长和政委都来了，连忙和马指导员跑步前进，向团长和政委敬礼，并详细地报告了情况。

团长冷笑了一声，然后指着我爹的鼻子破口大骂："胡一桂，胡日鬼，你他妈的，出了这么大的事你居然不向团里报告，连一声招呼都不打！"

我爹嘟嘟囔囔地说："指导员提醒过我派人向团里报告，我想把土匪解决了再给团里报告，反正也没有几个土匪，担心团里一听说有土匪又劳师动众的。我不是接受当年‘人羊之战’的教训嘛！”

我爹的这句话一是为自己辩解，二是为马指导员开脱。我爹见团长和政委发这么大火，认识到了不向团里报告是一件十分严重的错误，处分是跑不了了。我爹多贼呀，先把指导员洗清，把事情揽下来了。一个连没有连长可以，没有指导员不行。要是连长、指导员都受处分了，那这个连就完了，想翻身都难。

政委没有骂我爹，但不骂比骂更可怕。政委当场宣布了对我爹的处分。我估计这是团长和政委在地窝子顶上已经商量好的，他们一边愤怒地在我爹的地窝子顶上跺着脚，将沙子漏了我爹一床，一边商量着给我爹的处分。其实，在我爹返回驻地之前，侦察分队都已经陆续返回了，情况都向团长、政委报告了。发生了这么大的事，不首先向上级报告，擅自做主，这实在是太无组织无纪律了，不给处分是不行的。

当年，给我爹的处分是：免除连长职务，一连连长由指导员马长路代理；胡一桂同志接替一连一排韩亮同志前往英买里克村协助土地改革工作。

后来，上级追认了韩排长和那两名战士为革命烈士，将韩排长和那两名战士就埋在了枯死的胡杨林里。在他们的墓前立了碑，称号为“大漠英雄”。墓碑上刻着“大漠英雄韩亮同志永垂不朽！”政委亲自为韩排长他们致了悼词，排枪向明亮的天空中鸣放。自从韩排长和那两位烈士埋在枯死的胡杨林后，那胡杨林就成了兵团人的墓地，成了胡杨麻扎。

韩排长牺牲了，英买里克村的土地改革还要继续进行，我爹背着背包又带着两个战士去了英买里克村。应该说我爹在英买里克村的土地改革工作搞得是有声有色的，连长的工作能力就是比排长强。我爹当初给韩排长支招叫“先分驴再分地”，可是韩排长给老乡们分驴，老乡却不敢要，这是因为韩排长的群众工作没有做到家。

韩排长当时没有能理解我爹所谓“先分驴再分地”的内在含义,先分驴的目的不是分驴本身,是通过分驴打击巴依米拉甫的嚣张气焰,通过分驴控诉米拉甫对佃户的压迫,通过分驴发动群众。韩排长为分驴而分驴,老乡们当然不敢要了。我爹到英买里克村搞土地改革开始也想从驴开始,结果驴都被他打死了,没有驴做文章了,我爹当时心中肯定很后悔,要是不把驴都打死就好了。没有了驴只有找其他东西做文章了,我爹知道做任何工作都要有个开端,这个开端就是要找个说法,找一个揭开盖子的由头,找到由头了就等于找到了千头万绪的那个线头,拉住了线头,再复杂的问题都能理顺。

我爹去英买里克村后,白天和老乡一起干活,晚上搞“访贫问苦”,要睡就睡在老乡低矮的土屋里。我爹十分尊重少数民族的习俗,日常生活也尽量和老乡保持一致。我爹还努力学习维吾尔语,给自己取了一个维吾尔族名字,叫什么巴克西。不过,维吾尔族人都不这样叫他,而叫他玉素甫(干部)。

我爹在英买里克村待着,只有一个目的,把英买里克村的土地改革工作搞好,不要再出任何问题。按理说,米拉甫的大儿子带来的土匪已经消灭,米拉甫已经被抓了起来,可是我爹要给老乡分地,老乡们还是不积极,我爹问小阿吾东是什么原因,他也说不出一个所以然来。

有一天我爹问小阿吾东,英买里克村谁最穷?小阿吾东说是艾孜麦提·买买提(艾孜麦提意为“断臂”)。就是那天晚上在村口告诉我大郎被抓的那个老人。小阿吾东说,他是米拉甫的长工。他的一只胳膊断了,也没人管,骨头没有接上,天长日久胳膊就再也抬不起来了。我爹问他的胳膊是怎么断的,小阿吾东说是米拉甫老爷把他吊在门口的大桑树上,吊了三天三夜,就吊断了。

我爹和小阿吾东一起到了断臂家,这是一间低矮的小土坯房,里面黑乎乎的，可以说是家徒四壁。断臂已经50多岁，给米拉甫打了几十年长工，一无所有。他孤身一人就住在小土屋里，没有任何人理会。断臂唯一擅长的就是唱歌，他的嗓子好，声音还十分洪亮。我爹去看断臂时给他送去了馕和鸡蛋，断臂流着泪说了声热合麦提（谢谢），就泣不成声了。然后，断臂就唱：

人人都要死啊
人人都要死
谁也说不准自己何时死
为死者准备的地方
没有房门和天窗
兄弟们啊
我要是死了
谁也不会为我惋惜
当抬起我的棺材时
谁也不会为我哭泣

我爹对断臂说，你不会死的，解放军会给你分地、分房子。断臂说，你们给我分地、分房子我也不敢要。我爹说，现在米拉甫已经被抓起来了，他的大儿子也被打死了，你还有什么可怕的？断臂说，米拉甫抓起来了，他的大桑树还在，他的大儿子被打死了，他的小儿子还在。

我爹听断臂这样说，脑子里一个“闪电”，我爹知道米拉甫的小儿子叫狐狸，他在县上水利部门工作，他嘴上喊着拥护共产党，可是这次他的哥哥带人回来和他见面，他却知情不报，已经被隔离审查了。米拉甫属于恶霸地主，是镇压的对象，他的二儿子知情不报，不可能再在县上工作了，他只能被下放回来参加劳动。那么，剩下的就是那棵大桑树了，我爹在见过断臂后，脸上终于出现了笑容，想当初他给韩排长支招叫“先分驴再分地”，这回他给自己拿的主意是“先放树再分地”。

米拉甫家门口的大桑树据说有100多年的历史了，那棵大桑树几个人才能搂住，枝叶茂盛，生长得郁郁葱葱。在夏天来临的时候，那桑树上结出的桑葚有白的还有紫的，成熟的白桑葚如奶酪，紫桑葚如紫玉，让人垂涎欲滴。在一棵树上有两种颜色的桑葚，实属罕见。在那棵桑树上，有一根横枝长得非常粗壮，那根横枝已经被磨得锃亮，米拉甫经常在那横枝上吊打村民，有很多人都在这棵树上被吊过。对于米拉甫家族来说，那棵树是他的风水树，是他的神树，是专门荫庇他的子孙的。米拉甫把他那棵树看得很神圣，谁也不能碰。断臂就是因为十几年前爬到树上摘吃了桑葚，结果被吊了三天三夜，最后在树上吊断了胳膊。

这样看来，那桑树就不是树了，是米拉甫家族称霸一方的标志，是英买里克村村民的一棵血泪树。我爹先拿那棵树开刀是有道理的。

在批斗米拉甫那天，马指导员带领一个班的解放军战士进行警戒。我爹和战士们亲自放那棵树，动用了锯子和斧头，足足用了一个上午。在放那棵树时，全村的人都来看了，人们有些惊恐地望着我爹和战士们放树，也不帮忙，等那棵树倒了，老乡们突然喊着“乌热”（冲啊）就围了过来，有的手里拿着小斧头，有的手里拿着砍刀，大家围上来开始肢解那棵树，大小不一的树枝被拉回家，插在门前的空地上。我爹问小阿吾东这是怎么回事，小阿吾东说，这树能给米拉甫带来好运气，树枝也能给大家带来好运气。把米拉甫的运气也分了，米拉甫就永世不得翻身了。

我爹听了不由得笑了。

米拉甫家的树倒了，英买里克村的老乡终于发动了起来。我爹就在米拉甫的门前召开了斗争大会，让米拉甫站在树墩上低头认罪。人们先是控诉，然后高呼口号斗争米拉甫，喊着："枪毙米拉甫！"最后，米拉甫被判处了死刑，米拉甫的小儿子狐狸也下放回村务农了。米拉甫的土地、房屋、耕牛都顺利地分了，英买里克村的村民终于扬眉吐气了。

据说，我爹在斗争米拉甫的大会上有一段精彩的演讲。我爹一只脚踩着树墩，一手叉着腰，把大手一挥道："米拉甫造谣说我们汉族人和维吾尔族人不是一家，汉族人是来整维吾尔族人的。不，无论是汉族人还是维吾尔族人，我们都是穷人，穷苦人都是受剥削和压迫的，只有我们穷人才是一家人。解放军是穷人的队伍，我们就是要消灭阶级，消灭剥削，让穷人翻身得解放。"

从我爹上面的演讲中不难看出，他的政策水平还是很高的，他可谓是对症下药。米拉甫想挑起民族矛盾，破坏土地改革；我爹打的是阶级斗争这张牌。最后，我爹取得了英买里克村土地改革的伟大胜利。

当时，在新疆搞土地改革已经是迫在眉睫了，毛泽东曾经指出，新疆条件要比西藏好得多，解放军在新疆已站稳脚跟，取得少数民族热烈拥护，"减租反霸"后进行土地改革，群众将更拥护我们。条件成熟了不改革，新生的人民政权就不能巩固，搞了土地改革少数民族人民才会更加拥护中国共产党。

新疆和平解放后，新疆农业区有50多个县1500多个乡进行"减租反霸"斗争。在"减租反霸"斗争中，绝大多数农村的群众被发动起来了，有70多万男女农民参加了农会，有近7万名先进青年加入了青年团组织，广大农民群众的觉悟提高了，他们迫切要求进行土地改革。新疆当时的农村土地占有状况极不合理，必须进行土地改革。占乡村人口不足10%的地主占有80%的土地，而占人口90%以上的贫下中农却只占有20%的土地。另外,地主阶级对农民群众的压迫、剥削是极端野蛮残酷的,新疆还存在着大量农奴制度的残余。

当时的新疆土地改革的条件确实要优于西藏,新疆有几十万汉族人,西藏要少得多;新疆和其他省区汽车畅达,和苏联有密切经济联系,在物质上可以给少数民族地区支援;同时解放军入疆后自力更生,生产自给,精打细算,剿灭土匪,恢复了社会秩序,发展了生产,巩固了国防,这都为新疆的土地改革创造了条件。

第十章　歌与舞

上　部

你爹不久就从英买里克村回来了，英买里克村的土地改革顺利完成了。我知道团长对你爹的工作还是基本满意的，但是并没有表扬你爹。你爹“先放树再分地”的行为，引起了一些人的非议，连政委和团长都有了不同意见。认为无论是剿匪时的打驴还是土地改革时的放树，都有些过分。驴也好，树也罢，虽然曾经是地主的，但如今解放了，那都成了人民群众的财产了。政委认为你爹还是胡日鬼，团长认为你爹把土地改革工作顺利完成了，打死几头驴、放倒一棵树没什么了不起，革命都会有牺牲，放倒一棵树总比再放倒一个人好。

你爹虽然土地改革工作搞得比较好，有声有色的，但是并没有立刻官复原职。不过，我们连也没有派新连长，你爹还有希望。当时，我们已经进行了改编，进疆部队划分成两支部队，一支是国防部队，一支是生产部队，我们变成了生产部队，由过去的一营一连，改编为二十六连。你爹对我说，看来我们真要扎根了，都成生产部队了。我说，扎根就扎根，这里有这么多荒地，人均有几十上百亩，我老家重庆人均还没有一亩地，都是山地，屁股大一点的地块都种上东西了。你爹说，也是，河南也一样，虽然是平原，人均最多也是一亩地，既然是种地，在哪儿不是种呀，我喜欢新疆，我也要在新疆扎根。

部队改编后，我还是指导员兼连长，一担挑，你爹就这样被挂了起来。这一挂就到了1953年的夏季。本来，团长还是比较喜欢你爹的，只是当时团长没有心情去关心一个小连长的职位，团长正忙着谈恋爱。

那一阵，如果我们想找团长根本不需要去团部，只要在女兵地窝子旁候着就行了。我们会看到团长走进女兵地窝子。团长走进女兵地窝子时你千万不要去打扰，这时候找他是自讨没趣，要等到团长满面春风地出来时再找他，保准什么事他都能答应你。

团长经常会在黄昏的时候出入女兵地窝子，有时候团长手里还会拿一把野花，很浪漫的。团长拿着野花走进女兵地窝子时，往往收获会很大，一个女兵会跟着他走出地窝子，在荒原上散步。黄昏时的荒原是一天中最美的时候，火红的晚霞将整个荒原都染红了，我们会看到团长和那个叫谭晓云的女兵肩并肩地散步，他们有时会走进苞谷地，出来时团长手里会多了一棵青苞谷秆，那是不结穗的苞谷秆，可以当甘蔗吃，比甘蔗还要甜。我们看到团长和谭晓云散步，由衷地为他高兴，我们希望团长进展快点。

一次，团长和谭晓云进了苞谷地很久都没出来，后来还是谭晓云一个人出来的，失魂落魄的样子。团长却从地的另一头出来了，有些贼头贼脑的。我们都觉得团长偷偷摸摸的可笑，就像一个偷苞谷的贼。在黄昏的时候，所有的战士都关注着团长，团长和谭晓云的散步比落霞还吸引人，他的一举一动都逃不脱战士们的眼睛。不久，就传出团长和谭晓云要结婚的消息。

有一次，大家在胜利渠工地上休息，有人问团长，什么时候吃你的喜糖呀？团长说，什么时候胜利渠完工，什么时候结婚。

当时，那条叫胜利渠的大渠远远还没有胜利完成，正要劲，我们真不知道什么时候才能胜利挖通,那“坚戈壁”还没有解决。这是一种奇怪的土质,坎土曼挖不动,十字镐刨不开。机枪手丁关使足了劲儿,抡圆了十字镐,刨下去只落一个白点。那土质是沙土和鹅卵石混杂体,看起来比混凝土还要坚固。当时,丁关不服气要硬碰硬试试,结果狠干一天才挖了0.1立方米。虎口震裂了,连肩膀都肿了,钢钎和十字镐用不了一天就不行了。那“坚戈壁”,和混凝土一样坚硬。

团长说先放过这一段,大部队继续向前推进,这叫正面攻不上侧面攻,找出办法了再进行突击,可是放一年多了也没有解决办法。要挖通胜利渠,必须解决掉“坚戈壁”。团长说胜利渠不完工就不结婚,一是和“坚戈壁”较上了劲,二是给我们好看。团长的言外之意是,你们不是有一个口号叫:“团长都结婚了,离我们还远嘛!”我团长结不了婚,看你们连长怎么结婚?

当时,你爹刚好在场,你爹胸有成竹地说,“坚戈壁”算什么?红军长征二万五千里,那么大的困难还不是都过来了。团长望望你爹说,胡日鬼连长,你有本事给我把“坚戈壁”解决了,我给你记功。

团长还叫你爹连长,看来打心里就没有想真正撤销你爹的职位。可是,你爹还来劲了,说,我不是连长,我一个赶大车的怎么解决“坚戈壁”。团长笑了笑,说你胡日鬼是在将我的军吧,好,现在二十六连让你代理连长,全连归你指挥,只要你解决了“坚戈壁”,我不但让你官复原职,而且还给你记功;你要是解决不了“坚戈壁”,误了工期,二十六连的连长我就另派他人,让你胡日鬼赶一辈子马车。

你爹把头一梗说:“好,团长咱一言为定。”

你爹和团长在胜利渠工地上打赌的事,一下就轰动了全团,大家都想看看这个胡日鬼能搞出什么名堂。这样,对付“坚戈壁”的任务就交给了我们这个管后勤的连。

我们知道对付“坚戈壁”光硬干是不行的，要大家想办法，找窍门。于是，我们就开“诸葛亮会”，讨论来讨论去，大家一致认为用炸药炸最好。你爹和我就去找团长，说想要些炸药。团长笑笑说，谁都知道用炸药最好，可是哪来的炸药？我们现在是一穷二白。你看整个挖渠工地上谁用过炸药，向上级要炸药那其他团还不笑掉大牙。我反正没有炸药，要有炸药还要你们尖刀连干什么？

我们连原来是前卫连，挖胜利渠时是后勤连，改编后是二十六连，现在团长又称我们是尖刀连了，这一下就把我们连的地位抬高了，我们虽然没有要到炸药，却要来了一个“尖刀连”的称号，这对我们的鼓励太大了，这比炸药还管用。你爹说团长放心吧，我们保证完成任务，没有炸药我们自己搞。团长说你胡连长不是会胡日鬼吗，我看你能日鬼出什么名堂，我把“坚戈壁”给你，看你的本事了。

我和你爹回来决定自己制造土炸药。作为军人，制造土炸药的方法大家都知道，制造炸药最主要的是硝，只要能搞到硝，制造炸药就不难了。其实，在新疆遍地都是硝，在房前屋后的虚土中就含有硝，在老屋内的陈土中就有硝，只要把这些陈土收集在一起就能把硝熬出来。关键是我们住的都是地窝子，根本没有陈年老屋，住房子的只有当地的老乡。你到老乡家的房前屋后动土，他们会不会理解？他们是否同意？这些工作要做在前头。

这时，你爹想起了阿伊古丽，他让我在地窝子里等着，他去见阿伊古丽。阿伊古丽当时正在连队边上的荒原上放羊。阿伊古丽放的羊比过去少了，她过去是给米拉甫老爷放羊，现在是为自己家放羊，她家土地改革时分了羊，同是放羊，放的也是同一群羊，可放羊的感觉不一样了。

我让你爹注意隐蔽，让战士们看到了容易产生误会，大家会联想到团长。你爹笑笑走了，说放心吧，连你都不让看到。

你爹和阿伊古丽见面后，首先问她家里的房子住多久了。阿伊古丽还和你爹开玩笑，说是不是想帮我家盖新房子。你爹说现在可没有时间盖房子，现在的首要任务是挖胜利渠。阿伊古丽说你现在挖胜利渠这么忙，却关心我们家的房子，不麦叨（不行）。你爹说，我问你家的房子住多久了是有原因的，你说吧，多久了？阿伊古丽说我家的房子住了十几年了。你爹问，你家里的房脚是不是起一种白色的东西？阿伊古丽说，你又没去过我家，你怎么知道，你难道是老天爷派来的！阿伊古丽大惊小怪的，顺手还摸了你爹的额头，说老天爷身边的人都是神，身上没温度。

你爹有点不习惯阿伊古丽的这种大惊小怪，把头偏到一边说，我有正事找你呢。阿伊古丽回答，房子住久了，屋内墙角和房外墙根处会起一层白色的东西，那东西会把墙烧坏，过几年要换一次房内和屋后的土。你爹兴奋地说，太好了，我明天就带人去帮你家换新土。阿伊古丽说，歪江，现在挖胜利渠这么忙，你却到我家干那种小事？到时候我大郎肯定不同意。

你爹说我挖那土有用，阿伊古丽不懂要那土干啥。你爹说那白色的东西就是硝，我要把那些陈土挖出来熬硝，然后用那硝制造炸药，用炸药去炸"坚戈壁"。阿伊古丽惊叫着，歪江，你太聪明了，原来是这样。

你爹说，就怕你家不愿意。阿伊古丽说，放心吧，我大郎肯定同意，他说解放军挖胜利渠亚克西（好），到时候就不缺水了，就可以把所有的地种上了。按照你们汉族人的话说，这叫你亚克西，我亚克西，大家都亚克西。

你爹说，我们汉语叫"一举两得"。

你爹把和阿伊古丽约会的情况告诉我后，我还和他开玩笑，说看来你和阿伊古丽的关系不一般了，她都敢摸你的头了。你爹说，别瞎说，我们主要是太熟了，她没有别的意思，少数民族姑娘喜欢大惊小怪。我笑笑摇摇头说，说不定她对你有意思。

后来，我们赶着马车去了阿伊古丽家，发现全村人都把家具搬了出来。原来，阿伊古丽回去告诉村里人说解放军要来做好事了，为我们房子换新土，那旧土解放军要拿去熬炸药，炸“坚戈壁”。结果全村人都动员起来了，还帮助我们扫土。我们就把房内的陈土起一层，然后填上新土再用夯砸平，老乡们十分高兴。

我们苦干了十几天把全村的老房子都起了一层陈土，我们从那些陈土中熬出了上等的硝。有了硝再加上煤油、锯末，不久，我们就把土炸药制造了出来。

有了土炸药我们就不怕“坚戈壁”了，随着那爆炸声，那些“坚戈壁”迅速瓦解。原来没有炸药时我们一天一个人只能挖0.1立方米，现在一个人平均一天能炸6立方米。

有了土炸药我们的进度就快了。我和你爹进行了分工，我负责胜利渠工地的施工，你爹负责在连队驻地熬炸药，然后往工地上送，团里的后勤工作交给了其他连队。由于天热了，那段时间我都是住在胜利渠工地上的，你爹住在连里。我们一连好多天都没有见面。有一天，秦安疆来送炸药时对我说，你回去看看吧，我们连的地窝子出问题了。

我问地窝子出什么问题了。

秦安疆说，阿伊古丽赶着羊群从戈壁滩上路过，掉进了胡连长的地窝子。我开始听到这事时也没有太在意，地窝子的顶只搭了些红柳枝，然后盖了些沙土，加上地窝子和地面是平的，一不留神会踩塌地窝子掉下去。别说人掉进地窝子里了，有一个老乡赶着毛驴车也曾经掉进地窝子里。好在地窝子也就一人多深，掉下去也摔不坏。

本来地窝子刚建好时在地面上是有痕迹的，时间长了风吹日晒的，地窝子和地面就完全没有区别了。开始我们还在地窝子上插着旗子，有正规些的红旗，也有其他颜色旗子，主要是留一个标识。后来旗子在烈日的暴晒下褪了颜色，再后来旗子在漠风的撕扯下变成了布条，我们那时根本就没有多余的布再做旗子了，只有无奈地看着旗子变成一根根竖起的旗杆。后来旗杆也越来越少了，被风刮倒吹跑了。

秦安疆汇报说，阿伊古丽掉进你爹的地窝子里，一直掉到了你爹的床上，这种事居然发生过两回。据说，第一回你爹正在睡午觉，第二回你爹还是在睡午觉。你爹真会享受，让他熬炸药，他还有时间天天睡午觉，做白日梦，我却在胜利渠工地上累得要死。

我本来和你爹同住一个地窝子，我走了，就你爹一个人住，阿伊古丽掉进地窝子里，掉到你爹床上，而且还是两次，这太激发人的想象力了。

作为指导员我必须弄清这些问题，为此，我让邱排长负责一下工地上的事，自己回连队看看，想了解一下情况。中午，你爹果然在地窝子里睡大觉，我说好狗日的，我在胜利渠工地上累死了，你大白天的却在地窝子里睡大觉。你爹说，熬炸药都是在晚上干的，白天温度高怕不安全嘛。我说你爹是瞎扯，这没有科学依据，是想白天有人从天窗上掉下来吧。我这样一说你爹严肃地批评了我，说我不好好在胜利渠工地上，因为这么个小事回来太不应该。人不小心掉进地窝子的事情时有发生，有什么大惊小怪的。阿伊古丽掉进地窝子里就成了新闻了，要是阿伊古丽她爹阿吾东掉进地窝子里，肯定就没有人关心了。

我看得出来，你爹当时虽然道貌岸然地批评我，然而眉宇间却有藏不住的喜悦，面含桃花。看来你爹要给我留一手呀，把好事藏在心里不给我分享。看你爹那个熊样，按现在的话说，你爹他在装孙子。我说："胡一桂你少给我来这一套，第一次算是偶然，第二次肯定是有预谋的，你今天不把事情说清楚肯定是不行的。我是指导员，你是连长，军事上的事你管，生活上的事归我管。"

你爹说："这是我连最大的军事机密，你管不了。"

我说："即便是军事机密我也有知道的权利，也不能瞒着我这个指导员呀，我们可是党指挥枪。"

你爹哈哈大笑。

我严肃地说，有规定的，"二八五团"才能结婚，你现在才是个小连长，不要犯大错误。你爹说，来那么多女兵不就是解决连长、指导员的婚姻问题的吗？我告诉你爹，事情没有这么简单，女兵来了可以先发展发展，你见哪个连长、指导员结婚了，在政策没有下来之前，还是要执行过去的老政策的，"二八五团"才能结婚。

你爹最后笑笑说，那等政策下来后再说吧，你别着急，将来有了结果我会告诉你的。

我知道从你爹嘴里是掏不出什么情况了，我决定去找阿伊古丽谈谈，她肯定在我们连队附近放羊。我去找阿伊古丽前，在地窝子的天窗边插了根红柳枝，提示路人此处是地窝子的天窗，注意绕行。

我在连队四周转了转，来到你爹制炸药的地方。一口大锅还在烧着，几个战士正在熬硝，阿伊古丽把羊赶在野地里，在看热闹。战士们见我过去了，都停下了手中的活和我打招呼。我向战士们挥了挥手，来到了阿伊古丽面前。我说，阿伊古丽你好呀！阿伊古丽说，指导员好！阿伊古丽四处看看问，指导员回来了,胡连长是不是去工地了?我说,没有呀。

阿伊古丽问,那胡连长今天又去哪里了?

我正要告诉阿伊古丽,胡连长在地窝子里睡觉。有战士却插嘴了,说,胡连长去女兵的豪华地窝子了。

阿伊古丽好奇地问:“胡连长去豪华地窝子干什么?”

战士就笑着说:“他去找对象呀。”

阿伊古丽问:“他去找对象干什么?”

战士回答:“找对象谝谝呀。”

阿伊古丽说:“他是我要找的对象嘛,我要找他谝谝。”

我们都哈哈大笑,阿伊古丽不知道“对象”在汉语中还有另外一层含义。当战士给她解释清楚“对象”在汉语中是指结婚对象时,她羞得用鞭子追着去抽那战士,快乐得不得了。阿伊古丽疯够了,坐在那里叹口气。说:“我找‘对象’就要找一个好脾气的汉族人,抽两马鞭子都不‘肚子胀’(生气)的汉族人。”

看阿伊古丽的表情,我知道她和你爹的关系已经不一般了,我已经不需要问她掉进地窝子的事了。我只要回地窝子再加把劲,审问一下你爹就行了。我回到地窝子里把你爹揪了起来,我对你爹说,我是支持你和阿伊古丽好的,但是,你不能不告诉我真实情况。

你爹见我这样说,有些激动,就在我肩擂了一下。你爹一激动就动手,要不是我身子骨硬朗,早被你爹擂垮了。你爹说,我和阿伊古丽只是互相有好感,真还没有谈到别的。你爹还说,放心吧,只要有了新的情况,我一定向你报告,你安心回工地吧。

我当天就回到了工地,看来,你爹和阿伊古丽还真没有到那一步。

两个月后的一天,你爹亲自赶着马车去工地送炸药,平常都是秦安疆送,这次是你爹亲自送,我有点意外。你爹让战士们卸车,然后把我拉到一个没人的地方,神秘地对我说,有件事,应该属于生活上的事,我该向你汇报一下。我望着你爹也不说话,等他汇报。你爹结结巴巴地说,我,我和阿伊古丽好上了。

啊!虽然我猜测你爹和阿伊古丽好上是早晚的事,但当你爹真向我汇报了,我还是有些吃惊。我知道阿伊古丽喜欢你爹,但我知道你爹在这方面没有经验,胆小,要想真好上还需时日。我问你爹两个人什么时候好上的,是不是她第二次掉进地窝子里的时候?你爹说当时根本不敢向那个方面想,虽然阿伊古丽后来也承认她第二次掉进地窝子是有意的,可恨我当时不明白。

你爹说,这事在前几天才挑明的,你也知道我负责熬炸药,住在连队里,连队里没有啥人了。阿伊古丽在苞谷地边放羊,我还和她开玩笑说羊不允许吃苞谷,只允许吃草。阿伊古丽就说,有两只羊进了苞谷地,怎么也不出来,快帮我找找。我大惊,随着阿伊古丽就进了苞谷地,进去找了半天也没有找到,我发现阿伊古丽神情诡秘,问她怎么回事,她说羊没有进苞谷地,是人进了苞谷地。我问谁到苞谷地了,阿伊古丽说是我们呀,然后就扑进了我的怀里。

我不怀好意地问,后来呢?是不是学习团长了,在苞谷地里做了贼?你爹说我思想有问题,我们是纯洁的爱情。我问你爹纯洁的爱情是什么程度,你爹说好上了就好上了,还有什么程度?我说你们好上了总有一个说法吧,你说好上了就好上了,说不定是误会呢,阿伊古丽说不定是被绊了一下,才倒向你的,你却以为是扑进怀里的。

你爹说,当时阿伊古丽扑到怀里还用汉语说:“我要做你的对象。”

我哈哈笑了。你爹问我笑啥,我告诉你爹,阿伊古丽真会现学现卖,这汉语的“对象”一词还是我教的呢。你爹又擂了我一下,说,当时我还怕自己弄错了,问阿伊古丽知道“对象”的含义吗?阿伊古丽在我胸前打了一下,羞涩地说，你真坏，对象就是结婚的对象，我将来要做你的羊缸子。

你爹这样说，我知道他们确实是好上了，按现在的话说叫“靠谱”。你爹最后叮咛我这事要保密，谁也不能说。我让你爹放心，这事虽然是生活问题，但也是本连队乃至全团的最高军事机密。党的民族政策终于要在荒原上开花结果了。当然，这花还很娇嫩，经不得大漠里的风沙，要保护好。党教育了我多年，我一定要保守秘密。你爹说，我最怕你指导员讲政治，不过这段政治讲得好。

那段时间，你爹是胜利渠工地上最幸福的人。你爹去工地，阿伊古丽就去工地边放羊，你爹在连队，阿伊古丽就在连队边放羊。阿伊古丽常来给你爹送好吃的，大家看不到，我能看到。两个人见面十分神秘，就像是特务接头似的。阿伊古丽赶着羊群来到工地四周，把羊赶在一处有草的地方，然后来到工地上。本来在工地上很难找人，大家只有三种颜色的衣服，你爹是赶马车的，马车在哪儿，你爹就在哪儿。阿伊古丽来到马车旁东摸摸西碰碰装着很好奇，然后把一个小布包就“忘在”马车上了，这时你爹会脱掉外套放在小布包上。当你爹赶着马车走后，会在半路打开布包，里面全是好吃的，今天是葡萄干，明天是杏干，后天就是油馕了，有时候会是鸡蛋。那时候的物资十分缺乏，副食品基本没有，你爹得到的这些东西那可是宝呀，你想呀，他赶着马车吃着这些东西望着大漠时常出现的海市蜃楼，那是一种什么心情，美死了。不过，你爹没有吃独食，他有时会给秦安疆吃一点，秦安疆大惑不解，不知道你爹从哪儿弄来的这些好东西，你爹当然不会告诉秦安疆自己和阿伊古丽的事了。你爹也会给我留一点，秘密地塞进我口袋，那时候的生活太艰苦，那东西好吃呀，我都能把眼泪吃出来，你爹真够哥们儿。

我能想象秦安疆吃过那些好东西的感觉，他会坐在车前扛着马鞭，唱那支忧伤的歌。你爹就不一样了，他会躺在车上让秦安疆赶着空马车走，听着秦安疆唱歌，然后将一粒葡萄干放进嘴里品味。你爹肯定品味不出忧伤的滋味，他当时只有甜蜜的感觉，比葡萄干还要甜蜜。

后来我们在五公里的“坚戈壁”上炸开了一条渠，这一截渠是最坚固的，而且不渗水。兄弟团听说我们自己熬出了炸药，把“坚戈壁”都端了，纷纷来参观取经，都说这胡日鬼连长真会日鬼，用老乡家的老陈土居然熬出了炸药。“胡日鬼”这外号就有点正面的意思了。这样，我们团的胜利渠工程是第一个完工的，虽然我们有“坚戈壁”挡路，我们还是赶在了二团、三团前面，提前完成了师里分配的土方任务。团长当然高兴了，他兑现了自己的承诺，恢复了你爹的连长职位，给我们连记了集体三等功，给我和你爹记了个人三等功。

我们团完成了胜利渠的土方任务后，团长真的就结婚了。这对于我们团来说那可是个大喜事。新房在团长的单身地窝子里，为了祝贺团长的婚事，我们连的秦安疆还编排了一期新的黑板报，还写了诗，具体我也记不住了，就记得好像有“搂进怀，看月亮”的句子。

我们给团长举行了一个热闹的婚礼，你爹会日鬼，把英买里克村的老乡都请来了。他们抬着自酿的葡萄酒“穆塞莱斯”，赶着羊来了。那天晚上，我们点起了篝火，为我们的团长举办了麦西来甫，唱“十二木卡姆”，一直歌舞到天亮。那是一个真正的军民联欢会，他们烤了全羊，焖了大块羊肉。

麦西来甫不单是为团长庆祝婚礼，也庆祝了胜利渠挖通。更重要的是他们借着给团长庆贺婚礼，真心感谢解放军给他们分了土地，分了房屋和羊。

我在新疆参加过无数的麦西来甫，记忆最深刻的还是那一次。刀郎人的哭让人震撼，他们的歌舞更让人惊叹。

阿伊古丽的舞蹈让我们眼花缭乱，她在原地可以急速地转圈，一口气可以转几十圈，不晕，不倒，不喘。她那漂亮的裙子在旋转中像一朵盛开的喇叭花，在舞蹈中她的小辫子也跟着飞舞，让人眼花缭乱，头上的十几根小辫子在旋转中飘扬着，就像那旗帜上飘扬的缨穗。

舞会上，年轻的维吾尔族姑娘们也邀请了我们的战士跳舞。我们的战士上去只会扭大秧歌，扭了一阵就不行了，喘得站不起来。这时，阿伊古丽旋转到你爹面前，把手捂到胸前笑吟吟地请你爹和她跳舞，你爹吓得往后缩。翻译说，你不能拒绝一个维吾尔族姑娘的邀请，否则，她会认为你看不起她。

我心中暗笑，什么看起看不起的，都成恋人，快成一家子了。当然，你爹的这个秘密我暂时是不能说的。

你爹上去了，像个大笨鹅，不知道手脚怎么动弹，你爹跳了几下又下来了。阿伊古丽见秦安疆在一旁笑，就邀请秦安疆去跳，秦安疆一会儿就学会了，真不错。秦安疆下来对你爹说，你不会没关系，跟着她做动作，她摇头你就摇头，她抬胳膊你也抬胳膊，她抖肩你也抖肩，维吾尔族舞蹈主要是上身的动作，脚下踩着鼓点就行了。

没过多久，阿伊古丽又来了，还是请你爹跳。经过秦安疆的点拨，你爹跳得好多了，赢来了一阵阵的掌声。阿伊古丽跳着跳着，不知道用的什么办法，在你爹四周飞快地旋转，然后顺手将你爹拉出了圈外，不见了。

秦安疆问我，胡连长怎么不见了？买买提翻译笑笑说，没事，阿伊古丽是想和胡连长单独谈谈。葛大皮鞋说，我们胡连长的维吾尔语并不好，他们怎么谈呀？翻译说，没事，不用语言可以用眼睛，可以用手势交谈。翻译这样说，我哈哈大笑起来。

下　部

当年团长在地窝子里结婚成了整个荒原的大喜事。老乡们借着团长的婚礼庆祝土地改革完成，我爹他们借着团长的婚礼庆祝胜利渠挖通。这就不是一个简单的婚礼了，无论是维吾尔族人还是汉族人都需要通过这个婚礼来庆祝一下，来放松一下。马指导员说秦安疆为团长的婚礼还写了诗，这首当年“发表”在黑板报上的诗，后来在秦安疆的诗集中也找到了，诗是这样写的：

地窝子，戈壁房
冬天暖，夏天凉
避风沙，挡太阳
地窝子，当新房
新媳妇，地下藏
搂进怀，看月亮

——贺团长新婚

“搂进怀，看月亮”这就比较形象，因为地窝子都有天窗，搂着新娘躺在床上的确能看到月亮。难怪马指导员多年以后记不住诗的全部了，却还记得“搂进怀，看月亮”的诗句。

据马指导员说，老乡们为了庆祝团长的婚礼，还特地举办麦西来甫，还唱了“木卡姆”。这在当地是一种极为隆重的仪式。一般情况下，举办麦西来甫很平常，老乡们随时都会举办的，但唱“木卡姆”就不是经常的事了。“木卡姆”是一种集歌、舞、乐为一体的大型音乐套曲，要唱完需要很长时间；而麦西来甫只是木卡姆的一部分，多由一些短小、欢快的歌舞曲组成。

维吾尔族人的喜、怒、哀、乐溢于言表，开朗、坦诚、幽默，能歌善舞。一般情况下麦西来甫可以随时举办，这种聚会可以独立进行。从马指导员的叙述中可以看出刀郎人为他们举行的麦西来甫和新疆其他地方的麦西来甫有所不同，它应该叫“刀郎麦西来甫”，他们的木卡姆也应该叫“刀郎木卡姆”。

“刀郎木卡姆”当地人称为“巴雅宛”，意为“戈壁荒漠、荒野、原野”。“刀郎木卡姆”是书面语，他们从不说“唱木卡姆”而说“喊巴雅宛”。“刀郎木卡姆”是室外的、荒野中的音乐。

我在新疆曾经多次参加过“刀郎麦西来甫”，那是歌与舞的海洋。“刀郎麦西来甫”是维吾尔族刀郎人的狂欢节，这狂欢节可以在古尔邦节举行，也可以在婚娶时举行；可以在孩子长大庆祝时举行，也可以在双方达成和解时举行。这个狂欢节没有时间和日子的限定。

开始的时候，他们也不跳，十几个人席地而坐，围成一圈，点起篝火。这时，一个人在弦子的伴奏下开始吟唱，这是用歌声呼唤人们来参加麦西来甫。那声音和缓悠扬，有点像蒙古人的长调，但和蒙古人的长调不同的是，他们唱到高亢之时能撕云裂帛，就如云雀迅疾刺向天空；唱到低回之处却呜咽细腻，能像蒙古人的马头琴那样如泣如诉。他们的歌声有时像哭，有时像笑，有时在诉说，有时在呼唤，无论是伤感还是快乐都不知道从何而来，向何处去。

所有的乐器都调好了丝弦，
酒壶和酒杯也都摆设齐全。
没有你呀，我心头惆怅，
来吧，让我们一起作乐寻欢。

那歌声优美，嗓音浑厚，绵绵悠长。接着大小手鼓一起敲响，各种乐器一起弹奏，人们会从四面八方循着歌声和音乐而来。当他们聚集在一起的时候，他们会一起唱，唱着唱着就踏着节拍跳了起来。女人高举着双手，宽大的衣袖像散开的花朵；男人甩动着双臂，潇洒的舞姿就像雄鹰展翅。男人的双臂拉开似弯弓，退步伫立似瞄准；女人双手递上似送箭，退步眨眼似鼓励。男女之间一会儿肩膀紧靠，一会儿旋风似的闪开。随着鼓点，舞蹈会越来越快，越来越激烈。

你的牙齿像玛瑙一样宝贵，
你的嘴如含苞欲放的玫瑰，
你出大门走过来，
花花世界都往后退。
你是我生命之源泉，
你是我财富之积淀。
尽情地玩吧大眼睛，
我们都是石榴的花瓣。

刀郎舞的第一组动作叫“且克脱曼”，脚步沉稳有力，膝部弯曲起伏颤动，这是刀郎舞最典型、最独特、最有韵味的动作；刀郎舞的第二组动作叫“赛乃姆”，和第三组的“赛勒克”与民间舞蹈同属一种范畴。“赛乃姆”融合了西域舞蹈的精华。刀郎舞的最后的部分叫“色勒利玛”，快速旋转让人眼花缭乱。如果你参加了刀郎人的麦西来甫，当你看到美丽的刀郎姑娘，旋转开来像绽放的石榴花一样，你不由得会想起白居易的那首诗：

胡旋女，胡旋女，
心应弦，手应鼓。
弦鼓一声双袖举，
回雪飘飖转蓬舞。
左旋右转不知疲，
千匝万周无已时。
……

这首《胡旋女》，正是刀郎舞“色勒利玛”的写照。陶醉，痴迷，癫狂，自然流畅，绝对没有表演的成分。我的舞蹈只为了我自己，我为我狂，我为我舞，我的舞蹈我做主，天地都因我而存在，万物都因我而旋转，不知疲倦，放纵无觉，与曲同死，与乐同乐。维吾尔族刀郎人的舞蹈让人癫狂，歌声却让人魂牵梦绕，让人着迷，让人忘记了自己。

为了庆祝团长的婚礼或者说为了庆祝胜利渠完工，我爹他们和当地刀郎人一起举办了麦西来甫。我爹他们肯定没有想到胜利渠挖完了，更累的活儿来了，那就是开荒。

胜利渠完工后可以灌溉45万亩土地，没有这么多土地就要开荒，接着我爹他们就要进行大规模的开荒了。其实，开荒和挖渠是不可分割的，开荒后又要挖渠，荒地在哪里，渠就要挖到哪里，周而复始的，渠通水了还要在渠两边种树，有渠的地方就有树，这些繁重的体力活累坏了多少兵团人呀。

那些树长大长高变成了林带，成为农田的防风林。一个荒凉的地方几年的工夫就变成了林带成行、果园成片、麦田似海，变成了绿洲。一条渠就能让荒原变成绿洲，让戈壁滩变成果园，对于当年的兵团人来说再累也是值得的。

这无疑是一个壮举，他们有理由为此而骄傲。

在解放军进疆后的10年内，所有的工作都是围绕着水进行的。水成了工作的重点。水从哪里来？从新疆的大大小小的河流中来，把那些并不充沛的河水通过一条渠引向荒原，然后开垦荒地。这几乎成了进疆后所有部队的一种开荒的模式。所以，一条渠的贯通便成了当年媒体最重要的新闻。如果我们翻阅一下二十世纪五六十年代的《新疆日报》，我们会发现从1951年到1961年的10年中，关于某条渠被挖通放水的新闻每一年都有，而且都占有着显著的位置。

第十一章 开荒比赛

上 部

胜利渠土方量完成后，大量的固定建筑没有完成，还要修水闸、修涵洞、修桥梁等等。不过，这些活都交给工程兵了，我们主要是挖渠，渠挖完了我们的工作也就完成了。为此，我们团开了庆功会。在庆功会上，团长命令畜牧队杀了猪宰了羊，进行全体大会餐。庆功会上还有一个最重要的议程，那就是分配女兵到各个连队。

团长开始宣布的时候，各个连队官兵都兴奋起来了，我和你爹当时就把头低了下来，装作没听见，领三等功奖状的兴奋劲一下就没有了——我们知道没有我们的份。全连战士也把头都低下来了，我和你爹心里都很难受，这不是一个女兵的问题，这是让全连战士没面子呀！其他连的战士会问，每个连队都分了女兵，你们二十六连怎么没有呀，是不是不需要了？你们连长给人家打了收条，是不是一车女兵都让你们连藏起来了？

由于我们拦截女兵车的事，我们不但挨了处分，上级还对我们团进行了处罚，有意少分给我们团一车山东女兵，这事让我和你爹内疚了很久，因为它直接影响了我们团解决连一级干部的婚姻问题。当时，新疆军区政治部已经专门颁发了婚姻条例，连排干部可以结婚了。可以结婚了却没有结婚对象，那会直接影响我们团的士气，影响我们团屯垦戍边的战略部署。这件事如果上纲上线，我和你爹是受不了的。好在胜利渠开挖了，大家没时间过问这些事，团里分来的一车山东女兵也没有分到各连，被团里集中安排了。为了鼓舞挖渠工地的士气，女兵班就在胜利渠工地上干活，这极大地活跃了工地的气氛，鼓舞了干劲，大家都说，男女搭配干活不累。

让我们意想不到的是，团长不但给我们记了功，还给了我们实实在在的奖励。团长给我们分来了一个山东女兵，也就是大辫子。

团长宣布："李桂馨，分配到二十六连。"

我和你爹都以为听错了，也没有思想准备，或者说根本就没有准备去接女兵。其他连队听到团长念到分配的女兵时，都是全体起立鼓掌欢迎，还派连里最帅的小伙子上台接女兵，有些连队还准备了大红花，让帅哥把大红花戴在女兵的胸前，然后领下台坐在全连的最前面。

那时候女兵是宝贝呀，一个连才一个，大家都把她当仙女供着，虽然战士们都知道这女兵是为连长和指导员准备的，将来这女兵不是连长的媳妇就是指导员的老婆，女兵和自己没有关系，可是，战士们还是很高兴，我们曾说："团长都结婚了，离我们还远吗？"战士们也会说："连长都结婚了，离我们还远吗？"

为了接女兵，有些连队准备得十分充分，有的赶来了牛车，没有牛车的连队就做了顶轿子，来不及做轿子的就弄了一个滑竿。所谓滑竿，就是在椅子下插着两根棍，让女兵坐在上面抬着回连队。反正每个连队的交通工具不同，但不会让女兵走路去连队。你爹后来对我说，他的肠子都悔青了，本来我们是最有条件的，我们有四驾马车，如果让女兵坐上去，你爹扬鞭催马，让秦安疆唱一曲《三套车》的歌，你说哪个连队能比得上我们？如果怕秦安疆唱得走调，也可以让秦安疆吹一曲，秦安疆会吹笛子，用笛子吹《三套车》肯定也特别好听。

我们呢？我们什么都没有准备，当团长念到我们连，让我们迎接女兵李桂馨时，我们甚至没有反应，这让女兵李桂馨十分尴尬。团长又大声念道："李桂馨，分配到二十六连。二十六连！"团长直接喊了二十六连，我们才听明白，你爹连忙站起来，答应了一声："到！"

这引得其他连队的战士都笑了起来。团长说："胡连长，你到什么到，快接你们连的女兵！"

你爹不假思索地就蹿上了台。这下有战士就不饶人了，喊："胡连长咋恁迫不及待呀，就是分配给你当媳妇，也不能亲自上去接呀，多不好意思呀！"此话一出，大家哄堂大笑。这一笑把你爹搞得狼狈不堪。有战士就起哄："胡连长接媳妇了，胡连长接媳妇了。"我一看这事要坏，我知道你爹有阿伊古丽，把女兵李桂馨这样喊出来了，全团一下就知道了李桂馨是你爹的，你爹将来又不要李桂馨，这让人家李桂馨脸上咋过得去。想到这里，我也连忙站起来走上台去。我本想替你爹解围，没想到有战士又喊了："啊，指导员也上台了，快看哟，二十六连的连长和指导员抢老婆了。"

我和你爹这次糗大了。好在团长把桌子一拍，大声道："谁在瞎起哄，接女兵是非常严肃的事，瞎喊什么？"团长一拍桌子算是把起哄的战士镇住了，为我们解了围，可是我和你爹把李桂馨领下台时的那个别扭劲儿就别提了。

你根本想不到，团长把女兵李桂馨分到我们连给我和你爹出了多大的难题。本来，连队里分来了女兵是件好事，我们太需要女兵了，可是这李桂馨来后却让我们发愁。我们都知道上级分配女兵的目的，那就是要解决连、排领导的婚姻问题。我和你爹都不需要上级解决婚姻问题了，你爹有了阿伊古丽，我有了重庆老家的幺妹。李桂馨来了，我和你爹既不能退回团里，也不能娶她为妻。退回团里全连都会找连长、指导员算账，你连长、指导员不要，全连还有一百多个光棍呢。

连长、指导员不要李桂馨，全连这么多人名额给谁？这是一个问题。当时，一个最简单的解决方法是分配给副连长或者排长，根据政策，连、排以上干部都可以结婚。可是，我和你爹又觉得这个方案不妥，因为全连排级以上的干部有七八个呢，你给谁不给谁都会影响大家的情绪，这不利于我们下一步的工作，也不利于干部们的团结。我们下一步要大规模开荒，我们不能因为一个女兵把大家的思想搞乱了，特别是不能把连队中层干部的思想搞乱了，否则我和你爹这个连长、指导员就没法干了，我们的命令就会没人执行，我们就会成为光杆司令。

最后，你爹想出了个好办法，这个办法算是从团长那里学来的。团长在挖胜利渠时能把女兵集中起来安排，鼓舞全团挖渠的干劲，我们为什么不能让李桂馨鼓舞一下全连开荒的干劲？李桂馨本来是团长分给连长和指导员的，现在连长和指导员决定发扬风格不去占有这唯一的名额，这女兵是全连的，谁都有机会去争取。

李桂馨最终会属于谁呢？那要看大家在伟大的开荒战斗中的表现，我们要评出一个开荒能手，谁被评为开荒能手，连里就会出面把李桂馨介绍给他。也就是说，谁是开荒能手李桂馨就是谁的。换句冠冕堂皇的话说，谁是开荒能手，为屯垦戍边做出了最大的贡献，就会打动李桂馨的芳心，李桂馨就会爱上他，李桂馨就会嫁给他，成为他的媳妇。

这是一个两全其美的办法，既化解了李桂馨带来的问题，也鼓舞了全连战士的士气。大家挖胜利渠都已经很累了，刚挖过胜利渠又要开荒，有些战士已经没有了干劲。开荒是必须的，而且还要抓紧了，否则胜利渠的水胜利地引来了，我们无地可浇，那不是开国际玩笑嘛。开荒是需要力量的，特别是精神的力量。在挖胜利渠时，有些劳改犯人会躺在工地上装病耍死狗，劳改犯不争表现躺着谁也拿他没办法，我们就不行了，我们是解放军战士，是新中国的忠诚卫士，我们必须干，不能偷懒。葛大皮鞋就说怪话磨洋工了，说当解放军还不如劳改犯，劳改犯可以耍死狗，比我们轻松。你爹当时把葛大皮鞋臭骂了一顿，说葛大皮鞋反动。他训斥葛大皮鞋说，你再胡说八道我就关你的禁闭，我关你三天好好让你休息。葛大皮鞋特别油，说关禁闭就关禁闭，只要给吃的，关三天我也愿意。你爹说吃个尿，不干活哪有吃的。葛大皮鞋一听没吃的才不敢吭声了。

我们连在战争中俘虏最多，加上进疆后分来的“九·二五”起义战士，是一个成分复杂的连队，要带好这个连队就要想办法，动脑筋，光靠硬的不行。把李桂馨当奖品也是我和你爹的无奈之举呀。当你爹在全连开荒动员大会上宣布这个决定时，全连都沸腾了，我和你爹坐在主席台上看到战士们一个个都摩拳擦掌的样子，会意地笑了。当时，我和你爹的支持率肯定是百分之百，干部和战士都被我和你爹的高风亮节感动了，有战士还高呼口号，向连长学习，向指导员致敬！最后，你爹说：“我们连只分来了一个女兵，一人一个女兵是不可能的，两人一个女兵是不合法的，全连一个女兵是可以的，她是大家的。”

你爹的发言很精彩，赢来了大家的欢笑和鼓掌。当然，我们肯定不会告诉同志们连长、指导员都有了对象，这样就显示不出我们的高风亮节了。我和你爹有对象的事不到结婚的那一天是不会公开的。你爹曾经告诉我，已经和阿伊古丽商量好了，等胜利渠放水的时候就胜利结婚。我还表扬了你爹，说这个日子选得好，很有纪念意义。我告诉你爹，等胜利渠放水了，我也把幺妹接来，到时候我们一起结婚。

你肯定要问当时李桂馨是什么反应，李桂馨当时根本不在场，你爹没通知她开会，让她放羊去了。李桂馨到我们连后，你爹用苞谷从阿伊古丽那个村换来了十几只羊羔，让李桂馨跟着阿伊古丽学放羊。你爹说我们要发展自己的畜牧业，要有自己的羊群，我们要学会改善自己的生活。

就这样，我们连开荒的战斗打响了，可谓是轰轰烈烈。

开荒和闯田其实是一回事，都是挖地、松土、打埂、平整，但是开荒和闯田又不太一样。闯田所种的地是当地老乡废弃的土地，也就是说闯田种的地曾经播种过，只不过老乡们不要了，放弃了。我们要建立大型的机械化农场，靠闯田小打小闹是不行的，那点地是远远不够的。开荒就是向荒原要地，就是要把生长着的胡杨、红柳、野麻、灌木丛、骆驼草连根拔去，然后进行平整，把水胜利引来，让那些荒原变成良田。

当时有一个口号："我们是英雄的拓荒连，哪里能长出草，哪里就能长庄稼。"

开始，我们还没有打扰那片还活着的胡杨林，那片胡杨林是我们勘察时发现的，在羊粪坡以西几公里处，在那枯死的胡杨林的北边，和那枯死的胡杨林遥遥相望。活着的胡杨林靠夏季的洪水生长着，闯田剩余的水基本上都流向那片活着的胡杨林了。我们知道在枯死的胡杨林是无法开荒的，连胡杨树都活不出来的地方，肯定无法种庄稼，所以那片枯死的胡杨林一直保留到现在，后来成了兵团人的墓地。活着的胡杨林就不同了，胡杨树能活，庄稼就能活，那片活着的胡杨林有可能变成可耕种的土地，我们决心把那片胡杨林变成良田。我们请来了团里的技术员，他们一看十分高兴，说那一片地方可以开垦出1000多亩地。

这太好了，那片地方如果能开垦出1000亩地，我们就能完成开荒任务了。只是那片胡杨林离我们的驻地羊粪坡有几公里，藏在几个大沙丘后头。我们在那里开荒，就要挖一条几公里的水渠，把渠水引过去，这个可比开荒本身的工作量还要大。

我们又请示团长，团长说，你们干吧，不就几公里的渠嘛，我们60多公里的胜利渠都挖通了，还在乎你这几公里，只要你们能开垦出1000亩地，挖渠的事由团里负责。团长还说，上级给我们的拖拉机马上就到了，那玩意在前头安装一个大铲子就叫推土机，那沙丘算什么，几天就推平了，那几公里的渠算什么，先用推土机推出渠道，然后人工修修坡，几公里渠是小意思。看来，胜利渠的完工给团长带来了信心，什么事情在团长眼里都是小事情了。

从规划上看，胜利渠的走向是从东向西，水是往西流的，全流域60多公里。胜利渠的北岸是无法开荒的戈壁滩，再往北是天山的支脉。要开荒的土地在胜利渠的南岸，这块地东西长有70多公里，南北宽有50多公里。以那枯死的胡杨林为界，以南就是塔克拉玛干大沙漠，以北是我们要开垦的荒地。

胜利渠从东向西流，将胜利渠的水引向荒地就要挖从北往南的干渠，这些干渠是以营为单位负责挖的，一营挖一干渠，二营挖二干渠，三营挖三干渠。我们连在一干渠和二干渠之间，一干渠就从我们连边上过。那片胡杨林在我们连西边，离我们连所在的一干渠有几公里，离二干渠比较近。这样，连里就有人说了，那片胡杨林是在二营的地盘上，应该由二营开垦，我们何必舍近求远，我们连没有必要去开垦那片胡杨林。

我把连里的意思向团长汇报了，没想到团长把我们骂了一顿，说我们是本本主义，什么二营、一营的，还不都是我们团的。让你们连去开荒那是团里安排的，只要在我们团范围内在哪儿开荒都行，其他连队在挖胜利渠的配套干渠，总不能说干渠是他们连挖的，你们连不能用吧！团长这样说当然对，这就像师长说，什么一团二团的，还不都是我们师的一样。

团长认为我们在那个地方开荒才是真正的开荒，因为在我们连四周的土地其实已经是上好的良田了，那些曾经的土地只不过没有水，被老乡撂荒了，只要胜利渠的水来了，年年都能丰收。胜利渠可以灌溉45万亩土地，那片胡杨林本身就在垦区之内，属于开荒的对象，如果能开垦1000亩地，那可是一个振奋人心的好消息。

由于有团里的支持，我们迅速向那片活着的胡杨林进军。我们把胡杨林连根拔了，然后把树坑填平，平整，打埂后就是方块田了。等干渠通水了，支渠连接干渠，斗渠连接支渠，这些方块田只要和斗渠配套，就可以灌溉了，这样的水浇地种什么长什么。

当时，我们开荒采取两个阶段进行。第一阶段是挖胡杨树，这由连里统一进行，一棵树一个人是放不倒的，要用集体的力量。放倒一棵胡杨树通常要有几个程序，先爬上树将绳子拴到树干上，然后两个人沿着树根开挖，把主根挖断后，几十人拉那绳子，将树拉倒。放倒一棵树时大家总是兴奋的，人们拉着绳子嗨哟、嗨哟地喊，晃着晃着，那树就坚持不住了，即便是胡杨树有千年的定力，最后也只能轰然倒下，人定胜天嘛。一棵大树倒了，人群四处逃散。有人便戏称这是树倒猢狲散。

当我们把所有的胡杨树全部放倒后，就开始平整土地了。这样地就可以分配到人了，开荒比赛就此开始。这时，全连人一下就疯狂了起来，这让我和你爹都插不上手了。地都分给了大家，谁快、谁慢、谁好、谁坏，最后是要评比的。我们在哪里干活都不行，战士说我们正比赛，你这干的算谁的？我们可不愿意让连长、指导员帮助开荒，这样人家会说闲话。开荒这事最好自己来。

下　部

开荒不仅是在荒原上开垦处女地，又被引申成另外一种含义了，这和闯田有异曲同工之妙。我完全能理解当年父辈们的引申或者曲解，一群30多岁的老男人，他们到了遥远的大西北，除了吃饭干活外，最渴望的当然是女人。

战士们认为开荒就不需要连长、指导员了，反正连长和指导员也不想开荒，他们就让我爹和马指导员安安静静地当裁判。可能连我爹和马指导员都没想到，在全连开荒最累的时候，他们能舒服地扛着一把坎土曼在地里转悠，随时发现问题解决问题。我想他们当时的心情一定很好。

我爹又开始放树了，在英买里克村的时候他放树是为了土地改革，现在他放树是为了开荒。在英买里克村放了一棵树，在荒原上他又放了一片树。看来我爹是喜欢放树的，一放树就非常兴奋。他当然高兴了，因为挖出胡杨树后，挖出的地土质肥沃，完全适合耕种。胡杨树能把地下的盐碱吸取，在胡杨林里开荒，土质含碱少，很适合种庄稼。

那些胡杨的根部含有大量的水分，挖出来后树根都是湿的。胡杨树身体内也含有大量的水分，那些胡杨树被砍伐后，水立即会从断枝处流出来。胡杨树流出的水黏糊糊的，粘手。秦安疆说这是胡杨泪，胡杨哭了，这些胡杨流出的液体和人的眼泪是一个味道。

秦安疆的这种说法太小资产阶级情调了，很不合时宜，当然要挨我爹的批评了。

当时的首要任务是开荒，又不是保护原始胡杨林。既然要开荒，那就要放树。将来需要保护原始胡杨林了，那就撂荒，就退耕还林。时代不同，要求也不同。秦安疆当年想不通这些，想不通还要发表自己的看法，对于领导的批评，秦安疆是用诗歌来回应。这种回应是没有力量的，不但不能阻止大张旗鼓地放树，还给自己带来了意想不到的后果。

秦安疆写了诗，还把诗抄在了连队的黑板报上，秦安疆有权力把诗抄在连队的黑板报上，他是连队的文书，是黑板报的总编。

开荒、开荒、开荒，
我们和美丽的胡杨没有仇，
为什么去将它们砍伐？
胡杨树，"托克拉克"，
胡杨树，世界上最美丽的树。
我看到了你伤口里渗出的血，
我看到了你眼睛里流出的泪，
我看到胡杨的孩子在荒原上奔跑、逃命。
它们像蒲公英，它们像柳絮，
它们惊慌失措地离开了我们，
随风而去。
我想去唤回那些孩子，让它们与我同住，
我要去追赶那些孩子，让它们和我同生。
可是，我却不知道它们要跑到哪里？
开荒、开荒、开荒，
你们用犁耙划破了母亲的胸怀，
你们不仅吸干了母亲的乳汁，
还要吸吮母亲的鲜血。

如果是为了姑娘，我宁可孤独。

如果是为了粮食，我宁愿挨饿。

秦安疆的这首诗就有了现代诗的成分，这和他过去写红柳、写地窝子的诗不太一样，那些诗多少都受到了中国古体诗的影响，虽然平仄、对仗要求得不是很严格，但是基本是押韵的。这首诗就不一样了，完全脱离了古体诗的束缚，自由奔放起来，就像夏天里在戈壁滩上奔腾的洪水。这首诗引起了全连的反响，这种反响并不是因为大家都懂诗，被诗意感染，而是诗的内容，这首诗的内容是反对放树的，反对放树就是反对开荒，反对开荒就是反对屯垦戍边……这直接影响到了大家开荒的士气。有战士把诗抄给连长和指导员看，说秦安疆写的是“反动诗”，这简直是太反动了，反动到了极点。秦安疆在诗里把我们开荒说成是杀人，杀自己亲妈。有战士愤怒地说，我们开荒不是杀人，是养活人，不开荒我们吃什么？不开荒我们都要饿死。

我爹把战士们都劝回去了，我爹让战士们放心，连里一定要处理秦安疆，这是破坏伟大的开荒运动嘛。

为了不影响开荒的大好形势，马指导员和我爹决定给秦安疆一点颜色看看。他们把秦安疆的文书撤了，取消了他办黑板报的资格，严禁他在连队黑板报上发表诗歌。你爱写写去，不能发表了，按现在的话说叫封杀。

秦安疆不是说开荒是杀自己的亲娘嘛，好呀，那就不让秦安疆开荒了，剥夺秦安疆开荒的权利。不让秦安疆开荒其实也是一种处分，也就是说秦安疆已经没有资格参加比赛，没有机会赢得李桂馨了。不让秦安疆上地里开荒，也就剥夺了秦安疆“回家开荒”的资格，这是一个绝妙的处理。

那么让秦安疆干什么呢？让他赶着四驾马车中午送饭。我爹更绝妙的安排是让李桂馨和秦安疆一起送饭，反正也不用放什么羊了，让羊在开荒的地里随便吃，有大量的胡杨树叶子供羊享用。这个安排有些恶毒，不让你秦安疆开荒，又让你和李桂馨在一起，让你绝望，让你痛苦，这是一种折磨。

这样的处理让全连人都欢欣鼓舞，虽然秦安疆干活不行，但他有文化，有文化那是可怕的，脑子活，说不定他会弄出来一个新方法提高了开荒的进度，一下把大家都比下去了。这样看来秦安疆虽然劳动不行，却有大家无法了解的潜质，这才是大家的强有力的对手。现在好了，秦安疆已经退出了比赛，退出了比赛却和李桂馨一起送饭，这就成了皇帝身边的太监，他和李桂馨在一起也没有用。

当秦安疆赶着四驾马车到工地送饭时，战士们就望着马车上的秦安疆和李桂馨喊："开荒、开荒、开荒。"李桂馨当然不知道战士们喊"开荒"的内在含义，懵懵懂懂地就喊："开饭、开饭、开饭！开了半天荒了还不累。"战士们就说："累什么，还没有真正开荒呢！"一时，整个开荒的地里热火朝天、欢天喜地的。

秦安疆这时谁也不理会，他也不安安静静地坐在车上，拿了把坎土曼挖地去了。秦安疆在大家吃饭时去挖地，他动作显得凶狠，挥舞的坎土曼带着悲愤，就像和谁赌气。当战士们都冲李桂馨高喊"开荒、开荒、开荒"时，秦安疆边挖地嘴里也在念念有词："开荒、开荒、开荒，我看到胡杨的孩子在荒原上奔跑，不知道它们跑到了哪里。"

秦安疆念念有词的，就像一个和尚，当和尚面对肉食和美色时总是在那里念经，用来对抗诱惑。也就是说连里对秦安疆的处理效果显现了，他只能通过自己念诗才能解困，才能使自己内心平静下来。马指导员把这个情况告诉我爹了，我爹说念就让他念呗，嘴长在他身上，只要不在黑板报上发表，只要不影响开荒就行。

为了使评比开荒能手的工作合理公正，二十六连当时还专门成立了评比委员会。评比委员会除了马指导员和我爹外，还有秦安疆和李桂馨。秦安疆不是当事人，没有参加开荒比赛，是评比委员最合适的人选。李桂馨进入评比委员会是我爹的馊主意，我爹说这开荒能手对谁最重要，当然是对李桂馨最重要，这开荒能手最终将成为李桂馨的丈夫，所以李桂馨进入评比委员会是天经地义的。

无论是我爹还是马指导员谁都没有告诉李桂馨，开荒能手的奖品就是她，或者说谁评上了开荒能手她就要嫁给谁。我爹的这个决定确实比较妙，但也比较荒唐，让李桂馨进入评比委员会，就算是听取她的意见了。另外，评比委员会里还有副连长韩启云，有炊事班长范德银，还有三排的邱排长，他们三人知道自己参加评比没戏，主动放弃比赛了。

整个评比事项是由评比委员会专门开会决定的，要求有三项：首先是数量，先看谁开的荒地多，有多少亩，这要实地丈量；然后看开出的荒地是否平整，这是质量问题；第三看打出的田埂是否直，田埂的宽度和高度是否符合要求，太高太宽不行，那样会浪费土地；太窄太矮也不行，那样会跑水。还有就是用工，如果都是20亩，你用了10个工，他才用了8个工，那当然是用工少的胜出。

整个评比过程是十分隆重的。除了评比委员会的人外，许多战士都跟着看热闹。评比委员会先用尺子量地，评出开荒最多的前五名，然后再看开荒的质量和用工量。开荒的质量其实都差不多，基本要求都能达到，否则开得再多也不能算数。获得前五名的是：机枪手丁关、葛大皮鞋、铁匠张峪科、一排长赵上志（他接替了韩排长）、二排长杨坚华。我爹把前五名写成红榜贴在墙上，张榜三天，让全连人都能看到，有异议的可以提出。这种方法现在叫公示。

从红榜上看，大家基本上心中有数了，开荒能手可能在丁关和葛大皮鞋之间产生，他们两个开荒面积只相差了两亩，后三名有十亩的差距，而他们的用工量都差不多。让人意外的是葛大皮鞋，他本来是一个后进分子，没想到这次开荒能获得第二名，看来我爹的办法很管用，这奖品的力量是巨大的。虽然葛大皮鞋是第二名，但是李桂馨只有一个，奖品只有一个，如果不出什么意外，开荒能手的称号将是丁关的。李桂馨将成为丁关的老婆。

对于这个结果，马指导员和我爹基本满意，丁关是一个不错的人选，在二十六连算年轻的，才25岁。葛大皮鞋就不一样了，他应该有30多了吧，是我爹的俘虏，是个老兵痞，属于解放战士，马指导员和我爹都不喜欢他。

有人看了红榜就问李桂馨："李评委，你喜欢开荒能手吗?"李桂馨回答，当然喜欢了，开荒能手是先进呀，大家都应该喜欢，向他们学习。有人就说，那你愿意嫁一个开荒能手吗？李桂馨脸就红了，说我还小呢，不考虑个人问题。

了，那片胡杨树所开垦的地划拨给二营管理了。放水的时候全连都上地了，放水的活儿不累，却不能离开人，人离开了说不定哪里就冲开了，让水跑了那就太可惜了，这水可是我们从60多公里外引来的。往地里放水的时候大家都在田埂上穿行，扛着坎土曼，就像在河边抓鱼一样忙碌，这种忙碌状态是欢乐的，好奇的。

大家追赶着水头，在方块地里扒开口子，让水流进地里。在这个过程中人们哇哇乱叫，就像孩子。如果这时谁不小心掉进了水里必然引起大家的哄笑。从早晨开始，人们一直忙到了下午，眼看着那些平整的土地灌满了水，成了一片汪洋，就像海子一样。

这时，我们惊奇地发现，不知道从哪里飞来了水鸟，在水面上疾驰，在水面上飞翔。它们欢笑着发出惊叫，惊奇这荒原怎么就变成了大海。那些水鸟像海燕又像海鸥，我们都叫不出它们的名字。本来这是荒原，这是戈壁滩，哪来的海鸟呢？这也让我们费解。我们望着鸟儿，鸟儿望着水面，人和鸟儿都觉得不可思议。人不知道鸟从何处来，鸟儿也不知道水从何处来。鸟儿在水面上翻飞着，那些水面上正逃生的各种活物成了它们的美餐。

太阳正要落山，水面上荡漾着红色的波浪，我们愣愣地望着水面，望着正要落山的太阳，觉得很美。我们好久没有感受到太阳的美了。在荒原上我们痛恨太阳，因为它有时候实在是太毒辣了，整个夏季，无论是挖胜利渠还是开荒，我们都没少吃太阳的苦头，我们每一个人身上几乎都脱了一层皮，我们的脸完全是黝黑的，即便是小白脸秦安疆也成了黑脸膛儿。这是我们兵团人特有的颜色，无论走到哪里，我们都能通过一个人的肤色找到自己的同类。

这时，我们发现一辆吉普车开来了，停在了我们的地头。我和你爹见了吉普车都有些紧张，在我们的记忆中只有首长才坐吉普车的。我和你爹连忙向吉普车迎去，走近一看原来是团长。团长望望我和你爹，然后望望水田，煞有介事的，不过脸上却有笑容。

你爹说："呵，团长都坐上吉普车了，离我们还会远吗？"

团长说，是不远了，随时都可以来看你们。你爹的意思是说，团长都坐上吉普车了，离我们坐上吉普车还远吗，这和"团长都结婚了，离我们还远吗"是一个意思。你爹想开开玩笑，活跃气氛，我们刚才有点紧张。团长却没懂我们的含意，理解成有了吉普车离基层连队就不远了。司机走到我们身边说，这车是昨天才接回来的，今天就到你们连了，团长对你们连很重视。我们连忙说，谢谢团长关心。

团长说，我们团马上要分来一批拖拉机，需要培训一些拖拉机手，你们连有一个名额，尽快把名字报上来。看来，团长没有吹牛，我们真的要有拖拉机了。那片胡杨树已经被我们开垦好了，渠还没有通，有了拖拉机，团里会迅速把渠挖好，把那片土地灌满水，等着来年耕种。

团长说，胜利渠也放水了，你们又是全团开荒最多的连队，我要授予你们"开荒先进连队"的称号。

我和你爹很高兴地互相望望，觉得很光荣。我们连正评开荒能手，开荒能手还有奖励，团里不知道有什么奖励。当你爹问起团里有什么奖励时，团长却反问你们想要什么奖励。你爹说最好奖励一个女兵，我们现在最缺女兵。团长呵呵笑了，笑着说你们两个还没有商量出结果呀，怪不得还不打报告给我。

"什么报告？"我们问。

"什么报告，结婚报告呀！其他连长和指导员早就有结果了，你们是不是都喜欢那个李桂馨，现在还没有动静？"

我和你爹互相望望，笑了。看来团长误会我们了。我们说，放心吧团长，我们很快就会有结果的，到时候就给你打结婚报告。团长说，你们要注意其他对手，三连就出现问题了，连长、指导员相持不下，结果让副连长钻了空子，女方坚决要嫁副连长，出现这种事谁也帮不了忙。团长说，追女人就像打仗一样，谁先占领了山头就是谁的，后来者再想攻占就难了。大家要私下沟通，目标明确，要互相配合，大家要做到心中有数，谁攻哪个山头大家都是清楚的，这样就不会混乱。我当时就和政委、副团长们沟通过。有了目标就要发扬我军连续作战的优良作风，要一鼓作气。我当时追谭晓云就是这样干的，差不多的时候该拿下就拿下。

你爹问，在哪儿拿下，是不是在苞谷地呀？

你爹和团长开玩笑，弄得团长有些不好意思，团长道，你个胡日鬼，敢拿领导开涮，小心我修理你。你爹脸皮厚，说团长不修理，我们不能进步。团长笑笑说，好好干，你们的前途大大的。团长突然凑到我和你爹耳边悄声说，给你们透露一下，团里正考察你们呢，想不想往上动动？团长这样说，我和你爹都听懂了，团长的意思是要提拔我们。我和你爹连忙给团长一个军礼，说谢谢团长栽培！

团长笑笑要上车时又说，你们俩要接受住考验呀！

我和你爹连忙表决心，让团长放心，我们一定接受党和人民的考验。

我和你爹都很激动，觉得生活很美好，前途一片光明。你爹有阿伊古丽，我有老家的幺妹，我们都要结婚了，现在又要提拔我们，这真是双喜临门呀。

既然团长这么关心我们的生活，我们决定马上评出连里的“开荒能手”，把李桂馨嫁出去，然后我们就打报告结婚。

开荒能手公示不久，问题就出来了。葛大皮鞋找到了我和你爹，说丁关的开荒有人帮忙，这样的第一他不服。我和你爹问谁会帮丁关开荒，谁自己不想拿第一呀？葛大皮鞋说是秦安疆。我说秦安疆天天在给大家送饭，怎么会帮丁关开荒呢？葛大皮鞋说，秦安疆每次送饭来到地里，在大家吃饭的时候，他没事就拿着坎土曼干活。秦安疆他干就干吧，每次都在丁关地里干，从来不在我地里干。从开荒到现在他每天在丁关地里干活，积少成多何止两亩，丁关不就比我多开二亩地嘛！

我让葛大皮鞋回去把秦安疆叫来，不一会儿秦安疆来了，问我们有啥事，你爹问秦安疆是不是每次送饭后，在大家吃饭的时候开荒了。秦安疆说，我看大家开荒这么辛苦，我一点活不干，挺内疚的，就在大家吃饭的时候干点活，也算是为开荒做点贡献。

我问秦安疆都在谁地里干活，秦安疆说走到哪干到哪，没准。也没注意都是在谁地里干活。你爹一下就火了，说你真会找事，开荒的时候你写诗反对开荒，那就不让你开荒，让你送饭，你送饭就送饭吧，没事了又去干活。

秦安疆不服气，说连长你看我不顺眼也不能这样对我呀，我干点活也错了吗？反正那胡杨林也让你们毁了，不开荒也没有用了，既然肯定要开荒我干点活心里踏实。你爹说，你踏实了我就不踏实了。秦安疆说我是在开荒，又不是搞破坏，你发什么火呀。你爹说你就是在搞破坏，你在破坏我们的比赛规则，现在葛大皮鞋说你每次开荒都在丁关地里，他现在是第二名，他不服气，你说该怎么办吧？

秦安疆说我愿意在谁地里干就在谁地里干，就是不在他葛大皮鞋地里干，气死他。你爹指责秦安疆是在帮倒忙，气得没法，让秦安疆去把所有的评委招来开会。在会上你爹却积极肯定了秦安疆在送饭间隙开荒的事，秦安疆值得表扬；但是，这件好事现在惹来了麻烦，因为秦安疆是在丁关地里干活，那丁关开荒的第一名就不能服人。现在葛国胜同志有了意见，大家看这个问题怎么解决?

评委邱排长认为,秦安疆在丁关地里干活只是象征性的,不应该影响开荒能手的评比,丁关人高马大的,有一把子力气,平常的表现也好,他干活是最踏实的,他被评为开荒能手是比较合适的,可谓是名副其实。葛国胜就不一样了,他平常表现太差,这次争开荒能手那是别有用心。评委范德银认为,葛国胜这次能被评为第二,确实出人意料,这样一个偷懒的人居然开了那么多荒地,这种进步是惊人的,正所谓浪子回头金不换呀,把他评为开荒能手就在全连树立了一个榜样。我们连的成分比较复杂,葛国胜都成为开荒能手了,对那些"九·二五"起义战士是一个鼓励。

评委的意见不统一,这让我和你爹作难。我们其实都不愿意给葛大皮鞋,可是炊事班长的意见也有道理,他的政治头脑都赶上我这个指导员了。最后你爹认为,秦安疆虽然没干多少活,但总是干了,只要是干了我们连领导就不能视而不见,我们首先要表扬秦安疆的行为,在送饭期间还积极参加劳动,但就评比开荒能手来说,我们要一碗水端平,要公平合理。如果大家争执不下那就举手表决,少数服从多数。结果,一举手发现三比三,你爹和司务长还有副连长韩启云投了葛大皮鞋的票;秦安疆、邱排长和我投了丁关的票。我确实不想让葛大皮鞋当开荒能手,在表决时我没有站在你爹那边。评委有七个人却三比三,李桂馨没有举手。在这个关键时刻,李桂馨那一票就显得十分重要了。

评委们都饶有兴趣地看着李桂馨,而且大家都愿意让李桂馨最后定夺。李桂馨在开荒能手的评比中应该是最有发言权的。李桂馨见大家都看着她,脸就红了。你爹说,李桂馨你怎么不举手?李桂馨说,我没法确定。你爹说这事就由你定了,你说谁是开荒能手他就是开荒能手。李桂馨说:"既然他们两个谁评为开荒能手都可以，为什么不能评出两个开荒能手?”

李桂馨此话一出大家都哈哈大笑起来。

李桂馨莫名其妙地望望大家，说，笑什么？我说得不对吗？开荒能手多评一个有什么不好，这有利于我们连今后的工作呀，让他们并列第一。

邱排长说，奖品只有一个，开荒能手评出两个，那怎么分呀！

李桂馨说，不用分呀，两个人共有。

哈哈——

这下连我和你爹都笑了。副连长韩启云笑得眼泪都出来了，说这奖品是不能共有的。李桂馨望着大家还是不明白。这时，秦安疆突然站了起来，说你们都太不像话了，都是连领导，有这样欺负人的吗？你们这是侮辱人格。秦安疆说着转身就走了。我们被秦安疆一骂立刻停住了笑，大家尴尬地坐在那里，不知道如何是好。李桂馨一脸的茫然。我让大家都散了，把李桂馨留了下来，这事到必须给李桂馨说清楚的时候了。

这时，没想到丁关到了连部。丁关知道我们在评比开荒能手时遇到了难题，他主动找来了。你爹说丁关你来得正好，我问你，秦安疆是不是帮你开荒了？丁关说怎么叫帮我开荒，那是给我们连开荒，那地又不是我个人的。你爹说地不是你个人的，但是开荒能手的称号是你个人的，现在有人和你争第一名，葛大皮鞋不服气。丁关说秦安疆确实在我地里干过活，那能干多少呀，秦安疆干活本来就不行。你爹说既然有人帮你开荒了，那地就不能算你一个人的，你当然就不能被评为开荒能手了，你的第一名是保不住了。

丁关说，保不住就保不住，我就不想当这个第一，也不想成为开荒能手，我来找你们就为这事。丁关说我主要是对你们的奖品不感兴趣，我还小，不想这么早结婚，想学点技术，过几年再找老婆。丁关说着望望李桂馨：“将来会有很多女人来新疆，我们要成立生产建设兵团了，会招很多支边女青年，我还愁找不到老婆？”丁关说他不要第一名，要第二名。

我对丁关说，你这第二名有什么用呢，没有任何奖励。丁关说，我想当拖拉机手，团里不是要培养一批拖拉机手吗？

你爹问丁关这都是从哪儿听说的，丁关说他的一个战友在团部，什么都知道。我和你爹相互望望，既然丁关这样一个态度，那就把葛大皮鞋评为开荒能手吧，让丁关成为第二名，让他去学开拖拉机。

丁关走了，我们望望李桂馨，有点同情她了。本来李桂馨嫁丁关我们觉得挺好的，丁关年轻，人长得也帅，出身也不错，贫农，作战勇敢，进疆后工作积极，可是，葛大皮鞋就不同了，把李桂馨嫁给他，确实让人觉得可惜。我和你爹最后想听听李桂馨的意见，谁被评为开荒能手对我们来说都无所谓，对李桂馨就很重要了。

李桂馨说既然丁关是这个态度，那就评葛国胜为开荒能手。你爹说，你要考虑好，这可关系到你一辈子的事。李桂馨说这关我什么事，你爹说，这当然和你有关系了，连里在开荒前都定下来了，谁被评上开荒能手，就把你嫁给谁。

“什么？”李桂馨一听就急了，说，“这是谁的决定？”

“连里的决定。”

“你们的决定太荒唐，把我当奖品了！我是人，你们想过我的感受没有？我不同意。”

你爹说你不同意也不行，这是我们组织上的决定。李桂馨说，任何人也无权决定我的婚姻，现在都是新社会了，婚姻自由。再说，我参军到新疆是来屯垦戍边建设边疆的，不是来结婚的。你爹说，把你们招来就是要结婚的，这是革命的需要，是建设新疆的需要，怎么屯垦戍边？怎么扎根？就是要在这里结婚生子。李桂馨说即便是结婚也应该自由恋爱，两个人成熟了才结婚，哪有你们这样的，把我当奖品分配了。

你爹说，你是我们连的宝贝，这是为了鼓励全连人的干劲。李桂馨说，没有你这样鼓励的，团里同意你这样鼓励吗？你爹说，这是连里的事，我干吗要让团里同意。李桂馨说，既然团里不知道，你这是在胡日鬼，我要到团里告你去。李桂馨这样说你爹，你爹一下就火了，说你李桂馨要翻天，居然敢骂我，还要去告我，我不怕你告，你告去，反正团里把你分配到我们连就是要结婚的，我没有错。李桂馨说，你有没有错，咱们找团长说。李桂馨说着转身就冲出了连部。

我站在那里不知道如何是好，没想到李桂馨这么烈性，嘴皮子还这么厉害，看来我们平常小看她了。你爹向门外望望，好像一点也不怕，小声对我说，这李桂馨还真不好对付，我当初只考虑鼓励全连人的干劲，怎么没有想到李桂馨是否同意呢。我说，我们确实欠考虑，如果从一开始就先征求一下李桂馨的意见，她肯定也不会有这么大的反应。你爹说，一开始征求她的意见，她肯定也不干，我们的开荒工作就不会这样顺利了。我说李桂馨去团里告状了，你真不害怕？你爹说，有什么好怕的，我又不是为了自己，还不是为了把开荒工作搞好，团长应该会理解我的。我说，李桂馨坚决不嫁给开荒能手葛大皮鞋怎么办？你爹神秘地一笑说，我压根就没想让李桂馨嫁给葛大皮鞋，要是丁关我还可以考虑，现在换了葛大皮鞋，我也不情愿。现在好了，她到团里告状去了，团长肯定也不会同意，他葛大皮鞋就不能怪我了，到时候我在全连的大会上也有话说了，不是我当连长的说话不算数，是团里不同意，看他葛大皮鞋还有啥话可说。你爹神秘地对我说，这次开荒最大的收获就是让葛大皮鞋这个懒汉卖了力气，呵呵。

我也不由得笑了，你爹看起来像个孩子似的，好像是在恶作剧，就像一个顽童，把人家修理了，自己没事偷着乐。你爹虽然说得轻巧，但李桂馨到团里告状，我们挨一顿批评是肯定的。

下　部

胜利渠是在1954年8月1日放水的，当年还举行了隆重的放水典礼。参加放水典礼的是当时的水利部部长傅作义。傅作义高度赞扬了这项工程。他说："荆江分洪工程是要什么有什么，这里是要什么没什么。但是，这些困难没有吓倒人民战士，战士们自伐木材，自制筐担，自搓绳索，自开石头，自打铁器，自制炸药，缺乏技术人员，就自己努力学习，结果是要什么有什么。因此，今日获得的成绩就更显得伟大而光荣。"

八一胜利大渠后来改名为胜利一渠，这意味着还有胜利二渠、三渠……为了提高水位，保证引水，在塔里木河上游还修了几个大水库。在新疆到底有多少渠可能没人统计过，但是我想知道有这么多的渠，那么水从何来？

塔里木河是一条内陆河，河水来源于融化的雪水，每年夏季有水，冬季根本没有水，是一条季节河。新疆是一个水资源严重缺乏的地方，这种大规模的修渠引水灌溉，还有多少水能自然流淌到它的目的地？那些下游的草怎么办？树怎么办？自然生态怎么办？在当时的情况下可能不会有人考虑这些，因为全世界开始关注环境问题，开始保护生态还是在20世纪末。

胜利渠完工后，进疆部队的下一步的工作就是大规模地开荒，除了开荒外还要大规模地搞基建。既然是生产部队了，就准备着长期扎根边疆，要长期扎根新疆，就要有固定的住房，地窝子只能是临时住处。首先要集中力量建设团部，整个规划都是根据苏联的设计。团部选址在羊粪坡以西十几公里的地方，那地方方圆有几十平方公里的土地可以开垦。

新团部都是用土块盖成的，当时没有条件烧砖，更没有制砖机，只有用土块代替。打土块和口里的打土坯差不多，都是把和好的软泥摔进一个木制的模具里，陶铸成型后在平坦的地上暴晒，几天的工夫，晒干的土块会像砖一样硬。其实，土块比砖大一点，只是没有煅烧过，土块在口里算是砖坯子，在新疆就叫土块。口里的砖坯子不能直接盖房子用，新疆的土块却能直接盖房子，这可能和新疆的土质有关，新疆的土质硬。

新疆人对打土块都不陌生，那些土块在荒原上暴晒着还是十分壮观的，土块排列得整整齐齐就像士兵方阵。

当年，团部盖得还是很雄壮的，坐北朝南，是一个大的建筑群。团部办公室正门有五根红漆的大立柱和一条大回廊，正中间是一间大办公室，那是团长、政委办公的地方，对称的两边是团部机关的办公室。在办公室前是一个大花坛，花坛的左右是能住几十个人的大集体宿舍。在办公室后面是一个大操场，可以出操，可以打篮球，夏天可以放露天电影，操场后是一个大礼堂，可以开会，也可以聚餐。礼堂后是伙房，可以一次做几百人的饭菜。伙房后是涝坝，那里蓄着供人饮用的水。围绕着办公室四周都是整齐的土坯房子，供整个团部的人员住宿。这是团部的基本轮廓，这种格局和每一个营部和连队的办公地点基本一样。都是按照一个设计图纸修建的，只不过规模大小不同罢了。据说，这都是苏联当年提供的设计，只是营部比团部的规模小，连队又比营部的规模小。

在团部大兴土木之时，我爹正率领二十六连放树挖那片胡杨林，进行开荒比赛。他把李桂馨当成开荒能手的奖品，激发同志们开荒的干劲。我爹的这种行为当然是胡日鬼，这太伤人自尊了，任何一个年轻姑娘都不会接受的。

因为李桂馨的事，我爹和马指导员都受到了团里的严厉批评。找他们谈话的是政委不是团长，这让他们十分紧张。事情被李桂馨闹大了。要是团长找我爹谈话，他可以嬉皮笑脸地和团长解释一下，说不定也就过去了，可是政委就不同了。政委严肃认真，原则性强，我爹不敢和政委耍花腔，搞不好会弄个处分的。

政委说，把女兵分配到你们连队，确实是为了解决婚姻问题，但是为了解决连级领导的婚姻问题。普通战士的婚姻问题当然也要解决，但总有个先后吧，在这个问题上我们不是排座次、讲资格，一般情况下干部的平均年龄比战士的要大，所以上级才采取这样的方式。你们连评什么开荒能手，然后把分配给你们的女兵奖励给开荒能手，这种做法是违反政策的。政委说着拿出了一个文件，他把文件摔到我爹面前，说你们拿回去好好看看，可以在全连传达一下，什么样的人现在可以结婚，什么样的人现在不能结婚，组织上都有规定。

我爹把文件拿到手里看了一眼，这是新疆军区政治部颁发的婚姻条例，这个文件他们都有耳闻，但没有看到过书面的。文件已经被政委用红笔划了重点。其中第四条规定了战士结婚或者家属随军的条件，即年龄30岁以上，有6年军龄的老战士。

根据这个文件，他们即便评出开荒能手，也没有权力把李桂馨嫁给开荒能手，除非这个开荒能手符合文件中规定的条件。这样看来，无论是葛大皮鞋还是丁关都不能找李桂馨。葛大皮鞋已经30岁以上了，但是他没有6年的军龄，他1949年被俘虏然后参军，到现在也不到6年，即便按月算他也差一年；丁关虽然有了6年的军龄，但他年龄才25岁。

看了这个文件，我爹肯定心中暗喜，他连忙把文件的有关内容抄了下来。他搞的这个开荒比赛正愁无法收场呢，现在好了，他有了尚方宝剑，这就给全连有个交代了。

马指导员和我爹当场在政委面前做了检查。他们确实没有看过这个文件,不知道有关规定,否则也不会搞这个比赛了。政委说这文件他没有传达,是因为批准结婚是他们团一级的权限,连、营一级又没有这个资格。文件由团里参照执行,你们谁要结婚就打报告上来,符合规定的就批准,不符合规定的就不批准。其实,大家都是要结婚的,只是个时间问题,有些结婚报告今年不批准,到了明年就可以批准了。政委见我爹的态度比较诚恳,语气缓和了下来。政委最后说你们把李桂馨当奖品也是错误的,这不够尊重人,虽然是为了鼓舞开荒的干劲,出发点是好的,但做法欠考虑,事前应该向团里汇报。现在好了,弄得李桂馨哭哭啼啼到团里告状,这让他们非常被动。

是,是,是,我爹和马指导员只有点头认错的份儿了。

政委在我爹临走时基本上已经露出了笑容,政委说你们去吧,要是你们两个打结婚报告我都批准,你们抓紧呀。

马指导员和我爹千恩万谢地告别了政委,在团部门口长长地嘘了口气,他们正要走还没走脱,团长的通信员又把他们叫到了团长的办公室。团长望着他们笑笑,说被政委“刮胡子”了吧,就这样想溜,我这一关还没有过呢。接着团长也批评了他们,但从团长的表情上来看,他并不是太生气,不像政委那样严肃、吓人。

团长指着我爹说,你就是个胡日鬼,我还纳闷呢,这二十六连怎么这么大干劲,居然成了全团的开荒先进连队。我还准备去请教你这个连长呢,请教你怎么鼓舞干劲的,把全连搞得没日没夜地开荒,就像喝了鸡血似的,原来把我分配给你们的女兵当奖品。团长说着自己笑了,问这办法谁想出的,肯定是连长不是指导员,也只有你胡日鬼才会想出这么缺德的办法。你们不想想,上级从口里弄来一个女兵要花多少钱，花多大代价，当然是要先解决干部们的问题了，只要稳住了干部，就稳住了战士。关于战士们的婚姻问题，要不了多久就会完全放开，我们就要成立生产建设兵团了，上级会采取各种方式解决兵团战士的婚姻问题，比方，可以回乡探亲结婚，然后带来就安排工作，还要招收全国各地的支边青年，自己来兵团的我们也欢迎。总之，我们需要大量的人，无论是男人还是女人，我们都敞开了招收，否则我们开垦了那么多土地谁来种呀。我们要建设机械化农场，但是实现机械化是要一个过程的，眼前还是需要人。

在我爹告别团长时，团长笑着对他们说，你们两个是搬起石头砸自己的脚，李桂馨反正要嫁给你们两个中的一个，你们把未来的老婆当奖品，这算是把李桂馨得罪了，到时候你们谁娶了她，她都会和你们秋后算账。

呵呵……我爹身后传来了团长的笑声，团长又说："结婚后你们就知道了，老婆不是好对付的。"

马指导员和我爹走出团部，在路上相互望望，笑了。他们很得意，谁也不会搬起石头砸自己的脚，因为他们知道两人谁也不会娶李桂馨，我爹有阿伊古丽，马指导员有老家的幺妹。李桂馨那么厉害，谁娶她就让他娶吧，咱不过问这事了，看连里谁有这个本事。李桂馨不是要婚姻自由嘛，那就让她自由去吧。

马指导员在路上劝我爹赶快打结婚报告。我爹说，阿伊古丽这么好的姑娘嫁给了我，咱们连一间像样的新房都没有，这太委屈她了。

马指导员说，一切都会有的，团长结婚也在地窝子里呀，咱们下一步的任务就是要盖房子，住地窝子是暂时的。

我爹说，我不能和团长比，团长在地窝子里娶的是咱自己人，大家都住地窝子谁也没话说。我在地窝子里娶老婆恐怕不行，阿伊古丽毕竟是少数民族，咱们汉族娶了人家的姑娘,连一间房子都没有,那会让老乡看不起咱们的。

马指导员问我爹是不是阿伊古丽不愿意住地窝子,我爹说,住地窝子她愿意,她怕家里不愿意。

那咋办?

我爹说,咱们赶快盖房子吧,把房子盖起来了再结婚。

看来,也只有这样了。

马指导员和我爹在路上就决定,下一步二十六连的工作重点是基建,也就是盖房子。团里既然成立了工程连,二十六连就成立基建班,争取到明年全连都能住上房子。

关于开荒比赛的奖品问题,我爹在全连大会上把婚姻条例宣布了一下,大家也就没什么话说了,谁也没有权力不按照婚姻条例办。开荒比赛最有收获的是丁关,他被派去学开拖拉机了,最郁闷的当然是葛大皮鞋。葛大皮鞋再郁闷也没处说,我爹有婚姻条例这把尚方宝剑。不过,我爹也安慰了一下葛大皮鞋,告诉他开荒能手的称号可以给,但是,奖品不能给,不能违反政策。将来一旦政策允许了,再分来女兵,第一个解决你。我爹让葛大皮鞋再坚持一年,一年后就进入政策圈了,就可以结婚了。葛大皮鞋说,没有一年,只有几个月,我是1949年3月投降共军的,不,不,是1949年3月参加革命的,现在是1954年10月,过了年就满六年了。我爹没想到葛大皮鞋算得这么细,连忙说是是是,你就别愁没有女人,到了明年说不定还会来一批的。

1954年10月,新疆生产建设兵团就宣布成立了。进疆部队本来就分为国防部队和生产部队了,我爹他们被改编成为生产建设部队,现在又成立生产建设兵团,看来真要扎根边疆了。对于这件事他们没有什么意见,仗打完了就应该解甲归田。他们参加革命前都是农民,都是种地的,现在继续种地也算是干老本行了。

关于进疆官兵的婚姻问题，新疆军区政治部早在1953年7月就颁发了婚姻条例，规定如下：

一、营级以上干部；

二、年龄26岁以上，3年军龄的连排干部；

三、1936年7月7日以前入伍的红军战士；

四、年龄30岁以上，有6年战斗历史的老战士。

这个婚姻条例比过去的“二八五团”的规定要宽泛多了。所谓二八五团，就是满二十八岁、五年军龄、团级干部才能结婚。后来，这个婚姻条例在新疆生产建设兵团成立后又有了修改，规定又放宽了。规定凡是干部都可以结婚，家属随军，只要到年龄，战士也可以结婚。鼓励没有老婆的探亲回口里找老婆，将老婆带到新疆的，立刻就可以在兵团安排工作。

1954年12月5日，新疆军区生产建设兵团在乌鲁木齐市隆重举行了成立大会，成立大会上宣读了成立新疆军区生产建设兵团的命令，并颁发了中央军委授予生产建设兵团的印鉴，全称为“中国人民解放军新疆军区生产建设兵团”。新疆军区生产建设兵团成立初期，受中共中央新疆分局和新疆军区领导。兵团机关驻乌鲁木齐，下辖农业建设第一、二、三、四、五、六、七、八、九、十师，以及建筑工程第一师、南疆生产管理处、石河子生产管理处、建筑工程处、运输处等。成立时总人口17.5万人，其中指战员和无军籍职工10.5万人。兵团保持军队的组织形式，实行农、工、商、学、兵相结合，党、政、军一体的特殊体制。新疆军区生产建设兵团司令员为陶峙岳、政治委员王恩茂。

兵团成立后，每年都有一批转业军人、其他省市支边群众、知识青年、知识分子参加兵团，后来形成一支百万人的建设队伍，成为建设新疆的一支突击力量，对发展新疆经济、维护民族团结、稳定新疆局势、保卫祖国边疆和防御外来侵略起到了中流砥柱的作用。

第十三章　沙漠边缘的林带

上　部

我们经历了闯田、挖渠、引水、开荒之后，下一步还需要植树。在新疆要保障粮食的丰收还需要防风。胜利渠通水后，水的问题解决了，接下来我们就要开始植树造林了。植树造林小打小闹不行，在塔克拉玛干大沙漠边缘必须有一道主要的防护林，然后主副林带配套。这条规划中的主防护林带需要实地勘察，这个任务自然而然地落在了我们二十六连身上。

这次勘察和上次不同，我们已经有了拖拉机，团里给我们连拨来了一辆拖拉机，当丁关开着拖拉机回连队时，我们别提有多高兴了。那拖拉机是链轨式的，叫东方红，丁关说有75马力。你爹问75马力是什么概念，是不是等于75匹马的力量。大家一听都笑了，认为你爹的这个比喻相当形象。

我们开着拖拉机去勘察这就不怕了，拖拉机的前面安装了一个大铲子，任何沙包都挡不住我们的路。我们出发时，在拖拉机后面还挂了一个大爬犁，上面带了足够的燃料，还有我们的给养，水呀干粮呀帐篷呀什么的，都准备了一个多月的。我们是被上次勘察弄怕了。

只是，我们这次勘察不是为了找水，是沿着规划的防风林带实地勘察，为下一步植树造林做准备，所以我们还带着团里的技术员，还有向导和买买提翻译。根据向导的介绍，在大漠的西边也就是枯死的胡杨林的尽头应该还有人居住，有村庄。向导还说，在他很小的时候，随爷爷打柴还碰到过那边的人。几十年过去了，由于交通不便互相之间也没有来往。

如果向导说的属实，在胡杨林的尽头有人，那就会有绿洲，有水。如果我们这条防风林能把东边的绿洲和西边的绿洲连接起来那就好了，首长在地图上画的那条线的两头就有了两个点。如果那样，这条防风林就能成功地站立在大漠边缘。

这次勘察我们有了拖拉机，就可以慢慢沿着那片胡杨林走了。拖拉机沿着胡杨林的北边开，拖拉机的走向将是我们未来防风林的走向。我们分成了两组，一组走在胡杨林里，另外一组坐在爬犁上，两组轮换，这样既了解了胡杨林里的情况，也了解了胡杨林外的情况，我们的防风林将沿着枯死的胡杨林的北边，由东向西走向，那枯死的胡杨林将被我们利用，将成为我们防风林的防风林。

我们在上次勘察迷路的地方又花了五六天的时间。不过，这次不是因为迷路，这次我们用拖拉机直接在红柳沟里推出了一条路。将来我们的防风林要跨过红柳沟，将红柳沟拦腰切断，只要山边修建了拦洪坝，拦住山洪，那条被洪水冲击的沟壑就再也不会有洪水光顾了，整个红柳沟也将被开垦，最后成为良田。

跨过红柳沟后，我们终于来到了红柳沟西边的胡杨林，这是我们上次想要到达的目标。当时，我们被一只黄羊引进了大漠深处。当我们再次勘察走进红柳沟西段的胡杨林时，心中莫名地有一种紧张感，我们总觉得要发现什么。

果然，在胡杨林里没走多远，我们就被自己的发现吓着了。我们发现了一具干尸。干尸只穿着用粗布做的大裤衩，身上没穿衣服，整个人的皮肤完好无缺。这是一个很强壮的男性，趴在地上，做向前爬行状。看来，他是向我们来的方向爬行，走到此处已经断水，活活渴死了。买买提翻译和向导跪在那里为他祷告，大家把干尸用沙子埋了。埋葬了干尸我们心情都很沉重，大家都不说话，默默地向前走。走了一段距离，葛大皮鞋又发现了那人丢弃的装水用的葫芦，一路走过去，又发现了那人的衣服、裤子。在两公里的距离内，那个人丢弃了所有的东西，最后渴死在河道里。

我们继续往前走，走了几公里后，在前面的秦安疆又发现了两具干尸，一具靠胡杨树而站，另一具靠树而坐。

到了中午，我们向前走了十几公里，沿途发现了十几具干尸。在十几公里的距离内，隔几公里就有一具或者两具干尸。干尸向着我们来的方向，顺着胡杨林向东，而我们却是向着干尸来的方向，向西。

由于勘察队走走停停埋葬干尸，一天我们才走了十几公里。晚上休息的时候，大家都不敢大口喝水了，虽然我们有足够的水和干粮，但都自觉地开始节约用水了。

我们在枯死的胡杨林里走走停停地走了三天，发现胡杨林没有了，也就是说我们走到了胡杨林的尽头。我们在胡杨林的尽头住了一天，讨论着是不是还往西走。从望远镜里可以看到向西是无际的戈壁滩，没有红柳包也没有了胡杨树，我们已经到了这次勘察的尽头。我们在胡杨林的尽头住了一夜，第二天刮起了小风，是沙尘天气。对于这样的沙尘天气我们已经习惯了，只不过是能见度差点，不影响我们赶路。

就在我们准备返回时，我们在胡杨林里隐隐约约听到了叮当叮当的铃声，就像驼铃的声音。向导说是毛驴车的铃声，那铃声很像毛驴脖子上挂着的响铃。那铃声和胡杨林外的拖拉机声都时隐时现的。这时，我让大家停下仔细听,让葛大皮鞋去喊你爹把拖拉机熄火。

你爹他们都过来了,大家听了听,都说听到了驼铃的声音。这声音让我们大喜过望,如果我们碰到了驼队或者毛驴车队,说明这一带真有人。

我们开始在驼铃或者驴铃的召唤下向胡杨林外走。那铃铛的声音就在胡杨林的南边,时大时小,时有时无,飘忽不定,断断续续。有时候,铃铛声会突然消失,我们就立定,站在那里等着,连大气也不敢出。我们随着铃铛声向南走了一个多小时,大家真怕那驼铃声消失后再也不响了。好在,叮当叮当的声音越来越清晰了,也许我们离驼队越来越近了。

当时,我们是沿着一个干涸的小河沟走的,因为四周都是沙包,只有这小河沟要平坦些。只是我们在那干枯的小河沟里走,无法看到四周的情况。我让葛大皮鞋爬上沙包看看,看能不能看到驼队。葛大皮鞋看看两边高大的沙包,不想往上爬,说如果有驼队他们也只能在这河道里走,四周根本没有路。葛大皮鞋就喊了几声,葛大皮鞋高声喊:“救命,救命呀!”

你爹上去在葛大皮鞋屁股上踹了一脚,骂葛大皮鞋连喊话都不会,一点出息都没有,我们是英雄的人民解放军,怎么能喊救命。

葛大皮鞋说,我一喊救命也许驼队就不走了,我要是乱喊,驼队说不定以为我们是土匪,就跑了。你爹骂葛大皮鞋瞎说,都解放这么多年了,哪还有土匪,乌斯满匪帮早被我们剿灭了。

葛大皮鞋又喊道:“哪部分的,口令?”

大家哄的一声笑了。葛大皮鞋这样喊真让人哭笑不得,这完全是当年国民党军队的语言。我说赶骆驼的又不是我们的人,人家怎么知道我们的口令?

我就喊了一声:“有人吗? 有人吗?”

没有人回答,不过那驼铃声更清晰更明快了,就在前头。我们沿着那河沟又向前奔跑了一阵。小河沟一拐弯，我们发现了一间小泥屋，在泥屋的门前有一棵断柳树，已经死去多年了，泥屋前搭着一个凉棚，无论那泥屋还是凉棚都显得很破败，年久失修的样子。在那凉棚的下边还有一个铁匠炉子，打铁的家伙都摆在炉子边。这时，我们发现在凉棚的椽子上挂了一排农具，有坎土曼有大弯镰刀，农具挂在一起在风中碰撞着，在风中发出叮当叮当的声音。原来根本不是什么驼铃也不是什么驴铃，是那些农具。

这些农具在每一个有风的日子里都发出声音，只是没有人听见。大家被农具的叮当声引来了，我们发现的不是什么驼队也不是毛驴车队，而是一个铁匠铺。有铁匠铺就会有村庄，有村庄就会有人。

秦安疆走进了小泥屋，嘴里喊着："有人吗，有人吗？"大家跟着秦安疆也进了屋。没想到秦安疆突然转身就往外跑，吓得我们也跑了出来。我们问秦安疆怎么回事，秦安疆指着小泥屋，脸色发白地说："死人，死人。"

我和你爹再次走进小泥屋，见炕上并排躺着三个孩子，其中两个男孩赤裸着上身，女孩穿着裙子。孩子已经死去很久了，干枯的皮肤紧紧地包裹着骨头，一根根的肋骨清晰可见，身上一点水分都没有。翻译买买提捂着脸在那里哭泣，我们想把孩子埋了，用手碰了一下，孩子的身体发出咔嚓咔嚓的声音，轻得就像一个人体的风筝。买买提让我们都出去，他站在床边为孩子祈祷，吟唱着一曲悲伤的歌谣。

买买提出来把门关上了，说不要打扰孩子了，我们进村里看看。我们问买买提村庄在哪里，买买提说，铁匠铺都找到了离村庄还远吗？在维吾尔族人的村口往往会有一个铁匠铺，往里走走肯定会有一个村庄的。我们跟着买买提向前走，走不多远，就是一座座的沙包，我们爬上沙包，一栋栋房子和枯树从灰蒙蒙的天色中显露了出来。看来，这些沙包形成的时间并不长，沙包将铁匠铺和村庄隔开了。

我们走进村庄，整个村子死一样地寂静。

这是个死去的村庄，在每一座房子里我们都发现了死去的孩子和老人，在村后涝坝（水池）里，我们发现了十几具大人的干尸，有男有女，这些人都渴死在昔日的水池里。涝坝里没有水，却装满了沙子，好几具干尸已经被沙子掩埋了。在离涝坝不远的地方也有一小片枯死的树林。

我们想起了胡杨林里的干尸，他们是村子派出去找水的人。一次河流的改道不但渴死了河边的胡杨林，也渴死了大漠深处的村庄。

根据我们的勘察，那条防风林带从我们连的房前路过，沿着那条枯死的胡杨林向西一直到最西边的死人村；向东一直到一连，然后连接绿洲。从一连到二十二连，我们整个团在塔克拉玛干大沙漠的北部边缘摆起了一字长蛇阵。这个长蛇阵要用一条林带连接起来，这条林带有128里长，所以我们把这条林带命名为128号林带。

要知道在塔克拉玛干大沙漠和我们的庄稼地之间，修建一条防风林带那是一件多么不容易的事。首先要引水，我们挖了一条长长的支渠连接着一干渠、二干渠和三干渠，这三条干渠把胜利渠的水引来，分别从三个地段向128号林带注水，然后我们沿着这条有水的支渠种树。那当然又是人海战，全团都出动了，每个连负责一段。本来每个连都在全力盖房子，可是植树必须在春天进行，是不能错过季节的。团里就搞了全团植树大会战，命令每一个人都投入到植树大会战中。我们当时已经成立了园林队，头一年就开始了大规模育苗，这还不够，当时还买了不少老乡的树苗，地方上还支援我们不少树苗，乌什县就曾经支援过我们3万多棵树苗。

植树是一个十分劳累的活，别的不说，光是把运来的一捆捆树苗一棵棵地分散开来，就够费时的。水渠通水后，我们想了一个好办法，那就是把树苗扔在水里，特别是那些可以插活的白杨树苗和柳树苗，我们通通一捆捆地扔到水里。树苗顺水而下，我们沿路从渠水里捞上来栽上，这样不但节省了我们运输树苗的人力，而且树苗在水里漂着也不会干枯。

在植树造林的同时，我们还没有忘记盖房子。种树这种事是每年都要进行的，要想让一条林带郁郁葱葱地在沙漠边缘生长起来，靠一年两年是不行的，年年都要坚持造林，正所谓十年树木，百年树人呀。我们当然不能因为种树就把盖房子的事彻底停下。根据我和你爹商量好的，我们抽调出会木工的、会泥瓦工的，成立了一个基建班，由铁匠张峪科当班长，专门给连队盖房子。

根据规划，整个连队坐北朝南，连部办公室为整个连队的中心，全部的住房就围绕在连部办公室周围。从连部到128号林带有一条宽敞的大路连接，路两边都是住房，一直延伸到128号林带边上。在连部后面有打谷场、有篮球场、有伙房，还准备盖大礼堂。

在连部办公室门前留有空地，那是设计中的大花坛。在花坛的左右两侧是计划中的单身宿舍，家属住房在连部门前那条路的东、西两侧。我们新盖的两排房子一排在东侧，一排在西侧，每排可以住四户。这种格局和团部差不多。

从连部出发向南走500米就是128号林带，从二十六连到团部顺着林带有一条东西方向的机耕道连接着，那道路在团部门前来了个90度的直转弯，一转过弯，团部会突然出现在眼前，赫然而立。顺着128号林带再向西是二十二连；向东是一连，过了一连就是村庄，你爹的女朋友阿伊古丽就住在那里。如果把128号林带比做面对大漠的一字长蛇阵，我们连在128号林带的中间位置，是离塔克拉玛干大沙漠最近的；如果把我们团的排列当成阻击沙漠的阵地，我们也是整个团的中间位置，处在整个阻击阵地的最突出部位。

在我们团的左翼是二团和三团，右翼是五团和六团，身后有四团做后盾。我们团在整个师的中间部位，也是离沙漠最近的，是整个师的最前沿。如果把整个师的布局比做是一支指向沙漠的箭，我们团是这支箭的箭头，我们连是箭刃；如果把整个师比做一队向南飞去的雁阵，我们团就是头雁。

我曾经在团部看到过团长的地图，我发现，在塔克拉玛干大沙漠四周都是兵团农场，兵团对大沙漠形成了包围态势。我们农一师驻扎在阿克苏，东边农二师驻扎在库尔勒，西面农三师驻扎在喀什，三个师共有50多个团(场)，这还不是新疆生产建设兵团的全部，兵团全部有14个师，170多个团(场)。我们师从北向南推进，农二师从东向西推进，农三师从西向东推进。从地图上你可以看到，面对大沙漠我们师又是处在整个兵团的最前沿。

这样一说，你明白了吧，我们连是整个兵团扑向塔克拉玛干大沙漠的尖刀连。

下　部

新疆人称林子为林带，是因为林带是人工栽培的，是防风的。一般情况下，林带宽有百余米，长却有几公里甚至几十公里。林带中间有一条并排能赶几辆老牛车的机耕道，道路两旁是高大的白杨树，白杨树纵深有几十米宽，在白杨树的外围是一条支渠，这是林带的命脉。在水渠边种植柳树，在水渠的外围种植密密匝匝的灌木，灌木的外围是高大的沙枣树。这样，最高的是白杨树，最低的是灌木丛，沙枣树刚好在白杨树和灌木丛之间，整个林带就像一道绿色之墙。

据说，首长亲自参与了那条林带的规划，他用红蓝铅笔在地图上一画说，防风林带越靠近塔克拉玛干大沙漠越好，这样我们就能最大限度地开发这片土地了，我们要人进沙退，不能让沙进人退。人进沙退，这是一次真正的持久战，需要十年几十年甚至上百年的时间，我们一定要有决心打退塔克拉玛干大沙漠的进攻。

马指导员说128号林带有128里长，我也觉得有些吹牛。我认为林带可能没有这么长，不过，128号林带确实十分壮观，让人着迷。在最好的天气里你可以看到遥远的雪山冰峰，你却看不到128号林带的尽头。

其实，128号林带本身没有特别的含义，这是兵团人惯用的命名方式。在那一望无际的荒原上，一切都是无名的，用什么方式命名？只有用数字。在那些无地名或一时又无法命名但又不得不命名的地方只有用代号标示。在当地还有不少类似的地名，比如48、55、66等等。这些地名只有兵团人知道它们的含义，比方说到48，人们就会联想起菜地和果园，因为那地方驻扎着兵团人的园林队，有果园也有菜地；说起55，人们就会想起巴扎，因为那是兵团人的集市。

128号林带其实是一条极普通的林带，它和新疆其他防护林没有什么不同，这种林带在新疆有很多。128号林带和新疆所有的防风林带一样，在戈壁荒原上生长成一道绿色之墙，它挡住了塔克拉玛干滚滚而来的大风，在它的防护下就有了兵团人新开垦的一望无际的农田。其实，在新疆生产建设兵团那土黄色的地图上，它只是一条蓝线，那条蓝线是首长很不经意地用红蓝铅笔画上的。不过，那一笔却画得潇洒飘逸，线条优美。那线条从天边蜿蜒而来又向天边逶迤而去。天长日久，那线条由细变粗，便很自信地将茫茫荒原隔开，一边是沙漠一边是绿洲。

秋天，你走在林带的路上，看到的天是一条蓝色的线，这样的“一线天”是人工形成的，比大自然的“一线天”还要壮观。白杨树高大挺拔，它们是新疆真正的帅哥,肩并肩叶相连,如一排伟岸的哨兵排列在你的两边,你就像走在一条绿色的走廊里。当地人又称白杨树为钻天杨,在晴空下,白杨树直刺青天,可以将南来北往的白云分开。如果你口渴了,你可以下车到渠边,那时候渠边的柳枝正婀娜多姿地迎接你,柳条低垂着能抽打着水面,掀起层层波浪。渠对岸的灌木丛树叶茂盛,树枝繁乱,枝丫相连,树枝之间风雨不透,水泄不通,那是一道时刻都在生长的篱笆墙。

对于兵团在塔克拉玛干沙漠边缘的布局,我当然是完全了解的。如果看地图,我们会发现真正处在沙漠最前沿的团场是三团、十六团、十二团、十一团、十四团,不是马指导员所在的一团。但是,我却对马指导员的这种说法十分理解,无论是口误还是夸张,我都赞同,这种充满自豪感的夸张使人振奋。他们和无数个连队一样都是面对沙漠的尖刀连。他的叙述是那样传奇,你如果用实证的方式去看图说话,那将是十分无聊的事。

其实,马指导员的叙述在大的方面基本是正确的,只不过具体到自己连队了才出现了一些夸张。

我后来去过那个死人村。那地方现在已经是二十二连的驻地了,那是兵团最边远的农垦连队。我去死人村是在上初中的时候。那时候兵团的学校经常停课,农忙时会下大田劳动,说是搞军事野营拉练。我随同学们野营拉练到二十二连支农。在二十二连的西边有一个庞大的坟墓,里面埋着一个村的人,有大人也有孩子。

老师曾经将我们带到一个石碑旁,指着眼前的一个大土包说,你们知道这是什么吗?我们回答,这是红柳包。老师说这可不是红柳包,这里面埋的也不是能当柴火的红柳根,这是一个大坟墓。老师又问,你们知道为什么有这么多人死去吗?同学们回答,是国民党反动派,是土匪杀害的。老师说,错。这里的人都是活活渴死的。老师又指着不远处一片破败的房子说，那里就是著名的死人村，村里死去的人都埋在这里。这里原来是个涝坝，他们都渴死在涝坝里。

我们望着那些房子心惊胆战，害怕。老师教育我们要好好学习，好好劳动，我们兵团人绝不能再让死人村的悲剧重演。兵团人将那死人村保留了下来，成了教育我们的地方，有点像现在的爱国主义教育基地。在那庞大的坟墓旁立着的一块石碑上，用维吾尔、汉两种文字刻着碑文。在碑的背面是一首诗。

胡杨林里长大的那些孩子，
我只能在荒野找到。
已经去世的父母亲，
我不知到何处寻找。

孩子在荒野成了鬼魂，
我看到了他的形状，
他成了骨骸躺在那里，
我看到了他的坟墓。

在黎明前啼鸣的杜鹃，
是否向老天爷乞怜？
我们没有父亲没有母亲，
老天爷应该多给一些恩典！

现在看来,那碑文上不是平常的诗,那是刀郎木卡姆的唱词。只是那唱词被编辑过了。这些刀郎木卡姆唱词听说是买买提翻译提供的,这是他曾经的吟唱。我们当年把这碑文当成诗读了,这些和死亡有关的句子让我们害怕,我们基本不能理解也不愿意去理解其中的含义。

在支农结束的时候,老师又带领我们去向那些死去的孩子告别,音乐老师阿娜尔罕在那石碑旁给我们上了一堂音乐课。老师望着那碑文开始为我们吟唱。我们听着她的吟唱,觉得让人喘不过气来。这古老的木卡姆让许多同学默默流泪。我们都不敢去看音乐老师。老师问同学们为什么哭,有同学说想妈妈了。音乐老师就说,想妈妈这样哭不行,要大声哭,要唱,要跳。于是,音乐课就变成了舞蹈课,同学们在那墓碑旁开始跳刀郎舞。

在塔里木河上游有三条重要的河流,喀什噶尔河、叶尔羌河和阿克苏河,这三条河也是季节河,三条河汇在一起后就成了塔里木河。在这三条河流的两岸有大片的荒地可以开垦。死人村现在已经是水渠纵横、绿树成荫,新开垦的土地里生长着绿油油的庄稼。这让我们无法相信过去这里有一村人曾被活活渴死。

第十四章　上海来的美女

上　部

第三批女兵分来是1955年的春季。这次分来女兵事前没有任何消息，我们也没有看到运兵车，团里通知我们去接女兵，我们还莫名其妙呢，当时正植树造林。我们知道女兵分来了，麻烦就来了。果然，女兵一接回来，葛大皮鞋就来了。葛大皮鞋兴致勃勃地说，团里又分配给我们一个女兵，好多人都见了，很漂亮。你爹望望葛大皮鞋把眉头一皱没吭声，我说人我们还没有见呢！葛大皮鞋说，我见了，还听她和李桂馨说话，是上海人。

葛大皮鞋说，上海女人娇气，也不好养，干部们肯定看不上，只有我们这些条件不好的要了。听葛大皮鞋的口气，这个上海女兵分配给他，他还很委屈。你爹没好气地说，你不要委屈，你不喜欢上海女人，就先解决副连长韩启云，我和指导员都不抢。我们连这么多光棍还愁嫁不出去呀，将来还会分来更好的，那时候再解决你的问题。

葛大皮鞋说，将来的就算了，我就这个了，这是你们答应我的，再分来女兵第一个解决我。葛大皮鞋说，我知道将来肯定会分来更好的，那有啥用，好的肯定没我的份。李桂馨就很好呀，她还是俺老乡，老乡见老乡两眼泪汪汪，可俺泪汪汪地望着她也没用呀，说俺参军年限不够，其实也就差几个月。俺现在可到年限了，如果上海女兵不分给俺，那李桂馨就分配给俺。我说，李桂馨不能分配，我们因为分配李桂馨已经挨了团长的批评。李桂馨是自由的，有本事你去追求，她同意嫁给你了我们也没有意见。葛大皮鞋说，她现在身后追求的人是一个连，俺的条件不好，追不上。

我说你别俺俺的了，别扭。你就相信组织吧！葛大皮鞋说，我就是要依靠组织，相信组织，组织上是不会不管我的，总不能让我这个开荒能手打一辈子光棍吧。葛大皮鞋最后坚定地表示，我就要这个上海的了。

我让葛大皮鞋先回去，女兵接到了李桂馨的地窝子，还没有报到，我们还没有见人，你急什么呀，我们看看她的材料，了解一下她的情况再说。你爹说，万一她出身不好，万一她是地主出身怎么办？葛大皮鞋说，连长你别哄我，上海是大城市，哪来的地主。你爹说没有地主总有资本家吧，她是资本家的小姐你也要？

要，要，要呀，资本家的小姐我也要。葛大皮鞋说，俺山东那个地方穷呀，要不俺也不会当兵了。能娶到资本家的小姐，过去俺连想也不敢想，看来俺干革命干对了。

我和你爹确实看不惯葛大皮鞋的德行，可也拿他没办法。听你爹的口气，这个上海女兵还是不想分配给葛大皮鞋。你爹想把葛大皮鞋吓回去，可是葛大皮鞋却吓不回去。他这样不断地找我们，也让人烦。这都是开荒比赛闹出来的，按照你爹的脾气，葛大皮鞋要不是开荒能手，早把他轰出去了。你爹最后说，你要想好，这个女兵从上海来的，出身不好，将来影响你的前途，别后悔。

葛大皮鞋说："不后悔，不后悔，只要有了女人，啥前途不前途的我都不在乎。"

你爹听葛大皮鞋这样说，有点恼火，说，老母猪也是女的，你要不要？葛大皮鞋笑笑，说连长你这是在侮辱人嘛！我拍拍葛大皮鞋，说连长和你开玩笑呢，你先回去吧！葛大皮鞋又笑笑，说我知道，我知道。

这个女兵确实是上海人，名叫宁彩云。葛大皮鞋走后不久，李桂馨就把宁彩云带到了我们连部。李桂馨显得很兴奋，她终于有女伴了。宁彩云和李桂馨站在一起，我们发现两人就显得不一样了。宁彩云细皮嫩肉的，特别有女人的风韵，眼睛也会说话，见了连长、指导员脸上都笑开了花，还主动上来和我们握手。那手吧，也是绵绵的软软的，握着她的手你就不敢使劲，生怕把她的手握疼了。要论长相李桂馨不比宁彩云差，只是李桂馨脸已经晒黑了，宁彩云脸白得很；李桂馨有一股英气，是名副其实的女兵形象，宁彩云就不一样了，完全没有女兵的气势，柔软得要命；在待人接物上，李桂馨像钢，宁彩云像水，两个人正好相反，软硬分明。男人自然喜欢温柔的女人，特别是宁彩云这样的在大上海见过世面的，洋气。

宁彩云和我们见了面就算是报到了，我们让李桂馨带宁彩云先回去休息。宁彩云临走时把一个密封的档案袋留下了，说团里让交给连长、指导员的，里面是她的组织关系，办完手续送到团里的劳资科。

你爹当即打开了档案袋，宁彩云的出身居然是贫农。不过，在宁彩云曾经从事的职业一栏填的内容让我们费解。在职业一栏填的是“歌鸡”。我问你爹“歌鸡”是什么“鸡”？

你爹回答：“从字面上理解，歌鸡就是会唱歌的鸡。”

我哈哈大笑，说：“这宁彩云是人，怎么成鸡了？”

你爹提出问问秦安疆，他是大学生，懂得多。我就喊通信员把秦安疆叫来了。秦安疆是没有资格看档案的，这是违纪的，为此，我们先给秦安疆打了预防针，告诉他无论看了什么都必须保密。我们指着宁彩云的档案职业一栏问秦安疆歌鸡是什么鸡？秦安疆看了半天，思考了好一阵说，这可能是错别字，这“鸡”应该写成“妓”，就是妓女的妓。

啊，宁彩云在上海曾经是妓女！我和你爹大吃一惊。这个管档案的也太没有水平了，居然在人家档案中填错别字。

我问：“歌妓是什么类型的妓女？”

秦安疆说：“歌妓就是在舞厅唱歌的妓女。”

你爹问：“那接客吗？”

秦安疆回答：“不接客叫什么妓女？歌妓也是妓女，就是先陪客人唱歌、跳舞，然后再陪客人睡觉。这种妓女比较高级，也比较贵。”

你爹说了粗话，被秦安疆数落了，有些不好意思，改口说：“我还以为团长照顾我们，分一个漂亮的上海姑娘来，原来是上海的妓女。”

秦安疆说：“连长，这是改造好的妓女。”

“改造好的妓女也是妓女。”你爹对秦安疆说，“这档案就我们三个人看了，要绝对保密，否则大家都会看不起她。”

秦安疆说：“你们真封建，妓女也是穷苦人出身，不能看不起人家。”

你爹说：“你说得比唱得还好听，你看得起她，那分配给你做老婆怎么样？”

秦安疆脸红了，说：“我不要老婆。”

你爹说：“得了吧，话谁都会说，真临到自己了都不干了。”

秦安疆有些生气地站起来，说如果没有事，我走了。你爹挥了一下手说，你走吧。你爹在秦安疆走后说，这知识分子就是讨厌，和他们没法沟通。我问你爹，宁彩云怎么办？你爹呵呵笑起来。我问你爹笑什么，你爹说这世上的事就是天注定的，简直是绝配。

什么绝配？

你爹说，宁彩云和葛大皮鞋呀。

哦，我恍然大悟。原来你爹决定把宁彩云分配给葛大皮鞋了。我说葛大皮鞋不要怎么办？你爹说他要也得要，不要也得要，这是他自己来找我们要求的，怪不了我们。况且，他又不知道宁彩云是妓女。我说，这种事是保不住密的，我们保密没有用，早晚都会从团里传出来。

“咱们尽快让他们结婚，哈哈，”你爹乐了，说，“等他们生米煮成熟饭了，他葛大皮鞋后悔也晚了。”

我说事不宜迟，等宁彩云安顿好了，我们就找她谈话。

你爹说，再快也不能让他们赶在我们前面结婚吧，我们连的第一桩喜事，不能让一个老兵痞和一个妓女占了，这不吉利，怎么也应该在我们之后结婚。

我点了点头，同意你爹的意见，先不让宁彩云和葛大皮鞋结婚，但这事要在全连宣布，告诉全连宁彩云是葛国胜同志的对象，谁也不能打主意。宁彩云和李桂馨不一样，李桂馨厉害，连长、指导员都敢告，一般人不敢招惹；宁彩云是个妓女，人又风情漂亮，咱全连都是光棍，不知道有多少人打主意呢！狼多肉少，不宣布她和葛国胜同志的特殊关系，说不定会惹出花花事来。

你爹又笑了，说这样一宣布葛大皮鞋的日子就不好过了，他一个人守着宁彩云，一个连的光棍蠢蠢欲动的，累死他。

我又担心葛大皮鞋守不住，现在团里让我们抓紧时间植树造林，这样一耽误，我们的房子再快也要等到年底才能入住。让葛大皮鞋守一两个月还可以，让他守大半年就难说了，坚守阵地不是葛大皮鞋的强项，他失守了怎么办？你爹说，失守了就不能怪我们了。

可是，这不是给我们找麻烦嘛。

你爹说，植树造林不能停，过了节气树就种不活了。防风林不造好，大风一来我们的庄稼就完了。你爹想了想说，我们可以把连部办公室停工，重点把住房先盖起来，这样时间就提前了。房子一盖起来我们就结婚，我是等不及了，我们头天结婚第二天就让葛大皮鞋结婚。

我说，这样不合适吧，有搞特权的嫌疑，影响不好吧。你爹认为没什么影响不好的，连部办公室又不是不盖，只是暂时停工，没有办公室也照样办公，我们现在在地窝子里办公，不是也把全连的工作搞得很出色嘛，结婚就不一样了，结婚就应该有房子，新娘就应该住新房，入洞房，不能入地洞。我们不但自己结婚住新房，让葛大皮鞋结婚也住新房，将来我们形成一个规定，谁结婚谁从地窝子里搬出来，这样就没人有意见了。我点点头说这个办法好。

我们正商量着事，副连长韩启云来了。韩启云进门给了我和你爹一人一根好烟，你爹说小气才给一根。韩启云说这包烟还是团里的一个老乡送的，我可没敢吃独食，大家都尝尝。韩启云给我们点上烟，说这烟是上海产的，不错吧。我和你爹吸了一口都点头，你爹说好是好，就是没有新疆的莫合烟有劲。韩启云说，我确实抽不了莫合烟，太有劲了，受不了，我就喜欢上海货。我说上海货当然好了，就是太少，弄到新疆来就像宝贝似的。

是呀，是呀，连上海人也是宝贝。韩副连长这样说，我和你爹不由得互相望望。我说，正准备让通信员叫你呢，你就自己来了，我们正想找你商量一下，那个上海女兵怎么安排。我问韩副连长有什么想法，韩启云说，我想来问问你们，要是你们俩都不要，那就先解决我，不要再像李桂馨那样，成了奖品，最后成了摆设。你爹说，这个上海女人，我和指导员已经研究决定了，把他分配给葛国胜同志了。韩启云说，为什么分配给他，难道我这个副连长就不解决了？

你爹说，老韩你别着急，葛国胜同志不是开荒能手嘛，去年他参加革命年限不够，所以李桂馨才没有分配给他，我们答应下次再分来女兵第一个先解决他，所以这宁彩云就分配给葛国胜同志了。韩启云有些不满，说我本来对你们搞开荒比赛把李桂馨当奖品就有意见，本以为这事过去了，怎么还没有完呀。你爹说，老韩你别着急，老婆会一批一批地来，把新疆建设好了，你还愁没有老婆？我们总不能让未来的老婆住地窝子吧。

韩启云说，我不怕住地窝子，把宁彩云解决给我，让我住一辈子地窝子我也干。你爹望望我说，宁彩云是葛国胜的了，是不可能解决给你的，这是对你好。

什么，这是对我好？韩启云很疑惑。我连忙说，我和连长不会害你的，干嘛要盯着宁彩云呢，不是还有个李桂馨嘛！你去追李桂馨，只要她答应，我们都没意见。

韩启云说："得了吧，李桂馨不是连长就是指导员的，我去追什么呀！"

"谁说的？"

"大家都知道，上次把李桂馨当奖品，团长不是批评你们了，说你们搬起石头砸自己的脚。"

我和你爹都笑了，看来，我们连和团里联系得很密切呀，啥都知道。你爹说："没事，去追吧，我和指导员肯定不要李桂馨，给你留着呢。"

韩启云说："你们俩不要，我也不敢要。"

"为什么呀？"

"太厉害了。"

我和你爹又笑了，说宁彩云就不厉害了？她更厉害。韩启云说，上海姑娘再厉害也不会比山东姑娘厉害。

我也劝韩启云，让他追李桂馨。我说："去吧，你连死都不怕，打仗那么勇敢，怎么怕一个姑娘了。"

韩启云说，全连都知道李桂馨不是连长的就是指导员的，到现在还不知道是谁的，是你们俩还没有协商好。我去追李桂馨师出无名，到时候吃不上羊肉还要惹一身膻，全连都会骂我，说我这个副连长不自量力，去和连长、指导员抢老婆，这种傻事我不干。你们俩难道没看到，现在除了秦安疆还和李桂馨来往，其他人基本上不和她来往。

我和你爹互相望着笑，不知道怎么和韩启云说。我告诉韩启云，宁彩云肯定是分配给葛国胜同志了，这是我和连长的决定，我们会分别找他们谈，而且还会在全连宣布，如果你实在喜欢宁彩云，你可以去追，只要宁彩云同意，我们也没意见。不过，咱们把丑话说到前头，到时候你别怪我和连长没提醒你。

韩启云说，你们提醒我什么了？你爹说，我们只告诉你，宁彩云和葛国胜是天生一对，宁彩云她配不上你，话只能说到这儿，你自己去想吧。

韩启云带着疑问走了，你爹对韩启云说，你在团里不是有熟人嘛，你打听一下呀。

在韩启云走后，你爹说韩副连长好色，是色迷心窍，还不是看人家宁彩云漂亮。

我说，我们要尽快解决李桂馨的个人问题，否则就耽误人家了，这么好的姑娘居然没人追。你爹说，她到团里告了我们的状，要婚姻自由，我们就放任她自由。你爹还说，放心吧，只要我们俩的事一真相大白，李桂馨就成了香饽饽了。

我说，李桂馨到那时候肯定也有主了。

你爹问是谁。

我说："秦安疆。"

你爹点了点头："看来便宜了秦安疆。"

我说:“李桂馨如果真和秦安疆自由恋爱了,那也是件好事,算是有个归宿了,秦安疆有文化。”

下 部

一个城市的妓女多,说明这个城市的外来人口和流动人口多,上海在中华人民共和国成立前是全世界流动人口最多的城市之一,被称为“冒险家的乐园”。不知道当时的媒体是怎么在公开场合称呼这些合法妓女的,现在的媒体称其为“性工作者”。

中华人民共和国成立后,这些妓女都被收容了,进行了劳动改造。招收到新疆的妓女就是经过上海妇女劳动教养所改造过的妓女,她们将远远地离开上海,离开那个伤心地,到一个最遥远的地方,去寻找她们的新生活。这些从良的妓女被招到新疆将成为一些老兵们的媳妇。据悉,当时为了解决起义部队的婚姻问题,1954年底在上海招收了920名上海妓女。这些过去的妓女在1955年初被分到了兵团农场的基层连队。

她们的命运后来是最让人揪心的。

我爹当年为了撮合葛大皮鞋和宁彩云,可谓是煞费苦心。他不但在全连宣布宁彩云是葛大皮鞋的对象,在工作中还有意把他们安排在一起,让他们建立感情。在植树造林的时候,他们有意把葛大皮鞋和宁彩云分到一组。植树造林要两个人一组,互相配合,一个扶住树苗,一个人填土。把他们分到一组葛大皮鞋很高兴,宁彩云也没什么意见。

由于我爹已经和宁彩云谈过话,将她介绍给开荒能手葛国胜同志,希望他们组成一个革命家庭。宁彩云不但没有意见,而且还感动地哭了。宁彩云说,这辈子能有一个家,她连想都没敢想,谢谢组织上的关怀。

我爹说，是女人迟早都会嫁人的，怎么不敢想有家呢。宁彩云说像我这样的人，就不配成家。我爹装作不明白，说你是什么样的人？宁彩云回答：“我在上海是一个妓女。”

当时，宁彩云的坦率让马指导员和我爹都大吃一惊，让他们一时不知道该怎么和宁彩云谈话了。

不过，我爹还是迅速把脸沉了下来，说宁彩云同志，你不应该背着过去的包袱来新疆，你要开始新的生活。马指导员也说，宁彩云，你过去的一切都是万恶的旧社会造成的，现在是新社会，你要开始新生活，一定要把过去忘掉。组织上让你来到新疆，就是让你离开过去的环境开始新的生活，你在新的环境中绝不能告诉任何人你的过去，包括你最亲密的人。

“包括葛国胜同志，你都不能告诉。”我爹严肃地说，“这是你的隐私，组织上要求你保密。你不能一张口就说，我过去在上海是妓女，这不像话，在我们这里没有妓女，只有兵团女战士。”

宁彩云哭得像泪人似的，一个劲地说，我知道，我知道，你们是为了我好，谢谢你们的关怀，谢谢你们。

当我爹和葛大皮鞋谈话，同意把宁彩云介绍给他时，葛大皮鞋一蹦老高，喜形于色，念叨着，我有老婆了，我有老婆了。马指导员当时提醒葛大皮鞋说，葛国胜同志，宁彩云现在还不是你老婆，只是组织上把她介绍给你，能不能成功还要看你们发展的结果。葛大皮鞋说，我一定好好发展，好好发展。

在植树造林时，我爹把宁彩云和葛大皮鞋分配到了一组，葛大皮鞋表现得十分积极，把种树的活一个人都包了。本来种树是一个人挖坑，一个人去运树苗，运树苗的人把树苗分开，放在挖好的坑里扶着，挖坑的人填土，然后扶树苗的人用桶提水浇树，一棵树就这样栽下去了。在这个过程中挖坑其实并不累，因为在种树前已经放过一次水，土质疏松，挖一个坑几坎土曼下去就行了，而从水里捞树苗，拖上渠，然后分送到每一个树坑里，栽好后还要提水是比较累的。两个人一组往往要互换，否则一个人会累死。葛大皮鞋却只让宁彩云扶扶树苗，别的什么都不让她干。

有人见了就笑葛大皮鞋，说葛大皮鞋那坑自己挖，树自己插，土自己填，水自己浇，只让宁彩云扶住，这属于自娱自乐。说这话的人弦外有音，大家一下就听懂了，在那里哈哈大笑。葛大皮鞋说，我不能让彩云累着，宁可自己累。葛大皮鞋叫宁彩云为彩云，有点肉麻，当时连我爹和马指导员都偷偷地笑了。有人说葛大皮鞋，你不能这样，有时候女人是需要劳动的，否则她也不会快乐，劳动着是快乐的。大家又是一阵哈哈大笑。宁彩云也不吭声，装作没有听懂，一个妓女怎么会听不懂这些。最傻的当然是李桂馨了，她本来和秦安疆一组，莫名其妙地过来了，要和宁彩云一组，说两个女人一组，省得大家说怪话。大家都不同意，说本来女人就少，你们两个女人在一组，他们男人没法干活了。

副连长韩启云也过来了，说你是不是不愿意和秦安疆一组了，那和我一组吧。李桂馨说，我要和宁彩云一组。韩启云说，男女搭配干活不累，你不能和宁彩云一组，你们两个要分开。李桂馨说，那我和葛国胜一组。李桂馨就喊："宁彩云，我们交换吧，和葛国胜同志一个组干活不累。"大家笑李桂馨太务实了，就想偷懒。李桂馨说，女人不偷懒就不是女人了。宁彩云说，那好吧，我反正也没有干过什么活，就和秦文书一个组吧，在我们连就秦文书身体单薄。

由于秦安疆写诗反对开荒，我爹已经把秦安疆的文书一职撤了，虽然还让他干文书的工作，可他并没有文书的职位了。连里从来就没有人喊过秦安疆文书，宁彩云称秦安疆为秦文书，让人耳目一新。

韩启云说，文书就是书生，百无一用是书生。秦安疆说，副连长你这样说，极大地挫伤了我的劳动积极性。韩启云连忙说，我是和你开玩笑的。

李桂馨和宁彩云交换后，葛大皮鞋让李桂馨挖坑。李桂馨说为什么不让宁彩云挖坑，让我挖坑。葛大皮鞋说，人家宁彩云是刚来的，还不习惯干活，你就不一样了，是一个老军垦战士了。李桂馨说，真倒霉。大家哈哈大笑。宁彩云和秦安疆一组后，开始挖坑，干了一会儿就不行了。秦安疆说，不能和他们比，干不动就休息，你从大城市来，肯定会唱歌，给大家唱个歌吧。

秦安疆此话一出，当时把马指导员和我爹都吓了一跳。宁彩云在上海做过歌妓，秦安疆让她唱歌，这不是哪壶不开提哪壶嘛，说不定会让宁彩云多心呢。没想到宁彩云却爽快地答应了。宁彩云说，我干活不行，就给大家唱个歌吧，算是给大家解乏。宁彩云唱的歌就是那首著名的《夜上海》：

夜上海，
夜上海，
你是个不夜城。
华灯起，
乐声响，
歌舞升平。
只见她，
笑脸迎，
谁知她内心苦闷。
夜生活，
都为了，
衣食住行。

酒不醉人人自醉，

胡天胡地蹉跎了青春。

晓色朦胧倦眼惺忪，

大家归去，

心灵儿随着转动的车轮。

换一换，

新天地，

别有一个新环境。

回味着，

夜生活，

如梦初醒。

宁彩云的歌如泣如诉的，让人听了心疼。可以这么说，我爹他们从来就没有听过这么好听的歌。只是在听歌的人中，只有马指导员和我爹听得最真切，也最能理解其中之意。后来他们在电影中听到过这首歌，那是在舞厅里唱的，而且是专门表现反面人物的，属于靡靡之音。但是，宁彩云当年在128号林带唱的《夜上海》，却把大家都打动了。宁彩云在128号林带唱的《夜上海》和当时她的心情是十分相符的，特别是最后那一段："换一换，新天地，别有一个新环境。回味着，夜生活，如梦初醒。"这简直就是宁彩云当时现实生活的写照。当然，其他的听歌人就没有马指导员和我爹这样的感受了。大家都为宁彩云鼓掌，高兴得不得了。秦安疆说，宁彩云的歌唱得真好，完全可以上台演唱。

有人就喊，宁彩云都唱了，请葛大皮鞋来一段山东快书。葛大皮鞋也不客气，他是山东人，会说山东快书。葛大皮鞋敲着坎土曼把，说上了：

黄毛丫头快快长，
长大找个国民党。
国民党的钱多，
嘎哒皮鞋一双双……

大家一听，都哈哈大笑起来。我爹一听把葛大皮鞋骂了一顿，我爹说你葛国胜都参加革命了，怎么还想着国民党？葛大皮鞋说，我这一段是骂国民党的。我爹说，葛国胜乱来，不健康。连长都说不好了，大家就不吭声了。

这时，秦安疆就问宁彩云，你的歌简直就是专业水平，你在上海是干什么的？我爹一听秦安疆这样打破砂锅问到底是要出问题的，就上去把话岔开了。我爹说，秦安疆，现在是上班时间，不是聊天时间，宁彩云唱一首歌给大家解乏，是为了提高大家的干劲，你不赶快干活，没完没了地说话怎么行。秦安疆见连长如此说，只有把头一低老实地干活了。不过，秦安疆的这一问正触动了宁彩云的心事，把宁彩云的脸都问红了。

第十五章　提　亲

上　部

连里的两排房子盖好后，还没有粉刷就不得不把盖房子的事又停了下来，春耕春播大忙季节来了。团里下了通知，要求所有的力量都投入到春耕春播中，一年之计在于春呀，各个连都召开了春耕春播动员大会。

在春耕春播之后，跟着就是田间管理，等着庄稼成熟了又是夏收秋种，然后是秋收大忙。从春天到秋天就这样过去了，兵团人不到秋收之后就别想喘口气。

秋收之后，我们终于可以考虑个人的事了，我们马上将新盖的房子粉刷了，并且宣布了一个规定：谁先结婚谁就从地窝子里搬出来，住新房子。大家都掰着手指算，连队里只有两个女人，把李桂馨配给连长，宁彩云配给开荒能手葛大皮鞋，指导员把重庆老家的幺妹接来，那房子还剩下五户呢。剩下的谁住？你爹说凡是够结婚条件的都可以结婚，没有对象的可以就地找，也可以从老家接，不要等组织上解决，要学会为组织上分忧。你爹让大家就地找对象，其实是为公开阿伊古丽的事做舆论准备，除了你爹谁还有能耐在当地找对象。我们这样一宣布，连里好多够结婚条件的人纷纷给家里写信找老婆。

到了年底，拿着信来找我们要房子的就有十几个。

葛大皮鞋率先把结婚报告递了上来。葛大皮鞋的结婚报告有点好耍，我和你爹看了啼笑皆非。葛大皮鞋的结婚报告到现在我都还有印象，他是这样写的："为了响应党的号召，打到新疆去，发给你老婆；为了子子孙孙扎根边疆，屯垦戍边；为了子子孙孙尽快地出生，共同建设新疆，保卫新疆；本人经连长和指导员分配认识了宁彩云同志；经过接触该同志愿意和我结婚，建立一个幸福美满的家庭，希望组织批准。此致，革命的敬礼！"接下来是葛国胜和宁彩云的签名。

你爹把结婚报告给我看后，我又好笑又吃惊，没想到葛大皮鞋的结婚报告写得这么全面，把所有的冠冕堂皇的理由和不太冠冕堂皇的理由都写上了。谁都知道结婚报告虽然是个人的，却需要写一些冠冕堂皇的理由，只是很多人想到了却写不出来。

葛大皮鞋说，这结婚报告在他心里已经写了很久了，自从把宁彩云分配给他后，这报告就一直在他心里写，到了写到纸上时，就像小学生默写课文一样。葛大皮鞋让我们改一改，看哪些地方不合适。我嫌"老婆"不好听，把"老婆"改为"爱"。再一看，"发"字也不好，显得自己没有能力，找老婆还要组织上发，虽然事实是这样的，但不能这样写，我就把"发"改为"寻找"，又把"分配"改为"介绍"。这样一来，那句鼓舞我们走到新疆的口号，就变成了"打到新疆去，寻找你的爱"。你爹认为这样改倒是文明多了，但是我们在行军的路上从来没有喊过这个口号，你现在这样改会不会不太符合事实。你爹这样说，我确实没有反驳的理由，我只是觉得那个口号太直白，不是书面语。你爹说口号当然要直白了，太书面也没有办法喊出来呀，我说结婚报告毕竟是书面的呀。我和你爹争论不下，最后决定还是先放放，等等再说。

葛大皮鞋急了，说，别放了，实在不行就把那句鼓舞我们的口号删掉吧！

我和你爹把葛大皮鞋的结婚报告先放放的目的并不是因为这句口号，我们是不想让葛大皮鞋在我们之前结婚。根据我和你爹早就商量好的，我们想让葛大皮鞋在我们之后结婚。全连的第一桩大喜事不想让他抢先了，这也许是我们自私的心理在作怪，可能是我们从骨子里看不上葛大皮鞋和宁彩云，觉得一个妓女和一个老兵痞成为我们连第一个结婚的，对我们连不光彩。

我对葛大皮鞋说，葛国胜同志你先回去吧，你的这份结婚报告是我们连的第一份，我们要好好看看，修改好了再递上去，你再坚持一下吧。葛大皮鞋说，我快守不住了。你爹说守不住也要守，你要是在结婚之前就把宁彩云那个了，你这辈子就别想结婚了，这叫先开饭后敲钟，是犯纪律的。葛大皮鞋说，连长你借给我一个胆子我也不敢呀，现在不是我守不住自己，我怕守不住其他人。

什么人?

葛大皮鞋说，副连长韩启云整天在宁彩云身边转悠，他的条件又比我好，我怕坚守不住这个阵地了。

你爹和我都笑了，你爹煞有介事地说:“你别怕，有我和指导员支持你，还怕一个副连长嘛，你要守住阵地，不能失守，当然，暂时的失守也别太着急，想办法夺回来就是了。”

葛大皮鞋急得嗷嗷叫，喊道:“你说得好听，失守了再夺回来，那还是我的阵地吗?”

“是呀，怎么不是了？阵地失而复得，这证明你更有战斗力呀。”

我知道你爹在逗葛大皮鞋，我在一边也不吭声，看他们磨牙。

葛大皮鞋说:“女人失守了，就失去了贞节，你就是再夺回来也晚了。”

你爹说:“你还挺封建，那玩意不值钱，宁彩云不知道失去过多少回了。”

“什么?”葛大皮鞋愣了一下。你爹自知失言，连忙说:“我的意思是说，宁彩云在上海难道就没有过男人?”

葛大皮鞋说,那我就管不了了,那时候阵地还是人家的。只要在我坚守期间没有失守就行了。我偷偷地笑了,葛大皮鞋这不是自欺欺人嘛。

葛大皮鞋走后,我对你爹说,你确实不能再等了,必须马上打报告和阿伊古丽结婚。

你爹先是答应阿伊古丽在胜利渠放水后结婚,胜利渠放水了又说等到盖好房子结婚,房子也盖好了一些,兵团也成立了,国庆节的时候连新疆维吾尔自治区都成立了,无论是国家大事还是我们连的大事都有了结果,现在也该考虑个人的事了。我和你爹当场决定,我马上写信让幺妹来,我们一起结婚。

你爹挥了挥葛大皮鞋的结婚报告说,结婚报告倒是现成的,咱们修改一下就可以用。我说那就根据葛大皮鞋的结婚报告修改一下,我们一起递上去,时间不等人呀。我们不能拖得太久,要赶在葛大皮鞋前结婚,就要抓紧时间。

你爹说那也要等一段时间,你要等幺妹来,需要半个月吧,我还要去阿伊古丽家提亲。

“还需要提亲?”

你爹说,当然需要了!我们应该尽量尊重当地人的风俗,我和阿伊古丽都说好了,不但要男方的家长去,还要选一个德高望重者一起陪着去。

我说这就麻烦了,你的父母都不在身边,哪来的家长,德高望重者就更找不到了。

你爹说,只有你老人家去了。我说我又不是家长,怎么去提亲。你爹说你是指导员,是我们二十六连的父母官,你就是家长,你应该去提亲。我笑了,说怎么一不留神成了你胡连长的家长了,那我可是你的长辈了。你爹说,让你去提亲,你在这占我的便宜,不够意思。我说给你开玩笑呢,我去提亲可以,从哪儿找德高望重者？你爹说让翻译买买提去，他在这一带已经比较有声望了，而且还能翻译，省得到时候你听不懂人家说什么。我开玩笑说，那是，否则阿伊古丽的大郎说同意了，我听成不同意，那就坏了。你爹说别拿我开涮了，我紧张得要命。

我对你爹说，要我提亲可以，礼物可要你自己买，你知道买什么礼物吗？你爹说，我和你参军这么多年也存了几个钱，现在要结婚了都拿出来吧，一辈子就这么一回。根据当地人的婚俗，买礼物是有讲究的。要买一套给阿伊古丽的衣料，要好点的，要买一些盐和方块糖，还要买馕，有的是5个馕，有的是7个，有的是9个，我们就买9个，越多越好。

我说这些礼物都不用花多少钱，比咱们汉族花钱少多了，算是便宜你了。你爹说，这盐和馕都有深刻的含义，他们叫"拜西馕塔西拉西"就是"试探"的意思。女方一般不马上答复，要商量一下，并对男方家的情况进行调查和了解，答应了这门亲事，则要把这门亲事公开，然后是准备彩礼和举行定亲仪式，维吾尔语称为"穷恰依"，就是定亲的意思。彩礼准备好后再选择吉日举行定亲仪式。

我听你爹这么一说就笑了，敢情大头在后头呀，也要彩礼呀，真麻烦。你爹叹了口气说，麻烦就麻烦吧，谁让我喜欢她呢。我看你爹那副陶醉的样子，不由得乐了。

我说，咱们今天先把结婚报告递上去，按照程序结婚报告批下来估计也要一段时间。我们把结婚报告递上去后，直接去赶巴扎，给阿伊古丽买提亲的礼物。

好！你爹显得很兴奋，说着就去套他的四驾马车。

我们赶着马车去团部，把你爹还有葛大皮鞋的结婚报告都递了上去。你爹的结婚报告阿伊古丽也签字了，葛大皮鞋的宁彩云也签字了，我的结婚报告也写好了，要等幺妹来签了字才能递上去。

我们在团部找到了买买提翻译，希望他带我们去提亲。买买提翻译有些吃惊，问这是谁的主意？你爹说，这是和阿伊古丽商量好的。买买提问你爹，你和阿伊古丽什么时候好上的？你爹说，有一阵了。买买提说，怪不得呢，早就有人上门提亲了，阿伊古丽就是不同意。阿伊古丽今年都19岁了，按照我们的习惯，这已经是大龄了，胡连长你应该早去阿伊古丽家提亲。

你爹说，不敢，害怕。你爹问买买提，你愿意带我们去提亲吗？

买买提说，我可以带你们去提亲，我们是朋友嘛！但是，阿伊古丽家是不是同意，我就不敢保证了。

你爹说，提亲不就是试探吗？同意不同意当然你不能保证了。买买提就笑了，说这个你也懂了，“拜西馕塔西拉西”，看来你心中都有数了。好吧，我带你们去。

你爹要我去阿伊古丽家提亲，这是一件让人紧张的事情。那天下午，秦安疆赶着四驾马车，我和翻译买买提带着礼物出发了。马车行走在128号林带，让人心情愉快，两边的树林已经成行，小白杨经过一年的生长就像一位少年，它将来肯定要指向蓝天。沙枣树就像一个早熟的小姑娘，才一年的树，就在枝头上开起了沙枣花。128号林带要想成林还需要几年，但基本的规模已经显现出来了，今后几年的春天我们还会继续补种树苗。

当我们的下一代出生后，首先看到的将是眼前的绿色之墙。前人栽树后人乘凉，我们的下一代会成为128号林带中快乐的孩子。

沿着128号林带一直往东走，从一连门前路过，走到林带的尽头就是绿洲了。在规划128号林带时我们有意把林带的长度向前延伸了几公里，让128号林带和绿洲直接相连，让过去的绿洲和现在的绿洲共同抵御沙漠的进攻。为了扩大绿洲，我们将胜利渠的水通过一条支渠引到了老乡的村庄，并且还无偿为他们开垦了荒地，当地的老乡把我们当成了亲人，他们说从来没有见过这么好的人。

我们和当地老乡关系很好，可谓是军民鱼水情，但让我去给你爹提亲，心里还是一点谱都没有。军民鱼水情，但现在要把鱼变成水或者把水变成鱼，这是另外一种性质的问题。

我不了解当地的风俗，我不知道提亲会是什么结果。坐在四驾马车上我又问了一下翻译买买提。他还是那句话，提亲嘛，试探嘛，拜西馕塔西拉西，同意不同意不知道。我说，希望了解一下，买买提说按照传统习俗，姑娘家有人来提亲是一件让人高兴的事，谁都可以来提亲，你来提亲我笑脸相迎，我不同意你也不要肚子胀(生气)。

我们的四驾马车进了村，整个绿洲一下就轰动了。绿洲里的孩子们跟着我们的四驾马车跑，边跑边喊："阿尔瓦，阿尔瓦(大车)。"四驾马车率领着孩子们浩浩荡荡地来到了阿伊古丽家门口，孩子们的喊声惊动了阿伊古丽一家，老阿吾东，小阿吾东，阿伊古丽的妈妈、嫂嫂，还有侄儿都出来了。阿伊古丽第一个冲出了门，见到我和秦安疆时一下就明白了怎么回事，"哎哟"一声就不见了，不知道藏到哪里去了。

老阿吾东和小阿吾东一起接待了我们，对我们来提亲不置可否，一切都是彬彬有礼的。不过，小阿吾东还是很热情的，这多少让我们放松了许多。小阿吾东毕竟是我们培养出来的村长，他和我们就显得近了一些。

那天，我们在阿伊古丽家喝了茶，吃了点干果，没多久就在翻译买买提的提议下告辞了。整个提亲的过程简单而又短暂，就像一次串门。我算是媒婆，我准备了很多好话都没来得及说呢，我真觉得不尽兴。

在回家的路上我问买买提怎么样，买买提还是拿不准。买买提又问，阿伊古丽真和胡连长好上了？我说肯定好上了，已经很久了。买买提说老阿吾东肯定要问阿伊古丽的，如果阿伊古丽和胡连长没有好上，这事肯定成不了；如果好上了，这事有希望。我说没有好上我们不会来提亲的。买买提说，我们即便没有好上，也可以上门提亲。胡连长和阿伊古丽虽然好上了，可是他们俩真要结婚，还需要一个很长的过程。我问买买提，这事很难吗？买买提说，很复杂，到时候你就知道了。

事实证明，这件事的难度是相当大的，我开始也没有想到这事会这么复杂。就在我和买买提去阿伊古丽家提亲回来的第三天，团里的通信员就到了。通信员让我和你爹一起去团部，说政委和团长找我们有急事。我和你爹到了团部，没想到政委和团长已经在办公室等着我们了。我们一进门团长把你爹的结婚报告啪的一声拍到桌子上，道："胡一桂同志，这是你写的结婚报告？"

你爹拿起报告看了看回答："是，是我写的。"

"你这是什么乱七八糟的结婚报告？"团长的声音突然提高了八度。

你爹连忙说，有不对的地方我可以改，我可以改。团长说改什么改，"打到新疆去，发给你老婆"，这口号是谁提出来的？你爹说，在行军的路上大家都这么喊的。团长说，谁这么喊的，我怎么没有听到，谁证明喊过这口号？谁喊过这口号我处分谁！团长突然指着我说，你喊过这口号吗？你要是这样喊过，我马上处分你。我望着团长张了张嘴没敢出声。团长把话都封死了，我没法出声了。

团长指着你爹说："哪一级的文件提出了这口号？乱弹琴。"

你爹还想争辩，嘴里咕噜着，路上都是这样喊的，喊了一路，大家都喊了。我本能地拉了你爹一下，让他别出声了，免得惹团长生气。

看来团长真的生气了，他拍着桌子开始上纲上线。说，要是你们连在行军的路上这样喊的口号，那就是错误地理解了党的政策，问题是严重的。你爹没想到一个结婚报告会搞成这样，都和党的政策联系上了。你爹说，不就是一句口号嘛，把那口号删了不就行了。你爹当时还以为是一句口号惹的祸，连忙把结婚报告收了起来，说我错了，是我错了，我回去重新写。

团长说，你重新写，你怎么写呀，胡日鬼，你混蛋，你想和那位维吾尔族姑娘结婚，那是不可能的。你爹一听急了，有些绝望地喊着，团长，团长不会吧，不会因为结婚报告中的一句口号就不批准我结婚吧？

这时，政委突然发话了，政委把葛大皮鞋的结婚报告递给了我，说："这不是结婚报告的事，这更不是一句行军口号的事。行军中战士开玩笑喊个口号，轻松一下，这无可厚非，但是这种东西是不能写在结婚报告中的，无论是写什么报告，都是严肃的事情，不能胡来。话又说回来了，如果你真响应了那句口号，你也就不犯错误了。"

我接过结婚报告，见上面已经有了批示，葛大皮鞋的结婚报告已经批准，只不过结婚报告被红笔改动了，把那句口号删了。

事已至此我也糊涂了，到底是什么原因让团长发那么大火？团长说是那口号出了问题，政委又说真响应了那口号也就不犯错误了。葛大皮鞋的结婚报告已经获得批准，这说明写不写那句口号无关紧要。

团长说，是呀，你要是真响应了这个口号，也就不犯错误了。我们不是已经发给你老婆了吗？那个李桂馨分到你们连是干什么的，就是解决你们的老婆问题，已经发给你了，你却不要，冒出来一个维吾尔族姑娘，这是怎么回事？

团长突然瞪着我说:“马长路,我问你,是不是你在和胡一桂争那个李桂馨,所以胡一桂才去找维吾尔族姑娘的?”

我说,不是呀,我也打了结婚报告了,只是对象还没签字,所以没有递上来,我老家的对象已经从重庆出发了,她一到,我就递上来。政委说,这太好了,我们就是要提倡自己解决问题,这样组织上的压力就小了。你爹说,我这也是自己解决呀,也是给组织上减轻压力呀!为什么马指导员是减轻压力,我就成犯错误了?

政委说,你还执迷不悟呢,你知道犯了多大的错误吗?你严重地违反了党的民族政策,你闯祸了,你不该和一个维吾尔族姑娘谈恋爱!

这下我算是听明白了,根本不是那句口号的错误,是你爹和阿伊古丽结婚本身的错误。你爹听政委这样说,当然是不服气了,问这是哪里的政策,政委说上级的政策。你爹说,那是师里的政策了?政委说是师里的上级。你爹说,那是兵团的政策?政委说你知道就行了,这不仅是兵团的政策,也是自治区的政策。你和阿伊古丽的结婚报告我们团里是无权批准的。

你爹有些急了,说我怎么没有听到过这种政策,我的一位老乡,在农三师,叫贾学起,他就娶了买尼木汗。他还给我写信说,婚姻自由是法律规定的,让我大胆提亲呢。

团长说,看来你胡一桂烧得不轻,那都是过去,现在有现在的规定。

你爹一下就蔫了,他一屁股坐在凳子上,嘴里念念有词地说,我咋这么倒霉!都怪我,早点就好了,自治区没成立之前就没有这政策,我要是早点结婚就不会被这政策挡住了。我为什么非要等胜利渠放水才结婚?我为什么非要等到盖好房子了才结婚?现在完了,我怎么向阿伊古丽交代?

团长走到你爹面前,望着你爹说,我不是已经给你分配李桂馨了吗?无论从哪个方面说，李桂馨配你小小的一个连长都绰绰有余。你倒好，不要，和一个维吾尔族的姑娘好！你是哪根筋搭错了？

你爹显然是不行了，有点犯傻，看人的眼睛都有些不聚光了，看来这事给你爹的打击很大。政委向团长使了一下眼色，悄声说，光批评也不行，要多开导开导。团长望望你爹，语气也缓和了一下，说，胡一桂同志，这李桂馨可是我专门为你挑的。李桂馨的长相在这批女兵里是数得着的，其他连长找我多回，我都没有分配给他们。我是看你工作出色，才给你挑的，你怎么不领情呢？

你爹坐在那里一句话都不说了，愣着。政委见状对我说，这样吧，你们先回去。我起身碰了一下你爹说，走吧，政委让我们回去。你爹摇了下头说，我不回去，我回去了怎么向阿伊古丽交代呀？我都提过亲了，现在又不能结婚了，这不是出尔反尔嘛！

团长一听又急了："什么？你都提亲了？你，你也太胡日鬼了！"

这时，政委反而比较平静了，说提亲就提亲吧，只是一个提亲嘛！根据当地人的婚俗，谁都可以到女方家提亲，这叫试探。提亲的人多，说明姑娘人品好，漂亮。可是，同不同意那就另当别论了。

看来，政委还是比较了解当地风俗的。

你爹说，要是他们家同意呢？团长厉声说，同意也不行。你爹说，不讲理，如果人家都同意了，你凭什么不让我结婚？团长说，反正李桂馨是你胡一桂的，你们什么时候好上了，就什么时候结婚。

政委说，你先回去，看阿伊古丽家是不是同意，如果同意了，我们再说。你爹听政委这么说一下就站了起来，说那我回去等消息。你爹出了办公室又回头问政委，要是阿伊古丽家真同意了呢？政委说，没这么简单。政委又对我说，这事在连队里要保密，作为指导员你要做好连长的思想工作，不能因为个人问题影响连队的基本建设。我们现在的主要任务是打土块、盖房子,要从地窝子里搬出来,今后还有大量的人员补充到我们兵团呢。

我敬了个礼,带着你爹走了。

这时,团长又追了出来。团长说,分到你们连的那位叫宁彩云的上海人,你们都看了她的档案了?我说,看了。团长说,本来我们是不想让你们知道得这么多的,最多给你们介绍一下情况;但是,又怕你们万一看上了,才让你们看档案的。

团长说,宁彩云你们处理得就比较好,说明你们能够理解政策。为什么对李桂馨的处理就这么出乎意料呢?团长看看你爹真诚地说,你胡日鬼娶李桂馨多好呀,指导员又不和你争。

你爹也不理团长,望着远方犯傻。团长无奈地摆摆手让我们走了。

你爹的结婚报告没被批准,这是一个沉重的打击,给你爹造成了很大的痛苦。那些日子你爹几乎变成了另外一个人,整天唉声叹气的。我和你爹住一个地窝子,他会经常半夜起来坐在月亮地里抽烟。有几次我起夜发现你爹不在床上,当我走出地窝子时发现不远处的沙包上火星一闪一闪的,像鬼火一样吓人。我走过去劝你爹睡觉,你爹望着不远处盖好的房子,说你看这房子都盖好了,只要上级批准我结婚,这房子就可以做我和阿伊古丽的新房了。原来还担心让阿伊古丽嫁过来住地窝子委屈,现在有房子了,可是上级又不让我结婚了。我告诉你爹别往心里去,不要想得太多,等几天阿伊古丽家就会有信的,只要她家同意,你们还是有希望的。

你爹问,要是阿伊古丽家也不同意呢?

我让你爹别胡思乱想,他们家应该同意,只要他们家同意了,团里就没有理由不批准你们结婚。团长不是说了嘛,上面的政策是为了尊重少数民族风俗习惯，维护民族团结而制定的，要是阿伊古丽家同意这门亲事，那还有什么好说的呢。

你爹叹了口气说，还是你好呀，房子盖好了，你的幺妹马上就要来了，我咋办？

下　部

阿伊古丽家后来确实同意了我爹和阿伊古丽的婚事，只是同意这门婚事是有前提条件的。阿伊古丽家提出的前提条件并不是彩礼的多少，也不是世俗的某些具体要求，他们提出的前提条件十分虚幻，它关系到一个人的心灵。这种关于心灵的前提条件最初也是以一种具体方式提出的。

当翻译买买提来到我爹的地窝子，告诉我爹阿伊古丽家同意了这门亲事后，我爹立刻就欢呼了起来，只是这欢呼的大门还没有彻底敞开，就被买买提的另外一句话封闭了。买买提又说，你不要高兴得太早，同意是同意了，但是有一个条件。

我爹当即说，别说一个，就是十个我也答应。

买买提说，这个条件比一百个都难。

那是什么条件？

买买提说，你提亲以后，老阿吾东找到村里的长者，长者要求按旧风俗办。

1980年通过的补充规定中，第七条规定："禁止宗教干涉婚姻家庭，禁止以宗教仪式代替法定结婚登记。"

1996年《新疆维吾尔自治区婚姻登记管理办法》的第三条规定："依法履行婚姻登记当事人的合法权益受法律保护。宗教信仰或者民族不同的男女双方当事人，依法自愿申请办理婚姻登记的，任何组织和个人不得非法干涉。禁止以宗教等形式干涉和代替婚姻登记。”

可见，在后来的《新疆维吾尔自治区婚姻登记管理办法》中，不但不禁止汉族和少数民族通婚，族际间的通婚反而是受法律保护的。

其实，在20世纪50年代初期的新疆，汉族和少数民族特别是和维吾尔族通婚的已经很多了，据一项研究报告称：20世纪50年代的维吾尔族、汉族通婚家庭，男方大多是汉族干部或复转军人，家庭生活也多随汉族的习惯。据2000年不完全统计，全国有19004对维吾尔族、汉族夫妻，其中在新疆，20世纪50年代初期结婚的占很大比例。

新疆民族分布众多，少数民族信仰伊斯兰教群众较多，伊斯兰教对新疆的少数民族婚姻习俗产生了深刻的影响。

维吾尔族、汉族两族在语言、风俗习惯等方面差别很大，彼此沟通存在一定困难，由相识到相恋的机会本来就很少，再加上信教群众受伊斯兰教的影响，维吾尔族和汉族的通婚就越来越少了。

20世纪80年代后，维吾尔族、汉族通婚数量下降，难度也在增大。即便是后来汉族和少数民族结婚已经受到了法律的保护，汉族和少数民族通婚也是比较少见的。

当年，我爹和阿伊古丽的婚姻被上级临时性的政策拦住了，这件事情影响了他的一生。在后来的生活中，我爹和阿伊古丽的关系时断时续，剪不断理还乱。

买买提翻译十分忧郁地望着我爹摇头，他知道其中的困难。

这已经不是一个简单的婚姻问题了，也不是一个简单的男女之事，这甚至不是汉族人和维吾尔族人的问题，这是信仰的问题。这个问题实在太沉重了，无论是我爹还是阿伊古丽都无力承担。

我爹是一个兵团连队的连长,是一个共产党员,我爹信仰的是共产主义,现在为了娶阿伊古丽,他要放弃过去的信仰?这在当时的政治背景下是不可思议的,也是不可能的。我爹连想都不敢想。

与其说阿伊古丽家同意了这门亲事,不如说他们反对这门亲事。这个前提条件代价太巨大了,在我爹和阿伊古丽之间设置了一个巨大的鸿沟,这基本上是一个无法逾越的障碍。

在后来的日子里,阿伊古丽的歌声经常在我爹耳边回响。她的歌声是现实存在的,就在我爹住的地窝子四周唱响,在荒原上唱响。那歌声凄婉、明丽、伤感,声声入耳。

阿伊古丽基本上每天都在荒原上放牧唱歌,过去我爹见过阿伊古丽跳舞却没听到过她唱歌,没想到她的歌声那样感人,让人心碎。我爹当时虽然听不懂她唱的内容,但是那曲调往往是缓慢的、伤感的。在那一段时间,买买提也常来,他好像一直在等待着我爹的答复,来了也不说话,眼睛里也都是忧伤。买买提说,我知道这件事太难了,无论有多难你也要面对,你应该去问问团长该怎么办。

买买提在我爹的地窝子里随着阿伊古丽的歌声,一句一句为我爹翻译着,买买提的翻译其实是一种朗诵。买买提是一个朗诵的天才,或者说维吾尔族的男子都是朗诵的天才,他们特别会掌握节奏和声调:

你们去向我的情人问安,
把我的情形和他相谈;
哪怕我就要死去,
就说我过得快乐平安。

买买提这时对我爹说:“这是告诉你,让你放心,她一切都好。”

情人的支柱来自情人,
没有情人,哪有精神?
先有芳香美丽的花朵,
才有感人肺腑的歌声。

买买提说:“这是告诉你,她需要你的支持,需要你的力量。”

我爹说,我知道还有维吾尔族的小伙子去提亲,她一直不同意,她的压力也大。可是,让我“入教”我确实没有心理准备,我甚至不知道怎么才算“入教”。

如果我不是从心里爱上了你,
哪有心情和你在荒原上漫步,
如果你没有将我的心带去,
那我怎会日夜思恋你?
…………
爱的火焰燃烧着我,
使我不断地叹息,
为什么见你一面我便陷入思念的深渊,
我为什么爱上你,
给自己惹了麻烦?

我越是想把你忘记，

却爱得越深，

上苍啊，

我为什么竟这样软弱可叹？

…………

买买提的朗诵无疑进一步渲染了阿伊古丽的歌声，我爹流泪了。我爹不顾一切地冲出了地窝子，去和阿伊古丽见面。

听买买提说“入教”并不难，可是我爹和那些过去进疆的汉族人不一样，我爹是有组织的人，已经宣誓加入了中国共产党。

当时，买买提摇摇头对马指导员说，这件事还要上级决定，你应该去帮帮你的朋友，问问团长该怎么办。这样下去会出事情的。

后来，马指导员去问了一下政委，党员能不能“入教”。政委的一番话让马指导员的心一下就绷紧了。政委说，共产党员是无神论者，宗教信仰是唯心主义的东西。因此，党员不能信仰宗教。共产党员信仰宗教，参加宗教活动，违背党的性质，降低党的威信，削弱党的战斗力，也不利于正确贯彻党的宗教政策。不信仰宗教是一个合格党员的基本条件。如果一个党员去信教，其处理方式很简单，那就是劝其退党，或者予以除名，情况严重的直接开除党籍。

政委问马指导员怎么对这个问题感兴趣，马指导员当然没有敢多说，表示只是随便问问。在少数民族地区工作，多掌握一些党的政策有好处。

马指导员临走时，政委又说，要把党员信教和参加民族风俗活动区别开来。如果是为了尊重少数民族风俗习惯，参加一些活动，比方婚礼什么的，那是可以的，这不是信仰宗教也不是参加宗教活动。你们连和当地人关系很好，这个我知道，他们会邀请你们做客，参加他们的婚礼，你们可以放心去，这有利于民族团结。

马指导员回去把和政委的谈话向我爹做了传达，我爹说我不会“入教”的。我爹的话让马指导员放心了。我爹说信仰应该是虔诚的，为了爱情而信教，为了婚姻去改变信仰，这种信仰本来就十分可疑，这不是真正的信仰。我是一个共产党员，我坚信共产主义，无论什么时候我都不会改变自己的信仰。我爹在说这番话时表情严肃，有一种气概，让人肃然起敬，这和平常的胡日鬼连长判若两人。

看来在这个问题上我爹是十分清醒的。马指导员的担心是多余了。

第十六章　远　嫁

上　部

你爹去阿伊古丽家提亲后，全连一下就轰动了，大家都等待着连长和阿伊古丽的婚期，这已经成了我们连的喜事。没想到这件喜事变成了麻烦事，大家无奈地望着渐渐消瘦下来的连长只有摇头叹息。人们再见到阿伊古丽来连队周围放羊，还会热情地和她打招呼，只是这种热情中满含着同情。在那段时间里，李桂馨和阿伊古丽形影不离。李桂馨赶着连队的羊群会和阿伊古丽的羊群在128号林带相遇，为了不让两群羊会合，一群羊在东边一群羊在西边。连队的羊群是通过阿伊古丽的羊群发展起来的，两群羊有血缘关系，都相互认识，如果让它们会合，分开时就会十分麻烦。两群羊在两个方向，在它们之间阿伊古丽和李桂馨会坐在一起聊天。

阿伊古丽就说，你看呀，这两群羊本来是一家人，我的羊群里有妈妈，你的羊群里有女儿，为什么要把它们分开？阿伊古丽话里有话。

李桂馨就说，我的羊群是连队的，属于公家的；你的羊群是家里的，属于私人的，公私要分明，它们就不能合二为一。李桂馨也是话里有话。李桂馨说，胡连长是我们大家的，他是公家的人，你不能占为己有。

阿伊古丽说，我没有占为己有，每个人都要结婚的。

“可是，我们连长要答应了你的条件，就不能做我们的连长了。”

“为什么？只要他心中有真主，他就会更圣洁，他会更好地当你们的连长。”

“我们连长的心中已经有信仰了，一个人的心中不能有两个信仰。”

“他心中的信仰是谁？”

“我们连长心中的信仰是马克思。”

“马克思？”

“是呀，我们很多人心中只有马克思，有了马克思，我们穷人就翻身做了主人，过上了好日子。我们来到新疆挖胜利渠，植树造林，都是为了让大家都过上好日子。”

“只有相爱的人在一起才能过上好日子。”

“是，你爱我们连长吗？”

“当然，不爱的人我不嫁。”

“如果没有‘入教’这个条件，连长就可以娶你了。到时候我们一起放羊，无论是羊妈妈还是羊女儿就不用分开了。”

“可是，我也没办法呀！这是爸爸的意思。”

“我们连长也没办法，这是上级的意思，我们连长听上级的，上级听马克思的。”

阿伊古丽望着不远处的羊说：“难道我和你们连长就像这两群羊一样一定要分开吗？”

李桂馨叹了口气说：“你和我们连长是两条道路上的羊，只能各走各的，这都是命。”

你爹和阿伊古丽的事情遇到麻烦后，我就交给李桂馨一个任务，那就是让李桂馨在放羊的时候陪陪阿伊古丽，开导开导她，看能不能让阿伊古丽那边松口。如果他们松口，这件事还有希望；如果他们不松口，这事就难了。我甚至交代李桂馨，我们可以按照当地的风俗习惯迎娶阿伊古丽。

根据李桂馨的汇报，虽然她已经很努力地做了阿伊古丽的工作，但是却没有成功。应该说李桂馨做思想工作的水平不在我这个指导员之下，李桂馨毕竟是个初中生，这在那个年代就是知识分子了，我和你爹的文化水准都没有她高，我们只在部队上过扫盲班。

这件事情一直拖到第二年春季，并开始向我们不情愿看到的方向发展。

一天下午，买买提带着小阿吾东一起来了。小阿吾东对你爹说，我是支持你和我妹妹的婚事的，但是如果你不同意我家的条件，我的支持也没有用。阿伊古丽不久就要远嫁他乡。阿伊古丽已经20岁了，必须出嫁了。

你爹无奈地坐在那里，说我已经给阿伊古丽说清楚了，其他条件都可以答应，这个条件我没法答应。

我问小阿吾东能不能再做一下他父亲的工作，小阿吾东摇摇头说，这不是他父亲的事，如果他父亲同意了胡连长和他妹妹结婚，那他们家就没有办法在村里住了。

我对买买提说，这事你也知道，胡连长根本无法答应，这会受到组织上的严厉处分。买买提也只能叹气，我就知道这事难呀，这事太难了。小阿吾东也说，我知道政策，让胡连长妥协是不可能的。

不久，我们听说阿伊古丽真要出嫁了，你爹像一个被点了穴的人，空有一身的力气也使不出来。他总是坐在地窝子的顶上，抽着莫合烟望着东方阿伊古丽的村庄，叹息声随着莫合烟四处飘散，那些烟雾能把蚊子熏昏。对你爹的状态我也无能为力，该说的话都说了，再说什么都没有意思了，只有随他去，也许他这样一个人待着,安静一下会好一点。

正常情况下,阿伊古丽的婚礼阿吾东老人肯定会请我们参加的,因为阿吾东和我们处得一直很好;可是,因为你爹和阿伊古丽的这层关系,阿吾东没有请我们参加。我们知道即便是请我们去,我们也没法去。不过,阿吾东请了买买提。

这其实是为了给你爹带一个信。阿伊古丽已经出嫁了,你们两人的事就此结束了。

据买买提说,仪式开始后,男女两厢站定。新娘这时要放声大哭和自己的母亲告别,表示女儿对母亲和家人的留恋。

当时,阿伊古丽的哭声太悲伤了,泪水打湿了她美丽的嫁衣。当主持人分别问新娘和新郎,是否愿意结为夫妻,是否永远相爱互不抛弃时,阿伊古丽的哭声都没有停止,她只在痛苦中点了点头算是回答。在回答问题之后,一位姑娘会端出一个精制的托盘,上面摆着一小瓷碗盐水,里面泡着两小块馕,新郎和新娘要当众抢着吃下碗里吸满盐水的馕,表示永不分开。

买买提说,新郎吃了那块馕,阿伊古丽并没有把那块馕放进嘴里,我看到她把馕拿在手里,投进妈妈的怀抱失声痛哭。我当时就知道了,阿伊古丽和那个男人不会幸福长久。

迎娶阿伊古丽的队伍从我们连队旁边路过,鼓乐齐鸣,歌声悠扬。这是一个初春的早晨,整个连队都被鼓乐之声惊醒了。人们纷纷走出地窝子,站在高处去看迎亲的队伍。我走出地窝子回头发现你爹却无动于衷地躺在那里,就好像没有听到鼓乐声。我站在地窝子上,看到新娘阿伊古丽骑着马走在迎亲的队伍中。我知道阿伊古丽出嫁的路程实在很远,她被嫁到了北疆伊犁去了。阿伊古丽披了更加明艳的红纱巾,迎着朝霞。我们都熟悉阿伊古丽的红纱巾,我们在荒原上曾经和那红纱巾相遇，我们被红纱巾吸引来到了这个地方。现在，吸引我们的姑娘走了，我们没能把她留住。我知道全连都会很遗憾，但是有什么办法呢！

我看不清楚阿伊古丽的面容，但是我能看到她不断地向我这边张望，美丽的脸庞也许还沾满泪水。我知道她正在寻找你爹的身影，可是你爹却躲在地窝子里不出来。我能理解你爹当时的心情，他是不愿意出来看见阿伊古丽出嫁远行的这一幕。迎亲的队伍向我们招手致意，战士们不得不向他们挥手表示祝贺。站在不远处的李桂馨开始在那里哭泣，一个劲地向阿伊古丽挥手。在我们连队除了你爹可能就属李桂馨和阿伊古丽关系最好了，李桂馨成为一个合格的牧羊女，得益于阿伊古丽的调教。李桂馨的羊群都是阿伊古丽羊群的羔羊，李桂馨用泪水送别阿伊古丽是可以理解的。

这时，秦安疆也出来了，他居然拿出了笛子，伴随迎亲队伍的鼓乐声，秦安疆吹了一曲我们都熟悉的《三套车》，这也是秦安疆最拿手的曲子，只是这曲子有点悲切，不太适合迎亲的队伍，但是却能代表我们的心情。我们都不舍得阿伊古丽远嫁他乡。

秦安疆的笛声居然让迎亲的队伍停了下来，我看到阿伊古丽在向李桂馨挥手，我让李桂馨过去看看。李桂馨向迎亲的队伍跑去，我看到李桂馨奔跑的动作有些变形，凌乱的脚步泛起了戈壁的灰尘。李桂馨跑到了阿伊古丽的身边，阿伊古丽也不下马，递给了李桂馨一件东西，倾身和李桂馨进行了一个拥抱，然后便策马而去。李桂馨呆呆地站在那里，望着迎亲的队伍一步一步离去。

眼见迎亲的队伍远了，阿伊古丽还是一步一回头地向我们张望，我通过地窝子的天窗向你爹喊："胡连长，你再不出来就永远看不到了。"

你爹就像得到了命令，一个鲤鱼打挺从床上起来，顺手摘下了挂在墙上的望远镜。你爹从地窝子里奔了出来，来到了我身边，双手把着望远镜向迎亲的队伍张望。你爹的这个动作让我想起了第一次看到荒原上的阿伊古丽，你爹就是这样拿着望远镜张望的，然后对我说："会不会是传说中的海市蜃楼？"

我当时说："这不是楼，这是人。"

你爹说："海市蜃楼里也住人呀。海市蜃楼？打一枪试试。"

…………

迎亲的队伍用肉眼已经看不到了，你爹还站在那里张望。大家都来到了你爹身边，李桂馨过来把一个军帽递给了我，说是阿伊古丽让交给胡连长的。李桂馨还问，阿伊古丽怎么会有军帽？我看看军帽，一眼就认出来了，那是你爹的军帽。我对李桂馨说，那时你还没有来，这是胡连长在"人羊之战"中吃了败仗，是阿伊古丽缴获的战利品。李桂馨听着不明白就问秦安疆，秦安疆只叹了口气摇摇头。我挥挥手让大家都散了，我说，让胡连长看吧，看最后一眼。

大家叹息着离去了，让自己的连长一个人目送他的恋人远去。大家心里堵得满满的，却无法表达自己的心情，也无法去劝说自己的连长。当年，我们多么希望用歌声表达自己的心情呀，面对茫茫荒原歌声无疑是最好的，可惜我们不会唱歌，在这荒原上就像一个哑巴。

下 部

阿伊古丽出嫁前，她的歌声一直在我爹的地窝子附近响起。那歌声更加悲伤，让人伤心。阿伊古丽这是用歌声和我爹告别，她唱的是十二木卡姆，很长很长，三天三夜也唱不完：

请将有关我的所闻所见告诉人寰，
在爱火中我已被焚得焦烂，
请把这清清楚楚传遍人间。

他们曾互相立过誓言，
立誓时所讲的实际都是谎言。

没有情人每时都像饮毒一般，
对情人真需真心人相伴。

就这样我一个人独自受苦，
离别恨火已将我的胸怀烧成几段。

亲爱的我要走了，
按照已经确定的目标。

我无畏地奔向那贫乡野原，
远嫁一个不知道的乡间。

亲爱的保护人都不在跟前，
有谁亲切地来问长短？

我不愿在异乡长居久留，

只因为遇事无亲人在我身边。

我的心愿何时才能实现?
你就说:她总想看看亲人的容颜。

左顾右盼无法使我喜欢,
你就说:她总要找到情缘。

孤苦伶仃若闭上眼无人来管,
你就说:那些誓言都是假货不值钱。

对此花不再会辛勤浇灌,
你就说:幼小的花蕾将会枯干。

这些十二木卡姆风格独特,把一个人的悲伤都唱了出来,这是一种倾诉也是一种表白。

我爹不会用歌声表达悲伤,这使他的悲伤更加悲伤。

十二木卡姆的唱词有的完全是即兴的,根据自己的心情改变,要是我爹也会唱就好了。阿伊古丽的歌声使我爹心碎,这种心疼的感受只能在心中,却无法倾诉。

维吾尔族人婚礼上新郎新娘要吃盐水和馕,传说过去有位圣人,为人们找到了维持生命的盐。有了盐人类得以生存,所以维吾尔族人把盐视为一种珍宝,倍加爱惜。而馕又是当地人的饮食中不可缺少的,它象征着新生活的开始。把馕放进盐水中，比喻两个人像盐和馕那样永远都不分离。

当地人的婚庆较为隆重，充满了欢乐的气氛。仪式结束后，男方回家准备迎亲。第二天新郎穿上结婚礼服，新娘也穿上嫁衣，头蒙面纱等待着迎亲队伍的到来。这时，新娘的女友们将在大门口阻挡将要到来的迎亲队伍，表示不舍得自己女友的离去，迎亲的队伍要给新娘的女友们礼物，这才能允许通过。迎亲的人进门后，新娘的女友就会帮助新娘的家人热情地招待迎亲的宾客。

迎亲的队伍来到男方家之后，亲友宾客要来看新娘。在揭开面纱时，要唱揭面纱的喜歌。喜歌没有固定的曲调和歌词，都是即兴编唱，出口成章，幽默诙谐，歌词大意是赞美新娘的美丽。唱完喜歌之后，客人们入席吃喜宴，饭后，传统的麦西来甫表演就开始了。

当新娘离家出门时，要和家人告别，并流出喜悦的泪水。可以想象阿伊古丽当年的泪水肯定不是喜悦的，悲伤的泪将洒在她出嫁的路上。这时女方的歌手模仿新娘母亲的口气唱起告别歌。歌词大意是多关照我的女儿，愿年轻的夫妻和睦相处等。唱完歌后，迎亲的小伙子们便打起手鼓，弹起都塔尔，唱着歌走在前面，新郎和新娘骑着马随在后面。

当马指导员讲到阿伊古丽远嫁之时，我眼前出现了一个画面，一个昔日远嫁的队伍行进在荒原上，我耳边响起了那首叫《楼兰姑娘》的流行歌曲。这首歌我曾经听了好多遍，我觉得这歌是为我爹当年写的，是为所有失恋的兵团人写的，那是大家能在荒原上唱响的歌。

有一个蒙着花盖的新娘

看不到她那纯真的脸庞

踏着一串悠扬的歌声

去往出嫁的路上

有一个蒙着花盖的新娘
捧起黄沙半个太阳
留给我永不流逝的芳香
牵走我日夜的梦想

楼兰姑娘你去何方
楼兰姑娘你去何方
前面路太远前面风太狂
不如停在我的帐房

楼兰姑娘你去何方
楼兰姑娘你去何方

我爹和阿伊古丽的事，弄得二十六连和英买里克村有些隔膜了。为了修复和当地群众的军民关系，在阿伊古丽出嫁后，团里曾经组织有关人员开了个座谈会。据马指导员说，他参加了这个座谈会，我爹由于是直接当事人没能参加。

第十七章　支边青年

上　部

第一批支边青年是秋天来的。他们都是河南人,据说兵团一下来了5万多人,分到我们连队有好几十人,男男女女都有,这使我们连一下就热闹了起来。来这么多河南老乡你爹高兴坏了,跑前跑后忙着给他们安排住处。农闲时,我们盖了不少集体宿舍,你爹把20多个姑娘都安排在一个大宿舍里。

自从阿伊古丽远嫁之后,你爹还没有这么高兴过。他一个人住在地窝子里,继续过着单身汉生活。我已经结婚搬进了新房,我的幺妹在阿伊古丽远嫁之后就来了。本来我和你爹计划一起结婚的,结果阿伊古丽成了人家的新娘。

我是二十六连第一个结婚成家的人。第二个我不说你也知道了,是葛大皮鞋。葛大皮鞋的结婚报告团里早就批了,我们把报告压住了,本来想等我和你爹成家后再让葛大皮鞋结婚,你爹的婚没有结成,只有让葛大皮鞋占先了。你爹说,让葛大皮鞋结吧,只要他不是我们连第一桩喜事就行。葛大皮鞋结婚后,我们连还有不少人结婚了,老婆大多是从其他省市接来的。春节期间我们连有好多对新人,副连长韩启云也结婚了。连排干部和到了年龄的老兵只要能从其他省市接到老婆,都可以结婚搬进新房。

虽然已经有一部分人结婚了,但连队70%还是单身汉。单身汉的住房问题其实很好解决，我们在连部办公室的两边对称地盖了几排大的集体宿舍。集体宿舍也是根据苏联的设计图纸，是专门为单身汉设计的，每一大间都可以住20多人。那些一间半的家庭住房，按照规定只有结了婚的才能住。谁要结婚了，谁就从单身汉的集体宿舍里搬出来。

河南支边青年来后，住在两个大集体宿舍里，一个集体宿舍住男的，一个集体宿舍住女的，他们是我们连最年轻的生力军。你爹召集他们开会，首先宣布了一条纪律，那就是男的不能谈恋爱，女的可以谈恋爱。这纪律一宣布大家哄的一声就笑了。大家都觉得荒唐，男的不能谈恋爱，女的可以谈恋爱，那女的和谁谈恋爱呀？

你爹宣布这条纪律是有根据的。你爹拿出笔记本宣布：年龄在30岁以上，有6年军龄的老战士才能结婚。这个规定不适用女的，女的只要满18岁就可以结婚。你爹说，男支边青年不能谈恋爱，是因为不能结婚，所以不让你们谈恋爱是上级的规定。

最后，你爹语重心长地说，不能结婚你谈什么恋爱呀，这不是给自己找罪受嘛！你们还年轻不懂事，谈恋爱是一个很苦的事。你爹这样说显然是想到了自己，想到了自己和阿伊古丽的事。你爹说，你们是刚刚来到连队的军垦战士，不但年龄小，工作年限也不够，等五六年后，你们的工作年限够了再谈恋爱结婚也不迟，那时候我们连还会分来大量的女兵。

你爹把支边青年称之为女兵完全是习惯称呼，不过你爹这样的称呼也没有错，我们毕竟是兵团，都是军垦战士。我们习惯称女人为女兵了，好像不这样称呼就不足以表达我们对女人的尊重。其实，我们早就刀枪入库、马放南山了。

河南支边青年来后，你爹宣布男支边青年不能谈恋爱，还念了文件，这是非常实用的，这是为连里的老战士着想。你不这样规定不行，支边青年年龄大小差不多，又是一起来的老乡，他们在一起很容易产生恋情，我们的老战士不是他们的竞争对手。这条规定一宣布，全连的未婚老战士真是欢欣鼓舞呀。有了这个规定后，你爹又宣布一条纪律，男支边青年未经批准，不允许到女兵的集体宿舍。这条纪律又是学习团长当年的规定，营级以下干部不能到女兵豪华地窝子。你爹这是把女支边青年都留给了连里的老兵。

你爹私下对老兵们说："羊都圈在羊圈里了，没有狼了，剩下的就看你们的本事了。"

事实证明你爹的这种方法十分有效，这批河南女支边青年基本上都嫁给了我们的老兵。为此，老兵们十分感谢你爹，这使你爹在二十六连的威信相当高。

连队最早的那两排八户家庭住房都住满了。其中，我有意给你爹留了一套，你爹坚持住地窝子就是不搬。你爹说房子是给结婚的人住的，我又没有结婚凭什么住房子，你爹还说，我是连长不能搞特殊化。你爹在全连公开表示："只要全连还有一个人住地窝子，连长就陪着住地窝子。"你爹的这个宣布赢得了全连的掌声。不过这也给当时的基建班张峪科施加了压力，言外之意就是：我这个连长住在地窝子里，我看你们还不加快盖房的速度。后来，我们连的住房建设很快，到了河南支边青年来的时候，我们连基本上解决了住房问题。

在夏天来临的时候，我们连住地窝子的已经不多了，结婚的搬进了住房，没结婚的住进了集体宿舍。当时，除了连部大办公室还没有最后完工外，其他的房子基本都按照苏联的设计建筑完成了。你爹说，连部大而无当的办公室根本没有用，盖不盖都可以。我说，其他连队都是这样盖的，你别搞特殊化，让基建班加快进度。你爹说，反正我们全连都住进了房子，要那么快进度干什么。你爹还笑其他连队先盖办公室再盖住房，结果在宽大的房子里办公，人却住在地窝子里。我告诉你爹，办公室必须在年底完工，因为团里已经向师里表了态，还报了计划，在不耽误生产的前提下，今年要基本完成基建任务，力求全团都从地窝子里搬出来，住进房子。

在河南支边青年没来前，我们连住地窝子的只有你爹和李桂馨。李桂馨住地窝子是没办法，因为单身姑娘就她一个，集体宿舍太大，让她一个人住她反而害怕，她说还不如住地窝子好。你爹住地窝子是为了履行自己的诺言，要最后一个搬出地窝子。这样，你爹只有陪李桂馨住地窝子了。

连里早就有议论了。

“干脆让李桂馨和连长搬到一起算了，这样全连就都搬出地窝子了。”

“李桂馨本来就是团里分给连长的，这谁都知道，连长和李桂馨就这样各自住在地窝子里，干耗也不是个事呀！”

“李桂馨无论从哪个方面来说都是个好姑娘，连长也该满意了。”

“要不是因为连长，李桂馨不可能现在还单身，早就结婚了。”

“连长也是的，阿伊古丽都嫁到北疆伊犁去了，你还在那里守着，你为谁守呀……”

团长也给我布置了任务，让我劝说你爹把李桂馨娶了，并且严肃地指出，如果胡一桂同志再去想那个阿伊古丽，那问题的性质就不一样了，那不是胡日鬼了，那是道德败坏。团长让我做你爹的工作，说这事已经影响到我和你爹的前途。由于你爹和阿伊古丽的事，直接影响到了我和你爹的提拔。团里考察干部的时间已过，该提拔的已经提拔了，我和你爹不在提拔之列。你爹和阿伊古丽的事也牵连到了我，说连长犯这样的错误，指导员也有责任。说起来我确实有责任，一直在支持你爹和阿伊古丽好，这说明我这个指导员政策水平低呀。

团长让我做你爹的工作，让他和李桂馨好。我确实为难，别说让你爹娶李桂馨了，就是让他们单独接触一下都不行。这种事只要男的不主动，肯定成不了。在那个年代女同志不可能主动的，不像现在，女追男成时尚。我想来想去也想不出办法，我在你爹面前不能提李桂馨，只要一提他就瞪眼睛。

这时，团里又来了通知，说师首长要来我们团考察基建工作，为了迎接师首长的到来，全团要进行一次大检查，主要检查各连的基建情况，看全团哪个连队已经全部从地窝子里搬了出来，要评出一个基建先进连队。

我们连只有你爹和李桂馨还住地窝子，团里的检查让我想出了一个逼你爹和李桂馨接触的办法。

我首先逼你爹搬进住房，你爹如果不干，我就给他上纲上线，说你爹给全连抹黑，影响全连的光辉形象。一个连长还住地窝子，这说明我连的基建工作远远落后于其他连队，这直接影响了我们连被评为先进连队。你爹是个好强的人，怕这个。我这么一逼他就不得不搬出地窝子，他要搬出地窝子就要动员李桂馨搬出地窝子，否则就是言而无信，你爹要做到一诺千金，就要动员李桂馨。

我们当时还空着两大间集体宿舍，那是给未来的河南支边青年准备的。李桂馨一个人不愿住大集体宿舍，害怕，她肯定就不愿意搬出地窝子，这样就要做李桂馨的工作，到时候我和连里的其他领导都不出面，你爹就不得不去做工作，这样一来二去的你爹就有机会和李桂馨接触了。只要你爹单独去了李桂馨的地窝子，这事我就让全连知道，就说你爹和李桂馨已经好上了。到时候人言可畏，舆论强大，你爹想赖也赖不掉了，这叫正面攻不上侧面攻，逼你爹就范。

我找你爹谈话，让你爹搬出地窝子。你爹说，我不能搞特殊化，房子是给结婚的人住的，我没有结婚凭什么住房子。

我说，你想结婚很简单呀，现成的有一个。我指的是李桂馨。你爹望望我瞪了一眼，说你把我当成什么人了。我说，我没把你当成什么人，我把你当一个正常人呀。我严肃地对你爹说，我们连都住上了房子，只有你和李桂馨还住地窝子，团里马上要大检查了，评基建先进连队，你不搬出地窝子将直接影响我们连评比。再说，我们又不是没有住房，你的房子空着。

你爹一听这关系到连队的荣誉，口气一下就软了。说，这样吧，只要李桂馨搬出地窝子，我就搬出地窝子，这是我对全连的承诺。我笑了，说，要想让李桂馨搬出地窝子那就需要你这个连长去做工作。你爹说，我凭什么去做工作，做思想工作是你指导员的事。我说做思想工作确实是我指导员的事，可是李桂馨的工作我做不了，只有你连长才能做。李桂馨坚持住地窝子是在和你连长较劲，我做了很久的工作了没用。李桂馨已经说了，在二十六连谁都别想管她的事，她想住哪儿就住哪儿！

李桂馨当然没有说过这样的话，我这样告诉你爹是激将法。

我这办法果然有效，你爹一听就急了，说她李桂馨还上天了，还没有人敢管她了。上次她到团里告状是我们理亏，这次她敢影响我们连评先进，她吃了豹子胆了。你爹说着气势汹汹地就要出门，说命令她搬出地窝子。我拉着你爹说，做思想工作要心平气和，没有你这样干的，李桂馨的脾气你又不是不知道，你这样去一闹开了，她又跑到团里告状，你受得了吗？你爹说，这次我才不怕呢。我对你爹说，你不怕我怕，她这样到团里一闹，说我们为了评先进连队逼她搬出地窝子，那我们还怎么去评那先进连队。你爹听我这样说，又泄气了。问，那该怎么办呀？我说你心平气和地去，在晚上去，现在李桂馨放羊去了，你到哪儿找呀。你爹听我这样说，只好作罢，说晚上去就晚上去，怎么着也要让她从地窝子里搬出来。

下午，我找到葛大皮鞋交代任务，我让葛大皮鞋带几个人在李桂馨的地窝子旁守着，胡连长进李桂馨的地窝子时不要露面，但等胡连长出李桂馨的地窝子时就迎上去，要皮笑肉不笑的那种。胡连长到时候肯定会尴尬，大家就嬉皮笑脸地和胡连长开玩笑，说看李桂馨呀，这就对了，早该关心一下人家的个人生活了……总之，玩笑开得越暧昧越好，第二天大家还要把这事在全连传开，说看到胡连长半夜三更从李桂馨地窝子里出来了之类的话。

葛大皮鞋不明白这任务的性质，有些担心地说，这不是造谣嘛。我笑着说，对了，就是要造谣，要让全连都相信胡连长和李桂馨好上了。葛大皮鞋有些为难，说胡连长知道了是我造谣，会收拾我的。我告诉葛大皮鞋，你怕胡连长收拾你，你就不怕我指导员收拾你了，你必须造这个谣，这是你的强项。葛大皮鞋听我这样说，急了，说天地良心，我什么时候造过你指导员的谣了？我要是有错误指导员你可以批评我，你不能这样拐弯抹角。我怕葛大皮鞋误会，节外生枝，只好把团长交给我的任务告诉了他。葛大皮鞋一听是这么回事，来劲了，兴高采烈地走了。葛大皮鞋说，这个谣可以造，是团长的意思，为了胡连长好嘛！

只是，后来葛大皮鞋造谣造出了格，说胡连长天天和李桂馨在地窝子里约会，说李桂馨和胡连长都不愿意搬出地窝子，就是为了两个人约会方便，说李桂馨和胡连长早就生米煮成了熟饭。

你爹听到这些谣言后气急败坏地找到我，说非要查个水落石出。你爹有些可怜巴巴地对我说，我就去了一趟李桂馨的地窝子，是根据你的意见劝说她搬出地窝子的，出来时就碰到葛大皮鞋和几个人鬼鬼祟祟的，这谣言肯定是葛大皮鞋他们造出来的。我劝你爹，算了吧，这种事越描越黑，这事无风不起浪。你爹瞪我一眼，问我什么意思，并解释说，如果我真喜欢李桂馨，我干嘛要和她偷偷摸摸的，我把她娶了不就行了。

我说，就是呀，你把李桂馨娶了不就行了，李桂馨是一个不错的女兵呀！

你爹说，我感情上转不过来。

我说还有什么感情上转不过来的，阿伊古丽都出嫁了。

你爹说，这不全是阿伊古丽的原因。李桂馨告过我的状，我没办法把她娶了当老婆，生分；再说，李桂馨对我也没有感觉，碰到了根本不正眼看我。

就在这时，河南支边青年来了。河南支边青年一来，李桂馨就答应和那群河南姑娘一起住集体宿舍了，说喜欢热闹。李桂馨搬出了地窝子，你爹也就顺理成章地搬进了我给他留的住房，两个人显得更远了。

你爹和李桂馨的事就这样不了了之，放下了。唉——你爹犟，李桂馨倔，两个人根本就捏不到一块去，真让我无可奈何。

不过，我们连从此都从地窝子里搬了出来。

下　部

支边青年成了那个时代最时尚的名词，整整一代人都被遥远的新疆召唤着，那里有蓝天白云，那里有一望无际的草原，那里瓜果飘香、牛羊成群。于是，全国各地的年轻人一批一批地向大西北奔去。据不完全统计，从1954年至1959年底，兵团共接收从其他省市来的35岁以下的支边青年15万人，初中以上文化程度者3万人，其中湖北支边青年4万多人，江苏1万多人，安徽1万多人。河南支边青年最多，有5.5万多人。

河南支边青年到达新疆各地正是秋收的季节，他们的到来可帮了大忙。

当时，兵团的机械化程度还不高，秋收主要靠人工。人少地多，根本没有能力把粮食收回来。河南地少人多，现在人均一亩地多，当年人均也不会超过二亩地，粮食成了河南人最金贵的东西。河南支边青年没想到在新疆这个地方会有这么多粮食，他们见到了粮食就不要命了，收割庄稼时就像在抢，十分卖命，干起活来特别舍得掏力气。

为什么兵团的河南人多，就是当年河南支边青年来得多。第一批来了5.5万多，这就成了种子。这5.5万支边青年就写信告诉家里人，说新疆能吃饱，新疆有堆积如山的粮食，有广阔无边的土地。就这样，河南的支边青年就一批接一批地来了。开始还需要动员，通过正式渠道来；后来他们就自发地往新疆跑，通过非正式的渠道来。河南人后来成了兵团的主力，他们为兵团建设做出了巨大贡献。

当时的兵团确实需要大量的劳动力，不要说我爹他们这个级别的干部了，就是团长和政委都要下地干活。当时兵团有规定：兵团和师级的机关干部，每年应有60个劳动日；团一级的每年应有80个劳动日，营级以下的每年应有120个劳动日。我爹他们每年何止120个劳动日，除了开会，他们基本上天天下大田劳动。

当然，我爹下地干活和普通的职工是不一样的，据马指导员说，他们当时主要伺候那几亩棉花地。当年有人把从苏联引进的长绒棉良种“2依3”试种成功了，平均亩产十多公斤，纤维最长达41厘米，这可是个不得了的事。有外国专家曾经断言，在北纬40度以上，是种植长绒棉的禁区。苏联专家说，能种出长绒棉不仅在新疆，就是在中国也是第一次。苏联专家当时四处视察工作，指示给长绒棉补充磷肥，进一步提高产量。

我爹他们根本就不知道什么是磷肥，他只知道在河南老家种地靠的是大粪。我爹和所有的孩子一样，从小就挎着粪箕子四处拾粪，他只认识狗屎却不知道什么是磷肥。我爹不知道什么是磷肥，还自作聪明，发现连部门前有一坑黄色的水，以为是马尿，我爹心想马尿肯定能当肥料，说不定就是磷肥，就让葛大皮鞋收集“马尿”浇进棉花地里，结果一下死了一大片。那哪儿是什么马尿，更不是磷肥，那是碱水，棉花苗被碱水烧死了。

作为一个胡日鬼连长，这件事情成了我爹胡日鬼的新案例。

不但我爹不知道什么是磷肥，很多人都不知道什么是磷肥，在兵团有那么多土地，却没有磷肥。为了种长绒棉，磷肥要用飞机从乌鲁木齐运来。当时，兵团人曾经试种过8763依、5904依、8704依，但都没有成功。这些品种生育期长，新疆的霜降来得又早，产量一直都上不去。

当时，全团每个连都在试种长绒棉，我爹整天耗在棉田里。只是他不懂怎么施肥，也不懂怎么打花杈整枝，反正瞎忙。后来有技术员培育出了适合新疆生长的“胜利一号”，他们才开始大面积种植棉花，新疆后来成了中国的长绒棉生产基地。

我爹他们当时这么热衷种长绒棉也是有原因的，因为粮食产量已经达到自给了，吃饭的问题解决了，剩下就是穿衣的问题，要解决穿衣的问题，只有种棉花。他们种的粮食主要是旱作物苞谷。他们的苞谷产量当年是创了纪录的，有人在两亩苞谷地里种植的“金皇后”玉米，亩产达1156公斤，创全国玉米亩产最高纪录，还上了报纸，成了劳模。

新疆有的是土地，缺的是人，特别是缺女人。为了解决兵团老兵的婚姻问题，国家有计划地向新疆招收女性。其实，从1954年的鲁女开始就算是支边青年了。史料称，1954年接收山东支边青年6500人，这6000多人，基本都是女姓，我爹把这些女支边青年称为女兵。河南支边青年是在1956年的秋天来的，我爹他们还称之为女兵。兵团真正脱离军队序列是在1958年。

1958年11月国务院曾经发出通知，生产建设兵团所有军籍人员，凡未办转业和复员手续的，一律补办。以1957年12月1日为标准时间计算人数，军龄从参军之日起，至1956年12月底止。也就是说1958年后兵团中就没有军籍人员了，成了名副其实的老百姓，和军队没有关系了。

为了解决人的问题，1959年5月6日，自治区人民政府决定分配给兵团一部分江苏、湖北、安徽等省支边青年及其家属，至1960年初，按计划安置了近10万人。接收新疆城镇工矿企业精减职工家属3万多人，接受甘肃移民求食人员1万多人。在三年困难时期，全国各地的人开始大量自发地向新疆流动，所谓自流人员就是人们后来说的"盲流"，所谓求食人员就是要饭的灾民。他们从全国各地向新疆跑，后来成了兵团的重要力量。此后，中央领导还亲自指示，要求兵团收容去新疆求食做工的自流人员，至1970年共安置自流人员就业21万多人，从而使兵团人口大幅度增长。

所以，在新疆天南地北全国各地的人都有，各个省份的人说着自己的家乡话，成了一个各种方言混合的地区。一句话中可能包括了河南方言和四川方言以及上海话。

在新疆拿一个地方的人开玩笑大家都习惯了，基本没有恶意。大家都是来自五湖四海，为了一个共同的革命目标走到一起来了嘛！

第十八章　沙枣花的诱惑

上　部

通过几年的育林，128号林带郁郁葱葱地生长起来了。如果你站在羊粪坡上看着那条林带，你会有一种安全感，林带成了我们的绿色长城。开始，128号林带在戈壁荒野上显得十分可怜，就像一条弱不禁风的细线，它细若游丝地由东向西，时断时续，一点也不自信。没想到几年过后，那条细线由细变粗，越来越茂密，能挡住塔克拉玛干大沙漠的风了。

无论是春天的林带还是秋天的林带，对人们都是一种诱惑。比方：在春天沙枣花开的时候，人们会被沙枣花的花香吸引，有人会掰断树枝，将沙枣花拿在手中，让花香成为个人的享受，特别是那些刚来的女支边青年，她们在下班的时候会折几枝沙枣花，把沙枣花插进自己的瓶子。还有那些羊群，它们会被沙枣花吸引，绵羊会像山羊一样爬到树上，无论是沙枣花还是树叶都是它们最可口的点心。

在秋天的时候沙枣树更要遭受浩劫，人们为了打沙枣，会毫不犹豫地将最茁壮的树枝折断。大家去打沙枣并不是为了人吃，人吃多了会便秘，人吃得少，一般都是喂猪或者喂鸡。由于连队里成家的人越来越多，大家都养了家禽，沙枣就成了家禽的饲料。还有沙枣树枝也是最好的柴火，火硬，比苞谷秆之类的好多了。

如果按照现在你们时髦的比喻，春天的128号林带就像一个少女，秋天的128号林带就像一个少妇。可是，无论是少女还是少妇都是诱人的，她自身的美貌和成熟有时会给自己带来灾难。我要说的是无论是少女还是少妇都需要我们去看管和保护。

我们曾经在全连的大会上告诫大家，不要破坏我们辛辛苦苦栽培起来的林带，可是没用。整个128号林带连接了好几个连队，你管住了自己连队的人却管不住其他连队的人。由于林带遭到了破坏，团里还批评了我们，并决定将整条林带都拨给我们连队管理。在这种情况下，我们必须派专人看护林带了。

本来，连里派一个专业的护林人是一个很平常的事，没想到这件事却引起了全连的关注，我们一宣布，就有不少人要求当护林人，特别是秦安疆和葛大皮鞋都写了申请报告。秦安疆在报告中写了不少冠冕堂皇的理由，让我和你爹都觉得这护林人简直是天下最重要的工作。秦安疆在申请报告中写道：为了更好地屯垦戍边，扎根边疆，建设边疆，为了保护我们的绿色长城，我将和128号林带一起去阻挡塔克拉玛干大沙漠的猖狂进攻，人在阵地在，我愿意和128号林带同生死、共存亡，绝对不让128号林带受到任何破坏，云云。

我们开始也弄不明白秦安疆为什么这么热心地要当护林人，我和你爹一合计，就找秦安疆的竞争对手葛大皮鞋了解。我们故意告诉葛大皮鞋，准备让秦安疆当护林人了，看葛大皮鞋的反应，有什么说法。果然，葛大皮鞋说秦安疆想当护林人是为了逃避下大田，是怕下大田干活累，动机不纯。我们问葛大皮鞋为什么当护林人，葛大皮鞋说他完全是为了保护林带，我要当了护林人绝不让一个人带一根树枝回家。我和你爹当然不相信葛大皮鞋的话，葛大皮鞋说秦安疆害怕下大田，恰恰说明他怕下大田。葛大皮鞋曾扬言，我拼了命抢了个开荒能手的称号，就是为了奖励一个老婆。我现在都有老婆了，干嘛还这么拼命，我要去看林带。当护林人多轻松呀，不用晒太阳，不用下大田干活，骑着马在林带里从东走到西，再从西走到东。不愿意骑马了就扛着坎土曼在林带里转悠转悠，那多舒服呀！下班回家时还可以顺手打点沙枣，拾点柴火什么的。

葛大皮鞋的确一语道破天机，兵团农场的农活确实太累了。你想呀，一个连队有那么多地，当时的机械化程度又不高，加上我们连开的荒地又是最多的，农活怎么都干不完。说实话，我现在一身的病就是当年干活累的。葛大皮鞋不想下大田干活，那怎么行，既然能当开荒能手，说明他有力气，是一个好劳力；秦安疆就不一样了，他没啥力气，干农活根本不行，到了地里也不出活，干不动他就不干，你拿他没办法，所以我们宁肯让秦安疆当护林人也不会让葛大皮鞋当，我们缺劳力。

不过，我们也找秦安疆谈了，问他为什么当护林人？秦安疆说，不是都写在报告里了嘛。你爹说报告归报告，我们想听听你心里话。秦安疆说，我想当护林人，是因为我喜欢林带，我爱林带。你爹说林带里又没女人，有什么好爱的。秦安疆笑笑说，我喜欢沙枣花的香味。我和你爹听秦安疆这样说，简直有点啼笑皆非。你爹问："这就是你的理由？"

"是呀，当护林人多有诗意呀，你扛着坎土曼走在林带里，阳光会从树梢间洒在林子里，鸟儿会在你头上唱歌，沙枣花的香味让你沉醉。"

你爹说："这哪是护林人，这是在林带里散步。当护林人还要给树木放水、松土、修枝，你整天在林带里闲逛怎么行？"

秦安疆说："冠冕堂皇的理由我都写到报告里了，你们要我说实话，这就是我的实话。如果你爱林带，给林带放水、修枝、松土都是快乐的事情，那是有诗意的劳动。我太喜欢沙枣花的味道了，那味道淡雅、甘甜，一点都不张扬，一点都不腻人。在这种香味的包围中，你闭上眼睛，细细地呼吸，完全可以达到一种忘我的境界。”

“你为什么单单喜欢沙枣花的味道?”

“因为沙枣花香有一种高贵的气息。”

“为什么沙枣花香就有高贵的气息，其他花的气息不高贵吗?”

“因为沙枣花的香味就是香妃的气息。”

“香妃是谁?”

“香妃是一个高贵的女人。”

“哦，原来你喜欢上了一个女人? 那你直接去找她呀，我们支持你，你的年龄和工龄早就可以结婚了。”

你爹不知道香妃是谁，他热情地鼓励秦安疆找老婆，让秦安疆哭笑不得。不过，秦安疆却不敢像以往那样嘲笑你爹，如果那样你爹一恼，肯定不让他当护林人了。秦安疆耐着性子向我和你爹解释，说:“香妃不是一般的女人，她是清代的一位皇妃。她身上能散发出沙枣花一样的香味，所以才叫香妃。”

“哦，香妃有这么神奇呀，她是哪里人，是北京人还是上海人? 只有大城市的女人身上才有香味，据说那是香水的味道。香水那东西是外国人制造的。”

秦安疆说:“香妃身上的香味是天然的，是她生命的体香。她一出汗，香味就出来了。香妃不是上海人也不是北京人，她是一个维吾尔族姑娘，嫁给了清朝的皇上。在我们新疆的喀什，现在还有香妃墓呢!”

你爹一听香妃是一个维吾尔族姑娘，头一低就不说话了。秦安疆说起的香妃让你爹想起了阿伊古丽，这正刺中了你爹的痛处。我让秦安疆先走了，说和连长先商量一下再决定。其实，我认为秦安疆当护林人比较合适，我怕秦安疆提到维吾尔族姑娘让你爹郁闷，他一生气不让秦安疆当护林人了，那时谁也没办法。于是，我就试探着对你爹说："秦安疆思想成问题，原来他去当护林人是因为喜欢维吾尔族姑娘。"

你爹突然高声说："喜欢维吾尔族姑娘怎么了，难道喜欢维吾尔族姑娘就有罪？"

我连忙说，那当然没罪了，不过我怕秦安疆的思想不端正。你爹说，我决定让秦安疆当护林人了。不能喜欢维吾尔族姑娘，还不能喜欢维吾尔族姑娘身上的气味了？我要不是连长也去当护林人。

看来你爹还是忘不了阿伊古丽，他言语中好像是在替秦安疆抱不平，其实是在替自己抱不平。我当然同意让秦安疆当护林人，相比来说，秦安疆的境界要比葛大皮鞋高多了，他对林带有一种爱，让一个人去守护自己所爱肯定没错。

当我们通知秦安疆让他当护林人后，他高兴坏了，都有点不敢相信，还问为什么决定让他当护林人，你爹突然冒出了一句连我都吃惊的话，你爹说："为了你的诗意。"秦安疆更是愣在了那里，吃惊不小，秦安疆搞不明白经常满嘴脏话的连长，怎么突然也来了诗意。

后来，应秦安疆的要求，我们在林带边上为他盖了两间房子，秦安疆说他要日夜守护着128号林带，就搬了进去。秦安疆让我们把护林人的房子盖在128号林带外边，背靠林带，出门就能看到那枯死的胡杨林。秦安疆说，这枯死的胡杨林也应该保护，它虽然死了，却是128号林带的一道屏障，就像外围阵地一样。

至于葛大皮鞋，我们没有给他做过多的解释，在护林人的房子盖好后，我们问葛大皮鞋，你还愿意当护林人吗？如果要当护林人，从明天开始就搬进这房子住，晚上不能回家，因为林带要日夜看护。葛大皮鞋一听要一个人住在林带边上，不干了，说晚上不回家老婆怎么办。我们笑笑说，秦安疆就可以住在林带边上，你怎么就不能住在林带边上？葛大皮鞋说，秦安疆是单身汉，我是有家的人，你们让秦安疆当护林人好了，我又没什么意见。

在后来的岁月里，护林人秦安疆会在每一个沙枣花开花的季节，送一束沙枣花给你爹。秦安疆会不声不响地将一束沙枣花插进你爹桌子上的瓶子里，说是为了感谢你爹让他当护林人，更是为了感谢你爹对他诗意的理解。

你爹十分高兴地接受了秦安疆送来的沙枣花，每到春天他的屋里都是香喷喷的。你爹就住在我的隔壁，我们在隔壁都能闻到那沙枣花的香味。我知道那沙枣花的味道对你爹意味着什么。阿伊古丽身上也许并没有沙枣花的香味，但沙枣花的香味却能唤醒你爹对阿伊古丽的回忆。

在某一年的春天，秦安疆手持着沙枣花又来到了你爹住处，他把沙枣花插进你爹桌子上的一个酒瓶里，那酒瓶从此变成了花瓶。当时，你爹正在我家吃早饭，那段时间你爹的吃饭问题基本上是在我家解决的，原来我们都是到连队食堂里打饭吃，每个连都有炊事班。自从我结婚后，我就不吃公共食堂了，自己开伙过小日子。你爹住我隔壁，闻到香味就走不动路了，后来就在我家里搭伙，按月交生活费。

早晨，我们正吃饭呢，你爹听到隔壁有动静，端着碗出来看，见是秦安疆。你爹说秦安疆你不好好看林带，大清早的跑到我这里干什么？秦安疆说，沙枣花开了，我给你送一束。

我就在一边笑，说秦安疆真有你的，人家都是给女人送花，你怎么给男人送花。秦安疆说，我给连长送沙枣花也算是向他汇报工作，告诉他沙枣花开了，128号林带生长得很好，一切都很正常，郁郁葱葱的。幺妹这时也出来了，说怪不得我闻到了一股香味，你能不能给我也送一束？秦安疆说，不行，沙枣树正在长身体，沙枣花不能随便掰，再说了，我给连长送沙枣花是汇报工作，我给你送沙枣花指导员该有意见了。

你爹听秦安疆这样说哈哈大笑，把幺妹都弄脸红了。

秦安疆走后，你爹突然一拍大腿说，对了，怎么把秦安疆忘了，我正愁呢！你爹喊还没走远的秦安疆不要走了，开会。

秦安疆说，我是个护林人，开什么会呀？

你爹说，整风。

秦安疆问，整风是什么？

你爹说整风就是整风。秦安疆说我懂了，整风就是整治风沙吧？我们这个地方是个老风口，该好好整风了。你爹不知道怎么给秦安疆解释，说让你开会你就开会，你直接去会议室吧，到时候就知道了。

下　部

那片枯死的胡杨林在128号林带以南，被128号林带挡在了外面，成了防风的前沿阵地。渠水顺着128号林带流淌，枯死的胡杨林继续在干渴中挣扎。枯死的胡杨林看着128号林带，看着兵团人的庄稼地，却喝不上水。其实，那一望无际的庄稼地早先是一片活着的胡杨林，只是胡杨林被他们开荒连根拔去了。

当年开荒基本上是在胡杨林的指引下进行的，哪里有茂盛的胡杨林，哪里就有开荒的人。活着的胡杨林被开荒了，死去的胡杨林却被留了下来，这是那片枯死的胡杨林不幸中的万幸。我爹他们没有将那片死去的胡杨林“刨根问底”，是因为那里已经不可能种庄稼。试想，连胡杨树都活不成的地方，怎么能种庄稼呢。那片枯死的胡杨林还留在世上，却被抛弃在荒郊野外，它在人们的心目中是另外一个世界，它面临着死亡之海塔克拉玛干，那枯死的胡杨林是一种象征，它象征着死亡，成了兵团人的墓地。

枯死的胡杨林望着不远处的128号林带只能沉默，它们只能眼睁睁地看着128号林带郁郁葱葱地生长，看着沙枣树在夏季里开花，在秋季里结果。

沙枣树也叫银柳、香柳、桂香柳，属胡颓子科落叶小乔木或灌木。沙枣树耐高寒和干旱。花香味因为和江南的桂花相似，有“沙漠桂花”之称。沙枣树的木质十分坚硬，是好木材，用沙枣木做的砧板，刀砍斧劈都很少出现木屑，十分经久耐用。不过，沙枣木木质坚硬却容易裂缝，特别是在北方干燥的天气里，沙枣木做的家具很容易裂口。

据说，沙枣有药理作用，树梢能清热凉血，沙枣花可止咳平喘，沙枣能止泻镇静，沙枣仁有治疗神经衰弱、失眠的功能。

沙枣树在5月里开花，那时的128号林带成了一条香气飘逸的林带。一丛丛的沙枣花像桂花一样地开放，散发着比桂花还要甘甜的气息。江南8月桂花开，新疆5月沙枣花开。

沙枣花开出米粒大小的花蕾，像米兰一样的颜色，素洁淡雅。放眼望去你看不到沙枣花，只能闻到花的清香，只有走近了你才能看到一簇一簇的花蕊躲藏在沙枣树的叶片下。沙枣花甜甜的清香夹杂着细腻的温柔，让整个大漠都为之陶醉。如果说128号林带真有128里长，在沙枣花开花的季节，那条林带就能香去128里地，让整个戈壁沙漠都沉浸在浓郁的花香里。

小的时候我也吃过沙枣花，那不是为了治病，那是因为嘴馋。沙枣花开的季节，我们会爬到树上掰下开花最多的树枝，然后把树叶全部摘去，只剩下一束淡黄色的花朵。拿一束无叶的沙枣花在手里，闻着就进嘴了，那花清香可口，吃完了才能回味出一丝甜来。

秋天，128号林带成了一条金色的林带。沙枣树经过霜打，在秋风中已抖落了身上的叶子，成熟的沙枣会毫无遮掩地呈现在人们面前。

沙枣有大沙枣和小沙枣之分，大沙枣果实和红枣一样，不过成熟的大沙枣是金黄色的。大沙枣在成熟后也很甜，是一种沙甜。晒干后的沙枣用手一搓就碎，果质没有红枣细腻，所以新疆人并不把沙枣当水果吃，最多在它成熟时尝尝鲜。小沙枣人吃得就更少了，有些小沙枣即便成熟后也是涩的。不过，有一种小沙枣在成熟时却十分甜，那种沙枣在金黄中会呈现出一种黑色，他们称之为“黑屁股沙枣”。那是最甜的沙枣，因为含糖量高所以呈黑色。

秦安疆成为护林人，他整天走在充满花香或者果实累累的林带里，不用下地干活，这在当时确实是一种幸福。秦安疆幸福了就想着感恩，就去给我爹送沙枣花，这本来是一件好事情，但是却改变了秦安疆的一生。

我爹看到秦安疆把大腿一拍，想到了秦安疆的另外一个用处，那就是嘴会说，笔杆子也硬。我爹当时正愁没有人会提意见呢，秦安疆可是一个最会提意见的人呀！我爹让秦安疆参加的会是提意见会，其实就是参加“整风运动”。这个整风运动和防风治沙没有关系。

团里已经催了几次了，说每个连队都要上报整风运动的材料，这是必须完成的任务。团里要把意见汇总上报师里，师里要上报兵团，让他们抓紧时间把材料整理出来。我爹愁得不行，挖空心思也整理不出材料，关键是大家提不出什么意见。我爹正在犯愁上报材料的事，秦安疆刚好来送沙枣花，看到他我爹如获至宝。

所谓整风运动，就是兵团为了贯彻中共中央《关于整风运动的指示》，决定在兵团范围内进行以反对“官僚主义”“宗派主义”“主观主义”为主要内容的党的整风运动。我爹那时都称其为"提意见运动"。我爹开了几天会让大家提意见,可是大家提了半天根本没有可以当材料上报的意见。秦安疆肯定能提出一些有水平的意见,提一些能当材料上报的意见,这样材料报上去就可以完成任务了。我爹多么希望完成上级布置的任务呀!我爹当年还和马指导员开玩笑说:"怪不得他们提不出意见呢,原来意见都藏到林带里了。"

让秦安疆回来开会,参加整风运动,我爹算是找对人了。秦安疆是二十六连文化水平最高的,平常不让他提意见,他还牢骚满腹呢,现在需要他提意见了,他怎能放过这种机会?秦安疆没让我爹失望,他提的意见确实让全连耳目一新。据说,那天开会基本上是秦安疆一个人在讲,他越讲越得意,就像给全连作报告一样。秦安疆的意见归纳起来只有一点,那就是"开荒"有问题,特别是砍伐胡杨林是最大的错误。他说他们还不如古人,古人早就有规定,无论是谁,凡连根砍掉一棵胡杨树者,罚马一匹;凡砍掉胡杨树的树枝者,罚母牛一头。我们砍了大片胡杨林该当何罪?

秦安疆这么一说,大家半天没有回过味来。有人就插科打诨地问:"为什么是罚母牛一头,不是罚公牛一头?"

秦安疆说:"母牛可以下牛犊,你公牛有个屁用。"

问的人觉得挨骂了,就回嘴:"你才是公牛呢,没有公牛哪来的母牛。"大家哈哈大笑。秦安疆说:"没有母牛哪来的公牛?"

这种争论就像鸡生蛋还是蛋生鸡一样无聊,我爹不干了,他告诉大家整风运动是一件严肃的事情,不要把话扯远了。我爹还说,现在是听取意见的时候,大家有意见也可以提,也可以争论,不要瞎扯,什么公牛母牛的,你们就对母的感兴趣。大家听我爹这么一说又哄地笑了。

秦安疆说,屯垦戍边在古代就有了,大家都知道汉武帝吧,汉武帝将西域纳入大汉的版图后，在轮台开荒以供军粮。轮台离我们这个地方不远，在库车的东边。汉朝在轮台屯垦，宋朝也在轮台有过屯垦，有宋诗为证："僵卧孤村不自哀，尚思为国戍轮台。夜阑卧听风吹雨，铁马冰河入梦来。"古人也开垦了不少荒地，生产了很多粮食。

可是，汉武帝到了晚年幡然悔悟，这种大规模的垦荒是得不偿失的，朝廷调拨人力从中原地区到遥远的西域垦荒花的代价，所造成的问题远远大于屯垦的受益。于是，汉武帝痛下决心，颁发了一道诏令："永罢轮台屯田。"这就是著名的《轮台诏》。因为过度开荒会破坏生态平衡，风沙会越来越大。

"什么是生态平衡?"有人问。

秦安疆文绉绉地说："生态平衡是指生态系统通过发育和调节所达到的一种稳定状况。"

有人吆喝，秦安疆你说的是什么？不懂。

秦安疆就举了个例子，说，现在就是生态不平衡，男人多女人少，所以男人就找不到老婆。我们要在这里生活，人和树也要平衡，只有人没有树你就没有阴凉，这就是不平衡。

我爹和马指导员都认为秦安疆的意见比较荒唐，书生气十足，只能去看林带，不开荒，不开荒吃什么？这在当时是首要的问题，人都饿死了还要什么生态平衡。不过，他们认为秦安疆的意见肯定和别人的不一样，他们曾经问过其他连队的上报材料，提出的意见无非是没肉吃、找不到老婆、革命到了新疆，组织上把他们放到这个鬼不下蛋的地方就不管了等等。相比来说秦安疆的意见就不简单，虽然他们当时没有那个水平去理解，但他们可以把意见报上去，最起码可以和其他连队的材料不一样，比较新颖，肯定能让上级满意，上报材料的任务也就完成了，搞不好还能受到表扬。

这样，关于整风运动的会议，我爹和马指导员都觉得开得比较成功。

他们让秦安疆自己整理材料，秦安疆虽然已经不是文书了，但意见都是他提的，让他整理比较合适。秦安疆整理的材料确实有水平，就那手好字就把兄弟连队比下去了。不过，秦安疆在整理材料时还没有改了老毛病，在最后又把他写的诗抄上去了。

开荒、开荒、开荒，
我们和美丽的胡杨没有仇，
为什么去将它们砍伐？
胡杨树，"托克拉克"，
胡杨树，世界上最美丽的树。
我看到了你伤口里渗出的血，
我看到了你眼睛里流出的泪，
我看到胡杨的孩子在荒原上奔跑、逃命。

这诗曾经被我爹批评过，被大家称之为反动诗，连里因此撤销了秦安疆的文书一职，取消了他参加开荒比赛的资格。看来，秦安疆在心里还是不服气，在上报的材料中又抄上了，这是变相地向连领导提意见。我爹当时说，抄上就抄上吧，有什么办法，现在形势逼人呀，正是让群众提意见的时候，我爹也不能不报，也不敢不报。

后来，秦安疆的意见报上去了，还得到了团里的表扬。政委给我爹摇来了电话，说二十六连的意见有水平，这说明二十六连有人才，还让二十六连保护好人才。我爹没有把政委的意见告诉秦安疆，以免秦安疆翘尾巴。

第十九章　无形的帽子

上　部

政委让我们要保护好人才，我们当然做到了，把秦安疆藏在林带里，又不让他下大田干活，这是最好的保护。

没想到，秦安疆这个人才没多久却变成了右派。那是在8月份，我们正忙着田间管理，给苞谷地锄草，忙得连喘气的空都没有。在这个时候，团里却召集各连的连长和指导员开会，这在以往是不多见的。过去也开会但都是在农闲时，都是在冬季开会，在农忙季节开会很少见，这说明出大事了。

那天开的是反右的会，开完了也没有搞懂什么是右派。政委在开完后找我和你爹谈话，政委说你们连的材料引起了上级的重视，认为相当有代表性，是典型的右派言论。你们想，都反对开荒、反对屯垦戍边了，那还不是右派言论呀？所以，你们二十六连一定要揪出一个右派分子来。

要把秦安疆当右派分子揪出来，你爹想不通，说当初提意见是我们逼着人家提的，现在又把人家揪出来，说人家是右派分子，这工作怎么做呀！政委说，这是上级的指示，工作做通了是右派分子，做不通也是右派分子。

我问政委，被打成右派有什么后果，是不是要送去劳改呀？

政委说送哪儿去呀，口里的右派都送到我们这儿，我们的右派不可能送到口里吧，那不便宜他们了。他该干啥还干啥，主要是监督劳动，就地改造，要接受我们的批判。

我和你爹听政委这样说，不由得互相望望，笑了。搞来搞去，被打成右派也没有什么可怕的，不就是监督劳动嘛，不监督秦安疆也会把林带看得很好，至于接受大家的批判，也没什么了不起，秦安疆在提意见的那天的表现让我和你爹记忆犹新，他是人来疯，耍嘴皮子全连都不是他的对手，你批判秦安疆，他根本不怕。

回到连队，我们把秦安疆叫到了连部崭新的大办公室里。我和你爹冲门正襟危坐，基本上找到了连长、指导员的感觉。我们这才知道苏联设计大办公室的好处，你往上首一坐，有一种威严。怪不得我们每次去团部，团长和政委遇到严肃的问题找我们谈话，就把我们弄到大办公室里呢，我们走进团部的大办公室里，望着上首的团长和政委，心一下就软了，心一软脖子就软，头就昂不起来。也许是我用词不当，那是心虚吧！不过，我们认为只有做了坏事的人才心虚，我们没有做坏事，就是心软。

我们让通信员去叫秦安疆，我和你爹坐在连部严肃地等秦安疆来。秦安疆来了手里拿了一束黑屁股沙枣，这让你爹找到了发飙的理由。你爹劈头就骂秦安疆，让你去当护林人，你整天掰沙枣树枝，你还当的什么护林人。秦安疆说，我可不舍得掰沙枣树枝，我听说你们叫我，就捡了一个断枝来向你们汇报工作。你们知道什么沙枣最甜吗？是这种黑屁股沙枣，这黑屁股含糖量很高。这种沙枣的屁股一黑各种鸟都来了，树枝脆，鸟一踩树枝就断了。你爹说，你就瞎掰吧，没听说树枝还怕鸟踩的。秦安疆说，这有什么稀奇，常言说，压垮骆驼的是最后一根稻草，要是成熟的沙枣树枝都压弯了，这时鸟儿站在树枝上吃沙枣，一阵小风过来树枝就断了，所以我建议再补种沙枣树时，应该选一下品种，要选择那些枝干粗的沙枣树品种，风刮不断，这样才能达到防风林的效果。

我打断秦安疆的话，说你护林人的工作我们还是肯定的，但是，我们肯定了你的工作，不代表肯定你的错误，秦安疆你已经犯大错误了。秦安疆说，我能犯什么错误，我整天在林带里与世无争，想犯错误也没有机会呀！

你爹就讽刺了一下秦安疆，说你上次提的意见我们报上去了，上面对你的意见很重视，决定奖励给你一顶右派帽子戴戴。秦安疆笑笑，说谢谢上级的鼓励，这些意见其实也不是我的，都是古人的经验。秦安疆有些腼腆地问你爹，上级奖励给我的叫什么帽子？

你爹回答，是右派帽子。

秦安疆谦虚地说，其实我不需要帽子，我整天在林带里又晒不到太阳，你们在大田里劳动才需要帽子，这奖励的帽子我就送给连长了，算是对你的感谢。

秦安疆要把右派帽子送给你爹，你爹脸都青了，满脸都是无奈。我看到秦安疆那种笑眯眯的样子是又好笑又生气，我啪地拍了一下桌子，厉声道："秦安疆你不要嬉皮笑脸的，你知道你犯了多大的错误吗？"

秦安疆不解地说："我到底是犯了错误还是立了功，你们一会儿说上级奖励我帽子，一会儿又说犯了大错误，我都被你们搞糊涂了。"

我语重心长地说，我和连长今天找你来谈话是一件非常严肃的事情，也是一个政治任务。你的那些意见已经被定性了，是反党的右派言论。秦安疆一听反党，浑身一颤，说我可没有反党，我可没有。我一个人在林带里怎么反党呀，我那意见都是你们让提的，我都可以收回。

你爹说，我们让你提意见，我们可没有让你写反动诗，都是你那反动诗惹的祸。你爹当时的意思我明白,他把那首诗的效果无限扩大了,这样才能把问题说清楚。你爹的意思是说,我们让你提意见,没让你写反动诗,所以现在把你打成右派我们没责任。你爹把自己推得一干二净,后面的话就好说了。

你爹说,好汉做事好汉当,为什么遇到事要向外推呀,我们让你提意见不假,我们让你写反动诗了吗?那诗就是反对开荒,反对屯垦戍边,这谁都能看懂。秦安疆说,我并不反对开荒,我是反对盲目开荒,我更没有反党。

我对秦安疆说,你反对开荒,开荒是谁决定的,是党决定的,反对开荒就是反党。

秦安疆听我这样说一下就矮了半截,说你这么推理我也没办法,即便是反党我也是间接的,没有直接反党。我告诉秦安疆无论是间接还是直接,都是反党。秦安疆可怜巴巴地问,那间接反党会不会枪毙呀?

你爹一下就笑了,你爹觉得自己已经控制了局面,就说:“你怕死了?”

秦安疆说:“我不怕死,我怕死得冤,要是在战场上被打死,我说不定还捞一个烈士当当,我这样死了那就永世不得翻身了。”

我接着你爹的话说:“这都是你那反动诗惹的祸。”

秦安疆苦着脸说:“我再也不写诗了。”

你爹说:“这就对了,写那玩意干啥,不能吃不能喝的,文艺是最惹事的,都是空穴来风的东西。”

秦安疆问:“我这反党的罪会不会枪毙呀?”

看来,秦安疆被吓住了,怕死,除了枪毙还是枪毙,他被吓坏了。我说,枪毙是不会的,只是给你戴一顶右派分子的帽子。

右派分子是什么?

秦安疆的问题又回来了。你爹说,右派分子就是右派分子,就是间接反党的人。如果你是直接反党，那就不是右派了，那是反革命，那才要枪毙呢。

那戴上了右派分子的帽子有什么处罚？

就是要监督劳动，接受大家的批判。

啊，让我下大田劳动，我不干，这个处罚太重了。

你爹说，如果你老老实实接受了这个右派分子的帽子，你还可以当护林人，但是不能乱说乱动。

秦安疆说，只要还让我当护林人，这帽子我愿意戴，帽檐向左向右我都无所谓，反正在林带里戴，谁也看不到。秦安疆说着把手伸了出来，说帽子呢，拿来吧，我戴上。你爹见秦安疆伸手要帽子，哗地笑了，说秦安疆你这个人，真拿你没办法。这帽子是无形的，就像劳改犯一样，只是一个处分。秦安疆问，我还以为是一个很难看的帽子呢，戴这帽子总有不好的地方吧？

你看劳改犯有什么地方不好？

他们穿的衣服难看，都是黑的，右派分子的帽子是不是黑的？

告诉你了右派分子的帽子是无形的，只是一个称呼，有就是无，无就是有。

那到底是有是无？

我指着秦安疆说，你别装疯卖傻。

秦安疆笑笑说，好好，帽子的颜色我就不关心了，即便是绿帽子我都不怕，反正我也没有老婆。我关心的是有什么处罚？

你看对劳改犯有什么处罚？

他们比我们舒服，只要他们不争表现，在工地上可以睡大觉。

你爹说，右派整天睡大觉可不行，你要接受大家监督劳动。

要让我当护林人，你们随便监督。

还要接受大家的批判。

批判吧，我不怕批判。

下　部

秦安疆的右派言论基本上是否定了开荒，这种言论在当时确实站不住脚。在批斗秦安疆的时候，有人就质问秦安疆：“不开荒你吃什么？没吃的怎么屯垦戍边，不屯垦戍边怎么保卫边疆？”

葛大皮鞋是开荒能手。葛大皮鞋就秦安疆反对开荒的右派言论，还挖了思想根子。葛大皮鞋说，秦安疆当初因为写反动诗没有资格开荒，没有资格展开劳动竞赛，没有评上开荒能手，没能娶上老婆，所以现在还怀恨在心，所以才有了这种反对开荒的右派言论。葛大皮鞋的批斗比较庸俗，话里还有自吹自擂之嫌，让人烦，有以小人之心度君子之腹之嫌。所以葛大皮鞋的批判没有产生共鸣。

秦安疆被打成右派后，二十六连开会批斗他，如果配合，那批斗会就开得有声有色；如果他不配合的时候，我爹就警告他，说，你不老实配合，小心我撤换护林人。秦安疆一听马上就老实了。

在开秦安疆的批斗会时，他当时替自己进行了辩解。说开荒可以，但不能毁林。我不反对开荒，我反对盲目开荒。我们连开这么多地，忙都忙不过来，开这么多荒地干什么？秦安疆这么说大家都不吭声了，因为大家干活太累了。秦安疆见大家不吭声了，又背了一首诗：

慢慢流过家门口的塔里木河水哦
清澈悠悠
那是他们罗布人心中的长久之爱

河畔的胡杨林哦

是他们成长和生活的摇篮……

秦安疆一念诗，大家又找到了起哄的理由，说秦安疆又在背反动诗，挨批斗都还不老实。秦安疆说这不是诗，这是当地的民谣。当年的罗布人都知道胡杨林是自己生活和成长的摇篮，而我们却要砍伐胡杨林，这是把生活和成长的摇篮破坏了。

“保护生态平衡”，这是现在的口号。当年的口号是：“生产自救，向茫茫荒原要粮。”

秦安疆的言论确实和当时的形势不太符合，所以成了右派言论。人们也搞不清楚秦安疆从哪收集来的民谣，还是罗布人的民谣。有人就喊，我们砍了一片胡杨林，却栽培了一条128号林带，要不你也成为不了护林人。秦安疆说栽培林带是好的，但这不是砍伐胡杨林的理由。

我爹和马指导员他们虽然在遥远的新疆也没有躲过政治运动，虽然政治运动到了那里已经变味了，有了些娱乐和荒诞的成分。政治运动在政治中心可能是疾风暴雨，这些疾风暴雨经过千山万水，经过大漠和风沙的腐蚀，其力量开始显示出疲惫。在那恶劣的自然环境下，兵团人最关心的可能是人的基本生存问题，首先是吃饱，然后是穿暖。对一个口里人来说，当你听说要发配新疆肯定是害怕和紧张的，但是当你本身就在那最艰苦的地方了，你还怕什么呢？兵团人不是不关心自己的政治前途，而是那政治前途实在是太虚幻了，你无从关心。

反右派斗争是当时压倒一切的政治任务。什么是压倒一切？压倒一切就是地荒了、饿肚子也要先开展反右斗争。我爹和马指导员开始也不明白反右是什么意思，反的内容是什么？那些大道理他们基本不明白，他们只想知道让他们干什么，怎么干？上级指示他们打到新疆去，解放全中国，他们就一直走到了新疆；上级指示他们就地转业，屯垦戍边，他们就放下枪拿起坎土曼开荒种地；现在上级又指示他们反击右派分子的进攻，而且是当前压倒一切的政治任务，他们却不知道怎么反击。他们不知道右派在哪里，难道在右边？他们有多少人，他们的武器装备怎么样等等。这些问题解决不了，他们有力没地方使呀。

后来，他们终于明白了，所谓右派分子就藏在他们中间，平常可能走在他们的右边，也可能走在他们的左边。具体地说，右派分子就是前一阶段提意见的人。政委在找他们谈话时，曾说全团至少有两个右派分子的名额，二十六连要解决一个。我爹云里雾里的，这右派还要分配名额，当真邪门。政委说，当然有名额，整个兵团都有名额，至少要揪出200个右派分子。右派分子揪出来了，才能反击他们的进攻。否则，右派分子藏在人民中间，没有目标怎么反击？

反右派斗争在兵团全面展开是在1957年8月，到1958年底基本结束。据史料记载，全兵团划定“右派分子”190人，接收上海、北京等地发配新疆的“右派分子”300名，收容自流来疆的“右派分子”316名，新疆总计接收“右派分子”800多人。

秦安疆被打成右派后，给秦安疆打抱不平的是李桂馨。李桂馨找到我爹，说我爹不厚道，当初让秦安疆提意见的是你连长，现在又把人家打成右派。我爹解释说不是他把秦安疆打成右派的，他有什么权力把秦安疆打成右派呀，现在都不明白右派帽子是什么帽子，把秦安疆打成右派的是上级。

李桂馨认为我爹不应该推卸责任，有责任向上级解释。我爹被李桂馨逼急了就问：“秦安疆是你什么人，你这么帮他？”

李桂馨一听我爹这样问，就无话可说了，气得转身就走。

我爹这样问李桂馨有些耍无赖的成分，李桂馨这么厉害的人，被我爹这一句问住了。据马指导员说，他当时在场，李桂馨走了，我爹得意地在那里乐，说李桂馨不是厉害嘛，也不过如此。

马指导员望着我爹直摇头，说："胡连长和李桂馨是前世修来的冤家对头。"

晚上，128号林带响起一阵悠扬的笛声。那是在月亮升起的时候，笛声随着升起的月亮从林带那边悠悠传来。这时，忙乱了一整天的二十六连蓦地静了下来。笛子是秦安疆吹的，秦安疆被打成了右派心情不好，只有在林带中吹笛子了。秦安疆总是能找到自己发泄的渠道，不让他写诗，他改吹笛子了。

我爹当年也听到了秦安疆吹笛子。我爹说，吹笛子好，笛子没有文字，没有文字就不会惹祸。据马指导员后来说，当年，他和我爹正端着碗在门口的月光下吃饭，笛声就从128号林带传来了。

128号林带被笛声浸透了，月光如洗，有一种银色的凄凉。那时的128号林带就像一幅画，那幅画显得很远很远。笛声在月下如泣如诉的，透出一种无边无际的说不清楚的忧伤。那是一首调子略显低沉的曲子，曲子人们都叫不出名字，可是听着让人难受。

后来，每次人们开完秦安疆的批斗会，秦安疆就会回到128号林带吹笛子。人们听了秦安疆的笛子心中十分沉重，都叹着气回屋了，不敢听了，也没法听了。

连里曾经有人还找过我爹，说秦安疆吹的是啥，像哭似的，不让他吹了，要吹吹一些革命歌曲。我爹瞪了来人一眼，说你要愿意当右派，晚上也可以在林带里吹笛子，你想吹啥就吹啥，肯定没人管你。

来人头一缩走了。

后来,人们把秦安疆在林带里吹的曲子叫“右派曲”。

在后来的几年里,秦安疆经常会在有月亮的晚上吹笛子,有时候他吹的也不是什么右派曲,革命歌曲也吹了。因为我爹曾经提醒过他,吹笛子是可以的,全连的人都听着呢,也要吹一些革命歌曲呀。

秦安疆曾经吹过《大海航行靠舵手》,笛音响亮,曲调明快,让人欢欣鼓舞。他吹的《国际歌》却特别沉郁,还充满了悲伤,像死了人一样的哀乐。他也吹《三套车》,在上海青年来的时候,他也吹那个时代的流行歌《送你一束沙枣花》。不过,秦安疆在挨过批斗后,晚上肯定吹右派曲。

还有,就是李桂馨,她会在人们批斗秦安疆后来找我爹评理,这也成了习惯。李桂馨总是气势汹汹地来,嘴上一套一套的理论,都是和当前形势结合在一起的。

其实,开批斗会让秦安疆做检查已经成了习惯,让他做检查是假,听他说话是真,他懂得多,天南海北地说,人们都觉得有意思。他的检查一口气可以做两个小时。到后来大家都愿意开秦安疆的批斗会了,特别是在农闲时,大家闲极无聊,我爹就提议:“吃饱了没事干,咱开秦安疆的批斗会吧。”于是,二十六连就召集全连开会。其实,人们就是想听秦安疆做检查讲讲,秦安疆总是讲得十分生动,能让人满足。

李桂馨当时不理解为什么总要开秦安疆的批斗会,那是二十六连的人开秦安疆的批斗会有瘾了。

第二十章　翻　浆

上　部

进疆十多年了，对于春季刮风的日子我们基本上也习惯了。可是，我们又遇到了比刮风还要让人难以克服的困难，这就是翻浆。

翻浆是什么？翻浆就是大地伸懒腰，就是巨人打滚。大地从冬眠中苏醒过来，浑身柔软无力，这时走在路上就像踩在一个硕大无比的巨人身上，颤颤悠悠的。大地好像不满意你对它的践踏，走一步它就晃一下。那路本来是干爽的，走着走着路就变湿了。整条路就像一个大海绵，海绵里吸满了水，走的人多了水就出来了。一脚踩上去水会突然在你四面八方冒出，就像踩上了地雷，泥浆会喷你一身。

我们发现整个荒原好像都吸满了水，春天来了，水就鼓荡着往上翻腾。在新疆的塔里木盆地降雨量极少，我们又处在沙漠边缘，空气干燥，水贵如油，可是春天一来，却搞得到处都是水汪汪的。我们发现不但路上是水，房前屋后也是水，连地里都是水。这些水可不是普通的水，全是碱水，黄澄澄的像马尿。前一两年，我们发现小片的碱水还以为是马尿，你爹不是还让葛大皮鞋把这些碱水当马尿往棉花地里浇嘛，浇死了棉花苗才知道那是碱水。后来，到处都是碱水了，不但连部门前有，在路上，在田间地头，在所有的低洼处，都出现了金黄色的碱水。

你可别小看这碱水，它让我们辛苦开垦出的耕地变成了盐碱地，盐碱地是种不出庄稼的。我们种的麦子和棉花有50%以上都不出苗了，已经出了苗的也是半死不活的。那段时间，我们最怕下雨，一下雨太阳就格外毒，地里就会返潮，被大水压下去的盐碱会随着雨水的蒸发返回地面，这样我们只有再灌水压碱。我们春天一般种的都是旱作物，哪能经得起这样折腾，等水渗下去了，所有的禾苗都淹死了。

团长带着工作组来检查，只见地里到处都是白花花的盐碱霜，要不就是黑色的盐碱斑，一望无际的良田种着种着就变成了不毛之地。大家都围在地头，垂头丧气的，看着这凄凉的情景，一些女同志都哭了，说这样颗粒无收，会把我们饿死在戈壁滩上。你爹还发脾气，说把地都翻一遍，把地晒干了再种。

苏联专家和师首长也来了，我们问苏联专家，这种地有什么办法改良？苏联专家耸耸肩回答，这种地在我们苏联早就放弃了。苏联专家说这种话简直是站着说话不腰疼，谁不知道他们苏联人少地多，这种地当然不屑种了。我们就不行了，我们只能种这种地。我们望着苏联专家摊着两手无可奈何的样子，心凉透了。

128号林带也出了问题，有大片的树被碱死了，春天本来是树木发芽的时候，树因为翻浆被成片碱死了。我们本来缺水，现在却怕水了。我们辛辛苦苦干了十来年，眼看什么都有了，如今要前功尽弃了，我们确实不甘心。

不久前，我们听到塔里木“上游水库”动工兴建时，还高兴得欢欣鼓舞，据说该水库设计坝长16公里，坝高7.2米，蓄水量1.98亿立方米。兵团还从北疆各师抽调了2万人，支援开发塔里木河。经过开荒苦战，塔里木已经开荒土地几十万亩，建起十来个国营农场，在塔里木河北岸阿拉尔还修建了拖拉机修理厂、加工厂、医院、银行、商店、邮局等,阿拉尔已经建成了一个新城。

我们当时的口号是:北疆有石河子,南疆有阿拉尔。

现在,塔里木的开发也遇到了同样的问题,只是塔里木的开发时间短,还没有我们的情况严重,但是随着时间的推移,土地长期灌溉大水压碱后,他们同样会面临我们的盐碱问题。

这时,有消息说师里已经开会研究了,实在不行只有搬迁,整个师搬到北疆去。大家听到这个消息心里很不是滋味,我们是第一代拓荒者,干了十年了,十年的心血难道要白白地放弃?

你爹听说要搬到北疆眼睛却亮了,你爹说搬就搬,咱搬到北疆去,北疆好,北疆没有盐碱。我见你爹这样说,就讽刺他,说你当然愿意去北疆了,那里还有个人呢!你爹听我这样说脸一下红了,你爹说搬到北疆也不是我的意见,是上级的意见。我说,你这个连长听风就是雨,哪个上级说要搬到北疆?文件下来了吗?你爹说,苏联专家都说这里的地没法种了,难道我们比苏联专家还高明?总不能把这里的盐碱当饭吃,不搬迁我们就会被饿死。我告诉你爹搬到北疆的可能性不大,我们现在可不是刚进疆时,打起背包就走人。我们在这里干了十来年,拖儿带女的能搬到哪儿去,哪里还能找到一块能养活我们这么多人的土地。要是搬的地方开垦几年又遇到了盐碱怎么办?难道再搬?这是逃跑主义。我告诉你爹,别只想着搬,安心治理盐碱吧,上级肯定不会让我们搬家。

果然,团里后来开了动员大会,必须解决翻浆的问题,否则整个塔克拉玛干沙漠边缘的屯垦就会失败。师里领导来给我们作报告,称我们这里是"上甘岭",只要我们能坚持下来立住了脚,兵团在南疆也就立住了脚。希望我们给整个兵团树立一个榜样。

就这样一场叫做“坚守‘上甘岭’，坚决打退盐碱进攻”的战斗打响了。现在的年轻人可能不知道上甘岭是什么地方，上甘岭在朝鲜，是抗美援朝时的一场阻击战的战场，还拍了电影。我们把治理盐碱地，坚守已经开垦的土地称为坚守“上甘岭”，可见当时的情况多么严重。我们如果坚守不住，那只能死。只不过我们不是被打死，我们会被饿死。当时，正是三年困难时期，我们国家遇到了麻烦。

那段日子是我们进疆最难熬的日子，你爹和我每次吃饭的时候都唉声叹气的，说这饭不知道还能吃多久，与其饿死，还不如早搬。我说你就死了搬走的心吧，一说要搬北疆你就来劲，人家阿伊古丽早成孩子他妈了，你心里还放着，你没看我儿子马百兴都一岁多满地跑了。幺妹一边喂孩子吃饭一边说，连长干脆把李桂馨娶了得了。你爹苦笑着说，娶个屁，马上都要饿死了，还娶媳妇呢。你爹显得很绝望，绝望到最后就说，该吃吃，该喝喝，明天让畜牧班杀几只羊分分，半年没沾荤腥了。

我儿子马百兴听说要杀羊就喊，干爹我要吃羊肉，干爹我要吃羊肉。你爹说，明天干爹分了羊肉，让你娘做顿羊肉抓饭吃。幺妹说，想吃抓饭，没有大米。你胡连长有本事给我弄来大米我就给你做抓饭。

你爹垂头丧气地说，还大米呢，到时候连乌麻什（玉米粥）都喝不上。

我当时灵机一动，说咱们现在地下水上升，盐碱压不下去了，地里一干盐碱就返潮，如果变成水田，那盐碱就上不来了。你爹说，水田能干什么，养泥鳅？我说，你们河南老家都是旱地，只会种麦子和玉米，不知道水田的好处。我们重庆到处都是水田，专门种水稻，一年可以种几季呢，我们能不能种水稻？

你爹哈哈笑着嘲讽我说，你这个“四川龟儿子，三天不吃大米饭腰杆疼”，就想着吃米，你也不看看这是什么地方，妈的，是戈壁滩，是荒原，你要在戈壁滩里种水稻？没发烧吧。你要是在戈壁滩上把水稻种出来，我儿子跟你的姓。

我说，你丈母娘还不知道在哪呢，就想着儿子了。我严肃地对你爹说，咱们完全可以试试呀，我们既然有的是水，把大水压盐碱的时间一直延长到稻子成熟，这样盐碱压住了，水稻生长所需要的水也有了，简直是一举两得。新疆的夏季短，我们一年只种一季就够了。

你爹被我说动了，在一次现场会上，面对眼前一片白花花的盐碱地，就大胆地提出了能不能种水稻的想法。可是，苏联专家却坚决反对种水稻，说如果种水稻，几年过后地下水会更进一步上升，到时候你们连盐碱地也没有了，整个垦区就是一片沼泽。

事后，你爹还被团长批评了，说你真是个胡日鬼，居然要在戈壁滩上种水稻。你爹被团长骂了一顿，回来还不服气，说咱们就胡日鬼一回，咱们把连里最差的地拿出来试种，咱们偷偷地干。

我和你爹是几十年的老战友了，我就佩服你爹的胆量，没有他不敢干的。我这个指导员敢想却不敢干，你爹却敢干，我们简直是一对黄金搭档。就这样，我们在最偏远的128号林带边上偷偷种了半农渠的水稻，固定让葛大皮鞋负责管理。我们特别提醒葛大皮鞋要保持稻田里一直有水。葛大皮鞋懒，既没有施肥，也没有拔草，只会往地里放水。在这种情况下，我们种的水稻居然生长得不错，在杂草丛中水稻露出了金黄的稻穗，成熟了。我们站在地头看，稻秧在芦苇的包围下坚强地生长着，芦苇在风中时不时闪开缝隙，金黄的稻穗就好像害羞的孩子，向我们点头。

我们别提有多高兴了，我们在戈壁滩上真的种出了水稻。我们虽然很高兴，你爹还是把葛大皮鞋臭骂了一顿，说葛大皮鞋不好好管理水稻试验田，成了芦苇试验田了。葛大皮鞋狡辩说，谁知道水稻真能长出来还成熟了，我心想要是水稻出不来，这芦苇也可以喂羊喂牛呀，所以就没有拔草。你爹骂葛大皮鞋强词夺理，要扣葛大皮鞋的工资，慌得葛大皮鞋赶紧下到稻田地里割芦苇去了。

下午我派了十几个人，准备让大家收割水稻，你爹说别忙收割，咱们把团长请来，让团长看看咱胡日鬼真日鬼出来的水稻。团长来到地头望着金黄的稻穗发愣。第一块地的芦苇被葛大皮鞋割掉了，稻秧虽然显得稀稀落落的，但猛地一看却有一派金黄。远处，葛大皮鞋还在割其他地里的芦苇，芦苇割掉后都能显示出金黄成熟的稻子来。团长问，你们这稻田地是不是弃耕的地？我们说都是无法耕种的地，我们不敢用好地做试验。

团长问，是不是没有施肥也没有除草？你爹就骂，说葛大皮鞋是个懒蛋。团长突然在你爹的肩上打了一拳，说胡连长，你立功了，这次你这个胡日鬼真日鬼出名堂了。赶快把水稻收割了，看看能打多少斤粮食。结果一称，每亩地打了五十多斤。我们高兴坏了，团长让我们先保密，到第二年开春时看看翻浆的情况。

水稻试种成功了，但是大家却高兴不起来，大家都担心地下水会进一步上升。苏联专家都说了，种水稻地下水会进一步上升，整个垦区就会变成沼泽。第二年春天，我们发现地下水位确实上升了，特别是水稻试验田的地下水，由过去距离地表1米上升到了50厘米。在水稻的试验田里挖一坎土曼下去，水就出来了，关键是出来的水都伴随着盐碱，那水都是咸的。如果我们在全团推广开来，不顾一切地种水稻，将来真会像苏联专家说的那样，垦区会变成沼泽地，后果不堪设想。

团长让我们第二年继续试验种水稻，要求我们搞好田间管理，看看到底能打多少粮食。由于我们没有好的办法解决地下水位上升的问题，团长让我们试验种水稻别声张，万一苏联专家知道了不太好办。我们也替团长担心，我们不按苏联专家的意见行事，私自种水稻，要是被上级发现了，团长是要被撤职的。苏联专家是中央派来的，要是追查下来，别说团长，就是师长也顶不住。当时，团长轻松地说，万一上边怪罪下来我顶着，没有大家的责任，大家放心吧。我们听团长这样说，都笑了。

第二年我们一下种了三个农渠。这次我们首先精心地平地，把水平仪都用上了。根据上一年的经验，种水稻地一定要平整，这样一块地才会被水完全覆盖，凡是水盖不住的地方稻子就活不了，会露出像乌龟一样的黑碱包来。你爹让每一个人负责几块地，放水后，谁地里见黑，露出土来，谁就下到水里平地。

这样，我们的稻田地放满了水后就像一块块镶嵌在大地上的镜子，都能映出天上的白云了。地平好了，水也放上了，可我们迟迟没敢撒种，还是怕上面发现了。你说说，这旱作物种不活，水稻却不敢放开种，真是愁死人。

下　部

我爹他们开荒时，荒原上四处都是红柳沙包，把所有的红柳包都挖开，平整出土地。这些土地含有大量的盐碱，挖开一个红柳包四周都是盐疙瘩，在没有红柳包的土地表面都有一层盐碱皮。开始，苏联专家要求把所有盐碱块都搬出规划地，这样就等于把土地扒一层皮，把盐碱搬出去了，把泥土也搬出去了，这不但工作量大，也浪费土地，往往表面的泥土最肥沃，这等于是把脏水泼出去了把孩子也泼出去了。胜利渠通水后，有的是水了，就采用了大水压盐碱，将盐碱用水溶解，迫使盐碱渗透到80厘米下的土层，这样土壤就得到淡化。表层肥沃的土壤还在，盐碱却没有了，兵团人采取这种方式开垦了大片的土地。

经过十多年的艰苦努力，兵团人把那片荒原几乎变成了大型的机械化农场，虽然当时机械化的程度不高，但整个格局却是机械化的。开荒都是按照苏联的农场模式规划的，沿着胜利渠，他们把干渠、支渠、斗渠、农渠配套，主副林带纵横成网，林带边上是宽广的机耕路。每个农渠长1000米，宽500米，一个农渠的流域面积是750亩，这就是一块大田，在这个大田中又分出格田，每个格田5亩到10亩。整个大田整齐划一，规划正规，非常适宜机械化作业。这也为后来的机械化作业打下了基础。

整个开垦过程"水"成了他们最好的开荒方式。一大片荒地，只要大水一灌溉，土地的盐碱被压下去后，种什么长什么。在胜利渠通水后的几年里，我爹他们连年都是大丰收。

可是，好景不长，这种大水压盐碱的方法短期效果很好，长期下来就有麻烦了。由于大水压盐碱，地下水升高，原来地下水深度有8米，经过几年的大水压盐碱，地下水一下上升到了1米。新疆又不下雨，太阳又毒，强烈的地面蒸发加速地表盐碱聚集，土壤发生了质的变化，变成了盐潮土。地块里到处都是盐碱斑，根本就种不出庄稼。特别是到了春天就会开始翻浆。

春季本来是一个很好的季节，万物苏醒，春暖花开，一年之计在于春嘛，可是春季却是兵团人当年最难熬的季节。春季首先是风多，时大时小的，小风胜过柳叶刀，飕飕地划在人的脸上，要不了一天再好的皮肤都会开裂，就像哈密瓜皮。女人在春天没有不戴纱巾的，把自己捂得严严的。除了日常的小风，春季还刮大风，刮沙尘暴是常有的事。那沙尘暴一刮就是很多天，昏天黑地的，把早晨和正午都变成黄昏。在沙尘暴肆虐的日子里，人们呼吸困难，就像快要呛死的鱼。

为了防风，他们开始大量种树，只要庄稼有收成，刮风还是可以克服的，日子久了大家也习惯刮风了；但是，盐碱就不一样了，盐碱会让庄稼颗粒无收，这从根本上动摇了兵团人屯垦戍边的基础。

为了治理盐碱，兵团人想了好多办法，他们曾经用厩肥和杂草将盐碱斑覆盖，希望压下盐碱，发现这样不行，他们又下死力气把盐碱斑挖掉，然后垫上沙子和好土，可是要不了多久盐碱又上来了。总之，除非不往地里放水，不放水不起盐碱，可是不放水庄稼也种不活。我爹他们当年真正体会到水能载舟也能覆舟的道理，真是成也水败也水。

既然水多，那就种水稻。没想到在新疆的戈壁滩上种水稻试验成功了，这当然是不可思议的，在最缺水的地方却出现了水患，在最干旱的地方开垦出了水田，真是人定胜天。水稻是试验成功了，但却不敢放开种，因为苏联专家有言在先，种水稻会使地下水进一步上升，有可能彻底葬送我爹他们花了10年才建立起来的家园，葬送他们所有的成果。

春播的时候也是翻浆最厉害的时候，即使不种水稻整个垦区也已经变成了泽国，到处裂口到处冒碱水，弄得人们出门都要穿雨鞋了。

当年，我爹和马指导员只能望着翻浆在连部里发愁，望着连部门前东一块西一块的碱水坑，一筹莫展。这时，他们看到秦安疆来了，秦安疆一蹦一跳地跨过那翻浆路，来到了连部办公室门前。秦安疆见连长、指导员都在办公室，就说，你们都在，我正要找你们呢！我爹没好气地说，找我们干啥？

秦安疆说："给我派几个人吧。"

我爹瞪着眼问："派人干啥？"

秦安疆说："派人帮我在128号林带挖一条渠。"

"还挖什么渠呀，这样下去我们只能搬走，地都种不成了还要防风林带干什么?”

“连长你不能这样说,困难都是暂时的,总会有办法的。”

马指导员听秦安疆这样说,对秦安疆有些刮目相看了,就批评我爹一个连长还不如一个右派有觉悟。我爹还不服气,说有觉悟管屁用,治不了盐碱都白搭。马指导员不再理会我爹,问秦安疆挖什么渠,128号林带里的水渠不是早挖通了吗?秦安疆说,那是放水用的渠,我现在还需要一条排水用的渠。

据马指导员后来说,他当时还以为谁放水的时候跑水了,水进了林带。就说水跑进林带就算了,反正128号林带将来也要放水,不用往外排。

秦安疆说,128号林带没有跑水,我排的是翻浆出来的碱水。马指导员让秦安疆别费劲了,春天一翻浆到处是碱水,你排它干什么?秦安疆说,只要把那碱水排出去,树就能保住,就不会被碱死了。秦安疆还说,我去年就是这样干的,紧挨水稻试验田的那片林带死了不少树,我见那碱水太多了,就挖了一个沟将碱水排出去了,那片树最后又活了。我发现排过碱的地方树就长得好,如果沿着128号林带挖一条专门排碱的渠,那128号林带将来就不会死树了。128号林带这么长,我一个人是无法完成这个工程的,所以请连长、指导员给我派几个人帮着挖那条排碱的渠。

我爹听秦安疆这么说,立刻跳了起来。我爹一惊一乍的弄得秦安疆和马指导员都莫名其妙。我爹拉着马指导员的手说,太好了,走,到林带里看看。秦安疆站在那里发愣,我爹喊道,走呀,带我们去看看你挖的排碱渠。

秦安疆挖的排碱渠大约有几十米长,盐碱水都被秦安疆排到戈壁滩的一个大坑里了。那片树由于排出了盐碱,长得确实比其他的树茂盛。如果在水稻试验田的边上也挖上一条排碱渠,把地下水排出去,那会怎么样?这样地下水就不会上升了,盐碱也随着水排出去了。我爹的想法太奇妙了,也十分大胆。他们把这个想法直接向团长汇报了,团长听了也是眼前一亮。

好多年后,马指导员给我讲挖排碱渠的起因时,主要想表达对我爹的敬意,认为新疆挖排碱渠是由我爹的一时灵感,是秦安疆激发的。其实,挖排碱渠并不是我爹的首创,其他连队也开始试验了。苏联专家也开始试验了,只是苏联专家认为一块地750亩,每块格田5亩到10亩,已经有了灌溉用的干渠、支渠、斗渠、农渠了,这些灌渠已经占去了不少土地,如果再挖排渠,又要占去好多地,这样土地的利用率就太低了。如果挖排碱渠就搞暗排,就是把所有的排碱渠都封闭了,上面还不耽误种粮食,如果这个办法能行得通,到时候把灌渠也封闭了,土地的利用率就更大了,这就有点像现在城市的下水道。

苏联专家这样说,大家就按照这种办法干,那个时候可没有现在的大水泥管子,他们就用棉布缝制成管筒状,在上面浇上桐油或者食用清油,让水从布管子里流。他们花了大量的人力物力搞了一个农渠的暗排,没有多久就被泥沙淤塞了,根本起不到排碱的作用。

这太劳民伤财了,用仅有的布匹和清油搞暗排,真是可惜呀!

据马指导员说,我爹后来就悄悄地骂过苏联专家,说苏联专家更是胡日鬼。大家种地是为了解决吃的和穿的问题,要是有那么多的布和油,还种什么地呀。这样搞暗排,即便种出庄稼了,豆腐也盘成了肉价钱。新疆啥都缺,就是不缺荒地,挖排碱渠能用多少地呀?我爹和马指导员一商量决定不搞暗排搞明排,在水稻试验田里挖排碱渠。

北边地势高南边地势低,在一块地的北边是灌渠,我爹他们就在南边挖排碱渠和灌渠保持平行,从而达到上灌下排的效果。每一大块地有四条灌渠,那他们就并排挖四条排碱渠。这叫四灌四排。

稻种撒到地里后他们就盼着稻苗长出来,那些绿油油的稻苗小心翼翼地出来了，而且是一天比一天多，渐渐地覆盖了水面。他们站在稻田地边上高兴地欢呼起来。苏联专家看了水稻的生长情况，也连声说好，他不但支持大家搞试验，他自己也搞起了试验，不搞暗排了搞明排。苏联专家指挥大家在200米、300米、400米的间距挖排碱渠，试验在一块地里，排碱渠的间距多大排碱的效果最好。

可惜，苏联专家最终也没有看到效果。他突然接到通知，回苏联了。那是1960年夏季，中苏关系破裂，苏联把专家撤出了中国。

临行前，苏联专家还来到了水稻试验田边。他握着中国朋友的手，依依不舍的，说多想看到试验结果呀！最后，苏联专家说水稻一定能试验成功，中国朋友一定能创造出奇迹，在戈壁滩上种出水稻这是人间奇迹。新疆将来会变成鱼米之乡，塞外江南。

苏联专家走后，我爹他们每天都往稻田里跑，时刻关注着稻田里的情况，不允许任何杂草长出来，见一棵拔一棵，按时施肥。这样，到了秋天他们的水稻试验田取得了好收成，亩产近200斤。当然，他们也发现了问题，那就是离排碱渠近的稻子长得好，离排碱渠远的长得差，更远的基本不出苗。

后来，大家对排碱渠的设置进行了改进，原来一个农渠有四条灌渠，平行挖四条排碱渠，这样排碱的效果并不好，那就将排碱渠的密度加大，改为八灌八排。把大条田改为小条田，把每个方块田从过去的5亩到10亩，改成2亩到3亩，根据已经配套的干渠、支渠、斗渠、农渠的灌渠，再配套挖出干渠、支渠、斗渠、农渠的排碱渠。这样一配套，水从灌渠里放进稻田地，然后渗漏到排碱渠里，盐碱伴随着渗漏的水通过排碱渠排出去了。这样一进一出将土壤里的盐碱洗去了，既保证了地下水不上升，也淡化了土壤。后来，他们又引进了水稻优良品种，在戈壁滩上他们种出的水稻，单产能上千斤。

兵团人在荒原上站住了脚，苏联专家的预言实现了。但是，兵团人却花了大的代价，繁重的体力活从此伴随着每一个兵团人。在后来的几年里他们的主要任务就是挖排碱渠。他们已经挖了几年的灌渠，好不容易每一块大田都配套了灌渠，后来又要挖排碱渠和灌渠配套。挖排碱渠后来成了兵团人最累的活。为了挖排碱渠，兵团人就没有农闲的时候了，冬天也不能休息，全团经常大会战挖排碱渠。特别是那条通向大漠深处的主干排碱渠，用了他们一年多的时间。没办法，全团那么多地，每一块地都要排碱，从稻田地里排出的盐碱水通过农渠、斗渠、支渠，都要汇聚到干渠里，干渠要把所有的盐碱水排到大漠深处。

除了挖排碱渠外，由于大面积种水稻，他们整个夏天都要拔草。这样连队里的人手就不够用了，每人平均要负责几个条田，在长约一公里的条田里，有几十块的方块田。一个人弯下腰不抬头，一天下来无论如何也拔不完一块地的草；可是，腰已经疼得直不起来了。当你辛苦几天拔完一块地，向另一块地进发时，你会发现身后那块地的草又长出来了。当拔草到了条田的中间，你会被无数的方块田包围，方块田里杂草生机勃勃，你会消失在杂草中，你会被杂草逼疯。

杂草疯狂地生长着，那些杂草生命力极为顽强，它们在荒原中被埋藏得太久了，见到水就疯狂地生长，它们孜孜不倦地吸吮着水分。

任何一个连队里都没有这么多人手拔草，眼前到处是芦苇、稗子草、三棱草，只有稻苗显得孱弱，它需要你的解救。其实，无论怎么努力杂草也不能除尽，当稻子成熟的时候，杂草也欢快地开花结籽了。人们只能无奈地坐在田埂上望着田野，无论是杂草还是稻子都将成为他们的收成。

第二十一章　人雀之战

上　部

苏联专家没有看到我们的水稻丰收。在苏联专家撤走两年后，中苏关系骤然紧张起来，发生了影响深远的“伊塔事件”。

那天刮着风，天黄得不行。有一股强冷空气来了，气温骤然下降，羊粪坡家家都烧起了火墙。刮风没办法出工，大家就在大礼堂里开会。其实，人们都喜欢开会，因为开会热闹，开会是一种最好的休息，开会使大家聚在一起像过节一样。女人们怀里塞一把羊毛，挺着胸脯走进会堂，引得光棍们眼热心痒。那时候一个连队还有很多光棍。

我们开会传达文件，通报发生在北疆的“伊塔事件”。这件事发生在四五月份，其实在党内已经通报过了，我们连一级的干部知道得更早一些。当时正是我们的春耕春播大忙时期，为了不影响生产，一直没有给兵团战士传达，秋收以后才传达这事。

开会的时候，那些怀里塞了羊毛的女人就会时不时旋转着手里的一根羊骨头，在那羊骨头的旋转下，怀里的羊毛便渐渐成了毛线，那线如抽丝一般从怀里抽出来。不久，怀里空了，手里却有了一团线。那毛线或许在下次开会时就可以织成毛衣。毛衣不久就穿在自己男人身上了。

男人们在开会时是不会干这些事的。大家口袋里装满了莫合烟，屁股底下坐了张报纸。他们会不时从屁股底下撕一条，将莫合烟卷成喇叭状，点燃了抽。据说，《参考消息》报卷莫合烟最好，能抽出一种纸香。男人们抽着烟，从嘴里不但吐出烟雾，还吐出一串串莫名其妙的哄笑，笑得女人坐立不安，费思量。

其实，谁也没意识到那会有什么重要。大家和平常开会没有什么不同，有人以为是学习毛主席著作，或者念报纸之类的；有人还以为是开开秦安疆的批斗会轻松一下。毕竟干了一年了，太累了。不过，那天的会却一下改变了大家的日子。当大家听说北疆的事情后，气氛一下就紧张了起来，这件事在口里可能没有太大的实际意义，可在新疆就不一样了。特别是对兵团人来说，这可是一个十分重要的情况，它将直接影响到人们的生活。

不久，形势变得越来越紧张了，小道消息不胫而走。

我们开始军训，成立了值班连队，当时全团成立了好几个值班连队，二十六连是值班三连。所谓值班连，并不是全连的男女老幼都是值班连的战士，一个齐装满员的值班连是按照正规军的连队组建的，每连有一百多人，装备齐全。兵团每个连队有好几百人，也就是说兵团的一个生产连队只有年轻力壮的，军事素质过硬的，才能成为值班连的战士。剩余的人可以搞搞后勤支援，家属和孩子该干嘛干嘛。

值班战士在连队里是让大家羡慕的，他们农忙时干活，农闲时军训。在形势最紧张的时候他们还进行实弹射击，还可以把枪带到地里，一手拿枪一手拿坎土曼，干活的时候枪就支在田边地头，很壮观，就像战时状态。

枪从武器库房里拿了出来，并且还发了子弹。老兵们再一次拿起枪，一个个摩拳擦掌的，情绪高昂，士气旺盛。每天恢复了站岗、放哨、巡逻。连队过去上班都是敲钟，现在又改为军号了，还实行了紧急集合制，一听到紧急集合号必须立即奔出家门，并进行过几次演习。你爹说，听到紧急集合号，无论你在干什么都必须放下，在吃饭时要放下饭碗，睡觉做梦娶媳妇也不能进洞房，即便是在尿尿也只能尿一半，这是纪律。听到紧急集合号，不立即到连部门前集合的，缴枪，开除出值班连，其他人等着呢，二十六连有的是预备战士。

早晨，值班连的青年排开始操练，武装巡逻排也开始瞄靶。青年排里都是支边青年，男男女女南腔北调的，老远都听到他们笑。原来副连长韩启云正喊操，韩启云那天穿一身洗得发白的旧军装，腰里扎着武装带，佩了手枪，神气得很。韩启云是浙江人，他喊操总是让人忍不住笑，他口音重，喊“一二一”总喊成“鸭儿鸭”。韩启云见大家总是笑便让大家站队训话。韩启云说，大家不好好操练，打起仗来肯定要吃苦头的呀！有人说，操练有啥意思，又不发枪，看人家巡逻队的多来劲，都是真枪实弹的。韩启云说，你们没有打过仗，也没有摸过枪，等把你们训练好了就发枪了。

有人问，要训练多久才算好呀，我们武器库房里有那么多枪吗？

韩启云说，没问题呀，枪肯定是要发的，不过，一人一支是不可能的，两人一支也是不够的，三人一支是可以的，但是，是木头的……

啊！青年排乱了。有位河南人说，这是咋说呀，这不是吊俺胃口嘛！四川人便取笑河南人，说，你要枪做锤子用呀，“河南大裤裆，打仗不用枪，抓住一个俘虏兵，就往裤裆里装”。河南人便涨红了脸，就去追着四川人打，这样一闹，队伍就乱套了。韩启云急得直跺脚，说，好的，好的，你们不守纪律，我让连长来训练你们。

当时，你爹正在瞄靶，他弄了一门小钢炮瞄准了128号林带。瞄准后，他拿出了一发教练弹。你爹将那教练弹填入炮筒，只见小钢炮口一冒白烟，咣的一响，嗖的一声炮弹飞了出去。那炮弹在天空中划了一道弧线，对着128号林带落了下去。大家的目光都跟着那炮弹走，见炮弹落进了林带，你爹就喊，快，快去把炮弹找回来，上了底火还可以用。大家就往林带跑，跑进林带都愣了，只见放羊的李桂馨抱着一只羊，浑身是血，坐在那里哭。李桂馨说，刚才听到嗖的一声，从天上下来一个东西，差点落在俺头上，砸死了一只羊，肯定是苏修在捣蛋（导弹），快报告上级。大家听了直想笑，好在教练弹里不装炸药，不会爆炸，否则就坏了。

有人说，不是苏联在捣蛋（导弹），是咱连长在捣蛋（导弹），他发射了六零炮弹。李桂馨一听就抱着沾满了鲜血的羊，还有那枚没有爆炸的六零炮弹，气咻咻地去找你爹算账。李桂馨见了你爹话里都是刺，说我知道你胡连长是著名的打羊连长，过去用机枪，现在改小钢炮了，换装备了，真是有进步。在二十六连只有李桂馨才敢和你爹这样说话，你爹气得没办法。就说羊已经受伤了，就交给炊事班吧，咱吃葱爆羊肉。

李桂馨说："这砸着的是羊，要是砸着了人怎么办？"

"这不是没有砸着你吗？"你爹不耐烦地说。

李桂馨不依不饶："胡连长，你这是谋杀，你明明知道林带里有人你还往林带里打炮，你安的什么心呀？"

你爹狡辩说："敌人往往都以林带做掩护，我不往林带打往哪打？"

"只有我和羊在林带里，我是敌人吗？羊是敌人吗？"

"羊不是敌人，你也不是敌人。"

"那秦安疆是你的敌人？反正林带里除了我和羊就只有秦安疆了。"

你爹觉得李桂馨有点胡搅蛮缠，非要找出敌人来，真烦人。也是被逼急了，你爹就说："秦安疆是右派，可以说是敌人。我往128号林带打炮和你没关系，这下好了吧？”

你爹本来想息事宁人，却被李桂馨抓住了理。李桂馨认真地和你爹讨论了一下右派的问题，认为右派罪不该死，否则国家早就把他们枪毙了，既然没有枪毙，既然监督他们劳动，那就不应该向他们下毒手。你爹急了，说我什么时候向他们下毒手了。李桂馨说，那你向林带打炮，说不是打我的，这不就是向秦安疆下毒手吗？

你爹被逼得没办法，说我向秦安疆下不下毒手关你什么事？他是你什么人？你爹被逼急了就要无赖，用那陈旧的理由反击。你爹这么一问还真管用，李桂馨气呼呼地走了，李桂馨不知道怎么回答你爹。虽然我们都觉得李桂馨和秦安疆的关系不一般，但是却不知道实情，李桂馨一个姑娘家无法面对这个问题，也确实无法回应。

后来，你爹再打六零炮时，就不敢往林带里打了，往戈壁滩上打。

最绝妙的是，你爹把军训和挖排碱渠结合在了一起。你爹把排碱渠当战壕来挖。平常我们挖排碱渠的进度很慢，因为排碱渠好像永远也挖不完，大家在挖排碱渠的时候就没有干劲了。把排碱渠当战壕来挖这非常刺激，你爹说这每一道排碱渠都是阻击敌人的战壕，要迅速地挖，否则打起仗来就来不及了。

你爹只是把排碱渠的挖法修改了一下，朝北的方向变成了缓坡，朝南的方向还保持着陡坡，过去的排碱渠两边都是陡坡，这样一改进，排碱渠就可以当战壕用了。你爹说苏联在北边，他们进攻我们肯定是从北往南攻，我们的排碱渠北边是缓坡，那就可以趴在缓坡上阻击敌人。敌人万一占领了阵地，想往前推进就难了，因为南边是陡坡，敌人面对陡坡就爬不上去。

有人说，那我们要是撤退也爬不上去呢？

你爹说，撤个屁，人在阵地在，背陡坡一战，也就是背水一战，你能撤到哪去？敌人占领了阵地就意味着我们全部牺牲了。你到时候当逃兵，小心我毙了你。这里有我们好不容易开荒治理出来的稻田，你能留给敌人嘛，把白花花的大米给敌人吃，你混蛋。

提这个问题的都是支边青年，他们都没有打过仗。你爹恶狠狠地这样说，把大家都吓住了，大家都不敢吭声了。

后来，我们还搞了军事演习，只不过这军事演习的假想敌不是人，是麻雀。当时正是三年困难时期，苏联逼债，全国的粮食又歉收，真是内外交困。有人怨麻雀，说粮食都被麻雀吃光了。我们开始也没有想这么多，因为自从128号林带成林后，林带里的麻雀确实很多，飞起来像一片乌云，落下去整条林带都是黑压压的。我们得到通知，要开展“除四害讲卫生”运动，所谓四害就是老鼠、蚊子、苍蝇、麻雀。

原来麻雀是四害，我们才恍然大悟，我们辛辛苦苦种的粮食都被麻雀偷吃了，消灭它。于是，麻雀就成了我们军事演习的假想敌，或者说我们先向麻雀宣战了。

战斗在128号林带打响。

傍晚，麻雀开始在128号林带落下，沙枣树上站立的麻雀密密麻麻的，它们叽叽喳喳问候着，准备告别这忙碌的一天，它们怎么也不会想到，厄运来了。它们没有注意到在许多沙枣树的树枝上多了一个个包，那是预先为它们准备的炸药包。每个树上的炸药包都不大，太大了会把树炸断，但那炸药包足够麻雀受用的。

在长约一公里的沙枣树枝上都挂上了不大不小的炸药包，人们藏在树林里，不怀好意地望着麻雀们落下。天快黑了，麻雀们叽叽喳喳的声音已经小了下来，它们的大部分都闭上了疲惫的眼睛。这时，你爹一声令下："打！"

战斗打响了，随着你爹的一声令下，轰轰隆隆的巨响在128号林带响起，就如万炮齐鸣。麻雀们根本没有明白怎么回事，在突然的爆炸声中像下雨一样从沙枣树上落下了。

你爹喊"打"而不是"起爆"，完全是打仗留下的职业病。即便是大家拔河比赛，你爹是裁判，他也不喊"开始"，而是喊"打"。连拔河比赛你爹都喊打，炸麻雀那你爹肯定是要喊打的。况且，炸麻雀前又号称是军事演习，你爹当然要喊打了。这完全是一场针对麻雀的战争，因为在整个过程中包含了埋伏、袭击、预设阵地等等，这都是我军惯用的作战手法。

"为了我们的粮食，冲啊！"

你爹又是一声大喊，我们从埋伏地点冲了出来，冲到了沙枣树下只不过我们手里拿的不是枪，也不需要枪了，我们手里拿的是各种口袋。在沙枣树下落了一层麻雀，我们尽情地将已经震昏的麻雀捡进口袋。谁捡的是谁的，因为开始就宣布了，麻雀捡到后可以带回家，那麻雀肉可是美味。一只麻雀也许肉太少，要是一口袋麻雀那是多少肉呀。我们在新疆的物资十分贫乏，多少天都吃不上肉，那麻雀肉经热锅一炒，那个香呀。所以当炸药一响，根本不需要你爹再喊"冲啊"，人们冒着硝烟已经冲出去了。

炸药炸麻雀关键不是炸，关键是一个震，炸死的反而不好了，肉都炸烂了没法吃。麻雀基本上都是爆炸时的气浪震落的。麻雀震晕了还没有死，在它们还没有苏醒过来时，人们已经将其捡进了口袋。所以，当人们背着成袋的麻雀回到家时，麻雀终于苏醒了过来。可惜，它们只能在口袋里挣扎，活过来了也不会被放生。我们改变了不虐待俘虏的政策，无论是死是活一律扒皮、挖心、油炒，俘虏成为餐桌上的美食。在吃爆炒麻雀的时候，你爹说了一句俏皮话，你爹说这是我第一次杀害俘虏，不过这俘虏确实好吃。

在后来的两年内，我们冬天都搞军事演习，其实就是炸麻雀吃，无论大人还是小孩一听到军事演习眼睛就睁大了。特别是在春节前，炸麻雀是我们提前的节日。春节前一家要分半斤油，可以吃油炸麻雀了，那可是我们节日的美味，如果再有二两烧酒，咦，那个美呀。

后来，我们搞军事演习就不能把麻雀当假想敌了，也就是说不能大张旗鼓地炸麻雀了，麻雀又成了益鸟，成了人类的朋友，说麻雀主要是吃害虫的。

麻雀当然是益鸟，它是我们嘴里的肉呀。

这样，麻雀从“四害”名单中清除，代之的是臭虫。这让我们很不舒服，臭虫怎么能和麻雀比呀，臭虫又不能吃。不过，我们要听领导的话，领导说：“麻雀不要打了。”我们只有不打了，可惜我们没有过年的肉了。不过，嘴馋的时候我们还偷偷地抓麻雀，只是不敢用炸药了，那样动静太大。这都是后话。

下　部

新疆离苏联那么近，反修防修是前线，屯垦戍边，归根结底是为了戍边，戍边才是真正的任务。我爹所在的兵团某师所处的战略位置是十分重要的，整个师地处塔克拉玛干沙漠的北部边缘，腰扼乌鲁木齐至喀什的公路，处在天山南坡，又是南疆到北疆的必经之路，在屯垦戍边的军用地图上它有个代号。

当年发生在北疆的“伊塔事件”，开始只是一次边民逃亡事件，主要发生在伊宁和塔城。在这之前，苏联驻伊宁和乌鲁木齐的领事馆在北疆到处发放苏侨证，说持苏侨证就算加入苏联国籍，就可以去苏联享福了，有面包吃。在中苏边界上打开了一个口子，有6万多不明真相的边民出了境。他们赶走了30多万头牲畜，抛下了40余万亩土地，放弃了曾经的家园。

苏联不但煽动我国居民外逃，而且在苏联驻伊宁领事馆策动下，在伊宁市制造了暴乱。为了平息暴乱，兵团协助公安干警，夺回了被占领的伊犁州办公大楼。次日，伊宁市成立卫戍司令部，兵团调出两个基干民兵连，加强伊宁地区警备力量。

事情发生后，中央军委决定，新疆生产建设兵团两年内要组建300个齐装满员的民兵值班连队，由新疆军区和兵团统一领导。两年后，全兵团值班连队达315个。

中苏关系紧张时，天山便成了人们心中的依靠。我爹在大会上说，大家一定要提高警惕，准备打仗。但是大家也不必惊慌，要安心扎根边疆，敌人一时半会是过不来的，我们背后有天山挡着呢。

毫无疑问，天山起到了稳定军心的作用。那天开会后，我爹就在连队成立了一个武装巡逻排，这是由身经百战的老兵组成的。这些老兵好久没有军事化了，手痒，见到枪大家情绪高涨。我爹还成立了青年排，主要是由支边青年组成，因为他们没打过仗，要进行军事训练，在一个连队里编排出这么多新花样，都是因为我爹当年战争的弦绷得太紧，或者说太有警惕性。我爹在二十六连搞军事训练都是在团里成立值班连前，可见，我爹还是很有远见的。

应该说我爹是一个带兵的好手，他不但有战略眼光，还有战术思想，更重要的是能把和平时期的训练和日常生活结合起来，这就不简单了。他把军事演习和炸麻雀结合在一起，既训练了队伍也满足了口福。其实，我爹的“人雀之战”后来也被人称之为胡日鬼，或者说“人雀之战”成了我爹胡日鬼的又一个典型案例。当然，“人雀之战”和当年的“人羊之战”还是不同的，“人羊之战”是一场人与动物的误会，“人雀之战”是一场有计划有目的的战斗。“人雀之战”显得轰轰烈烈，让人惊心动魄。后来，中央给麻雀“平反”了，“麻雀冤案”持续了近5年,最后在一些科学家的力挺下,经毛泽东亲自批准给平反了。无论是为了军事训练还是为了满足口福,后来都不能炸麻雀了。

全国性的三年困难时期,其他省市已经饿死人了。我爹他们在沙漠边缘,如果不治理好盐碱种不出粮食,哪里有粮食救济他们?他们只能饿死。

据史料记载,1955年兵团生产的粮食已经达700多万斤,不但自给而且还可以支援国家。到1959年,他们的粮食产量只有100多万斤了,而人口却比1955年增加了好多倍。

在1959年10月,兵团党委做出了“关于节约粮食问题的决定”,要求各级党组织坚决贯彻中央“低标准、瓜菜代”的精神,粮食定量由原来每人每年留粮250公斤,改为210公斤,在平均留粮标准中预留50天粮食,作为节约粮,由各师扣储,兵团统调。不足部分,以瓜菜代粮。

由于一些其他省市缺粮情况日趋严重,大批自流求食人员,也就是盲流,拥向新疆,仅半年时间就有15万人流入新疆,其中多数是灾民。新疆维吾尔自治区党委发出紧急通知,指示对待这些自流人员要像对待支边青年一样,予以收容,妥善安置工作,使他们安下心来建设新疆。而这些盲流原则上不留城市,分配到生产建设兵团农场参加农业生产。自治区党委还特别指示,对其中自流入疆,年龄尚小,还不能劳动的孤儿,由各地民政部门收容保护,绝不能让他们流浪在外。

后来,兵团还接收一批从甘肃调来的“移工就食”人员,就是“劳改、劳教、新生”的三类人员,近两万人,分别安置在兵团各师。

这些人员的到来,给原本就遇到困难的兵团增加了沉重的负担。兵团人已经没有退路了,必须治理好盐碱,否则只能在戈壁滩上喝西北风,光靠炸麻雀是解决不了问题的。

在中苏关系紧张时，兵团人成了苏联最忌惮的力量。兵团有十几个建制师，100多个团，已经发展到100多万人了。在形势紧张时，全兵团组织了300多个精干的值班连队。这些兵团人平常都是老百姓，可是他们又都是军事化编制，其基础都是身经百战的老兵。当真正的战争打响后，他们拿起枪就可以上战场。

兵团人可以打仗，同时也可以恢复社会秩序，恢复生产，维持治安。在发生边民外逃后，对边民遗留下来的土地和牲畜实行“三代”管理，代耕、代牧、代管，并沿中苏边界建立兵团的农场，从兵团四、五、六、七、八、十师抽调1.6万多人，奔赴指定地点。

后来，王震在视察南疆后，发现兵团缺乏新生力量，便给国务院写报告，要求动员上海知识青年进疆，充实兵团力量。20世纪60年代中期，10万上海知识青年西进新疆。上海知青响应“到边疆去、到祖国最需要的地方去”和“好儿女志在四方，到新疆干革命”的号召，带着几分天真和悲壮，充满激情地踏上了西行的列车。

我爹所在的师共接收上海知识青年4万多人。之所以接收这么多上海青年，是因为那里产大米。考虑到上海青年是从南方大城市来，主食是大米，所以上海青年将近一半分配到了南疆我爹所在的师。上海青年来了，他们唱着那个时代的流行歌《送你一束沙枣花》来了，这使荒原一下就热闹了起来。

坐上大卡车，
戴上大红花，
远方的年轻人，
到边疆来安家。

来吧，来吧，年轻的朋友，
亲爱的同伴们，
我们热情地欢迎你，
送你一束沙枣花。

不敬你香奶茶，
不敬你哈密瓜，
敬你一杯雪山水，
盛满了知心话。
来吧，来吧，年轻的朋友，
亲爱的同伴们，
我们热情地欢迎你，
送你一束沙枣花。

到边疆安下家，
天山上把根扎，
战斗的生活最幸福，
革命青年志气大。
来吧，来吧，年轻的朋友，
亲爱的同伴们，
我们热情地欢迎你，
送你一束沙枣花。

上海青年给兵团带来了新鲜的血液，给荒原增加了色彩。更重要的是上海青年给遥远的新疆带来了城市文明。从这个意义上说，当年把大批上海青年充实到兵团是正确的。虽然后来上海青年大部分都回城了，但是他们对兵团的贡献是不可磨灭的。

第二十二章　送你一束沙枣花

上　部

上海青年来后，李桂馨出事了。李桂馨那天来找我和你爹，一脸的愁容。你爹问李桂馨有什么事，李桂馨说，你胡连长不是一直问我一个问题吗？你爹有些反应不过来，说是你来找我，我一句话还没说呢，我问你什么问题了？李桂馨说，你不是一直问秦安疆是我什么人吗？你爹说，秦安疆是你什么人？李桂馨说，我现在可以回答你这个问题了，秦安疆是我的对象。

我坐在一边听到李桂馨这样说，不知道是为你爹可惜还是为李桂馨高兴，总之心头先卸下了一个包袱。李桂馨是团里分给你爹的对象，这全连都知道，所以，未婚的男人都不去打李桂馨的主意，给你爹留着呢！开始，你爹有阿伊古丽，后来阿伊古丽远嫁到北疆了，你爹还是不要人家李桂馨。李桂馨又是一个倔强的姑娘，你爹不理人家，她也不搭理你爹，两个人就这样天长日久地耗着。后来，连河南来的支边女青年都结婚了，又来了逃荒求食的自流人员，我们都给他们安排了工作，他们中的女人有的就嫁给了连里的单身汉，一直到了上海青年进疆，李桂馨还是单身，李桂馨就这样成了我们连的剩女。我们连有的是光棍，一个如花似玉的姑娘却剩下了，这岂不成了怪事，所以，我一直为你爹和李桂馨操心。

现在好了,李桂馨有主了,你爹和李桂馨的持久战也就结束了。

你爹听到李桂馨的这个回答颇感意外,我看到他的脸色难看,表情有些僵硬。我在心里骂你爹活该,这么好一个姑娘给弄飞了。不过,你爹的表情旋即就生动了起来。你爹哈哈笑着对李桂馨说:“恭喜你呀！什么时候结婚呀?”

李桂馨的脸反而沉了下来,说:“秦安疆不愿意和我结婚。”

“什么?”你爹望望我说,“指导员,秦安疆早就符合结婚的条件了吧?”

你爹又对李桂馨说:“你们打报告结婚,我们马上批准,报到团里。”

没想到李桂馨突然哭了,声泪俱下地说:“连长、指导员你们可要给我做主呀。”李桂馨这么倔强的姑娘居然哭了,这让我们十分吃惊,要不是有天大的委屈,她不会这样的,在你爹面前,她一直都绷着。

我对李桂馨说,你别这样,为什么秦安疆不愿和你结婚呀?是不是你们的关系还没有确定,或者说你们俩还没有商量好?

李桂馨说,谁说我们的关系没有确定,我现在……李桂馨哽咽着说,我现在都怀上秦安疆的孩子了!

啊！这简直是……我和你爹一下都蒙了,一时都说不出话来。

你爹啪的一下拍了桌子,说这是耍流氓嘛,把人家的肚子搞大了,还不愿意结婚。李桂馨听你爹这样说,急了,指责你爹说话庸俗,没水平。你爹黑着脸喊:“通信员,去把秦安疆给我押来。”

你爹没说把秦安疆叫来,而是把秦安疆押来。通信员说,都一年多没开秦安疆的批斗会了,是不是要开批斗会呀?你爹骂通信员啰唆,让你去你就去,问个屁。通信员挨了骂,吓得转身就跑了。我走出办公室,把通信员喊住了,让通信员对秦安疆客气点,不是开批斗会。通信员点点头向128号林带跑去。

你爹外号胡日鬼,他最怕人家说他这个连长没水平。李桂馨说你爹说话没水平，你爹气得够呛。你爹一生气说话就没有章法了，你爹说：“是秦安疆把你肚子搞大了，又不是我把你肚子搞大了，你还说我没水平！”

你爹此话一出，可能觉得自己说话有点毛病，又小声补充了一句：“我确实没有水平，只有秦安疆有水平把你肚子搞大。”你爹这样说话，我哭笑不得，站在门口没敢进屋。我看着通信员远去的身影，远远地望了望128号林带。初冬的128号林带沙枣树叶已经落尽，枝头上挂着红色的和金黄的沙枣，林带就像被晚霞镀了一层金色。成千上万的麻雀在林带上空盘旋，它们像云一样，一拨腾起一拨又落下。自从上级给麻雀平反后，我们就不能大张旗鼓地炸麻雀了，128号林带的麻雀就多了。它们正尽情享用已经成熟的沙枣。

等屋里没有声音了，我才进屋，见你爹和李桂馨相对无言的样子，觉得特别可笑。李桂馨说和秦安疆已经好上了，并且已经怀上了秦安疆的孩子，秦安疆还不愿意结婚，这在当时是很严重的生活作风问题，在当时那就是流氓罪。秦安疆的胆子也太大了，居然把李桂馨肚子搞大了，还不愿意和人家结婚，这确实让人想不通。

为了解情况，我让李桂馨谈谈事情的经过。我问李桂馨，你们是什么时候好上的？李桂馨回答是在开荒的时候。你爹插话说，我们不断地开荒，哪次开荒呀？李桂馨说就是你胡连长把我当奖品的那次。

什么，都好了这么长时间了才向我们汇报？你爹有些气急败坏。李桂馨说，也没有那么长时间，我的意思是说，那次开荒送饭时我先喜欢上他的。

我听懂了，李桂馨那时喜欢上了秦安疆，秦安疆却不知道。

接下来，李桂馨很陶醉地告诉我们，她是怎么爱上秦安疆的，或者说秦安疆是怎么让她动心的。李桂馨说，秦安疆赶着四驾马车别提多神气了，蓝天白云下，鞭子甩起来能在天上画画。秦安疆在赶马车的时候如果碰到一片特别好的草，就会把马赶过去吃上几口。夏季的荒原其实很美，总是有一小片一小片的草地，开出漂亮的野花。秦安疆说，在过去这里肯定是草原，要不蒙古人怎么会在这里放牧，可惜这草原后来退化了。当秦安疆把马车赶到一片草地上的时候，他还会下车去摘那些野花，那野花真的很漂亮，都是我没有见过的，他会把野花编成一个花环送给我，我戴在头上不但漂亮，而且还能挡太阳。只是，当马车快到目的地时，秦安疆就让我把花环从头上取下来，说大家看到不好。我不明白大家看到有什么不好，秦安疆说花环只能在荒原上戴，如果在人们面前戴，大家会说我闲话，会说我妖里妖气，像妖精。

李桂馨说到这里自己突然破涕为笑了。你爹瞪了李桂馨一眼，说，都成妖精了还笑？李桂馨的回答差点让你爹背过气去。李桂馨说，你们不就喜欢妖精嘛，你们第一次在荒原上发现阿伊古丽时，不就把她当妖精嘛。我望望你爹也偷偷地乐了，看来秦安疆没少给李桂馨讲我们的革命故事，李桂馨连这个也知道。

李桂馨一提阿伊古丽，你爹就不吭声了，显得很老实。我连忙把话岔开，说你和秦安疆当年只能算是革命同志之间的友谊，或者是你的一厢情愿，我问的是你们后来是怎么恋爱上的？

李桂馨说，是在128号林带里……

我和你爹互相望望，一点也不觉得奇怪了。我们奇怪的是既然两个人好上了，秦安疆为什么不打报告结婚？当李桂馨告诉我们，她已经怀上了秦安疆的孩子，秦安疆却不愿和她结婚时，你爹被激怒了，我也十分生气。你爹让通信员把秦安疆押到了连部。

秦安疆来到连部办公室，见到李桂馨心里就知道怎么回事了。他往那儿一坐，连一句话都没有。这时，你爹突然拍案而起，道：“秦安疆你这个老右派，竟敢欺负我们的女兵，你吃豹子胆了。”

我知道你爹是想当着李桂馨的面先把秦安疆训斥一顿，然后再好言相劝，让秦安疆把李桂馨娶了。你爹上来就把秦安疆和李桂馨的身份端了出来，一个是老右派，一个是女兵。当然，我们早就不是兵了，你爹这样说是为了提高李桂馨的身份地位。女兵在我们的心中是神圣的，是崇高的。你爹的言外之意是：你一个老右派能娶上一个女兵，这个女兵又是二十六连最漂亮的，不知道你祖上烧过什么高香了！你怎么还能支支吾吾地不愿娶呢？再说，你已经把人家的肚子搞大了，你不娶就是耍流氓。

可是，秦安疆却一改昔日的温和，就像变了一个人，他也突然拍了一下桌子，道："我老右派怎么了，老右派就非要娶一个女兵呀？"

你爹拍桌子没有镇住秦安疆，秦安疆拍桌子却把我和你爹都镇住了。因为我们从来就没有见秦安疆这么强硬过。我和你爹半天没有回过味来，李桂馨见状也惊恐地睁大了眼睛。只有你爹给人家拍桌子的，谁敢给他拍桌子呀。你爹猛地站起来，大喊一声："来人！"

早已经听到风声在门外围观的人，听到连长叫人，立马就进来几个。这其中有葛大皮鞋，有通信员，还有副连长韩启云。有人进来了，你爹又是一声喊："把秦安疆给我捆了。"

李桂馨见状哇的一声哭了，上前拦着。李桂馨哭着说，我不嫁了，我不嫁了，连长别捆他。你爹这时看了一眼秦安疆，意思是说，你看这女人多好，这个时候了还护着你，只要你点点头，表示一下，就没有事了。没想到秦安疆却猛地将李桂馨推开，说，捆绑是成不了夫妻的。

事情到这个地步，再也没有回旋的余地了。你爹气急败坏地让葛大皮鞋给秦安疆来了个五花大绑。秦安疆在被捆的时候也不挣扎，背着手相当配合。秦安疆的不反抗就是最好的反抗，大家眼睁睁地看着，站在那里帮不上手，因为不需要帮手，就一点也显示不出捆人的威力了。你爹这时可谓是气急败坏，嚷着要送团部保卫科，并立即给团保卫科打了电话，让保卫科来带人。

秦安疆说："去保卫科就去保卫科，我不怕，没必要让团保卫科来人，我自己去。"秦安疆说着就五花大绑地走出了连部办公室。这时，连部办公室门前已经围满了人，特别是那些新来的上海青年，还在那里吹口哨，见捆人了显得十分兴奋。

有上海青年就问："啥子事呀？"

"两个人'巴相'(谈恋爱)，把肚子搞大啦！"

我和你爹站在门口，见秦安疆正往连队外走，你爹指示葛大皮鞋，说你押着他去，别让他半路跑了，葛大皮鞋就跟着秦安疆去了。你爹又冲上海青年们喊，都围在办公室门口像什么话，散了，散了。

我和你爹回到连部办公室，百思不解，被秦安疆那种视死如归的样子搞糊涂了，难道秦安疆一点都不怕？这种事确实也不是什么大不了的，只要两个人赶紧打报告结婚，什么事也没有；如果一方不负责任，把事情公开，并且被上级知道了，那事情的性质就变了。秦安疆有文化，什么道理都懂，没想到在这个问题上却如此糊涂，就像突然变成了另外一个人。

你爹和我把李桂馨单独关在办公室，又细细地问了一遍事情的经过，感觉到确实没有冤枉秦安疆。那么，秦安疆在这件事情上为什么这么强硬呢？这确实让人百思不得其解。

秦安疆在团保卫科关了一夜。第二天中午，团长的电话就来了，让我和你爹都去。我们知道这次去肯定要挨熊，挨批评，我们连出了这种事，连长和指导员都有责任，谁也跑不了。关键是秦安疆干了坏事还嘴硬，非要把这事闹到团里去，让人生气。我们完全可以神不知鬼不觉地把此事处理了，给他们办喜事，可是，秦安疆死硬死硬的，喜事变成了坏事。

我见到团长就开始做自我检查，深刻检讨工作的漏洞。我深刻了半天，临到你爹痛心疾首了，没想到团长也把桌子一拍，团长说，胡日鬼你给我闭嘴。团长把你爹臭骂了一顿，说，李桂馨那么好一个姑娘，分配给你们连，就是要解决你的婚姻问题，你可好，非要和一个维吾尔族姑娘谈恋爱，人家都出嫁了，你还在那里怄气，熬着。李桂馨现在出事了，你胡连长要负完全责任。

你爹不服，说，又不是我把她肚子搞大的，我负什么责任？

团长说，你把她的肚子搞大了就好了，我真希望是你把李桂馨的肚子搞大，到那时你不结婚也不行了，关键不是你，这就麻达（麻烦）了。

我听团长这么说，想笑又不敢笑，憋得我呀，要窒息了。我只有转过身假装咳嗽，冲着墙哈哈大笑，笑声完全被咳嗽掩盖了。

团长说，李桂馨在你二十六连出的事，你胡日鬼不负责谁负责？你要是和她结婚了还会出这种事吗？你连长不要，你们连的其他人谁敢要，大家都不要，让这么好的一个姑娘单身，那不出事才怪呢。

你爹说，是我有错，但我绝不会放过秦安疆！这个老右派，居然这样耍流氓。团长冷笑了一下，挥舞着手中的一张纸片说，这事和秦安疆无关，李桂馨的肚子不是秦安疆搞大的。

啊！

我和你爹都愣了。团长说，你胡连长没把李桂馨的肚子搞大，秦安疆也没有把李桂馨的肚子搞大，谁把李桂馨的肚子搞大了呢？不知道，现在麻达了。

我接过团长手中的纸片看看，原来是团医院的证明。证明上说：秦安疆没有生育能力，也就是说秦安疆是个废人，相当于太监。这样的一个男人怎么会把女人的肚子搞大呢？

看到秦安疆的病历，我和你爹一下蒙了。团长让我们把秦安疆领回去。

在路上你爹主动递给秦安疆一支烟，表示和解和歉意。你爹说，秦安疆你也是的，你告诉我们呀，早知道这样我们也不会把你送保卫科了。

秦安疆苦笑着说，我当时告诉你，你信吗？你说不定会让我当众脱裤子检查，那还不如到保卫科，然后到团医院做检查，让医生证明。听秦安疆这样说，我终于明白了他为什么如此强硬了，其实，他在事前已经想好了。

我问秦安疆怎么搞成了这样，秦安疆说，都是该死的战争，被炮弹炸的。我不由得叹了口气，这种事发生在战争年代一点都不奇怪。

“本来这是我永远的秘密，可是，李桂馨出了这种事，我不得不说了，实在是瞒不住了。”秦安疆沉重地摇摇头，“你们知道我为什么去当护林人吗？我是没办法呀，我不能过正常人的日子，只能躲开大家，一个人住在林带里，没想到，躲也躲不过去。”秦安疆说着眼泪汪汪的，“要不是这个原因，我早就打报告和李桂馨结婚了，谁不想过好日子呀！李桂馨是个好姑娘，她喜欢我我难道不知道？我这个样子怎么结婚，我不能害人家。”

下　部

在128号林带发生的一切是我爹和马指导员都无法想到的。后来，秦安疆告诉了他们事情的经过。

李桂馨和秦安疆在林带中的故事是从春天开始的。春天是沙枣花开放的季节，在沙枣花盛开的时候，二十六连再也闻不到羊粪的味道了，弥漫开来的是沙枣花的清香。那一串一串的只有米粒般大小的沙枣花，花香十分浓郁，将一切污浊之气都遮掩了。

林带中新出生的芦苇和随风飘下的树叶都是羊的美餐。李桂馨手持羊铲喜滋滋地伸向那开得最美的花束，铲下一串便拿在手中仔细地闻，闻着便不知不觉就进了嘴。李桂馨喜欢吃沙枣花，将一串花放进嘴里，抿着嘴一捋，花朵儿便在舌尖处沁出一股甜丝丝的味道。放牧一天居然满嘴喷香。

据说，人吃了沙枣花连身上出汗都是沙枣花的气息，这让人不由想起了香妃。难道香妃身上的香，是吃沙枣花吃出来的？

春天在128号林带放牧，李桂馨不思牧归。太阳落下时，李桂馨急着收拢羊群，平日里十分温柔的羊群却失去了理性，在林带里和李桂馨周旋，任凭牧羊女嗔、责、怒、斥，羊群却在林带里流连忘返。

天色已暗，人寂鸟息。李桂馨只能凭着微弱的星光辨认出羊群白色的影子了，这让李桂馨急出了眼泪。这时，一个黑影向李桂馨走来。李桂馨辨不出那黑影的面孔，连声求援让帮助收拢羊群。可是，那黑影根本无意帮李桂馨收拢羊群，而是扑上去一把将李桂馨抱住。李桂馨大惊失色，连声高喊救命。黑影不顾一切地将李桂馨按倒在地上。李桂馨拼命挣扎反抗，羊群这时却聚拢在了四周，它们帮不了李桂馨，却在那里看热闹。围拢过来的羊群形成了一个密不透风的包围圈。李桂馨绝望地反抗着，她的泪水像沙枣花一样成串地落了下来。

畜生，住手！

就在这时李桂馨听到一声断喝。随着喊声，羊群闪开，又一个黑影挥舞着坎土曼向她身上的男人扑来。李桂馨身上的男人一跃而起，拔腿就跑。李桂馨得救了，救李桂馨的不是别人，正是护林人秦安疆。

128号林带居然发生了这种事，这完全是阶级斗争的新动向，如果不是李桂馨后来说出来，马指导员和我爹永远也不会知道。

128号林带是一条多好的林带呀。白杨树是银色的，沙枣树是金色的，天空是蓝色的，走在林带里就像走在一条用金子和银子搭起的长廊，那林中的落叶，就像长廊中的地毯，还有那雪白的羊群，牧羊女李桂馨赶着羊群从林带中漫过，歌声能让林中的麻雀和云雀受惊。

咚——咚——

从林带里有时还会传来伐木之声，这声音在万里晴空下格外清脆，在天底下回旋。通常情况下，128号林带是绝无伐木之声的，伐木之声是护林人秦安疆在林带中修枝。经过一年的风季，林带中有无数被刮坏的残枝，如果不把那些断枝截去，在春来发叶时就会把整棵树拖累。于是，在无风的秋季，128号林带便会传来咚咚的伐木之声。那声音是那样悦耳，使人兴奋。因为在修枝过后，给人们带来的将是冬季取暖的柴火。在护林人伐木修枝的日子，天总是很高很蓝，云淡得一点也挡不住阳光，空气是透明的，没有一丝杂念。

李桂馨赶着羊群从林带里走过，她仰着脸望着正立在树上修枝的秦安疆，喊："小心点呀，别摔了。"秦安疆便从树上蹦下来，那厚厚的树叶像海绵垫。秦安疆说，你将来放羊可要小心，在那个流氓没抓住前，你最好别在林带里放羊。李桂馨说，我不在林带里放羊，也要路过这林带。秦安疆说，你就早点回去。李桂馨说，羊一进这林带就拢不住了，它们也喜欢128号林带，赶都赶不出去，想早也早不了呀。秦安疆说，那我去给连长说说，让他换个男的放羊。李桂馨听秦安疆这样说，急了，慌得连忙摆手，说，不让我放羊那可不行，不让你当护林人你干吗？我来新疆就是梦想着赶着雪白的羊群去放牧的。

秦安疆说，你在林带里再遇到流氓了怎么办？李桂馨说，有你呀。秦安疆说，我是护林人又不是公安局的，我看护林带有一手，保护人可没那本事。李桂馨说，你保护得很好呀，否则我也活不到今天，我要是被坏人欺负了，肯定去死。秦安疆说，那天是碰巧，算你幸运。李桂馨说，有你在林带里，我永远都是幸运的。秦安疆笑了，说，你还把我赖上了。李桂馨说，就是，就是把你赖上了，这辈子就把你赖上了。秦安疆不吭声了，李桂馨深情地望着秦安疆说，你救人可要救到底。秦安疆避开李桂馨的目光，望着天上的白杨树梢，长长地叹了口气，问，你会唱歌吗？

李桂馨有些迷惑地望望秦安疆，不知道秦安疆怎么会问这个问题。李桂馨回答，会呀，你想听我唱歌？秦安疆说，会唱歌就好，你赶着羊群路过林带时就高声唱歌，流氓听到你的歌声就不敢来了，我听到你的歌声就知道你平安，如果你遇到了流氓，就停止唱歌，听不到歌声我会赶到。

李桂馨听秦安疆这么说十分高兴，说，那我每天都为你唱歌，只唱给你一个人听。李桂馨问秦安疆喜欢听啥歌，秦安疆说，你会唱《送你一束沙枣花》吗？李桂馨说，我只听新来的上海青年唱过，还没学会。秦安疆把一个小半导体收音机打开了，说新疆人民广播电台经常播，不知道现在能不能收到。不一会儿那首《送你一束沙枣花》的歌曲在林带里就回响起来了。

李桂馨惊奇地望着小半导体，说这么高级的东西你也有，哪来的？秦安疆说，这是连长发给我的，说我一个人在林带里与世隔绝，听听收音机加强学习。李桂馨说，其实胡连长挺好的，学习是一，还不是怕你一个人寂寞。秦安疆说，胡连长这么好，你怎么不嫁给他？李桂馨瞪了秦安疆一眼，说胡连长心里有阿伊古丽，我才不呢。秦安疆说，阿伊古丽不是嫁人了吗？李桂馨说，可胡连长还没有忘记她。秦安疆说，阿伊古丽远嫁他乡真可怜，想见爸爸妈妈都难。李桂馨说，难道我不可怜，我来到荒原上连个对象都找不到。秦安疆说，那是你看不上人家，你要找，什么样的都能找到。李桂馨深情地望着秦安疆说，我看上人家了，人家不知道能不能看上我？

秦安疆回避着李桂馨的目光，说，那你每天就唱《送你一束沙枣花》吧。李桂馨说，好，我每天都唱，在那太阳落山的时候。你要仔细听着，那歌是专门为你唱的。

后来，每当晚霞从树梢间退尽，128号林带变成了黛青色的时候，雪白的羊群总是在林带中出现。羊群扯着嗓门呼儿唤女的叫声连绵不绝，悠扬而又夸张。在羊杂乱无章的叫声中，李桂馨嘹亮的歌声在林带里响起了：

不敬你香奶茶，
不敬你哈密瓜，
送你一束沙枣花，
你要珍惜它，
来吧，来吧，亲爱的，
让我们相会吧。

李桂馨把歌词改了，完全成了一首情歌，一首只唱给秦安疆听的情歌。那歌词改了，曲子却没变，一般人听不出来。每当黄昏之时，李桂馨赶着羊群路过128号林带，总是嘹亮地唱那首已经改了词的《送你一束沙枣花》。那歌声极有穿透力，整个二十六连都能听到。羊群踏歌而归，歌声成了二十六连结束一天的休止符。二十六连的人谁都能听到歌声，却听不出已经改了的歌词。李桂馨赶着羊群走出了林带，128号林带便安静了下来。

李桂馨走过128号林带时总是唱《送你一束沙枣花》，这让二十六连的人都觉得奇怪。马指导员曾经问我爹，为什么李桂馨只唱那一首歌？我爹说，她又不是"歌鸡"，能唱一首歌就不错了。我爹这样说，有点讽刺葛大皮鞋老婆宁彩云的意思。

第二十三章　月光下的黑影

上　部

李桂馨曾在一个月圆之夜独自去了128号林带，她要和秦安疆相会。这件事我和你爹是后来才知道的。谁也没想到一个姑娘家有这么大胆，在天黑后敢去128号林带！李桂馨可谓是胆大包天。

李桂馨敢去128号林带，她认为是和秦安疆约好的。据李桂馨后来对我们说，她的约会过程是这样的。

那是一天傍晚，秦安疆正骑在一棵歪脖子的沙枣树上。那棵树长得像骆驼，树干匍匐在地，树身弯曲不直，前半部分向上长像驼颈，中间凹凸着像驼峰，树叶茂盛像驼峰上撑起的伞。秦安疆骑在树上，很惬意地望着李桂馨和羊群走进林带。李桂馨装着没有看到秦安疆，唱起了《送你一束沙枣花》。秦安疆笑着喊，哎，我在这呢。李桂馨望望秦安疆说，看你舒服的，当护林人真好。秦安疆说，我都在你面前你还唱什么歌呀。李桂馨说，这歌本来就是为你唱的，在你面前唱，你才能听得懂。秦安疆说，不是为我一个人唱的，还唱给那个“黑影”听。李桂馨脸便红了，赌气道，不准再提那黑影。李桂馨说，那个黑影再也不敢出现了。秦安疆说，是你的歌声把黑影吓跑了。

“啊，你在讽刺我，唱得难听，坏蛋都能吓跑！”

“哈哈——”秦安疆笑了，说，“难听的歌会把好人吓跑，好听的歌会把坏人吓跑。你的歌好听。”

“真会说话，你每天都能听到我的歌声吗？”

“那当然。”

“好听吗？”

“好听呀，所以坏人吓跑了。”

“你真能听懂我的歌？”

秦安疆有些茫然地道：“不就是《送你一束沙枣花》嘛，有什么不懂的。”

“我看你还是没有听懂，”李桂馨说，“你听好了，我当面给你唱一遍。”李桂馨望着秦安疆深情地唱改过歌词的《送你一束沙枣花》：

不敬你香奶茶，
不敬你哈密瓜，
送你一束沙枣花，
你要珍惜它，
来吧，来吧，亲爱的，
让我们相会吧……

秦安疆说：“你唱的和收音机里的好像不一样？”

哈哈——李桂馨开心地笑了。李桂馨说，亏你还能听出不一样，收音机里是唱给上海青年的，唱给所有支边青年的，我是唱给你一个人的。秦安疆低头不语，不知道在想什么。李桂馨见秦安疆不说话了，便说，我为你唱歌，你该为我吹笛，来而不往非礼也。秦安疆有些激动地说，好，晚上我为你吹一曲。李桂馨说，那我晚上来听。秦安疆大吃一惊，说你敢晚上来听我吹笛子，你不怕？李桂馨坚定地说，我不怕，有你在我怕什么？秦安疆说，算了吧，还是不要来，我晚上为你吹一曲就是了，你在连队里也能听到。

“什么时候？”

“月亮升起的时候。”

“那好，我等待着你的笛声。”

李桂馨把羊群赶进圈，吃过饭就开始打扮自己。说是打扮其实也就是洗洗脸，梳一下头，不过，李桂馨换上了一条裙子。这条裙子她一直不舍得穿，也没有机会穿，整天放羊，灰大，穿裙子就完了。那时候我们的物资贫乏，能吃饱穿暖就不错了，能有一条裙子就是最时髦的衣服了。哪像现在呀，女士有各种各样的化妆品和衣服。李桂馨坚信和秦安疆已经约定，晚上在128号林带见面。这是一个浪漫的约会，试想，在美丽的月光下，从沙漠边缘的林带里传来一阵悠扬的笛声。那相约的笛声完全是一种呼唤，无论是在当年还是在现在，世上哪个姑娘能拒绝这种呼唤？

自从李桂馨那天晚上去了128号林带，她的歌声从此就消失了。对于这个重要情况，大家都没意识到。也难怪，整个连队都被新来的上海知青占领了，谁还会注意到李桂馨唱不唱歌。

新疆一下来了10万上海青年，我们师分来了4万多，二十六连分配了几十个。他们都是十五六岁的小青年，来到连队什么都好奇，整天叽叽喳喳地说一些我们听不懂的上海话。这样，宁彩云的上海话派上了用场，她成了我们的翻译，也成了上海青年的老大姐。上海青年来了最高兴的可能就是宁彩云了。你爹成立了两个上海青年班，一个是上海青年男兵班，一个是上海青年女兵班，让宁彩云当了上海青年女兵班的班长。

总之,那一段时间上海青年是我们关注的对象,谁也没有注意李桂馨唱不唱歌。李桂馨不唱歌了,引起注意的只有一个人,那就是秦安疆。

秦安疆和往常一样等待着落日后李桂馨唱歌,这是他结束一天的最后工作。当时秦安疆坐在那棵像骆驼一样的沙枣树上,机警地注意着林带中的动静,像一条猎犬。秦安疆没有听到李桂馨在黄昏时唱歌,他不由起身扛着坎土曼向林中走去。走着,走着,秦安疆不由加快了步子,他想起了和李桂馨的约定,莫非她又遇到了麻烦?秦安疆想着便在林中跑了起来。

当秦安疆上气不接下气地奔到林带深处时,他看到李桂馨靠在一棵白杨树上,显得悠闲自得的样子。李桂馨的目光是散漫的,就像那些散漫的羊群。秦安疆有些气急败坏地问,你怎么不唱歌?李桂馨很任性地用指甲在白杨上划着一道道的口子,说,我不想唱。

为啥,不是说好了吗?

你和谁说好了,咱们都好那么长时间了,你连句话也没给我。

你让我说啥?

说啥,你装啥糊涂。自己做下了事,就撒手不管了,你总该给我一句准话吧!

我不懂你的意思,我做下啥事了?

你……

李桂馨狠狠地瞪了秦安疆一眼,又无可奈何地叹了口气。末了,泪汪汪地走到秦安疆面前,说,别这样好吗,我都是你的女人了,你对我咋还不冷不热的。你总该主动点吧,我恨不能把心都掏给你看。

秦安疆莫名其妙地望着李桂馨,不知从何说起。秦安疆说,我真不懂你的意思,你咋就成了我的女人了呢,你是你,我是我。

李桂馨哇的一声哭了，她猛地扑进秦安疆怀里，两只小拳头一个劲地在秦安疆胸口擂。你，你这个天杀的，我都有了，你还装糊涂，你让我今后咋活。你现在和我找胡连长去，咱们打报告结婚。

啥？结婚……秦安疆张大了嘴，他猛地将李桂馨从怀里推开，说，我什么时候答应和你结婚了，我这辈子就没打算结婚。李桂馨定定地站在秦安疆面前，欲哭无泪地瞪着秦安疆。她觉得秦安疆的面孔越来越模糊，越来越狰狞可怕。猛地，李桂馨像一只小兽向秦安疆扑去，劈头盖脸地又抓又咬。李桂馨边打边骂，你，你个不要脸的，流氓，你不愿和我结婚，为啥坏了我的身子？你……我和你拼了。秦安疆在李桂馨的疯狂撕扯下，双臂紧紧地护着头。秦安疆一边躲避一边大喊，你别这样，简直是泼妇。李桂馨绝望地停住了手，不由得瘫软地坐在了地上，细声地哭了起来。

秦安疆说，你别哭了，你对我好，我知道，其实我也喜欢你，我喜欢你总不能害你呀。我知道你的苦心，难为你想出了这么一个办法，可是我心里清楚，我不能和你结婚。

李桂馨停住了哭，起身走了。李桂馨走了几步又回头说，你想占完便宜就不管了，没门。有人会给我做主的，我去找胡连长。

下　部

通过李桂馨在连部办公室的哭诉，马指导员和我爹大概知道了李桂馨和秦安疆约会的过程。多年以后，当马指导员将这个过程当故事讲给我听时，我被马指导员那详细的叙述吸引了，就好像马指导员身临其境似的。开始，我无法理解马指导员为什么如此详细地告诉我李桂馨的约会过程，而这个过程又是他根据李桂馨的哭诉演绎出来的。后来，当一切都真相大白时，我才知道马指导员告诉我李桂馨的约会过程对我有多么重要。

当时，天还没有黑下来，李桂馨已经来到了水闸旁。那时的128号林带已经安静了下来，暗淡下来的林带被一抹淡蓝色的雾霭缠绕着。李桂馨觉得那雾霭就像挂在树梢上的风筝飘带。从水闸到128号林带没有多远，也就几百米的距离。李桂馨耐心地等待着月亮升起，等待着笛声传来。李桂馨望着林带，有些焦虑，就像一个将要冲出起跑线的运动员，那最后的时刻往往也是最煎熬的时刻。

天黑了，还没有看到月亮，李桂馨耐心地站在水闸旁，在天空中搜寻着月亮，等待着秦安疆的笛声传来。李桂馨望着黑森森的林带，心中没有一点惧怕，在128号林带的恐怖经历都让她抛在了脑后。她只有一个念头，去128号林带，和自己爱着的人相会，把自己交给他。李桂馨觉得那林带多么神秘又多么有诱惑力呀。李桂馨爱那林带，爱那守护林带的人。

李桂馨望着天上，她看着天色渐渐暗了下来。李桂馨终于看到了月光，她静静地笑了。月亮其实早已经挂在天上了，只是在天色暗下来之前，它像水印般印在天上，被高高的白杨树挡住了，月亮不提前发出任何光芒，这让李桂馨怎么也找不到。

天色暗下来后，那月亮不知不觉就亮堂了起来。随着月亮的光芒，秦安疆的笛声终于传来了。秦安疆吹奏的是《送你一束沙枣花》，这让李桂馨欣喜欲狂。虽然是笛声，可李桂馨却听出了那是自己修改过的《送你一束沙枣花》，只是，那调子却没有月光明亮，显得低沉。低沉的笛声让天色倏地暗了下来，李桂馨抬起头来，发现有一片乌云跑过去把月亮遮挡了。

李桂馨有些生气地望着那乌云，嘴里念念有词地对月亮说："月亮月亮快快走，走出乌云照照路。"

这是李桂馨小时候和奶奶走夜路时，奶奶教她的。李桂馨刚一念完，眼前猛然一亮，月亮摆脱了乌云。李桂馨举头望月，冲月亮感激地一笑。李桂馨心想，或许月亮也知道我的心事，为我照亮去林带的路。李桂馨小时候也听过关于“嫦娥奔月”的故事。李桂馨在心中暗想，要是天上真有嫦娥，她一定会理解我的。

李桂馨踏着月光向林带奔去。

李桂馨进了林带却放慢了脚步。夜晚的林中十分寂静，李桂馨走在林中，那干枯的落叶在脚下发出叽叽喳喳的声音，就像有人在窃窃私语。会不会有鬼？李桂馨这个时候想到鬼，那是致命的。鬼是什么东西谁也没见过，但是每一个人都怕鬼。李桂馨走在林中被自己的脚步声吓住了，就像有人在身后追她。那追赶她的脚步声如此之大，简直就是惊天动地的。为了让脚步声小点，她先是一步一步地挪，可是脚步慢了脚步声却拖得更长，那窃窃私语变成了声声叹息，这更吓人。李桂馨不由又加快了脚步，可是脚步快了声音却大了。

慢不是，快也不是，李桂馨不知道自己该怎么走路了。李桂馨踉踉跄跄地在林带中走着，就像一个人的舞蹈。不过，李桂馨的步子还是越来越快，最后在林中跑了起来。李桂馨在林带里一路狂奔，心中只有一个目标，就是尽快找到秦安疆，只要找到他就什么也不怕了。李桂馨循着那笛声向前奔跑，她觉得那笛声很近，仿佛就在前头，好像一个跨步就能奔到情人面前。她又觉得那笛声很远，好像在遥远的天上，在月亮背面。

李桂馨不知道离秦安疆还有多少距离，她只有一个念头：“要是近，我就奋不顾身地扑进他的怀里；要是远，就在林中奔跑一辈子。”反正当时不能停下来，也不敢停下来。

蓦地，林中暗了下来，李桂馨看到天上的月亮又被乌云遮住。李桂馨有些看不清前头的路了,不得不放慢了脚步。李桂馨这时候才听到了自己的心跳,这时的心跳声似乎比脚步声还大。这时,李桂馨踩到了一截树枝,那树枝便发出“咔吧”一声脆响,这让李桂馨心颤。就在这时,笛声也突然停止了。李桂馨猛地刹住了脚步,没有笛声李桂馨失去了方向。她不由得四处张望,她发现树枝正张牙舞爪地吓她。李桂馨大口喘着粗气,只差没哭出声来。

为什么?你为什么停止吹笛?李桂馨在心中大喊。

难道他停止吹笛来接我了,李桂馨心中又是一喜。

这时,李桂馨听到林子里有脚步声,那脚步声就在前方,就在笛音停止的方向。李桂馨一阵狂喜,她听到了秦安疆的脚步声。于是,她便迎着脚步声向前奔去。李桂馨在奔跑中看到前方有一个黑影正向她奔来,她还看到了对方张开的双臂。

李桂馨幸福得头晕目眩,那种突然的晕眩使她摇摇欲坠,使她飘飘欲仙。她不由闭上了眼睛,站立不住,任凭自己开始飞翔。这时,一双有力的臂膀托住了自己,她浑身颤抖了一下,有泪水从她那紧闭的双眼中溢出,李桂馨觉得投进了秦安疆的怀抱。

她觉得秦安疆的怀抱是那样温暖,双臂是那样有力。李桂馨的双手紧紧搂住秦安疆的脖子,再不松开,再也不敢松手。她这时还闻到了对方身上有一股香味,有点像沙枣花的香味,又有点不像,似是而非的。夏天的沙枣花早开过了,怎么还有沙枣花的香味呢,难道林带中还有一些迟开的沙枣花?那香味让李桂馨迷醉,李桂馨在秦安疆怀里闻着,吻着。

李桂馨觉得两条腿倏地悬空了,她被抱了起来。这时,她又听到了脚步声,只不过这脚步声不是自己的,一点也不吓人了,不但不吓人还很好听,就像好听的音乐。李桂馨觉得自己被秦安疆抱在怀里在林带中奔跑,耳边有呼呼的风声，就像飞起来了，这使李桂馨全身放松，有一种投入的渴望，就像没入大海，就像沉入深渊。

李桂馨最后感到自己终于沉到了底，躺在了铺满黄叶的林带里。李桂馨这时感到了对方的爱抚和亲吻。那吻开始是犹犹豫豫的，后来越来越快，越来越热烈。那热吻从额头开始一路下去，嘴唇、颈项、胸口……并开始撕扯自己的衣服。

李桂馨没有拒绝，她觉得自己就像一本书，交给了他，任凭他翻阅，从外到里，从里到外。李桂馨在他打开书的扉页之时，不由幸福地摇了摇头，将长发像瀑布一样地散落开来。那散落的头发显得有质感，是那样柔顺，铺在头下像黑色的金丝绒。李桂馨觉得这一切是那么熟悉，像是经历过的，她想起来了，那是自己无数次的梦。

打开你的长发
让它变成河流
那是生命的季节河
让河流去滋润戈壁与荒漠
以及人们的干渴

这是秦安疆的诗，在秦安疆赶着马车和李桂馨向工地送饭时，秦安疆望着李桂馨的头发随口而出。李桂馨问秦安疆说的是什么，秦安疆说这是我的一首诗。这是李桂馨能记住的秦安疆的唯一的一首诗，可是李桂馨一直不明白长发如何变成河流，怎样才能滋润戈壁和荒漠，怎么去解人们的干渴。此刻，李桂馨豁然开朗，似乎明白了那其中的诗意。

接下来的事情，李桂馨几乎记不清是在梦中还是在现实中了。她只感到了一种疼痛，那疼痛从她的身下向全身传递，有一种撕心裂肺的快感。李桂馨忍受着那疼痛，李桂馨觉得那是一种牺牲，是一种奉献，在那种牺牲和奉献中能获得一种幸福。

那一切不知过了多久，一切终于平静了下来。平静下来的李桂馨睁开了双眼，她首先看到的是天，天上却没有月亮，月亮不知躲到哪儿去了。然后，李桂馨看到了一个人站在自己身边，那应该是秦安疆。他背对着自己正向着落叶撒尿，这个动作显得粗俗，把一切的美好的东西都破坏了。李桂馨心里不太舒服，有些发凉，那撒尿声像一条蛇在身下焦黄的树叶上爬行，也许一切都不该是那样的。

他提好了裤子，头也不回地独自而去。

李桂馨望着离去的他，想喊，却没喊出来。她觉得自己一点力气也没有，好像一生的力气在一瞬之间都用完了。李桂馨听到那脚步声渐渐远去，不得不艰难地爬起来，她穿好自己的衣服，蹒跚着踏上归路……

后来，人们才知道那个和李桂馨在林带中约会的人不是秦安疆。

我爹和马指导员当年也只看到了事情的表面，他们没想到秦安疆是一个残废之人。身体的残废是秦安疆的个人秘密，也是他的隐私。秦安疆永远也无法抹平战争给自己造成的创伤，他也无法像正常人一样生活。他只有把自己藏到林带里，没想到藏在林带里也没能逃脱命运的捉弄。最后，秦安疆还要把战争的创伤揭开，来证明自己的清白。

这是一件多么让人悲悯的事情呀！

秦安疆从团部放回来的那天晚上，月亮很圆。他呜呜地吹响了笛子。秦安疆那天晚上吹奏的是《送你一束沙枣花》。二十六连的人听懂了，那是李桂馨经常唱的歌。凡是有心者便能听出,那是为李桂馨吹奏的。伴着笛声,李桂馨的哭声随着呜呜的北风吹进了每一个人家的窗棂。那哭声如一根绵绵的长线牵住了每一个人的心,对于二十六连来说,那是一个不眠之夜。

在早晨上班的时候,人们见李桂馨赶着羊群在渠边散步。水渠边的枯苇根部已有绿芽发出,那是羊最美的佐餐。李桂馨在渠边的步子蹒跚而又艰难,她的肚子好像真的要鼓起来了。人们十分担心地望着她在渠边散步,虽然那时水渠还没有放水。

为了侦破128号林带发生的案子,团保卫科专门成立了专案组。专案组将这个案件定性为强奸案,并进驻二十六连进行调查。我爹配合保卫科的人对全连所有的男人进行了排查。二十六连的人员结构相当复杂,整个连队可分为五类人:第一类人就是整编的老战士,这是连队的基础;第二类人是“九·二五”起义的国民党部队;第三类人是全国各地来的支边青年,包括新来的上海青年,这是连队的新生力量也是连队的主力;第四类人就是盲流,就是那些自流求食人员,也就是要饭的;第五类是刑满释放人员,是过去的劳改犯,这些人不多,却是最危险的一类人。

我爹自认为对全连的人员十分了解,可是经他这么一划拉,保卫科的专案人员皱起了眉头,我爹的这种所谓了解都是宏观的,这些人员在一个连队里实在是太复杂了,简直是无处下手。

我爹分析认为,首先应该排除支边青年,特别是上海青年,他们都还是娃娃,不会干这种事,也没有胆量干这种事;那些盲流虽然复杂,但都是自己亲自挑选的,他们是老实能干的庄稼汉,不应该干这事;连队的老兵都是经过了战火洗礼的老战友,他们有觉悟,更不应该干这种事了;“九·二五”起义的,大家也在一起十年了,都比较了解,应该是没有问题的;那些刑满释放的劳改犯,借给他们一个胆子他们也不敢,他们刚刚新生,不会再去犯罪。经我爹这样一分析,二十六连简直就是一个好人连队,不可能出现这种人的。我爹的这种分析完全是护犊子的心理。既然你二十六连的人都这么值得信任,那李桂馨的肚子是怎么大的?我爹的这种分析明摆着站不住脚。

这是个无头案,保卫科的人在二十六连住了几天就走了,因为没有任何线索。他们也到现场看了,没有任何痕迹,都已经过去几个月了,什么痕迹都消失了。

我爹见保卫科的专案组要撤,有些急了,说这个黑影不抓出来,我心里永远有阴影。保卫科的人说,破案需要一个过程,要慢慢来。我爹问要用多长时间,保卫科的人说,最终破案还要靠你这个连长,因为狐狸隐藏得再深总会露出尾巴的,只要你连长平常多长个心眼,迟早能抓住那个黑影。

我爹抓不住黑影,心中却留下了阴影,因为那黑影抓不到,黑影留下的后果却一天天地显现了,李桂馨的肚子成了我爹的心病。李桂馨没有像人们担心的那样自寻短见,而是坚强地活了下来。李桂馨坚强地活下来了,她肚子里的孩子也在茁壮地成长。我爹召集了二十六连排以上的干部会议,研究如何处理李桂馨肚子里的孩子,这件事已经刻不容缓。在会议上有人提议赶紧把孩子打掉,孩子越大越难办,对大人的伤害也越大。

可是,我爹却不同意把孩子打掉,认为打掉了孩子,唯一的线索就没有了,那个黑影就永远不能原形毕露了;要是让孩子生下来,等将来孩子长大了,看他长得像谁,长得像谁,谁就是那个黑影。我爹坚定地说,我非抓住那个坏蛋,别以为他干了坏事就能逃之夭夭,我们要让孩子长大,要孩子一天天地显示出那个黑影的真面目。

有人认为这个办法比较荒唐,要是孩子将来长大了谁都不像怎么办?

我爹说，孩子长大后即使谁都不像，说不定那黑影会自己招供。虽然孩子是他犯罪的证据，但那毕竟是自己的孩子呀，人心都是肉长的。黑影只要良心发现，出来认这个孩子了，那也就真相大白了。如果那个黑影不出来认这个孩子，他的内心肯定会承受极大的压力和痛苦。他干了坏事就想这样一了百了，没门，我要让他一辈子不得安宁。他看着自己的孩子却不能相认，那是什么滋味？哼哼，你们想想，这会是什么滋味？如果在座的谁是黑影自己交代了算了，否则将来的日子也不好过。妈的，和我斗，那还有好。

我爹这样一说，大家都不吭声了，没想到自己的连长能看这么长远，看问题的角度也很特别，这简直就是举一反三，其中包含了太多的人生哲理。大家十分佩服自己的连长，简直是诸葛亮转世，太聪明，太有才了。

我爹在连队的干部会议上做出决定，让李桂馨把孩子生下来，从而成为抓住那个黑影的线索和证据，这个决定还要李桂馨的配合，还要看李桂馨的态度。李桂馨没有听连里女人们的劝，把孩子打掉，她也下定了决心，要把孩子生下来。李桂馨说，我反正也不会嫁人了，有了这个孩子我这辈子也就安心了，孩子是娘的心头肉，我要把他生下来，把他养大。

有人告诉李桂馨，说胡连长把你肚里的孩子当成了抓住黑影的线索。李桂馨回答，不这样他就不是胡日鬼连长了，我已经对谁是黑影不感兴趣了，既然不是秦安疆，就权且把那个黑影当成自己的心上人，当时我是情愿的，我把自己给了心上人，这就够了。李桂馨还说，最好那个黑影永远不要被抓住，我可以把他想象成世界上最优秀的男人，我虽然只和他有一次约会，可那是最幸福的一次。

我爹胡连长对李桂馨同意把孩子生下来还是比较赞赏的，但是却认为李桂馨的立场有问题，好坏不分，把黑影当成了自己的心上人，这是十分错误的。

我爹认为李桂馨把孩子生下来应该是一种自我牺牲，是主动配合组织上抓那个黑影，这才是正确的，这才是踩在正确路线上了，只有这样才是悲壮的，而这种悲壮才是一个女兵应有的觉悟。现在李桂馨的行为悲壮了，内心却不悲壮，思想觉悟有问题，只有李桂馨的行为和内心都悲壮了，才是一个高尚的人，才是一个脱离了低级趣味的人。

不过，这让我爹胡连长更增加了不抓住黑影誓不罢休的决心，只有把黑影抓住了，让他暴露在光天化日之下，让黑影显现出丑恶面目，才能教育李桂馨这种有小资产阶级情调的人。李桂馨要不是有小资产阶级情调，她也不会在一个月光之夜，伴随着笛声去128号林带约会，让坏人有可乘之机。

在后来的日子里，胡连长十分关注李桂馨的肚子，他热切地盼望着孩子的降生，或者说盼望着他的证据和线索降生。

二十六连的人也十分关心李桂馨的肚子，随着李桂馨的肚子不断地隆起，人们觉得一颗定时炸弹在一天天地膨胀。李桂馨的肚子越大，离这颗炸弹爆炸的时间就越近。这颗炸弹不但是定时的也是定向的，也就是说这颗炸弹只炸一个人，只对那个黑影才会发挥威力。为此，人们对这颗定时炸弹充满了期待，因为无论这颗定时炸弹威力有多大，对绝大多数人来说都是安全的。

当然，最重要的是，随着孩子的降生，那个黑影就原形毕露了，二十六连的男人也就洗清了自己，否则每一个男人都有嫌疑。胡连长曾多次公开讲，128号林带的黑影不抓住，二十六连的所有的男人都逃不了干系，要想洗清自己，大家就要团结起来擦亮眼睛，让黑影无处安身。

第二十四章　兵团人的第一代孩子

上　部

李桂馨生孩子的时候是春天。事情来得很突然，当时李桂馨还在128号林带放羊，她馋得不行，贪婪地吃那沙枣花。当李桂馨踮着脚用放羊铲去铲一束最茂密的沙枣花时，在一闪劲的瞬间，李桂馨的肚子突然疼了起来，接着下身一热，羊水和血液热烈地流了出来。李桂馨连忙靠在一棵树边，大声呼救。好在，当时正是中午下班时候，有不少人从林带里路过，我和你爹都在其中。李桂馨的喊声吓我们一跳，以为李桂馨又遇到了坏人。你爹一挥手大家就往喊声冲去。

我们看到李桂馨靠在一棵树上，下身都是血水。有人喊，李桂馨要生了，要生了。

我们一听慌了手脚，我们又不是医生，李桂馨生孩子我们无从下手，帮不上忙。当时幺妹生孩子时，我都是掰着手指头算预产期，提前送团医院。李桂馨当然没有谁为她算预产期，谁播的种子谁才会算预产期，李桂馨本人又没经验，结果在林带中突然发作，羊水就破了。

你爹问我，老马你都生两个孩子了，该怎么办？大家听你爹这样问都笑了。我说，我也没有生过孩子，是我老婆生过孩子，我也不知道怎么办呀。你爹说，你没吃过猪肉还没见过猪跑嘛，你老婆去年刚给你生下闺女呀！我说，幺妹在生之前就送医院了。

那咋办？你爹急了。我说，快给团医院打电话，让他们派一个医生来接生，把李桂馨抬回连队。你爹派了个人先跑回去打电话，大家七手八脚地把李桂馨抬了起来。李桂馨叫得很惨。有人用坎土曼砍了两根沙枣树枝从她的腰下穿过去，抬着，让她平着身子，叫声才小了点。

一路上李桂馨一直骂你爹，骂得很好笑。李桂馨骂："你个胡连长，你个胡日鬼连长，都怪你呀，都是你害的，你在谋杀我，我这辈子和你有仇。"

我记得我们家幺妹生孩子的时候也骂我，我安慰你爹说，你别生气，生孩子的女人都骂男人。有人就笑，说生孩子的女人骂的是自己的男人，不骂其他男人。李桂馨听我们这样说，又骂上了，说："你个胡日鬼连长，你害了我，你不是我男人我也骂你，谁叫你让我把孩子生下来的，让我受罪。"

你爹说："要把孩子生下来也是你同意的，你现在疼了又来骂我。"

李桂馨又叫唤着骂："我不骂你骂谁呀，你把那个天杀的黑影找出来，我就不骂你了。"

你爹说："你快生下孩子吧，只要生下了孩子就能把那个黑影找出来。"

就这样，你爹和李桂馨一路上打着嘴巴仗回到了连队，我们觉得十分可笑。我们把李桂馨抬回连队，放在连部办公室的大桌子上，让几个女人看护着，等医生来。

医生很快就骑着马来了，很威武。你爹夸奖医生发扬了我军的优良作风，团医院有救护车都不坐，快马加鞭呀。医生说，想坐也坐不成，翻浆路什么车都开不动。

医生一看李桂馨，说麻烦了，难产，孩子的一只脚已经出来了。你爹说，那好呀，脚都出来了离出生还远吗？医生说，你不懂，生孩子都是头先出来，这孩子脚先出来，属于站着生。

你爹大声道，好！这孩子将来肯定有骨气，站着生不低头。

医生说，生孩子是不能站着的，那样两只胳膊和另外一条腿挂在里面就出不来了。你爹问怎么办，医生说要赶紧送医院做手术，否则有生命危险。你爹说，就在这里做手术吧。医生说，我来只带了简单的医疗器械，无法在这里做手术。

本来送团医院是没有问题的，团医院有救护车，开来接走就行了，团部离我们也没有多远。可是，当时正在翻浆，无论是汽车还是马车都无法上路，一上路就会深陷泥泞。我们虽然不断地挖排碱渠，可是地下水要彻底降下去需要一个过程，再说我们挖的排碱渠主要是排庄稼地里的盐碱，连队驻地和出入连队的道路也需要排碱，我们还来不及为驻地和机耕路挖排碱渠。可见，李桂馨在春季翻浆时生孩子不是个好时机。

人命关天，必须把李桂馨送医院，只有用担架抬。你爹命令通信员吹响了紧急集合号。我们是值班连队，紧急集合号吹响后，在不到10分钟的时间里，值班连的战士全副武装地在连部门前就集合好了。

你爹喊了几声立正、稍息后，进行了队前动员。你爹说，这不是演习，这是一次无声的战斗，这次战斗是和死神赛跑，是为了救我们的战友，救我们兵团人的第一代孩子。你爹的这番话到现在我都觉得十分有水平。你爹是属于那种越是情况紧急越能发挥自己的人。于是，你爹在队前发布了命令，他挑出了60名最精壮的战士和4名女兵班的上海知青，命令把所有武器都放下，交给留下的人管理。

担架是现成的，都是军用担架，上级发的，摆在库房里一直派不上用场，这下好了，被李桂馨用上了。李桂馨被放上担架后，你爹把60人编成了30组，每两个人一组，两个人抬起担架，其余的人排成二路纵队，跟在担架后，四个女兵分两组，在担架左右两边随护。你爹命令道："把你们吃奶的力气都用上，抬着跑，什么时候跑不动了什么时候换下一组。"

这是一支奇特的队伍，团里来的医生骑着马在前面，身后不远两个人抬着担架，担架两边随着两个女知青，担架后一支队伍排成二路纵队紧跟其后，我和你爹在队伍的左右两边指挥。你爹一声令下："跑步走。"整个队伍一路狂奔。

我们没有走大路，大路反而不好走，都是翻浆的稀泥，路也远。走大路要顺着128号林带往西然后再往北，走一个90度的直角路。既然是人抬着担架，不需要路，我们就从连队后面的戈壁滩上往北，直插团部医院。当时是星期天，沿途有不少赶巴扎的老乡，还有不少其他连队上班的人。我们当时每十天休息一次，兵团人两个星期才有时间赶一次巴扎。

沿途的人见两个人抬着担架跑得像风一样，两边还有两个女人飞奔，后面有一队人紧紧跟随，都驻足观望，问啥事，你爹就说，要生孩子了，送医院。有人问这是谁家的孩子，你爹回答："兵团人的第一代孩子。"

你爹这样回答显得十分响亮，立刻就照亮了整个荒原。特别是沿途的老乡，经人一翻译，说是要生孩子了，还是兵团人的第一个孩子，也跟着担架跑，非要帮忙抬担架，拦都拦不住，说是兵团人的第一个孩子，也是我们的孩子，我们当然要帮帮忙。好几个当地妇女也跟着跑，有的怀里抱着馕，有的怀里还抱着老母鸡，一边跑一边喊："吐孩，吐孩（鸡），生巴郎子吃。"当我们路过巴扎时，我们几十人的队伍变成了几百人，热心的当地老乡担壶提浆跟随着我们，说"兵团人的第一个孩子"就要降生了，大家都去慰问。

你爹本来说的是“兵团人的第一代孩子”，不知道怎么搞的被翻译成了“兵团人的第一个孩子”，第一代孩子中包括了很多孩子，就不稀奇了；第一个孩子那就不得了了，一字之差，意义非凡。

结果，我们快到团部时，整个队伍都有上千人了，浩浩荡荡的，连团长和政委都被惊动了。你想呀，当时兵团特别重视和当地人搞好关系，这么多人来到了团部，还不吓人一跳，还以为出什么大事了呢。

团长听说是生孩子的事，才松了口气，悄悄地把我和你爹叫去骂了一顿。说你这个胡日鬼连长，你们连生个孩子有什么了不起，闹出这么大动静。你们还号称是兵团人的第一个孩子，这不是瞎掰嘛，兵团人已经出生了成千上万个孩子了，怎么到你胡连长那里就成了第一个孩子了呢！你爹说，团长误会了，我说的是兵团人的第一代孩子，也不知道咋搞的就被当地老乡说成了兵团人的第一个孩子。老乡听说是兵团人的第一个孩子，十分重视，就跟着跑来慰问。

团长批评我们，政委却很高兴，说老乡听说兵团人的第一个孩子要出生了，都跑来慰问，这说明我们的民族团结搞得好呀。政委还给医院院长打了电话，让团医院一定要把这次接生工作搞好，这个孩子的出生是一个象征，是我们民族团结的硕果。医院院长回答，保证完成任务，还要亲自给李桂馨做手术。

李桂馨被送进了手术室，老乡却在医院门前不走，又唱又跳的，自发地搞起了麦西来甫，说是为了兵团人的第一个孩子庆祝。

医院外歌舞升平的，医院内空气却十分紧张。医生手里拿着一张纸冲到我们面前，问谁是李桂馨的家人？我们异口同声地回答，我们都是。医生摇头又改口问，谁是李桂馨的丈夫？医生这样一问我们都傻了眼，医生见我们发愣，举着手里的纸说，需要李桂馨的丈夫在这上面签字。

你爹说："李桂馨没有丈夫。"

医生说："没有丈夫怎么怀孕的？"

你爹瞪着眼睛气急败坏地说："没有丈夫就不能怀孕了？"

医生脸上一片茫然，不知道怎么和你爹理论，就问谁负责在这上面签字，你爹撸着袖子说，我签。医生说，你能负责吗？你爹说，我是连长，我当然能负责。医生说，再大的官也不能负责，这是人家家属负责的事。你爹说，她没有家属怎么办？

医生有些犯难，说我还是第一次遇到这种事，一个女人生孩子却没有丈夫。医生说，那好吧，你是连长你签字，是保大人呀还是保孩子？

你爹都接过笔了，听医生这样说，笔一下就从手中掉了，有些不明白，问医生是什么意思。医生说，难产，只能保一个，要是保大人，孩子就保不住，要是保孩子大人就保不住。

"什么？"你爹急了，冲医生喊，"我大人孩子都要！"

医生说，我们没办法，只能保住一个，你快签字吧，再拖一会儿，两个都保不住。你爹求救地望望我，问我怎么办，保大人还是保孩子？我的脑子也嗡嗡响，无法做出决定。你爹对医生说，这人命关天的事，我可负不了责，我不签了。医生说，你怎能不签呢，你必须签，你不是连长吗？你爹说，我们先商量一下。医生说，那好吧，你们商量一下，拿出个意见，要快。

医生走后，大家商量了半天，意见还是不统一，分为两派。一派认为应该保孩子，因为孩子是未来的希望。再说，这孩子身份也特殊，身上还背负着使命，他还是一个证据。如果孩子就这样夭折了，那个黑影永远也就找不到了，黑影找不到，二十六连的所有的男人都是怀疑的对象，要不是为了让孩子生下来，作为线索抓住黑影，早就把孩子打掉了，干吗等到现在。另一种意见是，应该保大人。李桂馨是我们二十六连的第一个女兵，她还年轻，还没有嫁人，她甚至都不知道孩子他爹是谁，如果就这样死了，她真是死不瞑目。

我们争执不下，无法做出决定。你爹说，咱们发扬一下民主，我们的政策是民主集中制，少数服从多数，在场的人都算上，举手表决。你爹见大家都有些紧张，就说，大家举手表决只是一个参考，不要太紧张。

你爹说同意保孩子的举手。结果，除了我之外，大家都举起了手，全部赞成保孩子。我望着大家举起的手，十分不解。这时，医生又来了，问商量好了没有，你爹说大家一致通过，保孩子。医生说，那就这样定了。这样，你爹就在那张纸上签了字。

孩子当然保住了，李桂馨却死了，就埋在那枯死的胡杨林里。

说到现在，你也许终于明白了，这个可怜的孩子就是你！你一生下来就是孤儿。我们给你起名叫军垦，随了你娘李桂馨的姓，你叫李军垦。

下　部

我是李桂馨的儿子，我叫李军垦。我的出生地应该是128号林带，我是一个野种，直到今天我也不知道谁是我的亲爹。我在1965年的春天出生，到马指导员告诉我身世的1989年，整整24年了！没想到我的出生经历这么复杂。现在，我也没有确定谁是我亲爹，那个黑影到底是谁？1989年这一年我已经大学毕业，在兵团的史志办工作，当我以兵团史征集者的身份四处采访第一代老兵团人时，我居然连自己的历史都没有搞明白。

当马指导员告诉我的身世时，我都快当爹了。我娶了马指导员的女儿红柳为妻，马指导员是我的老丈人。

我能来到这个世上完全是胡一桂连长胡日鬼的结果。我小时候就知道胡连长不是我亲爹,我们没有血缘关系,可是我也不知道谁是我爹。

我叫胡连长爹有几个原因。首先,没有胡连长我就不会来到这个世上,我是胡连长要抓的128号林带里的那个黑影的线索。从这个角度说,胡连长比我的亲爹还要重要。亲爹只图一次之欢,然后躲藏起来,要不是胡连长坚持,我就被扼杀在胎盘中了。其次,是胡连长把我养大的,他是我名副其实的养父。还有,我叫胡连长爹是一种习惯,是自然而然从小延续下来的,因为我不叫他爹就没有爹了,或者就没有人叫他爹了。

从我的出生情况来看,我可以叫二十六连所有的男人爹,因为他们都有是我爹的嫌疑;最起码那些举手表决要保孩子的二十六连人,我应该叫他们一声爹,如果他们不举手同意,我就无法出生。

我当然不是兵团人的第一个孩子,在我出生之前马指导员的女儿红柳已经一岁了,她哥哥马百兴都上小学了。铁匠张峪科的老婆还生了双胞胎儿子,再加上丁关的女儿丁岚、韩启云的儿子韩晓东,二十六连已经有不少孩子了,其他连队的孩子那就更多了。

我不但不是兵团人的第一个孩子,我也不是二十六连的第一个孩子。当地老乡把我说成是兵团人的第一个孩子,这使我的出生有了意义。

我也许是128号林带里的第一个孩子。如果这样说也不对,难道128号林带还会有第二个孩子?还会有第二个野种?这种推论显然十分荒唐。

我从马指导员的故事中开始听出了荒诞的成分,我娘李桂馨一个追求自由恋爱的女人,其结局却是悲惨的,真是造化弄人呀,而我却要牛哄哄地站着生,结果要了我娘李桂馨的命。我是一个凶手。我怎么也搞不明白当时为什么非要站着生,我和千千万万的孩子一样一头撞将下来,撞开生命之门不就好了，那样我娘就不会死了，我也就有娘了。

小时候我和胡连长住在一起，算是一个有主的孩子，他是我的监护人。其实，我算是二十六连人养大的，是吃百家饭长大的，吃饭的时候我在谁家玩，就在谁家吃，这是天经地义的事，也成了习惯。根据有奶就是娘的原理，我完全可以称所有给我饭吃的人为爹。

可是，事情并不这么简单，在二十六连除了胡连长我不能叫任何人爹。

当我咿呀学语之时，我和所有的孩子一样，首先学会的是叫爹叫娘。我第一个叫爹的是马指导员，因为马指导员家的饭我吃得最多。当时，我和胡连长都在马指导员家吃饭，胡连长把工资都交给马指导员。为此，我的第一声爹叫的是马指导员，只是这声爹刚叫出口就被马指导员的儿子马百兴打了一巴掌。马百兴比我大也比我高，我当然打不过他。他咆哮着说，马指导员是他爹，不是我爹，我爹是128号林带里的坏蛋。虽然当时马指导员替我打了他儿子，可是我从此再也不敢叫马指导员爹了。

我开始在连队里找爹，我叫那些对我好的男人爹，没想到我在连队里叫谁爹，谁都要打我，我的右脸和左脸在那段时间一直是肿的，没好过。我肿着脸回到家，疼得哭。胡连长就问怎么搞的，我回答，我叫谁爹，谁就打我。胡连长哼哼笑着，说谁敢当你爹，谁当你爹谁倒霉。

当胡连长问我，都叫谁爹了？谁打我了？谁又答应了？我咕噜着又说不清楚，因为我叫了好多人爹，没有人答应的，只回应我耳光。当年，胡连长拉着我的手说：“走，今天刚好开会，咱们去认认，看能不能认出你爹来。”

当年，胡连长牵着我在会场上穿行，这件事情我现在还记得。胡连长的眼睛在我的脸上和每一个男人的脸上交替观望，胡连长在察言观色。男人们见了我和连长就像躲瘟疫似的，眼睛看着别处，不敢正眼和我们对视。那时是我最得意的时候，因为每一个男人都怕我。那些平常对我好的男人和平常对我不好的男人，都是胡连长重点关注的对象。

胡连长拉着我在会场上转悠了几圈，也没有转悠出什么名堂，我嫌累，就不干了。胡连长在开会时说，李军垦长大了，他在找爹，这很正常。李军垦的爹就在你们中间，是男人就站出来，敢作敢为嘛。现在孩子也长这么大了，会叫爹了，你就出来认了吧，我绝对可以既往不咎。胡连长把话题一转说，谁也不准打孩子，谁打孩子说明谁心虚，谁打孩子谁就有嫌疑，不要让我抓住了，抓住了，我要让他看看我的厉害。胡连长一会儿说既往不咎，一会儿说抓住了就要他尝尝厉害，说的话前后矛盾。大家都知道胡连长绝对不会既往不咎的，当然也就没有人出来认我。

胡连长在会上这样一说，我再叫谁爹时，就没人敢打我了，可是我叫谁爹谁就会惶恐地躲着，好像我不是叫他爹，是让他叫我爹似的。我发现二十六连的人怕我了，特别是男人，最怕我叫他爹。他们越怕，我就越叫，除非给点好处我就不叫了。比方夏天给我掏一个鸟窝，冬天给我一把大沙枣之类的。

有的时候某人会给我好处，指使我去叫另外一个人爹。我现在还记得丁关就曾经指使我去叫葛大皮鞋爹，葛大皮鞋吓得不行，也给我好处，又指使我去叫副连长韩启云爹，韩启云也会给我好处。这样一来二去，我在叫爹的过程中得了不少好处，也占了不少便宜。

当年，在我娘李桂馨死后，胡连长再也没有派女人放羊，虽然也有女兵班的上海青年要求去放羊，胡连长却坚决不同意。新来不久的上海青年和我娘当年一样，觉得赶着雪白的羊群在荒原上行走，是一件浪漫的事，她们想浪漫一回，再浪漫一回，却忽略了出入128号林带的危险。放羊当然比下大田舒服，没有干农活那么累，也不需要出大力，派女人是比较合适的，但是胡连长还是决定派男人去放羊，而且一下派了两个人。男人去放羊虽然少了劳力，但出入128号林带就不怕那个黑影了。

胡连长接受了我娘李桂馨的教训，他确实不想二十六连再有一个野种出生了。

当年接替我娘放羊的不是别人，是葛大皮鞋。由于葛大皮鞋干活总是磨洋工，干脆让他放羊算了。可是，葛大皮鞋放羊比我娘李桂馨差多了，他经常会出事故，造成羊的意外死亡。有胀死的，有被蚊子咬死的，这都是苜蓿地里发生的。羊在苜蓿地胀死这不奇怪，因为羊群路过苜蓿地时，会不顾一切地冲进去，羊见了苜蓿就不要命了，它不吃到胀死是不停嘴的。

羊被蚊子咬死可能只有在我们那里才会发生，刚剪过羊毛的羊进了苜蓿地很可能被蚊子咬死。有一次，一只羊进了苜蓿地，葛大皮鞋没办法把那羊赶出来，葛大皮鞋怕赶一只羊又进去了一群羊。葛大皮鞋只好把羊群入圈后再去苜蓿地找那只羊，当葛大皮鞋在苜蓿地找到那只羊时，发现羊已经快死了。葛大皮鞋还以为羊吃了苜蓿要胀死了，把羊拉出来一看，羊的肚子还是瘪的。葛大皮鞋这才注意到蚊子，有成群的蚊子围绕着羊，由于刚剪了羊毛，蚊子能把羊皮叮透，那羊被蚊子叮咬中毒了，可见我们那里的蚊子多么厉害。

据我爹胡连长说，我们这里本来没有蚊子，自从开始大量种水稻后，蚊子越来越多。特别是天一黑你根本不敢出门，要是连队放露天电影，大家都不敢穿短袖的衣服，女的要围着纱巾，男的就拼命抽莫合烟，算是熏蚊子。即便是这样，看完电影脸上身上还会被咬很多疙瘩。

小的时候，看电影打蚊子是可以给电影配音的。特别是看战争片时，打蚊子的声音比银幕上的枪声还要大。我们这些孩子会跟随着电影情节打蚊子。比方看《南征北战》，只要电影上一喊打，我们就噼里啪啦地打脸，就像枪声一样。这时,即便你脸上没蚊子也不会放过给电影配音的机会。我有一次都把自己打哭了,我没想到自己打自己也这么疼。当时胡连长就骂我活该,整个电影场都哄然大笑。

羊被蚊子咬死了,葛大皮鞋被我爹胡连长骂了一顿。葛大皮鞋不服,说一个人放羊根本就顾不过来。胡连长说那人家李桂馨怎么就顾过来了?葛大皮鞋说,李桂馨当年放几十只羊,我们现在放上百只羊怎么能顾得过来?李桂馨当年就是顾不过来,才在林带里出事的。我爹没办法,只好多派了一个人去放羊。不过我爹也没有派女的,他派了二十六连一个有名的老病号去放羊。胡连长认为老病号反正也干不动活,整天请病假,干脆让他放羊算了,我爹不舍得劳力。

记得小时候,我也喜欢和葛大皮鞋一起到128号林带放羊。不过,那一定是在沙枣花盛开的季节。我和葛大皮鞋去放羊,他会望着我笑,说李桂馨的儿子,天生就是一个小羊倌。我说,我将来长大了要当连长,才不放羊呢。葛大皮鞋说我小小年纪还挺有志气,问我来128号林带干什么,我说是为了沙枣花,沙枣花好闻也好吃,我让葛大皮鞋用放羊铲给我铲沙枣花,葛大皮鞋却让我爬到树上自己撑。那沙枣树上的刺太多,我可不敢再爬沙枣树了。

葛大皮鞋说,护林人秦安疆不让铲沙枣花,你有本事让护林人给你够(采摘)去。我说护林人我不认识,他整天都躲在林带里不见人,我找不到他。

葛大皮鞋说,你唱歌他就出来了。我问葛大皮鞋唱什么歌,葛大皮鞋说唱《送你一束沙枣花》。这歌兵团人谁都会唱,我早就学会了,于是我就唱《送你一束沙枣花》。我唱了一阵见没有人理,就不愿意唱了。葛大皮鞋说,你往林带深处走走,大声唱,护林人肯定会出来。他出来了,你就叫他爹,他肯定会给你够沙枣花。我说,葛大皮鞋你骗人,他要打我怎么办?葛大皮鞋说,他不敢。

谁现在也不敢打你,谁打你,你就去告胡连长。

我在葛大皮鞋的指使下往林带深处走,边走边尖着嗓子高唱《送你一束沙枣花》。我当时的歌声肯定是稚气的,一点也不悠扬。不过,那个叫秦安疆的护林人还是出现了。他扛着坎土曼,有点惊慌失措地出现在我的面前。我过去没有见过他,可是听二十六连的人经常说起他的故事。我还以为他会和所有的兵团人一样,满脸胡子,穿着劳动布的工作服,头发乱糟糟的,要不就是刮了光头。没想到他是那么干净,穿着白衬衣,脸上一点胡子都没有,留着好看的头发,一点也不乱。我看着他愣了,他看着我也愣了,我们互相打量着对方,不知说什么才好。

他问,是你唱的歌?我点了点头。他问我为什么唱歌,我说为了见你。他问见我干什么,我说想让你帮我够沙枣花。他不吭声了,不说帮我够,也不说不帮我够。他把目光投向别处,嘴里还自言自语地说,和他娘一样,嘴馋。我说,秦安疆你认识我娘吗?他点了点头。于是,我就冲他喊了一声爹。

我的喊声让秦安疆浑身一颤,他突然脸色煞白,定定地望着我,不知道是生气还是害怕。我知道要是生气他会像其他二十六连人一样扇我一耳光,要是害怕,他会逃跑,躲着我。秦安疆没有打我,也没有逃跑。他突然挥舞坎土曼向一棵花枝招展的沙枣树砍去。随着他坎土曼的挥舞,一棵最繁茂的沙枣树和那些碎花倒在了我的面前。我急忙把满是花朵的沙枣树枝擎在手中,把自己变成了一棵沙枣树。

这时,我回过头来,发现护林人拄着坎土曼立在那里,泪流满面。护林人的表现让我吃惊,他没有打我,也没有逃跑,却哭了,他和二十六连的所有人都不同。

我长大后才知道,我最应该喊爹的人是秦安疆。虽然我们也没有血缘关系，但他应该是我的精神之父。我娘李桂馨是因为他去128号林带的，这样看来，我应该是我娘李桂馨和秦安疆的爱情结晶。不过，我再没有叫秦安疆爹，因为我怕一个男人哭。他不打我也不逃跑，却哭，我就不敢叫他爹了。

我后来和秦安疆就有了一种感情，我会经常去128号林带，跟随着他巡视林带。我对护林人秦安疆的感情一直都很复杂，先是好奇，接着是同情，再后来是理解，最后是怜悯。这些感情随着年龄的增大不断变化和升华。

我在二十六连寻找爹的过程持续了两年，最后，我试着叫了一声胡连长爹，他笑了，说傻孩子这就对了，在二十六连除了我，谁还敢当你爹呀！

胡连长说："你再不要叫其他人爹了，没用。"

从此，我就不叫其他任何人爹了，只叫胡连长爹。一个人只能有一个爹。

第二十五章　随歌而去

上　部

你娘李桂馨后来就埋在那片枯死的胡杨林里，埋在一棵最漂亮的胡杨树边。那棵枯死的胡杨树就像一个年轻漂亮的女人，树身修长，弯曲有致，显示着一个女人的曲线。树冠上有一个结，惟妙惟肖的，像李桂馨活着时盘在头上的发髻。那棵枯死的胡杨树成了李桂馨的化身，它站在那里长久地遥望着128号林带。

在埋葬李桂馨时，你爹问我："你知道为什么大家都举手赞成保孩子吗？"我回答不上来，说不知道怎么搞的，开始还为保孩子和保大人争论，怎么一表决就都同意保孩子了。你爹说，谁反对保孩子谁就有嫌疑，谁还敢反对呀。我说，那我就有嫌疑了，我难道是128号林带里的黑影？你爹说，那当然不是，这恰恰说明你心里没鬼，你是指导员，是值得大家信任的，一般人就不一样了。

还有，如果孩子没了，没有线索和证据了，就抓不住黑影了，抓不住黑影也就不能洗清自己了。只要抓住了二十六连的黑影，二十六连的男人才安心，单身的男人就纯洁了，已婚的男人也就让老婆放心了。

看来，你爹当时一直在琢磨二十六连男人的心，都是那个黑影闹的。

在埋李桂馨的那天晚上，秦安疆又吹起了笛子，那笛声很难听，像哀乐。

秦安疆吹的是他的那右派曲。对于大多数的二十六连人来说，大家都比较熟悉这右派曲，只是吹得更悲伤了。人们不由得向128号林带张望，唏嘘不已。

你爹和我听着秦安疆的笛声都皱起了眉头。你爹说，又吹又吹，有一个李桂馨还嫌不够。我说，不能让秦安疆在林带里吹笛子了。

第二天，我们把秦安疆叫来了，你爹很严肃地对秦安疆说，不允许你在128号林带吹笛子。秦安疆愣了一下，问为什么。你爹说，还有脸问为什么，李桂馨是怎么死的？要不是你吹笛子，她半夜三更能被勾引到128号林带吗？你爹语重心长地对秦安疆说，现在有这么多上海青年，这些女兵都是从大城市来的，有小资产阶级情调，追求浪漫，我曾经和她们聊过天，问她们为什么来新疆呀，她们的回答让人笑不出来。有说喜欢吃新疆的葡萄瓜果的，有的回答为了看看新疆的大草原，还有喜欢大沙漠的呢。你爹嘟囔着说，让她们进入大漠试试，不哭鼻子才怪。上海青年呀，你拿她没办法。

你爹感叹了一阵上海青年后，把话题一转，说，你在月光下的128号林带吹笛子，万一再有一个女兵晚上被你的笛声勾引，那不是第二个李桂馨嘛。

秦安疆听你爹这样说，半天不说话，可能有点想不通。秦安疆爱好广泛，当初他写诗惹了祸，我们不让他写诗了，改吹笛子了，本来我们以为笛子没有文字不会惹祸，没想到没有文字，声音也能惹祸，把李桂馨都害死了。知识分子就是麻烦，好在我们二十六连就一个秦安疆，要是多几个，我们这连长、指导员就没法干了。我们不让秦安疆吹笛子了，看你秦安疆还会玩出什么花来。

在我们的干预下，秦安疆确实不吹笛子了。在有月光的晚上，没有笛子声的128号林带一片死寂，我们也觉得少了点什么，可是我们也放心了，那些上海女青年在这样的夜晚，在128号林带毫无声息的状态下是不敢出门的。当然，我们也许应该替秦安疆想想，他一个人在林带里确实寂寞，但是有什么办法呢，他弄出的动静太有诱惑力了，我们不得不采取一些措施。

后来，秦安疆又弄出了让二十六连人吃惊的事，他制造了一辆奇特的毛驴车。秦安疆的毛驴车十分怪，那车厢是一艘独木舟改造的。也不知道他从哪里弄到的独木舟，是一棵粗壮的胡杨树掏空后制作的。那独木舟看着有些年头了，秦安疆说是在沙漠中捡到的。我和你爹都想不明白，难道这大沙漠过去是大海？如果真是这样，那独木舟也不可能保存这么久呀，即便胡杨树有千年不朽之说。秦安疆把独木舟的船头改成车尾，因为船头是尖的，对着毛驴的屁股，毛驴没法走路。船尾变成了车头这很巧妙，因为船尾是圆弧形的，在船尾两边固定两根木梁，正好驾辕套车，在独木舟的底部再钉上枕木，车轮就固定了。

秦安疆的毛驴车轮是用牛车的轮子改装的，在新疆人们把牛车叫大车，原因是牛车的车轮大，有一人多高，高度超过车厢。一般的车深陷沙漠寸步难行，由于牛车的车轮是用木头做成的，车轮高大，它可以在沙漠中自由行走，沙子拿这种车没办法。这车若用牛拉，每次可以拉很多东西，就是走得慢点，若是用驴拉，走得快点，但拉得少。

在收获的季节，牛车可以直接下到稻田里，不怕深陷泥泞。牛车装满了稻子，就像一座移动的小山，车看不到了，牛看不到了，赶车人也看不到了，只看到一个稻草垛在移动，一辆接一辆地向打谷场而去。牛拉车慢悠悠地走着，咯吱咯吱就像碾盘的声音，沙漠在牛车的碾压下变成了路。在兵团，每个连队都有大车班。

从128号林带里路过的打柴人赶的也是这种车，一般用驴拉。秦安疆把连队里废弃的大车轮子修理后安装在他的独木舟下。最奇特的是秦安疆在独木舟上还安了一个桅杆，做了白帆，这样看来秦安疆的毛驴车就有点怪了，像船又像车。秦安疆说他这是沙漠之舟。

秦安疆第一次驾着他的沙漠之舟出行轰动一时。当时，大家刚好下班路过128号林带，看着他赶着沙漠之舟十分好奇，都围拢来看。三头毛驴一头驾辕两头拉套，我们连队里有四驾马车，他变成了三驾驴车，看来秦安疆是从你爹那四驾马车学来的。无论是三驾马车还是四驾马车，那都是马。马是比较听话的，驴就不一样了，驴犟得很。人们都说一个驴槽里拴不了两头叫驴，驴根本没有合作精神。秦安疆也许不了解这个道理，他硬要把三头驴往一个车上套，这有点不尊重驴性，是对驴格的侮辱。三头驴气不过，开始反抗，这下热闹了，互相尥蹶子，那车只能在原地打转，任凭你秦安疆扬起鞭来如何招呼都没用。

二十六连人这下有好戏看了，大家见秦安疆赶三驾驴车笑得前仰后合的。

秦安疆第一次的失败让他吸取了教训，后来就改成一头驴拉车。一头驴拉车后，那毛驴非常听话，温顺得不得了。秦安疆逢人就说，驴傻呀，宁肯自己累也不搞团结，活该驴只有自己独自拉车。

秦安疆有三头毛驴，只能用一头拉车，另两头闲置还要喂，这比较麻烦。秦安疆留下一头最健壮有力的，另外两头送人了。一头送给了你爹，另一头送给了我，说是感谢对他的照顾，让一个右派看林带，干那么轻的活，实在是不好意思。你爹见那毛驴膘肥体壮的不舍得杀了吃肉，就试着骑了几次，那驴很听话，让骑。这样你爹上下班就有了坐骑了。送给我的那头驴太犟了，不让骑，后来就杀了，吃肉。天上龙肉地上驴肉呀，现在驴肉值钱了，过去在新疆驴肉不值钱。

有了毛驴车的秦安疆就像有了翅膀，秦安疆赶着毛驴车四处奔走。遇到刮风的时候，秦安疆会把那白帆升起，毛驴车在风中跑得飞快。毛驴被车推着跑，这样就被吓着了，它搞不懂这世界怎么了，毛驴拉车是天经地义呀，怎么能被车推着跑呢？边跑还边“昂叽昂叽”地叫唤，不知道是得意，还是惊恐，说不定还有无奈。

秦安疆赶着沙漠之舟在风中奔跑让人惊慌失措，让人惶恐，有一种要出什么事的感觉。

不久，秦安疆就出事了。秦安疆失踪了。就在你爹报告了团里，准备去寻找他时，他突然又回来了。原来，秦安疆跟着老乡的毛驴车队走了，秦安疆跟随着打柴人的车队走了三天三夜，一直到人家的村头，人家到家了他才归来。当时，有人问秦安疆为什么跟着老乡的毛驴车队走呀，秦安疆回答，是为了听他们唱歌。

秦安疆的这种行为让大家觉得他的精神有问题了，有精神病了。特别是上海青年，说秦安疆是“钢笃”。钢笃是上海话，就是傻瓜或者神经病的意思。

秦安疆听人这样说他，生气了，就说，谁说我是神经病谁就是神经病。有本事咱打赌，看谁是傻瓜？

上海青年不服就和秦安疆打赌，那段时间秦安疆会经常和上海青年打赌，赌注有时候是一只鸡，有时候是一块肉，总之都是吃的。打赌的方式也很简单，找第三人要一盒火柴，突然撒到地上，谁先数出多少根谁赢。在二十六连谁都赢不了秦安疆，一盒火柴往地上一撒，他瞄一眼就在那儿冷笑，人家还在数着呢，他就报出数来，人家数到最后果然和他报的数字相同。这时，秦安疆会得意地学着用上海话说：“说我钢笃，侬才钢笃。”

上海青年输了就要想办法弄一只鸡给秦安疆。当时，双职工家庭都养了鸡，生活要好一点，单干户就惨了，只能吃大食堂。大食堂的伙食太差，炒的白菜连油星儿都没有，基本上是清水煮白菜。上海青年就受不了了，端着碗眼睛却盯着在连队里四处散步的鸡。他们把米饭往鸡的面前撒，这让鸡喜出望外，连忙吃。上海青年就一边走一边撒饭，鸡被引诱着跟着人走，一路走进上海青年的单身宿舍，人就把门关了，捉鸡。

上海青年晚上就抱着鸡去了秦安疆在林带边的小屋。秦安疆问鸡是哪来的，上海青年说，买的，在巴扎上买的。鸡就炖上了，上海青年和秦安疆就饱餐一顿。

从此，上海青年都愿意和秦安疆打赌。打赌都会输，输了就弄一只鸡去林带里炖。那段时间秦安疆不断和上海青年打赌，我们连队的鸡就不断地丢，丢了鸡连鸡毛都找不到。

下　部

我爹和马指导员命令秦安疆不能吹笛子了，这几乎要了秦安疆的命。当然，秦安疆不吹笛子了，128号林带也不是总寂静着，如果你细听，从那林带中有时会隐隐约约传来叮咚叮咚的铜铃之声，那是一队正通过林带的打柴人的车队。要是在白天，你会看到那些毛驴都被打扮得花枝招展的，在毛驴的头上、脖子上、身上戴满了绢花，脖子下的铜铃还坠着红缨子。在装满红柳根的毛驴车上，打柴人高高在上，或卧或坐，挥起长鞭，间或发出一声吆喝。走着，打柴人就会深情地吟唱：

我的左脸已被情火烧伤

右脸仍在为情人歌唱

任何病症都能治好

但情火却没有灵丹妙药

我的烦恼是因为情火的燃烧

难道只有死去才能尽消

这歌声十分美妙。打柴人的吟唱沉沉的、低低的，透出一种伤感，这非常符合秦安疆当时的心情，让他如痴如醉。秦安疆在林带中不能吹笛子就听打柴人吟唱，每当一队打柴人路过时，那就成了秦安疆最幸福的时刻。只是，这幸福比较短暂，因为打柴人的毛驴车队是行进中的，当打柴人的车队走远后，那歌声就听不见了，这让秦安疆痛苦不堪。

那段时间可能是秦安疆最难过的日子，他开始想办法，想留住打柴人的歌声。那时候又没有录音机，他怎么才能留住歌声呢？他曾经跟随打柴人车队走过一程，可是毛驴车走得太快，靠两条腿是走不过毛驴四条腿的，秦安疆只能小跑着才能勉强跟上。有一次，秦安疆小跑着跟在毛驴车队的后面，被赶车人发现了，那人大惊，在寂静的128号林带，一个人突然在追赶你的车，显得既荒诞又恐怖，换了谁都会害怕。人家还以为是打劫的，吓得赶着毛驴车猛跑。吟唱没有了，取而代之的是惊恐的呐喊。

为了听打柴人的吟唱，秦安疆决定弄一辆自己的毛驴车。秦安疆去巴扎上买来了毛驴，说是要拉车用。秦安疆一下买了三头小毛驴，按照当地人的话说，那毛驴都是咯咭咯咭（小）的，都是刚生下不久的小毛驴，他每头小毛驴才花了五元钱。葛大皮鞋就笑秦安疆是“秀才造反三年不成”，秦安疆造毛驴车一年不成。看他买的毛驴不喂一年怎么也拉不动车。

秦安疆怕花钱，当年普通农工的工资是三十一块零八分，那八分是一张邮票钱，这工资十几年都没变过，大家都穷呀。当年好多兵团人都在巴扎上花五块钱买过小毛驴，只不过大家买来不是为了拉车，是为了养大杀了吃肉的。兵团人的生活条件太差，只有想办法了。

秦安疆本来是要用三头毛驴拉车的，没想到毛驴不配合，只能用一头毛驴了。那两头毛驴的肉我都吃上了。送给马指导员的毛驴没几天就杀了吃了，送给我爹的毛驴一年后才杀了吃。我爹胡连长曾经骑着毛驴去上班，成了骑驴连长。那毛驴有一天在排碱渠的桥上，一条腿踩进了桥缝里，把腿崴断了，只好杀了吃肉。我估计那毛驴是不堪我爹的重负，在过排碱渠的桥时，腿发了一下抖，才失蹄的。常言说，好马也有失蹄的时候，好驴也一样会失蹄，况且那排碱渠的桥都是用圆木搭起来的，圆木之间的缝隙时间长了必然加大，桥面上只铺有稻草和土，不要说驴了，牛也夹过，大车轮子也夹过。

秦安疆为了使自己的沙漠之舟永远能跑，就必须让毛驴永葆青春。秦安疆的办法很简单，一头母驴年轻力壮时拉车，这时再养一头小驴；小驴长大了，让母驴怀上小驴；小驴生下来了，杀母驴，再买一头小母驴。驴就这样一代一代地顶替接班。

这样，128号林带里时常会传来驴叫声，闹腾得不得了。驴叫声比秦安疆的笛声就差远了。

秦安疆养驴是为了拉沙漠之舟，沙漠之舟是为了跟踪当地老乡的打柴车队，跟踪是为了听歌。可见秦安疆对当地人的歌声多么痴迷。

在那些有月亮的夜晚，打柴人的车队从128号林带路过，车队有一里多长。在那装满红柳根的毛驴车上，打柴人将羊皮袄垫在上面，躺在那高高的柴车上望着月亮哼唱。他们的歌声时而高亢，时而低吟，车轮吱吱扭扭的声音就像一把天然的胡琴，叮咚叮咚的铜铃声，成了最合适的节拍。歌声有了乐队伴奏，就有了一种不可抗拒的力量，让人倾倒。

打柴人一路唱着，秦安疆赶着自己的毛驴车，一路追踪着听，他躺在自己的沙漠之舟上倾听，被歌声牵引，随歌而去。当打柴人回到村子时，秦安疆随之再赶着沙漠之舟回来。由于秦安疆第一次随歌而去搞得大家虚惊一场，这种事发生过几次后，二十六连的人也就习惯了，我爹和马指导员也就懒得管他了，反正只要丢不了就行了。

说来也怪，我小的时候对128号林带中传来的歌声也十分敏感。在有月的晚上，当128号林带中传来打柴人的吟唱时，我就像一位梦魇中的孩子，面向林带静静地定着。据说，那时我的脸色会发白，有人把手在我眼前晃动，我一点反应都没有。二十六连人说我得了怔症了，就像在梦魇中。其实，只有我知道，那歌声有一种魔力，让我不能自拔。我总是情不自禁地想去128号林带看看，我会被自己的这种冲动推动着，飞也似的向128号林带狂奔，一点也不害怕。

如果有人喊我，问我干什么，我会一边跑着，一边说去128号林带，和秦安疆去听歌。

这时，有人就说，这野种就应该是秦安疆的儿子。

我跑到128号林带，秦安疆正在套车，打柴车队还没有过完。我根本不和秦安疆打招呼就爬上了车，然后我会舒舒服服地躺在那车上，看着林带上空的月亮，尾随着打柴车队，听他们唱歌。只是，我走不了五公里必然睡着，然后就不知道自己在什么地方了。秦安疆不同，他一点也不困，总是能听到最后。这样看来，我听歌是假，在沙漠之舟上睡觉是真。

我从生下来那天起，就是二十六连的焦点人物。人们总是对我的脸感兴趣。可是，一直到了我上学的年龄，也无法从我脸上辨认出我爹那个黑影的样子。我长得谁也不像，甚至也不像我娘李桂馨，常言说谁养的孩子像谁，我是二十六连的人养的，只能像二十六连的人。大家眼睁睁地看着我长大，开始担心。孩子长大了，显现不出那个黑影的轮廓，将来怎么办？人们私下又开始埋怨胡连长了，说胡连长这辈子净干没屁眼的事，让李桂馨生下了一个不该生的孩子。

胡连长也开始感到当年让李桂馨把孩子生下来的荒谬。胡连长从我脸上根本找不到那个黑影，为此，胡连长十分失望。在失望的同时，胡连长十分遗憾地看着我长大。对于我的迅猛生长，无论是胡连长还是二十六连的其他人都是十分不情愿的。可是，我的茁壮成长又是不可阻挡的，就像一棵胡杨树，生命力极为旺盛。

人们无法预料我这位有娘生没娘养，有人播种却没人收获的野种将来会成为什么样子。我脾气古怪，举止异样，四处找爹，弄得人人自危。胡连长对我的成长几乎没操什么心，我在二十六连如鱼得水，四处游走。胡连长也打过我，胡连长打我的理由很简单，说是回来晚了，有时候晚得离谱，会在深夜归来把沉睡中的胡连长吓醒。

有时候我会几天不回家，胡连长也不找我，说不定我又在谁家住下了。其实，我几天不回家的原因基本上都是随歌而去了。回家很晚的时候都是在128号林带，在秦安疆的小屋。只要上海青年和秦安疆一打赌，就可能在林带里炖鸡。我就会去林带，往往鸡刚炖好，我就到了。秦安疆望着我笑，上海青年望着我生气。我就说，今天谁谁家的鸡丢了还问过我。上海青年就说，你怎么说的，我说鸡被鹞子叼了。上海青年一听就笑了，说兵团人的第一个孩子真聪明，来吃鸡、吃鸡。

因为回家晚胡连长打我，我从来不跑、不躲、不哭也不叫。胡连长打我两下就不打了，无论是打人的还是挨打的，都要相互呼应，我不哼不哈的像个闷驴，打我没有任何意思。胡连长打我，我却从来不恨他，相反，我喜欢胡连长，那是一种爱,爱得让人胆战心惊。在二十六连无论是大人还是小孩,谁敢骂一句胡连长,我就会毫不犹豫地和他拼命,我会像一只豺狼扑上去又撕又咬。

其实,我成了胡连长的一块心病。随着时间的推移,那病越来越重,压得胡连长喘不过气来。胡连长曾多次向人们表示,只要有谁大胆地站出来认了这个孩子,我可以既往不咎。可是,最终也没有人站出来认我。胡连长只能是站在水渠边,带着惆怅,望着128号林带长叹。

在二十六连人的不情愿中,我无可奈何地长大了。

第二十六章　一双大皮鞋的变迁

上　部

你在二十六连四处找爹的时候，正值“文化大革命”时期，那应该是1968年前后。由于北疆石河子发生了武斗，1968年下半年兵团开始清理阶级队伍。当时兵团确实应该清理一下了，兵团的人员太复杂，什么人都有。有劳改释放犯，有盲流，有叫花子，有国民党的俘虏，有“九·二五”起义的国民党，有地、富、反、坏、右“黑五类”，有支边青年，当然也有我们这些老革命。

兵团的人来自全国各地，基本上每个省份的人都有。当时，我和你爹都是支持清理阶级队伍的，由于兵团人员的复杂，出了不少问题，你的出生就是一例。我们一直都无法找出128号林带的黑影，也就是说我们一直找不到你的亲爹。要是兵团人员单纯一些，你那个坏蛋爹怎么也无法藏身了。他是在浑水摸鱼。

在清理阶级队伍中，我们连清理出了两个阶级敌人，一个是秦安疆，另外一个就是宁彩云。秦安疆是老右派，只要有运动他都跑不掉，这没什么稀奇的。宁彩云被清理出来一般人可能意外，这都是宁彩云过去那歌妓身份惹的祸。

新中国成立前宁彩云在上海当过妓女，我和你爹曾经在她的档案中看到，在职业一栏中填着“歌鸡”。我们当时问过秦安疆，秦安疆认为是错别字，应该是“歌妓”。无论是歌妓还是舞妓，说穿了都是妓女。我们一直为宁彩云保密，在宁彩云嫁给葛大皮鞋时，葛大皮鞋也不知道宁彩云过去在上海的身份。没想到“文化大革命”时清理阶级队伍，把宁彩云清理了出来。

宁彩云档案中填的是“歌鸡”，“歌鸡”是什么鸡？审查档案的人和我们一样也不明白。不明白就派人到上海调查，调查的结果是，“歌鸡”为笔误，应为“歌妓”，就是在舞厅陪人唱歌、跳舞的妓女。

在新中国成立前当过妓女这没什么，当时来的上海妓女近千人呢，并没有都被当阶级敌人清理出来。但宁彩云是二十六连上海青年女兵班的班长，这是问题的关键。我们是值班连队，上海青年女兵班又是我们值班连队唯一的女兵班，她们青春、靓丽、纯洁，充满朝气，英姿飒爽，正所谓是早晨八九点钟的太阳。当时，我们的上海青年女兵班在全团都是出了名的，这是我们二十六连的仪仗队呀。无论是团里还是师里来人检查工作，我们都让上海青年女兵全副武装地列队迎接，这让领导们大加赞赏，这是我们当初编这个女兵班时没想到的。

更让人没想到的是这样一个女兵班居然让一个妓女混进来了，而且是班长。这完全是玷污了上海青年女兵班，玷污了我们的值班连队，玷污了我们的兵团女兵。上纲上线是当时的常态，是一种习惯。宁彩云不但被清理出来了，我和你爹都受到了批评。

我们让宁彩云当上海青年女兵班的班长根本就没有考虑这么多，当时认为宁彩云是上海人，年龄也比较大，属于老大姐，上海青年来时有问题都找宁彩云，阿姐长阿姐短的。再说，宁彩云进疆早，熟悉情况，又是女的，让她带上海青年女兵班，沟通起来方便，是最合适不过的人选了。谁想到后来要清理阶级队伍呢？如果宁彩云不当上海青年女兵班的班长也许就没事了，上海青年女兵班的班长这个位置太显眼了，就成了调查的对象。

宁彩云被清理出来了，整个上海青年女兵班一下就"爆炸"了。她们觉得受到了侮辱，认为上海青年女兵班被玷污了。这简直是太丢脸了，自己居然被一个老妓女领导着。上海青年女兵班受到侮辱，上海青年男兵班当然要拍案而起，打抱不平了。女兵班和男兵班是天生的一对，现在是兄妹，将来可能就是夫妻，已经有好几对在谈恋爱了。男兵班带着女兵班找到连里，提出要开宁彩云的批斗会。

事已至此，我和你爹已经无法控制局面了，我们为此已经受到了批评，上海青年要开宁彩云的批斗会，我们拦不住，也不敢拦了。上海青年的年龄都不大，都是革命小将，有一腔热血，为了肃清宁彩云的流毒，他们又选谭华妹当了上海青年女兵班的班长，让周启光当了上海青年男兵班的班长，他们还成立了上海青年排，由他们自己选出了马富海当排长，然后让我们连里任命。我和你爹没有办法，只好同意让那个叫马富海的上海青年当排长。

上海青年排在马富海的主持下，开了宁彩云的批斗会，后来还整治过秦安疆。他们在宁彩云的脖子上挂了一双旧皮鞋，这是葛国胜的旧皮鞋，是葛国胜在抗战时缴获的。这双旧皮鞋本来是葛国胜用来炫耀自己光荣革命历史的，是葛国胜之所以叫葛大皮鞋的物证。葛大皮鞋从来就没穿过，也不舍得穿，高高挂在家里的墙上，只要有人去他家，他必然指着那皮鞋说，看，日本皮鞋，抗日时我缴获的。没想到，在批斗宁彩云的时候，这皮鞋被上海青年挂在了宁彩云的脖子上，这皮鞋立刻就有了另外一层含义。不言而喻，宁彩云是一个破鞋。

宁彩云被清理出来，打击最大的应该是葛国胜。他生命中的最重要的两大部分都变质了。一是他的大皮鞋，那双有光荣革命传统的光彩夺目的大皮鞋，被上海青年挂在宁彩云脖子上一瞬间就变成了污秽不堪的破鞋；二是他的老婆，他老婆宁彩云是上海人，这在荒原上是最值得炫耀的事，没想到老婆也摇身一变成了妓女。

葛大皮鞋气咻咻地找到你爹，说你爹害了他，宁彩云当年是妓女，你当连长的为什么不告诉我，看着我娶了个妓女，让我断子绝孙。

葛大皮鞋把娶妓女和断子绝孙联系在一起，这是有原因的，因为葛大皮鞋和宁彩云结婚这么多年都没有生养。为此，葛大皮鞋和宁彩云经常吵架，两个人一吵架就找你爹处理，葛大皮鞋嘴里还不干不净地骂宁彩云是不下蛋的母鸡。你爹曾经笑着偷偷对我说，葛大皮鞋真是一语道破天机，宁彩云本来就是歌鸡，歌鸡是什么鸡？就是不下蛋的鸡呀，只能唱歌，打鸣，不下蛋。我当场就批评了你爹，说你爹说话没有一个连长的样子，怎么能这样说话呢？你爹吐了下舌头有点不好意思，就像个孩子。

葛大皮鞋知道宁彩云过去是妓女后找你爹吵架，你爹坚决不承认自己知道宁彩云过去是妓女，你爹还语重心长地说，我要知道宁彩云是歌妓，我就不会让她当上海青年女兵班的班长了，你看看我们现在多被动，也受到了上级的批评。

你爹坚决不承认自己知道宁彩云是妓女，这也很好笑，他明明知道宁彩云是妓女嘛。为此，我还嘲笑过你爹不实事求是。你爹说对付葛大皮鞋就不能讲实事求是，否则他会没完没了。

你爹反过来批评葛大皮鞋，当初见人家宁彩云漂亮，就要求娶人家，你葛国胜当年又是开荒能手，我们又不能不给你呀！现在你葛国胜同志发现问题了又怪我们当领导的，这不是一个革命同志应有的态度呀。

你爹当了那么长时间的连长，说起话来一套一套的，虽然有点颠三倒四，但句句在理。葛大皮鞋有苦说不出，没办法和你爹评理。可是，葛大皮鞋心里却暗暗恨上了你爹，算是和胡连长结下了仇。

葛大皮鞋有气没处出，深夜开始修理宁彩云。宁彩云的尖叫声划破夜空，能惊飞正在睡觉的麻雀。据说，葛大皮鞋这个老兵痞修理女人很有一套，他不打也不骂，在修理宁彩云之前是悄无声息的，他直奔主题，专拣宁彩云的私处下手，让宁彩云从睡梦中疼醒。第二天，你从宁彩云的身上、脸上根本找不到伤痕。

你爹在第二天曾经找葛大皮鞋谈话，问葛大皮鞋为什么要打人，葛大皮鞋还不承认，说你看她身上哪有被打的痕迹。宁彩云半夜里叫唤是因为被批斗后，受到了惊吓。我们再看宁彩云，发现她身上脸上确实没有伤痕，宁彩云本人也不承认葛大皮鞋打她。可是，宁彩云的尖叫声会随时在半夜里响起，基本上每天晚上都会发生。真不知道葛大皮鞋这个老兵痞是怎么修理宁彩云的。

后来，不知道怎么搞的你居然叫宁彩云娘了。我还和胡连长开玩笑，我说李军垦叫宁彩云娘，叫你爹，你们就是一家人了，可惜宁彩云嫁给了葛大皮鞋。你爹说，李军垦叫谁娘，谁就和我是一家人，那我不成了解放前的地主了，至少有三妻四妾。我说，你个老光棍还三妻四妾呢，你现在连一妻都还没有呢，上级再也不会给你解决老婆的问题了，李桂馨也死了，你难道就这样过一辈子？早知道还不如让李桂馨嫁给其他人呢，解决一个是一个，我们连还有不少老光棍呢！

自从你叫宁彩云娘后，就经常往宁彩云家跑，有时候还在宁彩云家过夜。你晚上住宁彩云家，你爹胡连长没什么意见，可是葛大皮鞋却有意见了。葛大皮鞋找到你爹说，你让那个野种住我家，时间长了是有问题的。你爹问，有什么问题？葛大皮鞋说，小孩和谁住在一起就长得像谁，他整天往我家跑，将来长得像我怎么办？要是像我了，你可别怀疑我是那128号林带里的黑影，找我的麻烦。

你爹哈哈大笑，说葛大皮鞋是不是做贼心虚了，李军垦和我住这么久怎么不像我？葛大皮鞋说，我心虚个屁，我整天忙着耕作，到现在都没有把宁彩云种上，我怎么能在128号林带一次把李桂馨的肚子搞大？我肯定不是那个黑影。你爹说，哦，原来是你不行，还嫌人家，骂人家宁彩云是不下蛋的母鸡，你分明是一个太监嘛。葛大皮鞋被你爹这样一说，又不干了，说我怎么不行了，你换一个试试，看我能不能种上？你爹说，哦，那说明你还是行，李军垦去你家住，你还是心虚。

葛大皮鞋被你爹说得左右为难，一跺脚走了，说我葛国胜这辈子就毁在你这个胡日鬼连长手里。你爹却望着葛大皮鞋的背影哈哈大笑，说，在没有抓到黑影前，谁都是怀疑对象。葛大皮鞋走着又回过身来，说，我发誓，谁是128号林带里的黑影，谁是我儿子。你爹说，你有那么大的儿子嘛，我看你是想儿子想疯了，那128号林带里的要是你儿子，李军垦就是你孙子了，李军垦却叫你老婆宁彩云娘，我看你连辈分都搞错了。

葛大皮鞋听胡连长这么说，也不由得哈哈大笑，然后兴冲冲地回家了。你爹胡连长不知道葛大皮鞋笑啥，骂了一句粗话就回屋了。

上海青年开过宁彩云的批斗会后，上海青年还要求宁彩云交代问题，必须把在旧上海的那段往事说清楚，在整个妓女生涯中都接待过什么人？特别是有没有接待过美蒋特务？特务会不会把宁彩云拉下水？宁彩云会不会是接受了任务后潜伏在大陆的？要把宁彩云这个混在革命队伍中的歌妓的问题彻底搞清楚，还有大量的工作要做。上海青年们摩拳擦掌，积极性相当高。

下　部

当年，我梦想有个娘时，宁彩云半夜的尖叫声把我唤醒了。在那个年龄段，我确实在找娘，或者说找一个人叫娘。我已经有爹了，开始叫胡连长爹。爹的问题解决了，我还要找个人叫娘。我当时才不管我的亲娘是死是活呢，反正人家有一个爹一个娘，我也应该有。

事实上马指导员的老婆幺妹应该是我的养母，我是吃她的奶长大的，或者说我是抢她女儿红柳的奶长大的。当然，被抢了饭碗的还有丁岚，丁岚是丁关的女儿，她比我晚出生一百天。我还抢了韩启云的儿子韩晓东的奶，韩晓东比我小半岁。我没有抢过张峪科的儿子张双江和张双海的奶，因为他们是双胞胎，奶本来就不够吃。

我第一次叫娘是冲着幺妹叫的，结果被马指导员的女儿红柳推了个屁股蹲儿，我一屁股坐在地上大哭。红柳比我大一岁，我当时也打不过她，她不让我叫幺妹娘，因为那是她的娘，我不但抢了她的奶，还要抢她的娘，她当然就不干了。幺妹看着我坐在地上哭，没心没肺地望着我和红柳哈哈大笑。从此，我再也不叫幺妹娘了，虽然我吃过她的奶。看来，有奶就是娘的说法不对，奶是奶，娘是娘。

当我懂事的时候，马指导员告诉我，你娘李桂馨临死之前还给我留下了话。

当时，我娘李桂馨躺在手术台上已经不行了，医生让胡连长和马指导员到我娘的手术台边，说她有几句话。我娘的最后遗言是：“我儿子长大了，让他把我弄回口里，我不能埋在戈壁滩里没人管，我要埋进老家的麦田里，那才是我的归宿。”

这几句话在我一记事时，胡连长就告诉我了，而且在后来的不同年龄段又告诉过我。随着我不断长大，这几句话一直刻在我的脑海里。

我娘死了，在现实生活中我却需要娘，一个没有娘的孩子日子是很不好过的。所以我在二十六连也曾经找过一段时间的娘。在我没有找到娘前，我会到那枯死的胡杨林里，站在我娘的坟墓旁，抬起头望着我娘坟前的那棵枯死的胡杨树。听二十六连的人说，我娘长得就像那棵胡杨树，我当时还小，不明白一个人怎么就变成了一棵树。

我叫宁彩云娘是在她被批斗后，当时宁彩云被清理出革命队伍了。

应该说当年兵团清理阶级队伍的直接原因是石河子发生了武斗事件。上级认为兵团发生武斗是阶级敌人的破坏，内部有阶级敌人挑拨离间，让群众斗群众。上级认为兵团内部的人员组成太复杂了，有必要进行清理。这样，兵团在一段时间就进行了全面的阶级队伍大清理。最后，全兵团共清理出各种阶级敌人1.3万多人。

当然，这一切都是我长大后从档案材料中看到的，小时候当然也就不知道为什么批斗宁彩云了。在宁彩云被清理之后，葛大皮鞋会在半夜里修理宁彩云。我曾经问我爹胡连长宁彩云为什么在半夜里尖叫，胡连长回答，那是葛大皮鞋在半夜里挖排碱渠。我问为什么要在半夜里挖排碱渠，胡连长说，葛大皮鞋要播种，想要儿子，地里不长庄稼，不挖排碱渠不行呀！我说那其实是在修理阵地，你不是说所有的排碱渠都可以当战壕都是我们要坚守的阵地吗？胡连长听我这样说，在被窝里哈哈大笑，我爹笑过了叹了口气，说，都结婚这么长时间了，要有孩子早就有了，没有，永远也不会有了，歌鸡就是不下蛋的母鸡。我当时无法理解这句话的含义。

宁彩云让葛大皮鞋那个老兵痞半夜里当排碱渠挖，哇哇大叫肯定不爽。

她没有孩子,应该是一个可怜的女人。我没有娘,是一个可怜的孩子。可怜的女人也许愿意当可怜孩子的娘,于是,我就找了一个机会叫宁彩云娘。我不嫌弃宁彩云脖子上挂着破鞋挨批斗,我才不管宁彩云是不是破鞋呢,有一个当破鞋的娘总比没有娘好,叫一个活着的人娘,总比叫一棵死去的胡杨树好。

我叫宁彩云娘时,宁彩云当时正独自坐在连部门前的花坛旁。自从她被批斗后,那几天她神色就有点恍惚,有些糊涂了,整天嘴里念念有词的,说:"我是抗日英雄的家属,我偷了抗日英雄的皮鞋,我有罪。"

开她的批斗会时,那皮鞋是上海青年从她家的墙上取下来挂在她脖子上的,又不是她偷出来的。上海青年让她站在花坛上,低着头认罪。

开过批斗会后,她没事就会坐在那个花坛上,自言自语地说,开批斗会了,开宁彩云的批斗会了。当时,花坛里正开放着艳丽而又硕大的喇叭花,宁彩云的自言自语都通过那喇叭花传递了出去,全连人谁都能听到宁彩云的自言自语。

宁彩云说:"我低头,我有罪,我偷了抗日英雄的皮鞋,我有罪。"

她那个样子就像个傻子。

我走到她身边,悄悄地在她耳边叫了一声娘。她当时愣了一下,问我叫她什么,她当时也许怕自己听错了。或者她希望通过那些大喇叭花把我的叫声传播出去,于是,我用了吃奶的力气大声地喊了一声:

"娘——"

宁彩云愣愣地望着我,突然泪如泉涌。

她一把将我抱在了怀里,在我耳边说,你小声再唤一声。我就在她耳边又小声唤了一声娘。宁彩云拉着我就往她家跑,她一边跑一边说,走,儿子,娘回去给你做好吃的。

到了宁彩云家,宁彩云说,娘给你打荷包蛋,加砂糖。

那天，宁彩云给我打了两个荷包蛋，还放了一大勺新疆八一糖厂生产的白砂糖。中午，她从菜窖里扒出了皮牙子(洋葱)、胡萝卜，还给我做了一顿抓饭。宁彩云让我多吃，把抓饭都吃完，不给葛大皮鞋留，别让葛大皮鞋知道。那天我吃得肚子圆，吃得我不停地流泪，因为那抓饭太好吃了。

从此，我就找到娘了，这个娘会做没有羊肉的抓饭，那素抓饭也是那么好吃，有油、有胡萝卜。宁彩云见我吃得高兴，就说，我不怕了，我有了儿子，我还怕什么？他们开我的批斗会我也不怕；葛大皮鞋修理我，我也不怕；他们让我交代问题，我也不怕。

葛大皮鞋后来却逼着我叫他爷爷。葛大皮鞋坏，我叫宁彩云娘，他却不让我叫爹，他让我叫爷爷。后来我才明白，他让我叫爷爷是冲着我爹胡连长去的。我叫胡连长爹，叫他爷爷，那胡连长就成了他儿子，他顺便就占了胡连长的便宜。葛大皮鞋真是用心险恶，他恨胡连长，想通过这样出口恶气。葛大皮鞋这一手很厉害，他不但和128号林带里的黑影划清了界限，还占了胡连长的便宜。宁彩云见我不愿意叫葛大皮鞋爷爷，就给我出点子，让我叫葛大皮鞋“葛爷”，葛爷不是爷，是大爷。

宁彩云曾经对我说，他们说我是破鞋，我就是破鞋；他们叫我交代问题，我就交代问题，我知道他们喜欢听我讲过去的事情，讲做妓女的故事。宁彩云曾经还指使我去问马富海，什么时候去交代问题。我兴冲冲地去找马富海，我问：“马富海，宁彩云让我问你什么时候交代问题？”

马富海瞪了我一眼，说：“小赤佬，十三点，让她马上来。”

我就回去告诉宁彩云，马富海说十三点马上来。宁彩云哈哈笑了，说傻儿子，十三点是骂人的。从此，我知道了，上海人骂人不狠，不粗，不骂娘也不骂爹，骂时间，奇怪。

第二十七章　粉墨登场

上　部

上海青年要求宁彩云去交代问题，他们的头头儿是马富海。

宁彩云会在晚饭后去找马富海交代问题。宁彩云家住在连部办公室西边的那排房子，马富海住在连部办公室东边的集体宿舍。宁彩云要找马富海交代问题，就必须从西往东走，穿过连部办公室门前的空地，路过办公室前的花坛，然后到集体宿舍门前。马富海见宁彩云来了，和几个上海青年带宁彩云去连部办公室谈话。接受宁彩云交代问题的有周启光和谭华妹。周启光负责记录，谭华妹是女的，宁彩云有什么事也方便处理。

宁彩云在晚饭后去找上海青年马富海等人交代问题，那时候太阳还没有完全落山，一天就要结束了，是整个连队最轻松的时候。大家刚吃过晚饭，又没有事情干，都站在门口东拉西扯地聊天。这时，宁彩云会出现在大家的视野里。宁彩云居然穿着高跟皮鞋，紧身的旗袍，这样的打扮太让人吃惊了。现在这样的打扮太普遍了，可是在过去，在遥远的新疆，在荒原上那是太少见了。

宁彩云的这身打扮是经过特许的。宁彩云说她只有穿上这些旧衣服才能回忆起过去的事情，因为在上海做妓女的记忆和这些旧衣服一起都压在箱底了。宁彩云说，往事就如这些旧衣服，要把往事抖搂出来，就要让这些旧衣服重见天日。穿上旧时代的衣服讲旧上海的故事,那才能声情并茂。马富海他们非常赞同宁彩云的提议,马富海他们希望宁彩云把箱子底下压着的所有的旧衣服都翻腾出来,因为每一套衣服都代表一个客人。马富海在向我们汇报工作时说,她穿了什么衣服就会交代她穿那件衣服时发生的事情,这样,宁彩云的交代就会条理分明,就会举一反三,就不会有遗珠之憾。

你爹吃了一惊,问:“宁彩云还藏有珍珠?”

马富海望望你爹冷笑了一下,说:“是遗珠,不是珍珠。”

你爹又问:“遗珠是什么珠?”

马富海不屑一顾地望望你爹,说:“我也不知道遗珠是什么珠,等宁彩云交代后我再告诉你吧。”马富海走时用上海话骂了一句赤佬,说无法对话。你爹却望着马富海说,小人得志,上海青年怎么了,是上海青年就能看不起我们老兵团人?

宁彩云从箱底找出了昔日最鲜亮的旧衣服,在那些衣服中有旗袍,有连衣裙,有紫色的大披巾,还有高跟鞋。宁彩云把头发也烫了,当时连队里结了婚的女人都会自己烫头。据说洗了头,趁湿用烧热的火钳,把头发卷在火钳上,一阵烟雾后,头发就烫卷了。

宁彩云出现在人们的视野里,是亭亭玉立的。她从西向东走,逆光。金色的霞光都洒在她身上了,人们只能眯着眼睛看她。宁彩云很会走路,昂头、挺胸、提臀、收腹、猫步。她走得很隆重,一点都不像去交代问题,就像去参加一个舞会,就像一次约会。

宁彩云这身打扮出现在连队里,一下就引起了轰动。人们不知道怎么去形容自己的感受。宁彩云不紧不慢地走着,路过花坛旁,她还停下赏了一下花,在众目睽睽之下摘了一朵红月季,她把花拿在手中,目中无人地,有条不紊地，穿过连队办公室门前的那片空地，向上海青年的单身宿舍走去。

宁彩云当时给人的感觉实在是太风骚了，用现在的话说太有女人味了。我们过去并没觉得她有多特别，她虽然比一般女人漂亮点，洋气点，为人处世精明点，可是穿上兵团人的工作服，大家都混为一体了。在艰苦的体力劳动中，她基本上被改造好了，成为一个兵团人。我们基本上忘记了她过去的身份，可是当把她清理出来之后，她一下就还原了，就原形毕露了，所有的改造都前功尽弃。你看她穿着那衣服的做派，怎么改造都没用。这简直就是借尸还魂，宁彩云借助交代问题，让自己回到了过去，让自己的资产阶级思想复辟了。

连部办公室东西两边的单身宿舍门前都站满了人，我们的门前也站满了人。大家都在欣赏着宁彩云走路，就像一个乡巴佬去了上海，在霞飞路、在南京路打望一样，既是欣赏的也是自卑的。男人们会好奇，很震惊，还有疑惑；女人们有些嫉妒，有些羡慕，更多的是愤怒。女人们的议论就有了。

“真是一个贱骨头，她骨子里就喜欢过去腐朽的妓女生活。”

“这个骚货，她不是去交代问题嘛，怎么搞得像约会。她太会出风头了，去交代个问题穿成这个样子。”

“这不是当年华灯初上的上海滩，这是荒原，是兵团的连队。”

“这个鸡，这个不下蛋的歌鸡，她要去回忆过去的歌舞升平了。”

女人们骂着，其实心中恨不得自己就是宁彩云，女人们当然不希望是过去的宁彩云，她们希望是现在的宁彩云，是在那一刻能成为全连焦点的宁彩云。

马富海等人早就在单身宿舍门前等着宁彩云了，他们的感受和一般男人不同，他们惊讶地望着宁彩云向他们走去，心中充满着得意，因为宁彩云是走向他们的，宁彩云是为他们而精心打扮的，是向他们交代问题的。这些年轻的上海青年几乎找到了当年上海大亨的感觉，再看马富海他们走路的样子，浑身都是得意扬扬的。

马富海带领宁彩云走进连部办公室，然后办公室的门就被神秘地关上了。宁彩云交代的问题是不能公开的，是保密的。一个昔日的歌妓她会交代什么问题呢？这是一个谜，这是一个诱人的谜，大多数二十六连人是无法知道的，也是无权知道的。二十六连的干部们都不约而同地聚集在了我家的门口，当马富海他们关上连部办公室大门后，大家有些失落，有些无奈，有些气恼。大家议论纷纷，认为作为二十六连的领导，对于宁彩云交代的问题无法知道，被关在了二十六连首脑机关的门外，这是无法忍受的。难道我们还不如一个孩子，孩子们可以爬上窗口，可以趴在门缝边偷听，而我们只能干瞪眼。

最后，大家一致认为，宁彩云的交代应该严肃认真地记录下来，然后报我们连领导审阅，讨论定稿后方能上报团里。

在那段时间，关注宁彩云交代问题是我们的头等大事。大家几乎都在等待着每天的黄昏，等待宁彩云把自己打扮好走出家门。女人关心的是宁彩云今天又会穿什么衣服，男人们更喜欢宁彩云走路的姿态。我们这些做领导的当然不太一样，我们在等待着宁彩云交代问题的记录。为了不影响第二天的工作，宁彩云交代问题的时间一般都限制在两个小时左右，从黄昏到天黑以后。交代问题的记录会在每天晚上送到连长和指导员手里。

一般情况下都是我先看，我看了再交给你爹胡连长看。你爹晚上看了，第二天早晨找到我说：“你看了？”

我说：“看了。”

你爹骂：“他妈的，太黄了，这不是讲黄色故事嘛，宁彩云怎么什么都讲？”

我说：“马富海他们要求宁彩云讲得越详细越好。”

你爹说：“宁彩云的交代记录，不能随便给人看，要有一定级别的才能看，只有连领导才能看。”

你爹还严令周启光必须把交代记录整理好，字迹不能太潦草，不能太小。这材料是要报团领导的，他们的眼睛不好，否则没法看。

其实后来，排以上级别的干部都可以看宁彩云的交代记录了。

下 部

马富海让我娘宁彩云交代问题，宁彩云就问马富海，到底想让我交代什么问题？马富海说，凡是你在上海的经历都要交代。宁彩云说，往事如烟，一去不复返，我不愿意回忆那过去的事情。马富海说，往事并不如烟，你必须交代。宁彩云问，难道接客的经过也要交代？马富海很淫荡地笑笑说，那当然。

宁彩云瞄了一眼马富海，又用上海话补充了一句，说："侬让阿拉做啥事体（事情），阿拉就做啥事体，只要侬不批斗阿拉。"

后来，宁彩云的交代材料流传出去了，变成了手抄本。我上中学的时候不但看过也抄过那手抄本，只是我当年并不知道那手抄本的来历，更没有想到那是我娘宁彩云的故事。手抄本经过一遍又一遍的手抄和修改，到了我们手上那些内容早已经面目全非了。手抄本的内容可以说是宁彩云的故事，也可以说不是宁彩云的故事。那也许是旧社会一个上海妓女的血泪史。

在宁彩云交代问题的年代，我还小，我只记得那段时间我晚饭都是在宁彩云家吃的。宁彩云要出门交代问题前，会提前做晚饭，我们俩吃了，剩饭就放在锅里，等葛大皮鞋放羊回来吃。我和宁彩云吃过饭，宁彩云就开始打扮自己了。她会把一堆旧衣服从箱底翻出来，把各种各样的花色和款式的衣服在身上比划来比划去的，让我远远地站着看。

宁彩云家里没有镜子，我就成了宁彩云的穿衣镜。

宁彩云会问，这件好看吗？这件比刚才的怎么样？我开始会有些兴趣，当她不厌其烦地问久了，我累得都快睡着了，碰巧这时她正比划某一件衣服，我就大声肯定地说，好，就这件好。宁彩云就会欣喜若狂，说，儿子真有眼力，今天就穿这套了。

当宁彩云决定穿某件衣服时，她会找出一堆配那件衣服的小配件。比方，披巾、鞋子、袜子、头上的小饰物等。宁彩云穿戴整齐后，她会从箱底翻出一个小盒子，里面有口红，有眉笔，还有胭脂，在小盒子里还有一面小镜子。宁彩云对着那个小镜子在脸上化妆，在我的记忆中这个过程让人烦得要死。我要不是因为好不容易找到了一个女人叫娘，我才不受这洋罪呢。

现在看来，当年宁彩云的打扮让人觉得既时髦又腐朽，她的粉墨登场轰动了整个二十六连。

当宁彩云打扮好，走出家门时，我已经累得筋疲力尽，躺在床上呼呼大睡了，我小的时候嗜睡。宁彩云穿着那些奇怪的衣服，化成黑色的眉毛和红色的嘴唇走出家门会产生什么效果，我一概不知。

由于在那段时间我经常住宁彩云家，回到胡连长那边时，我爹胡连长就会问宁彩云在干什么，我说宁彩云整天都在翻箱底，为穿什么衣服费心。胡连长听我说出了“费心”二字，就哈哈大笑，说李军垦长大了，被宁彩云催熟了，像个男人似的说话。这时，我看到幺妹正在给红柳喂奶，我也有心上去吃两口，就往幺妹身边凑，幺妹却把身体一扭，把我抛到了身后。我说，阿姨我想吃奶。幺妹说，你都是大男娃了还吃什么奶呀。我说红柳比我还大呢，她怎么就能吃。幺妹说，红柳是女孩子，咱家也没有什么好吃的，红柳正在长身体，只有让她多吃点奶补补。我说，阿姨我也要吃奶补补。

红柳停下吃奶说，这是我娘的奶，你去吃你娘的奶去。

红柳这样说一下提醒了我，我叫宁彩云娘，我应该去吃她的奶呀。于是，我就兴冲冲地去找宁彩云。宁彩云见了我也很高兴，说，还以为儿子今天住胡连长那儿不回来了呢。我说，我离不开娘，怎么能不回来。宁彩云听我这样说，又是泪水涟涟的，一把把我抱在怀里，说好儿子，娘去给你做好吃的。

我说娘你别忙了，我什么都不想吃，我已经很久没吃过奶了，红柳她娘的奶我抢不到了，幺妹和红柳都不让我吃了。她们说，要吃奶找自己的娘，我只有找你了，我要吃奶，我要吃娘的奶。宁彩云犹豫了一下，然后解开怀让我吃。我一头栽进宁彩云怀里，幸福得流泪。

宁彩云没有孩子，也就没有谁会和我抢奶吃，我终于能独自占有自己的奶了，我捧着宁彩云的奶，就像占领了自己的山头。我开始如饥似渴地吃宁彩云的奶，可是，我用尽了吃奶的力气却怎么也不能吸吮出奶水来，我气急败坏地咬了她一口。宁彩云哎哟一声，一把把我推开，扬起手要打我。我微闭着眼睛等着她的重重一击，我小时候在二十六连挨打挨习惯了，在我找爹的时候我的脸因为挨打就没有消肿过，我叫人家爹都要挨打，我咬了娘的乳头，挨打那是最正常的。

没想到，宁彩云高高扬起的手，只是慢慢地落在了我的头上。宁彩云黯然神伤，说，娘没有奶水，等将来娘有了奶水你再吃吧。宁彩云这样说我也就不要求吃奶了，一个没有奶水的奶头有什么好吃的。

那天，宁彩云又给我打了两个荷包蛋，晚饭又是胡萝卜抓饭。我吃得大饱。我知道吃过饭宁彩云又该让我帮她看那些衣服了，我烦这事，就借故往外跑。宁彩云拦住我说，娘还没有换衣服呢，你跑了我怎么知道今天穿什么衣服。我说就穿昨天的那套，那套好看可以穿两次。宁彩云一听很高兴，就放我出去了。

我回到胡连长那边，他们正在吃饭。他们让我吃，我说，我今天吃饱了，吃了我娘宁彩云的奶。

饭桌上幺妹听了哈哈大笑，问宁彩云有奶水吗，我说有呀。幺妹说，宁彩云要是有奶水，阿姨我三天不吃饭。我见幺妹说得这么肯定，只有不吭声了，我真奇怪，幺妹怎么会知道宁彩云没有奶水呢？幺妹说，不是有奶就是娘，也不是有奶的女人都有奶水，要会生孩子的女人才有奶水，那奶水是给自己孩子准备的。

我听幺妹这样说，心情很不好，幺妹的意思是说，她的奶水是为红柳准备的，我不能再吃她的奶了。可惜，我娘李桂馨死了，她本来准备了给我吃的奶水，可是我还一口都没有吃呢，她就死了。我不是宁彩云生的，她的奶其实也不是给我准备的，可是我也不愿意吃没有奶水的奶。

幺妹笑着问我，宁彩云愿意给你奶吃吗？我点了点头。幺妹问，你吃过宁彩云的奶？我说吃过，可是她的奶没有奶水。幺妹又问我吃过几次，我说就吃过一次。

幺妹嘲笑我说，真是个傻孩子，连没有奶水的奶也吃。

我说，我才不傻呢，我吃了一次就不吃了，有人明明知道宁彩云没有奶水，还吃。

幺妹说，谁呀，哪有这么傻的孩子？

我说孩子才不傻呢，大人才傻，大人还求着吃。

幺妹哈哈笑着问，是不是葛大皮鞋吃奶让你看到了？幺妹这样一问连胡连长和马指导员都笑了。

我说才不是葛大皮鞋呢，是马富海。

啊！

胡连长和马指导员听我这样说都停住了筷子。他们瞪着我，吓我一跳。我不知道说错了什么话，让他们这么吃惊。

我爹胡连长和马指导员饭也不吃了，放下碗起身把门关上了，吓得我直哭。胡连长说，你哭什么，我又不打你，你好好把马富海吃奶的事给我们讲清楚。

我告诉我爹胡连长，马富海吃宁彩云的奶已经有好几次了，最近一次在前天中午。

马指导员问，那葛大皮鞋呢？

我说他放羊去了。

前天中午，我在宁彩云家吃过饭就困了，我刚要睡着，这时就有人敲门。宁彩云打开门马富海就进来了，我听出是马富海的声音，连眼睛都懒得睁开，他最近一段时间总是在中午睡午觉时来，烦死了。

开始听到他们在说话，后来我就不知道了，我醒来后马富海就走了。我问，马富海呢？宁彩云说他走了。我说，不喜欢马富海来。宁彩云说，娘也不想让马富海来，可娘没办法，娘如果不让马富海来，马富海就会开娘的批斗会，还要把那双日本鬼子的大皮鞋挂在娘的脖子上。

我说，等我长大了，我就再也不让马富海开你的批斗会了。宁彩云说，等你长大了，娘也被他们批斗死了，现在要想不让马富海来，只有一个办法。我问什么办法，宁彩云说，在马富海来的时候，你悄悄去告诉胡连长，全二十六连的人都怕你爹，只要你爹胡连长不让马富海来，那他就不敢来了。

我把宁彩云的话给胡连长讲了，胡连长和马指导员互相望望不知道说什么才好。胡连长说，下次马富海再去，你就悄悄地来告诉爹，爹为你做主。我说，我中午吃过饭就困，想睡觉，起不来。其实我不在乎马富海，反正宁彩云没有奶水。

马指导员把幺妹叫进来了,说你喂一下李军垦。只要李军垦听话,在马富海去找宁彩云时来报个信,幺妹阿姨就让你吃她的奶。幺妹阿姨的奶可是有奶水的。

那天,我美美地吃了一顿幺妹阿姨的奶,真是意外的收获。

第二十八章　缴枪不杀

上　部

马富海被你爹捉奸在床，抓了个现行，这当然都是你的功劳。其实，你爹胡连长早就准备好了，他成立了一个捉奸小组，小组成员不仅有老兵团人，也有上海青年。你爹找了一男一女两个上海青年加入捉奸小组。男的是周启光，女的是谭华妹。你爹让他们参与捉奸，是相当有政治头脑的。当时上海青年在兵团很红，谁也不敢惹。你爹要抓人家的头头，万一上海青年不服，说是陷害那就麻烦了。

上海青年的嘴巴都会说，你讲大道理是讲不过他们的。你爹捉奸让上海青年周启光和谭华妹参加，这是为了让上海青年无话可说。开始，你爹让周启光和谭华妹参加捉奸小组，并没有告诉他们真相，你爹怕走漏风声。你爹只是通知他们每天中午吃过午饭后到连部开会，开会在当时太平常了，这样不会引起人们的注意。

周启光和谭华妹去连部开会，发现还有副连长韩启云，还有机务排排长丁关，有基建排排长张峪科。这些人都是二十六连的头面人物，是我们的老兵团人，是我们的嫡系，他们都是你爹一手提拔的。你爹让周启光和谭华妹开会，说他们是重点培养对象，为了加强学习。当然，学习的内容要保密，不能告诉任何人，这是纪律。周启光和谭华妹中午去开会发现会议气氛十分凝重，因为在办公桌旁还支着枪。那些枪都被擦得铮亮，寒光闪闪的。第一天，你爹其实什么都没有说，只是问周启光和谭华妹会不会用枪，周启光和谭华妹说会用，军训时学的。你爹说，枪里有子弹，不要走火了。谭华妹连忙把枪放下了，吓着了。你爹说，别怕，都是教练弹。所谓教练弹就是子弹没有弹头只有底火，一扣枪就响，却没有弹头出膛。

你爹给每一个人发了两发教练弹，自己却装满了一个弹夹，说在执行任务时可以开枪，这是一种威慑。你爹对我说，毕竟是人民内部矛盾，只需要用教练弹教训一下他，只要他不逃跑，不敢反抗就行了。大家都不明白要执行什么任务，觉得神秘，这使周启光和谭华妹十分地积极，两人时常用上海话交流，叽叽喳喳的十分兴奋。

一切准备好了，你爹在家等你的消息，我在办公室继续组织他们学习，也就是念念领袖语录。几天过后，就在大家等得不耐烦的时候，你爹兴冲冲地来了。

你爹把手一挥说："准备战斗！"

你爹说着取下了挂在墙上的手枪，大家见状也跟着抄起靠在办公桌边的步枪。你爹将办公室打开一条缝，左右看看，见四下无人，一侧身挤了出去。在你爹的率领下，大家鱼贯而出。

正午时候，太阳明亮亮地晒人，连队里不见一个人影。你爹猫着腰，缩着肩，端着枪，一路小跑，直奔宁彩云家而去。这支捉奸的队伍走在光天化日之下就如行进在伸手不见五指的夜晚，极为诡秘。一支小部队在大白天如此隐蔽地行进，就像拍电影的神经病。

你爹带领大家来到宁彩云的住处，让韩启云带人把门窗都守着，他和我带领周启光轻轻地推开了宁彩云的家门。宁彩云家的门居然是半掩着的，这都是你跑出来报信没锁门的结果，这让你爹和我轻而易举地端着枪摸进了宁彩云的房内。我们摸进房内发现床上看不见人头，只见光着的四条腿在那里挣扎，还有就是马富海撅着的大白屁股。马富海和宁彩云顾头不顾尾，全部的被子都堆在头上，下半身却暴露在外。你爹怒不可遏，大喊一声："打！"然后就扣动了扳机。

"砰砰"两枪，马富海的屁股好像中弹了，一下就塌了下去，两条腿也硬了，就像临死前的垂死挣扎。就在我们要冲向前去把马富海拉起来时，没想到宁彩云一个兔子蹬腿，那马富海就像一个武林高手，一个鹞子翻身就飞了出去，从床上飞到了床下。

"不许动，缴枪不杀！"

"砰砰，叭！"你爹又开了两枪，周启光也开了一枪。你爹的手枪和周启光的步枪声音不太一样，所以才有"砰砰叭"的枪声。马富海大喊："不要开枪，我缴枪，我缴枪，不要开枪。"

我当时就是觉得好笑，你爹完全是沉浸在一种战斗状态中了，他哪里是去捉奸呀，他完全是把自己当成抗战时期的游击队长去锄奸除霸了。马富海也挺会配合，还喊着我缴枪、我缴枪的，不过他确实缴枪了，从那以后马富海成了一个阳痿患者。

马富海被抓住后，上边让宁彩云交代和马富海的经过。宁彩云说过程很简单，如果她不答应马富海，马富海就要批斗她，她没办法只好答应。本来她和马富海说好了只一次，可是马富海不讲信誉，一而再再而三地要，还要。我也没办法，只有让李军垦向连长汇报。

马富海算是完了，被团保卫科关了起来，后来戴了顶坏分子帽子，发配回二十六连监督劳动。他成了我们二十六连除秦安疆外第二个被监督劳动的人。

宁彩云和马富海的事情处理完后,团里认为宁彩云应该继续交代她在旧上海的问题。上级通过对那些交代材料的研究,发现宁彩云的问题还没有交代完,让宁彩云继续交代问题是十分必要的。这样,就需要一个人接替马富海,负责审查宁彩云。

我们几个连领导开了一个碰头会,来确定马富海的接班人。我们吸取了马富海出事的教训,达成了一个共识,不能让未婚青年去负责审查宁彩云,这些年轻人天天听宁彩云讲她在上海当妓女时的经历,不出事才怪了。韩启云说,他早就说过了不能让宁彩云去找马富海交代问题,这事应该由连领导负责,可惜当时他的意见没有引起足够的重视。

既然不能让未婚者去审查宁彩云,那你爹也就排除在外了。你爹提出让我去审查宁彩云,派指导员去审查宁彩云,这也显示了我们二十六连对宁彩云问题的重视。

没想到这工作上的事被我老婆幺妹知道了,幺妹坚决不干,她还威胁你爹说,要是让老马负责去审查宁彩云,你胡连长从此就别想再进我们家门。宁彩云那个狐狸精,谁沾上谁一身臊。你爹没办法只好让副连长韩启云去。没想到副连长韩启云的老婆也不干,找到你爹闹。

由于找不到审查宁彩云的合适人选,审查宁彩云的工作就搁了下来。

宁彩云和马富海的事情暴露后,打击最大的是葛大皮鞋。葛大皮鞋找到我们,提出离婚。你爹笑笑,表示坚决支持葛国胜同志离婚,反正二十六连有的是光棍,宁彩云离了婚也剩不下。

葛大皮鞋说,我离婚后组织上应该再给我解决一下个人问题。你爹说,那是不可能的，组织上肯定不会再给你解决老婆问题了，靠组织上解决个人问题的时代一去不复返了，那是过去的事情。现在兵团有的是单身男女，你可以自由恋爱。葛大皮鞋说，我这么大年龄了，条件又不好，找不到怎么办？你爹说，那就没办法了，组织上只能帮助解决一次。葛大皮鞋说，我这一次不能算，我又不知道她是个歌鸡。

你爹说，“歌鸡”怎么了，宁彩云出身也是贫农，人家还是通过组织上改造过的，是你又把她改造回去了。组织交给你的阵地，你却把阵地丢失了，你不能找组织上，组织上应该找你才对。

葛大皮鞋说既然宁彩云已经改造过了，为什么还开她的批斗会，原来她好好的，自从开了她的批斗会，她就自暴自弃了。你爹说，组织上只改造好了一个“歌鸡”，让她变成一个正常人，而培养一个干部是要根正苗红的，宁彩云不具备一个革命干部的前提条件。她成为上海青年女兵班的班长，这就混进了干部队伍，所以要被清理出来。改造和培养是两个概念，是两个性质的问题。

葛大皮鞋说，当初让宁彩云当女兵班班长的也是你胡连长呀。你爹说，在这个问题上我承认犯了错误，上级领导已经批评我了，我也做了检查，我的问题已经说清楚了，现在需要宁彩云把过去的问题也说清楚。你葛国胜同志在这个时候要和宁彩云划清界限，要离婚，这是你的选择，你也有权做出选择，我们做领导的无权干涉。

葛大皮鞋在你爹面前左右为难，在那闷着抽莫合烟。那莫合烟肯定掺杂了沙枣树叶，抽得呛死人。我有些受不了这辛辣的烟雾，就打开了办公室的大门，说葛国胜同志，你要离婚就去打报告，你不离婚就好好地过日子。葛大皮鞋说，我离了婚将来就找不到老婆了，我下半辈子只有打光棍；我不离婚这口气又咽不下去，你胡连长没有老婆不知道，要是你老婆过去是一个“歌鸡”，现在又在外面偷人，你试试。

你爹说，我才不试呢，要试你试，宁彩云是当年你找我们要的，我们对宁彩云过去情况也不了解，否则就不会对她审查了。

你爹说，你这口气能咽也得咽，不能咽也得咽，有什么不能咽的，难道比你抽的莫合烟还呛人？自己把气顺了，也就咽了。在批斗宁彩云的时候，你听说她是妓女也没想离婚，现在只多了一个马富海算什么？

葛大皮鞋说，过去的事我管不了，可是现在她和马富海乱搞，那就是往我头上拉屎拉尿。

你爹说，得了吧，什么拉屎拉尿的，那都是你的心理作用，我们都没有看到你头上有屎尿，干净着呢。

葛大皮鞋说，那我就不离婚了？你爹说，不离婚好，我这个连长到现在还是个光棍呢，你离了婚下半辈子只能打光棍。在葛大皮鞋临走时，你爹还警告说，不离婚就好好过，不准打人，毛主席教导我们说，要文斗不要武斗。

葛大皮鞋后来确实没打宁彩云，可是他却把宁彩云的乳头咬掉了。那天晚上，大家都睡着了，我们突然听到宁彩云的惨叫声。开始，我们还以为葛大皮鞋又在修理宁彩云，没想到宁彩云打开门跑了出来，喊着救命呀，救命呀，整个连队里的人都被她吵醒了。宁彩云跑到连部卫生室，喊小王开门，救命，救命。

我知道出事了，不能不起来看看了。我来到连部卫生室，见宁彩云胸部都是血，卫生员王伟民正给宁彩云的乳头上碘酒，宁彩云疼得乱叫，就像要杀了她。

宁彩云见了我说，指导员我不能活了，葛大皮鞋是条恶狗，他咬人，他咬人。

我说，你也别这样惨叫，影响多不好，有事明天解决。

宁彩云就哭，说坚决不和葛大皮鞋过了，他是条狗。

第二天，卫生员在向我汇报时说："我已经给她包扎了，不会有太大的问题。"

你爹就骂葛大皮鞋是个流氓。你爹问："一个乳头没了，会不会有后遗症？"

卫生员说，应该没有什么后遗症，宁彩云反正也不会生孩子，即便是生孩子没有乳头也可以喂奶，可以挤出来喂，不过……

你爹问王伟民，不过什么？快说。

王伟民说，你又没有结过婚，给你说你也不懂。你爹就骂王伟民，说王伟民才结婚几天，要不是我这个连长做工作，你也是光棍，现在看不起我这个未婚青年了。王伟民笑笑说，结过婚的男人都知道，要是老婆的一个乳头没了，那就不好了，可能会产生心理负担，从而影响夫妻生活。你爹听王伟民这样说，脸有点红，不过马上就骂了一句，说这是葛大皮鞋咎由自取，他咬掉了自己老婆的乳头，影响的是他自己的夫妻生活，他怪不了别人。

王伟民说，葛大皮鞋咬掉自己老婆的乳头不怕影响自己，他就想影响别人。

什么？你爹胡连长开始还不明白，说他想影响别人连门都没有，他永远都别想离婚，宁彩云再也不嫁别人了，看他怎么影响别人。

卫生员说，宁彩云不改嫁就不影响他人了？要是宁彩云再偷人就影响别人。

你爹突然哈哈大笑，说这个葛大皮鞋，这个老兵痞，他咬掉自己老婆的乳头，这样就没有男人再去碰宁彩云了。你爹望望我说，老马，你见过叫花子抢馍吗？

我不懂你爹的意思。

你爹说，叫花子在街上抢了人家的馍，第一个动作不是吃，而是往上面吐口水，这样被抢者也只好作罢，那馍脏了，没法吃了。葛大皮鞋把老婆的乳头咬掉就是叫花子抢馍，这有异曲同工之妙。用不用的没关系，先占着，恶心你，看谁还偷我老婆。

卫生员听你爹这样说，哈哈大笑起来。

下　部

就在宁彩云和葛大皮鞋闹得不可开交的时候，有一个人回来了，她就是阿伊古丽。阿伊古丽回到南疆让二十六连的人意外，也让二十六连的人吃惊。马指导员从此开始为我爹担忧了。

第一个知道阿伊古丽回来的是秦安疆，据说，阿伊古丽在林带里碰到了秦安疆。阿伊古丽的突然出现也让秦安疆大吃一惊，秦安疆后来说，当他第一眼见到阿伊古丽时眼前一亮。阿伊古丽脸比过去更白了，胖了，成熟了，更漂亮了。只是她脸上有一种阴影，那是悲伤的影子，像一个暗淡光线中的寡妇。

秦安疆和我说这话的时候，我有点听不懂，当年秦安疆的话有点绕。现在想想秦安疆的话还是比较有诗意的，秦安疆毕竟是个诗人。

当阿伊古丽在128号林带碰到秦安疆时，她问："你好吗？怎么没见那个放羊的丫头？"秦安疆知道阿伊古丽问的是我娘李桂馨，秦安疆黯然地回答，她死了。阿伊古丽的眼泪立刻就出来了，问："她难道没有嫁给胡连长？"

"没有。"秦安疆说，"要是她嫁给了胡连长就不会死了。你怎么回来了？"

阿伊古丽说："我差点就回不来了。"

秦安疆不明白阿伊古丽在说什么，问，难道你们维吾尔族人出嫁了就不让回娘家？阿伊古丽摇摇头眼泪又下来了，说，当然可以回娘家，只是北疆离南疆太远，中间隔着天山，想回也回不来呀。

秦安疆说，你看，这不是回来了嘛，应该高兴才是，别哭。秦安疆问阿伊古丽，你家里人好吗，他们都和你回来了吗？秦安疆这样一问正触在了阿伊古丽的伤心处，阿伊古丽失声痛哭起来。

秦安疆不知道怎么安慰阿伊古丽，用放羊铲铲了一束沙枣花递给阿伊古丽，说闻闻这花吧，闻了就不想哭了，我要是想哭的时候就闻这沙枣花。阿伊古丽说，你为什么想哭，你过得不是很好吗？秦安疆的眼泪也出来了，秦安疆说我有什么好的，整天一个人在林带里。阿伊古丽说，难道你还没有结婚？秦安疆说，我还是单干户，没有结婚。阿伊古丽说，难道丫头们的眼睛都瞎了吗，你这么好的人没人嫁？秦安疆说，二十六连的光棍多了，连胡连长也没有结婚呀。

为什么？

胡连长心中只有你，他心中再也装不下其他丫头了。

阿伊古丽听秦安疆这样说，脸上露出了笑容。阿伊古丽说，我心里也有胡连长，我从来就没有忘记他。秦安疆说，你已经嫁人了，不该还想着我们胡连长。阿伊古丽说，我现在又成了单干户，又可以想你们的胡连长了。

“难道你离婚了？”秦安疆问。

阿伊古丽点点头。

“你的丈夫呢？”

“他带着我的巴郎一起去了苏联。”

“啊！”秦安疆惊呆了，“你的丈夫跑了？”

阿伊古丽说，他带着我的巴郎去苏联了，他们说苏联那边要喝伏特加嘛，有的是。他见到伏特加就不要命了，他是一个砸巴依（酒鬼）。他赶着我们家的羊群带着我的巴郎在一次放牧时就过去了。

“那你为什么没有过去?”秦安疆问,“你的丈夫难道不带你过去?”

阿伊古丽说,我当时不愿意过去,我的家在南疆,我的大郎、阿帕、阿卡(大哥)、阿恰(大姐)都在南疆,我嫁到北疆,中间隔着天山,我再去了苏联,中间还有伊犁河。有山有水我不怕,我怕国境线。我以为他们只是过去住住,不习惯了再过来,让我在家等着,没想到,过去了就再也过不来了。那些铁丝网你过去时,他们可以打开,你要过来,他们就不打开了。好多人过去了就后悔,可是后悔也晚了。

那你不想你的巴郎吗?

想呀,想也没有用。阿伊古丽说着又哭了,我可能再也见不到我的巴郎了。我等到现在才回来,就是想见见我的巴郎。可是,我再也没有见到他们。我每天在放羊的时候都在那些铁丝网边张望,我怎么也看不到他们。

秦安疆只能陪着阿伊古丽叹息,没想到阿伊古丽是这么苦命的人。秦安疆最后说,我会告诉胡连长的,你回来了我们的胡连长不会不管你。阿伊古丽苦笑着说,我心中有胡连长,可我已经配不上胡连长了,我什么也不求,只求在你们连队边上找一个住处,我会在你们连队四周放羊,如果能碰巧看到你们的胡连长,就是上天对我的恩赐了。

秦安疆说,我们连队的住房也紧张。

阿伊古丽说,我不住房子,我就住地窝子,你们连队原来有那么多地窝子。我就住胡连长住过的地窝子,我喜欢。

当时,秦安疆告诉我阿伊古丽回来了时,我还问阿伊古丽是谁,秦安疆说阿伊古丽是你娘李桂馨最要好的朋友,是你爹胡连长的对象,后来她嫁到北疆去了。

这是我第一次听到关于阿伊古丽的事情。

秦安疆让我在林带等着，他去向我爹汇报关于阿伊古丽回来的事。秦安疆找到我爹时，我爹正听王伟民汇报宁彩云被葛大皮鞋咬伤的情况，马指导员也在场。秦安疆来了，我爹和马指导员见了秦安疆都没有说话，秦安疆就老老实实地坐在了一边。秦安疆就听卫生员说，葛大皮鞋咬掉了宁彩云的奶头，流了不少的血。

过了一会儿，宁彩云拉着葛大皮鞋来找我爹，提出要和葛大皮鞋离婚时，不但我爹不同意，连葛大皮鞋也坚决不同意。我爹劝宁彩云说，你这口馍谁也没法吃了，别离婚了。宁彩云一听就知道我爹说的是什么意思了，回答，我这口馍就是没人吃也不喂狗。葛大皮鞋有点急了，问宁彩云骂谁是狗，宁彩云说你是狗，咬人。

我爹说，葛国胜同志咬人不对。

葛大皮鞋说，我咬她，是爱她，是过夫妻生活，一激动用过了劲。葛大皮鞋的这种说法有点厚颜无耻，充分暴露了他这个老兵痞的本质。

宁彩云见葛大皮鞋这样说，就开始骂人，骂完冷笑着走了。临走时扔下了一句话："葛国胜，你不离婚，咱走着瞧，我一天让你戴一顶绿帽子。"

葛大皮鞋无耻地笑笑说："就你，只有一个奶头的女人，我看哪个男人还愿意要你。"

宁彩云说，咱们就走着瞧好了。

从此，葛大皮鞋和宁彩云突然在连队里安静了下来，他们开始了冷战，两个人不吵也不闹的，在暗地里较劲。冷战半年多，问题终于还是暴露了，这都是后话。

葛大皮鞋的所作所为让秦安疆十分反感和厌恶。秦安疆见宁彩云走了，也起身走了，走时只扔下一句话：“阿伊古丽回来了！”

我爹刚想问点什么，秦安疆已经走远了。

当年，我爹把葛大皮鞋咬掉宁彩云的奶头比做叫花子抢馍，这个比喻我觉得很恶心，因为宁彩云的奶头不是馍，对于当年的我来说那奶头比馍珍贵多了。直到今天，我想起我爹胡连长的这个比喻心里还不舒服，现在应该叫恶俗。

阿伊古丽的丈夫和孩子在“伊塔事件”中去了苏联，阿伊古丽为等他们回国，又在伊犁住了好几年。后来，巡逻的民兵就怀疑她了，怀疑她想叛国。阿伊古丽说，我才不叛国呢，我要叛国就和巴郎一起过去了，我要等我的巴郎回来。后来，巡逻的民兵又怀疑阿伊古丽要里通外国，这在中苏关系紧张的时候，在“文化大革命”时期可是个严重的问题。

阿伊古丽见丈夫和孩子再也不可能回来了，就绝望了，她在伊犁住不下去了，就到当地政府补办了离婚手续，卖掉了所有的东西，回到了南疆。

阿伊古丽回到娘家却没有和家里人住在一起，她买了十几只小羊，带了粮食和生活用品过起了独立的日子，她住进了我爹原来废弃的地窝子。我爹是最后一个搬出地窝子的，所以我爹住过的地窝子还保存完好，没有坍塌。

那地窝子天窗还是明亮的，阳光透过天窗还可以将地窝子照亮。阿伊古丽熟悉这地窝子，她曾经随着阳光从天而降。

第二十九章　向日葵和太阳花

上　部

葛大皮鞋和宁彩云在连队里暂时安静了下来，你爹却安静不下来了，这都是因为阿伊古丽。阿伊古丽回来了，阿伊古丽不是回娘家，是离婚后回来了。这个消息对你爹来说可谓是晴天霹雳。

阿伊古丽搬到地窝子那天，秦安疆帮阿伊古丽从马号里用毛驴车拉来了新鲜的稻草。那些稻草铺在地窝子的炕上，散发着稻米的清香。在稻草上再铺上毯子，就像睡在席梦思上一样舒服。阿伊古丽还在墙壁上挂上了挂毯，美丽的挂毯立刻让阿伊古丽的地窝子变成了一个温馨的家。地窝子离我们的房子也不远，你爹和阿伊古丽抬头不见低头见。

阿伊古丽住进地窝子不久，便开始围绕地窝子的四周开荒。地窝子的四周都是戈壁滩，戈壁滩上是根本不可能开荒种地的。可是，阿伊古丽却每天都忙碌着将戈壁滩上的鹅卵石挖去，移到不远处的洪水沟里。在这个过程中，秦安疆成了阿伊古丽最好的帮手，他给阿伊古丽提供了各种工具，什么坎土曼、拉拉车、十字镐什么的。这些工具有的是借的，有的是直接在保管那里领取的，因为连长和阿伊古丽的这层关系，无论是借还是领取，只要说是阿伊古丽用，二十六连的保管员自然不会拒绝的。

整个夏天，人们在忙碌之余都在关注着阿伊古丽，大家看着阿伊古丽忙得不可开交，连放羊的时间都没有了。阿伊古丽的那些小羊在四周的田埂上自由自在，阿伊古丽却在地窝子四周挖戈壁滩，热火朝天。有时候秦安疆也会来，秦安疆会赶着他的沙漠之舟帮阿伊古丽拉那些鹅卵石。

阿伊古丽在地窝子四周挖掘不止，尘土让一个鲜亮的女人变得灰头土脸的。

阿伊古丽将地窝子四周的戈壁滩起走，然后运来了泥土。在那些洪水沟里有的是因洪水淤积的泥土，这些泥土经过洪水的洗礼已经没有了盐碱，含丰富的腐殖质，这可是最肥沃的泥土，这些泥土取代了戈壁滩上的鹅卵石。

就这样，阿伊古丽经过大半年的努力，把地窝子四周的戈壁滩变成了肥沃的土地。在秦安疆的帮助下，她又挖了一条小渠，从我们连的涝坝(蓄水池)里引水去浇灌她的土地。

阿伊古丽要引水没有人制止，但这要是换了其他人那是不允许的。话又说回来了，我这个指导员不去制止，你爹装作没看到，连队里的其他干部当然也就睁一只眼闭一只眼的了。再说，阿伊古丽那点地能用多少水呀，由她去。在挖那小渠的时候不但秦安疆来帮忙，连丁关和张峪科都去了。

那天我和你爹去团里开会，回来后就有人汇报说，连队里还有好几个人去帮阿伊古丽挖渠。这些去帮阿伊古丽的人都是看着你爹面子的。也许，大家都乐意看到阿伊古丽的土地里能种出粮食。

当初阿伊古丽搬进地窝子时，我就有点担心，这对你爹来说是一个挑战。你爹是个光棍，他一直没有结婚其实就是没有忘记阿伊古丽，现在阿伊古丽又回来了，你爹能把握住吗？你爹把握不住就会出事。阿伊古丽虽然离婚后一个人回来了，你爹如果真和阿伊古丽好上了，还是没有什么好的结果。

阿伊古丽和你爹的关系成了二十六连人人都关注的焦点。我不断地提醒你爹,千万不要和阿伊古丽见面。

你爹让我放心,他表示不会和阿伊古丽见面。我当然不能完全放心,时刻都关注着事态的发展,绝不能让你爹犯错误,那可是生活作风问题。再说,这还不是普通的男女作风问题,这还牵扯到我们的民族政策。两个人单身的时候都不能结婚,现在那就更不可能了,当时的政策不但没有放松,而且更紧了。如果你爹和阿伊古丽真有了什么事,那肯定会受到严厉的处分。

你爹当年要是和阿伊古丽好上了,那就可能被开除党籍,被撤职,说不定还会被批斗。

在阿伊古丽忙着开荒的时候,你爹和阿伊古丽基本上没发生什么问题。你爹那一阵也忙,整天开会搞运动,根本没有顾上阿伊古丽。在阿伊古丽住进地窝子后很长一段时间,双方相安无事。

阿伊古丽的那块地并没有种庄稼,她种了葵花。当阿伊古丽种的葵花开放的时候,我知道这下麻烦了,这是一种致命的诱惑,葵花在荒原上开放的时候太招摇了。我一再提醒你爹不能去她那被向日葵包围的地窝子,向日葵能收获香甜的葵花子,你和阿伊古丽的交往只能收获苦果,那是要犯大错误的。

在葵花开花的季节我对你爹采取了措施,进行严防死守。我指派上海青年周启光对你爹进行跟踪,这种特务手段虽然有点过分,可都是为了你爹好呀。周启光听说跟踪连长显得很好奇,而且跟踪连长也算出工,就十分愉快地接受了任务。跟踪了两天后周启光却不干了,说胡连长的腿太快了,他忙着四处走,跟踪他一天比干什么活都累,你还是派别人吧。

既然跟踪不行,那就换一个方式,守株待兔。周启光不愿意跟踪了,那让周启光守住阿伊古丽的葵花地就行了。

周启光嘟嘟囔囔地说，阿伊古丽又不是我们二十六连的人，我为什么要帮她看葵花地？

我说，你不是帮她，你是帮咱二十六连。

周启光说，她那葵花地有什么好看的，谁还会去偷她的？

有人偷。

谁？

胡一桂同志。

连长？不会吧！

让你去，你就去。你只要不让连长去阿伊古丽的葵花地就行。

周启光问，你到底是让我看住葵花地还是让我看住胡连长？

我说，看住了葵花地就看住了连长，看住了连长就看住了葵花地。

我不能把话说得太清楚，否则周启光会四处传播，上海青年的嘴都快，没有事也会有事了。我向盯梢的周启光交代，只要胡连长向阿伊古丽的葵花地走去，一定要当场拿下，坚决要求和连长谈工作，一定要没事找事，小事说成大事，总之，要把胡连长缠住，不让他进阿伊古丽的葵花地就算完成了任务。

周启光临走时说，我懂了，我们胡连长有偷葵花的习惯，不能让胡连长偷老乡的葵花，这样影响我们二十六连的形象。我听周启光这样说，想笑没笑出来，让他走了。

这种方式果然有效，一直到葵花凋谢，你爹也没有和阿伊古丽见过面。这样，阿伊古丽没有收获到你爹胡连长，她收获了葵花子。

下　部

阿伊古丽在春天播种的时候，穿得十分艳丽，就像一个重要节日即将到来。开荒时的阿伊古丽被戈壁滩的灰尘掩盖，显得黯淡；播种时的阿伊古丽却是那样鲜亮。阿伊古丽并没有种粮食，她把所有的土地都种上了向日葵。那些葵花子在她的歌声中撒进了土地。

春天已经来临，我却没有情人和家园，
像失去花儿的红柳鸟待在萧瑟的秋天。

没有情人和家园，已经使我满心痛苦，
失却花容月貌的情人，我更嗫嚅愁颜。

啊，酾客，酒已斟满，快用秀发把他羁绊，
不给他套上火龙之缰，共饮怎会尽欢？

蓝天上月亮最美，碗里浓茶最香，
日子一天天过去，只有无奈地悲伤。

蓝天上我的星星，
水泊里青青的芦草。

什么时候才能结束？
独身对我的煎熬！

我的心已伤了，

说我命运不好！

什么是我的家园？
不是田原就是戈壁滩。

太阳被乌云遮住了，
红柳鸟怎能说话？

我那被熬煎的心，
有没有治愈的办法？

这些歌阿伊古丽总是唱两遍，一遍是维吾尔语的，一遍是汉语的。她用汉语唱这些歌是为了让二十六连的人都听懂，让我爹听懂。阿伊古丽汉语的水平完全可以当翻译了。开始，大家也没太在意阿伊古丽在地里种什么，当那些向日葵开花的时候，二十六连的人惊呆了。那些金色的葵花在戈壁滩上开放的时候，荒原上所有的植物都黯然失色，那夸张的艳丽和金黄让人百感交集。

我们现在有些人把向日葵又叫太阳花，我觉得这种命名更注重观赏性了。马指导员他们叫向日葵更注重这种植物的实用价值，他们关心的是葵花子，那是播种向日葵的收成。他们不会为了观赏和好看去种地。阿伊古丽却不同，她不缺吃也不缺穿，她家有粮食，即便她家不给她提供粮食，她还可以在巴扎上买粮食，阿伊古丽从北疆回来后有钱。所以，阿伊古丽不需要种粮食，她种向日葵也不是为了收获葵花子，她种向日葵其实就是为了引起人们的注意，就是为了引起我爹的注意。

这样,阿伊古丽就把向日葵变成了太阳花,让花朵说话,让花朵把整个戈壁滩点亮,让自己的地窝子被太阳花包围。大家都曾经见过向日葵,没想到向日葵变成太阳花的时候那么美丽,当它们成片开放的时候是那么壮观,有那么大的视觉冲击力。太阳花开放的时候,荒原上就像被泼上了金黄色的颜料,那些颜料在太阳的照射下金光闪闪的,让人睁不开眼睛。无论你去哪里,你都会被那片金黄吸引,那已经被人们遗忘的地窝子突然焕发出了新意。那些金光灿烂的太阳花夸张地迎着太阳的光芒,在风中花枝招展。阿伊古丽的太阳花吸引了所有的人,也包括小时候的我。

人们开始注意到了地窝子,也注意到了住在地窝子里的阿伊古丽,那位被太阳花包围着的维吾尔族女人,那位漂亮的羊缸子,正用一种夸张的方式寂静地呼唤和歌唱。二十六连的人都听到过阿伊古丽的歌唱,无论是少女时代的歌还是少妇时代的歌都是那么忧伤,那么嘹亮。如今阿伊古丽学会了用无声的语言沉默地歌唱,那歌声不仅能听到,还能看到。

当年,我最喜欢去的地方就是阿伊古丽的葵花地。阿伊古丽其实每年都种葵花,每年葵花开放的时候,我都会被那些金色的花朵吸引。我小的时候并不知道葵花又叫太阳花,那些花朵是作为葵花吸引我的,并不是作为太阳花吸引我的,我喜欢吃那些刚刚灌浆的葵花子。那样的葵花子外壳还不坚硬,有一种甜丝丝的味道,不用嗑可以一把一把地吃。

我去葵花地可以任意掰正在开花的葵花。我会寻找那些花盘最大的,花开得最茂盛的一朵,然后将花盘掰下。只是,那样的葵花生长得往往比较高大,葵花秆粗壮有力,我要跳起来将整个葵花秆抱住,然后用全身的力气才能将正在向阳的花盘扭向我。即便是这样,那朵美丽的花也很难被我掰下,它坚定不移地向阳,让我无能为力。

这时，我突然听到阿伊古丽在喊："贼娃子，哪个贼娃子？"她的喊声尖细而又明亮，极有穿透力。要是连队里的其他孩子，早就吓跑了。不过，我不用跑，阿伊古丽说了我想要哪朵就掰哪朵。

当阿伊古丽过来见是我，就喊："巴郎，巴郎，艾格来，艾格来（孩子，过来）！"

我只有悻悻然地踢一脚那棵粗壮的葵花，拍拍手到阿伊古丽身边。阿伊古丽把我叫到地窝子，给我一把葡萄干，说巴郎先吃这个，阿帕帮你掰。阿帕是维吾尔语，是娘的意思。阿伊古丽说着会拿起一把大弯镰刀，走到那朵葵花旁，一镰刀下去，一个大花盘就被砍下来了。阿伊古丽捧着那金色的花盘笑眯眯地递给我，就像向我献花。阿伊古丽说，你喜欢就拿去吧。

阿伊古丽喜欢我叫她阿帕，虽然我不太习惯。最早的时候我曾经来看阿伊古丽开荒，秦安疆告诉阿伊古丽，这是李桂馨的孩子。阿伊古丽扔下坎土曼就把我抱在了怀里。开始，我还挣扎，后来秦安疆说阿伊古丽是你娘最好的朋友，我就不挣扎了，我在阿伊古丽的怀里几乎找到了我娘李桂馨的气息。

阿伊古丽身上有一股沙枣花的气息，我认为那沙枣花的气息应该就是我娘的气息。阿伊古丽抱着我说，可怜的孩子，你娘走了，还有我呢。我当时正在四处找娘，于是，我就叫了一声阿伊古丽娘。阿伊古丽非常兴奋，她抱着我流泪了。她让我叫阿帕。我问阿帕是什么，她说阿帕是维吾尔语，就是娘的意思。

我就叫了一声阿帕，阿伊古丽答应着，叫了我一声巴郎就不干活了。阿伊古丽把我带进地窝子给我葡萄干、杏干吃。当秦安疆告诉阿伊古丽，我叫胡连长大郎时，阿伊古丽夸张地惊叫着，脸上充满了红晕。阿伊古丽悄悄地在我耳边说，胡连长是你的大郎，我是你的阿帕，你是我们的巴郎，我们是一家人。

我当年被阿伊古丽的二转子话完全搞糊涂了。她把维吾尔语和汉语夹杂在一起说,既好笑又生动。不过,后来我就习惯了,这些维吾尔语和汉语夹杂在一起的语言几乎成了新疆的方言。

那天,我举着一朵硕大的葵花走出葵花地,首先碰到的是周启光。周启光说,谁让你掰葵花的?我说是我阿帕给我掰的,你管不着。周启光说我才不管你呢,葵花地又不是二十六连的,我只管胡连长。只要胡连长不来掰葵花就行。听周启光这样说,我不明白,难道我爹胡连长也喜欢掰葵花。

我举着花盘回到了连队,二十六连的人都兴奋而又好奇地望着我,说多好的葵花呀,还没成熟就被掰了下来。有人说,葵花成熟了就凋谢了,就不好看了,只有不成熟的葵花才好看。

上海青年谭华妹说,李军垦把这花送我吧,多好看的太阳花呀。我说,这是葵花不是太阳花。谭华妹就笑,说还没有成熟的葵花就叫太阳花。有人就说,这是阿伊古丽葵花地的葵花,肯定是阿伊古丽送给咱们胡连长的。有人这么说,大家都笑了。我听大家这么说,就举着大花盘回家了。幺妹看到了也想要,我说这是阿伊古丽送给我爹的。幺妹笑得弯下了腰,说李军垦成红娘了。我当时也不懂红娘是什么娘,我是一个孩子,我在找娘,怎么也会成为人家的“娘”,这世界真奇怪。

我将那太阳花放在我爹胡连长的写字桌上,那花朵一下就把整个房间照亮了。

我十分得意地等我爹胡连长回来,想让他看看。没想到胡连长回来后见了那太阳花,却把我骂了一顿,说我在干坏事,葵花还没有成熟就被掰下来了,完全是在搞破坏。幺妹说,这可冤枉咱李军垦了,你看那葵花可不是用手掰下来的,是用镰刀砍下来的,肯定是阿伊古丽帮李军垦砍的,这是阿伊古丽送给你的，这不是葵花，这是太阳花。我爹说这分明是葵花，怎么就成了太阳花了？幺妹说，你没听上海青年说吗，葵花又名太阳花，太阳花是让人观赏的，不是让人吃的。幺妹这样说，我爹胡连长脸上红一阵白一阵的。马指导员却不高兴了，厉声呵斥幺妹闭嘴。马指导员说，你还不觉得乱嘛，在这瞎说。幺妹吐了下舌头去做饭，我就跑出去玩了，我跑到宁彩云那边去了。

太阳花在我爹的桌子上没摆多久，就被红柳拿走了。那太阳花在我爹的桌子上太显眼了，红柳放学回来见了，一把就把它抱在了怀里。红柳把花朵儿揉搓了，把太阳花又变成了葵花，那些花朵和黄色的落英撒满一地。红柳的嘴特馋，把那些正灌浆的葵花子吃了。我回来看到满地黄色的落英急了，让红柳赔。红柳赔给了我一根小蜡笔，我才罢休。红柳对我说，只要我经常掰葵花回来，她就让我叫她姐姐。平常她不让我叫她姐姐，马指导员和幺妹都让我喊她姐姐，可她就是不让喊，说我是野种，她又不是野种，怎么会是我姐姐？现在红柳想吃嫩葵花了，就让我叫她姐姐了，红柳这个小妖精太狡猾了。不过，用葵花换来一个姐姐也挺好的，我就经常去掰葵花给红柳吃。

太阳花凋谢后，失去了花的作用，其实还是向日葵。阿伊古丽种的向日葵获得了大丰收，据秦安疆说，阿伊古丽收获了几百公斤的葵花子。阿伊古丽将葵花子拿到巴扎上卖，赚了不少钱。

连队放露天电影的时候，阿伊古丽会来卖她炒熟的葵花子。她卖葵花子也不用秤，就用一个大缸子，一毛钱一大缸子，基本上是送给大家吃的。要是二十六连的人买，一毛钱她可能给两缸子。她见了我肯定是不要钱的，说巴郎，来，就往我口袋里装，直到装满为止。然后她会悄悄在我耳边说，自己吃不完就给大郎。我心领神会，见了胡连长就把葵花子往他口袋里装，说是娘给爹的。胡连长也不说话，也不问是哪个娘给的，我想他总不会认为是宁彩云给的。

在我们连放电影的时候还有其他老乡来卖葵花子，比方那个叫肉孜的小伙子，他也用缸子，不过缸子比阿伊古丽的小多了，生意自然就没有阿伊古丽的好，他就吆喝着叫卖。

“瓜子，瓜子，好瓜子；缸子，缸子，羊缸子；新疆的瓜子，上海的缸子；新疆的瓜子香，上海的羊缸子甜；一毛钱一羊缸子，不甜不要钱，不香不要钱。”

他留着小八字须，眼睛俏皮地溜溜转着，冲着嘴馋的姑娘喊，对着年轻的小伙子叫。新疆人喜欢上海货到了迷信的程度，他们喊的表层意思是，新疆的瓜子香，要上海的缸子装，只有上海产的搪瓷缸子才配装新疆的香瓜子。其实，这只是一层意思，“羊缸子”在维吾尔语中是老婆或者已婚女人的意思，这其中包含有其他的意思了。翻译过来就是：

“瓜子，瓜子，好瓜子；女人，女人，好女人；新疆的瓜子，上海的女人；新疆的瓜子香，上海的女人甜，一毛钱一个老婆，不甜不要钱，不香不要钱。”

阿伊古丽听到肉孜这样喊会莫名其妙地生气，背着褡裢（口袋）走了。这样，肉孜的葵花子就会很快地卖完。

第三十章　戴口罩的男人们

上　部

团里又在催要宁彩云的交代材料。我和你爹不得不研究再找一个负责审查宁彩云的人。你爹那天突然把大腿一拍说，我咋把一个人忘了，他是审查宁彩云最好的人选。我问谁，你爹说秦安疆呀！我一听笑了。你爹得意地说，这简直是一举几得呀！秦安疆本来就是个护林人，他又不下地干活，给他派这个工作他没话说，这样还节约劳动力。

再说……你爹没有再说下去，只是在那哈哈大笑。我知道你爹的意思，宁彩云再厉害，再会勾引男人，也拿秦安疆没有办法。你爹觉得自己的决定十分绝妙，秦安疆又有文化，字写得也好，交代材料根本不用再整理。

让秦安疆审查宁彩云，这是一个绝妙的安排。过去要三个人，现在一个就行了。这样，周启光和谭华妹就可以下大田拔草了。开始，周启光和谭华妹都不情愿，说审查宁彩云就是最好的拔草，是为了纯洁阶级队伍。周启光和谭华妹其实是怕下大田拔草累。

你爹说，秦安疆一个人完全能胜任这项工作，不需要这么多人。秦安疆有文化可以笔录，就取代了周启光，他虽然是男人却可以取代谭华妹。

不过，秦安疆提出要求，交代材料不能当天就报，一个人来不及整理，难免不全面，最好全部完成了一起报。我们当时正忙着拔草，也没有时间看那材料，就同意了秦安疆的要求。这样，在秦安疆的循循善诱下，宁彩云有条不紊地慢慢讲，秦安疆也就不慌不忙地慢慢整理。

我对你爹说，这样交代下去，宁彩云永远也交代不完，她刚好躲过下大田拔草了，或许应该让宁彩云进行劳动改造。讲故事多轻松呀，宁彩云算是因祸得福。你爹说团里要继续审查就审查呗，现在咱只牺牲了一个劳动力，过去牺牲了四个呢，这已经非常划算了。

当时，每个连都有人停工搞运动，拔草的事根本不算什么。我对你爹说，也只有你心疼劳动力，你没有听说吗，宁要社会主义的草也不要资本主义的苗。

你爹说，完了，完了，今年的粮食又要大幅减产。他们宁要社会主义的草，难道搞社会主义的就只能吃草，过苦日子。我们过去吃苦那是没有办法，现在我们明明可以多打粮食，吃好穿好搞社会主义嘛！

我劝你爹别乱讲话，别发牢骚，管住自己的嘴，小心点，现在是非常时期，说不定哪句话就被上纲上线了。咱们的老团长就是因为看不惯这，看不惯那，总是骂人，才被隔离审查的，我们这些小人物算啥呀。

我在全连开会时也经常告诫大家，现在是非常时期，要管住自己的嘴，少说话多干活，嘴一张就会惹祸。没想到我这样告诫大家，却招来了下面的哄笑，真有些莫名其妙。我发现笑我的人都是连队里的单身汉，他们平常开会也喜欢凑在一起，把莫合烟抽得能在头顶上起一层雾。看他们神气活现的样子，就好像做梦娶了媳妇。你爹大声呵斥道，笑什么，有什么好笑的，难道指导员说的话不对吗？

在他们中间有个外号叫阎瞎子的回答：“对，指导员说得对，嘴一张就会惹祸，戴着口罩总行吧？”阎瞎子是个刑满释放人员，过去是黑社会的。

“戴口罩？”你爹不明白。你爹问：“夏天戴口罩干啥？热死了。”

单身汉们又是一阵大笑，炊事班班长范德银就说：“戴口罩管住嘴呀。”一群单身汉在那挤眉弄眼的，很神秘，就像共同守着一个大秘密，而这个大秘密我这个指导员和你爹这个连长却一无所知。这是一个危险的信号，连范德银这样的老兵团人也跟着他们瞎起哄了，看来我们的思想工作有漏洞。开完会我们直接把范德银叫到了办公室，你爹问他笑什么，戴口罩是什么意思？开始，范德银还不肯说，你爹把他训了一顿，说我们都是老兵团人，你怎么和他们混在了一起，什么觉悟？范德银见不说不行了，就把戴口罩的含义给我们解释了一下。

范德银一解释，我和你爹大吃一惊。

范德银说，宁彩云在连队里偷人，和好几个老光棍都有一腿了，据说来者不拒，只有一个条件，那就是为她报仇，揍葛大皮鞋。范德银又说，只是，只是在和宁彩云干那事时，宁彩云要求必须戴上口罩。我和你爹听范德银这样说，觉得十分荒唐，我们只知道干那事戴避孕套的，没听说戴口罩的。

“戴避孕套是为了避孕，戴口罩是为了什么？”

范德银说：“怕咬，葛大皮鞋咬掉了宁彩云的乳头，宁彩云从此有了心病。”

我和你爹哭笑不得，试想，一个男人在宁彩云身上戴着口罩干那事，那将是一个什么状态。

范德银临走时说，宁彩云那个骚货真会整人，让人戴着口罩那个，没把子力气的不行，喘不过气，要年轻力壮的，我这把老骨头是再也不行了。你爹听老范头这样说，一把就把范德银揪了回来，问：“你是不是也干坏事了？”

范德银愣了一下，说：“没干，没干，是宁彩云那个骚货硬拉着我干的。”

范德银语无伦次，前后矛盾，一听就有问题。你爹急了，把桌子一拍道，好一个范德银，老范头，我看你是个老糊涂，你不老实交代，我把你送到团保卫科。没想到范德银说，捉奸捉双，你有本事像捉马富海那样捉住我，要不，打死我也不承认。你爹见硬的不行又采取软的，说你也是个老兵团了，怎么能不和连长指导员一条心呢，怎么能这样没觉悟呢！

范德银说，我的觉悟够高的了，要不是我的觉悟高，我早就揍葛大皮鞋了，就是因为是老兵团人，才在关键时刻没有和葛大皮鞋发生直接冲突。你爹声情并茂地说，老范头，我们是几十年的老交情了，我还不知道你吗？你是最有原则性的，只要你说说情况，我肯定不会追究，既然是宁彩云硬拉着你上的，都是宁彩云的责任。

范德银说，我可以告诉你是怎么回事，我说了就什么都不承认了，你送我到团保卫科也没用，我枪林弹雨都过来了，到时候打死也不招，你是知道的。你爹说，我知道你的骨头硬，那是对敌人。你说，你说，只要你说了，我左耳听右耳出。

范德银说，这事也没有什么好说的，宁彩云让我到她家修火墙，我就去了。

马指导员说，大夏天的修冬天的火墙，这理由比较荒唐。你爹说，修火墙只是一个借口吧？

范德银说，是，火墙没事，我也不知道是怎么回事，就糊里糊涂地和宁彩云搂在一起了。就在我们在床上打滚时，李军垦突然来了，这个野种把我吓一跳。没想到，宁彩云连头都没有抬，宁彩云对李军垦说："出去玩吧，娘要做广播体操。"

李军垦出去了，我还问宁彩云，李军垦是怎么进来的？宁彩云说忘记顶门了，说着就起来把门顶上了。范德银说，我当时也想到了，李军垦会不会去找胡连长告状？胡连长会不会来捉奸？马富海的下场等着呢。可我又一想，胡连长正在地里拔草呢，等胡连长赶到啥事都办完了。范德银说，我当时也是色胆包天呀。

范德银还说，我是一个老光棍，在女人方面没有什么经验。宁彩云比较有经验，她很会伺候男人，知道怎么让男人舒服。唯一让人不舒服的是，非让人戴上口罩，本来不想戴，后来想想自己有口臭，也就戴上了。宁彩云却说戴上口罩让她放心，被咬过了，心里有阴影。只是，戴着口罩干那事实在是太累了，觉得自己就要憋死了，宁彩云还不让摘掉。

范德银说，后来葛大皮鞋突然回来了。他早不回来晚不回来，怎么就偏偏在这个时候回来？他不好好在林带里放羊，怎么就回来了呢？葛大皮鞋在外面打门的时候，我慌忙穿衣服，宁彩云却一点也不慌乱。范德银感叹道，真是见过世面的女人，临危不惧呀。当时宁彩云说："我都不怕，你怕什么？"我说："没有不怕的，你男人回来了，怎么能不怕。"宁彩云说："你又不是打不过他，你和他打呀。"

要是在平常我范德银确实不怕葛大皮鞋，我枪林弹雨都滚过来了，连死都不怕，还怕打架吗！我一根扁担在手，几把刺刀都近不了身，这个你胡连长是知道的，在战场上我那挑饭桶的榆木扁担屡立奇功。但是，当时我确实怕葛大皮鞋，哪有搞了人家的老婆，又打人的道理。任何事情都要占个理，即便是战争也分正义的和非正义的。范德银说，日本鬼子侵略咱中国就是非正义的，咱是正义的，咱不怕死，咱和他们拼，所以日本鬼子最终要失败。我范德银是个老兵，还是有些觉悟的，这点正义感还是有的，不义之架不能打。

下　部

自从葛大皮鞋咬掉了我娘宁彩云的乳头后，他们进行了长时间的冷战，谁也不理谁。

宁彩云的乳头虽然没有奶水，却是我儿时的希望。晚上睡觉的时候，要是我睡不着，饿了，含在嘴里还是很有用的，要不了多久就睡过去了。宁彩云的一个乳头被咬掉后，她就再也不让我含着睡觉了。

宁彩云不让我含她的乳头睡觉，说，要怪就怪你葛爷，是他咬了娘，你就没含的了。对于一个孩子来说，我小的时候是十分倒霉的，好不容易找到了一个娘，这个娘却没有奶水，没有奶水也被马富海抢了，把马富海赶跑了，乳头又被葛爷咬掉了。赶走马富海容易，想赶走葛大皮鞋就难了。葛大皮鞋和宁彩云是一家人，我爹胡连长再厉害也不能拿枪来赶他走。

我晚上在葛大皮鞋家住，睡在床的最里面，葛大皮鞋睡在最外边，中间是宁彩云。平常都是宁彩云搂着我睡的，但是有时候葛大皮鞋要和宁彩云在床上做广播体操，就把我挤到床的最里边的角落里了。

他们要做广播体操前非逼着我睡觉，我睡不着葛大皮鞋就威胁要把我赶走，让我回到胡连长那睡。我不喜欢和我爹胡连长睡，他打呼噜，脚又臭又凉。凉脚还让我抱着暖，胡连长还说当儿子的就是要给当爹的暖脚。在宁彩云家睡就不一样了，宁彩云的怀抱既温柔又暖和，还有一股淡淡的香味，我离不开宁彩云的怀抱。

葛大皮鞋和宁彩云做广播体操的时候我只能忍耐，葛大皮鞋说，滚到里面去，爷和你娘要做操了。我只有缩到床里边的角落里，十分听话地逼着自己睡着。有什么办法，这是葛大皮鞋的家，他有权赶我走，我没有权利赶他走。好在葛大皮鞋和宁彩云并不是每天晚上都做广播体操的。

葛大皮鞋咬了宁彩云后，宁彩云就拒绝和葛大皮鞋在床上做操了。有好几次我都睡着了，又被他们吵醒了。葛大皮鞋往宁彩云身上爬，宁彩云把葛大皮鞋往一边推，就这样一来一往两个人就打起来了。

宁彩云把我紧紧搂在怀里，莫名其妙地流泪了。宁彩云说你要记住，我和其他男人做操时，你谁也不能说，特别是不能告诉你爹胡连长，我可不想再害人。

我坚定地点了点头，说当初因为马富海抢我的奶，我才告诉我爹的，现在戴口罩了，我当然不告诉胡连长。宁彩云说，你不告诉胡连长，你要告诉葛爷。

这，我又不懂了，为什么宁彩云和其他男人做操要告诉葛爷呢？宁彩云说，我就是让你葛爷生气。他不知道我和其他男人做操怎么会生气呢！我和其他男人都可以做操，就是不和他做操，气死他。他受不了就会和我离婚的，我是一天都不能和你葛爷过了，我要和他离婚。

我有点明白了，觉得大人的事真是麻烦。

宁彩云又说，我要和其他男人做操时，我就说李军垦出去玩吧，我们要做广播体操了，那时候你就要出去，去128号林带给你葛爷通风报信。

我答应了宁彩云为她通风报信，我也想气气葛爷，谁让他总是对我凶的，还经常骂我野种。

当年，我娘在二十六连选择的第一个男人是炊事班长范德银。现在回想起来，我发现我娘当年的选择是很聪明的。首先，范德银是单身汉，这是我娘宁彩云要求的基本条件，我娘也是女人，她不想干让另外一个女人伤心的事，我娘不想破坏别人的家庭；其次，我娘宁彩云不但是为了报复葛大皮鞋，她要和葛大皮鞋离婚，她还要找一个男人托付后半生；还有，范德银是老炊事班长，从战争中过来，据说一根扁担在手，几个端着刺刀的鬼子都近不了身。也就是说范德银有种，够男人，否则弄不过葛大皮鞋。

那是二十年前的一天下午，当时还没有下班，连队里几乎没有什么人，所有的人都下大田拔草了，人少地多，稻田要荒了。当然，炊事班长范德银就不需要下地拔草了，这是炊事班长一天中最轻松的时候，中午饭已经开过了，离开晚饭还早。炊事班长范德银一个人在连队里闲逛，他喜欢这样闲逛，人们都在稻田里累得腰都直不起来了，范德银却可以背着手闲逛，这是何等的享受呀。炊事班长溜达到了连部前的花坛边，那些花在明亮的阳光下开得极为艳丽，喇叭花能开成碗口样，鸡冠花犹如大饼。

这时，连部办公室的门打开了，我娘宁彩云走了出来，她身后跟着秦安疆。

秦安疆是在审查宁彩云。

范德银认为，无论是审查者还是被审查者都是幸福的，不用下地拔草，不用晒太阳就是幸福的。地里的人天不黑胡连长是不让下班的，秦安疆这么早就结束了一天的工作。秦安疆出门见到范德银还打了招呼，问晚饭吃什么，说大家拔草很辛苦，一定要把连队的伙食搞好之类的话。

范德银没有搭理秦安疆，一个老右派说话像领导似的。范德银只在心里冷笑了一下，算是回答。范德银想不通，大家拔草都累得直不起腰了，这个老右派和这个混进革命队伍中的妓女却是最舒服的人，这世界真是很荒唐。

范德银见秦安疆向连队外的128号林带走去，就去看我娘宁彩云。当时，我娘宁彩云正往连队的公共厕所走。

范德银觉得宁彩云这个女人实在耐看，看她走路的姿势就知道是从大地方来的。走路不慌不忙的，该动的部位动，不该动的地方肯定不动，不像有些女人，走起路来弯腰驼背还斜身子。范德银从背后看宁彩云，觉得宁彩云扭动着的屁股最好看,那屁股扭得让人心里像猫抓。范德银心想,葛大皮鞋那个狗日的老兵痞艳福不浅,娶上了这么好的一个上海女人,想我范德银一个老革命,当了一辈子的炊事班长,结果还是个老光棍。葛大皮鞋娶上了一个好老婆却不好好地待人家,还把人家的奶头咬掉了。妈的,要是范德银怎么也不舍得咬,含着,宁肯把自己的嘴唇咬破。

范德银在花坛边想入非非的,等我娘宁彩云从厕所出来了,他都还没有回过神来。

我娘宁彩云说,范师傅,在这赏花呢?

范德银有些不好意思,说,咱这粗人,赏什么花,就是看看。

我娘宁彩云说,阿拉早就注意范班长了,每天都会来赏花。

我娘宁彩云这几句话让范德银十分受用,心里暖洋洋的。自己每天在连队里瞎溜达,没人注意也没人关心,没想到宁彩云却关注着自己。自己其实就是没事瞎溜达,却被宁彩云说成是赏花,赏花这词多文雅呀,用在自己身上浪费了。

我娘宁彩云说范德银是在赏花,范德银还真就开始赏花了。范德银每天在同一时间必去连部花坛旁赏花,我娘宁彩云总是在同一时间走出办公室。

宁彩云见了范德银总是和气地打声招呼,总是说:“范师傅,赏花呀?”

要说是赏花,范德银还真是在赏花,只是他对花坛里的花不感兴趣了,他对我娘宁彩云这朵艳丽的花更感兴趣。时间久了,范德银和宁彩云好像有了默契,每天都在连队的花坛边见上一面,听宁彩云说几句话成了范德银这个老光棍一天中最重要的收获。

这样,范德银对我娘宁彩云也格外照顾了。

田间管理期间很辛苦,连队会经常改善伙食,有肉菜。只要是宁彩云来打饭，范德银那勺子的力度就大了。范德银是一个特抠的人，勺子下去还要抖三抖，一份菜根本就没有几片肉。可是，到了宁彩云那就不一样了，那一勺下去一份菜等于人家的两份。

当年，炊事班长范德银对宁彩云的照顾也只有宁彩云自己知道，宁彩云当然是默默享受了。终于有一天，在同样的时间和地点，在宁彩云结束了一天的审查后，她让范德银到家里帮忙修修火墙，那火墙去年冬天不太好用，提前修修，省得今年冬天再不热。炊事班长范德银会打火墙这在二十六连谁都知道，范德银非常高兴地去了宁彩云家，在夏天去修冬天用的火墙，现在看来，这个理由实在是荒唐。接下来的事情也就很简单了，火墙根本就没有什么大问题，范德银和宁彩云却出了问题。

长大后，我还记得在范德银和我娘宁彩云做操的时候，我去了128号林带，去向葛大皮鞋报信去了。

就在范德银和我娘宁彩云在家热火朝天的时候，葛大皮鞋得到我的报信回来了。

范德银当时就对我娘宁彩云说，我不能打葛大皮鞋，不是我怕他，关键咱没有道理，是非正义的战争，师出无名。我娘宁彩云说，见你的鬼吧，你太有正义感了，有正义感别搞人家的老婆呀！

我娘宁彩云说着去开门，即便是不去开门，那门也快被葛大皮鞋打烂了。葛大皮鞋这时候一点都不心疼自己家的门了，就在葛大皮鞋要破门而入的时候，范德银翻窗户跑了。

第三十一章　捉迷藏

上　部

那天，范德银从连部办公室走后，我和你爹坐在那里相对无言。我们不知道怎么处理这件事，据范德银说，宁彩云不仅仅和他有一腿，她还和阎瞎子有一腿，在二十六连的单身汉中还有好几个和宁彩云有一腿的。看来，宁彩云这是有计划地全方位在二十六连偷人，那些单身汉是宁彩云的目标。你爹说，范德银咱就算了，只能听他当故事讲，我们太了解他了，他死犟死犟的，真不承认，我们也没办法。但是，我们也不能就这样坐视不管，咱们要坚决捉奸。

咱们必须抓住一个杀一儆百，咱就从阎瞎子开刀。阎瞎子过去是黑社会的，1949年后被判刑，送到新疆服刑，刑满释放分配到了二十六连。对付这种人，你爹还是有些手段的，你爹会拿出对付阶级敌人的办法对付阎瞎子。

要抓阎瞎子就不能打草惊蛇，不能找他谈话，可是又要了解阎瞎子和宁彩云的经过，想来想去想到了你。你爹说："这事还要让李军垦通风报信。"

你却不愿意给我们报信，宁彩云只让给葛爷通风报信，不能告诉胡连长。我当时还有些不解，问这是为什么，你说宁彩云想气气葛大皮鞋，她可以和二十六连的所有男人做操，就是不和葛大皮鞋做操，谁让葛大皮鞋咬人的。

我们明白了，宁彩云到处偷人是为了报复葛大皮鞋，是逼葛大皮鞋离婚。

胡连长见你不答应，把脸一沉刚要发飙突然又笑了，说李军垦真是一个听话的孩子，放你去玩了。

你走后，胡连长对我说，不需要李军垦通风报信了，抓阎瞎子肯定没有问题，只要我们盯住阎瞎子就行了，派人盯死他，只要发现他和宁彩云约会，那咱的捉奸队就出动。你爹还说，抓阎瞎子和马富海不一样，阎瞎子过去是个黑道人物，有功夫，说不定他会反抗，我要带两发真子弹。我说那也不能击中要害，他罪不至死。你爹说他要是敢反抗，我非在他大腿上穿两个洞不可。

葛大皮鞋为了捉奸经常穿梭于128号林带和连队的小路上。他疲于奔命却不向我们汇报，不知道葛大皮鞋是什么意思。在这方面葛大皮鞋太要面子了，谁不知道葛大皮鞋的老婆偷人，全连光棍中都传开了，是公开的秘密，葛大皮鞋还以为大家都不知道。葛大皮鞋如果早告诉我们，大家配合起来，早就捉奸成功了。葛大皮鞋单枪匹马地捉奸，总是差一点，就差那一点点。

据说，葛大皮鞋差点把阎瞎子捉住，当时阎瞎子的情况和范德银差不多，在葛大皮鞋砸门的时候，阎瞎子慌忙穿衣服，宁彩云不无鄙视地说，看把你吓的，你和他打呀，你又不是打不过他。阎瞎子愣住了，没想到宁彩云会这样说。宁彩云还说，你过去不是黑社会的吗？你还到处吹牛说自己会功夫，我倒是想看看，你有多大能耐。宁彩云的激将法让阎瞎子来了一股豪气，阎瞎子说，好，我就会会葛大皮鞋。

宁彩云起身就要去开门，阎瞎子拦住了宁彩云："慢，我总觉得不对头，这不符合江湖规矩。"

宁彩云说："有什么不符合江湖规矩的，我是你的女人，现在有人欺负你的女人，你揍他是天经地义的。"

"不对，你不是我的女人，你是葛大皮鞋的女人，我搞了他的老婆还揍他，这天理不容。我不成了西门庆了？我可不愿意当西门庆。”

宁彩云说，原来英雄一世的阎瞎子，连西门庆都不如。这时，葛大皮鞋把门撞开了，阎瞎子见状飞身一跃就破窗而去，身法矫健，让葛大皮鞋和宁彩云都目不暇接，看来真有两下子。

在葛大皮鞋破门而入时，他只看到一个人影越窗而去，当然也没有看清脸，因为还戴着口罩。宁彩云见了葛大皮鞋就在那里冷笑，葛大皮鞋上去就把宁彩云的头发抓住了。宁彩云在疼痛中挣扎着，不哭，却哈哈大笑。葛大皮鞋就劈头盖脸地打宁彩云，宁彩云在混乱中抓了一把剪刀喊着，我杀了你，我杀了你。葛大皮鞋说，你有能力杀我吗？你拿的剪刀还不是帮我拿的。葛大皮鞋说着一把就把剪刀夺了过去。宁彩云说，你夺了剪刀有什么用，还有菜刀，还有劈柴的斧头。葛大皮鞋说，所有的东西在你手里都没用，我抗战时夺过日本鬼子的刺刀，还夺不过你手里的家伙？

宁彩云绝望地哭了，说，你打我算什么本事，有本事去打偷你老婆的人。葛大皮鞋说，那就别让我捉奸成双，捉住了就是你死我活。宁彩云最后被打得鼻青脸肿的。

下　部

现在看来我娘宁彩云是一个倒霉的女人，她在二十六连想找一个真正的男人，希望这个男人能给她出口气，可是那些男人都不是东西，只会占便宜。男人们占了便宜后果却让宁彩云承担，葛大皮鞋总是将宁彩云揍得鼻青脸肿。那时候我还小，没有能力保护宁彩云，我只能抚摸着宁彩云的伤痕，问：“娘，痛吗？”

宁彩云就回答：“不疼。身上的疼算不了什么，最主要是心中的痛。”

我对宁彩云说，娘，你放心，我长大了会替你报仇的，我会把葛大皮鞋打翻在地，再踏上一只脚。宁彩云就抱着我痛哭，说二十六连没有男人了，我只能等儿子长大了再替娘报仇。宁彩云最后说，就是不知道娘能不能坚持到你长大。

不过，宁彩云伤好后，她会继续偷人，我会继续给葛大皮鞋报信，现在看来我简直就是一个混蛋。葛大皮鞋抓不住那个戴口罩的男人，就揍宁彩云。受伤的宁彩云不能偷人了，就开始养伤，伤一好，她又开始偷人。就这样循环往复，成了一个怪圈。

我当时对宁彩云说，娘一定要坚持到我长大，我长大了就替娘报仇。其实，那段时间我也不知道自己能不能长大成人。由于我时常穿梭于128号林带给葛大皮鞋报信，得罪了不少光棍，我能感觉到这些男人向我投来的敌意的目光。要不是我爹胡连长罩着我，我在二十六连可能一天也活不下去。

我知道在二十六连谁最恨我，那就是马富海，因为我断送了马富海的前途，但是我爹胡连长认为在二十六连最恨我的是那个黑影。胡连长说我是黑影的证据，那个黑影不会放过我的，迟早要消灭证据。有一段时间，我爹胡连长时常提醒我要注意安全。胡连长很认真地对我说，你要学会保护自己，要保住自己的小命，那个黑影是要杀人灭口的。胡连长还告诉我，你一个人不要单独去128号林带。

胡连长这样一说，我仿佛觉得真有一个黑影在关注着我，这让我十分兴奋，因为那个黑影是我亲爹呀。我不怕死，我更愿意去见我的亲爹，去搞清那个黑影的真面目。我是他犯罪的证据，可也是他的儿子，他是要消灭证据还是要父子相认呢？我想试试。所以，我时常会一个人去128号林带，说是为葛大皮鞋报信，其实我心中还有另外一种打算。

我不怕那个黑影杀我，他杀不了我，因为有胡连长时刻保护着我。我发现只要我去林带，我爹胡连长都会悄悄地跟踪我。这样，我的胆子就更大了。这是一个十分奇怪的现象，我的亲爹要杀我，我的干爹却暗中保护着我，而我却一点也不想逃脱追杀，希望见到那个黑影的真面目。于是，我就想方设法摆脱胡连长的保护，这样就非常刺激，这是捉迷藏，在孩提阶段谁不喜欢捉迷藏呀！只要我在追杀和保护之间游刃有余，我就能把那黑影引出来，我要爹，即便是一个混蛋，那也是爹呀。

我成了一个幽灵，幽灵不怕128号林带里的黑影。

那是一个傍晚，我又去128号林带向葛大皮鞋报信，我发现有人跟踪我。我知道跟踪我的应该是我爹胡连长，他是在暗中保护我，可是我发现有人却在跟踪胡连长，这让我十分激动。也许那个人就是黑影，这个发现让我兴奋。我觉得就要揭开那个黑影的神秘面纱了。也许我走了一条我娘李桂馨当年走过的路，只不过我是在白天，我娘李桂馨在黑夜。走在林带里其实一点也不吓人，满地的树叶柔软无比，傍晚的阳光明媚温柔。

我找到了葛大皮鞋，葛大皮鞋见了我一句话都没说，操起放羊铲就往家跑。老病号在身后叫，又跑了，又跑了，我一个人把羊赶不出林带。葛大皮鞋说，让李军垦帮你。我立刻就变成了一个小羊倌。

葛大皮鞋跑了，没想到胡连长也尾随着葛大皮鞋而去。

天黑的时候，我帮助老病号把羊群赶出了林带，一个人却不想离开。我心中有一个念头，想见那个黑影。我一个人在林带里有些孤单，心中也有些害怕，我很想唱《送你一束沙枣花》叫秦安疆，秦安疆这个时候肯定已经回到了林带，可是，我还是忍住了，我等待着那个黑影现身，我心中有一种危险的幸福。

天黑了，林带的蚊子开始多了起来，这是我没想到的，蚊子咬得人受不了。

没想到林带里的蚊子比看电影时更多，我穿着短裤和汗衫，蚊子扑上来时，我只能上蹿下跳地打蚊子，我一边打一边往林带外跑，我后悔这么晚了在林带里不回家。就在我要跑出林带时，我听到了身后有人追我，我一下就忘记了蚊子，回头想看清楚追我的人。那个追我的黑影直接冲向我，我根本看不清他的样子。黑影冲到我面前首先给了我两耳光，我觉得脸上火辣辣地痒。这两巴掌虽然重点，但打在脸上却不疼，是痒的，因为我脸上爬满了蚊子，这两巴掌相当于帮我打了脸上的蚊子。我没觉得疼，反而觉得痒，我心里一下就感动了，以为是亲爹在给我打蚊子，我情不自禁地叫了一声“爹”。

没想到那个黑影说：“小赤佬，谁是你爹。”

接着迎来的是更重的两耳光，这耳光打得我眼冒金花，晕头转向，我觉得嘴里有腥味，我吐了一下，觉得口水都是咸的，那肯定是血。那个黑影一说话我就听出来了，他应该是马富海。马富海不可能是我爹，他和我有仇。马富海刚才那两耳光并不是为我打蚊子，分明是打我的。

我就开口骂：“我操你妈马富海，你敢打我，我告胡连长。”

马富海没想到我会认出他，喊出了他的名字，他突然愣了一下。马富海也就愣了一下，突然就掐住了我的脖子。马富海说，我让你告，我掐死你这个小赤佬。我的心一下就悬起来了，我知道马富海动了杀心，他要杀人灭口了。我觉得喘不过气来，眼前一黑就要过去了。就在这时，有一个伟大的声音喊道：“住手。”

马富海的手一松，我倒在了地上，有股气又回到了我的鼻子里。

接着我听到了马富海逃跑的声音，却没有听到追马富海的脚步声。我躺在那里一动不动，装死。这时，我被一个人抱了起来，我感觉到抱我的臂膀是那样有力，那怀抱给我一种安全感。抱着我的人在林带中飞奔，我听到耳边有呼呼的风声。那人抱着我跑着，还在我的脸上亲了一下。我长这么大还没有被一个男人亲过，我死劲地闭着眼睛，还是有泪水从眼角流出。我想睁开眼睛看看这个人，这个黑影，可是我又怕一睁开眼睛黑影就消失了。

黑影抱着我跑了一阵，然后停了下来，我感觉到他正踢谁家的门。

“谁呀？”

屋里的人喊了一声，我听出来了，这是秦安疆的声音。黑影将我放在秦安疆的门口，然后就走了。秦安疆打开门见是我，吃了一惊，连忙把我抱进了屋。秦安疆见我满脸是血，嘴巴肿得像猪拱嘴似的，就问我谁打的，我也不说话双手疯狂地在身上和脸上抠，蚊子咬得我痒死了，这比疼还难受。秦安疆紧紧地抓住我的手不让我抠，我痒急了就去咬他。秦安疆说，别抠，抠烂也没用，我给你洗个澡就好了。

秦安疆把我的双手捆了起来，去弄洗澡水，我痒得嗷嗷叫着在地上打滚。秦安疆把我剥光放进澡盆里，用肥皂在我身上脸上一阵涂抹。我闭着眼睛感觉不那么痒了，秦安疆把我身上涂满了肥皂就把我泡在肥皂水里。我泡在肥皂水里感觉好多了，秦安疆问我，还痒吗？我说你把我的手解开吧，秦安疆就把我的手解开了。秦安疆把我在肥皂水里泡了一阵，他让我起身也不冲洗，又把肥皂水换成了盐水。秦安疆又让我在盐水里泡了一阵。

洗完澡后，秦安疆把一些药丸捣碎加上水变成了糊糊，然后涂在我的身上。我当时也不知道他用的是什么药，那药很管用，我没几天就好了。

长大后，我问秦安疆当年用的是什么灵丹妙药，秦安疆笑笑说，也不是什么灵丹妙药，其实到处都能买到，那是阿司匹林。当年我被蚊子咬后，秦安疆把我放在肥皂水里泡，在盐水里洗，又用阿司匹林给我涂伤，这都是有科学道理的。上中学时，我曾经问过化学老师，为什么被蚊子咬了用肥皂水泡澡很管用?

老师回答,因为肥皂中含有高级脂肪酸的钠盐,这种脂肪酸的钠盐,经过水溶解后呈碱性,含 OH^-,而蚊子的蚁酸水溶液含 H^+,肥皂水中的 OH^- 与蚁酸中的 H^+ 中和后成 H_2O,因此肥皂可以迅速消痛、除痒。用盐水泡是为了让肿块软化,也可以有效止痒。将阿司匹林药丸磨碎和水涂抹在伤口上,有消炎消肿的功效。

秦安疆天天在林带里,随时都会被蚊子咬,他当然对这些有一定的研究了。后来二十六连人都知道了,秦安疆对付蚊子有一套办法。

第三十二章　一个女人的史诗

上　部

你在128号林带差点送命，你爹胡连长认为这是阶级斗争的新动向。你爹认为这是林带里的那个黑影要杀人灭口。我们问你事情的经过，你却说是马富海要杀你，是那个黑影救了你。你爹把马富海找来和你对质，马富海死也不承认。我问你当时看清楚了吗，你说太黑了看不到。马富海说，你看不到怎么就说是我，小孩子不要冤枉好人。你说看不到，可以听到，马富海用上海话骂了小赤佬。马富海说上海青年多了，骂人都骂小赤佬，你怎么就确认是我了。你说马富海和你有仇，恨你。

马富海说，我才不恨你呢，我恨我自己立场不坚定，被一个破鞋拉下了水，坏了前途。

马富海不承认我们也没办法，你一个孩子的话大人无法相信的，再加上你爹一直都认为是那个黑影想杀人灭口，最后只好把马富海放了。你却坚定地说，是黑影救了你，要不是黑影把你抱到秦安疆的小屋，你不被马富海掐死，也被蚊子咬死了。

我后来问过秦安疆，秦安疆确定有人把你抱到了他那里，你当时在半昏迷状态，不可能自己走过去。秦安疆说，他听到有人重重地踢门，开门后见你躺在门口，他还听到有脚步声离去。秦安疆这样说，我心里一下就踏实了，如果是这样，那128号林带里的黑影并没有泯灭良知，他不但不会杀人灭口，还出手相救，这说明他很有人情味。他也许对自己当年的所作所为已经后悔了，只是不敢站出来承认。

我把自己的分析告诉了你爹，你爹说黑影如果真后悔了，就应该站出来承认。我说，他站出来你会放过他吗？或者说团里会放过他吗？现在又是特殊时期，正搞运动，他这个时候站出来绝没有好下场。宁彩云一个已经改造过的妓女，审查到现在都还没有放过，要是再抓住了128号林带里的黑影，那还不知道怎么审查呢，祖宗八代都要过一遍。

你爹叹了口气说，要是我就站出来承认，这样说不定还好受一点。你想呀，那个黑影看着自己的孩子不敢相认，看着自己的儿子叫人家爹，还要挨打，你说是什么滋味？我对你爹说，你当年让孩子生出来是对黑影最好的惩罚，你的这一手太厉害了。你爹说，但愿那个黑影还有点人性，他要是真站出来把事情说清楚了，我也就不审查他了。其实，宁彩云也没有必要再审查了。

我说，宁彩云的审查也该结束了，让秦安疆把材料交上来，咱们报上去交差。后来，秦安疆把宁彩云的审查材料交给我们，我和你爹看后都大吃一惊。宁彩云的交代材料和过去的完全不同，整个风格都改变了。

在马富海的主持下，宁彩云讲的都是接客的经过，有情节也有细节的，宁彩云什么都敢说，马富海他们什么都记录，整个交代材料就像一部黄色小说。在秦安疆的审查下，宁彩云开始对旧上海的黑暗进行了控诉，通过这些材料我们不但看不出宁彩云有什么问题，还不知不觉地同情起宁彩云了。

审查材料虽然还没有完全写完，但到了后边，已经不是宁彩云在交代问题了，基本上是秦安疆在抒情，文笔流畅，句子押韵，就像是诗。看来秦安疆老毛病又犯了,他又开始写诗了,而且是一部长诗。

我和你爹都认为,审查宁彩云应该告一段落了,让宁彩云下地拔草。稻田都快荒了,能抽出一个人算一个人。

就在我和你爹正商量着要结束对宁彩云的审查时,卫生员王伟民来报告,说葛大皮鞋中毒了。我和你爹都吃了一惊,葛大皮鞋怎么会中毒呢,他难道会因为老婆偷人气得服毒自杀?王伟民说,他是蚊子咬的。我们听王伟民这样说也觉得奇怪,葛大皮鞋一个大活人,怎么会被蚊子咬中毒呢?我们知道葛大皮鞋整天放羊在外头,免不了被蚊子咬,但也不会被咬中毒呀。羊会被蚊子咬中毒,葛大皮鞋也不会中毒。

王伟民说葛大皮鞋被蚊子咬中毒,是因为昨天晚上和秦安疆打赌。

昨天晚上,团部的电影队到二十六连放露天电影,放电影是兵团人的节日,那是最热闹的夜晚。只是,看电影分两种人:一种人是有家有口的双职工,他们吃过饭会搬着凳子和老婆孩子一起看;还有一种人是单身汉,他们一般都站在外围看,他们不是为了看电影,是为了看热闹,因为电影都看过了。在放电影的时候,银幕下发生的故事比银幕上的更精彩。比方相约打架的,约会谈恋爱的,偷鸡摸狗的等等。

那天看露天电影,电影刚开始,秦安疆就拉着鼻青脸肿的宁彩云找到了葛大皮鞋。秦安疆说,你应该和宁彩云离婚了,既然你不喜欢人家,整天打人家,离婚不就行了?葛大皮鞋把眼睛一瞪就咆哮起来,说我离不离婚,关你屁事?葛大皮鞋就像一个火药桶,一点就着。葛大皮鞋捉奸不成,正憋屈,秦安疆算是送上门来了。葛大皮鞋的声音很大,引起了大家的注意。

在看电影的时候,每一个人都是激情澎湃的,生怕自己不被别人关注,所以葛大皮鞋和秦安疆当时的嗓门都比较大。看电影的人听到有人吵架,立刻就来了精神，一下就围上来了。

秦安疆每一句话都是落地有声的。秦安疆说，这本来不关我的事，但你整天打人是不对的，你看把人家打成什么样了。葛大皮鞋说，她是我老婆，我打老婆你管得了吗？难道宁彩云和你也有一腿，你出来管这种事？

围观的人群一下就笑了，因为大家都知道秦安疆没有能力和女人有一腿。葛大皮鞋这样说让秦安疆无地自容，秦安疆可能被激怒了，有些恶狠狠地说："我管得了要管，管不了也要管。"秦安疆说这话有一种盛气凌人的气势，这是另外一个秦安疆。在二十六连人的印象中秦安疆是一个温和的人，整天躲在林带里与世无争的，没想到他也有发火的时候。

葛大皮鞋冷笑着说："你有什么能耐管？要打架你不是对手。"秦安疆说："要拼命我也不怕你，咱们都是打过仗的人，谁怕死呀。我要是怕死，就不会上战场了，也不会被炸残废了。只是，我们两个拼个你死我活没意思，那是犯法的，两败俱伤也解决不了问题，咱们能不能变通一下，既分出了胜负也解决了问题。"

"怎么变通？"

"咱们打赌。"

葛大皮鞋冷笑着说，谁跟你打赌呀，你让我和你数那火柴棒我不干，那不是有种的男人干的事。秦安疆说，我们不数火柴棒，有种我们来狠的。

"怎么狠法？再狠的我也不怕。"

秦安疆说："你敢不敢和我走一趟？"

葛大皮鞋豪迈地说："我都走到新疆了，还怕跟你走一趟，是天涯海角还是龙潭虎穴？老子都不怕。"

围观的人群被葛大皮鞋这句豪言壮语点燃了，有上海青年还在那里叫好。

上海青年周启光说：“呦，葛爷真牛。”

“那走吧。”秦安疆说着转身就走。葛大皮鞋冷笑着跟着秦安疆，看热闹的人群跟在他们身后。这样，围拢在外围看电影的单身汉一下就走了一半，剩下的都是有家有口的双职工。

秦安疆带着葛大皮鞋来到了连队的一块苜蓿地边上，看热闹的人群也来到苜蓿地边。大家都搞不明白秦安疆到底要干什么，怎么打赌，狠在哪里？

秦安疆转身问大家：“我今天和葛大皮鞋打赌，大家愿不愿意当证人？”

“愿意。”大家兴高采烈地回答。

“好！”秦安疆说，“我是打抱不平，看不过葛大皮鞋欺负一个弱女子，今天我和葛大皮鞋打赌，如果他输了就答应和宁彩云离婚。”

看热闹的人都起哄，喊：“离婚，离婚。”

秦安疆说着把上衣脱了，说：“大家都知道葛大皮鞋狠，我今天就和葛大皮鞋比比狠。我和葛大皮鞋都脱光了到苜蓿地里喂蚊子，谁先死谁就输。”

大家听秦安疆这样说都愣了，这是在赌生死，那也太狠了。有人说，不能这样赌，大家都是兵团战士，属于人民内部矛盾，不要以死相赌。这样，谁咬得受不了了，先出了苜蓿地就算输。

“好。”大家又叫好，认为这样赌法比较好。大家都知道苜蓿地是蚊子窝，连羊都能咬中毒就别说人了。秦安疆和葛大皮鞋打赌，要脱光了到苜蓿地里去，这真够狠。

大家再看葛大皮鞋，葛大皮鞋面显恐惧。有人就小声说，葛大皮鞋整天风吹日晒地放羊，都老皮老肉了，难道还怕秦安疆这个白面书生？谁的皮厚谁不怕蚊子。葛大皮鞋听人这样说，就来了豪气，把衣服一脱扔到地上。

暮色中的苜蓿地一望无际，就像大海一样。苜蓿正开着蓝莹莹的小花，在晚风中翻卷着蓝色的浪花。秦安疆和葛大皮鞋都脱了衣服，像两个要下海游泳的人。秦安疆回头对周启光说，为了公平起见，你喊一下口令吧。周启光就喊："预备——跳。"

秦安疆和葛大皮鞋都光着身子跳进了苜蓿地。

葛大皮鞋跳进苜蓿地就开始噼里啪啦地打蚊子，秦安疆跳进苜蓿地却寂静无声了。有人去看，发现秦安疆躺在苜蓿地里，正仰望天空，天上有刚刚出现的星星。秦安疆躺在那里优哉游哉的，嘴里还含着一朵蓝色的苜蓿花。有人问秦安疆，你在干啥呢？秦安疆说，我在听蚊子唱歌。有人问蚊子唱的什么歌呀，秦安疆说，蚊子唱了一首《送你一束苜蓿花》。

这时，再看葛大皮鞋已经受不了了，他手舞足蹈地打蚊子，嘴里开始哇哇大叫。末了，葛大皮鞋从苜蓿地里蹿了出来，边逃还边恐惧地往身后看，就像在海水里碰到了鲨鱼。葛大皮鞋跑出苜蓿地，双手还不断地在身上挠着，嘴里不住声地喊："痒，痒，痒。"葛大皮鞋喊着向连队跑去，直奔卫生室而去。

人们再看秦安疆，他还躺在苜蓿地里。周启光说，秦安疆出来吧，葛大皮鞋已经跑了，你赢了。秦安疆懒洋洋地站起来，说我还没有睡着呢，他怎么就跑了。大家再看秦安疆身上和脸上根本没有蚊子咬过的痕迹。大家都觉得奇怪，难道蚊子都是秦安疆养的，它们不咬秦安疆，只咬葛大皮鞋？有人说秦安疆狠，连蚊子都不敢咬；还有人说秦安疆毒，百毒不侵。

总之，秦安疆一下就成为二十六连人崇拜的对象了。

我和你爹找秦安疆谈话，问他打赌是怎么回事，秦安疆说是为了宁彩云。你爹说你不是对女人不感兴趣嘛，怎么为了一个女人和葛大皮鞋干上了。秦安疆说，路见不平，拔刀相助。我和你爹当时都被秦安疆的豪气镇住了。

你爹说，看不出你还挺男人的。

秦安疆说,我绝不会像有些人,太不男人了。一个好好的女人住在地窝子里等着,他就是不敢接受。秦安疆这是话里有话。

你爹急了,问:“秦安疆,这话什么意思?”

秦安疆说:“什么意思你还听不懂吗?我要是你,早就带着阿伊古丽跑了,戈壁滩那么大,到哪找不着一个活人的地方,只要两个人愿意。”

秦安疆突然提出了你爹和阿伊古丽的事,算是击中了你爹的软肋。你爹坐在那里发愣,一言不发了。秦安疆说,阿伊古丽从北疆回来就住在连队边上的地窝子里,你居然视而不见,你还算个男人吗?

我说秦安疆你怎么扯到胡连长头上了。胡连长和阿伊古丽之间的事你又不是不知道,这是关系到民族团结的大事。秦安疆说,在新疆汉族和维吾尔族结婚的多了,咋到了胡连长这儿就关系到民族团结了?结了婚两个人就更团结了。

下　部

多年以后,我从武侠小说中看到有百毒不侵的奇人,那些奇人都有着奇特的经历。秦安疆难道在林带里也有过奇特的经历,把自己练成了百毒不侵之身?其实,后来我才得知,秦安疆并没有特别的能耐,谁也做不到百毒不侵。只是在他和葛大皮鞋打赌前,做过准备工作。

秦安疆通过对宁彩云的审查开始同情宁彩云了,宁彩云在旧上海的经历打动了秦安疆,而宁彩云在二十六连的遭遇又让秦安疆愤愤不平。宁彩云不断偷人给葛大皮鞋戴绿帽子,葛大皮鞋捉奸不成就拿宁彩云出气。秦安疆看着被打得鼻青脸肿的宁彩云,实在是看不下去了,忍不住问宁彩云,是不是真想和葛大皮鞋离婚?宁彩云就哭了,说葛大皮鞋比旧上海的流氓还狠,我是一天也不想和他过了。于是,秦安疆决定帮助宁彩云。

宁彩云听说秦安疆要帮她,只是苦笑了一下,没有当真,也不相信。宁彩云都把自己豁出去了,二十六连都没有一个男人为她出头,而秦安疆为什么要帮自己,自己又能给秦安疆什么?自己只有一个不干净的身体,秦安疆却对女人的身体不感兴趣。再说,秦安疆即便要帮宁彩云,他那文质彬彬的体质,打起架来根本不是葛大皮鞋的对手。

秦安疆当时对宁彩云说,我帮你没有任何需求,我就是可怜你,为你抱不平。秦安疆让宁彩云放心,他自有安排,他太了解葛大皮鞋了,他一定能战胜葛大皮鞋,迫使葛大皮鞋离婚。

在后来的几天里,秦安疆开始准备了。他去连队卫生室拿了很多药,这些药也不是什么高级药,高级药连卫生室也没有。秦安疆拿的就是阿司匹林和维生素 B_1。秦安疆在和葛大皮鞋打赌前吃了一个星期的大剂量的维生素 B_1,在打赌的那天下午秦安疆还用维生素 B_1 泡水洗了个澡。

维生素 B_1 人吃了感觉不出来,蚊子可受不了那味儿,会远离你。维生素 B_1 泡水擦身同样让蚊子不敢近身。这种水溶性维生素是没有副作用的。多余的分量完全能排出体外,不会贮留在人体中。

可见,秦安疆是用知识战胜了葛大皮鞋,并不是百毒不侵。这些知识在现在只是生活的小常识,在各种报纸杂志上、互联网上都有,可是在当年的新疆,在兵团,知道的人就很少了。卫生员王伟民也不一定清楚,他还到处说秦安疆百毒不侵呢。当葛大皮鞋被蚊子咬中毒后,他只能给葛大皮鞋打消炎针,擦碘酒。

秦安疆和葛大皮鞋打赌后,宁彩云就停止了偷人。她开始对二十六连所有的男人都不屑一顾。她甚至忘了和谁有过事,就像妓女收钱后早就忘记了嫖客的模样。宁彩云认为二十六连的那些单身汉是最下贱的嫖客,是只占便宜不付钱的嫖客。

葛大皮鞋被蚊子咬中毒后并没有立即和宁彩云离婚。当宁彩云提出离婚时,葛大皮鞋再一次殴打了宁彩云。不过,宁彩云那次挨打没有哭,她十分冷静地对葛大皮鞋说,这是你最后一次打我,你已经输给了秦安疆,你必须和我离婚。你再敢打我,我就杀了你。

葛大皮鞋说,你要杀我,你用什么杀我?我给你拿一把刀,看你能不能杀了我。

宁彩云说,除非你不再和我睡一张床,住一个屋,老虎还有打盹的时候,你总要睡觉吧,你睡着时还能夺我手里的刀吗?你想好了,只要你敢再打我,你睡着了就永远别想醒过来了。葛大皮鞋听宁彩云这样说,愣了。

葛大皮鞋问,这是谁给你出的主意?是不是秦安疆?宁彩云回答,是又怎么样。葛大皮鞋愤怒地咒骂秦安疆。

宁彩云冷笑着说,愿赌服输。

葛大皮鞋叹了口气说,离就离,看谁会要你这个妓女。宁彩云说,谁也别想再碰我,我要搬到128号林带里住,我要和秦安疆住。葛大皮鞋听宁彩云这样说哈哈大笑,问:“你要嫁给秦安疆那个没种的男人?”

宁彩云说,没种怎么了,二十六连男人多得很,就是没种。我上半辈子被害苦了,下半辈子再也不要了。

葛大皮鞋什么话也说不出了,他真没想到自己这辈子栽在一个没种的男人手里,窝囊透了。

最后,宁彩云和葛大皮鞋离婚成功,宁彩云搬进了秦安疆的小屋。

那天,宁彩云赶着秦安疆的沙漠之舟来搬家。二十六连的好多人来看热闹，有人问，宁彩云你搬哪住？宁彩云说，搬到128号林带里住。

“林带里哪有住的？”

“我搬到秦安疆的小屋。”

“他……”

可能在大家的心里有同样的一个问题，一个妓女和一个下身残废的男人住在一起，他们怎么能过日子？

宁彩云搬进了秦安疆的小屋，我爹胡连长当然要了解情况。我爹问秦安疆，你不是对女人不感兴趣吗？

秦安疆答，我是对女人不感兴趣，但并不等于我不需要女人。

我爹问，你要女人干什么？

秦安疆答，取暖。你不觉得林带里太冷清吗？

我爹说，她是个妓女。

秦安疆说，我不在乎，我还是右派呢，我们刚好天生的一对。

我爹说，这是咋回事，一个妓女居然和一个残废的男人好上了，你又不行，你不怕她在林带里偷人，那样林带里就热闹了。

秦安疆说，我不怕。

我爹说，完了，秦安疆你是被狐狸精迷住了心窍。

秦安疆说，我只想在这荒原上找一个女人过两个人的日子。我要和宁彩云结婚，法律上没有规定我们不能结婚吧。

宁彩云和秦安疆结婚这件事对我爹震动很大。宁彩云曾经在公开场合说，二十六连的单身男人很多，我宁肯嫁一个无种的男人，无种的男人最有种。宁彩云的话糙理不糙，她的所作所为让二十六连的单身汉无地自容，这几乎给二十六连的单身男人一个响亮的耳光，让单身汉都觉得脸上发烫。

我爹也是单身汉，我爹不但是单身汉，还是单身汉的头，是单身汉连长。阿伊古丽就住在二十六连边上的地窝子里，我爹却不敢和人家见面，这样看来我爹是天下第一没种的男人。

宁彩云搬到128号林带后，她就不让我叫她娘了。宁彩云对我说，孩子，别叫我娘了，我不是你娘，也不配做你娘。我不配有儿子也不能有儿子，我会把一个纯洁的孩子弄脏，我是一个不干净的女人，我只配和秦安疆在一起，只有他才不嫌弃我。

可是，叫了一个人娘之后那是无法改变的，一日为娘一生为娘。我的亲娘李桂馨已经死了，我没有见过她；宁彩云还活着，宁彩云永远都是我娘。

宁彩云延续了我娘李桂馨的痛苦，也应该延续为娘的幸福。

秦安疆根据宁彩云的经历，后来写了一部长诗。这部长诗总共装订两册，一册送给宁彩云，一份交给了团里，算是交代材料。那长诗当然没有马富海他们搞出来的手抄本影响大，可是马富海他们搞出来的手抄本现在已经不知去向，那长诗却被宁彩云保存至今。

这是秦安疆为我娘宁彩云写的长诗，算是一个女人的史诗。我看过这部关于女人的长诗，初中时看过，高中时看过，上大学时也看过，只是每一次看的感受都不一样。如今，我再一次翻看这部长诗时，我发现这部长诗受维吾尔民歌影响很大，特别是维吾尔木卡姆。他曾经赶着沙漠之舟追随着打柴人的车队，听他们歌唱。那些刀郎人唱的都是刀郎木卡姆。

木卡姆一唱要用很长时间，从黑夜唱到天亮，从过去唱到现在，一直唱到地老天荒。秦安疆为我娘宁彩云所写的长诗，整个体例也很像那长长的刀郎木卡姆。其中有这样的段落：

我要去和仇人相见
因为我已经身不由己
天下的人都在瞧我
啊,别瞧吧
要瞧就瞧我的全部历史

黑暗的时代
我不能从痛苦中脱身
已经为旧时代献出一切
别再叫我继续呻吟

看到那门前的花坛
我无比兴奋
那是荒原上的花朵
那是希望之花

你们可以蔑视
我已没有脸面还要什么羞耻
我欲将油样的泪水滴在火般的脸上
除了一死
还有什么是我归宿之行

我要将不幸的命运和遭遇都写在魂幡上

因为耻辱的烈焰燃烧得我
再不能自如地向前
看到我那副惨相有谁会不吃惊
目睹者一定会大发善良慈悲之心

共苦同难的人
请莫忘记我这悲怆的话语
我死后
不幸全写在坟头的素旌

可见,秦安疆的长诗是借鉴了木卡姆的体例。很显然秦安疆在这一节中,描述了我娘宁彩云去交代问题的情景。宁彩云向马富海交代问题,也可以说宁彩云的回忆就是和过去的仇人再一次相见。我娘宁彩云穿着整齐路过连队的花坛,她知道全连的人都在看她,都在蔑视她,她什么都不怕了,已经想到了死。我娘宁彩云没有死,她为什么活了下来,是什么力量支撑着她继续活下去呢?秦安疆在长诗的后面已经写了,那就是一声“娘”的呼唤。也就是说,这和我有关。一声“娘”的呼唤,唤起了宁彩云重新生活的勇气。

第三十三章　秋　收

上　部

阿伊古丽一个人住在地窝子里，你爹能坚持几年和她相安无事，这并不是你爹多么有定力，也不是我的严防死守起了作用，这是当时的社会环境和政治形势所迫。要是放到现在，别说几年就是几个月也不行。可见，一个时代的政治环境对个人的影响还是很大的。当时正是"文化大革命"后期，批林、批孔如火如荼地进行。

当然，我采取的措施也起到了一些作用。阿伊古丽连续几年都种葵花，每当葵花开花的时候，我就让周启光看葵花地，以免你爹被那些葵花吸引。也许我的这些措施比较荒唐，但是都是为了你爹好呀。我这样做有些人不一定理解，比方秦安疆就认为我是在棒打鸳鸯，还有就是你爹也不一定感谢我，说不定还会恨我。要不是为了你爹的政治前途着想，我才不干这种事呢！

可是，男女之间的事真叫人防不胜防呀！你爹后来还是和阿伊古丽出事了，这让我前功尽弃。你爹和阿伊古丽出事是在葵花凋谢之后，当时我们正在秋收。

那应该是1975年的秋天，阿伊古丽和往年一样在秋收过的田野里赶着她的羊群放牧。一般情况下，我们是不让老乡到我们的稻田里放羊的，可阿伊古丽不同，她很特殊，她算是我们的客人，我们当然不能赶她走了。还有，我也希望她在我们稻田里放羊，看住了她就看住了你爹。

如果从地头路过，还能听到阿伊古丽嘹亮的歌声，一会儿汉语一会儿维吾尔语，牧歌悠扬，情深意长的。她的向日葵已经收获了，她正好来地里放羊。你爹当时正在场里脱谷，远远地看到那些稻子像天上的瀑布从脱谷机里喷出，稻子晒在场里就像金色的沙丘。晒好的稻子要装进褡裢，一褡裢有一百多公斤，要三个人才能装上拖拉机，两个人抬两个角，一个人在后送，一声吆喝，那一褡裢稻子就进了拖斗。

然后，你爹会亲自开着拖拉机送粮，将粮食送到团里，上交入库。你爹学会开拖拉机后，他的四驾马车就淘汰了。你爹很会赶时髦，当时我们连分来了轮式的拖拉机，叫T28，轮子有一人多高，开起来突突突的，特别神气，一次可以拉四五吨呢。

就是在那个秋收的季节，你爹开着拖拉机到团部交粮，当时的太阳已经要落山了，一轮红彤彤的太阳正好落在128号林带里，林带就像一个一眼望不到头的胡同，落日正好在那胡同的尽头。那个时间段去团部，开着拖拉机行进在机耕道上，正好和那落日迎面相遇，别提有多美了。一天要送几次粮食，那应该是一天中的最后一趟了，你爹开着拖拉机走在128号林带，拖拉机突突的，你爹也是兴冲冲的。也许是机耕道的路太颠，也许车开得太快，或者是那车粮装得太多，堆得太高，刹车绳没刹紧……总之，反正是一个偶然的原因，车开到半路，一褡裢粮食从车上掉了下来。你爹停住车，走到车后去抱那一褡裢粮食，可是你爹一个人无论如何也没那么大力气将粮食重新装上车。你爹前后看看不由得大声喊了一声。

“有人吗？”

你爹喊过后便拍拍手，准备从口袋里掏出莫合烟来卷，这时，他看到阿伊古丽从林中走了出来。你爹一下就愣住了，你爹事后对我说，他当时十分担心地四处望望，就像一个贼。你爹当时有两种担心，一是怕二十六连的人看到了，会有流言蜚语，还有就是为阿伊古丽担心，太阳已经要落山了，128号林带里不安全。

阿伊古丽赶着羊群出现在了你爹的面前，那些羊群就像从林带里渗透出来的洪水，让你爹猝不及防，你爹当时都恨不得张开双臂将羊群拢进林带。

阿伊古丽望着你爹问："是你喊人吗？"

"是，这么晚了，你怎么还不回去？"

阿伊古丽说，我每天都是这个时候回去，我赶着羊群从这路过，听到喊声就出来了。

你爹有些犹豫地说，那你过来一下。阿伊古丽便走到了你爹身边，淡灰色的眼睛望着你爹，有些直截了当。

阿伊古丽的眼神让你爹吃不消。

你爹后来对我说，他不敢和阿伊古丽的眼睛对视，阿伊古丽的眼睛能发出金色的光芒，就像黄昏时的落霞那样刺眼。你爹当时嗫嚅着，不得不低头，就像一个有罪的人。你爹当时可能连话都说不清楚了，低着头，望着脚边的褡裢说："抬一下，抬一下。"

阿伊古丽听了你爹的话涨红了脸，呼吸一下就急促了。她嗔怒了，猛地举起了鞭子向你爹抽去。你爹本能地后退，你爹曾经挨过阿伊古丽的鞭子，他知道阿伊古丽鞭子的厉害。

你爹说，你怎么打人？你怎么打人？

阿伊古丽通红着脸，毫不客气地将鞭子抽在你爹的身上，阿伊古丽一边追你爹，一边说，我就要打你，我就要打你，我早就想打你了。你爹后来对我说，他挨了好几鞭子，那鞭子挥舞着在空中发出呼啸声，落在身上却一点都不疼。

你爹一边躲着阿伊古丽的鞭子，一边向拖拉机边上挪。你爹从车尾挪到了车头，连忙钻进了拖拉机，然后开着拖拉机逃之夭夭。

你爹逃离阿伊古丽后，也许还没弄明白阿伊古丽为什么要打他，为什么凌厉的鞭子抽在身上却不疼。你爹根本没有回过味来，心中还在想着那一褡裢稻子，盘算着返回时再弄上车。在你爹开着拖拉机逃跑时，阿伊古丽在身后还喊了一声，可是你爹根本没有听清喊的什么，就跑了。

事情发生在你爹送粮回来的时候，那时天已彻底黑了。你爹开着拖拉机再次行驶在128号林带的机耕道上。他车速很慢，两个大灯都开着，眼睛盯着路边，生怕丢了他的粮食。拖拉机开到掉粮食的地方，他看到阿伊古丽站在车前拦住了去路。阿伊古丽已经换了衣服，穿了一条崭新的裙子，戴上了那红色的纱巾。阿伊古丽在车灯下，就像一位天使。你爹连忙停车，下车谨慎地走向阿伊古丽，当你爹发现阿伊古丽的手中没有了鞭子，才走近了她。你爹走向阿伊古丽目光含着胆怯，他看到阿伊古丽的手里提着一个空褡裢，你爹认识那褡裢。

你爹问，我的粮食呢？

阿伊古丽答，我把它弄回家了，我是来还你褡裢的。

“这……”你爹大吃一惊，说，“这是公家的粮食。”

阿伊古丽说，我知道，我知道，你冒险送我大米是要犯错误的。阿伊古丽说着走到你爹面前，说，热合买提（谢谢）！好脾气的胡连长，你的礼物太贵重了，它像金子般珍贵，我接受了。

阿伊古丽说着扑进了你爹的怀抱，你爹被阿伊古丽突然的举动弄蒙了，他身不由己地抱住了阿伊古丽，觉得既熟悉又陌生。你爹在惊慌失措中接受着阿伊古丽的热情，他们相拥着跌跌撞撞地钻进了林带。

后来，你爹和阿伊古丽的事被葛大皮鞋发现了，葛大皮鞋发现你爹和阿伊古丽在林带里约会。葛大皮鞋向我报告的时候，我吃了一惊，又是128号林带，这该死的林带里出了太多的事。你爹在林带里约会我是能够理解的，林带里比地窝子更安全，因为我们确实把阿伊古丽的地窝子看得紧，我曾经布置过，让大家随时关注阿伊古丽的地窝子，只要发现胡连长去，立即报告。这样你爹去阿伊古丽的地窝子反而显得不安全了，他不得不去林带里约会。

那天，葛大皮鞋绘声绘色地向我报告了发现胡连长和阿伊古丽在林带里约会的经过。葛大皮鞋说，那天俺放羊回家，把羊赶进圈的时候发现少了两只羊。俺一想坏了，丢了羊胡连长又要骂俺了，挨骂是小事，说不定还要扣工资。俺就回去拿了电筒到128号林带找羊，俺走到林带深处时，发现前方不远处有一团白在晃动，俺还以为是羊，俺用电筒一照，才发现那白影不是羊是人，那人穿着白衬衣。那人被俺的电筒一照，趴在那不敢动了。

俺走过去在那人身上打了一下说，半夜三更的趴在这干啥？那个人便起来了，说照啥照，是我。俺一看是胡连长，就把电筒灭了。胡连长问我干啥，我说找羊。这时俺才发现还有一个人，俺的娘哟，那人坐起来了俺才发现是个女的，长头发。俺心想这下让俺碰到好戏了，俺想看清楚那女的是谁，就凑近了，胡连长还骂俺，说看什么，找你的羊去。胡连长不让俺看，俺还是看清楚了，你猜是谁？哈哈，不是别人，是阿伊古丽。这时，俺拔腿就走，这是一个重要的情况，俺要报告指导员，指导员不是说了嘛，不管是谁只要发现胡连长和阿伊古丽在一起，立即报告。胡连长见俺要走，软了，他还拉了俺一下，喊，葛国胜同志，你等一下。俺一甩胳膊就走了，心想这下好了，羊丢了也没事了，不用找了，先去报告指导员吧。他胡连长一直修理俺，这回犯到俺手里了，是天意。

葛大皮鞋绘声绘色地把他的意外发现告诉了我。我当场就把葛大皮鞋骂了一顿，说不准造胡连长的谣，小心我修理你。葛大皮鞋说，千真万确，我可不是造谣。

我当时有心把这事压住，既然事情已经出了，就不能扩散出去。没想到葛大皮鞋没被我压住，还编成了山东快书，逢人便唱。

结果，你爹和阿伊古丽的事全连一下就知道了。

下　部

秋收季节是新疆最美的季节，瓜果飘香，牛羊肥壮。兵团人的稻子终于成熟了，一派金黄。站在稻田里，举头远望，这时的天山雪峰好像离我们很近，就像在眼前；高高的白杨树叶片闪着银光，在微风中发出金属片一样的声音；沙枣树很沉重，像个孕妇，累累硕果压着树枝，在风中弯着腰不敢晃动。金色的田野是广阔无边的，收获过的田野里还有白色的羊群点缀其间。

这么好的季节，我爹和我阿帕不出事才怪，我希望他们出事，他们也到了收获的季节。

马指导员认为我爹和阿伊古丽出事，是一个字闹的。马指导员后来对我说，这都是个误会呀，问题就出在那该死的“抬”字上，这个字在新疆是一个禁忌，在和维吾尔族女性交往中，这个字是一个敏感的禁字。我觉得马指导员把一切都归结到一个字上是可笑的。那个字在现在看来只能是一个关键词，这不是事情的本质。事情的本质是我爹和我阿帕阿伊古丽真心相爱，这种爱是突破族别的最强大的力量。

我爹的内心深处也潜藏着对阿伊古丽的爱。那种爱我爹或者永远都不能表达，找不到机会表达。但是，那次意外的相遇，那特殊的一个字正起到了意想不到的效果。

关于那个“抬”字，在现代汉语里无非有这几个方面的解释。(1)举，提高：抬起头来，抬手，抬脚。引申义为，使之上升：抬价。组词成“抬头”时有比喻的用法。如：劳动人民抬头做国家的主人。另外，还有写信时另起一行或空格表示尊敬，也叫抬头；发票收据上写的户头也叫抬头。(2)抬，共同用手搬运东西，也叫抬。在比喻的用法中表示争辩，叫抬杠。

可是，在新疆的二转子话中这个“抬”就有了丰富的引申义和巨大的寓意，这种寓意在二转子话中包含着一个用书面语无法表达的充满了禁忌的含意，只有在口语中，在小儿骂人时才能骂出口的一个字。比方我抬你妈，翻译过来就是我操你妈。

在新疆还有大量的二转子话，这些话不用翻译。比方“肚子胀”就是生气的意思。这语言形象生动，肚子里有“气”，肚子就胀了，表示生气了。这种语言在新疆非常普遍。

二转子话的音调是维吾尔语的，用词以汉语的居多。

在汉语中掺杂着大量的维吾尔语，比方“皮牙子”，在汉语中就是洋葱，可新疆汉族人都把洋葱叫皮牙子，好像压根就没有洋葱的叫法。

自然，这些二转子话给维吾尔族人和汉族人的交往带来了一些方便，因为它实用，但同时也带来诸多不便。这样就弄出不少笑话，闹了不少误会。有些话汉语的意思和维吾尔语的意思相差万里，混在一起用难免惹出麻烦。比方“羊缸子”，在现代汉语中缸子就是搪瓷杯，可是在维吾尔语中“羊缸子”却是“老婆或者已婚女人”的意思，那个“抬”字也属于这类字。

我爹当年在林带里碰到了我阿帕，我爹让我阿帕帮忙抬一下粮食，我爹根本没有意识到这个“抬”字还有另外一种含义。可谓是说者无意，听者有心。在阿伊古丽的理解中，那个忌字被美化了，这种美化将粗俗和不洁遮盖，剩下的是坦率和大胆。阿伊古丽把我爹请求她帮忙的话，理解为对爱情的表达，将那一褡裢稻子当成了礼物，这礼物就像本民族小伙子求爱时用羊做礼物一样。

最后，我爹终于被阿伊古丽的热情融化了，就像那太阳下融化的冰山。我爹心中的冰山在阿伊古丽的热情中渐渐化为激流，那些激流随着不断升温开始汹涌澎湃，最终变成了洪水。那洪水势不可当，呼啸而去，浇灌着我爹心中那干枯了太久的荒原，那是一次真正的闯田。

秋天的林带里有柔软的树叶，那是最好的婚床；有高高的白杨树和密不透风的沙枣林，那是最大的婚房；天上有遥远的星星，那是上天点燃的红烛。什么宗教禁忌、组织纪律、民族政策，都被他们抛在了脑后。剩下的只有爱，那是人类最美好的情感，因为他们等待得太久了，当年阿伊古丽已经30多岁了，我爹都40多了，一切来得已经太晚了。

我爹和阿伊古丽在林带里约会，这件事情被葛大皮鞋撞见了。葛大皮鞋把我爹和阿伊古丽的约会编成了山东快书，逢人便唱：

俺去林带找绵羊，
碰到俺的胡连长。
要问连长干什么？
他去林带去打仗。
连长是河南大裤裆，
打仗他不用带着枪。
抓了一个女俘虏，

就往裤裆里装。

有人问那个女俘虏是谁呀,葛大皮鞋就回答:“她的名字叫月亮花。”阿伊古丽译成汉语,就是月亮花的意思。

葛大皮鞋这么一唱,这事就满城风雨了。马指导员见纸里包不住火,只好找我爹单独谈,我爹只好承认了。马指导员对我爹说,你真是让我防不胜防呀。

我爹说:“事已至此我也豁出去了。”

马指导员说:“你豁出去也不会有好结果呀,你想团里会批准你结婚吗?”

我爹说:“我不结婚,我干吗要结婚?”

马指导员说:“你们不结婚那怎么在一起呀?”

我爹犯了牛脾气,说:“不结婚就不能在一起了?”

马指导员说:“这怎么能行呢,这不是长久之计呀。这事已经被葛大皮鞋传出去了,要是团里知道了怎么办?”

“知道就知道,大不了我不当这个连长,反正这个连长也当不了多久了。”

我爹当时的情绪很坏,我爹说不当这个连长了是有原因的,当时已经传达了11号文件,上级要撤销兵团,这是一个关系到兵团人命运的决定。

上级要撤销兵团,这个消息对老兵团人来说无疑是晴天霹雳,基层连队的兵团人都人心惶惶的。团里整天开会,要求各连的连长和指导员做好大家的思想工作,在这个特殊的时刻要稳定军心,不能耽误生产。

当时,为了缓解我爹的坏情绪,马指导员还和我爹开玩笑,说献了青春献子孙,这话你不该说,你哪来的子孙,你光棍一个。

我爹一下就火了,说你老马是什么意思,说我断子绝孙。我不会一辈子打光棍，我早晚会有子孙。我爹当时这样说，马指导员心一下就提了起来，以马指导员对我爹的了解，这是有情况了。其实，我爹在那段时间就已经和阿伊古丽有事了。

经过核算，“文化大革命”时兵团连年亏损，净亏损达3个多亿。国家拨入亏损补贴达5个多亿，兵团成了全国农垦系统的亏损大户。

在这种情况下，自治区和新疆军区联合向中央打报告，要改变生产建设兵团体制，交地方管理，也就是要撤销兵团。不久，中央发了11号文件，同意撤销兵团。

自治区、新疆军区为贯彻中央11号文件，制订了向地方交接的具体方案。兵团撤销后，所属各师机关并入所在地区机关，各师所属企事业单位，按行业分别划归自治区及所在地区有关部门。移交工作在当年迅速完成。

兵团要撤销了，兵团人坐不住了。有办法有关系的纷纷向口里办调动，没有办法的只有走一步看一步。我爹是属于没有关系的，没有能力把自己调回口里那一类，那段时间他的情绪很坏，有点破罐子破摔的味道。

那段时间我一般不敢调皮，我爹整天拉着一个脸，我要是调皮肯定是要挨打的。当时，我已经上小学三年级了，放学回来就往128号林带跑，去找秦安疆和宁彩云。

我爹和阿伊古丽出事后，马指导员又找葛大皮鞋谈了一次话，让葛大皮鞋保密，这事不能被团里知道。没想到，葛大皮鞋提出了一个条件，说不让他向团里汇报也可以，你们当官的要代表组织上给我找一个老婆。马指导员听了葛大皮鞋的要求啼笑皆非，说我到哪儿给你找老婆呀，靠组织上解决个人问题，那是过去，现在都是自己找，如果我们出面找一个姑娘谈话，说嫁给葛国胜同志吧，人家姑娘不但不同意，说不定还会骂我们神经病。

时代不同了，在20世纪50年代可以进行的事，在70年代那是不可能的。葛大皮鞋还活在50年代进疆之初的时候。为了稳住葛大皮鞋，马指导员居然答应了葛大皮鞋的要求。马指导员希望葛大皮鞋给组织上一点时间，让组织上慢慢物色，这件事指导员和连长都会帮你的。当然，如果你有了目标也可以告诉我们，我们也可以给你做工作。

马指导员和葛大皮鞋谈过话后，这事暂时被压了下来。后来，葛大皮鞋又编了快书，在放羊的时候也唱：

呱嗒板，呱嗒嗒，
山东河南是一家，
不要捣不要戳，
还是团结互助好。
战友是个铁蛋子，
你捣也捣不烂。

葛大皮鞋是山东人，我爹是河南人，葛大皮鞋这样编快书表示他和我爹和解了，不向团里汇报我爹和阿伊古丽的事。当时，老团长和政委都被赶下台了，团里没有人替我爹说话，我爹在团里也就没了后台，这也是我爹一直没被提拔的原因之一。葛大皮鞋当年要去团里告状，我爹肯定要倒霉的。

第三十四章　麻扎之约

上　部

葛大皮鞋看上了上海青年谭华妹，这是我们没有想到的。葛大皮鞋到连部办公室，让我们帮他做谭华妹的工作。当时，我刚好不在，你爹听葛大皮鞋这样说，觉得葛大皮鞋简直就是疯子。谭华妹是上海姑娘，不但人长得漂亮，而且根正苗红，是上海青年女兵班的班长。据说有不少上海青年追求她，都被拒绝了。她一直拖着不结婚，就是眼光高，身边的人就没有她看上的。葛大皮鞋真是癞蛤蟆想吃天鹅肉，打起了谭华妹的主意，葛大皮鞋找到你爹，让你爹做谭华妹的工作，你爹一听就火了，说我凭什么给你做工作？

葛大皮鞋说，你都有女人了，我也要女人，你不帮我，那你也别想安生。葛大皮鞋这样说完全是在威胁你爹，你爹当时杀葛大皮鞋的心都有了。不过，你爹还是强忍着怒火说，人家谭华妹那么优秀你配得上人家吗？葛大皮鞋说，我是开荒能手呀。你爹哭笑不得，说去你的开荒能手吧，那是10年前的事，那是1964年，如今是公元1975年。葛大皮鞋说，我才不管公元还是母元呢，我当年是下了大力气了，这开荒能手也是你连长评出来的吧，到了公元1975年你就不认了，那可不行。

你爹说你看上了人家谭华妹，你不尿泡尿照照自己多大了，你葛国胜比我大吧？葛大皮鞋说，胡连长，天地良心我葛国胜从来就比你小，你是我的连长。你爹说，你别给我胡搅蛮缠，我说的是你的年龄，我今年都47岁了，你葛大皮鞋少说也50岁了，人家谭华妹才二十五六岁，你比人家大一倍呢！葛大皮鞋说，我没有50岁，我的年龄也比你小。你爹说，你的档案我也不是没有看过，你要什么赖？葛大皮鞋说，那是当年填错了。你爹懒得和葛大皮鞋扯皮，说你看上了人家谭华妹，那你就去追呀，找我干什么？葛大皮鞋说，指导员已经答应我了，如果有我看上的，组织上会帮助我做些工作。你爹觉得葛大皮鞋简直是不可理喻，又不能发火，因为自己的把柄抓在人家手中呢！你爹就随口说，你先回去吧，工作我们会慢慢做。

没想到，葛大皮鞋在连队里四处乱说，散布消息，说谭华妹已经是他的人了，连长和指导员已经同意将谭华妹分配给他了，任何人都不能再打谭华妹的主意。葛大皮鞋这也是学我们当年，在连队里大造舆论。这个消息在二十六连传开后，大家都当成笑谈，特别是上海青年，觉得荒诞得可以。谭华妹找到你爹发了通火，你爹说你不用理他，他是疯子。谭华妹后来也不火了，见了葛大皮鞋还做害羞状。

秋天，我们一般要进行渠道清淤，放了一季的水，渠道都淤积了，必须清淤。清淤是重活，葛大皮鞋就去帮谭华妹挖渠。他把羊群赶进已经收获的庄稼地里，来到分配给谭华妹的区段就开干。谭华妹这时也不反对，葛大皮鞋帮她干活，她就坐在渠边看着。一群上海青年围拢来看热闹，特别是上海男青年还在一边鼓励葛大皮鞋，说葛大皮鞋就是有把子力气，能干，一个人顶我们上海青年几个。葛大皮鞋受到鼓励，那真是干劲冲天呀！上海女青年就说了，谭华妹真有福气，有人帮忙干活，我们怎么没有这样的福气呀！

谭华妹和大家聊着天，天真无邪的样子。

葛大皮鞋干了活还十分得意，向我和你爹汇报，说他和谭华妹发展得很好。我们就问谭华妹，谭华妹说他要帮我干活就干呗，我又没有喊他来干，是他自愿的。你爹说，他是什么目的你也是知道的，你是一个好姑娘，不要让他坏了你的名声。谭华妹说，帮我干活的男人多了，谁帮我干活我就和谁好，我也太不值钱了吧。确实，有不少人帮助谭华妹干活，这在兵团算是小伙子追求姑娘的方式，很常见。也难怪，兵团超常的体力劳动不要说一个姑娘了，就是小伙子也受不了，特别是从上海大城市来的知青，基本上是无法承受的。

兵团人的累是一年四季的累。

春天要春耕春播，为了抢农时要24小时地连续作战。有一种叫压磨子的工作，现在想来还让人恐惧。就是拖拉机在前头开，后头拖一个用树枝编成的磨子，这样才能把地里的土块磨碎，可是那树枝编成的磨子太轻，把石头放上去也不行，那样重量是够了，时间久了磨子上会挂着草，把地拉成沟。只有用人来压磨子了，两三个人坐在磨子上，随时清除磨子前挂着的草。这件工作看起来不费劲，坐在那里被拖拉机拖着走。可是，时间长了人是无法忍受的，拖拉机和磨子卷起的滚滚灰尘基本上把人包裹了，你戴上三层口罩都不行，吐出的痰还是泥浆。身上的灰就更不用说了，洗下来的水几乎可以和泥墙。脏是一方面，更重要的是困。那种工作一般情况下是24小时一班次。晚上你会渐渐进入困顿状态，如果你敢进入梦乡，你会从磨子上掉下来，这样磨子会把你当成土块磨，会把你磨碎，磨得你体无完肤，血肉模糊。

夏天要拔草，每人的定额是60亩，稻田里基本上没有稗子草，那还可以用农药，大部分是芦苇，芦苇的生命力实在是太顽强了，你无论怎么努力，拔草的速度也赶不上芦苇生长的速度。你从第一块地拔起，当你拔到整条田的中间时，第一块的草又长出来了，而前头未拔的田都快成芦苇荡了。这样周而复始地拔，一直到水稻成熟芦苇也拔不净。一季下来，腰已经弯了，成了驼背，一棵白杨树就成了歪脖子沙枣树了。最要命的是脸，在太阳的暴晒下成了沙枣树皮，在含有碱水的稻田里泡了一个夏天，腿肚子已经炸开了，就像哈密瓜皮，疼痛难耐。

秋天要拾棉花，棉田一望无边，白花朵绽开着等待你去摘。这时你没有一点丰收的喜悦，你低头拼命地拾呀拾，挂在脖子上的大花兜越来越重，最后不得不低下头来栽倒在棉田里喘一口气。棉花要一直拾到冬季，在清晨还看不到人影的时候必须起床，冻得伸不出手，可是你必须把手伸出来抓紧时间去摘。等太阳高了，露水干了，花叶焦了，棉花上会粘上很多焦叶，这样晚上要在电灯下将棉花弄干净，否则交不了差。当你看到那堆积如山的棉花垛时，应当想想那些棉花是怎么来的。那是无数双手一朵一朵从棉桃上摘下来的。无论是男是女，是粗是细，在棉花丰收的日子你的手都会变得比鹰爪还要粗糙。

冬天也不能休息，要抓紧时间挖排碱渠，在零下几十度的冬季，在像刀子一样呜呜刮着的西北寒风中，你还要挥汗如雨。你抡着十字镐，几十下才会在冻土上留下一个白点，而手上早已满是血泡。

在兵团一个小伙子要追求一个姑娘什么礼物都不需要送，只要帮她干活，比什么都强。一个小伙子帮一个姑娘干活了，这说明小伙子对姑娘有意思了，如果姑娘不拒绝小伙子为自己干活，那说明有戏了。这就是劳动产生爱情，姑娘会在小伙子的挥汗如雨中被感动，然后以身相许。

当然，葛大皮鞋和谭华妹的情况完全不同，我和你爹都看出来了，上海青年完全是合起伙来把葛大皮鞋当猴耍，可葛大皮鞋却执迷不悟，还干劲冲天。

秋收以后，我们又开始开荒了。全连每个人都有任务，上海青年就怕开荒，谭华妹就放出话来，说就看葛大皮鞋的表现了，他不是开荒能手吗，如果他表现好，我就和他“约会”。这话就传到了葛大皮鞋耳朵里，他开始起早贪黑地帮谭华妹开荒。因为平常他要放羊，只有把羊入圈后，他才能扛着坎土曼去帮谭华妹开荒。

这时，如果有人碰到了就问，天黑了，你这去干啥？

葛大皮鞋就说，开荒、开荒、开荒。

人家又说了，你放羊的没有开荒任务呀？

葛大皮鞋就说，啥任务不任务的，我是个开荒能手，在这伟大的开荒运动中，我不能坐视不管。葛大皮鞋也不说是为谭华妹开荒，净说一些官话。

有时候葛大皮鞋会在下班前，让老病号一个人看着羊，自己去帮谭华妹开荒。这时有不少人都站在地头上看，葛大皮鞋那时候特别来劲，一把坎土曼耍得行云流水一般。这时的谭华妹会坐在地头上暧昧地笑，你说不明白那是一种什么笑。当时，有上海青年说，谭华妹看着葛大皮鞋帮她开荒，笑得可婉约了。“婉约”这个词我当年一直不懂是什么意思，上海青年就是有文化。谭华妹的那种笑，是一种婉约之笑，那婉约之笑到底是什么笑？我这个指导员当年不能理解，现在也理解不了。

后来，谭华妹的开荒任务提前完成了，上海青年都说昔日的开荒能手真是宝刀不老呀。葛大皮鞋说，我当然不老了，火车不是人推的，牛皮不是人吹的，在二十六连开荒我还没找着对手，有些人当年是没有资格开荒的。

葛大皮鞋这是说秦安疆。自从葛大皮鞋和秦安疆打赌输了后，秦安疆就成了葛大皮鞋心中永远的痛，葛大皮鞋想通过打击秦安疆捞回点面子。有人就说秦安疆不是开荒能手，打赌你还不是输了。葛大皮鞋说，我不怕疼，不怕累，不怕死，怕痒。

上海青年就说，你确实不怕死，老牛还想吃嫩草。葛大皮鞋就说，人老心不老，老赛钢刀，试试。上海青年都哈哈大笑，觉得葛大皮鞋是个人物。

谭华妹的开荒任务完成后，她就让周启光带话给葛大皮鞋，说话算话，要和葛大皮鞋约会，葛大皮鞋一听十分激动。只是，谭华妹约会的地点有点特殊，在胡杨麻扎。

葛大皮鞋有些犹豫，周启光见状就说，你㞞了，不敢去？葛大皮鞋说，我会㞞？活人我都不怕，还怕死人？周启光问，那你去不去呀，我好给谭华妹回话。葛大皮鞋说，我就是不明白谭华妹怎么会和我在老坟地里约会，约会应该在花前月下呀。周启光说，谭华妹是什么人呀，人家是女兵班的班长，她在老坟地里和你约会是为了试试你的胆量。葛大皮鞋说，女兵班的班长怎么了，宁彩云当年也是女兵班的班长，还不是被我揍得服服帖帖的。周启光说，是、是，你葛大爷谁不知道呀，是二十六连第一狠人，谁都怕。关键是谭华妹要约你去胡杨麻扎你却㞞了，连这个胆量都没有，还是爷们儿吗，那就不配追求谭华妹。葛大皮鞋说，我不是怕，我是想不通，谭华妹怎么在老坟地里约会，难道她不怕？

周启光说，你葛国胜太傻了，你迷啥咧，在那个地方约会好呀，你想那地方多吓人呀，女人一害怕会干什么？会找人保护，会往男人怀里钻，这是谭华妹给你机会呀。

葛大皮鞋听周启光这样说，眼睛一下就亮了，葛大皮鞋拍了下周启光的肩膀说，你这样说，我算是想通了。

晚上，有半个月亮，胡杨麻扎一片银白。葛大皮鞋穿过128号林带，站在林带边上向胡杨麻扎张望，不由得还是打了个寒噤。胡杨麻扎已经有上百个坟墓了，由东往西那坟墓已经连成了片，整个荒原死去的兵团人都埋在这里。那些死人的坟墓虽然让人害怕，但是更让人害怕的是那些更早死去的胡杨树。那些胡杨树在淡淡的月光下张牙舞爪的，就像一个个恶鬼，比恶鬼还吓人。

葛大皮鞋向胡杨麻扎走了几步，头发都竖起来了。葛大皮鞋心里害怕，步子有些犹豫，但转念一想，连我葛大皮鞋都害怕的地方，一个姑娘就会更害怕。关键要是谭华妹先来了，她真害怕了，或者被吓哭了，这时我不在她身边，她往谁的怀里钻呀，好可怜呀。

葛大皮鞋想着不由得就加快了步子，向胡杨麻扎奔去。葛大皮鞋快到胡杨麻扎时，突然刹住了脚步，他看到在一个坟茔的顶上坐着一个女人，女人头上围着头巾，背向128号林带，仰望着南方的大漠，就像在等人。葛大皮鞋心中一喜，认定是谭华妹在等他。葛大皮鞋连着向前跑了几步，低声下气地喊："谭华妹，谭华妹。"

坐在坟顶上的女人向葛大皮鞋招了招手，女里女气地说，死鬼，喊啥呢，让人听见了。葛大皮鞋说，这地方哪有人，只有我们俩。那女人说，谁说只有我们俩，你看我们连队的李桂馨不是也在嘛。葛大皮鞋说，怎么可能，李桂馨都死了好多年了。那女人说，李桂馨没有死，刚才我和她还聊天呢。葛大皮鞋听她这么说，心一下就提起来了，说谭华妹你别吓我，会吓死人的。葛大皮鞋说着就走近了那个女人。

突然，那个女人把头巾一拉露出了光秃秃的头来，那光头在淡淡的月光下泛着豪光。光头的声音也突然变了，成了男声，道："葛大皮鞋，拿命来。"

葛大皮鞋哇的一声惨叫，喊道："有鬼呀！"转身就跑。

这时，胡杨麻扎里突然有好多人哈哈大笑，有男声也有女声，就像群魔乱舞。葛大皮鞋也不敢回头了，没命地奔跑。葛大皮鞋一口气跑回家，顶上门，用被子把自己蒙得严严实实的，在被窝里瑟瑟发抖。

下　部

早晨，羊圈里的羊饿得咩咩叫，急着要出圈。老病号怎么也等不来葛大皮鞋，就去了葛大皮鞋家。老病号敲葛大皮鞋家的门，能听到房间里有动静，却不见葛大皮鞋开门。老病号就找到了我爹，他们一起去敲葛大皮鞋家的门，也能听到屋里的动静，就是不见开门。

我爹说葛大皮鞋会不会病了，就一脚把门踹开了。

葛大皮鞋还躺在床上，蒙着被子瑟瑟发抖。我爹一把将被子掀了，说葛国胜，你搞什么名堂，羊都快饿死了，你还在睡觉。葛大皮鞋从床上坐了起来，望望我爹，说是胡连长呀，队伍集合了？

我爹说，你还知道我是胡连长，你还不赶紧起床。

葛大皮鞋立即就下床了，然后扛起门后的坎土曼就往外冲。马指导员这时也来了，他和我爹跟着葛大皮鞋往前走。我爹说，葛国胜你干什么，你放羊不拿放羊铲和鞭子，拿坎土曼干什么？

葛大皮鞋望望我爹说："开荒、开荒、开荒，啊，谭华妹，谭华妹。"

我爹说，开什么荒，你去放羊。

葛大皮鞋眼睛有些不聚光，目中无人地在那自言自语："开荒、开荒、开荒，啊，谭华妹，谭华妹。"

我爹推了葛大皮鞋一把，说去放羊，去放羊。葛大皮鞋就像没有听到，扛着坎土曼就走。马指导员碰了我爹一下说，葛大皮鞋不对头了，可能精神病了。我爹望望葛大皮鞋说，不会吧，他这么皮厚的人，怎么会精神病呢？马指导员让我爹注意观察葛大皮鞋，跟着葛大皮鞋走，见葛大皮鞋走到连队门前的花坛边，开始脱衣服。葛大皮鞋脱了外衣又开始脱内衣，不久就把自己脱得赤条条的了。

我爹和马指导员上去要给葛大皮鞋把衣服穿上，说葛大皮鞋你这是干什么呀，葛大皮鞋把眼一瞪说，开荒，开荒，开荒呀，开荒就要脱光衣服，你们怎么不脱？别耽误我，我要当开荒能手。

我爹说：“你已经是开荒能手，不用你开荒了。”

葛大皮鞋说：“开荒，开荒，开荒，啊，谭华妹，谭华妹，谭华妹。”葛大皮鞋把他们推开，挥舞着坎土曼在花坛边大干起来。

葛大皮鞋要把连部门前变成良田。

当时，正是上班的时候，葛大皮鞋脱光了衣服在连队门前挖地，一下就引来了好多人围观。女同志不知道发生了什么事，就挤进去看，见了，哎哟一声就往外躲。男的都围着葛大皮鞋看，觉得十分可笑古怪。我爹说，有什么好看的，该上班的上班去，然后和几个人去抓葛大皮鞋。

葛大皮鞋面露凶光，舞着坎土曼喊：“开荒，开荒，开荒。”

我爹大声道：“来人，把这个破坏开荒的阶级敌人葛国胜抓起来。”

葛大皮鞋突然愣了，搞不明白自己怎么变成破坏开荒的阶级敌人了。就在葛大皮鞋一愣神中，几个人扑上去把葛大皮鞋按住了。

葛大皮鞋站起来时，已经被绑住了手，他好像清醒了，说：“胡连长，你胡日鬼，我不去保卫科，我不去保卫科，你该去保卫科，你该去保卫科，你在128号林带里干了坏事。”我爹见葛大皮鞋这样说，脸上有些挂不住了，围观的人也皮笑肉不笑地望着我爹，好像胡连长也是神经病。

我爹让丁关去发动拖拉机，送葛大皮鞋去团医院。

这时，马指导员碰了我爹一下悄声说：“先不要送团医院，先送回家观察一下再说。”我爹说，还有什么观察的，他要是没有疯，怎么会把自己脱光了。马指导员说："听我的，先把葛国胜同志送回家。我们商量一下再说。"

这样，葛大皮鞋就被几个人送回家了。马指导员喊来了卫生员王伟民，说你去给葛大皮鞋打一针安定，先让他睡一觉，说不定睡一觉就清醒了。

其实，葛大皮鞋头天晚上在胡杨麻扎看到的不是什么妖魔鬼怪，这是上海青年的恶作剧。坐在那坟头上的人不是别人，是上海青年马富海。马富海外号叫马大胆，会学女人说话，用女声说话足可以以假乱真。马富海虽然胆大一个人也不敢去胡杨麻扎，在马富海周围还有十几个上海青年，大家早都商量好了，让周启光代表谭华妹约葛大皮鞋，让马富海扮演谭华妹。那天夜里去胡杨麻扎的有十几个上海青年，也只有十几个人一起，才敢在天黑后去胡杨麻扎。

谭华妹当然不敢去胡杨麻扎了，她虽然知道大家要拿葛大皮鞋开玩笑，也没有放在心上，这种玩笑对上海青年来说太常见了。

谁也没想到，当年上海青年的一个恶作剧把葛大皮鞋吓着了，一个女人瞬间能变成男人，不是鬼是什么？这个恶作剧居然把葛大皮鞋吓疯了。

葛大皮鞋疯了，我爹让送医院，马指导员却让送回家，先观察一下。把葛大皮鞋送回家后，马指导员和我爹开始在连部办公室密谋。马指导员对我爹说，你胡连长傻呀，你把葛大皮鞋送到了团医院，万一确诊真是精神病，那团里要问，一个好好的人怎么变成精神病了，你怎么回答？

我爹说："什么原因？癞蛤蟆想吃天鹅肉，吃不上就得精神病。"

马指导员说："癞蛤蟆想吃天鹅肉也是有前因后果的，葛大皮鞋和谭华妹差距这么大，他怎么会有这样的梦想？那是因为有连长帮他。连长为什么要帮他？那是连长不敢不帮他，连长有事情抓在葛大皮鞋手里。连长有什么抓在葛大皮鞋手里呢？原来连长和一个维吾尔族女人有事，在林带里约会被葛大皮鞋撞见了……"

马指导员这样一说，我爹恍然大悟。我爹没有想到这一层。如果葛大皮鞋真疯了，团里一调查，顺藤摸瓜，矛头就会指向我爹，最后挖出我爹和阿伊古丽的隐情，那是吃不了兜着走的。

当年犯什么错误也别犯生活作风上的错误，这个错误一犯，你就永远没机会犯别的错误了，那将永世不得翻身。兵团在处理这个问题上从来不会手软，别说不同民族身份的男人和女人了，只要是男人和女人之间出了这种问题，那处理得也是非常重的。如果我爹和阿伊古丽的事暴露了，团保卫科那些人是不会放过他的，这问题很严重，从轻处理也要开除党籍，要撤职，从重处理可能会劳改，不轻不重的处理也要戴顶坏分子的帽子。

所以，马指导员当年就叹了口气对我爹说："戴了坏分子帽子就没有前途了。"

"哼，我们现在还有什么前途？兵团撤销了，连长就是生产队队长，营长也就是大队支书，团长也就是一个公社书记，你说这有什么意思，还有什么前途？"

我爹对撤销兵团一直耿耿于怀，撤销兵团对我爹打击很大。

马指导员说："兵团年年亏损，不撤销不行。"

我爹当年根本不相信兵团亏损，我爹曾发脾气说，我们怎么会亏损呢，我们一个连队每年上交多少粮食呀，还有水稻、棉花、甜菜。闹了半天还亏损，肯定是上级算错了。

马指导员不想和我爹谈这个问题了，兵团已经撤销了，谁也没办法，想不通也得想通。马指导员说："兵团撤销了，大家还不是一样过，你还是连长我还是指导员。"

"要不了多久就不是了，一个文件下来就是生产队队长。"

马指导员说:“如果你和阿伊古丽的事情败露了,可能连生产队队长也当不成了。”

当年,戴一顶坏分子帽子一般是发配到山上小煤窑挖煤。那时候的小煤窑比现在的还危险,下到煤窑里几乎就没有什么安全措施,是死是活全凭天命了。今天瓦斯爆炸,明天透水,后天还有冒顶等着你。

所以,马指导员当年为我爹担心是有根据的。

我爹认为,自己革命一辈子都白搭了,到头来可能死在那黑洞洞的煤窑里。虽然如此,我爹认为他和阿伊古丽在一起没什么错,他们是真心相爱,要是早打报告,也就结婚了,为了美满一些,反而坏了事,耽误了两个人一辈子。我爹觉得这辈子活得太没意思了,劳碌到最后连自己喜欢的女人都没娶上,还不如人家老右派秦安疆,人家虽然是个残废还娶了老婆。如果戴了坏分子帽子还不如马富海,马富海是上海青年,没有送去挖煤是法外开恩,我爹的情况就不一样了。

马指导员当时就劝我爹别发牢骚了,现在不是发牢骚的时候,还是想想接下来该怎么办吧!

我爹说他不甘心。

马指导员说不甘心就要想办法。

第三十五章　冲　喜

上　部

我可不想让你爹倒霉，都40多岁的人了，大家在一起这么长时间，风风雨雨的都过来了，不能因为个人问题翻船。所以，我一直千方百计地阻止你爹和阿伊古丽来往，在发现你爹和阿伊古丽已经有事之后，又想方设法地替他隐瞒。要想把你爹和阿伊古丽的事情隐瞒过去，首先要给葛大皮鞋发疯找个说法。葛大皮鞋为什么要发疯？在向上级汇报时要把你爹和阿伊古丽这个导火索掐断。这件事情很难，全连那么多的人，你不能把所有人的嘴都封住，团里一来调查，人多嘴杂说不定就露馅了。所以，这事最好别惊动团里。

就在我煞费苦心地替你爹想办法的时候，你爹兴冲冲地来找我。你爹告诉我，他又去看了一下葛大皮鞋，葛大皮鞋狗日的居然叫我胡日鬼，这说明他还认识我。我说，葛大皮鞋平常从来不敢叫你胡日鬼，怕你修理他，现在连他也叫你胡日鬼了，我看他确实疯了。你爹说，这就说明他有点疯，但疯得不彻底，还有救。

怎么救？

你爹说，他问过卫生员王伟民了，卫生员说葛大皮鞋是吓着了，受了点刺激才发疯的。要想让葛大皮鞋不发疯，吃药是不管用的，要再刺激他一下，说不定就好了。我问你爹怎么刺激。

你爹说,解铃还须系铃人,葛大皮鞋不是疯着念念有词地喊谭华妹吗?我们就拿谭华妹刺激他。

我还是不懂你爹怎么拿谭华妹刺激葛大皮鞋。

你爹说,咱让谭华妹和葛大皮鞋假结婚,葛大皮鞋一高兴,一刺激,让幸福冲昏头脑,说不定就回来了,脑子就正常了。

你爹这样说,我一下就笑出声来,你爹真是个胡日鬼,他连这样的办法都想出来了。我说这不是冲喜嘛!你爹一拍大腿说,对,说穿了这就是冲喜。我笑你爹迷信,连农村的土办法都想到了,你见农村谁靠冲喜能治好病的?你爹说,此冲喜不是彼冲喜,农村的冲喜是封建迷信,我们的冲喜是有科学道理的。

我说,要是冲喜没用怎么办?

你爹说死马当成活马医,万一把葛大皮鞋治好了呢?如果不管用我们也没有损失。

既然你爹这样认为,我也只有同意了。要想达到给葛大皮鞋冲喜的目的,我们必须把这假戏唱足了,要把葛大皮鞋和谭华妹的假结婚办得和真喜事一样,要葛大皮鞋以为他真和谭华妹结婚了,只有这样葛大皮鞋才会被幸福冲昏头脑,等他再醒过来时,说不定就是正常人了。

要达到此目的,就要具备两个条件:一是全连人的配合,要红红火火,热热闹闹,要拜天地,要闹洞房,要把葛大皮鞋闹晕;二是谭华妹的配合,如果谭华妹不干,这婚就结不成。

你爹说,谭华妹她不敢不配合,我们把她叫来,到时候一个白脸一个黑脸,看她敢不答应。

谭华妹被叫到连部办公室时,我和你爹都正襟危坐地望着她,一脸严肃。

谭华妹见状脸都白了，站也不是坐也不是。这时我又体会到了苏联设计开敞式办公室的妙用，往办公桌后一坐有一种威严。谭华妹被这种威严吓着了，望望我又望望你爹不知道怎么办。

这时，你爹突然拍了一下桌子，厉声道："谭华妹，葛大皮鞋被你吓疯了，这个问题很严重，团里要来调查，你要负全部责任。"

谭华妹平常也是很厉害的，但是她知道把葛大皮鞋吓疯这是一件大事，所以害怕了。

你爹说，把一个人吓疯就等于把人致残了，这和把一个人的腿打断、眼弄瞎没有区别。你是上海青年，懂得什么是法律，这是要负法律责任的，这事因你而起，你脱不了干系。

谭华妹一下就被你爹吓哭了。谭华妹说，谁让你胡连长把我分配给葛大皮鞋的？我当然不同意了，葛大皮鞋不断纠缠，后来大家都看不过去了，就作弄了一下他，只是和他开了个玩笑，没想把他吓成钢笃（傻子），我们也不是故意的。

谭华妹这样说，让人一听就明白了，这事是胡连长把她分配给葛大皮鞋引起的。如果团里来调查，只要一问胡连长怎么会干出这么没屁眼的事，你爹马上就原形毕露。你爹见谭华妹这样说，有点气短，求救地望望我，示意我说话。

我让谭华妹坐下，我对她说，现在不是追究责任的时候，关键是把葛大皮鞋的病治好，只要葛大皮鞋好了，就没有事了。谭华妹听我这样说，含着眼泪说，疯了，怎么能治好呢！这在上海的大医院都治不好，在这就更治不好了。

我说，虽然我们的医疗条件比不上上海，但我们可以用土办法，有一个办法我们可以试试。

谭华妹问什么办法。

我说，葛大皮鞋只是因为你受了点刺激，还没有彻底疯，要是你给他冲一下喜，说不定再一刺激，他一激动就好了。

谭华妹一听有些发愣，不明白怎么冲喜。我告诉谭华妹，冲喜就是你和葛大皮鞋假结婚。谭华妹笑了，当即表示，不就是假结婚嘛，如果能把葛大皮鞋的病治好，让我真结婚也干。

你爹脸上一下就有了喜色，说谭华妹同志你是好样的，面对问题就是要去解决问题，绝不逃避。不过，在假结婚的过程中你一定不能露馅，一定要演得逼真，要让葛大皮鞋觉得像真的一样。还有，要告诉你的那些上海青年老乡，让他们配合，到时候是要闹洞房的，要把葛大皮鞋闹晕，晕了再醒来就正常了。

既然谭华妹同意给葛大皮鞋冲喜，我和你爹带着谭华妹一起去看了一下葛大皮鞋。卫生员王伟民守在门口，葛大皮鞋坐在床上嘴里念念有词的："开荒，开荒，开荒，啊，谭华妹，谭华妹，谭华妹。"

我问王伟民情况如何，王伟民说打了一针安定，睡了一觉，醒来嘴就没有停过，就那几句话，问他话他也不理。

我望望葛大皮鞋，见他目光痴呆，不聚光，不识人。我就把谭华妹拉到葛大皮鞋面前说，葛国胜，你的谭华妹来了，有啥话你就给她说吧。

可是，葛大皮鞋真见了谭华妹又不认识。谭华妹流着泪对着葛大皮鞋说了半天话，说对不起，我不是有意的，大家只是和你开个玩笑，你不是二十六连最狠的人嘛，怎么这么不禁吓呀。谭华妹和葛大皮鞋说话，葛大皮鞋充耳不闻，算是对牛弹琴。王伟民对谭华妹说，你对他说什么呀，他已经听不懂人话了。谭华妹说，我是个害人精，把人家害疯了，我一辈子都不得安宁。

这时，我对葛大皮鞋说，你不是喜欢谭华妹嘛，谭华妹愿意和你结婚。

葛大皮鞋好像听懂了我这句话，眼睛里似乎有了一线光芒，只是那光芒一闪而逝，让人不易抓住。谭华妹对葛大皮鞋说，我是一个害人精，你还敢要我吗？

葛大皮鞋突然笑了，说："结婚，结婚，结婚，啊，谭华妹，谭华妹，谭华妹。"

我对你爹说，看来有门，你看葛大皮鞋换字了，把开荒说成结婚了。你爹说，这是很大的胜利呀。

谭华妹又对葛大皮鞋说，你真要我，我就嫁给你，你是因为我发疯的，我宁愿伺候你一辈子。谭华妹这样说可谓是情真意切，就像真的一样。要不是我和你爹事先和谭华妹商量好的是假结婚，连我都觉得谭华妹真要嫁给葛大皮鞋了。

你爹这时对葛大皮鞋说，你听到没有，人家谭华妹愿意嫁给你了，一个多好的上海女兵呀，你算什么东西，居然嫁给了你。你赶快好吧，不好就没办法办喜事了。葛大皮鞋听你爹这样说，突然哈哈笑了，笑过了又念念有词："好了，好了，好了，啊，谭华妹，谭华妹，谭华妹。"

你爹又望望我，说又换字了，有门，有门，啊，好了，好了，好了。卫生员在一旁见你爹学葛大皮鞋说话，拉拉你爹的衣襟，看了一下你爹的脸色，问："胡连长，你没事吧？"你爹瞪了卫生员一眼，说我有什么事呀。卫生员说，我听你的口音怎么比葛大皮鞋还疯。卫生员这样说，我一下就笑了，连谭华妹也跟着笑了。我拉着谭华妹走了，你爹瞪着卫生员气得没办法，说王伟民，你才是疯子呢，你连疯子和好人都分不清，还当啥卫生员，下大田干活算了。

卫生员当然怕你爹让他下大田劳动了，也就不敢回嘴了，捂着嘴笑着出来了。我笑着对卫生员说，你在这看好葛国胜同志，我们准备一下谭华妹和葛国胜的婚礼。

二十六连人听说葛大皮鞋和谭华妹要举行婚礼，一下就轰动了。特别是知道了内情的上海青年，一个个摩拳擦掌，跃跃欲试的，终于找到一次闹腾的机会。上海青年在周启光的带领下找到了我和你爹，说既然葛大皮鞋是我们和他开玩笑闹疯的，那我们上海青年就有责任再把他闹回来，谭华妹和葛大皮鞋的婚礼就交给我们办了，保证办得比真正的婚礼还热闹。我和你爹就同意了上海青年的要求，把葛大皮鞋的婚礼交给他们办，反正是胡闹，上海青年脑子活，肯定比一般人闹得精彩。

没想到，我们把葛大皮鞋和谭华妹的假婚礼交给上海青年办后，他们趁机提出了好多条件。开始是要钱，说要张灯结彩，要张灯结彩就要买一些彩纸，要剪大红的喜字，要做彩花，要布置现场，还要买一些瓜子糖果之类的，否则就不像个婚礼。我和你爹一商量只有让会计给他们拿钱；现场布置好后，他们又提出应该办酒席，自古以来，哪有没酒席的婚礼，要买一些酒，要喝起来，这才热闹呀。那就买些酒吧，酒买来了上海青年又提出没有菜，干脆连队里杀一头猪算了，反正大家这一段也辛苦了，改善一下吧！我和你爹开始不同意杀猪，上海青年说，如果不杀猪，这婚礼就不搞了，谭华妹就不嫁了。虽然是假婚礼，那也是婚礼呀，人生能有几次假婚礼呀。谭华妹是上海青年，我们全体上海青年是她的娘家人，你们是婆家人，她的假婚礼不办好，我们全体上海青年都不答应，我们坚决反对这门亲事，反对谭华妹嫁给葛大皮鞋，无论是真嫁还是假嫁。

上海青年忽悠来忽悠去的，其目的就是为了改善一下伙食，我们当年确实太苦了。最后，我和你爹干脆就同意了他们的要求，杀了一头猪，来个全连改善。虽然是谭华妹和葛大皮鞋的假婚礼，我们就假戏真做了。这样，一个假婚礼硬是被上海青年折腾得像真的一样。

谭华妹和葛大皮鞋的婚礼在上海青年的张罗下红红火火地举行了。葛大皮鞋的门前点起了几盏200瓦的电灯泡，亮如白昼。灯下摆上了酒席，有几十张桌呢，一看就知道了，上海青年把全连每一家的吃饭桌都借来了。在整个酒席的四周隔不远还有大红灯笼，那时没有地方买现成的大红灯笼，上海青年就把温水瓶的红塑料外壳取下来，罩住灯泡就算是大红灯笼高高挂了。一进葛大皮鞋家，对门的墙上贴了大红的喜字，还有对联。上联：风风雨雨拔稻草　下联：霜霜雪雪拾棉花　横批：百姓辛苦。你爹看了这对联，说要换了，这对联不喜庆，应该换成“幸福不忘毛主席；翻身不忘共产党”。

上海青年说你爹不懂政治，最好是别换，本来就是假婚礼，你搞那么真实的对联，那是大不敬。你爹听上海青年这样说只有不吭声了。

假婚礼也要拜堂的，只有拜了堂大家才能吃喝，所以拜堂是大家最关注的，大家都盼着早点拜堂。开始，我和你爹还担心葛大皮鞋不配合，在拜堂时发疯那就不好玩了。没想到，葛大皮鞋在拜堂时十分配合，就像一个真的新郎官。喊一拜天地，他就跪下来拜天地；喊二拜高堂时，他居然跪在了我和你爹面前，老老实实地磕了个头。这弄得我和你爹都不好意思，连忙站了起来。周启光过来劝我们，他在我们耳边说，葛大皮鞋反正也是个钢笃（傻瓜），他把你们当父母了，你们就当一回假父母吧。假婚礼，连长、指导员当假父母，这是天经地义的。

你爹说，我才不要这个傻儿子呢！

上海青年说，你不要这傻儿子，这漂亮的傻儿媳你要不要？

上海青年这样一说，大家都哈哈大笑了起来。

谭华妹说，葛大皮鞋傻，把你们当父母拜，我又不傻，我可不能把你们当父母拜，再说了，你连长和指导员，谁是父谁是母呀？

谭华妹这样说，又把大家逗笑了。

葛大皮鞋在整个假婚礼上一直十分配合，让干啥干啥，让他把谭华妹牵入洞房，他就老实地牵着谭华妹进了洞房。卫生员见谭华妹和葛大皮鞋进洞房了，就说这段时间葛大皮鞋交给你了，我已经守了他两天了，我可要去喝酒吃肉了，你要注意观察他的病情。谭华妹说，观察病情是你卫生员的事，我才不管呢。卫生员说，你现在是新娘子，我又不能和你一起进洞房。谭华妹说，这是假……谭华妹话没有说完连忙捂住了自己的嘴，还向我做了个鬼脸，意思是说，差点穿帮。

我们让谭华妹照顾好葛大皮鞋，大家要入席了。谭华妹说，你们可要给我留点肉菜，我都好久没沾荤腥了。有人说，谭华妹你就好好地沾一下葛大皮鞋的荤腥吧，我们喝酒去了。

谭华妹骂了一句上海话，我们都嘿嘿笑着走了。

门外，酒上来了，肉上来了，我们都馋死了，大家狼吞虎咽，喝酒划拳，吆喝连天，好不热闹。

下　部

这是一场真正的闹剧，也是我爹著名的一次胡日鬼。葛大皮鞋和谭华妹的婚礼显得极其荒诞，整个过程让人匪夷所思。在这个婚礼过程中，不知道谁是真正的疯子，谁是真正的钢笃（傻瓜）。也许上海青年把葛大皮鞋当钢笃，我爹他们也把葛大皮鞋当疯子，葛大皮鞋在整个冲喜的过程中却把大家玩弄了，葛大皮鞋把全连人都当成了傻瓜。

就在门外酒席热火朝天地进行的时候，在屋里正发生着一件谁也没想到的事情。葛大皮鞋突然把谭华妹抱住放倒在了床上。谭华妹刚要喊人，被葛大皮鞋捂住了嘴。葛大皮鞋也不说话，去脱谭华妹的衣服。谭华妹挣扎着反抗，这时，葛大皮鞋却从枕头下抽出了一张纸条递给谭华妹。纸条上写着：

“我没有疯。”

谭华妹看了纸条大吃一惊，反抗更加猛烈。葛大皮鞋从枕头下又抽出一张纸条：“你再动，我就掐死你，疯子杀人不抵命。”

葛大皮鞋给谭华妹看了纸条后，双手掐住谭华妹的脖子。谭华妹看到这张纸条，反抗的力度马上就小了。葛大皮鞋见谭华妹不怎么反抗了，又从枕头下抽了一张纸条：“我们在全连人面前拜过天地了，我才不管你是真是假呢，真亦假来假亦真，你就老实做我老婆吧！我保证对你好，不让你干重活，不让你开荒，不让你挖渠，不让你拔草，我给你当牛做马。”

谭华妹看了这张纸条停止了反抗。她侧耳听听屋外的动静，整个酒席上震天动地的，不要说自己被掐着脖子根本就喊不出来，就是喊出声来，也没有人能听到，真是叫天不应叫地不灵。谭华妹又瞄了一眼葛大皮鞋的枕头下，那下面是葛大皮鞋早就准备好的纸条，不知道还有几张，也就是说葛大皮鞋处心积虑早就算到这一步了，窗外这么吵，谭华妹大声喊外面听不到，在屋里小声说话也听不清。葛大皮鞋干脆就不说话了，他用纸条，用一张张的纸条将谭华妹彻底击垮，这些纸条真是此时无声胜有声呀！

谭华妹这时彻底地停止了反抗，眼泪也流了下来。罢了，罢了，这都是命。这时，葛大皮鞋再脱谭华妹的衣服时，谭华妹也就不挣扎了，任由葛大皮鞋去。

当屋外的酒席结束后，人们想起了葛大皮鞋和谭华妹了。大家推门进来发现葛大皮鞋和谭华妹睡在了一起。葛大皮鞋正呼呼大睡，谭华妹眼睛睁得大大的望着屋顶。地下都是谭华妹的衣服，外衣内衣都有。有人喊道：“谭华妹，谭华妹，你怎么和傻瓜睡在一起了？”

谭华妹突然暴跳如雷，坐起来大骂：“滚，都滚出去，你们才是傻瓜呢，你们才是钢笃呢！呜……你们才是钢笃呢！”谭华妹呜呜地哭了，坐起来时还紧紧地裹住被子，可见谭华妹是光着身子和葛大皮鞋睡在一起的。

这时，葛大皮鞋也醒了，不知道刚才是真睡还是假睡。“你们这是干什么？”葛大皮鞋望望大家迷迷糊糊地问，又望望谭华妹，“咦，谭华妹你咋睡到俺的被窝里了？”

谭华妹瞪了葛大皮鞋一眼，上去就打，边骂：“姓葛的，你个臭皮鞋，你还装，你还装，你个臭皮鞋。”

这时，马指导员和我爹都看出怎么回事了，葛大皮鞋把大家都耍了。他装疯卖傻，居然把谭华妹制服了。我爹被耍哪能咽下这口气，指着葛大皮鞋的鼻子骂：“妈的，你敢骗我，俺饶不了你！”

葛大皮鞋望望我爹，出口成章：“胡连长，你别火，你冲喜，对俺好；拜天地，你是爹；拜高堂，你是娘……”

葛大皮鞋把对付我爹的山东快书都编好了，真可谓是煞费苦心呀。我爹当时气得转身就走了，大家见连长走了也跟着出了屋，嘴里没有不骂葛大皮鞋的。

“这个狗日的，真有他的，居然把谭华妹这样的上海女人都搞到手了。”

特别是二十六连的老光棍，觉得自己连葛大皮鞋的一半都不如，人家葛大皮鞋多有艳福，娶了两个上海女兵。那可是我们二十六连最漂亮的两个女人。这两个上海女人，一个比一个年轻，一个比一个漂亮，一个还比一个出身好。他妈的，这是什么世道哟，好人打光棍，坏蛋一次一次地当新郎。

谭华妹和葛大皮鞋结婚几个月后，居然怀孕了。这让葛大皮鞋在二十六连又扬眉吐气了一回。葛大皮鞋逢人便说，看吧，过去不是我的种子不行，是她那土地不行，她那是盐碱地，再好的种子也不会发芽。也难怪，歌鸡嘛，就是不下蛋的鸡。葛大皮鞋这是说宁彩云。他这样说宁彩云确实有些不厚道，属于得了便宜还卖乖，确实可恶。大家不接他的话茬，没有人理他，他得意几天也就不吭声了。

谭华妹后来生下了一个女孩,这让葛大皮鞋多少不太满意,葛大皮鞋一直希望老婆生个儿子。谭华妹生了个丫头片子,葛大皮鞋不爽,就给那女孩取了一个很单薄的名字,叫纸条。纸条这名字够奇怪的,谭华妹也不发表意见,不管不问的。

我后来问过葛大皮鞋,为什么给自己女儿取名纸条,太轻飘飘的了。葛大皮鞋神秘地一笑,说你去问问谭华妹。我问谭华妹,谭华妹骂了我一顿,说小赤佬,跑开,跑开。

后来,葛大皮鞋才告诉我为什么给女儿起名纸条。

纸条是一个瘦弱的女孩,她整天显得不开心。谭华妹不喜欢她,葛大皮鞋也不重视她,她当真就像她的名字一样,命像纸一样薄。纸条小小年纪就显得很忧郁,经常独自像大人一样叹息。当我知道了纸条是一个意外出生的孩子后,我很可怜她。我放学后就和纸条一起玩,有人欺负她的时候我就保护她,这样,纸条就整天跟在了我的后边,成了我的尾巴。

葛大皮鞋娶了谭华妹也没有过几年好日子,1980年上海青年开始闹回城,谭华妹成了积极分子。纸条曾经告诉我,说她妈谭华妹为了回上海正在和她爹闹离婚。据说,葛大皮鞋曾经跪在地上求她妈别离婚,谭华妹连理都不理。

在后来的日子里,上海青年按照相关政策,采取"顶替"的方式陆续回上海,无法顶替的留在了新疆。

据统计,上海青年共有45784人奔赴塔里木河、塔克拉玛干沙漠边缘参加屯垦戍边。后来,上海青年陆续回城,到了1985年还有1.5万多人留在了新疆。具有戏剧性的是,有些已经回沪的上海青年后来又回到了新疆,说是在上海无法生存了,或者生活不习惯了。

第三十六章　1980年的沙尘暴

上　部

葛大皮鞋装疯卖傻把我们都骗了，算是把谭华妹娶到手了，还生了个女儿；可是，葛大皮鞋娶了谭华妹的人却没有娶走她的心，谭华妹的心在上海，谭华妹要回上海，谭华妹成了我们二十六连上海青年的头头。除了谭华妹外，二十六连还有周启光和马富海。那段时间上海青年基本上不上班，他们四处串联，各个连队四处走，还经常开会。上海青年不上班我们基本都不管，你管也管不了，他们都不想在新疆待了，还怕你去记他们的旷工嘛。

在二十六连上海青年可以随便聚会，上海青年聚会的时候你爹就让保管员把连部办公室打开，让他们在办公室开会，有时候外连队的上海青年来了，你爹还通知伙房做上他们的饭。由于你爹给上海青年提供各种方便，二十六连的上海青年十分感谢你爹。谭华妹曾经当着我的面说，胡连长，你真是个好人，要是我没有被葛大皮鞋骗到手，我就嫁给你。谭华妹说这话虽然是开玩笑，可见你爹在上海青年心目中的位置。

后来，周启光也说，你胡连长永远都是我们的连长，将来你要是来上海玩，我们全体上海青年都招待你。连马富海都对你爹转变了态度，马富海被你爹捉奸在床，后来戴了顶坏分子帽子，在二十六连监督劳动，他一直都恨你爹。

马富海这时也很神秘地对你爹说，我知道你胡连长的秘密，你和阿伊古丽巴相(恋爱)我都知道，你们约会我也知道，我本来是要报复你，捉你的奸的。但你胡连长对我们上海青年这么好，我们算是和好了，我要回上海了，还捉你的奸有啥意思。马富海最后在你爹耳边更神秘地说，只要我们上海青年回了上海，你胡连长将来就有去处了。你干脆带着阿伊古丽去上海，我们想办法给你找地方住。你们到了上海谁还管你呀，你和阿伊古丽可以手牵手在外滩散步，哈哈……你还迷啥嘞。

由于你爹支持上海青年回上海，所以在上海青年要去阿克苏聚会请愿时，你爹居然同意连队派拖拉机送他们去，还叮嘱机务排长丁关，多带两桶油备用。你爹还让伙房为上海青年准备了干粮，上海青年出发时，你爹站在连部办公室门前向他们挥手，祝他们请愿顺利。

上海青年去阿克苏的那天刮着风，天黄得不行，就像一块黄色的抹布，让你顶着。那抹布被一只无形之手抖了抖，沙子便像毛毛细雨般下来了……那天刮着风在连队里却感觉不到风的存在，天气预报说有沙尘暴。可是，走在外面却感觉不到风扑面，你说怪不怪。白杨树的尖顶一丝不动，沙枣树的枝叶纹丝不摇。不像是东南风，东南风一般从塔克拉玛干大沙漠来；也不是西北风，西北风从哈拉蒂克山口来。不过，对于二十六连的人来说，无论是东南风还是西北风，它都是风口。两股风在二十六连交会，在连队里感觉不到风，如果你走出连队，风就会把你刮跑。

那天的风好像说不清楚从何而来，好像是八面来风。这样二十六连就成了风眼，在风眼里你感觉不到风了，只是天是黄的，黄天在上，黄沙如细雨，当地人称那风为填渠风，一场风过去，水渠就不是水渠了，成了沙子渠。兵团人为此要挖渠清淤，那也是累死人的活。

时隔多年，我还记得那刮风之日，除了上海青年去阿克苏聚会请愿了，还有就是那天我们得到了上级的通知，正式给秦安疆摘掉右派帽子，这对秦安疆来说可谓是一个重大的好消息。

上海青年坐着拖拉机去阿克苏了，你爹就和我带着文件去了128号林带。

秦安疆看起来在林带里过得不错，显年轻。我们和秦安疆年龄都差不多，五十出头的人，他看起来却比我和你爹都年轻。他在林带中不用下大田干活，脸白，皮嫩，不像我们皮肤粗糙、黝黑，一看就是典型兵团人的肤色。我当时还叹息，秦安疆虽然戴了顶右派帽子，在政治上吃点亏，可是他确实也没有吃什么苦头，在身体上还是占了便宜。我们不行了，累坏了，全身都是病。

我们把文件给秦安疆看，并说明来意，还说了一些祝贺他的话。可是，秦安疆看了文件一点也不高兴，反而愁眉苦脸的。秦安疆说，这右派帽子反正我也没有感觉到，给我戴上是你们一句话，给我取也是你们一句话，反正我在林带里住，不和外面打交道，戴上取下都无所谓。

你爹说，秦安疆你这种态度可不好，你应该在政治上追求进步。

秦安疆说，你胡连长一直在追求进步，干了30年了不还是一个小连长嘛！现在兵团取消了，你这小连长也当不长了。秦安疆这话对你爹特别有杀伤力，我瞪了秦安疆一眼，说秦安疆你怎么不知道好歹，我们是来给你取右派帽子的，你怎么还说出右派言论？秦安疆说，有不同意见就是右派言论，那我这右派帽子一辈子也取不掉了。

秦安疆望望窗外说，你看这风，越刮越邪乎。我们刚进疆的时候也刮风，但也没有这样刮法，这都是过分开荒造成的，把植被都毁了，把本来就脆弱的生态平衡都打破了。我一直反对你们盲目开荒，你们给我戴一顶看不见也摸不着的右派帽子。你们现在又来给我取帽子，我还是要说，这样开荒是要花代价的。

我和你爹都说不过秦安疆，从内心中也认为秦安疆说得没错；可是，不开荒我们又无法屯垦戍边，这是矛盾呀。反正我们是没有智慧和能力解决这矛盾了。你爹说，秦安疆你还可以把你的意见反映上去，反正右派帽子已经取掉了，大不了他们又给你戴上。不过，现在已经和过去不同了，“文化大革命”结束了，正在拨乱反正，你反映情况也不会再给你戴帽子，也不会再批斗你了。

秦安疆说，你们给我取帽子可以，取帽后还让我看林带吗？

我和你爹互相望望，真有点哭笑不得。当年给秦安疆戴帽子时他关心的不是戴不戴帽子，他关心的是让不让他看林带，如今要给他取帽子了，他关心的还是让不让他看林带。你爹说，让不让你看林带这要看情况。

秦安疆说，要是不让看林带了，我就不取了。

你爹听秦安疆这样说，有些生气，他把文件往秦安疆的床上一扔，说你愿意取也要取，你不愿意取也要取。反正这文件上说你的右派帽子已经取了，你不取也不行呀！

秦安疆叹了口气说，唉——看来我自己的帽子戴和取我自己是不当家的。

你爹说，这就对了，你这帽子是戴还是取，我胡连长也当不了家呀。

他们这样说着互相望望都笑了。这时，我们都起身向外走，在门口碰到了宁彩云。宁彩云拉着几根树枝，见了我们说，树枝都被风刮断了，林带外的风一阵紧一阵松的，刮得邪乎。

我们走了，宁彩云和秦安疆站在那里送我们。这时，宁彩云的纱巾被一阵风吹走了，不知道它计划飞到哪里去。宁彩云要追，秦安疆说你追什么，你追连你也刮走，让它飞去。当时，秦安疆被一股风吹得直不起腰，哈着腰向我们挥手。你爹说，你的帽子取掉了，你将来可以直起腰杆做人了。秦安疆说，刮风的时候，谁也不能挺直腰杆做人。

因为刮风，我们一直在林带中走，准备到连队门口的时候再走出林带。这时，我们发现前面林带里有一群人在那里嚷嚷。见了我们，有人就说，连长和指导员来了，这事咋给指导员说呀！

你爹问啥事呀，都在这不回连队。我见丁关蹲在那里哭，大家望着混沌的大漠惊魂未定的样子。

有人就说：“指导员，你老婆幺妹被风刮跑了。”

我笑笑说，你们胡说什么呀，和我开这种玩笑，这林带根本没有多大的风，怎么会把人刮走。

这时，副连长韩启云过来了，说幺妹真被风刮跑了。

你幺妹阿姨是二十六连幼儿园的园长，这你都知道，那天她带着一群孩子去128号林带玩，本来是一个晴朗的中午，孩子们在林带里正快乐地迎接着下班的爸爸、妈妈。幺妹牵着丁关最小的儿子丁咚在林带里走着，一阵风将幺妹的头巾刮跑了。丁咚很懂事，去帮阿姨追头巾，风一下就把丁咚卷了起来。丁咚在半空中悬着，就像一个小精灵在半空中打转。幺妹见了大惊，喊着救命呀，跳起来去拉丁咚。幺妹抓住了丁咚的一条腿，自己却被风卷得也悬在了半空中。就这样丁咚和幺妹像神仙一样在空中飘，人们看到飘在半空中的丁咚和幺妹不知道如何是好，眼睁睁地看着丁咚和幺妹向大漠深处飘去。

这时，丁关和张峪科两个块头大的去追幺妹，有人就喊你们要手挽手呀，这样的旋风连你们也会被卷走的。于是，丁关和张峪科就手拉手地去追幺妹，他们奔跑的样子都是身轻如燕的，就像武林高手，一跳一跳的就像施展了轻功。

过了一会儿，丁关和张峪科手拉着手回来了，一副惊魂未定的样子。两个人走进林带还紧紧地拉着手，大家望着他们亲密的样子想笑却笑不出来。

丁关和张峪科回来了，幺妹和丁咚却不见了踪影。大家都不敢相信眼前的现实，朗朗乾坤的，一转眼幺妹和丁咚两个大活人就这样被大风卷走了。张峪科说，他们追了一段时间，风更大了，幺妹拉着孩子的腿在半空中呼的一下就飞走了，他们在大漠中又追了一阵，什么都看不见，也不敢追了，只能回来。

我听大家这样说，急忙要出128号林带，去追风中的幺妹。我当时却被人拉住了，他们都怕我也会被大风卷走。当时，很多人都不敢离开128号林带，抱着树，风在林带外很大，一股一股的，妖风。

那天刮着风，二十六连在风中出了大事。我老婆幺妹和丁关的儿子被风刮走了，这件事我至今都不敢相信。我老婆幺妹至今生不见人死不见尸呀！我后来赶着老牛车在沙漠中找过无数回都没有找到，我儿子马百兴去沙漠中也找过。就这样我老婆幺妹失踪了，被一阵风吹走了，去得无影无踪。我只有把幺妹的衣服葬在胡杨麻扎，到了过年过节去烧一把纸，给她送点纸钱花还不知道能不能收到，说不定也被风刮走了。

1980年那场风不但刮走了我老婆幺妹，还把你爹胡连长的职务刮丢了。那场风后，你爹被撤销了连长职务。上面给你爹这么重的处分是因为上海青年。你爹派连队的拖拉机送上海青年去请愿，结果拖拉机走在半路上出了事故。那天刮着黄风，能见度极低，拖拉机开进了排碱渠，结果造成了二死七伤的严重恶性事故。排碱渠里的水本来不深，可是淤泥却很厚，拖拉机一头栽进排碱渠后，拖斗里的人纷纷跳车，虽然受了伤，但还不会要命。坐在拖拉机驾驶室里的人就不一样了，拖拉机一头栽进了排碱渠的淤泥里，车门打不开，开拖拉机的司机和坐在拖拉机驾驶室里的谭华妹被活活淹死了。

二十六连的拖拉机出了这样的事故，而且死伤的还有上海青年，这在当时是一个很严重的问题，上面当然要进行调查了。

但是，上面调查的结果却出来了，二十六连胡连长，就是那个著名的胡日鬼连长，这次又胡日鬼了，他擅自派拖拉机送上海青年去阿克苏参加请愿、绝食，这完全违反了上级的政策。拖拉机中途开进了排碱渠，造成人员伤亡，胡连长应该负完全责任。这次上级没有对你爹留情，撤销胡一桂二十六连的连长职务。你爹已经五十出头了，现在撤职，你爹这辈子就永远翻不了身了。

不过，你爹还是很讲义气的，他把一切都扛了，说指导员一点也不知道情况，派拖拉机送上海青年去阿克苏请愿，是他连长一个人的决定。这样，我又一次代理了二十六连的连长。这是我第二次一肩挑，在土地改革时团长给你爹处分，我就代理过二十六连的连长。

下　部

我爹胡日鬼了一辈子，这回算是日鬼到头了，没有了连长的职务他也没有条件日鬼了。我爹支持上海青年去请愿主要是对取消兵团不满，对于老兵团人来说，取消兵团就等于掠去了他们的魂，没有了魂是无法生存的，与其说他同情上海青年不如说是同情自己。我爹想借上海青年闹回城发泄自己的不满。

兵团取消的原因是连年亏损，可是兵团取消后也没有盈利，虽然每年都在喊扭亏，可是一直没有扭转过来，1975年兵团建制撤销到1977年的3年时间里，共亏损6.6亿元，平均每年亏损2.2亿元。一直到1980年，兵团取消5年后，还是照样亏损，可见亏损问题不是兵团的体制造成的。当年的国有企业大部分都亏损，兵团其实就是一个国营的大农场企业，国营企业亏损是有历史原因的。

当年，兵团取消后，包括我爹在内的老兵团人最担心的是自己的前途。因为兵团取消后，最终就有可能被下放。当时，北疆原兵团的20多个农牧团场，都被分别下放到了各县市。

兵团的团场这样一下放，按我爹的话说，那可真变成老农民了。我爹怕自己变成老农民并不是看不起农民，我爹看重的是兵团这个身份本身，特别看重的是户籍、粮食关系等等。当年兵团人的户籍关系是不确定的，可以说它是非农业户口，也可以说它是农业户口，对于干部来说可能是非农业户口，对于一般农工来说可能就是农业户口。

这个问题在当年是很严重的问题，上海青年闹回城也有这方面的问题。兵团人的户口问题到了2003年才最终确定。2003年8月，经国务院批准，农业部、公安部联合下发了《关于落实农垦系统国有企事业单位职工及家属非农业户口政策有关问题的通知》，通知规定：2002年12月31日前在册，经县级以上劳动、人事部门按照国家有关政策规定批准调入、录用的职工，含离退休职工，以及随其共同居住的直系亲属中，已经登记有当地农场常住户口的人员，经核实认定后由农业户口转为非农业户口。可见，兵团人的户口当年都是农业户口，这所谓的“农转非”是新疆生产建设兵团百万职工和家属的一件大事。只是这“农转非”来得太晚了。

我爹支持上海青年闹回城、最后被撤职，我爹当然想不通呀，干了一辈子，从进疆后就忙着挖大渠、开荒种地、拔草、拾棉花，没有过一天舒服的日子。我爹在基层连队里一干就是30年，30年中也立过功，也受过奖，可到头来干了30年的连长，不但没有被提拔过，还一下被撸了个精光。

二十六连的拖拉机开进了排碱渠，上海青年谭华妹被淹死，应该发生在1979年的7月，上海青年第二次赴京上访期间，而不是马指导员说的1980年，看来马指导员的记忆又出现一些偏差。发生在阿克苏的上海青年请愿和绝食是在1980年,那时候我爹已经不是二十六连的连长了。

1980年也是我记忆最深的年份,那年我15岁。在这一年二十六连发生了很多事。一是幺妹阿姨和丁咚被大风刮走;二是秦安疆摘掉了右派帽子;三是我爹胡连长被撤职。

这样看来,我爹还不如老右派秦安疆,他虽然被打成右派,看林带,可是没有出过大力,没有下过大田劳动。要说秦安疆他对戴一顶右派帽子无所谓,这不符合事实,就我对秦安疆的了解,他还是很在乎头上那顶右派帽子的。那个时候我已经是初中生了,我经常去林带秦安疆的家,他总是问我一些和政治有关的问题。他认为学校是最敏感的地方,国家的很多大事情,学校都是提前知道的。

秦安疆摘掉了右派帽子,他在林带中和宁彩云还偷偷地庆贺了一下,这一点除了我可能二十六连人谁也不知道。那天我去128号林带,宁彩云做了不少好吃的,还有葡萄酒。宁彩云见我来了就说,在二十六连谁的鼻子最尖,当然是李军垦的,谁家有好吃的,他都能闻到。

这样,我就和宁彩云一起为秦安疆举起了酒杯,祝贺他摘掉右派帽子。秦安疆那天还写了诗,据他说那诗算是为自己写的,也算是为宁彩云写的长诗的结尾。

秦安疆的诗是这样写的:

啊,姗姗来迟的春天
你使我经受无数磨难
你也曾使我的祖国备受苦难

无情的困苦磨难将我的青春摧残
发了慈悲的上天成了我的保护人
128号林带在我的头顶撒下了一片福荫
把我孱弱的躯体变得像郁金香一般
有权势的人
收回你们对我的折磨吧
我的躯体到如今已不堪重负

我的悲愤犹如长河流个不尽
因为,它来自我苦难的人民
吃苦的依然是我
而暴虐者照旧趾高气扬
我已悲伤得
几乎使人世变为死灰一样

她的丰姿已成为我心目中的月亮
只有她才能使我的心情永远欢畅
就是牺牲也在所不惜
只要得到美丽的月亮
可用我的鲜血给沙枣花染套红装

到那时天也会流着泪为我致哀悲伤
情敌们会高兴得如疯如狂

就这样我完全沉浸于对她的爱恋
请把实情转告给我眼前的姑娘
心中的情火已烧得我焦头烂额
愿情人们都是这样
让他们在一起互诉衷肠

我说不清这是爱情诗还是政治抒情诗，也许前一部分属于政治抒情诗，下部分为爱情诗。就我当时的年龄来看这首诗，我只能把它理解为爱情诗，我把它当成秦安疆抒发对我娘宁彩云的爱情。况且这首诗后来收在了秦安疆为宁彩云写作的长诗的末尾。

现在，我基本上找到了秦安疆所有诗歌的风格，那就是维吾尔木卡姆唱词。秦安疆所有的诗歌都受到了维吾尔木卡姆唱词的影响。可见，当年秦安疆赶着沙漠之舟追随着打柴人的车队，听他们唱木卡姆，是有原因的，是为了他的诗歌。秦安疆当年已经十分精通维吾尔语了，就连歌唱的内容也能听懂。秦安疆当年在林带里无法找到一本诗集，他所有的诗歌营养都是来自民间的，都是通过听木卡姆得来的。如果你对秦安疆的诗歌有兴趣，你可以把已经出版的木卡姆唱词和秦安疆的诗歌对照，你会发现他们之间的联系和传承。

秦安疆可以自由地听打柴人吟唱，相比来说葛大皮鞋就没有秦安疆那么幸运了，他只有山东快书。只是葛大皮鞋的山东快书后来就变成了一句话："开荒，开荒，开荒，谁的错，谁的错，啊，使人笑话，使人笑话。"

葛大皮鞋在谭华妹死后真的疯了。只是这一回他真疯了也没有人信了，二十六连的人已经受过他一次骗了，这就像"狼来了"的寓言，葛大皮鞋真疯了大家也不相信他会疯。

葛大皮鞋这次念叨的不是谭华妹,葛大皮鞋的念叨有了一些变化。过去装疯时念叨的是:"开荒,开荒,开荒,啊,谭华妹,谭华妹,谭华妹。"现在变成了:"开荒,开荒,开荒,谁的错,谁的错,啊,使人笑话,使人笑话。"

葛大皮鞋四处开荒,在二十六连北边的戈壁滩和南边的沙漠里到处都有葛大皮鞋开荒留下的痕迹。有的地开垦得很精致,有的地挖得很忙乱,半途而废的地方就更多了。葛大皮鞋在戈壁滩上挖得到处都是坑,他有时候会把一片沙漠平整出来,就像真正的良田。他打埂、平地,还配套挖渠,有灌渠也有排渠,一块地会被整理得像模像样的。只是他开垦的都是纯粹的沙漠,不可能种出庄稼。葛大皮鞋种不出庄稼,他会插上很多树枝,插满了树枝的那块土地,就像正生长着茂盛的庄稼。

后来,葛大皮鞋开始在自己家开荒了。那片被开垦的土地,位于他家的床边,那块平整的土地,有田埂,有水渠,有树枝插成的林带,看上去就像一个最高统帅的沙盘。在那块精致的土地上,葛大皮鞋开始播种,他会在那干枯的渠道里撒尿,算是放水,他还会在他的田野中大便,算是施肥。他播种的有时候是稻子,有时候是麦子,只是他的播种不可能发芽,庄稼也不可能愉快地生长,也永远不会丰收。

谭华妹死了,葛大皮鞋疯了,最可怜的是他们的女儿纸条,这个女孩命当真就像纸条一样薄。后来,纸条被秦安疆和宁彩云收养了,她和我一样也叫宁彩云娘,她成了我的小妹。

第三十七章　寻找阿伊泉

上　部

你爹在一个连队里一趴就是30年，连动都没有动过。和我们一起进疆的，有的提拔了，有的调回了口里，我们就这样一口气干了下去。你爹受了处分后想不通，我当时还劝他。

我说，谁动了，我这个指导员也没有动呀！没动还是好的，我们的团长、政委都动了，那是“文化大革命”时靠边站。

我让你爹回忆一下自己这30年的经历，就知道为什么一直没有被提拔了——一个胡日鬼连长，怎么能被提拔。刚进疆时，你爹抢女兵车，背了个处分，那处分是我们一起背的；土地改革时你爹不向上级报告，把一个连拉出去剿匪，结果连长职务都挂起来了，后来能官复原职就不错了；我们挖胜利渠时，炸坚戈壁有点小功劳，结果你爹和阿伊古丽谈恋爱，不但没能结婚还影响了前途；三年困难时期，我们开垦的土地开始翻浆，大家肚子都吃不饱了，都讨论搬去北疆了，谁还会提拔你；我们刚在南疆站住脚，“文化大革命”又来了，那时候连团长、政委都下课了，哪有人被提拔的，我们又不是造反派；“文化大革命”快要结束了，兵团也被撤销了，兵团没有了，兵团人当然也就没有了前途，兵团当时是重灾区。如今，打倒了“四人帮”，拨乱反正了，也许我们的将来会有大的发展，可是你爹又被撤职。

你爹这辈子呀算是完了。你爹想不通，我还想不通呢！我这一辈子就是因为和你爹搭档受到了连累，一个指导员也干了一辈子。

说到提拔，现在回想你爹有两次提拔的机会，一次是胜利渠通水后，我们成了全团的开荒先进连队，据说要提拔他，本来要提他当副营长，我当副教导员的，后来因为李桂馨告状，你爹又和阿伊古丽谈恋爱，硬是被压下来了。第二次就是打倒"四人帮"后，如果你爹再熬两年，他就有机会了，1981年兵团又恢复了，恢复后的兵团需要大量的干部，像你爹这样的老兵团人肯定是要重用提拔的。

你爹受了处分后，那段时间情绪低落，脑子里有各种各样的怪念头。那段时间你爹和阿伊古丽来往密切，二十六连的人见怪不怪了，也习惯了。只要大家不去团里告状，你爹和阿伊古丽的交往也就没谁管。当时，二十六连人确实没人告你爹的状了，你爹和上海青年的关系好，出了拖拉机的事故，你爹被撤职，上海青年都提着酒去慰问你爹。老兵团人更不会告你爹的状，特别是那些有家有口的老兵团，对你爹都心存感激。你爹那段时间会大摇大摆地去阿伊古丽的地窝子，你爹有点破罐子破摔，也不避人了，大家也似乎接受了你爹和阿伊古丽在一起的事实。

我当然无法拦住你爹去阿伊古丽那儿了，我只能警告你爹，不要在阿伊古丽的地窝子里过夜，你们毕竟还没有结婚。那段时间，阿伊古丽成了你爹的精神支柱。你爹也对我说，好在我还有阿伊古丽，我要和阿伊古丽结婚。

在那段时间，我悄悄地为你爹和阿伊古丽办了件事，当时我们的老团长、老政委又工作了。我找到我们的老团长，希望团长能给阿伊古丽在连队里安排个工作，阿伊古丽安排工作后再派出去学习，农垦总局不是发出了通知，要在石河子农学院举办轮训班，把农垦团场的干部轮训一遍。既然我们当年能培养阿伊古丽的哥哥阿吾东，现在就能培养阿伊古丽。阿伊古丽的哥哥阿吾东现在是向阳大队的书记，英买里克村“文化大革命”时改名为向阳大队。

培养了阿伊古丽，她成了我们的人了，你爹就可以和阿伊古丽结婚了。团长当时没有明确答复我，说要办的事太多，拨乱反正，百废待兴，等等再说吧。

一天，你爹回来对我说，他要和阿伊古丽结婚了。你爹说既然我已经不是干部了，我也就什么都不在乎了，只要能娶阿伊古丽。你爹这样说也这样干了。你爹真去了阿伊古丽家，老阿吾东已经去世，阿伊古丽的哥哥对你爹说，我们同意你和阿伊古丽的婚事，你们都好了这么多年了，也该有个结果了。

我听到这个消息也为你爹高兴。我让你爹打了结婚报告，我在上面也签了字，然后亲自去了团部。我一心是为你爹好，既然已经把连长的职务都丢了，让他和阿伊古丽结婚好好过日子吧，都年过半百了。

可是，团里还是不批准，我找到了团长，找到了政委，都没用。团长说，上面没有新政策，我们也不敢批。团长也叹气说，我们可没有这个权力改变上级过去已经有的政策，除非有了新政策，有了文件，否则谁也没办法。团长最后说，他胡日鬼就是犟，一辈子和一个女人没完没了。

你爹和阿伊古丽的结婚报告又没有批准，这对你爹又是一次打击。最后你爹决定和阿伊古丽去北疆。你爹说已经和阿伊古丽商量好了，我们去北疆放牧。你爹说着还十分激动，再也不用下大田干活了，再也不想吃清水煮白菜了。说北疆多好呀，北疆是一望无际的大草原，骑着高头大马，赶着雪白的羊群，在蓝天白云下放牧，自由自在；羊肉当饭吃，牛奶当水喝；一家一户离几十里地，谁也不管谁，那日子要多舒坦有多舒坦。阿伊古丽对那边的情况比较熟悉，我们去了就能买到牛羊，有了牛羊就能活命。

我对你爹说，你们去哪儿都不行，没有结婚证你们不能住在一起，连旅馆都住不成。你爹说，一路上我们不住旅馆，阿伊古丽在阿克苏有亲戚，去了北疆我们住毡房，谁还会来查我们的结婚证？

你爹真要去北疆，谁也拦不住他。我能理解你爹当时的心情，你爹要追求自己的幸福没有错。既然拦不住那就想办法帮你爹一把，我让你爹去北疆看看情况，如果不行再回来。我让你爹打一个探亲报告，连里算你爹探亲假，就说回口里了。

你爹和阿伊古丽要去北疆了，这件事谁也不能告诉，包括你也不知道。你当时正是初中升高中的时候，整天忙自己的功课，根本不知道家里要发生什么事。你爹和阿伊古丽离开连队去北疆是在1980年的4月初，当天你爹和阿伊古丽住在了阿克苏的亲戚家，也许你爹觉得终于自由了，没人管了，就公开和阿伊古丽上街了。

你爹后来对我说，他和阿伊古丽上街后发现街上气氛不对，当时已经是下午，巴扎已经散了，大街上还人群聚集，当地老乡情绪激动，异乎寻常地在高声说话，在议论着什么。

你爹和阿伊古丽走近一群老乡，他们一见你爹和阿伊古丽就停止了议论，侧目而视，还在背后骂人。你爹听懂了，回头看谁在骂人，可是那些人立即脸朝别处，装作什么也不知道。

在人群里，你爹见到了一个熟悉的面孔，你爹对阿伊古丽说，那个在高声演讲的家伙好像在哪儿见过。阿伊古丽望了望，拉着你爹就走，说："他是我们向阳大队的卡斯木·米拉甫。"

你爹问："狐狸·米拉甫，老巴依米拉甫的小儿子。他怎么来阿克苏了？"

阿伊古丽说："卡斯木·米拉甫做生意赚了钱，去年从向阳大队搬到了阿克苏。”

你爹问:“这个老狐狸想干什么?”

阿伊古丽说:“我也不知道他想干什么,我们快走吧,你看他身边围了这么多人,有麻烦。”

你爹向大十字望去,街道两边聚集了黑压压的人群。你爹对阿伊古丽说,情况不对,你还是先回家吧……

最终,街头的骚乱破坏了你爹去北疆的计划。

后来你爹告诉我:“现在只有一条路了。”

“什么路?”

“这条路不好走,要么死无葬身之地,要么就享福。”

“这是什么路呀,差别这么大?”

“你还记得那阿伊泉吗?”

“阿伊泉?”

“就是大漠深处的那个阿伊泉呀,白天没有泉水,晚上也没有泉水,只有月亮升起的时候才有泉水。”

我当然还记得,当时我们在大漠中迷了路,被一只黄羊引去了。那真是一个神奇的泉眼,要不是那泉水我们都活不到现在。

“那阿伊泉说不定还能救我一次。”

“你什么意思?”

“我要带着阿伊古丽去找那阿伊泉。”

“啊?!”

“那可是个好地方呀,秦安疆说那是个世外桃源。我要和阿伊古丽在那世外桃源里过几天自由自在的日子。秦安疆都曾经说了,荒原这么大,哪个地方不能活人呀，我当时就想到了阿伊泉。我就要和阿伊古丽在一起，我不相信世界这么大就没有我们容身的地方。”

没想到，秦安疆那几句话对你爹影响这么大。我当时被你爹的打算吓住了，我连连摇头，说你不能去，那个地方在大漠深处，根本无法找到，你还没有找到那阿伊泉，可能就迷路了，最后只能渴死在沙漠里。你爹也认为我的担心不无道理，但他又认为，死在沙漠里总比死在煤窑里好。死在沙漠里至少和阿伊古丽死在一起了。

你爹说我要拼一拼，我准备把秦安疆的沙漠之舟买了，在一个有风的日子走，我觉得肯定能找到阿伊泉。我们什么都不带，只带水和干粮，带够一个月的。我还记得阿伊泉的大概位置，我们沿着枯死的胡杨林往西，再从那红柳沟往大漠深处走，大约向西南走四五天就到了。阿伊古丽对那一带也熟悉，我们在那一带慢慢找，不信就找不到。

我对你爹说，这条路最好别走，你就是找到了阿伊泉将来怎么生活呀？

你爹说，我们都计划好了，让阿伊古丽把她所有的羊都杀了，晒成肉干，只带上一公一母两只羊，只要我们找到了阿伊泉，我们就可以发展成一群羊。我和阿伊古丽在那里盖一间房子，开两亩地，我不信两个大活人养活不了自己。

我当时虽然反对你爹的计划，但是我却没有足够的理由说服他放弃这个计划。他出走大漠，确实是对自己的未来绝望了，兵团撤销了，他的职务也撤销了。

我无法阻止你爹去找阿伊泉，我也没有向上级报告，我当时确实很矛盾。当然，由于我没有向上级报告，后来我受到了处分，撤销了我指导员的职位。其实，我内心中还是希望你爹能找到阿伊泉的，如果找到了阿伊泉，你爹和阿伊古丽在那里说不定能找到自己的幸福生活。

那天你爹胡连长驾着沙漠之舟带着阿伊古丽去了大漠。据后来秦安疆说，你爹胡连长找到了他，扔下了一沓钱，说要借沙漠之舟一用。秦安疆就说胡连长你要用就用呗，给钱干啥？你爹说，我要钱还有啥用，你拿着吧。

秦安疆当时可能没有听懂你爹的话。

下　部

我爹和阿伊古丽要去大漠找阿伊泉，在他们走之前我就感觉到了。那段时间阿伊古丽一天要杀几只羊，那架势一看就明白了，今后的日子不过了。那些羊肉被制成肉干，羊杂碎吃都吃不完，那段时间我闻到羊杂碎就恶心。我爹还向我发火，说将来你想喝阿帕做的羊杂碎汤都没有了。那段时间我爹的脾气很坏，情绪不稳定，我当时读初中，基本上也不理我爹，我有我的事，要升高中，将来考大学。

兵团撤销是“文化大革命”造成的，“文化大革命”给兵团造成的损失是无法估量的。没有兵团了，兵团人就觉得没有魂了，自己觉得没有前途了。所以当时的兵团人都想方设法把自己办回口里，离开新疆。同时，兵团撤销给新疆的社会安定也造成了直接影响，我爹和阿伊古丽在阿克苏街头遇到的骚乱发生在1980年4月9日，史称“4·9”事件。

当时人心混乱，社会不稳定，阿克苏“4·9”事件就是直接表现。兵团撤销后，原来兵团的武器都交归南疆军区了，值班连队名存实亡。事后，许多汉族干部群众说，在危急关头少数民族干部和群众起到了中流砥柱的作用，他们毫不犹豫地救助汉族人，减少了人员损失。从1975年兵团被撤销到1981年，兵团人纷纷离开。人们见面的问候语都成了“什么时候走”。

当年，我爹有阿伊古丽，他回不了口里，他们只能去大漠，去找阿伊泉。在他们要走的那天,我跳上了他们的沙漠之舟,让他们带我一起走。

我爹说:“你不能去。”

“你能去我就能去,我要跟着你走。”

“你个傻蛋,你不能去那个地方,很危险,说不定会迷路,会渴死在大漠。”

“我不怕,你们一定能找到阿伊泉。”

“那也不能去,那地方与世隔绝。”

“你不是说阿伊泉是世外桃源嘛,你讲故事都说过的,那地方美死了,人去那里能享福。”

“你还小,将来长大了去找我。”

“不,我已经不小了,这次就要和你一起去。”

“这一路上是死是活还不知道呢,怎么带你呢,你还有前途,阿伊泉是没有前途的人去的,你要好好上学,将来考大学。”

“那你们走了,我咋办?就没人管我了。”

“马指导员会管你,128号林带里还有秦安疆和宁彩云。”

“你走了,我就没爹了。”

“我不是你爹,你爹在二十六连里藏着,你继续找。”

“他不敢出来,他怕你。”

“我走了,他就不怕了,他就会出来。我找的是坏蛋,坏蛋是要隐藏起来的,我找不着;你找的是爹,爹就不需要把自己藏起来了,你可以找到的。”

“那我也没有娘了。”

“你娘李桂馨就埋在胡杨麻扎,你要守着她,要是你回口里了,一定要把她带走。你娘临死时说了,她让你把她弄回口里。”

那天,我爹这位胡日鬼带着阿伊古丽驾着沙漠之舟乘风而去,他们要去找阿伊泉，据说那里是世外桃源。那里没人管，自由自在，人去那里能享福。他们享福去了，也不带我去。我哭了，去找马指导员。马指导员也不知道去哪了。我在连队里走着，想找个人哭诉，可是连队里一个人也看不到，大白天的我成了一个孤单的人。

那天也刮着风，风不大不小的，很适合沙漠之舟出行。我看到了我爹和阿伊古丽远去，再就什么也看不清了。我的四周一片模糊，人不知道都躲到哪里去了，我胡乱向连队外走去。

这时，我碰到下班回来的丁关，我就问马指导员呢，我有重要情况汇报。丁关说，你有什么情况汇报？我说我爹驾着沙漠之舟带着阿伊古丽跑了。对于这个震惊的消息，丁关只是半信半疑地望望我，问，你今天怎么没有上学？我说胡连长都不要我了，我还上学干什么？丁关说，胡连长不要你，二十六连的人都要你，你应该好好上学，不要旷课。

我不想理丁关了，必须想办法找到马指导员，把这个情况向他汇报。

我走到128号林带，看到有一群人站在林带边上议论着什么，我还以为大家都在看胡连长，就挤过去说，你们看到胡连长了？有人说，没看到胡连长，你赶紧去叫马指导员吧，这里出事了。我问发生了什么事，有人说，差点出大事了，张峪科的老婆差点把自己的儿子弄丢了，张峪科三岁的儿子被大风从怀抱里卷到了地上，在地上打着滚跑，张峪科的老婆匍匐前进，才把儿子抓住。

我说我也找马指导员呢。有人说马指导员可能去团部开会了。我说，你们赶快把我爹胡连长拦住吧，他要和阿伊古丽私奔了。大家听我这样说，都哈哈大笑。说李军垦不去上学，怎么在这里。你知道什么叫私奔？只有旧社会地主老财的千金小姐和长工才会私奔，现在是新社会，愿意和谁好就和谁好，还私奔干啥？

我不想和大家磨牙了，我一个人向团部跑去，我要找马指导员。这时，我听到有人在128号林带自言自语，我走近了见是葛大皮鞋。

我对葛大皮鞋说，胡连长跑了，去找阿伊泉了，你知道阿伊泉在哪里吗？葛大皮鞋望望我似懂非懂地说："开荒，开荒，开荒，都是错，都是错，啊，使人笑话。"也不知道葛大皮鞋在嘲笑谁，是他错了，还是我爹胡连长错了。

我爹和阿伊古丽去寻找月亮泉去了，他要去寻找自己的幸福去了。不过，他这种行为却被团里定性为畏罪潜逃。我当时想不通，我爹畏什么罪？他的问题已经处理过了，还有什么罪？

我爹这样一走，就连累了马指导员。马指导员在团里的严令下，带人曾经去找过我爹。马指导员他们在大漠中走了将近10天，最后迷路了，在沙漠里差点全军覆没，这都是后话。马指导员他们没有找到我爹，也没有找到阿伊泉，只能无功而返。

马指导员后来给我讲屯垦戍边的故事时，他总是为我爹感慨，说："要见那遥远的姑娘，就要到那遥远的地方去，要把那遥远的姑娘据为己有，就要一不怕苦，二不怕死。"

可见，马指导员对我爹出走大漠是赞成的。

在我爹带着阿伊古丽投入大漠后不久，兵团就恢复了建制，这前后也就一年多的时间。

兵团恢复后进入一个大的发展期，开始用飞机播种了。在大田放水的时候，大地一片汪洋，像海。水鸟在水面上飞翔，随着水鸟而来的是鹰一样的飞机，一架、两架的。飞机贴着水面，稻种从机翼下呼呼啦啦地撒出。

要不了多久，在一望无际的水面上稻苗和杂草便茁壮成长起来了。在荒漠中种出了粮食，这已经够伟大的了，在荒漠中种出水稻，而且大规模地种植，这简直是不可思议。如果不是亲眼看到，这根本无法让人相信，这确实是改天换地的壮举。

要想让稻苗愉快地生长，这时候就必须将杂草拔去。在大田里可以飞机播种，却不能机械化除草。当时，我已经是个高中生，我们整天去支农。在支农的时候，我和红柳一个组。红柳比我大却成了我的同学，她的学习不好，留级了，可是她却长成了一个漂亮的姑娘。她的美丽伴随着我的整个少年时代。坐在田埂上和红柳聊天，你会觉得生活就像歌里唱的那样，觉得新疆是那样的美，真是塞外江南。

我们坐在田埂上聊天，面对稻田里的杂草熟视无睹，因为无论怎么努力我们也无法将那些杂草消灭干净，我们干脆就不管它了，让杂草也愉快地生长。那时候，大田四周的防风林也显得十分安静，高高的白杨树叶片坚硬无比就像铁片一样，在微风中发出哗啦啦的声音，婆娑的沙枣树上果实已经由青变黄。

天是蓝的，云朵会很远，天山的雪峰在天边耸立。在那雪峰的映衬下是我们团部的第一栋大楼。作为兵团人的下一代，我记忆中的团部是最热闹的地方。在高中毕业前我们谁也没有离开过新疆，对北京、上海之类的城市没有任何概念，而团部就成了我们心中的大地方。

团部有电影院，有书店、邮局、商店，团部有不要粮票只要钱的饭馆，我们可以在那里喝酒。最主要的是团部有学校，我们兵团人的后代就在团部中学上学。我们的英语老师据说是黄埔五期的，我们的体育老师是黄埔六期的，我们的其他老师，比方语文、数学、物理、化学老师都是大学的教授，他们犯了什么错误不知道，反正有的是右派，有的是反革命，属于“黑五类”。这些人都被发配到了新疆，最终成了我们的老师。这样，我们上的虽然是中学，但教我们的老师却都是现在大学里才有的高级知识分子。我想这是世界上最奢侈的中学。

我们属于兵团人的下一代，不上学的时候就会成群结队地逛商店，虽然我们从来不买什么东西，当然也没有钱买东西，最多买一根冰棍吃。“冰”吃完了“棍”却含在嘴里长时间不吐，按现在的话说叫扮酷。我们喜欢在商店门前聚在一起，留着长头发，穿着喇叭裤和花格子衬衫，那衬衫不扣也不扎进皮带里，而是将衬衣下摆系在腰里，成一朵花，自我感觉良好。看到漂亮女孩，大家一起在那里吹口哨，像个小流氓似的。如果碰到哪位泼辣大胆的姑娘瞪我们一眼，大家肯定是噤若寒蝉。

兵团人的下一代既羞涩又凶狠。面对女孩肯定是羞涩的，因为实在是无法表达也不会表达柔情，只能胆怯地眺望着自己的内心，对刚刚开始的青春无可奈何。兵团人的下一代面对女孩子无能为力，对同性却十分凶狠，打起架来不要命，因为血管里流淌着老战士的血。一个连队的孩子和另一个连队的孩子好像生下来就是死对头。我们的战斗日复一日地进行着，这种战斗一直从少年到青年，伴随着自己长大。

我们无法控制和表达自己的柔情，因为我们的父辈们没有柔情过，也没有教导我们下一代的柔情。我们的出生没有甜蜜爱情做基础，我们的出生不是爱情的果实。当年父母孕育我们时是那样匆忙，那么粗暴，那样严厉，那样目的明确，就是为了传宗接代。

我们的确也没见过世面，是没有见识的新疆土包子。对我们来说，北京、上海、广州才是那遥远的地方。我们的父母也许是北京人、上海人、山东人、河南人、四川人，那里是他们的故乡，不是我们的故乡，那里不属于我们。我们回不了口里，我们回去了会水土不服，会全身长疮，会瘙痒难耐，住不了多久我们就要回到新疆，回到沙漠边缘的老家，那是我们生命的绿洲，我们是新时代的新疆人。

当然，我当年和红柳聊得最多的是胡连长，红柳总是说，不知道胡连长怎么样了。我说他在阿伊泉享福。红柳就说，我爹说要是胡连长知道兵团又恢复了，肯定会回来。

兵团人都很在乎这个，兵团恢复了，老兵团人的心就踏实了。否则干了一辈子了，老了连个单位都没有，心没处搁呀。

在兵团恢复后，马指导员总是不断地唠叨着要找阿伊泉，去找胡连长。马指导员总是说，胡连长不知道找到阿伊泉没有，也不知道是死是活，胡连长要是知道兵团恢复了，肯定愿意回来。

我爹出走大漠后，马指导员把隔壁胡连长家的门封了，从山墙上又开了一个门，马百兴和我住大间，红柳住小间，我们成了一家人。

马百兴当时已经在二十六连工作了，成了新一代的兵团人，我和红柳都在上高中。在每一个有月亮的晚上，马指导员总是要把饭桌摆在门口，边吃饭边望着月亮，说，今天的月亮真好，阿伊泉的泉水又该流淌了。

第三十八章　兵团岁月

上　部

你爹和阿伊古丽去寻找那阿伊泉了，他们要寻找自己的幸福生活。你爹出走一年后，兵团又恢复了建制。你爹是1980年秋去寻找阿伊泉的，兵团恢复是在1982年，前后只有一年多的时间，如果你爹再坚持一下，等到兵团恢复建制，他可能就不会出走了。

兵团恢复后，秦安疆被提拔为二十六连的连长。

秦安疆当连长应该算是众望所归，在那段时间，秦安疆几乎成了我们二十六连的精神支柱。秦安疆当时有几个著名的论断，说到阿克苏的骚乱，他说，两千年前的大汉天子就喊出“明犯强汉者，虽远必诛”的豪迈誓言，两千年后的今天难道会让分裂势力得逞，难道新疆就这样不要了？那是不可能的。

谈到兵团，秦安疆说，新疆现在这么乱，兵团迟早要恢复，取消兵团是一个大错误。“养百万大军而不费一粒粮饷”这样的好事到哪里找？因为亏损就把兵团取消了，真是没有战略眼光，比起新疆的稳定那点亏损算什么？

谈到越来越大的沙尘暴，秦安疆说，我们刚进疆的时候风沙也没有这么大，怎么干了几十年，我们这都号称“塞外江南”了，风沙为什么越来越大了？秦安疆说这都是种水稻惹的祸。在稻子生长的季节，雪山会不断地融化，雪水通过各种渠道会不断地灌溉稻田，碱水也会不断地从排碱渠里排出，这个过程从夏天一直到秋天。整个塔里木河沿岸有这么多的团场，其用水量是可想而知的。

有人不明白，认为水能固沙，种水稻应该抵御了风沙的侵袭，怎么会让风沙越来越大呢？

秦安疆说，水能固沙不假，但我们种水稻用的水太多了。天山上融化的雪水是有限的，我们用多了，塔里木河下游的河水就会断流，河两岸的胡杨林会大片死去，位于塔克拉玛干大沙漠深处的罗布泊就会干枯。我们这儿有水了，而沙漠深处却没有水了。塔里木河本来就是季节河，现在季节河在洪水季节也断流了。沙漠里的风没有了水的限制，那风就会自由地乱刮，越刮越大。

秦安疆在二十六连的威信在1981年的元旦达到了顶点，原因是他和上海青年的一次打赌。秦安疆这次打赌不是数火柴棍也不是喂蚊子，这次打赌让人匪夷所思，听起来有点怪。秦安疆这次和上海青年打赌是猜1981年《人民日报》元旦社论的标题。

开始，秦安疆和上海青年约定，如果猜对了赢五只鸡，输了赔一头驴。上海青年看上了秦安疆的驴，为了沙漠之舟秦安疆后来总是喂三头驴，轮换用。沙漠之舟被我爹借走后，再也没有还回来，秦安疆剩下的那两头驴就一直喂着。那驴光吃饭不干活，膘肥体壮的。上海青年多精呀，他们看上了秦安疆的驴，想赢过去吃肉。参加打赌的上海青年有好几个，周启光和马富海都参加了，他们简直不能相信秦安疆连元旦社论的标题也能猜到。

要猜1981年《人民日报》元旦社论的标题，这难度也太大了，因为每一年的元旦社论内容都不一样，标题当然也不会相同，你不可能根据上一年的猜出下一年的。二十六连的人都说还是上海青年精，这赌肯定赢，秦安疆的驴将会成为上海青年庆祝元旦的美餐。上海青年怕秦安疆反悔，说不要求秦安疆猜的标题和《人民日报》的标题每个字都完全一致，主要意思一致就算赢。为了能在新年的元旦吃上秦安疆的驴肉，上海青年纷纷加入打赌的队伍中。马富海拿着一张纸，上面是参加打赌的名单。

马富海说："名字都记下了，没有参加打赌的到时候可没有驴肉吃，谁加入的鸡多，按比例谁分的驴肉就多。"

所以，参加打赌的上海青年都往上加码，你出5只，我出8只，最多的出到了20只鸡。出多了可以多分一份驴肉，鸡又不会真拿出来，只是一个数字嘛，上海青年都认为赢定了。

在元旦的大清早，秦安疆牵着两头毛驴在8点前就来了，那天二十六连人谁都没有睡懒觉，在8点前都早早地到了连部办公室门前，等待早晨8点钟的中央人民广播电台的新闻，因为《人民日报》每年的新年元旦社论，首先由中央人民广播电台播出，新年的《人民日报》要等到第二天才能看到。

秦安疆看了看马富海手中的名单，这么多上海青年和他打赌，鸡已经上百只了。秦安疆笑了，说，要是我赢了可以开"百鸡宴"了，你们报的只是数字，要是输了我到哪儿问你们要鸡去？马富海说，我们不能先把鸡买了，没地方放，只要我们输了肯定去买，到时候谁要是耍赖谁是瘪三。周启光也说，输了我们都去巴扎上买鸡。

上海青年如果真输了只有用工资去巴扎上买鸡了，因为二十六连的上海青年基本上都参加了打赌，上海青年人多，二十六连的鸡少，无论是买还是偷，二十六连根本没有那么多鸡。再说，二十六连的人都习惯了，只要听说上海青年又和秦安疆打赌了，就赶紧把自己家的鸡都关进笼子里。

秦安疆还是不放心上海青年，让我这个老指导员出面担保。我当然不同意了，我说，你们打赌我不制止也就罢了，让我担保那就是支持你们打赌，要是被上面知道了会受批评的。上海青年说，指导员就是不上道，你现在已经被撤了，还在乎什么？这要是胡连长在，他肯定担保。上海青年见我不担保，最后把会计叫来了，说如果输了不买鸡，秦安疆可以根据打赌的名单按照所赌鸡的数量，折合成人民币，从他们的工资里扣。

这样，秦安疆才同意了，把已经写好的他猜的《人民日报》元旦社论标题拿了出来。

那是一张大红纸，用毛笔写的。秦安疆猜的标题是:《安定团结，实现国民经济的调整》。

当广播电台嘀的一声，播音员开始报时后，在场的人都屏住了呼吸。《人民日报》元旦社论的标题不久就随着内容提要出来了。1981年《人民日报》元旦社论的标题是:《在安定团结的基础上，实现国民经济调整的巨大任务》。

听到这个标题后，大家好一阵没有吭声。根据事先约定，不要求每个字和字数都完全一致，只要主要意思一致就算赢。秦安疆基本上猜对了，全场一下就欢呼了起来，连上海青年也欢呼了起来，大家都服了。

秦安疆赢了，上海青年没有耍赖。马富海说，愿赌服输，明天去巴扎上买鸡去。有的上海青年就说，完了，我下个月只能喝西北风了，我要买20只鸡，一个月的工资都不够。大家听了都哈哈大笑。

秦安疆说，明天都去买鸡，我一下哪能吃那么多，养都养不起，你们一个个来，轮流买。在场的人听秦安疆这么说，又笑了。

秦安疆说着把毛驴绳递给了马富海，说:“新的一年到来了，祝大家心想事成，咱们杀驴庆贺。”上海青年一听秦安疆主动把驴献出来杀了吃肉，一下就欢呼起来，说秦安疆太上道了。秦安疆说，我把驴给大家吃了，你们欠我的鸡可不能赖账。上海青年都说，放心吧，秦安疆你什么时候想吃鸡了，就给我们打声招呼，我们给你送。

后来，秦安疆被提拔为二十六连的连长，我儿子马百兴后来当上了指导员。兵团的领导班子都换成了年轻人。秦安疆虽然不是年轻人，但他有知识有能力，看得远。秦安疆被提拔为二十六连的连长后，上海青年一人提了一只鸡去为他庆贺，说走了一个胡连长，又来了一个秦连长，我们二十六连的上海青年算是有福的。

秦安疆当上了连长，在我退休后秦安疆又被提拔当了营长。秦安疆当连长时已经53岁了，可惜太晚了，年龄不饶人，秦安疆于1989年离休。要是秦安疆年龄再小10岁，说不定能干团长、师长。秦安疆是个人才，可惜了，大半辈子都被“文化大革命”耽误了。秦安疆成了二十六连的连长后，我们开始减少水稻种植，多种棉花，用水大大降低，成本也大大降低，经济价值却大大提高。二十六连在全团是第一个扭亏的连队，也是第一个开始盈利的连队。

后来，秦安疆离休了又回到了二十六连，他在林带里又重新盖了三间房，还围了一个院子，他和宁彩云就在林带里养老，整天种种花、种种菜的，还捎带着给我们看林带。秦安疆的晚年生活是幸福的也是平静的。

看着秦安疆的幸福晚年生活，我就想起了你爹。你爹比秦安疆大一岁比我小两岁，也是离休的年龄了，他在大漠中生活得还好吗？这个问题一直挂在我心上。

下　部

在秦安疆当上二十六连的连长后的1984年，我考上了大学，学的是历史专业。选择这个专业可能和秦安疆的建议有关，秦安疆让我将来学成了研究历史,我接受了他的意见。我当时也比较崇拜秦安疆,他说什么我就听什么。在大学时我就把兵团的历史梳理了一遍,特别是对兵团恢复建制的前前后后进行了研究。

“文化大革命”过后,特别是到了20世纪80年代新疆的形势确实很严峻,狭隘民族主义情绪不断膨胀,宗教势力越来越强大,宗教狂热分子活动十分猖獗,大搞民族分裂。

中国政府提倡宗教信仰自由,可是一些狂热的宗教分子利用政府的宗教政策,不断扩张势力,不但大量建清真寺,还开办了不少宗教学校。部分宗教狂热分子利用宗教信仰破坏民族团结,不断制造骚乱,企图达到分裂祖国的目的。

在这种严峻形势下,中共中央政治局决定,委派王震同志分管新疆工作。从1980年9月开始,王震先后四次到新疆视察,做了大量的调查研究后,王震最后得出结论:“撤销新疆生产建设兵团是错误的。”

1982年6月1日,乌鲁木齐召开了恢复新疆生产建设兵团的庆祝大会,王震亲临大会,发表了热情洋溢的讲话。

新疆生产建设兵团承担着屯垦戍边职责,为新疆的统一和发展做出了重大贡献,可谓“呼之即来,逢战必胜”。

兵团恢复后,隶属关系已不在国防序列,名称也由撤销前的“中国人民解放军新疆军区生产建设兵团”改为“新疆生产建设兵团”。

可惜,我爹没有赶上兵团恢复,要是他知道兵团要恢复,他也不会去大漠寻找什么世外桃源了。

马指导员说兵团是在1982年恢复的,其实对于一个基层的兵团人来说,这种说法没有错。

马指导员所说1982年恢复了兵团，应该是指1982年的4月1日，启用“新疆生产建设兵团”印章的时间，也就是兵团机关开始正式办公的时间。1982年6月1日，庆祝恢复新疆生产建设兵团大会在乌鲁木齐市举行，一般老百姓认定这是兵团恢复的时间。

兵团恢复了，这对于保卫边疆、稳定新疆起到了至关重要的作用，特别是在后来反对“三股势力”上发挥了积极作用，新疆生产建设兵团成了打击“东突分子”十分有力的力量。

兵团恢复的过程我爹不可能了解，马指导员也不可能知道，秦安疆再厉害也无法猜到。马指导员离休后可没有秦安疆平静，他赶着牛车在大漠边缘四处走，因为他的两位亲人都消失在大漠中，一位是老战友，一位是老伴，不知道他们是死是活。

马指导员幻想着有朝一日能赶着牛车在大漠边缘碰到我爹，或者能找到老伴的遗体。连长怕他出问题不让他赶牛车了，他十分不满，说阎瞎子能赶牛车我为什么不能赶牛车？阎瞎子算个什么东西，我一个老革命不让赶牛车，他一个老反革命却能赶着牛车，这不公平。后来，就没有人管他了，马指导员就天天赶着牛车在连队四周转，他总是试着向大漠深处走，一次比一次远，一次比一次更深入。

为了不让马指导员向大漠里走，马百兴对他爹说，你别去大漠里找胡连长了，你老了，要去我去，只要你给我们买一辆摩托，我就去找阿伊泉。马指导员听马百兴这样说，就不赶着牛车去大漠了，他开始省吃俭用，开始存钱，用自己的离休金真给马百兴买了一辆摩托车。

1996年马百兴带领大家真的去寻找了一次月亮泉。马百兴当时是二十六连的指导员，我大学毕业回到新疆，娶马百灵为妻，在二十六连安家落户，在兵团史志办工作。我用了很长一段时间,听马指导员讲述他们屯垦戍边的故事。

有一天,马指导员突然把我和马百兴都召了回去,为我和马百兴摆了一桌酒席。不过年也不过节的,我们也搞不明白这是为什么。在酒桌上,马指导员戴着老花镜捧着一张报纸逐段逐句地为我们念了一段。马指导员念的是1996年新疆维吾尔自治区根据《中华人民共和国婚姻法》颁布的新修改的婚姻登记管理办法。

《新疆维吾尔自治区婚姻登记管理办法》的第三条规定:“依法履行婚姻登记当事人的合法权益受法律保护。宗教信仰或者民族不同的男女双方当事人,依法自愿申请办理婚姻登记的,任何组织和个人不得非法干涉。禁止以宗教等形式干涉和代替婚姻登记。”

一个老人居然对新的婚姻登记条例感兴趣,这确实让一般人无法理解。我当时还和马指导员开玩笑,说您老都七十的人了还对婚姻条例感兴趣,是不是想娶老伴呀!马指导员白了我一眼,说你小子整天没有正经。马指导员把“宗教信仰或者民族不同的男女双方”和“任何组织和个人不得非法干涉”这两句重复了多遍,提醒我们注意。

对于一般人来说,一个地方颁布了新修改的婚姻登记管理办法,这也许是一件很平常的事,可是对马指导员来说一点都不平常,他为我爹胡连长看到了曙光。这说明马指导员在晚年时一直想着自己的老战友,一直为我爹胡连长操心。

马指导员说,胡连长真的能回来了,他们可以结婚了。你们还是去找找他,他们不能一直住在大漠深处。

在那年的中秋之夜,马百兴带领一群人去寻找月亮泉。那天的月亮特别圆,特别大,也特别亮。马百兴和连队的几个哥们儿喝了酒,各自骑着摩托向大漠进发。那天的月亮大得夸张，月亮悬在半空中，静静的，一动不动。金色的沙漠在月光下却发出银色的光芒。远远的沙包就像一座座城堡，那些城堡就像夜空中的油画。马百兴骑着摩托带领大家向着那些城堡奔去。当时，大家都有点喝醉了，在夜里去找月亮泉是马百兴的主意。马百兴认为，既然是月亮泉那就应该在有月亮的夜里去寻找，在夜里去大漠不被太阳晒，可以多带汽油少带水，只要摩托车有汽油就不怕了。据说去月亮泉要走三天的路，那是步行，骑着摩托一夜之间就够了。

马百兴鼓动大家去找月亮泉的理由并不是要找胡连长，而是说找到月亮泉就可能发大财，因为大漠深处的月亮泉肯定是最好的矿泉水，找到了月亮泉就可以成立一个矿泉水公司，月亮泉可以注册成商标，可以把泉水销往全世界。

马百兴还让我帮他写了广告词，我给月亮泉写的广告词是："月亮泉，沙漠中的甘泉，我的生命之泉，你的希望之泉。"

当时，我们对马百兴的说法深信不疑，我们都认为只要找到了月亮泉就能发财。在20世纪90年代，什么事情都可能发生，改革开放正在进行，全国人民都在做发财梦。我们那时正年轻，我们梦想着发财。

现在看来，马百兴当年都算是有经济头脑的，如果真找到了月亮泉，如果马百兴不出意外，他肯定能成为一个大款。

马百兴带着一群年轻人的发财梦，骑着摩托车在一个中秋之夜一头扎进了大漠。摩托车奔驰着，夜风鼓舞着他们的衣衫，也鼓舞着他们的士气。在月光下他们的身影就像翩然的大鸟在飞翔。这时，马百兴飞驰着跑在最前面，整个摩托车队不知不觉驶入一座废弃的古城中，那古城在月光下有些阴森森的，大家心中产生了一种恐惧，不觉便减了油门。这时，他们突然听到马百兴在前面发出了一声喊叫。

在那空旷寂静的大漠之夜，那喊叫声有点吓人，大家连忙向前张望，发现马百兴双手丢了车把，双手举起，向下栽去，就像一次高空跳水。大家被那画面惊呆了，有人说，当时他们看到马百兴张开的双臂，在空中划了一个好看的弧线，便倏然消失在大漠中，就像没入到大海中了。

马百兴失踪了，或者说消失了。后来全连人分成若干小组去大漠中寻找，没有找到马百兴的任何踪迹，连摩托车也不知去向，车辙在一个沙丘上消失了。马百兴当年太看不起这沙漠了，居然在夜里去大漠，所以他被沙漠吞噬了，也许他寻找到了“埋在沙漠底下的家园”。其实，马百兴寻找阿伊泉，寻找大漠中的泉水，这对于沙漠来说比什么都要珍贵。

马百兴的失踪对马指导员打击相当大，那年他都70岁了，马指导员一下老了许多，从此他打消了去找胡连长的念头。

在兵团恢复后，兵团民兵充分继承并发扬了新疆生产建设兵团屯垦戍边的传统，在维护新疆地区社会局势稳定，打击民族分裂势力、暴力恐怖势力和宗教极端势力即“三股势力”方面发挥着举足轻重和不可替代的战略作用。

尾　声

在塔里木盆地边缘的当地人中流传着这样一个传说，即塔克拉玛干大沙漠中有无数的古堡、古城。住在绿洲里的人都有一种狂热的“寻宝”热。每逢新的风暴停息，有人就会骑上骆驼进入沙漠，他们要寻找被风沙埋没，又被狂风“挖掘”出来的古城。有的人因此一夜暴富，有的人一去不复返。所以，塔克拉玛干应该译为“沙漠里的城堡”或“埋葬在沙漠中的古堡”或“埋在沙漠底下的家园”。把“塔克拉玛干”译成“进去出不来的地方”或者“死亡之海”也有道理，这是对那些挖掘宝藏的人的警告。

塔克拉玛干沙漠位于塔里木盆地中心，东西长约1000公里，南北宽约400公里，面积33万多平方公里，仅次于非洲撒哈拉大沙漠，为世界第二大流动沙漠，中国第一大沙漠。

塔克拉玛干大沙漠的希望是塔里木河，只有塔里木河的河水才使“死亡之海”有了一线生机。

塔里木河是一条内陆河，也是季节河，全长2179公里，河水源于夏天融化的天山雪水。每年6月汛期，洪水泛滥，宽阔的水面波涛汹涌，被称为“无缰的野马”。

就是这个沙漠中的“无缰的野马”后来却跑不动了。从20世纪50年代开始，塔里木河上游大规模开荒造田，不断开荒截流，用水量猛增，致使中下游河道的来水量逐年减少，中下游两岸林草面积不断退化，沙漠化土地面积日趋扩大，下游塔克拉玛干与库木塔格两大沙漠呈合拢态势。从两大沙漠中间穿过的218国道已有100多处被流沙掩埋。

根据有关资料，塔里木河下游的年径流量从20世纪60年代的12亿多立方米减少到90年代的2亿多立方米。下游大西海子以下有360多千米长期断流，而且断流不断向上游延伸。河两岸的胡杨林失去了水源的滋养，开始干枯甚至大片死亡，中上游胡杨林面积从20世纪50年代的600多万亩减少到300多万亩，下游从80多万亩减少到10多万亩。

胡杨林等植被的大面积毁坏，使人们饱尝了风沙之苦。20世纪90年代以来，平均每年8级以上的大风就有30天左右，特大沙尘暴在20次以上。塔里木河下游的绿色走廊已经濒临毁灭，塔克拉玛干沙漠的环境进一步恶化。

我国政府高度重视塔里木河综合治理。2001年，国务院批准了《塔里木河流域水资源与生态环境问题及其对策》，国家斥资107亿元人民币对塔里木河进行全方位生态治理，以确保其下游有足够的水源，挽救残存的胡杨林和栽种新的防沙林带，决心在两大沙漠之间形成一个绿色隔离带。2002年12月，塔里木河治理进入全面实施阶段。

为了配合塔里木河治理，新疆采取了“退耕还林”“应急输水”“生态移民搬迁”等一系列措施，遏制塔里木河下游绿色走廊进一步恶化。

为了减少用水，一些团场首先减少种植水稻，以种植旱作物为主，特别是以种植棉花为主，采取滴灌技术节约用水，退耕还林，退耕还草，退耕还荒。

在塔克拉玛干沙漠边缘的部分连队要搬迁撤离，二十六连就属于搬迁之列。要搬迁老兵团人当然想不通了，就是不走。有人说，不是人进沙退嘛，不是人定胜天嘛，我们为什么要撤离，我们为什么要放弃阵地？

后来，二十六连里来了工作组，由年轻的团长带队。团长说，我们现在的撤退是为了将来更好地进攻。

那位年轻的团长是科班出身，他说的话老兵团人有些听不懂。他说，人不能胜天，天也不能胜人，人和天要和平相处，才能达到一种平衡，按现在的话说叫人与自然要建立和谐的关系，才能建立一个和谐社会。人与自然的斗争贯穿始终，我们在这块土地上已经索取得太多，我们应该放弃一些。人的一生看的不只是最终的结果。关键是看人生的过程，我们的人生过程是最美丽的，这就是我们的人生价值。

马指导员说，我们辛辛苦苦干了一辈子，头发都白了，到头来要撤退，要退耕还林，我们白干了。你说说看，这屯垦戍边有什么错？当年不是毛主席一声令下就地转业屯垦戍边的嘛。刚到新疆时多困难呀，什么都没有，又不能伸手向上要，只有向下要，向地里要。有的是荒地，有的是胡杨林，开荒。我不能走，我是兵团人，我的家在二十六连。

秦安疆和宁彩云还住在128号林带里，他们在林带里住了一辈子。晚年的秦安疆和宁彩云都白发苍苍，他们住的房子门朝北了，朝着128号林带了。原来门是朝南的，朝向塔克拉玛干大沙漠的。在一次沙尘暴后，秦安疆的门被沙子封住了，早晨起来怎么也开不了门。秦安疆和宁彩云发现门被沙子封住了，就抡起十字镐把北窗挖开了，没门走窗户，北窗从此就成了门，朝南的门被沙子封得严严实实的，成了后墙。

即便在这种情况下，秦安疆也不愿意搬迁。秦安疆把128号林带当成了家。

为了劝说这些老兵团人搬家，工作组首先去了128号林带，做秦安疆的工作。他们用秦安疆当年讲的道理来说服秦安疆。

我们只从外围对沙漠进行阻击，由于塔里木河断流，沙漠深处的植被遭到了严重破坏，生态环境进一步恶化，我们遇到的沙尘暴更多了。要打退沙漠的进攻，要中间开花。我们现在撤退是为了有更多的水调进塔里木河，使河流不断流，使沙漠深处的生态恢复，那时沙尘暴就小了，我们外围的整个压力就小了。

他们还说，当年我们开荒是正确的，现在我们撤离也是正确的。无论是开荒还是撤离，都是为了更好地屯垦戍边，都是为了我们的生存。

可是，一些老兵团人说，撤退了，那就等于这辈子白干了。

年轻的团长说，白干就白干。我们人类就是在这样不断地白干中发展的。团长还给大家举羊粪坡的例子，羊粪坡就是二十六连所在地。羊粪坡当年有多少羊呀，还有那座古城。可是，最后消失了，他们也是白干。但是有了这些无数次的白干，到了今天，我们的生活更好了，人类更发展了。

年轻的团长还说，你们都辛苦一辈子了，想回口里享福的我们发路费，不想回口里的，我们团里为你们办了敬老院，会好好照顾你们。你们都有离休金、退休金，生活得会很好，这里由我们接班了。

秦安疆虽然一直反对盲目开荒，可是二十六连真撤离了，他也有疑虑，问，那128号林带怎么办？没人管了。

年轻的团长说，放心吧，允许它成为一片自然之林，我们会给它放水。

老兵团人知道早晚是要走的，是赖不过去的，大道理大家都懂，可是感情上转不过弯。最后他们找了个不是理由的理由，说："活人好办，走了就走了，可是死人咋办？我的战友都埋在胡杨麻扎。难道把他们丢在大漠深处不管了？"

年轻的团长说，放心吧，我们有专人看守，逢年过节，我们还会给他们烧纸。

马指导员一听高兴了，说，那让我看坟地吧，我陪伴他们。我不要你们的一粒粮食，我种一亩地的麦子，半亩地的菜，再养几只羊就够了，我不种水稻，水稻太费水，我种麦子，我只要一涝坝的水，每年给我放一次水。好吗？

年轻的团长摇了摇头，说我们会有年轻人看护，您老了，该享福了。

后来，马指导员还是撤离了，他不能违抗命令，他是一个老兵，是一个老兵团人。马指导员会经常到羊粪坡，到二十六连旧驻地，他坐在羊粪坡上望着眼前滚滚的大漠，早晨的阳光很明亮，黄昏的晚霞很灿烂。

这时，他也许会想起我爹，想起胡连长。不知道我爹和阿伊古丽在大漠深处生活得怎么样？有时，马指导员也会到胡杨麻扎走走，那里埋着老伴幺妹和儿子马百兴的遗物，算是他们的衣冠冢。他会坐在坟边和他们说话。

那个胡杨麻扎面积越来越大，我每到清明节都去给我娘李桂馨上坟。胡连长曾经告诉我，我娘李桂馨不想埋在胡杨麻扎，她想埋在老家的麦子地里。二十六连要搬迁了，我要不要把我娘的坟迁走呢？对于这个问题我问过秦安疆，也问过马指导员。他们都反对我迁坟。

秦安疆说，你娘是属于兵团的，我们将来死了都会埋在这里的，我们会陪伴着她，你不能把你娘迁走。既然你大学毕业都回到了新疆，回到了兵团，你为什么把你娘迁到口里？

马指导员也说，别听你爹胡日鬼的，他迟早会回来，死了也会埋在胡杨麻扎。

后来，我没有按照我娘李桂馨的遗愿把她迁回口里，我又为我娘立了块碑，我会经常去看她。在胡杨麻扎已经埋下了那么多的兵团人，要仔细地辨认才能找到我娘的坟。我主要看我娘坟边的那棵死后一直不倒的胡杨树，那棵胡杨树长得确实像一个女人，树身修长，弯曲有致，显示着一个女人的曲线。在树冠上有一个结，惟妙惟肖的，像一个女人盘在头上的发髻。我没有见过我娘，我心中对娘的记忆就是那棵树的形象。

我曾经给我娘坟前的那棵树起了一个名字，叫歌唱家，因为我娘生前最喜欢唱歌。那棵树后来好像一直在唱歌，树枝像手，仿佛举着牧羊的鞭子，昂着头，唱着《送你一束沙枣花》。特别是在刮风的时候，风过树洞，歌声就真的飘扬起来了。

在那棵像战士的树旁埋葬着韩排长和两位战士，他们的墓碑比我娘的高大，因为他们是烈士。在像土匪的那棵树旁埋葬着葛大皮鞋，那棵树看着真像一个疯子，疯疯癫癫的样子。葛大皮鞋后来死于一次开荒。他在胡杨麻扎开荒，给自己挖了一个坑就躺下死了。二十六连人好久没有见到葛大皮鞋了，发现他时，那个坑快被沙子抚平了。后来，二十六连人为葛大皮鞋做了口棺材，将他埋葬在自己挖的坑里。

二十六连撤离了，胡杨麻扎却没法撤离，那里还是兵团人的墓地。胡杨麻扎由西向东沿着那枯死的胡杨林，一眼望不到头。由于胡杨麻扎处在老风口上，坟墓阻挡了沙子，每一次大风都会让那些坟墓升高一些。天长日久，那些坟墓耸立着，越来越高大，形成了山。远远望去，山连着山，成了阻挡风沙的真正屏障。